D1688849

PETRA MORSBACH, geboren 1956, studierte in München und St. Petersburg. Sie lebt als freie Schriftstellerin in der Nähe von München. Ihre Romane werden von Kritikern hochgelobt, ihr Werk wurde mit zahlreichen Stipendien und Preisen ausgezeichnet. 2017 erhielt sie für »Justizpalast«, für den sie über neun Jahre lang recherchierte, den Wilhelm-Raabe-Preis.

Petra Morsbach in der Presse:
»Als Skulptur würde Morsbachs Justizia, statt eine Augenbinde zu tragen, leise mit den Augen lächeln.« *Süddeutsche Zeitung*

»›Justizpalast‹ ist eine große, geschichtenreiche menschliche Tragikkomödie.« *Deutschlandfunk*

Außerdem von Petra Morsbach lieferbar:
Petra Morsbach, Plötzlich ist es Abend
Petra Morsbach, Opernroman
Petra Morsbach, Gottesdiener

Besuchen Sie uns auf www.penguin-verlag.de und Facebook.

Petra Morsbach

JUSTIZPALAST

Roman

Die Arbeit wurde vom Deutschen Literaturfonds e.V.
und vom Adalbert Stifter Verein e.V. gefördert.

Sollte diese Publikation Links auf Webseiten Dritter enthalten,
so übernehmen wir für deren Inhalte keine Haftung, da wir uns diese
nicht zu eigen machen, sondern lediglich auf deren Stand zum Zeitpunkt
der Erstveröffentlichung verweisen.

MIX
Papier aus verantwor-
tungsvollen Quellen
FSC® C014496

Verlagsgruppe Random House FSC® N001967

PENGUIN VERLAG

PENGUIN und das Penguin Logo sind Markenzeichen
von Penguin Books Limited und werden
hier unter Lizenz benutzt.

1. Auflage 2018
Copyright © 2017 beim Albrecht Knaus Verlag
in der Verlagsgruppe Random House GmbH,
Neumarkter Straße 28, 81673 München.
Das Zitat auf S. 401 stammt aus dem Roman
»Um Diamanten und Perlen« von Hedwig Courths-Mahler.
Umschlaggestaltung: www.buerosued.de nach einem Entwurf
von Sabine Kwauka
Umschlagmotiv: Lookphotos
Satz: Vornehm Mediengestaltung GmbH, München
Druck und Bindung: GGP Media GmbH, Pößneck
Printed in Germany
ISBN 978-3-328-10379-0
www.penguin-verlag.de

Dieses Buch ist auch als E-Book erhältlich.

Tue das, was dich würdig macht, glücklich zu sein.

IMMANUEL KANT

INHALTSVERZEICHNIS

I

Der Traum 11
Die Arbeit 32
Studien 55
Erste Schritte 85

II

Vorbilder 93
Die Mühle 124
Rückblicke 150
Die Zeit 175

III

Begegnungen 215
Max 253
Das Glück 294
Der Palast und die Gnade 335

IV

Weiteres Glück 359
Der Schlag 387
Danach 416
Die Robe 457

I

DER TRAUM

Schon Thirzas Mutter wäre gern Richterin geworden. Doch dann kam Carlos Zorniger dazwischen.

Carlos Zorniger war Schauspieler und recherchierte am Strafgericht für eine Filmrolle. Thirzas Mutter, damals Referendarin, hatte ihn im Residenztheater als Gessler gesehen und errötete am Richtertisch. In einer Verhandlungspause trat er auf sie zu und sagte: »Ich bin Carlos Zorniger und würde Sie gern löchern.« Die kleine Thirza hat noch erlebt, wie er auf Partys mit dieser Anekdote brillierte, wenn einer fragte, wie er, der alte Troll, die junge Schönheit erobert habe. »Ganz einfach«, antwortete er in farbigem Bass. »Ich sah sie, als …« und so weiter. Zunächst hatte die Mutter mitgespielt, indem sie sich neben ihn stellte und wisperte: »Gerne … wenn ich Ihnen helfen kann?« Dann gab es sprachbewusste und genießerische Lachsalven. Carlos und Gudrun waren ein angesagtes Schwabinger Bohemepaar.

Carlos Zorniger, Augenbrauenwunder, Hufschmiedstatur, gebürtiger Berliner, war sechsundzwanzig Jahre älter und hatte bereits vier Kinder aus drei Ehen. Gudruns Eltern sträubten sich vergeblich. Sie wohnten bescheiden als Heimatvertriebene in einem alten Handwerkerhaus in München-Pasing und hüteten ihre begabte Tochter. Gudrun lebte noch als Referendarin zu Hause. Als einziges überlebendes Kind sollte sie die Familie für verschiedene Katastrophen und Bedrückungen entschädigen und tat auch ihr Bestes und verbarg oder verdrängte darüber ihr eigenes Temperament. Doch lehnte sie alle soliden Verehrer ab, die strebsamen

Kommilitonen ebenso wie zwei junge Kollegen des Vaters, der als Jurist beim Bayerischen Rundfunk angestellt war. Ihre Gefühle nährte Gudrun in Theater und Oper: gebilligte Fluchten, denen väterliche Vorträge über Schiller und Puccini vorausgingen, während Gudrun davon träumte, mit Mortimer durchzubrennen oder von Scarpia vergewaltigt zu werden. Einmal begleiteten die Eltern sie ins Residenztheater zu *Wilhelm Tell* und sahen Carlos Zorniger als wilden Gessler. Im Foyer stand Gudrun lange vor einem Zorniger-Starfoto. Ihr Vater bemerkte im Vorübergehen: »Der sieht verkommen aus.« Das war die Vorgeschichte.

Übrigens verdiente Zorniger gut und konnte etwas bieten: Beletage in der Hohenzollernstraße, Prominenz zu Gast, Feste bis in den Morgen. Gudrun trat zum zweiten Staatsexamen nicht mehr an. Die Ehe war turbulent. Fotos zeigen ein begeistertes, fast atemloses Paar. Carlos war viel unterwegs. Wenn er ging, war es wie Dämmerung, wenn er kam, wie eine bunte Wolke, er brachte alles zum Leuchten und hinterließ Leere. Einmal gab es Streit. Danach lagen sie auf einer Wiese und hielten einander umschlungen, mit der zweijährigen Thirza dazwischen oder darauf. Thirza rief immer wieder: »Mütich! Mütich!« – was »gemütlich« heißen sollte. So hat es Thirzas Mutter später erzählt. Thirzas Erinnerung setzt erst später ein.

Manchmal waren fremde Frauen am Telefon. Gudrun schimpfte. Carlos lachte: Schließlich komme sie nicht zu kurz; wenn sie etwas entbehre, möge sie sich melden. »Es geht in einer Ehe nicht nur um das Eine«, stieß Gudrun hervor. – »Ach nein? Und worum dann? Soll ich dich auf Händen tragen?«, fragte Carlos, hob sie hoch und trug sie auf Händen. Es gibt ein Schwarzweißfoto aus dieser Zeit, das anscheinend nach einem Ehekrach aufgenommen worden war, übrigens von einem sehr guten Fotografen. Die Gatten kleben Rücken an Rücken aneinander. Geknipst außen, tags. Gudrun – im Trenchcoat, weiche Locken, lange Wimpern, zartes Profil – blickt trotzig nach rechts aus dem Bild und kann sich doch nicht lösen. Carlos, kleiner als sie, Lederjacke, wendet das

Gesicht nach vorn, halb über die Schulter ihr zu. Die Augen sind vom Schirm einer Schiebermütze verdeckt; eigentlich sieht man nur sein muskulöses Grinsen. Der ganze Mann strahlt die gelassene Erwartung eines bewährten Zuchthengstes aus.

Allerdings hatte der unwiderstehliche Carlos eine dunkle Seite. Sie zeigte sich zunehmend häufig, mal als Zynismus, mal als eisige Fremdheit. Die kleine Thirza prüfte vor jeder Begegnung unauffällig seine Stimmung. War er gut gestimmt, sprang sie in seine Arme, war er böse, schlich sie vorbei. Es war, als hätte sie zwei Väter. Die Mutter war stabiler: am Anfang verlässlich neugierig und lebensfroh, später ebenso verlässlich grau, bitter, krank.

Irgendwie geriet alles in Schieflage. Eine unbekannte Frau klingelte an der Tür, als die Eltern unterwegs waren, trat ungefragt ein, lief schimpfend durch die Zimmer und blickte hinter Vorhänge und in Bücherregale, als suche sie etwas. Die kleine Thirza verstand nur einzelne Worte: »Pah ... abgeschmackt! Du ahnst es nicht ... mein Gott, ist das ... unverschämt!« Thirza hatte das Gefühl, Verantwortung übernehmen zu müssen, und traute sich nicht; sie folgte der Frau gepeinigt und beschämt. In der Küche ging die Fremde in die Knie, starrte Thirza aus hellblauen Augen an und sagte mit flirrender Stimme: »Hier hab ich ein Geschenk für deinen Papa.« Sie zog etwas aus der Handtasche wie ein großes Ei, in Wachspapier gewickelt. »Aber sag der Mama nichts davon. Ist nur für ihn.« Sie öffnete den Kühlschrank, musterte schimpfend den Inhalt und schob das Geschenk ins Gefrierfach. »Du gehst da nicht ran, verstanden?« Dann glitt sie hinaus wie eine Schlange; Thirza, die nicht gewagt hatte, ihr zu folgen, hörte erleichtert, wie die Tür ins Schloss fiel.

Weil Thirza meinte, versagt zu haben, erzählte sie keinem davon. Carlos erschien missgelaunt, da sprach man ihn nicht an, und Gudrun war eine nachlässige Hausfrau, die ihre Vorräte ohnehin nicht kannte. Thirza hatte das Geheimnis beinahe vergessen wie einen schlechten Traum, da flog es auf.

»Was ist das?«

»Das war ... für Papa!«, wisperte Thirza erschrocken.

»Wie kommt das hierher?«

Thirza brach in Tränen aus. Die Eltern starrten in das geöffnete Wachspapier und begannen zu streiten, fauchend und pfeifend, es klang wie Peitschenhiebe. Thirza floh auf die Straße und lief bis zum Bahnhof, wo sie den gewohnten Zug nach Pasing zu den Großeltern nahm – sie hatte sich den Weg gemerkt, ohne es zu wissen.

Die Großmutter erzählte später, ein Fahrgast habe das panische Kind bei ihnen abgeliefert; sie ihrerseits brachte es zu Tante Schossi und Tante Berti, die den oberen Stock des Häuschens bewohnten. Tante Schossi und Tante Berti waren Schwestern der Großmutter. Da der Großvater gegen Kindergeräusche empfindlich war, nahmen sie Thirza in ihre Obhut.

Thirza habe mit aufgerissenen Augen auf der Couch gesessen, während sie ihr heiße Milch mit Honig einflößten – es war ein dämmriger Herbstabend. Später nahm Tante Berti sie mit in ihr schmales Bett. Thirza spürte am Rücken den warmen, weichen Leib, weinte ein bisschen und schlief darüber ein. Als sie aufwachte, schien die Sonne durch die grauen Gardinen, es duftete nach Kaffee und Orangenschalen, die Tür stand offen, in der gemeinsamen Wohnstube sprachen die Tanten mit gedämpften Stimmen. Man hatte ermittelt. Der Opa kam langsam die knarzende Stiege hinauf. »Wusstest du nicht, dass man keine fremden Leute einlässt, wenn Mama und Papa nicht da sind?« Thirza hatte es nicht wirklich gewusst, nur geahnt; ihre Augen füllten sich mit Tränen, gleichzeitig fühlte sie eine betäubende Hitze in sich aufsteigen und sank in die Kissen. »Aber siiiehste nicht, Willi, se hat Fiiieber«, das war die volle, tiefe Stimme von Tante Berti, und Opa verschwand. Unter der schweren Glocke dieses Fiebers erholte sich Thirza und lernte nebenbei ein neues Wort: *Embryo*. Wieder zu Hause, lernte sie ein weiteres: *Simulantin*.

Ein Jahr später, Thirza war sechs, stand der Vater mit einem Koffer vor ihr und sagte, er ziehe jetzt aus, sie sähe ihn nicht wieder. Er sprach mit schwerer Stimme und schwankte.

»Und Mama?«

»Sag ihr, mit abber Brust läuft bei mir nüscht.«

Wieder würgende Stummheit, schlimmer als der drohende Verlust. Wieder ein schreckliches Geheimnis und das Gefühl, versagt zu haben; Thirza wusste nicht genau, was die Worte bedeuteten, und ahnte doch, dass man sie besser nicht weitergab. Sie wartete allein in der großen Wohnung und wünschte sich verzweifelt das dicke, heiße Kissen des Fiebers zurück, übergab sich ins Gästeklo, wieder war Spätherbst, wieder Dämmerung, sie lief durch alle Zimmer und knipste alle Lichter an. Draußen fiel Schnee.

»Warum ist Papa nicht da?«

»Er kommt nicht wieder«, flüsterte Thirza.

»Das hat er gesagt? Und was noch?«

»Nichts«, kaum hörbar.

»Ich sehe dir an, dass du lügst.«

Als Alptraum kehrte die Szene später wieder. Thirza, im Traum doppelt so groß und dreimal so alt, wusste jetzt, was der Satz bedeutete, und schämte sich in Grund und Boden. Ihr Kopf begann zu schmerzen, sie ächzte laut, und die Mutter sagte: »Spiel dich nicht auf, kleine Verleumderin, es geht hier nicht um dich.«

*

Die Mutter musste ins Krankenhaus. Thirza kam in Pasing unter, ging von nun an dort in die Schule und fühlte sich gerettet. Wieder wohnte sie bei den Tanten im ersten Stock. Wenn der Opa in der Arbeit war, machte sie unten in seiner Bibliothek Hausaufgaben. Es war ein verrauchtes kleines Zimmer auf der Rückseite des Häuschens mit Blick in einen langen, schmalen Garten zwischen hohen Ziegelmauern. Im Vordergrund beackerte die Großmutter ihre Gemüsebeete, im Mittelfeld gab es sieben Apfelbäume, an denen stumpfbraune Äpfel mit hartem, süßsaurem Fleisch wuchsen, am Ende stand ein alter, ungenutzter Schuppen.

Opa, Oma und die beiden Tanten waren aus Ostpreußen geflohen und pflegten ihre kleine Enklave mit einer entschlossenen Inbrunst, die Thirza sich sofort zu eigen machte. Ein kleines Ölbild neben dem Kaffeetisch zeigte stahlblaues zerwühltes Wasser vor einem kalt leuchtenden Abendhimmel, der von einer weißgesäumten schwarzen Wolke zerschnitten wurde. Das war der Ort der Sehnsucht: Okullsee!, schmachtend auszusprechen.

Alle Besucher stammten aus derselben alten Heimat, und Thirza lauschte hingerissen den nie versiegenden Fluchterzählungen im weichen, singenden Ton: Karlchen is im Krieje jeblieben, der Russ kam über den zujefrorenen See, den Verwalter hat der Pole ans Hoftor jenagelt. Die neue Heimat war ein trauriges Provisorium. Ein des Russischen mächtiger Cousin aus dem Baltikum wollte in einer St. Petersburger Enzyklopädie unter dem Stichwort »Bayern« die Auskunft »listiges Bergvolk« gefunden haben. Darüber lachten die Tanten noch beim Zubettgehen, »listijes Bergvolk, haha«, und schon flossen Tränen: Sie hatten als Flüchtlinge in Bayern so viel Hunger gelitten, dass sie, meist vergeblich, bei den Bauern bettelten. Einmal war Tante Berti nachts im Hungerwahn in einen Hühnerstall eingedrungen, um – nein, kein Huhn zu rauben, sondern Hühnerfutter. Der Bauer stürzte mit Lampe und Flinte heraus und brüllte in dieser kollernden, unförmigen Sprache, und Tante Berti konnte nicht anders, als sich weiter mit beiden Händen Körner und Federn in den Mund zu stopfen, während Tante Schossi im Gebüsch laut weinte.

Thirza lachte und weinte mit ihnen, aus Zugehörigkeit. Sie profitierte vom Verlust der Gatten und Söhne: als einziges Kind im Haus war sie ein Quell des Entzückens. »Tizzilein, Kindchen, schon wieder eine Eins, wie machst du das nur?« Thirza lieferte ihre Zeugnisse ab wie Trophäen und sah in leuchtende faltige Gesichter.

Ab und zu besuchte sie ihre Mutter. Gudrun bewohnte immer noch die große Schwabinger Wohnung, rauchte Kette und sah hart und schmal aus wie ein Bügelbrett. Fast alle Möbel waren fort. In der Mitte des ehemaligen Salons stand auf einem Tischchen eine weiße Urne als irgendwie bedeutsames Requisit der gescheiterten Ehe, und Gudrun kreiste rauchend um diese Urne. »Hast du von Carlos' neustem Streich gehört? Seine Braut ist davon, weil sie ihn am Vorabend der Hochzeit mit der Schwiegermutter in flagranti ertappte.«

Thirza wusste nicht, was in flagranti war, teilte aber die Verachtung für Carlos, dem sie übrigens glich: untersetzt, dunkel, eigensinnig. »Du kommst auf ihn«, sagte die Mutter, »du kleine Egoistin. Na, fühlst du dich wohl als Sonnenschein der alten Nazis? Opas Lieblingsenkelin. Dass ich das erleben durfte. Sag bloß, du willst auch Richterin werden.«

Der Großvater war in Allenstein Strafrichter gewesen. Sein erster Sohn starb als Kind an Diphterie, der zweite kam als Halbwüchsiger auf der Flucht ums Leben. Die Tochter glich den Verlust nicht aus. Im Hintergrund standen weitere Probleme, von denen nicht gesprochen wurde, und eines, von dem viel die Rede war: Wegen einer ungerechten Haftstrafe nach Kriegsende war er erst im Jahr siebenundvierzig hier eingetroffen, als alle Posten in der Justiz schon vergeben waren. Erst im Jahr neunundvierzig kam er in der Verwaltung des Bayerischen Rundfunks unter. Trotz aller Schwierigkeiten hatte er Frau, Tochter und Schwägerinnen in verschiedenen Lagern ausfindig gemacht und ihnen in Pasing ein neues Heim schaffen können. Er war hochgewachsen, gerader Rücken, Anzug und Krawatte, Pfeifenraucher, bedächtiger Redner, intellektuelles, von den Zeitläuften leicht beleidigtes Gesicht – ein stiller, zäher Patriarch. Nur eines störte die noble Erscheinung: eine Landkarte brauner Flecken auf dem kahlen Schädel, als wüchsen Pilze darauf.

Seine Tochter wollte mit ihm nichts zu tun haben. »Er denkt, was alle denken. Ein juristischer Zinnsoldat. Carlos war zwar ein Schwein, aber er hat mich da rausgesprengt. Glück im Unglück. Oder soll man sagen Unglück im Glück?« Vielleicht gab es gar keine Rettung für Gudrun – auch wenn nicht eines Tages Carlos Zorniger im Gericht aufgetaucht, oder wenn er in eine andere Verhandlung gegangen wäre. Viel später fand Thirza eine These dazu: Gudrun erfüllte eine komplizierte Vorgabe, nach der sie gleichzeitig retten und versagen musste, und rächte sich für diesen vermeintlichen Verrat des Vaters durch eigenen Verrat.

*

Und der Großvater? Falls er sie verraten hatte, war es ihm nicht bewusst. Von der verlorenen Tochter sprach er mit einer edlen Melancholie, die er sogar verschämt als Bußübung zu genießen schien: Melancholie als abgeklärte Form der Trauer. Edel der Verzicht auf formelle Zurückweisung einer Schuld, an die man nicht glaubt. Von der Justiz, die sein Lieblingsthema blieb, redete er ähnlich, und da er sich in der Rundfunkverwaltung nicht ausgelastet fühlte, verfasste er ein Traktat darüber. Das Eingangskapitel gab er Thirza für Gudrun mit, die nach den ersten Zeilen in Hohngelächter ausbrach und alle Blätter wieder in Thirzas Rucksäckchen stopfte. Thirza erzählte dem Großvater von dieser Zurückweisung nichts, und er fragte nicht nach. Als sie Jahre später ihr Kinderzimmer ausräumte, fand sie die Papiere und las: »Bedauerlicherweise ist das Rechtswesen im öffentlichen Diskurs beklemmenden Anzweiflungen ausgesetzt. Sogar die Kunst löst extra muros mehr Vertrauen aus als die methodologisch so durchdachte und für das Staatswesen so unentbehrliche Rechtswissenschaft.«

»Ja, das ist sein Kardinalthema«, war Gudruns Kommentar gewesen. »Da wird er wohl bis an sein Lebensende die eine oder andere Krokodilsträne fallen lassen. Frag ihn doch, warum seinesgleichen im Dritten Reich die Justiz nicht vor den Nazis bewahrt hat.«

Thirza trug Berichte zwischen den Haushalten hin und her, wobei sie die Provokationen unterschlug. Da der Großvater bei aller Rigidität durchblicken ließ, dass er verletzlich sei, hatten die Frauen des Haushalts eine Kultur entwickelt, die ihn schonte, ohne es zu zeigen, da sie zu spüren meinten, dass das Bewusstsein, geschont werden zu müssen, ihn gekränkt hätte. In der Praxis sah das so aus, dass sie ihm fast ehrerbietig begegneten, während sie in seiner Abwesenheit von ihm sprachen wie von einem Kind. »Ach, der Willi. Nein, er bejreift es nicht.« Es ging um Fehler, die nicht benannt werden durften. Er selbst stellte ungnädig fest, er habe immer nach der geltenden Rechtslage gehandelt. Thirza registrierte die Verstrickungen, ohne zu wühlen, schonte die Empfindlichkeiten, profitierte von den Schweigeabkommen und nahm sich vor, später alles besser zu machen. Vor allem war sie heilfroh, dass Gudrun nicht auf die Idee kam, sie zu sich zu nehmen. Tante Berti deutete an, dass der Willi Gudrun finanziell unterstützte, obwohl sie offiziell keinen Umgang hatten. Vor Thirza sollte dieses Arrangement verheimlicht werden. Warum? In einem Alptraum streckte Gudrun die qualmende Hand nach ihr aus und sagte: »Braves Kind! Keine Laster, lernst wie eine Maschine, du wirst in der Justiz Karriere machen. Ist der Heiligenschein schon bestellt?« Thirza fühlte sich keineswegs heilig, wusste aber schon im Traum, dass sie lieber noch schuldiger werden würde, als sich dem Schwabinger Niedergang auszusetzen. Gudrun zog die verkohlten Finger zurück und sagte: »Versteh schon, mit abber Hand läuft bei dir nüscht.«

*

Tante Schossi war sanft und bescheiden, Tante Berti drehte sich Locken und sang im Chor. Bisweilen zankten sie wie müde alte Tauben, doch bald teilten sie wieder gurrend Klage und Glück. Ihre Schwester, Thirzas Großmutter, genoss nichts, sondern trauerte still um die verlorenen Kinder, während sie dem Hausherrn diente. Sie hatte Bauchbeschwerden, wurde operiert, kam nach Hause, genas leidend, erkrankte aufs Neue, erbrach keuchend. Thirza lernte das alarmiert auszusprechende Wort »Darminfarkt« und wurde zu ihrem Entsetzen für einige Tage zu Gudrun geschickt, wo sie die Tiraden und den beißenden Zigarettenqualm ertrug und sich als Märtyrerin fühlte. Nach dem Begräbnis durfte Thirza nach Pasing zurück und trauerte mit den Tanten. »Zuletzt war es eine Erlösung«, sagte Schossi benommen. »Für alle«, fügte Berti hinzu. »Zuletzt hat se jesacht: Tut mir lejd, dass es so lange jedauert hat.«

*

Gudrun starb im Jahr darauf mit der Bemerkung: »Bei mir soll es nicht so lange dauern.« Sie deutete an, »der Friedrich« habe Morphium besorgt. Mit dem Vater versöhnte sie sich nicht. »Er wird niemals ... zugeben ...« Thirza fragte wie immer nichts. Es wäre die letzte Gelegenheit gewesen. Gudrun saß aufrecht am Küchentisch und redete geistesabwesend mit langen Pausen, die Thirza als Unhöflichkeit empfand. »Wie soll ich ... was soll ... äh ... vielleicht sollte ich Kaffee kochen?« Sie griff mit ihrer schmalen, knochigen Hand nach Thirzas prallem Unterarm. Heißer Juni, das Fenster stand offen, der Holunderbaum im Hof schien nur aus Blüten zu bestehen, ein Berg aus stumpfweißen Schirmchen, Dampfwolken über der Stadt. »So, du bist also ... ausgerechnet ... das Leben? Für dich ... das ... ich? Da machen wir doch jetzt lieber einen Kaffee.«

*

Bei Gudruns Beerdigung, die von den überraschend zahlreichen Schwabinger Freunden ausgerichtet wurde, hörte Thirza respektvolle Reden. Locker gekleidete grauhaarige Männer, die andeuteten, Gudruns Liebhaber gewesen zu sein, rühmten die Verstorbene in Fremdwörtern: Esprit, Eleganz, Charisma, Courage. Ein

Zylinder-Herr mit Theaterstimme erinnerte sich an die anmutige junge Gastgeberin. Er sei den Einladungen des unausstehlichen Zorniger nur gefolgt, um gelegentlich für ein paar Stunden die schöne Gudrun ansehen zu dürfen. Der unausstehliche Zorniger, der danebenstand, lachte stolz und erzählte seinerseits, er sei extra aus Berlin angereist, obwohl er dort morgen den Wallenstein geben müsse in der berühmten Fels-Inszenierung, sie hätten sicher davon gehört: die ganze Trilogie an einem Tag, jede Aufführung seit Wochen ausverkauft. Der Großvater stand bleich als Fremder daneben. Zu Hause hatte er bis gestern gewütet, es war dabei *ums Prinzip* gegangen, um die Art der Feier und den Text der Todesanzeige. Anscheinend hatte er nichts ausgerichtet. Heute Morgen hatte er sich beim Rasieren fast massakriert, ein Schnitt wie ein Schmiss vom linken Ohr bis zur Backe. Doch auf dem Friedhof stand er stumm und ausdruckslos.

Die Tanten weinten leise, und Thirza weinte mit, wie immer mehr aus Sympathie als aus Trauer. Sie fragte sich, ob Gudrun sie überhaupt geliebt hatte, zumal sie sie so leichten Herzens an die Großeltern abgetreten hatte. »Abgetreten«, dieses Wort befiel Thirza wirklich vor dem offenen Grab, und nun weinte sie laut und ehrlich, aus Selbstmitleid wie aus Dankbarkeit. Als sie vom Grab zurücktrat, zog jemand von hinten sie in seine Arme, so geübt, dass sie nicht auf die Idee kam, sich zu wehren, und so stark und warm, dass es viel zu kurz erschien. Carlos drückte seine unrasierte Wange gegen ihre nasse Schläfe und flüsterte: »Na, meine kleine Thirza, schon in der Pubertät? Wir müssen mal telefonieren.«

*

Er rief nicht an, und Thirza bildete sich ein, ihn nicht zu vermissen. Eigentlich vermisste sie nichts. Sie hatte keine Klagen, ihre Kindheit betreffend. Nur eine Spätfolge ließ sich vielleicht feststellen: Als Familienrichterin fand sie keinen Kontakt zu den verzweifelten, verstockten, verschlagenen Scheidungswaisen. Brüllende, keifende Paare waren zu ertragen, doch nicht die deformierten Kinder. Thirza war sogar dem Ruf ins Ministerium gefolgt, um das Familiendezernat loszuwerden. Dass die Freunde ihr Karrierismus vorwarfen, schien das geringere Übel. Nur ein Schmerz blieb zurück: Hätte sie es den Freunden nicht erklären können?

Sie erklärte es nicht, weil sie fürchtete, es würde als Eingeständnis von Versagen gelten. Ein doppelter Fehler. Erstens, es war kein Versagen. Zweitens, es wurde ein Versagen durch das Verschweigen. Mit dieser Hypothek machte Thirza Karriere. Vielleicht ist das Schicksal eine Summe falscher Motive?

*

Im Übrigen war Pasing nicht nur stickige Gemütlichkeit. Thirza führte dort, vom Großvater unbemerkt und von den Tanten still gebilligt, ein Nebenleben aus Traum und Freiheit. Und das verdankte sie Beni.

Beni, gleichaltrig mit Thirza, wohnte in Pasing fünf Hausnummern weiter auf einem ebenfalls schlauchartigen Grundstück in einem ebenso kleinen Haus und spielte dort überhaupt keine Rolle, denn er war der zweitjüngste von sechs lauten Brüdern. Er nahm die aus Schwabing geflüchtete, verschreckte kleine Thirza unter seine Fittiche, brachte sie mittags nach Hause und holte sie morgens ab. Am dritten Nachmittag führte er sie zur Verlobung.

Die Verlobung bestand in einem Radrennen auf einer laubbedeckten Allee, die in ein verwildertes Grundstück führte. Das Feld bestand aus Beni und seinem kleinen Bruder Wiggerl. Der Sieger würde Thirza heiraten. Thirza rief am Zielstrich »Los!«, und auch der kleine Wiggerl auf seinem Dreirad strampelte wild, wurde aber um zwanzig Längen geschlagen. Beni sagte feierlich: »So, Tizzerl, du werst mei Wei.«

Da zu einer Ehe Geheimnisse gehören, schickte er Wiggerl nach Hause und drang mit Thirza in das Kellergewölbe einer im Krieg zerstörten Villa ein, indem sie sich durch ein geschmiedetes Gitter zwängten. Beni präsentierte Thirza wie ein Geschenk einen zerfallenen Pappkoffer, der mit Briefen gefüllt war, doch Thirza fürchtete sich vor Ratten und ergriff die Flucht. Er nahm eine Handvoll Papiere mit hinaus. Sie waren von Mäusen halb zerfressen und zeigten auf dem Briefkopf einen Reichsadler. »Des hoaßt *Heil Hitler*!«, behauptete Beni. Die Worte standen wirklich da, aber woanders, vor der Unterschrift. Thirza erklärte Beni die Buchstaben, und er erklärte ihr, wer Hitler war. Beni bewunderte Thirzas Verstand, sie seine Weltläufigkeit.

Als er größer wurde, trug er den Tanten die Einkaufstaschen. Dadurch gewann er ihr Vertrauen, und Thirza durfte nachmittags mit ihm hinaus. Er zeigte ihr alle Felder, Brachen und Schutthaufen des Pasinger Umlandes. Im Keller einer anderen Kriegsruine wollte er sogar eine Leiche entdeckt haben. Als Beweis brachte er einen grauen, porösen Knochen, an dem vertrocknete Fasern hingen. Thirza war aufgewühlt von diesen Sensationen. Beni baute aus Ästen und faulen Brettern hinter der zerstörten Villa für das Paar eine Hütte, auf Thirzas Wunsch sogar mit einem kleinen Schreibtisch und einem kleinen Bücherregal. Kniend an diesem Tischchen erledigte Thirza seine Hausaufgaben, während er draußen in der Glut eines Lagerfeuers Kartoffeln buk, die er aus einem Acker gegraben hatte. Nach einer instinktiv bestimmten Garzeit rollte er die schwarzgebrannten Kugeln mit einem Stock aus der Asche. Man brach die verkohlte Schale auf, schüttete Salz auf das dampfende gelbe Fleisch und aß aus der Hand. Thirza kannte nichts Köstlicheres. Sie genoss diese Abenteuer in vollen Zügen und achtete gleichzeitig darauf, Benis Schulhefte vor der Mahlzeit zu verpacken, damit sie ohne Rußspuren blieben.

Als auf dem verwahrlosten Grundstück gebaut und die schiefe Kinderhütte abgeräumt wurde, erlaubten die Tanten Beni, den

Schuppen am Ende ihres Gartens herzurichten. Dieser Schuppen erlebte im Laufe der Jahre etwa dreizehn Bauphasen, denn Benis Ansprüche stiegen mit seinem handwerklichen Vermögen. Das Werkzeug entwendete er einem älteren Bruder, der Schreiner war.

Er hängte sich einfach bedenkenlos an Thirza, während ihr immer mehr Bedenken kamen. Er wollte zum Beispiel Thirza ins Gymnasium folgen und fiel durch die Aufnahmeprüfung; schon für die Anmeldung hatte er die Unterschrift seines Vaters gefälscht. »Der Beni, der sucht ein Zuhause«, bemerkte mild Tante Schossi, die von der Fälschung nichts ahnte oder vielleicht doch. Allen Frauen war unausgesprochen klar, dass Benis Suche vergeblich war, nur Beni selbst schien es nicht zu merken. Während Thirza immer weniger Zeit für ihn hatte, baute er weiter am Schuppen, meist unbemerkt, denn er betrat und verließ das Grundstück durch ein Loch, das er in die rückwärtige Mauer geschlagen hatte. Manchmal brachte ihm Thirza Semmeln und Limonade. Inzwischen baute er ein Bett. Er rauchte, und abends sah Thirza immer öfter durch die Sträucher das Glimmen seiner Zigarette. Er wurde ihr unheimlich.

Eines Herbstabends stand er mit blutender Nase im Regen vor der Tür. Thirza schaffte ihn herein und zog ihm den nassen Pullover aus. Sein Körper war von Aufschürfungen und blauen Flecken übersät. Thirza starrte so erschrocken wie begeistert auf diesen malträtierten mageren, drahtigen Leib, und Beni, in aller Angst und Spannung, spürte es und geriet darüber in einen fiebrigen Stolz. In diesem Augenblick trat der Großvater ein. Dr. Wilhelm Kargus.

Dr. Wilhelm Kargus hatte Tante Berti erwischt, als sie leise aus seinem Wäscheschrank eine trockene Jacke zog. Zum ersten Mal seit Jahren betrat er die von ihm sonst gemiedene Frauenetage, sah drei Frauen in Betrachtung des jugendlichen geschändeten Heldenleibs und fragte: »Was ist das?«

Beni, immer noch stolz, stellte sich selbst vor: »Kagerbauer Benedikt, Herr Doktor!«

Großvater zu Thirza: »Was hat der hier zu suchen?«
»Er hilft uns, den ... äh, den Schuppen herzurichten ...«
»Warum weiß ich davon nichts?«
Er hatte sich nie dafür interessiert, was im oberen Stock geschah. Die Frauen heizten, wuschen, kauften ein, kochten, schmückten, pflegten, beruhigten, sie waren für das Menschliche zuständig, ein so heimeliges wie unheimliches Naturelement, zu dessen Beherrschung es keiner weiteren Qualifikation als der Weiblichkeit bedurfte, während er, Dr. Wilhelm Kargus, sich den Höhen ziviler Abstraktion zugehörig fühlte, einer Männerwelt aus Logik und Vernunft. Übrigens schätzte er die Fürsorge und vergalt sie mit Ritterlichkeit und Verantwortung; er war kein Wüterich. Er wirkte in Frauennähe sogar befangen, wie auf schwankendem Boden. Doch angesichts des geprügelten Beni wurden seine Züge auf einmal starr, irgendwie besessen. Thirza sah die Tanten erbleichen.

»Ortsbesichtigung!«, stieß er leise hervor. Thirza warf den Tanten einen flehenden Blick zu, doch beide blieben zurück; Berti rang die Hände, Schossi krümmte sich und drückte sich eine Faust zwischen die Kiefer, wie um nicht zu schreien. Beni ging mit langen Schritten halbnackt trotzig voraus durch den Regen, der Großvater folgte ihm mit einem Schirm. Sie passierten die Bäume voller Äpfel, die er nie geerntet hatte, und eine von Beni gepflanzte Hecke, von der er nichts wusste. Sie standen vor dem Häuschen, das inzwischen ein regenfestes Vordach hatte, eine Tür und ein Fenster.

»Woher stammt die Dachpappe?«
Beni, im Regen: »Vom Bruada.«
Woher stammte das Glas? Das Holz? Das Werkzeug?
Während des Verhörs sah Beni nur sein Werk an; vielleicht gab ihm der Anblick Halt, vielleicht hoffte er auch, die Schönheit der Arbeit würde den Alten von ihrer Berechtigung überzeugen.

»Aha, alles vom Bruder. Und was sagt der dazu?«
Beni zeigte wortlos auf seine Wunden. Thirza wisperte kindlicher, als es ihren Jahren entsprach: »Der Bruder haut den Beni immer!«

»Dich hätte ich für klüger gehalten!«, fuhr er sie an. Er reichte ihr den Schirm, bückte sich mit steifem Rücken, griff die Axt, die auf dem Boden lag, und begann auf Türe und Fenster einzuschlagen, schweigend, mit einer seltsam kontrollierten Brutalität.

*

Beni verschwand. Thirza forschte ihm nicht nach. In gewisser Hinsicht profitierte sie vom Ende dieser Ära, obwohl sie um Beni einige Tränen vergoss. Sie hatte inzwischen neue Interessen. Und stieß auf weniger Widerstand als erwartet.

Schämte sich der Großvater seiner Härte? Dachte er an seine Tochter, die sich vielleicht nach ähnlichen Ausbrüchen von ihm abgewandt hatte? War er im Grunde schwach und hatte allen mit seiner Überkorrektheit eine Autorität vorgespielt, die er gar nicht besaß? Oder war nur Thirzas Blick auf ihn ein anderer? Sie hatte ihn immer für kauzig und unnahbar, aber auch für untadelig gehalten. Damit war jetzt Schluss. Nach diesem Sündenfall durfte sie den Aufstand proben.

Der Großvater verfügte über das einzige Telefon im Haus. Es stand unten im engen Flur. Thirza, am oberen Treppenabsatz lauschend, hörte ihn sagen: »Nein, Sie können nicht mit ihr sprechen.« Thirza kombinierte: eine Nachricht von Beni, über Dritte. Aber was tun? Hinuntergehen und den Großvater bloßstellen? Das würde er nicht verkraften. Dann fiel ihr ein: Vor allem sie selbst würde es nicht verkraften, und zwar nicht aus Mitleid, sondern aus Feigheit. Sie begann sich zu wappnen.

Einmal fragte er: »Wie war der Name? Ja, ich richte es aus.«

Thirza schlenderte wie zufällig die Treppe hinab. »War das für mich?«

»Eine Schulfreundin namens Isolde bittet um Rückruf. Seit wann hast du Freundinnen, die Isolde heißen?«

Er rückte den Zettel nicht heraus, sondern wählte selbst die Nummer, um Thirzas Miene zu beobachten. Thirza hörte eine schön modulierende Altstimme: »Ich bin deine Halbschwester Isolde und rufe im Auftrag von Carlos Zorniger an. Er möchte uns treffen. Kannst du morgen Nachmittag in den Hofgarten kommen?«

»Isolde ist meine Halbschwester und will mich morgen im Hofgarten treffen«, sagte Thirza langsam. Ihr Herz schlug bis zum Hals. Er ließ sie gehen.

*

Isolde war lang und grazil, hielt das Kinn erhoben und blickte über rassige Wangenknochen auf Thirza herab. Ihre Augen waren grün, mit blauen Strahlen darin. Sie war ein Theaterkind und wollte nach dem Abitur ebenfalls Schauspielerin werden. »Filmstar«, bemerkte sie knapp. Deswegen hatte sie sich schon mit vierzehn angewöhnt, kerzengerade auf dem Rücken zu schlafen. »Ich will morgens keine Kissenabdrücke auf der Wange. Wer hohe Ziele hat, muss auch was dafür tun. Komm mit, er erwartet uns im Bayerischen Hof.«

Auf dem Weg erfuhr Thirza, dass Carlos inzwischen sieben Kinder hatte, alle mit theatralischen Namen: Jeanne, Roderich, Elektra, Isolde, Thirza, Amalia. Das jüngste, gerade geboren, hieß Faust. Sein Höchstes sei, zu Geburtstagen alle Frauen, Ex-Frauen, Geliebte, Kinder und Enkel um sich zu versammeln. »Hast du nie eine Einladung gekriegt?«

Isolde betrat das Hotel selbstbewusst wie eine Diva und führte Thirza zu Carlos' Suite. Carlos öffnete: energisch, funkelnd, mächtige Tränensäcke, magische Augen. »Meine Mädchen, lasst euch ansehen!« Sie ließen sich ansehen: die schlanke bronzene Isolde mit dem erhobenen Haupt. »Meine Giraffe! Nofretete!« Stürmische Umarmung. Die linkische, unfertige Thirza. »Mein Kobold!« Diese Umarmung neugierig, Schultern wie Stahl, feste, genießerische Hände. Thirza elektrisiert. Ein Kellner brachte auf einem Rollwagen Champagner und Häppchen, es war wie Kino.

Die Unterhaltung bestritt Carlos allein. Sie handelte von seinen Rollen, seinen Inszenierungen, seinen Filmen, Rivalen und Frauen. Stärker als die Geschichten fesselte das Schauspiel seiner Augen. Sie waren groß und grün, aber nicht klar wie die von Isolde, sondern feucht und hypnotisch, mit wechselndem Ausdruck. Einmal sah er Thirza an, da meinte sie, in einem Strudel zu versinken. Im nächsten Augenblick schossen sie Blitze, da machte sich Carlos über Großvater Kargus lustig, den er Dr. Argus nannte. Dr. Argus habe ihn bei der Scheidung von Thirzas Mutter »in Grund und Boden prozessieren« wollen und sei von Gudrun »zurückgepfiffen« worden. Mehrmals habe der Alte versucht, beim Rundfunk Carlos' Verträge zu torpedieren. »Superverträge«, also besonders hoch dotierte, gingen über Dr. Argus' Tisch, na ja, da habe Carlos eben den Intendanten einschalten müssen. »Schöne Rollen übrigens, zuletzt Captain Ahab im furiosen Sechsteiler *Moby Dick*, habt ihr das gehört?«

Beim Abschied fragte er: »Na, Thirza, immer noch Jungfrau?«

Thirza hatte sich kürzlich mit dem *kleinen roten schülerbuch* aufgeklärt und wusste immerhin, was er meinte. Trotzdem fühlte sie sich blamiert. »Mach dir nichts draus«, sagte Isolde, als sie Thirza zum Hauptbahnhof begleitete. »Das wird er ab jetzt jedes Mal fragen. Es interessiert ihn halt.«

Die hohe dünne, schneidig-zerbrechliche neunzehnjährige Isolde, sie redete von Carlos wie von einem verwöhnten älteren Bruder. »Immerhin empfing er uns nicht nackt. Ist auch schon vorgekommen. Keine Angst, er tut einem nichts; er will nur bewundert werden.«

*

Erst nach dem Abitur hörte Thirza wieder von Carlos. In einem Rundschreiben lud er »all meine Lieben, Kinder und Kegel, Freunde und Feinde« nach Hamburg ins Hotel Atlantic zu seinem siebzigsten Geburtstag ein. Thirza sagte nicht mal ab. Nichts, was sie zu bieten hatte, interessierte Carlos, und ob sie noch Jungfrau sei, wollte sie nicht gefragt werden, denn sie hatte als Frau nichts vorzuweisen und schämte sich.

Inzwischen urteilte Thirza über alle harsch. Carlos war ein Hochstapler und Verderber, er brauchte Menschen als Brennstoff für seine überhitzte Selbstliebe. Wie wenig Selbstachtung mussten Frauen haben, um so einem zu verfallen? Gudrun hatte es sich nie verziehen und jahrelang mehr mit dieser Schande gerungen als mit ihrem Krebs. Arme Mama! Kein Vorbild, nein. Und die Tanten? Die Tanten vergaßen sich selbst in einer Diplomatie, die ihnen beim Marmeladekochen ein paar überlegene Willi-Scherze bescherte, sie letztlich aber zu Sklavinnen machte. Dr. Wilhelm Kargus nun hatte für die Karriere seine Prinzipien verraten, ohne es zu merken. Er wusste nicht mal, dass er nicht gerecht war.

Es gab nur eine einzige Profiteurin all dieser Verhältnisse, und das war Thirza. Denn auf absurde Weise hatten alle, ob absichtlich oder nicht, sie begünstigt. Die Eltern, die niemals hätten heiraten dürfen, schenkten ihr das Leben. Carlos verlieh ihr aus der Ferne Namen und Glanz, ohne sie weiter zu behelligen. Gudrun hatte Thirza das Pasinger Asyl gegönnt, statt sie ihrem unfruchtbaren, tödlichen Groll auszusetzen. Beni gab ihr Freiheit und Selbstvertrauen. Die Tanten liebten sie und entzogen sie unauffällig dem Großvater. Der Großvater schließlich hatte sie, obwohl er Kinder lästig und unheimlich fand, in seinen Haushalt aufgenommen und sich durch seinen Anfall von Grausamkeit gerade zur rechten Zeit selbst entzaubert.

*

»Ich will Richterin werden.«

»Das ist in dieser Familie schon einmal auf tragische Weise missglückt.«

Thirza hatte diesen Wunsch vor zwei Jahren schon einmal ausgesprochen, damals in Opas sporadischer Herrenrunde. Inzwischen bediente Thirza an Schossis statt diese Runde, die aus Kargus und drei pensionierten Justizkollegen aus der alten Heimat bestand, und einer der Gäste hatte bemerkt, wie aufmerksam sie lauschte, während sie Bier, Cognac und Lachsbrötchen brachte oder die vollen Aschenbecher hinaustrug.

»Na, junge Dame, interessiert an der Justiz?«

»Ja ...«

»Und, was möchten Sie werden? Protokollführerin?«, fragte er gönnerhaft.

»Richterin ...«

Dr. Kargus, der das zum ersten Mal hörte, reagierte geistesgegenwärtig wie immer. »Tizzi weiß, worauf es ankommt, nicht wahr? Na Tizzi, worauf kommt es beim Richteramt an?«

Sie wusste nicht, worauf er hinauswollte.

»Auf die richterliche Kontrolle des Gegenstandes ...«, soufflierte er und beendete selbst den Satz, wie um sie aus ihrer Verlegenheit zu erlösen: »... die richterliche Kontrolle des Gegenstandes nach den normativen Regeln in materiellrechtlicher und prozessualer Hinsicht.«

»Danke ...«, flüsterte Thirza.

Er konnte durch Großzügigkeit disqualifizieren. Jetzt fuhr er mit seiner alten grauen Zungenspitze über den Rand des leeren Glases, um zu zeigen, dass er nachgeschenkt haben wollte; eine Geste, die Thirza noch nie bei ihm gesehen hatte. Er leckte sozusagen lächelnd das Blut vom Florett, während Thirza eben erst realisierte, dass sie durchbohrt worden war.

Das war vor zweieinhalb Jahren gewesen. Diesmal hatte Thirza sich vorbereitet.

Also, da capo: »Ich will Richterin werden.«

»Das ist in dieser Familie schon einmal auf tragische Weise missglückt.«

»Du hast es ja auch geschafft.«

Er zuckte zusammen. Er begriff die Provokation, doch verbieten konnte er nichts. Thirza war volljährig und hatte im Abiturzeugnis mehr Einser als Zweier.

»Warum gerade Richterin?«

Thirza taumelte. In Gedanken war sie klar, doch heikle Situationen verschlugen ihr immer die Sprache. Eigentlich wollte sie genau diese Ohnmacht besiegen: die Ohnmacht der Frauen, die ihren Verzicht auf Wort und Recht als Rücksicht auf den zerbrechlichen Männerstolz ausgaben und nicht merkten, wie ihnen darüber der Respekt der zerbrechlich Stolzen abhandenkam. Was also tun? Thirza wollte in eine Struktur hineinfinden, die Gehör erzwang, und auf der richtigen Seite der Verbote stehen. Aber das war nicht alles.

Gott sei Dank bemerkte der Großvater diesmal ihre Schwäche nicht, weil er mit seiner eigenen Schwäche beschäftigt war. Der Verlust des Richteramts schmerzte ihn immer noch, und vielleicht quälte ihn der Gedanke, dass Thirza an ihm vorbeiziehen könne. Also begann er pädagogisch zu argumentieren: Sie könne doch Anwältin werden und ihr weiches Herz der Verteidigung jugendlicher Delinquenten widmen, solchen wie jenem Schuppenbewohner, Name vergessen ... oder Notarin. Oder in die Verwaltung gehen! Verwaltung, das sei verantwortungsvoll und konstruktiv. Vor Gericht erlebe man nur die dunkle Seite der Menschheit, Verbrechen, Wortbruch, Zwist und Zorn, man könne nichts gestalten, nur Urteile sprechen, da das Kind schon im Brunnen liege, wenn der Konflikt verhandelt wird.

Thirza hörte höflich zu und schwieg, denn es stand ja keine Entscheidung an; zuerst mal musste man das Studium schaffen. Andererseits bedeutete Großvaters leidenschaftliches Plädoyer, dass er ihr Staatsämter zutraute. Die Staatsnote war also das erste Ziel, und das zweite Ziel stand außer Frage: Recht sprechen! Denn Thirza wollte für Gerechtigkeit sorgen.

DIE ARBEIT

Thirza wurde Richterin am Landgericht München I. im Justizpalast. Vierzig Jahre später lebte sie immer noch in Pasing, im Haus ihrer Kindheit. An diesem Sonntagnachmittag schrieb sie dort ein Urteil.

Unten im Garten blühten Schneeglöckchen, vom blattlosen Nussbaum hingen Kätzchen wie vergilbte Vorhangfransen, der Himmel wurde von dahinschießenden dunkel- und hellgrauen Wolken zerteilt. Für Februar war es viel zu warm, ein Frühling vor der Zeit mit Bildern, die nicht mehr zu Thirza passten: die erwartungsvolle nackte Haselskulptur, Frühlingsstürme, ein verwirrter Himmel.

Das Urteil war Routine, übersichtlich, nicht aufreibend, in mancher Hinsicht sogar befriedigend. Der Freistaat Bayern hatte einen Musikveranstalter namens Rock-Buam GmbH verklagt. Rock-Buam hatte seit dreizehn Jahren jeweils im Juli vom Freistaat ein Gelände für ein Rock-Open-Air gemietet, immer unterstützt von der Brauerei St. Stephan, welche die Konzerte sponserte und im Gegenzug dort ihr Bier ausschenkte. Ab dem Jahr 2009 verlangte der Freistaat im Mietvertrag von der Rock-Buam GmbH, eine andere Brauerei mit der Bewirtung zu beauftragen. Eigentümer dieser anderen Brauerei, Starkbier Strobl, war der Freistaat selbst.

St. Stephan zog sich, da sie ihr Bier auf der Veranstaltung nicht mehr ausschenken durfte, als Sponsorin zurück, woraufhin der Veranstalter seine Konzerte nicht mehr finanzieren konnte und alle Termine stornierte. Der Freistaat als Kläger beantragte vor Gericht die Zahlung einer Ausfallentschädigung von insgesamt 9.817 € nebst Zinsen sowie 1,80 € vorgerichtliche Auslagen und 15,- € vorgerichtliche Mahngebühr.

Thirzas Kammer hatte beschlossen, die Klage abzuweisen. Die Begründung schrieb Thirza selbst, nachdem der zuständige junge Berichterstatter sich eine Woche vor der Urteilsverkündung krankgemeldet hatte. Dieser junge Kollege Gregor hatte Rock-Buam verurteilen wollen und war von Thirza und dem dritten Kammerkollegen Karl überstimmt worden. Gregor schlug sich instinktiv auf die Seite des Einflussreicheren, und im vorliegenden Fall hätte er sich gern dem Staat als intelligenter Diener präsentiert, unterstellte Thirza. Gregor selbst sprach natürlich von richterlicher Unabhängigkeit und anderer Rechtsmeinung. Jedenfalls war er erkrankt, und Thirza hatte den von ihr selbst diktierten Urteilsentwurf nahezu unverarbeitet zurückerhalten, beheftet nur mit einem Stapel BGH-Urteile, die Gregor gern seitenweise zitierte.

Tragende Gründe der Klageabweisung: Der Kläger hatte seine marktbeherrschende Stellung missbraucht und durch sein Verbot, auf der Veranstaltung das St.-Stephans-Bier auszuschenken, den Beklagten unbillig behindert. Zwar hatte der Beklagte die Termine zu spät storniert, so dass der Kläger das Gelände nicht mehr anderweitig vermieten konnte; der hierdurch entstandene Ausfallschaden wäre dem Kläger zu ersetzen gewesen, der Anspruch war aber durch Aufrechnung mit einem kartellrechtlichen Schadensersatzanspruch des Beklagten gem. § 33 Abs. 3 Satz 1 GWB erloschen.

Weitere Aspekte, die bei der Gerichtsverhandlung vor drei Monaten erörtert worden waren: Galt das Gesetz gegen Wettbewerbsbeschränkungen (§ 130 Abs. 1 Satz 1 GWB) auch für Unternehmen, die ganz oder teilweise im Eigentum der öffentlichen Hand standen? Ja. (Begründung.) Wurde der Mietvertrag zwischen Freistaat und Rock-Buam GmbH insgesamt unwirksam, weil die Vertragsklausel, wonach Starkbier Strobl mit der Bewirtung zu beauftragen war, gegen Kartellrecht verstieß? Nein. (Begründung.) Weiter: Wie waren die jeweiligen Geschäftsinteressen der Parteien gegeneinander aufzuwiegen? Beide wollten Gewinn machen, der

Veranstalter privatwirtschaftlich, der Kläger, indem er seine eigene Brauerei begünstigte, gewissermaßen im Interesse des Staatshaushalts. Standen insofern nicht die Gewinninteressen des Klägers im Vordergrund? Nein: Eine derartige Begünstigung eigener Unternehmen war mit den Zielsetzungen des Kartellrechts nicht vereinbar. Der Beklagte musste seine Events frei ausgestalten können, ohne durch unerlaubtes machtbedingtes Verhalten des Vermieters beeinträchtigt zu werden.

Das war saubere juristische Mathematik, gerecht, grundsätzlich, dabei ohne Tragik. Kartellrecht richtet sich gegen Marktmonopole und dient der Wettbewerbsfairness. Moralisch gesprochen schützt es die Kleinen gegen die Großen. Der konkrete Fall hatte zudem einen schönen demokratischen und rechtsstaatlichen Aspekt, indem die Justiz des Freistaats selbst den Staat, dem sie diente, am Machtmissbrauch hinderte (Gewaltenteilung). Ohne Tragik aber meint: Entscheidungen wie diese taten den Monopolisten nicht wirklich weh, während sie der schwächeren Partei effektiv halfen.

Kurz: Es war viel befriedigender, als etwa nach der Tabelle von Sanden-Küppersbusch auszurechnen, ob der Geschädigte eines Verkehrsunfalls einen Nutzungsausfallsatz von 34 oder 65 Euro pro Tag bekommt, während in Afrika jede Minute ein Kind hungers stirbt.

Andererseits, da wir schon von Gerechtigkeit reden: Das Kind pro Minute stirbt ebenso. Und die Richter setzten ihre Energie und ihr Fachwissen ein, um die Rechte von Leuten zu klären, denen alle Schwächeren mutmaßlich egal waren. Es gab keinen Grund zu der Annahme, dass jener Verwaltungsbeamte, der, wohl gemäß einer politischen Weisung, den Rock-Unternehmer unter Druck setzte und seine Veranstaltung zerstörte, über nennenswertes Mitgefühl verfügte. Woraus sich nicht ergab, dass der Rock-Bube mitfühlender gewesen wäre. Der Rock-Bube wollte Geld machen, indem er Remmidemmi verkaufte. Natürlich hätte keiner der Beteiligten das so gesagt. Man weiß nie, inwiefern einer seine

Motive überhaupt kennt, und über Motive wurde auch nicht verhandelt. Thirza verhandelte hier innerhalb eines Schemas objektiver Berechtigungen (Geldforderung) einen gänzlich überflüssigen, destruktiven Vorgang.

Als Richterin hast du immer nur mit dem zu tun, was vorgestern schiefgelaufen ist. Glückliche Menschen ziehen nicht vor Gericht. Die, die zu uns kommen, sind unglücklich, unzufrieden oder rücksichtslos, oder sie werden von unglücklichen, unzufriedenen Menschen vor Gericht gezerrt und werden dadurch ebenso unglücklich. Etwas ist schiefgelaufen und wurde nie geklärt; einer speist sein Selbstgefühl aus der Schädigung anderer; ein weiterer verrechnet sich und kann nicht zurück; und Fehler einzugestehen ist sowieso wenigen gegeben. Kurz: alles fruchtloses Zeug von gestern. Wir sind die Müllabfuhr der Gesellschaft.

Tja. Urteil fertigschreiben.

Nachmittägliche Dämmerung.

Jener Verwaltungsbeamte, der – in Urteil oder Verhandlung dürfte man das so nicht aussprechen, um nicht für befangen zu gelten, doch zu Hause am Sonntagsschreibtisch darf man's: Jener Bürokrat also, der hier ganz nebenbei die Rock-Buam plattmachte, war beim Prozess nicht persönlich erschienen, sondern hatte für den Freistaat dessen Rechtsanwalt sprechen lassen, der bereits angekündigt hatte, dass man gegebenenfalls Rechtsmittel einlegen werde. Fast alle wollten sämtliche Rechtsmittel ausschöpfen, die Anwälte leckten sich bereits die Finger, weil mit jeder Instanz die Kostennote steigt. Das war keine Besonderheit dieses Falls, sondern ein Kummerthema am Landgericht: Wir sind nur Durchlauferhitzer.

Und nebenbei hatte man noch seine Lebensabschnittsaufgaben zu lösen: Verantwortung übernehmen, sein Leben erwirtschaften, ja, aber auch sich freuen und ausruhen. Ohne Scham in den Spiegel blicken. Vielleicht lieben. Wenn Max noch lebte, wäre es einfach: Er wäre zu dieser Stunde hinaufgekommen und hätte gefragt, ob er Thirzas Burgundertopf vom letzten Sonntag auftauen solle.

Thirza fröstelte. Sie heizte ihr Büro nicht, weil sie sich einbildete, mit kühlem Kopf besser denken zu können. Sie trug Pulswärmer und einen flauschigen Umhang aus Alpaka und balancierte auf einem Fitnesshocker ohne Lehne. Max also hätte sich mit seiner warmen Brust an ihren Rücken gepresst, die Arme um ihre Schultern verschränkt: »Meine ausgekühlte Durchlauferhitzerin!« Sie hätte bis hier herauf das Knistern des Kaminfeuers gehört und sich eingebildet, die aromatische Buchenholzwärme zu spüren. Unter uns: Es gibt Schlimmeres, als Durchlauferhitzer im Justizpalast zu sein.

Im Namen des Volkes
In dem Rechtsstreit Freistaat Bayern – Kläger – gegen Rock
Buam GmbH – Beklagte – hat die 44. Zivilkammer des
Landgerichts M. durch die Vorsitzende Richterin am Landgericht Zorniger sowie die Richter am Landgericht Eppinger
und Lenz für Recht erkannt:
I. Die Klage wird abgewiesen.
II. Die Kosten des Rechtsstreits hat der Kläger zu tragen.
III. Das Urteil ist gegen eine Sicherheitsleistung von 1.800 €
vorläufig vollstreckbar.

Thirza schaltete den Computer aus, ging hinunter ins Wohnzimmer, zog die Vorhänge zu und schaltete das Licht ein. Was jetzt – Kamin anzünden? Allein? Und was tun? Max war ein starker, anspruchsvoller Leser gewesen. Thirza hätte sich auf dem Sofa an ihn gekuschelt, und er hätte ihr vorgelesen. Wenn sie einnickte, hätte er stumm weitergelesen, bis sie erwachte, die Arme um ihn schlang und rief: »Ach, Schatz! Du bist so süß!«

Thirza wickelte sich in die Daunendecke und las allein. Seit Max' Tod war sie auch literarisch verwaist, doch hatte sie etwas für ihre einsamen Abende gefunden: Rosamunde Pilcher, na und? Mühelos zu genießen und schnell wirkend wie eine leichte, schaumige Medizin. Leiden, und Reetdach, und Schneesturm, und Heilung.

*

Thirzas Sitzungstag war der Mittwoch. Morgens um zehn war die Urteilsverkündung zum Rock-Buam-Urteil angesetzt. Thirza schloss pünktlich den Sitzungssaal auf und war erleichtert, dass er leer blieb. Die Anwälte hatten die verkündete Entscheidung per Fax erbeten und sparten sich den Weg zum Gericht. Die Öffentlichkeit, die ein Recht darauf hatte, Urteile zu hören, war nicht erschienen. Zehn Minuten später traf Thirza in der riesigen Zentralhalle unter der Bronzestatue des Prinzregenten Luitpold ihre Kollegin Berni, die, ebenfalls in Robe und mit Urteilen unterm Arm, nach einem Verkündungstermin ohne Publikum auf dem Rückweg ins Büro war.

Obwohl beide mittwochs verhandelten, trafen sie selten aufeinander, denn ihre Säle lagen weit auseinander, und wenn sie nicht verhandelten, kauten sie Akten in verschiedenen Flügeln des Palasts. Heute hatte Thirza etwas Zeit, weil wegen Gregors Erkrankung zwei Kammersitzungen abgesagt worden waren, und Berni blieb zumindest eine Viertelstunde, die die beiden jetzt gewissermaßen atemlos nutzten. Berni vermutete, dass zwei ihrer drei heute verkündeten Urteile angefochten würden, worauf man von Robe zu Robe rasch das Klagelied der unteren Instanzen anstimmte (*Wir sind nur Durchlauferhitzer*), um im tröstlichen Einklang zur zweiten Strophe überzuleiten: Wir werden verheizt. In Bernis Bankenkammer war seit der Finanzkrise die Hölle los. Die Geschäftsstelle brach unter den Akten zusammen, die Registerführerin kriegte Zustände, die Regale reichten nicht, man legte die Akten auf die Fensterbank und stapelte sie in den Ecken, und ins Register wurde dann eingetragen: Standort der Akte Fensterbank links, Ecke links neben Fenster, blauer Stuhl, hinter der Tür. Das alles, weil Leute, bloß um Steuern zu sparen, riskante Anlagen getätigt hatten und jetzt vom Staat, dem sie keine Steuern zahlen wollten, Hilfe verlangten. Berni musste in Prospekten, die vorn auf Hochglanzseiten 7 % Rendite versprachen, um auf Seite 60 kleingedruckt alle Risiken auf den Anleger abzuwälzen, Fehler suchen, die die Anleger nicht gefunden hatten, weil sie im Rausch der Steuerersparnis versäumt hatten, das Kleingedruckte zu le- Huch, ich muss weiter, sag mal, wo wir schon, sollen wir nicht mal wieder zum Mittagessen in die OFD? Jetzt mussten sie lachen, die Oberfinanzdirektion hieß seit Jahren Landesamt für Finanzen, doch sie aßen dort so selten, dass sie sich an den neuen Namen nicht gewöhnt hatten, also wir müssen wirklich wieder und wann, wenn nicht heute? Thirza hatte ab 14 Uhr zwei Einzelrichtersachen, Berni noch eine Kammersitzung am Vormittag, falls also ihr sehr gründlicher Vorsitzender nicht überzog, könnten sie – ja, machen wir! Wann, 12:30 Uhr?

Bis dahin waren es zwei Stunden. Thirza überflog noch mal kurz die Akten zu den Nachmittagsverhandlungen, zwei leichten Fällen aus dem Bürgerlichen Recht: einmal ein Geschwisterstreit, recht klares Bild, der andere eine Schadensersatzklage nach sexueller Nötigung, die strafrechtliche Seite längst abgeschlossen, ebenfalls klar. Gibt für heute zwei Erledigungen :)

Allerdings türmten sich auf dem Tisch zwei neue Aktenstapel. Thirza blätterte sie an, Klage, Sachverhalt, wie groß der Aufwand, wer wird Berichterstatter? Warum klappt das jetzt nicht mit dem Einzelrichterübertragungsbeschluss? Ah, hab ihn im Computer versehentlich nach den Termin gesetzt, er muss aber vorher kommen, neues System, nichts als Ärger. Früher hatte Thirza zwei Formulare aus dem Stapel gezogen, auf einem den Einzelrichterbeschluss mit Namen und Datum eingesetzt plus Unterschrift, auf dem zweiten den Termin handschriftlich eingetragen und angekreuzt: Parteien laden, Klageerwiderungsfrist drei Wochen – und das alles auf einmal in den Auslauf gepfeffert. Das war eine Arbeit von drei Minuten plus die drei Minuten, um im Computer den Termin rauszusuchen mit dem Kammerkalender. Aber *forum-STAR* – du liebe Güte, was für eine Zumutung! Während Thirza mit der Software rang, fiel ihr ein anderes PC-Drama ein, das vor einigen Wochen zum Streit mit Berni geführt hatte, das Berni ihr aber Gott sei Dank nicht nachzutragen schien. Es ging um *Power-Sohle*, eine Aktion der Beamten-Krankenkasse. Man sollte mit dem Schrittzähler 10.000 Schritte pro Woche gehen, möglichst im Team; als Anreiz wurde ein Wellness-Wochenende verlost. Thirza hatte sich von Berni anstiften lassen (beide kämpften mit ihrem Gewicht), doch sogar diese Teilnahme war online einzutragen auf irgendeiner Plattform mit Kennwort und PIN, und Thirza weigerte sich. Berni sagte, dann müsse Thirza das Teilnahmeformular eben schriftlich anfordern, während Thirza meinte, Berni sei schließlich die Organisatorin. Es wurde dann nichts daraus, sie hätten eh keine Zeit gehabt, aber heute beim Mittagessen werde ich Berni sagen, dass sie recht hatte. Thirza freute sich jetzt sogar außerordentlich auf dieses Mittagessen. Da brachte der Bote neue Post.

Eine Eilsache. Nach dem Geschäftsverteilungsplan ginge sie an den kranken Gregor, den Thirza vertrat. Eine markenrechtliche Streitigkeit.

Die globale Modefirma *Käutner* wollte dem Premium-Kinderwagen-Hersteller *Karriere* dessen Logo verbieten, weil es dem *Käutner*-Logo zu sehr ähnle. *Karrieres* Logo war ein verzogenes K in einem angeschrägt elliptischen Kreis. *Käutners* Logo war ebenfalls ein K, allerdings ein gerade stehendes, nur in der Buchstabenfüllung schräg anmutendes K, in einem runden Kreis. Firma *Käutner*, die in den letzten Jahren erfolgreich in das Marktsegment hochpreisige Babykleidung expandierte, sah ihre Markenrechte verletzt und beantragte eine einstweilige Verbotsverfügung, Streitwert 100.000 Euro.

Firma *Karriere* wehrte sich gegen die Verfügung per Schutzschrift: Erstens entfalle das Kriterium der Warenidentität, zweitens bestehe zwischen den beiden Logos nicht die für ein Unterlassungsgebot nach dem Markengesetz erforderliche Verwechslungsgefahr.

Thirza hatte kürzlich ein ähnlich gelagertes Urteil gelesen, wo war das noch mal: Kennzeichnungskraft von Buchstaben, Verwechslungsgefahr in schriftbildlicher Hinsicht, hm, Gregor würde der Kammer ohne weiteres vorschlagen, die einstweilige Verfügung zu erlassen. Karl, obwohl er es anders sah, vermutlich ebenfalls: Er war die juristische Akrobatik leid geworden und neigte angesichts vertrackter Fragestellungen neuerdings dazu, laut vom Ruhestand zu träumen. Gehe ich jetzt den Weg des geringsten Widerstandes oder weise ich den Antrag per Beschluss zurück, was zusätzliche Arbeit erfordert?

Thirza rief in Bernis Geschäftsstelle an, das OFD-Mittagessen müsse leider ausfallen, und holte sich ein Müsli aus der Kantine.

*

Die Verhandlungen am Nachmittag verhießen danach fast eine Art Erholung: mindere Fälle, wie gesagt. Also, erster Akt, 14 Uhr. Thirza in Robe schloss den Gerichtssaal auf, ließ die Parteien ein, nahm auf dem Podium Platz, grüßte und sprach fürs Protokoll die Namen der Beteiligten auf Band. Klarissa Klimowetz, Klägerin und Widerbeklagte, mit Anwältin Anna Soukup. Konstantin Klimowetz, Beklagter und Widerkläger, mit Anwalt Rudolf Funke.

Klarissa und Konstantin waren Geschwister sudetendeutscher Herkunft, sie war siebzig, er sechsundsiebzig Jahre alt. Beide unverheiratet und kinderlos. Sie war am Tag, an dem sie volljährig wurde, aus dem Elternhaus ausgezogen und hatte ein eigenes Leben geführt. Er war zu Hause geblieben und vermietete nach dem Tod der Eltern das von ihnen hinterlassene Geschäftshaus, ohne die Einnahmen mit der Schwester zu teilen. Sie forderte 80.000 Euro; da es kein Testament gebe und deshalb die gesetzliche Erbfolge gelten müsse, stehe ihr vom elterlichen Nachlass die Hälfte zu. Über diesen Hauptantrag hinaus hatte sie noch eine Handvoll weiterer Anträge stellen lassen, die weniger gewichtig waren und ziemlich chaotisch in Wortlaut und Begründung. Ein seltsamer Punkt betraf ein von Konstantin genutztes Zimmer in Klarissas Haus. Sie wollte ihn da raushaben, da sie sich kontrolliert und belästigt fühlte. Er machte Gewohnheitsrecht geltend. Einen schriftlichen Vertrag gab es nicht, dennoch traute sie sich nicht, das Schloss auszuwechseln, weil sie nicht wusste, wie er reagieren würde. Andererseits hatte sie den Prozess angestrengt, auf den er eigentlich noch härter reagieren musste. Offensichtlich ein Fall am Ende des Rechts.

Konstantin sah sich als einziger und wahrer Erbe und forderte im Gegenzug eine halbe Million Euro (Widerklage), da Klarissa ihr eigenes Haus nur deswegen habe erarbeiten können, weil er ihr die Sorge um die Eltern abnahm: Er habe sich für Klarissas Freiheit geopfert.

Beide Geschwister redeten für sich selbst, die Anwälte saßen stumm und ergeben dabei. Konstantin, massig, grau, krumm, knurrte vor sich hin. Klarissa, schlank, aufgerichtet, mit Glitzerschmuck und helmartiger Dauerwelle, sprach scharf und verächtlich. Sie hielt ihn für willensschwach und verkommen. Von Opfer könne keine Rede sein. Er sei nur deshalb nicht ausgezogen, weil ihm der Pep fehlte.

Er nuschelte: Er habe keine Wahl gehabt. Die kranken Eltern. Klarissa, die immer wegwollte. Er habe fünfzig Jahre lang über all seine Handlungen für die Eltern Buch geführt. Er trat an den Richtertisch und zeigte Thirza die Kladden: wirklich tausende Eintragungen, die er offenbar schon damals als Munition gesammelt hatte, oder als Gutschrift für ein Glück, das er später glaubte eintreiben zu können, freilich von wem? Man kriegte es nicht heraus, da er immer dasselbe sagte, in immer denselben Worten: Er habe keine Wahl gehabt. Die kranken Eltern. Klarissa, die immer wegwollte, und so fort, wie ein Mantra. Seine Kleidung war verschossen, die Weste fleckig. Ein trauriger, verbissener Mann.

Seine Sache war aussichtslos. Die 80.000 Euro würde er zahlen müssen. Was die gegenseitigen Hilfsanträge betraf, wollte Thirza ihn zu einem Vergleich bringen, damit er zumindest mit dem Gefühl hinausging, ein bisschen Recht erkämpft zu haben.

»Weshalb bestehen Sie auf dem Zimmer bei Ihrer Schwester? Im Elternhaus ist doch genug Platz?«

»Es ist vermüllt«, flüsterte die Schwester auf der Klägerbank vernehmlich. »Er braucht einen Psychiater, kein Zimmer.«

Man möchte sie nun als Schwester auch nicht haben.

»Du Flittchen!«, rief er. »Du hast uns alle im Stich gelassen, schon die Eltern wussten, auf dich ist kein Verlass!«

Er hatte sein eigenes Leben versäumt. Jetzt bohrte er sich in das seiner Schwester, um an irgendeinem Leben teilzuhaben. Ließe er von der Schwester ab, würde er wohl aus innerer Leere und Einsamkeit sterben. Dabei könnte er vom Erlös des Hauses bis an sein Lebensende im Vier-Sterne-Hotel wohnen und jeden Abend in die Oper gehen.

»Bedenken Sie, was dieser Streit schon jetzt gekostet hat und wie viele Nerven Sie sparen, wenn Sie Ihrer Schwester entgegenkommen. Das Gericht wird Ihre Wünsche nicht befriedigen können.«

»Dann geh ich in die nächste Instanz!«, brauste er auf.

Thirza versuchte es im Scherzton. »Sie machen sich keine Vorstellung, wie lang solche Verfahren dauern! Sie müssten Gutachten zum aktuellen Wert der beiden Häuser einholen. Außerdem zum Wert der erbrachten Leistungen weitere Gutachten, die vermutlich bestritten werden. Nehmen wir an, dass Sie nach zehn Jahren, was höchst unwahrscheinlich wäre, in der übernächsten

Instanz den Prozess gewinnen: Sie wären dann sechsundachtzig. Was hätten Sie davon?«

Er schrie: »Gerechtigkeit!«

*

Der zweite Fall erschien weniger tragisch: eine Schadensersatzklage nach sexueller Belästigung. Die Klägerin, Frau Ilse Ittlinger, hatte über einen Zeitraum von anderthalb Jahren anonyme Anrufe bekommen, bis sie sich zur Wehr setzte. Die Fangschaltung führte zum Handy ihres Chefs. Es stellte sich heraus: Der Anrufer war dessen jetzt zweiundzwanzigjähriger Sohn. Er gestand und wurde verurteilt; nach Jugendstrafrecht, weil man ihm, der beim geschiedenen Vater lebte, eine Reifeverzögerung zugutehielt. Die Strafe – zwei Wochen Dauerarrest in Stadelheim – galt als hart. Man begründete sie damit, dass der junge Mann schon mehrfach strafrechtlich in Erscheinung getreten war: fahrlässige Trunkenheit im Verkehr, Fahren ohne Fahrerlaubnis, Sachbeschädigung, eine Schlägerei vor der Disco.

Der Vater, ein Dr. Freiherr von Holtz, leitete die Controlling-Abteilung eines Konzerns. Der Sohn aber hatte schlecht funktioniert: Gymnasium abgebrochen, Internat verlassen, mit Mühe die Realschule geschafft. Bei Kindern aus solchen Kreisen spricht man nicht von Verwahrlosung, man nennt sie vernachlässigt. Immerhin schien der Knabe sich zu fangen und machte eine Lehre als Koch.

Die Klägerin war fünfzig Jahre alt, alleinstehend, geschieden. Von Beruf Betriebswirtin, hatte sie als Controllerin unter dem Holtz-Vater gearbeitet. Sie forderte vom Beklagten 5.500 Euro, aufgeschlüsselt nach: a) Schmerzensgeld, b) Anwaltskosten c) Behandlungskosten für eine psychotherapeutische Krisenintervention. Die Arztrechnung lag der Klageschrift bei.

Der Anwalt des jungen Mannes wies alle Ansprüche zurück. Sein Mandant habe schließlich nur die letzten vier Anrufe verschuldet, und nur im Laufe von zwei Wochen. Es sei nicht plausibel, dass die Klägerin wegen dieser vier Anrufe depressiv geworden sei. Ihre Anwaltskosten für die Nebenklage seien erstattet worden. Da die Zivilklage gegenstandslos sei, könne man seinen Mandanten dafür auch nicht belasten.

So weit die Akten.

Die Parteien warteten schon vor dem Saal. Thirza schloss auf. Es war spannend, wenn Akten Gesichter bekamen. Zum Beispiel standen hier zwei Frauen, eine wirkte rasant und bitter, die andere unauffällig und nachdenklich. Thirza hielt spontan die Erste für die Klägerin. Sie ging jedoch durch die hintere Tür in den Zuschauerbereich, der durch eine holzgetäfelte Barriere vom Saal abgetrennt war. Die unauffällige Frau folgte ihrem ergrauten Anwalt zur Klägerbank.

Der Beklagte war ein hübscher Kerl, breites Kreuz, juvenile Ausstrahlung, dichter Schopf, aus feuchten braunen Augen ein etwas weinerlicher Blick. Zierliche Koteletten. Freizeitkleidung, saubere Jeans mit Designer-Rissen, enger Wollpulli mit Querstreifen. Auch sein Anwalt war hübsch: ebenfalls dunkelhaarig, gegelter Mecki, italienische Schuhe, Krawatte unter der Robe, Siegelring.

Thirza erteilte der Klägerin das Wort.

Die Klägerin schilderte ihre Leidensgeschichte: Anrufe immer nachts zwischen eins und halb fünf, meistens Festnetz, doch auf Dienstreisen auch auf dem Handy. Immer derselbe Anrufer, ganz sicher. Mit verstellter Stimme zwar, irgendwie gequetscht, aber immer gleich. Sie habe ihn gebeten aufzuhören, aber dann habe er nur noch gestöhnt, und sie habe aufgelegt. Ein, zwei Stunden später der nächste Anruf. Sie habe das Telefon nicht ausgeschaltet, weil sie für ihren hinfälligen Vater erreichbar sein wollte. Natürlich habe sie erwogen, die Nummern zu wechseln, doch ein Polizist habe ihr gesagt, dass solche Anrufe zu neunzig Prozent aus dem Bekanntenkreis kämen, so dass es auch mit der neuen Nummer bald wieder losgegangen wäre. Frau Ittlinger begann ihre männlichen Bekannten zu verdächtigen, habe sich zurückgezogen, verfolgt gefühlt, immer schlechter geschlafen. Es sei eine Katastrophe, wenn man nicht wisse, woran man sei. Sie bekam Angstanfälle.

Der Knabe drückte sich in die Lehne, möglichst weit weg von der Klägerin.

»Herr von Holtz, möchten Sie etwas dazu sagen?«

»Na ja ...« Er räusperte sich. »Also zuerst mal bestreite ich natürlich, dass es eine schwere Beeinträchtigung war.«

»Haben Sie Frau Ittlinger zugehört?«

»Schon. Aber das war ja jemand anderes. Ich war's nur die letzten vier Mal.«

»Nur die letzten vier Mal war die Fangschaltung eingerichtet. Aber Frau Ittlinger ist überzeugt, dass es immer derselbe Anrufer war. Und er hat auch immer dieselben Sachen gesagt.«

»Doch nur gestöhnt ...« Er grinste unbeholfen. Sein Anwalt wandte sich ihm zu. Der Knabe richtete sich auf und seufzte. »Also, es tut mir echt leid«, sprach er zum Richtertisch hin. »Ich hab ja schon gesagt: Ich kann's mir nicht erklären. Meine Eltern haben sich getrennt. Man malt sich natürlich aus, wie es dazu kommen konnte. Und da bin ich – ausgerastet. Ich dachte, dass die ... also ich dachte, sie hat vielleicht was damit zu tun.«

Die Klägerin schüttelte verständnislos den Kopf.

»Wer?« Thirza wollte, dass er den Namen der Frau aussprach, die er so ausgiebig bestöhnt hatte.

»Na, sie ...« Er deutete mit dem Handrücken zur gegenüberliegenden Bank, ohne Frau Ittlinger anzusehen.

Anderthalb Jahre lang – für einen solchen Knaben doch sehr beständig – hatte er dieser Frau seine sexuellen Fantasien gewidmet, doch jetzt, ohne den Schutz der Anonymität, traute er sich nicht mal, sie anzuschauen. *Bestreite natürlich, dass es eine schwere Beeinträchtigung war* – man hätte ihn gern geohrfeigt.

Und wie konnte diese introvertierte Frau solche Leidenschaft auslösen? Sie wirkte jünger als ihre Jahre, durchaus weiblich, doch eher auf mütterliche Art. Ernste graue Augen. Haltung kontrolliert, gedämpft. Unauffällige Kleidung, nicht billig: Rock Weste Jackett, feiner grauer Wollstoff mit Nadelstreifen, die Uniform einer höheren Ökonomin. Pflichtbewusst, sicher tüchtig. Gutes Gehalt. Warum tat sie sich das an, die öffentliche Verhandlung, die quälende Indolenz des Knaben?

Der junge Anwalt ergriff das Wort. »Das Strafverfahren ist abgeschlossen. Mein Mandant hat gestanden und die Strafe verbüßt. Die Klägerin ist entschädigt worden. Sechs Monate, nachdem alles vorüber war, hat sie eine Psychotherapie gemacht und behauptet plötzlich, alles sei viel schlimmer gewesen. Mein Mandant bedauert sehr, dass er ihr Unannehmlichkeiten bereitet hat. Doch er bittet auch zu bedenken, dass er derzeit als Azubi in einem Hotelbetrieb nur 976 Euro im Monat verdient.« Der Anwalt überreichte Thirza einen Gehaltszettel. »Soll er wegen dieser – Jugendtorheit für alles geradestehen müssen, was bei der Klägerin möglicherweise in Jahrzehnten schiefgelaufen ist?«

Das war nun eine Infamie. Die Klägerin krümmte sich kaum merklich. Vielleicht bildete sie sich nur ein, ihr Recht zu fordern?

Diese sogenannten kleinen Fälle des Bürgerlichen Rechts kann man als Auflockerung des Richteralltags verstehen: Es ist gut, wenn man nicht bei jeder Entscheidung juristisch das Rad neu erfinden muss. Doch manchmal fehlen mir einfach die Nerven. Schließlich habe ich immer noch die Kinderwagen-Eilsache auf dem Schreibtisch und kann meine Zeit nicht unbegrenzt Leuten zur Verfügung stellen, die nicht wissen, was sie wollen.

»Frau Ittlinger, könnten Sie sich dazu entschließen, Ihre Forderung zu verringern?«, fragte Thirza.

»Es kommt mir nicht auf jeden Euro an«, murmelte Frau Ittlinger. »Die Arzt- und Anwaltskosten, die sind real entstanden. Aber das Übrige, ich weiß schon ... Ich würde nur ... so gern begreifen, was passiert ist. Das ist eigentlich das Schlimmste, dass ich es mir nicht erklären kann. Ich habe Dr. von Holtz einen Brief geschrieben, ob er vielleicht weiß, wie sein Sohn … wir haben doch zusammengearbeitet, und die Sache hatte auch mit ihm zu tun … Aber er hat überhaupt nicht reagiert, er tat, als sei nichts geschehen. Nach drei Monaten habe ich es nervlich nicht mehr ausgehalten und um Versetzung gebeten. Dabei war das eine ideale Stelle für mich gewesen, alles hat gepasst: die Aufgabenstellung, der Arbeitsweg …«

Der junge Anwalt unterbrach: »Erlauben Sie, Frau Vorsitzende, dass ich hierzu anmerke: Herr Dr. von Holtz hat in keiner Weise versucht, Frau Ittlinger zu dieser Versetzung zu bewegen. Er sagte mir, er habe sie ausdrücklich bedauert.«

»Das stimmt schon. Aber – diese Sache unausgesprochen zwischen uns … was ist denn das für ein Umgang?«

Thirza: »Das Ganze wäre ein klassischer Fall für einen Täter-Opfer-Ausgleich. Haben Sie, Herr von Holtz, denn mal versucht, mit Frau Ittlinger Kontakt aufzunehmen?«

»Ich? Wieso denn? Was hätt ich denn sagen sollen, außer dass es mir leidtut? Und das hab ich ja schon gesagt!«, rief der kleine Delinquent mit allen Anzeichen des Entsetzens.

»Möchten Sie der Klägerin vielleicht jetzt etwas sagen?«

Tiefer Seufzer. Zu Thirza: »Ich möchte die Sache gern heut abschließen.«

»Die Klägerin sitzt Ihnen gegenüber, vier Meter Richtung Süden! Vielleicht fällt Ihnen was ein.«

Noch ein Seufzer. »Es war eine extrem schlimme Situation für mich. Ich stand – einfach neben mir.«

Eine sprachlose Familie. Warum redete Frau Ittlinger nicht mal Klartext zu dem Burschen, der ihr Pflichtbewusstsein ausnutzte, um sie zu beleidigen, der ihren Schlaf ruinierte und ihre Träume vergiftet hatte?

Frau Ittlinger sprach zögernd: »Irgendwie kann ich ihn vielleicht – verstehen. Es ist ja – gut, dass er überhaupt mal was sagt. Im Strafprozess hat er nur geschwiegen.«

»Dann ist es vielleicht an der Zeit, über einen Vergleich nachzudenken.«

Schweigen.

Thirza: »Um mal eine Summe ins Spiel zu bringen: Viertausenddreihundert?«

Der junge Holtz: »Also echt, Mann, ich verdien doch bloß tausend im Monat!«

Sein Anwalt: »Nun, Herr Dr. von Holtz wäre eventuell bereit, seinem Sohn ein Darlehen zu gewähren. Aber es erfordert keine besondere Vorstellungskraft, dass auch ein Darlehen dieses Umfangs eine beträchtliche Belastung ...«

Thirza: »Was meinen Sie, Frau Ittlinger?«

Frau Ittlinger sah ihren grauen Anwalt an, der durchweg geschwiegen hatte.

Thirza: »Ich möchte die Verhandlung für eine Viertelstunde unterbrechen, damit Sie sich beraten können. Vielleicht überlegen sich beide Parteien, was sie heute konkret erreichen möchten.«

Die Parteien verließen den Saal. Thirza blieb an ihrem Tisch sitzen und blätterte in der Akte. Für den Zivilprozess war nur die Urteilsbegründung wichtig gewesen. Jetzt las Thirza auch die Ermittlungsakte.

Erste Anzeige, Polizeiprotokoll, Beratung. Alle Angaben von Frau Ittlinger waren überprüft worden: Uhrzeiten der Anrufe, Anschlüsse (Festnetz, Handy). Die von ihr angegebenen Aufenthalte passten zu den Sendemasten, über die die jeweiligen Handynummern eingeloggt bzw. angepeilt worden waren. Schließlich die Mitteilung der Telekom, dass die Nummer des Stöhners identifiziert worden war.

Zeugenvernehmung: Frau Ittlinger wurde durch Kriminalhauptkommissar Buchner in Kenntnis gesetzt, dass das Handy des Anrufers auf den Namen Dr. Hasso von Holtz laufe. Ob ihr dieser Name bekannt sei.

> Frau Ittlinger: *Wie ... ach ... Nein, das darf nicht wahr sein.*
> – *Wer ist das?*
> *Das ist mein Chef.*
> – *Kannte er Ihre Handynummer?*
> *Ja, natürlich. Es war mein Diensthandy.*
> – *Hatten Sie eine persönliche Beziehung zu ihm?*
> *Nein.*
> – *Herr von Holtz gilt als dringend tatverdächtig der Beleidigung mit sexuellem Hintergrund. Möchten Sie Strafantrag stellen?*
> *Nein, das heißt, habe ich Bedenkzeit? Eine Anzeige gegen den Vorgesetzten, also ich weiß nicht ... Ich denke darüber nach.*

Thirza hob den Kopf und blickte in die zornigen braunen Augen der einzigen Zuschauerin.

Diese, die forsche Frau, die Thirza schon auf dem Gang aufgefallen war, hatte die Verhandlung engagiert verfolgt und sich die ganze Zeit Notizen gemacht.

»Sie schreiben mit? Für eine Zeitung, nehme ich an? Darf ich fragen, für welche?«

»Für gar keine. Ich bin eine Kollegin von Frau Ittlinger!«, sagte die Frau mit rauer Stimme. »Mich interessiert einfach, was noch alles passieren muss, bevor der Groschen fällt. Unerträglich, dieser Großmut, dieses Opfergetue! *Irgendwie kann ich ihn vielleicht verstehen* – wenn ich das schon höre!«

»Welcher Groschen?«

»Na, die Wahrheit! Ist doch sonnenklar, dass der Vater der Anrufer war!«

Bevor Thirza antworten konnte, öffnete sich die Tür. Die Parteien kehrten zurück und nahmen ihre Plätze ein.

Der Anwalt des jungen Mannes sagte: »Also, wir bieten dreitausend«, als ginge es um einen Kuhhandel.

Der Anwalt der Klägerin sprach zum ersten Mal: »Das wäre zu billig. Vierdrei ist unsere Untergrenze.«

Seltsame Idee, so diffizile Verhältnisse in Euro zu beziffern. Aber sie funktioniert immer wieder. Und trotz des rohen Vorgangs und der rohen Währung sind immer auch Stimmungsnuancen im Spiel. Als spüre er Thirzas Irritation, lenkte der junge Anwalt nach kurzem Knaben-Geflüster plötzlich ein: Man halte viertausenddreihundert für einen fairen Kompromiss, nehme an und bedanke sich.

Thirza sprach den Vergleichstext ins Diktiergerät und spielte ihn den Parteien vor: *»Damit sind sämtliche materiellen und immateriellen Ersatzansprüche der Klägerin gegen den Beklagten abgegolten und erledigt...«*

Die Parteien genehmigten den Vergleich und räumten den Saal. Auch die Zuhörerin war verschwunden.

Die Richterin blieb allein zurück. Es war vier Uhr. Obwohl die Eilsache wartete, warf Thirza noch einen Blick in die Ermittlungsakte.

Zeugenvernehmung. KHK Buchner wollte wissen, ob Frau Ittlinger ihrem Vorgesetzten von den Anrufen erzählt habe. Ja, hatte sie. Nein, der Chef habe nicht reagiert. Doch, halt, zweimal nachgefragt. Ja, sie habe sich gewundert, denn er sei sehr zurückhaltend. Doch habe er wohl bemerkt, dass ihre Leistungsfähigkeit beeinträchtigt gewesen sei.

Den Holtz-Sohn kenne sie nicht. Vielleicht sei er ihr auf einer Feier vorgestellt worden, doch habe sie an ihn keine Erinnerung.

Weitere Aktennotiz: Protokoll einer Gegenüberstellung zwischen Frau Ittlinger und ihrem Chef. Bei diesem Gespräch waren keine Polizeibeamten anwesend, stattdessen ein Dr. Y. aus der Vorstandsetage. Protokolliert hatte Frau Ittlingers Anwalt.

Anwalt: *Herr Dr. von Holtz, Sie wussten von den anonymen Anrufen, die Frau Ittlinger seit längerer Zeit nachts bekam?*
Dr. von Holtz: *Anrufe, ja. Belästigung? Aber so lang, das wusste ich nicht.*
Anwalt (nennt die Nummer des Handys): *Ist Ihnen diese Nummer bekannt?*
Dr. von Holtz: *Nein.*
Anwalt: *Sie ist auf Ihren Namen eingetragen.*
Dr. von Holtz: *Wie? Ach, Moment mal ... Na, das schlägt dem Fass den Boden aus. Jetzt reicht's aber!*
Anwalt: *Wie bitte?*
Dr. von Holtz: *Mein Sohn! Na, der kriegt was zu hören!*
Anwalt: *Das Handy lief auf Ihren Namen.*
Dr. von Holtz: *Ja, ich habe es ihm geschenkt.*
Anwalt: *Mit Rufnummernunterdrückung.*
Dr. von Holtz: *Ja ...*
Anwalt: *Warum?*
Dr. von Holtz: *Ich wusste ja nicht, was er damit vorhat!*
Dr. Y. aus der Vorstandsetage: *Wir fassen zusammen, dass kein strafrechtlicher Verdacht gegen unseren Mitarbeiter besteht.*

*

Erledigung ist Erledigung, unbefriedigend hin oder her. Der spätere Nachmittag gehörte der Bürokratie, der Abend und nächste Tag der einstweiligen Verfügung Käutner gegen Kinderwagen. Um Käutners Antrag zurückzuweisen, war Begründungsarbeit erforderlich, möglichst rasch, damit Karl und eine Richterin der Vertretungskammer Thirzas Beschluss prüfen und unterschreiben konnten. Zwischendurch kamen zwei Kilo neue Akten herein, und so ging es weiter bis Freitagabend. Am Wochenende aber wäre es hilfreich gewesen, mit jemandem zu reden.

Max würde sehr direkt kommentieren: Tja, ein verhaltensgestörter Adeliger. Aber beachte, dass die Geschädigte die Wahrheit nicht wissen wollte. Warum hat ihr Anwalt sie nicht aufgeklärt? Warum redete die Kollegin nicht mit ihr? Die Geschichte ist komplexer, als es scheint.

Und der Alte: was für ein Charakter, der nicht nur seinen Sohn für das eigene Vergehen büßen lässt, sondern auch noch den Justizapparat in Gang setzt, um 1.200 Euro zu sparen. 1.200 Euro! Der verdorbene Knabe kriegt vermutlich zur Entschädigung ein Cabrio, und den Anwalt mit Siegelring gab's auch nicht zum Spartarif. Was soll das? Folgt Alt-Holtz dem animalischen Wirtschaftstrieb, ohne Rechtsidee jeden Euro rauszuholen, der irgend geht? Inszeniert er äußerlich sein Recht, um das reale Unrecht zu verdecken? Oder hat er seinen Beitrag, den wir hier direkt Schuld nennen wollen, verdrängt? Vielleicht fehlt ihm schlicht das Unrechtsbewusstsein, so dass wir von einem psychischen Defekt reden müssten? Mit anderen Worten: Dient seine Verteidigung der Schuldabwehr, oder ist es für ihn am Ende noch der Kick, eine überarbeitete Richterin auszunutzen?

Jedenfalls hat er mich zur Mitbetrügerin gemacht.

Selbst wenn der andere nur sagt, was man selbst sagen würde: aus dem anderen Mund hat es mehr Kraft. Nein, du bist keine Mitbetrügerin. Bei deinem Pensum kannst du nicht vermeiden, dass du mal getäuscht wirst. Ja, unsere edle Justiz ist missbrauchbar, wie alles. Doch letztlich ist Freiherr Dings nur ein kleiner verdorbener Fisch.

Wen könnte ich anrufen? Berni hat eine Familie, da darf man sonntags nicht stören. Aber wie ist es mit Vera?

Vera müsste Zeit haben. Verwaltungsrichterin in der Bayerstraße und richtig gut gestimmt, seit sie im Bau- und Wohnungswesen eingesetzt wird. Keine psychischen Belastungen mehr! Erschließungsbeiträge im mittelständischen Milieu, da wird weniger betrogen, es geht um rechtliche Fragen, Normauslegung, wann ist eine Straße im Sinn des Gesetzes endgültig hergestellt, wann können Beiträge erhoben werden, wann kann eine Gaststätte geschlossen werden, wann besteht Anspruch auf Genehmigung eines Carports, alles komfortabel, wer ein Haus baut, hat auch achttausend Euro für die Erschließung. Ortsbesichtigungen im schönen Münchner Umland, vernünftige Parteien, sachlicher Ton, interessante Rechtsgespräche ... Vera konnte davon schwärmen. Früher in der Kammer für Asyl/Kosovo regte sie sich immer auf, wenn sie angelogen wurde, und sie wurde dauernd belogen; wäre das nicht ein Anknüpfungspunkt? Vera war eine temperamentvolle, scharfzüngige Frau, seit zwanzig Jahren alleinstehend, ging in der Arbeit auf, angeblich nicht einsam. Ihr Lebenstraum war der Bausenat am Verwaltungsgerichtshof. Urlaub in Luxushotels oder auf Kreuzfahrten. Wann haben wir zuletzt miteinander gesprochen? Vielleicht könnten wir, wenn wir uns gut verstehen, mal miteinander Urlaub machen?

Thirza rief Vera an.

Vera sagte: »Verflixt, ich muss einen Eilantrag bearbeiten.« Dann erzählte sie ziemlich viel von ihrer Überlastung. Im aktuellen Fall ging es um einen Beamten, der sieben Tage zusätzlichen Urlaub beanspruchte. Eile war geboten, weil der Mann nächste Woche pensioniert würde. Er hatte also das Verwaltungsgericht angerufen, damit er sieben Tage früher den Griffel fallenlassen darf.

Ach Max. Wie ich dich vermisse. Thirza stellte sich Max vor, wie er sein kräftiges Haar raufte und sagte: Deine Kollegen von der Jugendstrafkammer haben nicht genau hingesehen.

Warum sollten sie? Wenn der Bub gesteht, ist der Fall erledigt.

Kein ausrastender Bub hält so eine Serie anderthalb Jahre durch, dazu hat er zu viele andere Möglichkeiten. Das war kein Racheakt, sondern eine Obsession. Die Anrufe erfolgten mal per Festnetz, mal per Handy, richtig? Woher sollte der Bub wissen, wann die Frau auf Dienstreise war? Die Kinderversion ist unhaltbar.

Ich meine, die Staatsanwaltschaft hätte gegen den Vater ermitteln müssen. Sie hat geschlampt; um hier mal den Begriff *grobe Fahrlässigkeit* zu vermeiden. Übrigens könnte man Alt-Holtz trotz des Vergleichs noch vor Gericht bringen. Es wäre nicht das erste Mal, dass die qualitativ überlegene Würdigung eines Zivilrichters der Strafjustiz auf die Sprünge hilft.

Der letzte Satz mit Max' schöner, zärtlicher Ironie gesprochen. Max' Stimme ganz nah. Thirza lächelte traurig. Wie nett, dass du das sagst. Aber ich hab's ja gar nicht kapiert. Weil ich die Ermittlungsakte nicht gelesen hatte. Ich war überlastet, genau wie die Staatsanwaltschaft.

Tja, die Staatsanwaltschaft ist immer dann besonders überlastet, wenn es um höhere Kreise geht. Wir haben eine Zweiklassen-Justiz.

Charakter ist, wenn man immer vorher weiß, was kommt. Na und? Max, Max, wie schön, dass du irgendwo bist. Die Welt ist schlecht, ich weiß. Ich höre zu.

STUDIEN

Den Studienplatz an der Münchner Uni bekam Thirza sofort. Die Halbwaisenrente reichte für ein Zimmer in Schwabing. Der Großvater widersetzte sich erwartungsgemäß Thirzas Auszug; das Achtundsechziger-Jahr war ihm ein Ärgernis gewesen, und er warnte vor Libertinage und Flegelei. Thirza erklärte ohne weiteres die Studentenrevolte für Schnee von vorgestern und zog aus.

Sie wohnte zur Untermiete in der Schwabinger Destouches-Straße für 175 Mark im Monat. Das Fenster ging nach Norden, nur an den längsten Sommerabenden schienen von Westen ein paar Sonnenstrahlen herein, die man für Minuten genießen konnte, wenn man sich an die rechte Wand drückte. Zum Lernen war das Zimmer gut geeignet: groß und ruhig. Die Vermieter ein angenehmes Ehepaar, beide berufstätig, nur ab Freitagabend durchgehend zu Hause. Aber am Wochenende wurde Thirza in Pasing benötigt, wo die alten Leute immer mehr Hilfe brauchten.

Juristisch hatte Thirza von zu Hause nichts mitbekommen außer dem Dünkel, sie begann bei null. Irgendwie war das gut: Sie würde sich alles selbst erarbeiten müssen und niemandem etwas schuldig sein. Doch war das schwerer als gedacht. Thirza, die souveräne Pasinger Gymnasiastin, beneidete Tochter von Carlos Zorniger, Augapfel der kleinen ostpreußischen Enklave, rang als Niemand im Massenstudium um erste juristische Formeln, in denen das Wort Gerechtigkeit kaum vorkam.

Wer will was von wem woraus? Rechtsnorm, Tatbestand, Rechtsfolge, Anspruchsgrundlage, Anspruch. Normsuche, Fragestellung, Rechtliche Voraussetzungen, Subsumtion, Ergebnis. Hauptvorlesung in der Großen Aula: ein kleiner grauer Mann in der Tiefe vor vollbesetzten Rängen. Hunderte gebeugter Köpfe, hektisches Mitschreiben, Knöchelapplaus auf den Pulten, Aufspringen, Bücher zusammenpacken, Zögern; sich Einfädeln in welchen Strom? Thirza blieb, verwirrt im binnen Minuten sich auflösenden Gewimmel, allein zurück.

Braves Kind! Keine Laster, lernst wie eine Maschine, wirst in der Justiz Karriere machen! Es wäre falsch zu sagen, dass Thirza unempfänglich für Ablenkungen war: Ihr ganzes Studium war eine einzige Ablenkung, und zwar vom wirklichen Leben. Thirza lernte leicht. Auf einen guten Kopf darf man sich nichts einbilden: Es ist, als würdest du über eine Wiese laufen und plötzlich merken, dass die anderen zurückgeblieben sind. Das macht stolz, aber wem verdankst du die schnellen Beine? Und hast du dir schon Gedanken über die Wiese gemacht? Nein; nicht denken, sondern laufen. Thirza geriet in einen Pulk ähnlich schneller Beine und rannte zuletzt wie gejagt. Sie bestand das erste Staatsexamen nach acht Semestern mit Prädikat.

*

Zwischen erstem und zweitem Staatsexamen sammelten die jungen Juristen als Referendare praktische Erfahrungen. Thirza begann mit der Anwaltsstation. In der Kanzlei *Rechtsanwälte Schütz, Gumpl, Mayer & Leininger* geriet sie unter die Fittiche der Anwältin für Strafrecht Maria (& Leininger), die vor allem im Münchner Umland Kleintäter verteidigte: Schwarzfahrer, S-Bahn-Sprayer, Hausfrauen, die bei Hugendubel Bücher mitgehen ließen, Lehrerinnen, die Lippenstifte klauten, Sozialhilfebetrüger sowie jede Menge Betäubungsmittel-Missbraucher, sogenannte Giftler. Maria sehnte sich danach, mal einen Mörder zu verteidigen. Abgesehen davon sei sie zufrieden, erklärte sie im Scherzton und fügte ernst hinzu: »Ich bin es, aber du, Tizzi, würdest es nicht sein.«

Maria war eine imponierende Erscheinung: fünfundvierzig Jahre alt, einsfünfundachtzig groß, neunzig Kilo schwer, mit klingender Stimme und einem mütterlich leuchtenden Gesicht. »Als Strafanwalt hast du nur Feinde«, sagte sie. »Dein schlimmster Feind ist der Mandant. Aber auch der Justizblock und das Publikum sind gegen dich, du kriegst nur Druck, keine Anerkennung, keinen Dank, und am Ende wartet noch ein erbärmlicher Kampf ums Honorar.«

»Wieso ist der Mandant dein Feind?«

»Der Mandant hat seine eigene Wahrnehmung. Zunächst mal fühlt er sich als Opfer und kann nichts dafür. Er lügt, unterschlägt Details, arbeitet gegen dich, realisiert nicht seine Schuld, die Welt ist ungerecht, jetzt hau ihn gefälligst raus. Wenn ihm deine Prognose missfällt, wechselt er den Anwalt, obwohl du schon für die Prognose Arbeit investiert hast. Tu keinen Strich ohne Vorschuss! Lass dich von keiner Demut täuschen! Natürlich sind Staatsanwaltsbriefe erschreckend, eine Hausdurchsuchung erst recht. Glaube dennoch keinem noch so zitternden Mandanten. Fordere einen Vorschuss, der die Kosten deckt. Denn nach dem Prozess, selbst wenn du ein gutes Ergebnis erzielst, wird der Mandant sich ungerecht behandelt fühlen und dich nicht bezahlen, weil er dir die Schuld gibt. Treibst du ein, schreit er: Ich hab doch nix, soll ich meine Oma anpumpen? Und du bist die Böse, die der Oma in den Sparstrumpf greift.

Nach dem Mandanten ist der größte Feind der Staatsanwalt. Manche nennen Staatsanwälte ja die Kavallerie der Justiz: dumm, aber forsch. Viele sind aggressiv, arrogant und entwertend; sie vergessen, dass der Verteidiger die gleiche Ausbildung hat und ebenfalls ein Organ der Rechtspflege ist. Gern drohen sie auch mal mit dem Schwert des Gesetzes, wenn sie dich zu frech finden. Und der Richter schützt dich nicht. Der Richter arbeitet in der Hauptverhandlung mit dem Staatsanwalt zusammen und hat die Anklage zugelassen, weil für ihn eine Verurteilungswahrscheinlichkeit besteht. In alten Gerichtssälen sitzt der Staatsanwalt sogar oben auf dem Podium beim Richter, nur eine Stufe tiefer, aber du sitzt gewissermaßen im Tal neben dem eingeschüchterten Angeklagten und rufst hinauf. Schon das Arrangement ist beklemmend.

Du befragst die Zeugen als Letzte. Zuerst fragt der Richter, dann fragen die beiden Schöffen, dann fragt der Staatsanwalt, dann fragen vielleicht noch die Nebenkläger oder deren Anwälte, und wenn endlich die Verteidigung drankommt, sind alle müde und wollen in die Mittagspause, fassen Sie sich bitte kurz, Frau Anwältin, was wollen Sie denn noch? Nein, Frage nicht zugelassen. Beweisantrag abgelehnt. Von Waffengleichheit kann keine Rede sein. Vielleicht wird deine Generation es besser haben, Tizzi, doch bisher haben wir immer noch eine herrische Justiz.

Und das Publikum? Das Publikum ist gegen den Gesetzesbrecher eingestellt. Letztlich herrscht im Volk ein primitives Rechtsempfinden, da findest du kein Verständnis für den Rechtsstaat und keine Einsicht in die Struktur der Justiz. Der Anwalt wird gern mit dem Angeklagten gleichgesetzt. Du hörst Pöbeleien, manchmal unflätige Bemerkungen, und bei einem laschen Richter, der nicht eingreift, schaukelt es sich hoch. Manchmal rufe ich selbst: BITTE RUHE! Wenn's schlecht läuft, entsteht eine Wutwoge, die den Richter mitnimmt. Wenn du aber das Publikum beeindruckst, wird der Richter das ebenso spüren. Du musst immer offen sein für die Stimmung im Saal, während dir gleichzeitig keine Nuance des juristischen Geschehens entgehen darf. Du musst die Entlastungszeugen stoppen, wenn sie anfangen Müll zu reden, und den Mandanten zum Schweigen bringen, wenn er vom Richter über den Tisch gezogen wird.«

Der Alltag wirkte dann nicht so dramatisch. Es gab nüchterne Verhandlungen und besonnene Richter. Aber es gab auch Szenen von nur scheinbarer Ruhe, und Thirza bewunderte die Wucht, mit der Maria sich unvermittelt in Schlachten warf, die Thirza gar nicht bemerkt hatte.

»Keine Einlassung zur Tat!«

Was war passiert? Der Richter hatte begonnen, unauffällig die Vernehmung zur Person mit der Vernehmung zur Tat zu mischen. Der Angeklagte kann sich zur Person äußern und zur Sache schweigen, in diesem Fall aber hatte der Richter die Ebenen so geschickt verwoben, dass der Angeklagte sich um Kopf und Kragen redete.

»Warum unterbrechen Sie mich, Frau Anwältin?«

Der Richter grinste scheinheilig. Als das Spiel von vorne begann, rief Maria mit klirrender Stimme: »Die Vernehmung ist beendet! Mein Mandant sagt jetzt nichts mehr.«

»Ja, aber Frau Verteidigerin, warum denn?«

»Sie wissen schon, warum!«

Später, auf der Straße, sagte Maria niedergeschlagen: »Bei dem krieg ich sicher nie mehr 'ne Pflichtverteidigung. Warum kann ich mich nicht zusammenreißen? Der Mandant dankt's mir ohnehin nicht.«

Einmal war Thirza bei Maria zu Hause, nach einer Verhandlung in der Kleinstadt W., in der Maria eine schlichte Zweizimmerwohnung besaß, Nachkriegsbau, vergilbte Tapete, niedrige Decke, billige Möbel. In dieser Verhandlung war Folgendes passiert: Eine Zeugin kam nach S-Bahn-Panne zu spät, stürzte in den Sitzungssaal, stoppte vor dem Zeugenstuhl und rief außer Atem: »Soll ich mich setzen oder stehen bleiben?«

Der Richter sagte: »Ich hab's ganz gern im Stehen.«

Sogar Thirza erfasste die Doppeldeutigkeit. Die Zeugin wurde rot, begriff den Grund aber nur halb und fragte nach der Verhandlung perplex: »Was ist da passiert?«

Maria hatte in der Hitze des Gefechts nicht nur versäumt, den Richter festzunageln, sondern war auch noch strategisch außer Tritt geraten. Andererseits: »Wie hätte ich ihn festnageln sollen? Auf den eindeutigen Ton? Den zweideutigen Wortlaut? Er hätte mir nur schlimme Fantasien unterstellt. So ein Arschloch! Am Hals hätte ich ihn packen müssen, diesen unverschämten Gockel«, und so weiter. Maria nahm Thirza mit nach Hause, zog eine Halbliterflasche Wodka aus dem Kühlschrank und stampfte und schnaubte. »Unglaublich! Dabei hat er vor Jahren ganz zivilisiert begonnen. Die Charakterentwicklung bei Strafrichtern ist eine zynische, musst du wissen. Natürlich werden die böse, kriegen ja auch nur Scheiße zu hören, aber diese Nummer war der Gipfel.« Das alles wie gesagt im Stehen vor dem mannshohen Kühlschrank mit Wodkaflasche in der linken und Stamperl in der rechten Hand. Auch Thirza bekam ein Stamperl, nippte daran und schwankte, während sie Marias Diagnose dankbar in jedem Punkt bejahte: Ihr fehlten einfach alle Voraussetzungen für diesen Beruf – Statur, Auftritt, Geistesgegenwart und Kampfesmut, von der Wodkaverträglichkeit ganz zu schweigen.

Maria aber beruhigte sich recht bald und begann wieder zu leuchten. »Herrje, trotz allem ein Jammer. Was war dieser Richter vor zehn Jahren für ein attraktiver, goldiger Mann.«

*

Anders als das Strafrecht regelt das Zivilrecht Streitigkeiten der Bürger untereinander, und das war es, wozu Thirza sich berufen fühlte. Zivile Konflikte sind auf den ersten Blick weniger markant, dafür sozial vielfältiger. In neunzig Prozent der Fälle geht es zwar um Geld (*Wer will was von wem?*), aber Geld steht dabei für alle menschlichen Leidenschaften von Not bis Gier in sämtlichen Abstufungen: Geltungssucht, Stolz, Hass, Angst, Komplexe, Bedürftigkeit und sämtliche Mischformen. Es ist der Schlüssel zur Psyche der Gesellschaft. In Thirzas Vorstellung half der Zivilanwalt den Menschen, ihre Rechte wahrzunehmen. Die Erfahrung zeigte allerdings, dass Menschen beim Zivilanwalt oft Unrecht kaufen wollen. Diese Schlüsselszene ist rasch erzählt: Ein pummeliger älterer Herr wollte seine Mieter loswerden. Thirza – damals Referendarin einer Zivilkanzlei – belas sich und fand heraus: Der gesetzliche Kündigungsschutz griff auch bei seiner Immobilie; nichts zu machen. Er fragte: »Wofür bezahle ich Sie dann?«

*

Noch ein Schlüsselerlebnis aus dem Staatsdienst. Bei ihrem Referendariat im Strafjustizzentrum wurde Thirza zum Protokollführen in einer größeren Verhandlung eingesetzt. Kurz darauf stand im Treppenhaus überraschend der Vorsitzende vor ihr: »Sind Sie Fräulein Zorniger? Sie haben doch neulich bei mir Protokoll geführt, darf ich Sie kurz in mein Büro bitten?« Thirza erschrak, immerhin ohne Grund, und folgte ihm. Er legte ihr das Protokoll vor. »Sehen Sie, hier haben Sie nicht geschrieben, ich hätte einen Beschluss verkündet. Stimmt, habe ich versäumt. Aber das wäre ein Revisionsgrund, und Revision wollen wir doch nicht, es war am Ende nur ein Versehen. Ich würde Sie also bitten nachzubessern.« Thirza war mulmig dabei, doch sie tat ihm den Gefallen, und er dankte sehr höflich und geleitete sie hinaus.

Wenig später passte der Strafverteidiger sie auf derselben Treppe ab. »Fräulein Zorniger? Haben Sie im Protokoll eine Ergänzung vorgenommen? Auf wessen Geheiß – des Vorsitzenden? Sie wissen hoffentlich, dass das Urkundenfälschung war?« Ein älterer Mann, ernsthaft, sachlich, und offenbar hatte er es eilig, denn er fuhr ohne Umschweife fort: »Da Sie so offen und ehrlich antworten, will ich Ihnen keinen Strick daraus drehen. Das Urteil weist genügend Rechtsfehler auf, dass wir in Revision gehen können, ohne die Korrektur zu erwähnen. Aber tun Sie das nie wieder!«

Thirza musste sich am Geländer festhalten. Vor dreißig Sekunden war ihre Staatskarriere verwirkt gewesen. Vor fünfzehn Sekunden hatte dieser unbekannte Anwalt sie ihr zurückgegeben. Und sie hatte sich in ihrer Verwirrung nicht mal bedankt, so rasch war er gegangen. Sie kaute ziemlich lange an dem Vorfall herum und kam zu dem Ergebnis: Was für ein durchdachtes Justizsystem wir haben! Es funktioniert aber nur, wenn wir es verantwortungsvoll verwalten, mit Bindung allein an das Gesetz.

Diese Lehre ist eigentlich selbstverständlich, in der Praxis aber gefährdet; das wird noch eine Rolle spielen. Für diesmal war alles gut gegangen: ein heftiges, doch kurzes Wetterleuchten vor dem großen Sommer der Gerechtigkeit.

*

Lernen war befriedigend, doch wie fand man Freunde? Alle Kommilitonen schienen irgendwelchen Kreisen anzugehören. Thirza begann zu klassifizieren, ohne einen Platz für sich zu finden. Es gab arme Einsteiger, die sich das juristische Puzzle aus Paragrafen und Subsumieren mühsam aneigneten und abends in Studentenjobs Geld verdienten, um die Repetitorien zu bezahlen. Es gab die intellektuell vorgeprägten Einsteiger, die mit zunehmendem Stolz die Methodik von Norm und Anwendung im vorgegebenen Rahmen exerzierten. Kinder aus Juristenfamilien waren privilegiert: Sie hatten das juristische Denken am Esstisch mitbekommen, bedienten sich aus der väterlichen Fachbibliothek und erbten sogar die Robe. Und über ihnen stand der juristische Hochadel, dritte, vierte Generation, Vater am Oberlandesgericht, Opa am Bundesgerichtshof, Onkel und Cousins in Edelkanzleien. Die schienen mit niemandem umzugehen, der weniger als zehn Punkte hatte, es sei denn, er gehörte zum Geldadel, den es ebenfalls gab. Durch einen Zufall kam Thirza kurz mit diesen Kreisen in Berührung: »Hey, *Zorniger*? Verwandt mit *dem* Zorniger? Dem Schauspieler?« Unversehens saß sie in einem Straßencafé an der Leopoldstraße neben einem Friedhelm Schleha (Vater: *der* Schleha, Professor in Frankfurt mit drei Doktortiteln, Autor *des* Standardkommentars für Wirtschaftsrecht, Vorträge in London, Tokio etc.), und schöne Menschen mit Sonnenbrillen und Kaschmirpullovern lösten sich aus dem Strom der Passanten und setzten sich dazu. Man redete über Autos, Mode, Golf und Tennis, wie man über Selbstverständliches redet: Segelboot auf dem Chiemsee, Villa in Grünwald, der Chauffeur bringt im Mercedes die Lebensmittel von Dallmayr, was haltet ihr von 'ner Spritztour nach Seefeld? Um die Ecke stand der BMW, hellgrün metallic. Thirza fand eine Ausrede. Sie wollte nicht irgendwo neben den Sonnenbrillen im teuersten Seefelder Restaurant sitzen und unauffällig das billigste Gericht mit Mineralwasser bestellen. Friedhelm wirkte weder überrascht noch enttäuscht; Thirza war nicht unterhaltsam.

Thirza fand eine fitte Arbeitsgruppe, die es ohne Repetitor schaffen wollte und hauptsächlich aus Männern bestand. Was war mit den Frauen? Es gab eine Sylvia, die das Ganze bald zu stressig fand, Sekretärin wurde und sich darauf konzentrierte, ihren lustlosen Wiggo zu heiraten. Es gab Conny mit der Lücke zwischen den Schneidezähnen und dem Scheitelzöpfchen, die Journalistin werden wollte und mehr mit Originalität punktete als mit Konsequenz. Und es gab die schlanke, makellose Beate mit den Sauglippen, die unerbittlich nach Platzziffer eins bis zehn strebte, weil sie das Notariat ihres Vaters übernehmen wollte.

Die Männer waren ehrgeizige Aufsteiger aus der Provinz. Sie sagten *Ich als Jurist* und schmückten Alltagsgespräche lustvoll mit Floskeln des Gutachtenstils: *vorliegend*, *hinlänglich*, *dahingehend*, *bezüglich*, ein Manierismus, den Thirza sofort übernahm, weil sie dazugehören und sich verlieben wollte. Die Treffen waren intensiv und sachlich. Danach ging man auf ein Bier und verblödete. Thirza verabschiedete sich. Sie hatte kein Geld, mochte kein Bier und sehnte sich nach einem anderen Rausch, der irgendwie nicht zu haben war.

Dabei waren alle Kommilitonen nett. Kamil, der aus Polen stammte, wurde mit dreiundzwanzig schon kahl und konnte darüber lachen, ein schönes Lachen mit kleinen, blitzend weißen Zähnen. Er kam aus Unterschleißheim mit dem Rennrad, glitt schweißnass im engen gelb-schwarzen Trikot herein wie ein Salamander und nachher ebenso schnell wieder hinaus. Es hieß, er sei verlobt (katholisch, Pole); er selbst verneinte das. Hermann, Sohn des Bezirksfeuerwehrwarts von Dinkelburg, gab sich polternd-unkompliziert und gemüthaft, suchte aber bereits seine Freunde danach aus, welche Note oder wie viel Geld sie hatten. Der begabteste war Alfred aus Pfarrkirchen, äußerlich gehemmt und unauffällig, sehr strukturiert, stille Autorität, stupendes Gedächtnis, aber unnahbar. Ja, und es gab Charlie, die Stimmungskanone (Wahlspruch: »Nur mit dem Mut zur Oberflächlichkeit wird man an der Oberfläche bleiben«), und Johannes, den Schüchternen, und Reinhold, den Bedächtigen, der wirkte, als sei er vierzigjährig auf die Welt gekommen. Clemens, getrieben von einem Ehrgeiz, den er selbst als fremd empfand, suchte Entlastung als Turniertänzer; er hatte keine freie Minute.

Charlie meinte: Juristinnen heiratet man nicht, zu Hause möchte man's einfacher. Der feinfühlige Johannes erklärte Thirza zum Mann ehrenhalber. Hermann hofierte Thirza ein bisschen, weil man über Dr. Kargus an Karten für den Rundfunkball kam. Was zur Hölle ist an einem Rundfunkball attraktiv? Hermann antwortete geheimnisvoll: »Cherchez la femme!«, und gestand auf Nachfrage: Freundin suchen, mit ihr schlafen; neue Freundin suchen, mit der ebenfalls schlafen. Studentinnen waren zu kompliziert. Man musste Mädels finden, die Spaß haben wollten und für die es etwas Besonderes war, wenn einer sagte: »Ich studier Jura und hab ein Auto.«

Thirzas Problem war, dass sie die Sinnlichkeit von Carlos Zorniger geerbt hatte, ohne über dessen Unbedenklichkeit und Durchschlagskraft zu verfügen. Ihr gefiel Charlie, der allerdings eine so starke Wirkung auf Frauen hatte, dass Thirza sich keine Chancen ausrechnete. Einmal wurde sie während einer Feier auf der Bank einer Biergarnitur an ihn gedrückt und erlebte Arm an Arm eine halbe Stunde demütiger Seligkeit.

Dann erwog sie Alfred, der mit seinem Verstand punktete. Alfred wirkte, obwohl von normaler männlicher Statur, seltsam körperlos, der große Kopf und das weiche Haar verliehen ihm sogar etwas Kindliches. Doch Alfred dachte scharf und streng und unterwarf sich einer unerbittlichen Disziplin. Erhielt er als Einziger von ihnen in einer Klausur elf Punkte, warf er sich vor, keine zwölf geschafft zu haben. Hatte er zwölf, grämte er sich über die entgangene Dreizehn; so schraubte er sich empor. Das einzig Lebendige an ihm war die farbige Stimme. Thirza nahm sie als Indiz für eine suchende Seele und verliebte sich in Alfred um dieser Seele willen. Sie überlegte sogar, wie es mit ihm wäre, und konnte es sich aus der Ferne vorstellen. In seiner Nähe nicht. Kaum ging sie, sehnte sie sich nach ihm. Ein Anruf von Alfred – »Wer hat das Staatsrecht-Skript?« – verzauberte ihren Tag. Was für eine seltsame Traummaschine ist der Mensch, und was für eine komische kleine Hormonfabrik. Und wie traurig, wenn es nicht so wäre, dachte Thirza verwirrt.

Einmal war sie bei Alfred zu Gast. Sie holte Apfelsaft aus seinem Kühlschrank und sah im blanken Gemüsefach vier Karotten parallel nebeneinander liegen wie Soldaten. Alfred, der Verschlossene, öffnete sich auf einmal unerwartet und redete beseelt über Kino: Godard, Chabrol, Rohmer – er wusste alles darüber. Thirza war beschämt: Was ist *film noir*, was *nouvelle vague*? Schon zog er aus einer Schublade seiner bescheidenen, makellos aufgeräumten Einzimmerwohnung Filmplakate und entfaltete sie andächtig wie Reliquien. Dann zeigte er errötend seinen größten Schatz: einen Band *Rechtsphilosophie* mit Signatur von Gustav Radbruch. Thirza, die Radbruch wegen des mittelalterlich anmutenden Namens bisher gemieden hatte, blamierte sich ein weiteres Mal, und Alfred verschloss sich wieder wie eine Auster.

Alfred heiratete Jahre später eine medizinisch-technische Assistentin, die ihm für den Beamten-Gesundheitscheck Blut abnahm; die Freunde scherzten, durch diese Frau habe er überhaupt erst entdeckt, dass Blut in seinen Adern fließe.

Thirza erlebte eine leichte Form von Liebeskummer, den sie fast andächtig analysierte: das Gefühl, als gehöre einer so organisch zu ihr, dass ihr Leben ohne ihn unvollständig wäre. Schon das Bewusstsein seiner Existenz eine Art Erfüllung. Seine Ferne ein Irrtum. Es war wie eine Weihe; wer sie nicht kannte, hatte nicht gelebt. Die Frage war nur: warum ausgerechnet Alfred? Thirza sah im Kino zwei Godard-Filme und fühlte nichts als lähmende Kälte. Dann las sie Gustav Radbruch und war elektrisiert.

*

Gustav Radbruch war ein deutscher Jurist des Jahrgangs 1878, ein Rechtsgelehrter und Philosoph. Er war aber auch zweimal – ganz kurz, während der Weimarer Republik – Justizminister und tat als solcher etwas Unglaubliches: Er ließ Frauen zum Richteramt zu. Schon diese Tat machte ihn für Thirza verehrungswürdig. 1933 wurde er als einer der ersten nichtjüdischen Professoren von den Nazis aus dem Staatsdienst entfernt. Er überlebte den braunen Spuk als Privatier, arbeitete nach dessen Ende noch drei Jahre als Professor an der Universität Heidelberg und starb 1949 mit 71 Jahren.

Auf Fotos wirkte er wenig eindrucksvoll, beinahe schüchtern. Ein runder kahler Kopf, leicht zwischen die Schultern gezogen, ein konturenarmes, teigiges Gesicht mit hervortretenden Augen, schmale Lippen, die Oberlippe unter dem pelzigen Schnurrbart in der Mitte leicht schnabelartig gesenkt. Der Ausdruck starr, skeptisch, grüblerisch. Der Blick nicht eines Politikers, sondern eines Gelehrten.

Und dieser zurückhaltende Mann hatte als Justizminister 1922 ein Gesetz erlassen, das Frauen den Justizdienst erlaubte, einfach so. Das Gesetz hob ein jahrtausendealtes Unrecht kommentarlos auf. Es ignorierte eine in den Durchschnittshirnen jener Zeit fast organisch eingewachsene Tradition der Verachtung. Thirza begriff erst jetzt, dass ihr Berufsziel keine Selbstverständlichkeit war, sondern ein atemberaubend junges Privileg. Mit Gustav Radbruch an ihrer Seite wagte sie ihm nachzuforschen.

Herrschende Rechtsmeinung im 19. Jahrhundert:

So hat es die Natur gewollt, und so wird es im Wesentlichen bleiben ... Das Gebiet der Frau ist das scheinbar Enge und Einförmige des inneren häuslichen Lebens; die Domäne des Mannes ist die weite Welt da draußen, die Wissenschaft, die Rechtsordnung, der Staat.
Heinrich von Sybel, Über die Emanzipation der Frau, Bonn 1870

Weibliche Künstlerinnen versüßen uns so oft die schweren Stunden und erwärmen uns das Herz ..., aber am Richtertisch ... hört die Frau auf, Frau zu sein.
Lorenz von Stein, Die Frau auf dem Gebiete der Nationalökonomie, Stuttgart 1875

Obrigkeit ist männlich; das ist ein Satz, der sich eigentlich von selbst versteht. Von allen menschlichen Begabungen liegt keine dem Weibe so fern wie der Rechtssinn. Fast alle Frauen lernen, was Recht ist, erst durch ihre Männer.
Heinrich von Treitschke, Politik, Vorlesungen gehalten an der Universität zu Berlin, Hrg. Max Cornicelius, 1. Band, Leipzig 1897

Randbemerkung von Thirza: juristische Elite des 19. Jahrhunderts – Männer, adlig, Professoren! Wie einfältig wird eine Elite, die niemand infrage stellt! Und diese dümmliche Selbstgerechtigkeit bestimmte die Haltung zu Frauen bis ins 20. Jahrhundert hinein. Der Deutsche Richtertag stellte noch 1921 fest, dass Frauen aufgrund *seelischer Eigenarten* der notwendigen Intelligenz fürs

Richteramt entbehrten; außerdem widerspreche die Unterstellung des Mannes unter den Urteilsspruch einer Frau dem deutschen Mannesgefühl. Der Deutsche Anwaltsverein beschloss am 19. Januar 1922 mit 45 gegen 22 Stimmen: *Die Frau eignet sich nicht zur Rechtsanwaltschaft oder zum Richteramt. Ihre Zulassung würde daher zu einer Schädigung der Rechtspflege führen und ist aus diesem Grunde abzulehnen.*

Keine sechs Monate später, am 11. Juli 1922, erließ Gustav Radbruch das *Gesetz über die Zulassung der Frauen zu den Ämtern und Berufen der Rechtspflege.*

Fantastisch!

Große Teile der Richterschaft protestierten anhaltend: Die Einsetzung von Richterinnen sei ein Verstoß gegen den Grundsatz der Männlichkeit des Staates, und so weiter. Der nationalsozialistische Männerstaat kassierte Radbruchs Gesetz 1933 sofort. Es folgten zwölf Jahre der kollektiven verbrecherischen Verblödung. Nach dem Zusammenbruch des Regimes 1945 wurden dessen Verbrechergesetze aufgehoben, die Frauen wieder zum Justizdienst zugelassen. Richterinnen gab es, als Thirza studierte, also seit insgesamt nicht mal fünfzig Jahren.

Und noch etwas erlebte Thirza durch Radbruch: die fast physisch anmutende Energie lauterer Vernunft, auch wenn deren Ergebnisse bestritten, bekämpft und niedergetreten wurden. Die Schönheit von individuellem Mut. Thirza hatte die Rechtswissenschaft bisher als kolossales axiomatisches Gebilde verstanden, das man eben zu akzeptieren hatte, denn etwas anderes gab es nicht. Dieses Gebilde, letztlich ein römisches Erbe, war verschroben, sperrig und umständlich wie die lateinischen Zahlen: TIZZI ZORNIGER, GEB. XXIX.XI.MCMLVI, ALLES KLAR? In dieser Form musste man denken können, sie war der Schlüssel zum Märchenschloss. Das Märchenschloss aber, entdeckte Thirza jetzt, war ein menschengemäß fehlbares Konstrukt, das ständiger Kritik bedurfte.

Grundsätzliche Kritik wird, selbst wenn sie in der Luft liegt, immer zuerst von Einzelnen formuliert, unter Gefahr. Wenn sie aber nicht formuliert wird, hält sich flagrantes Unrecht über hundert und tausend Jahre. Hier flossen Rechtsgeschichte, Frauenfrage und Radbruch für Thirza zusammen, und zwar so: Das römische Recht befasste sich vornehmlich mit Eigentum und brachte das EIGENTUM überhaupt erstmals juristisch auf den Begriff. Es entwickelte zum Schutz des EIGENTUMS ein juristisches Instrumentarium, dessen Mechanismen so ausgeklügelt waren, dass sie es bis in unser deutsches Bürgerliches Gesetzbuch schafften: Schutz gegen Entziehung, Schutz gegen Beschädigung, Schutz gegen andere Einwirkungen, Veräußerungsbefugnis, Testierfreiheit (§§ 985, 823, 1004, 929, 2064 ff. BGB). Auch die hochdifferenzierte Kasuistik zur Frage von Erwerb und Verlust des Besitzes wurde übernommen (Problem der tatsächlichen Sachherrschaft, § 854 Abs. 1 BGB). Und so weiter. Die Frau aber war zur Zeit der römischen Republik wenig mehr als eine bewegliche Sache. Sie wurde vom Vater in den Besitz des Gatten übergeben und war dann nur noch erbrechtlich von Belang.

Gesetze wurden von Mächtigen gemacht und verhandelten deren Interessen. Gesetze zugunsten Ohnmächtiger mussten mühsam erkämpft werden, gegen erbitterten Widerstand, mit Rückschlägen und Verlusten. *Die Justiz selbst ist nicht gerecht!*, notierte Thirza verblüfft.

Andererseits: Die Justiz als Gemeinschaftswerk enthielt nach epischen Kämpfen und Zerwürfnissen inzwischen humane Grundsätze, auf die die Unmächtigen sich berufen konnten, sofern sie sich trauten. Hier sind wir wieder bei Radbruch.

Radbruch wuchs in die römisch inspirierte Justiz des 19. Jahrhunderts hinein. In deren Begriffen dachte und schrieb er. Positives Recht. Pflicht. Rechtsbefehl. Autorität. Bevor er in der Frauenfrage so praktisch und souverän handeln konnte, hatte er sich über dem theoretischen Konflikt zwischen Recht und Gerechtigkeit heroisch den Kopf zerbrochen.

Für den Richter ist es Berufspflicht, den Geltungswillen des Gesetzes zur Geltung zu bringen, das eigene Rechtsgefühl dem autoritativen Rechtsbefehl zu opfern, nur zu fragen, was Rechtens ist, und niemals, ob es auch gerecht ist. [....] Wir verachten den Pfarrer, der gegen seine Überzeugung predigt, aber wir verehren den Richter, der sich durch sein widerstrebendes Rechtsgefühl in seiner Gesetzestreue nicht beirren lässt.
Gustav Radbruch, 1914

Das bedeutete: Rechtssicherheit ging über Gerechtigkeit.

Die Zeitläufte widerlegten Radbruch. Nur zwanzig Jahre später folgten die Richter nationalsozialistischen Verbrechergesetzen gegen ihr widerstrebendes Rechtsgefühl, sofern sie eins hatten, und nichts daran war verehrenswert. Es wurde eine Blamage für die Richterschaft, eine Katastrophe für die Rechtsuchenden und eine Schande für das Land.

Jetzt zermarterte Radbruch sich das Hirn darüber, wie rasch verbrecherische Gesetze von der Richterschaft akzeptiert und sinnvolle Vorschriften zu Instrumenten des Unrechts gemacht worden waren. 1946 schrieb er dazu seinen berühmten Aufsatz *Gesetzliches Unrecht und übergesetzliches Recht*:

Der Konflikt zwischen der Gerechtigkeit und der Rechtssicherheit dürfte dahin zu lösen sein, dass das positive, durch Satzung und Macht gesicherte Recht auch dann den Vorrang hat, wenn es inhaltlich ungerecht und unzweckmäßig ist, **es sei denn, dass der Widerspruch des positiven Gesetzes zur Gerechtigkeit ein so unerträgliches Maß erreicht, dass das Gesetz als ›unrichtiges Recht‹ der Gerechtigkeit zu weichen hat.** (1946, Hervorhebungen von Thirza)

Dieses Ringen erregte Thirza. Zwar wurde nicht erklärt, was ein *unerträgliches Maß* war: Wer stellte das fest? Die meisten Menschen nehmen ja jedes Maß an allgemeinem Unrecht hin, solange sie sich davon einen Vorteil versprechen oder meinen, Nachteile von sich abwenden zu können. Weiter: Auf welche Weise und vor welchem Gerichtshof könnte die *Gerechtigkeit* das »*unrichtige Recht*« vertreiben? Wer würde bei Gefahr für die *Gerechtigkeit* eintreten, und welches »*unrichtige Recht*« würde ohne Gewalt der *Gerechtigkeit* weichen?

Dennoch fürchteten ungerechte Mächte sogar die pure freie Benennung des Unrechts. Sensationell: Diese Benennung besaß sogar eine so starke überinstitutionelle Kraft, dass die Rechtsbeuger die Benenner verfolgen zu müssen glaubten!

Großvater Kargus weigerte sich, über das *Dritte Reich* überhaupt zu reden. Warum, fand man nicht heraus. Schämte er sich für dessen Niederlage oder für seine eigene Willfährigkeit? Wenn es hier einen unauflösbaren Konflikt gab oder, auch wenn der Begriff vielleicht den Tätern nicht wirklich gebührt, eine Tragik: Warum trug er sie nicht aus? Billigte er sich nicht zu, versagt zu haben? Verlängerte er aber damit nicht sein Versagen bis zum Tod?

*Es ist unmöglich, eine schärfere Linie zu ziehen zwischen den Fällen des gesetzlichen Unrechts und den trotz unrichtigen Inhalts dennoch geltenden Gesetzen; eine andere Grenzziehung aber kann **mit aller Schärfe** vorgenommen werden: **wo Gerechtigkeit nicht einmal erstrebt wird, wo die Gleichheit, die den Kern der Gerechtigkeit ausmacht, bei der Setzung positiven Rechts bewusst verleugnet wurde**, da ist das Gesetz nicht etwa nur ›unrichtiges‹ Recht, vielmehr entbehrt es überhaupt der Rechtsnatur. Denn man kann Recht, auch positives Recht, gar nicht anders definieren als eine Ordnung und Satzung, die ihrem Sinne nach bestimmt ist, der Gerechtigkeit zu dienen. (Gustav Rad-*

bruch, *Gesetzliches Unrecht und übergesetzliches Recht*, 1946; Hervorhebungen von Thirza)

Integre Sprache: herrlich, auch wenn keiner sagen kann, was *die Rechtsnatur* ist. Thirza war so erfüllt, dass sie in der Lerngruppe ein Referat darüber hielt. Es war nämlich unter ihnen üblich, dass die Mitglieder eigene juristische Themen aufarbeiten und zur Diskussion stellen durften. Thirza sprach also zehn Minuten holprig, aber beseelt zum Thema *Gesetzliches Unrecht und übergesetzliches Recht*.

Sie konnte nicht landen. »Ey, du hast wohl sonst keine Probleme?«, und so weiter. Nur Alfred sah Thirza während ihres Vortrages aufmerksam an wie noch nie: fast regungslos, die kleinen dunkelblauen Augen direkt auf sie gerichtet. Reinhold, der vierzigjährig Geborene, fragte unerwartet scharf, warum Thirza die Sätze Radbruchs, den sie doch angeblich ehre, problematisiere; ob sie sich etwa schlauer fühle als er. Thirza antwortete erschrocken, sie greife Radbruchs eigene Problematisierung auf, sicher in seinem Sinne. »Wie kannst du dir anmaßen zu wissen, was in Radbruchs Sinn ist?«, fauchte Reinhold, und Thirza erlebte zum ersten Mal, wie böse auch zahme Leute werden können, wenn sie eine Autorität infrage gestellt meinen. Das Schlusswort gehörte wie immer Alfred. Er lobte Thirzas »Mut zur Originalität« und merkte nur an, dass ihr Vortrag nicht deutlich gemacht habe, wie weit sie mit den Grundlagen des Rechtspositivismus vertraut sei.

Zum ersten Mal fühlte sich Thirza in ihrer hilflosen Selbstdenkerei den Kommilitonen sogar ein bisschen überlegen. Darüber dachte sie auf dem Heimweg nach. Worin bestand diese Überlegenheit? Vielleicht in dem Mut, elementare rechtliche Fragen auch außerhalb der Norm für möglich und notwendig zu halten? Jawohl! Eine nicht nur verlockende und bereichernde, sondern auch der Gerechtigkeit unbedingt zuträgliche Sicht! Vom Anprall dieser Erkenntnis getroffen, verschob Thirza sogar die Rückkehr zu ihren Büchern und trödelte noch durch den Englischen Garten. Es war ein sonniger, milder Donnerstagabend, Familien gingen spazieren, Kinder ließen Luftballons steigen, und Thirza sah die bunten Ballons im blauen Himmel verschwinden und spürte eine solche Sehnsucht nach Freiheit und Leben, dass ihr die Tränen in die Augen traten.

Im Oktober unternahm sie ihre erste Reise allein. Sie kaufte bei Karstadt ein Zelt für fünfzig Mark und fuhr mit Rad und Campingausrüstung in die Toskana. Das Zelt war braun und wenig größer als eine Hundehütte, mit weichem Alugestänge und von so windiger Anfertigung, dass die Reißverschlüsse schon bei diesem ersten Urlaub rissen; dennoch vergrößerte es den Radius von Thirzas Erfahrung. Thirza erprobte sich selbst, erarbeitete Routen, orientierte sich in fremden Städten. Mehr war nicht drin: Bildungsmangel. Der wurde aber ausgeglichen durch Erlebnisse, Anregungen, körperliche und geistige Bewegung. Einmal saß Thirza einen ganzen Tag lang in einem Café am Rand jenes berühmten muschelförmigen Platzes in Siena und las, statt Dom und Rathaus zu besichtigen, Radbruchs zähflüssig glühende Feuerbach-Biographie.

Thirza gab sich einer Art Wachstumsschmerz der Seele hin, der aus einem reißenden Wechsel von waghalsiger Neugier und wilden Selbstzweifeln bestand. Sie kehrte erfüllt und gestärkt nach Hause zurück, auch wenn es Abende gegeben hatte, an denen sie in ihrem kleinen braunen Zelt vor Einsamkeit weinte.

*

Nach dem ersten Staatsexamen löste sich die Lerngemeinschaft auf. Die Freunde arbeiteten Referendarstationen und Blockunterricht ab, man sah sich nur noch selten. Thirza bekam dennoch mit, wie sich auf der Zielgeraden zum Erwachsenenleben ein Kollege nach dem anderen verpaarte, denn zu den Verlobungen und Hochzeiten wurde sie zuverlässig eingeladen. Kamil war schon vor dem zweiten Staatsexamen Vater. Wiggo heiratete achselzuckend seine Sylvia, die ihm als Sekretärin einen komfortablen Haushalt geboten hatte. Alfred heiratete nüchtern und diskret seine MTA, Charlie mit Gala eine Kaufhaustochter, Johannes seine Kindergartenfreundin, die zwar Betriebswirtschaft studiert hatte, aber lieber als Verkäuferin bei Lodenfrey arbeitete, zumal sie sich brennend möglichst bald Kinder wünschte. Schwer tat sich Clemens. Seine Tanzpartnerin hatte gedroht, ihn zu verlassen, wenn er nicht *Ernst* mache. Also verlobte er sich mit ihr. Er grinste tapfer: »Sichern und Weitersuchen!« Thirza analysierte die Devise so: formal Äußerung einer Betrugsabsicht, durch Ironie als Scherz gekennzeichnet; im Ergebnis hilfloser Zynismus eines Mannes, der vor Angst schlotterte. Immerhin sprach die Parole sogar dem schlotternden Mann Überlegenheit zu, wie übrigens alle männlichen Parolen dieser Lebensphase (und nicht nur dieser), bemerkte Thirza streng.

Clemens entkam seinem Schicksal nicht. Er heiratete traditionell mit allen Ritualen, erlaubte sich aber die Exzentrik, auf seiner Hochzeit geschminkt zu erscheinen, im Tanzturnier-Dress. Er erläuterte den Gästen die Schmink-Notwendigkeit beim Turniertanz sowie Funktion, Stil und Stoff der Kleidung: Lateinhose mit glänzenden Streifen, Lateinbody, und der Schweiß tropfte von seiner geschminkten Stirn. Später führte das Paar einen Tango vor, sogar bei vertrackten Schritten akrobatisch lächelnd. Als gegen Mitternacht die Braut entführt wurde, war Clemens so erschöpft, dass er es ignorierte; man musste ihn mit Getöse aufmerksam machen. Traditionellerweise hätte er sich jetzt mit Jungmännergefolge auf die Jagd machen müssen, um die Braut mit viel Schnaps auszulösen. Er ließ sich aber in einen Stuhl fallen und schrie: »Sammeln zur Verfolgungsjagd – los, Sekt auffahren!«, und Thirza begriff: Er hatte einfach keine Lust.

Thirza bemerkte: Bei all diesen Hochzeiten – ausgenommen der von Johannes – herrschte wenig Begeisterung. Die Bräutigame schritten gefasst zum Altar wie Musterschüler zur Prüfung; die Bräute wirkten vor allem erleichtert. Zu wenig Leidenschaft für eine so aufwendige Zeremonie, fand Thirza. Andererseits: Vielleicht bekam man die letztlich unheimliche Männer-Frauen-Sache durch Rituale in den Griff? Immerhin hatte man mehr Kraft für den Beruf, wenn das Privatleben strukturiert war. Und der festliche Ringtausch weihte gewissermaßen die Routine, die ihm folgte: Bausparvertrag ab Besoldungsstufe R1, drei bis fünf Jahre später das erste Kind. Thirza schwankte zwischen Mitleid, Wehmut und Neid. Als Nächster heiratete Reinhold, der Bedächtige, und zuletzt Hermann, der Zufriedene. Beate heiratete einen Professor. Conny entschied sich für eine Frau. Thirza blieb übrig.

*

Die Männer-Frauen-Sache blieb also ungelöst. Sie hatte, sehr grob gesprochen, eine theoretische und eine praktische Seite. Die theoretische Seite befasste sich mit der weiblichen Selbsteinschätzung in einer juristischen Tradition, die Frauen entwertete. Die praktische mit dem Liebesleben unter diesem Aspekt. All dies war natürlich im Zusammenhang mit Thirzas persönlicher Veranlagung zu betrachten, ihrer Gehemmtheit und analytischen Grübelei. Thirza rang um die Theorie, weil die Praxis sich ihr verschloss.

Es galt ja zwei Probleme gleichzeitig zu lösen. Beide Probleme hatten viele Facetten. Manche Anfechtungen wirkten so versteckt, dass man sie kaum wahrnahm. Dass sie, gemessen am Ganzen, gering und auch etwas lächerlich waren, nahm ihnen nichts von ihrer Wirksamkeit.

Zum Beispiel probte man die Anwendung der Gesetze anhand fiktiver Übungsfälle. Diese Fälle stammten aus der unendlichen juristischen Praxis, stellten aber, von juristischen Pädagogen aufbereitet und typisiert, eher eine Parodie des Lebens dar. Fast alle Protagonisten waren Männer, die etwas zu erreichen versuchten und Namen hatten wie Albert Axt, Herfried Hai, Ludwig Langfinger. Die Studenten hatten für den Anwalt Daniel Durchblick Argumente zu finden. Frauen tauchten, wenn überhaupt, als Sekretärinnen, Prostituierte, Hausfrauen auf und hießen Bärbel Blöd, Betty Blond oder Renate Ratlos. Auf diese Übungsgesellschaft ließ man sich gern ein, weil sie menschlich wie juristisch kontrollierbar schien; andererseits machte einen der Köder Überlegenheit zu ihrem Teil. Als Thirza begriff, dass sie die weiblichen Figuren zu verachten begann, hatte sie den Köder schon geschluckt. Sie wehrte sich mühevoll und blind. Erstens hatte sie kaum eigene Erfahrungen, zweitens schwächte das Ringen um Selbstverständnis. Eine unausgesprochene Vorstellung der Lerngruppe war, dass man in die Rolle einer Elite hineinwuchs, die die Gesellschaft ordnet und schützt. Wer aber mit sich selbst beschäftigt ist, schützt niemanden, sondern ist im Gegenteil schutzbedürftig, für den Stand keine Hilfe, sondern eine Last. Auf einmal hängst du in einem unsichtbaren Netz aus Hierarchie und Dominanz, während du dir einbildest, von Recht und Gerechtigkeit zu reden. Zerreißt du das Netz, fällst du ins Leere. Das wollte Thirza nicht riskieren. Sie las jetzt *Emma* und zerriss heimlich sich selbst.

Eines Tages protestierte Conny. Es ging um den Übungsfall der Oberstudiendirektorin Fräulein Lesbianski, als Conny fragte: »Findet eigentlich keiner von euch diesen verpupsten Humor ätzend?«

Der Vorstoß war überraschend und wirkungslos zugleich. Nach einer kurzen Verlegenheit erklärten die Männer nacheinander, dass ihnen die Schlüpfrigkeit aufgefallen sei, sie aber nichts dafür könnten. Man machte sich sogar über die verklemmten Ministeriumsschnarcher lustig, die sich mit diesen Partikeln von Herrenwitzen an die Jugend ranschmissen. Charlie bat die weibliche Minorität der Gruppe förmlich um Entschuldigung für die Welt, bescheiden lächelnd wie ein Sieger, der gesteht, Rückenwind gehabt zu haben. Was war aber nun weiter zu tun? Sie konnten die Welt nicht ändern. Sie hatten die Aufgaben zu lösen, die ihnen gestellt wurden, und nicht diejenigen, die ihnen nicht gestellt wurden. Den Frauen empfahlen sie, die hiermit eingeräumte Zumutung mit Humor zu nehmen. Später im Biergarten amüsierten sie sich über die Ladendiebin Friedel Frust, die aufgrund eines unüberwindlichen Gefühls innerer Leere sich gezwungen gefühlt hatte, nach dem silbernen Stößel zu greifen, mit dreifachem Spott: erstens über das Fräulein Friedel, zweitens über die Ministeriumsschnarcher und drittens über sich selbst, die es schafften, ihr Amüsement über beide in pfiffige Selbstkritik zu kleiden. Thirza nahm ihnen das übel und fühlte sich kleinlich.

Und das praktische Liebesleben? Traurig, schwierig, beschämend. Eine hilflose Knutscherei im Gebüsch während einer Freiluftparty; eine unbeholfene Sache im Urlaub – Schwamm drüber. Eigentlich wurde Thirza erst während des Referendariats erlöst.

Durch einen Mandanten. Thirza assistierte Maria in der Kanzlei *Rechtsanwälte Schütz, Gumpl, Mayer & Leininger* bei dessen Verteidigung: Unfall mit Sachschaden und Fahrerflucht in einem geliehenen Auto. Eigentlich keine Empfehlung. Der Mandant: ein kräftiger Mann von Mitte dreißig mit Lederjacke, dichten schwarzen Locken, Bartstoppeln, verwegen, etwas verlebt – woran erinnert uns das? Schon während der Vorbesprechung im Büro, als Maria einmal kurz hinausging, lud er Thirza unumwunden zu einem Glas Wein an diesem Abend ein, und da sie zurückschrak, bemerkte er rasch außerhalb des Protokolls, dass er gar kein Fahrerflüchtling sei, sondern seinen Kumpel decke, den Besitzer des Autos. Thirza machte sich hektisch und vergeblich Gedanken über die Rechtslage. Musste sie Maria nicht aufklären? Andererseits: Hieß das nicht sein Vertrauen missbrauchen? Und stimmte es überhaupt? Thirza in Turbulenzen. An der Gerichtsverhandlung nahm sie nicht teil. Maria berichtete später, er habe die Strafe akzeptiert, ohne mit der Wimper zu zucken.

Eines Vormittags kam er des Wegs, als Thirza im Nymphenburger Park auf einer Bank die *Grundzüge des gewerblichen Rechtsschutzes* studierte. Sie beugte sich über ihr Skript und hoffte, er würde vorbeigehen. Aber er grüßte, als habe er sie gesucht. »Darf ich sehen, was Sie lesen? ... Ah. Genau das Richtige für einen sonnigen Morgen im Mai«, und so weiter. Sie gingen spazieren. Er führte sie hinten aus dem Park hinaus ins offene Land, und Thirza, die auf demselben Weg immer am Zaun umgekehrt war, bemerkte erschauernd die Symbolik. Er legte seinen kraftvollen Lederarm um sie und sagte: »Ich bin Leonard.«

Seine Eltern waren Künstler, daher der ungewöhnliche Name. Er hatte eigentlich Kameramann gelernt, ließ sich aber von diesen stümperhaften Regisseuren nichts sagen. Lebte vom Messebau, daher die herrlichen Muskeln, und liebte seine Freiheit. Fragte nach ihren Filminteressen. »Film noir ... nouvelle vague?«, murmelte Thirza. Er lud sie für den Abend ins Theatiner-Kino ein, wo *Die Geschichte der Nana S.* gespielt wurde, und die Sache nahm ihren Lauf. So einfach kann alles sein, wenn es einfach ist. Thirza befreit, in höchstem Glück. Er sagte anerkennend: »Dich kann man ja zehnmal hintereinander in die Luft jagen!«

Sie verließ ihn morgens verlegen und vergnügt, fuhr mit der Tram zum Blockunterricht, saß grinsend und gelöst im Seminarraum, entwarf lustvoll Subsumtionsketten. Zu Hause in ihrem Briefkasten lag bereits seine Nachricht. So ging es ein ganzes Jahr: Sie ließ sich nachts in die Luft jagen und arbeitete tags freudig, wenn auch nicht mehr so erfolgreich.

Andererseits erwies sich der selbstsichere Liebhaber außerhalb des Schlafzimmers als launisch und eifersüchtig, versuchte sie am Lernen zu hindern, strafte sie mit Schweigen, erzählte, als sie gehen wollte, von Problemen, unverschuldeten, nun gut, fahrlässig verschuldeten, einmaligen, die er mit ihrer Hilfe sicher überwinden würde, ein Mann von fünfunddreißig. Thirza dachte an ihre Übungsfälle und begriff, dass sie in einen Klassiker geraten war. Sie lieh ihm fünfhundert Mark, bis zum nächsten Ersten.

Am nächsten Ersten sagte er finster: »Du denkst nur an das Eine, meine Probleme sind dir egal.« Thirza: »Meine Probleme sind dir mindestens so egal.« – »Du bist Beamtin!« – »Auf Widerruf.« – »Eigentlich bist du bloß eine kleine Spießerin.« Thirza verlängerte den Rückgabetermin um einen weiteren Monat, weil dann ihre Ferien begannen – sie war entschlossen zur Trennung, und es würde gut sein, für eine Weile das Feld zu räumen. Leonard ahnte nichts. Als er sie am Stichtag wie erwartet zu beschimpfen begann, sagte sie: »Ich weiß eine Lösung: Ich schenke dir die fünfhundert und gehe.« Er warf sich vor die Tür. Gebrüll.

Es war der befürchtete Klassiker. Anrufe, Briefe, Schwüre, Auflauern, Drohungen. Physische Angst. Der Mann nicht gewalttätig, aber im Zustand des Wahnsinns. Woher diese Wut, da er Thirza offensichtlich nicht geliebt hatte? (Was ist überhaupt Liebe? Moment, die Frage stellen wir zurück.) Rechtlich keine Handhabe. Verständnis nicht zu erwarten: eine Frau, die *intim* geworden war, galt als selber schuld. Thirza unter Schock.

Sie tauchte in Pasing unter, wo sie Leonard wohlweislich nie vorgestellt hatte. Sie fürchtete die Verachtung des Großvaters, den Kummer der Tanten; aber lügen hatte keinen Zweck, sie beichtete alles. Der Großvater verließ das Zimmer. Thirza weinte. Sie hatte, statt alles besser zu machen, auf der ganzen Linie versagt: als künftige Staatsdienerin, als Anwältin, als Liebhaberin, als Enkelin. Tante Schossi strich ihr übers Haar und sagte: »Arme kleine Tizzi.«

*

»Thirza, da will dich wer sprechen.«

Leonard an der Tür!

Thirza kam die Treppe herunter. Der Großvater wandte sich zum Gehen. »Bitte bleib«, flehte Thirza.

»Auf deinen ausdrücklichen Wunsch.«

Gespräch über die Schwelle.

»Wir müssen reden.« – »Nein.« – »Es war ein Missverständnis. Man kann über alles reden. Thirza, du bist die Richtige für mich.« – »Nein.« – »Ich war leichtfertig, ich habe dich unterschätzt. Bitte vergib mir. Ich brauche dich.« – »Nein.« – »Und du ... du brauchst mich, das weißt du!«

Der Großvater schloss die Tür. »Du kannst von mir nicht verlangen, dass ich dieser Unterhaltung beiwohne. Wenn du sie fortsetzen willst, geh raus.«

»Nein ... Nein!«

Sturmklingeln. Er öffnete noch einmal. »Herr Leonard, Sie machen sich strafbar. Wenn Sie nicht augenblicklich verschwinden, zeige ich Sie wegen Hausfriedensbruchs und Nötigung an.«

Leonard rief im Gehen: »Thirza, ich kriege dich!«

Der Großvater ging mit schweren Schritten ins Wohnzimmer. Thirza folgte ihm zögernd und fand ihn in seinem Lehnstuhl zusammengesunken. »Danke, Opa«, murmelte sie.

Er brütete vor sich hin: neunundsiebzig Jahre alt, ein geschlagener Mann. Auf einmal empfand Thirza, die als Sünderin vor ihm stand, mehr Mitleid mit ihm als mit sich selbst. Schließlich hatte er sein Bestes getan, er hatte ein kleines Kind verloren durch Krankheit, einen großen Sohn durch Verbrechen und Verblendung, eine Frau durch Verbitterung, eine Tochter durch Ungenügen, auf denkbar quälende Weise. Er hatte nach seiner Pensionierung noch jahrelang in einer Kanzlei gearbeitet, um seine drei Frauen zu ernähren, letztlich einsam unter ihnen; er hatte Thirza auf seine ungeschickte Weise aufgenommen und beschützt, und sie hatte ihn verspottet und enttäuscht. Sie wollte sagen: Ich weiß, was ich dir verdanke!, und wurde von Rührung so überwältigt, dass sie in Tränen ausbrach.

Sie verließ das Haus und wanderte durch den Garten, um Fassung ringend. Hinten stand immer noch Benis Schuppen. Der Großvater hatte die Tür verriegeln und die Fenster vernageln lassen, einerseits um Beni am Zugang zu hindern, andererseits um die Substanz zu schützen. Vielleicht, um das Baurecht zu bewahren?, dachte Thirza tränenüberströmt (Nachschlagen im Verwaltungsrecht!) und hatte eine Idee.

Beim Abendessen saß sie beklommen. Seit der Großvater nicht mehr arbeitete, aßen die Tanten gemeinsam bei ihm im Erdgeschoss, damit er Gesellschaft hatte, ohne die Stiege erklimmen zu müssen. Thirza half, die Speisen aufzutragen, und dann aßen alle schweigend und bedrückt. Schließlich sagte er beherrscht, immer noch ohne Thirza anzusehen: »Eines kann ich dir zugutehalten: dass du diesen Unhold nicht geheiratet hast.«

*

Thirza zog in den Schuppen, nachdem zwei Handwerker ihn wieder bewohnbar gemacht hatten; sie finanzierte das mit ihrem Referendarsgehalt. Aber juristisch war viel aufzuholen. Entschlossen und bußfreudig begab sie sich in Klausur. Nach einiger Zeit stellte sich sogar Genugtuung ein, ein Bewusstsein von intellektueller Kraft. Mit derselben Konsequenz suchte Thirza in den Lernpausen eine erträgliche Deutung für die Liebeskatastrophe.

Stufe eins: Thirza war selbst schuld. Sie war sehenden Auges in diese Sache geraten und hatte sich sogar in der Verliebtheit kaum Illusionen über Leonard gemacht. Sie hatte seine Beschränktheit und seinen Machtanspruch gegen den Genuss abgewogen, den er ihr verschaffte, und war rechtzeitig ausgestiegen, als die Balance kippte. Eigentlich hatte sie ihn ausgenutzt, während er sich einbildete, sie auszunutzen. Sie war eben schlauer gewesen als er, Kunststück. Gott sei Dank ermöglichte einem die Pille, mit heiler Haut aus so einer Geschichte zu entkommen. In Tausenden Jahren hatten Frauen für einen solchen Fehltritt lebenslang gebüßt.

Stufe zwei: Schuld meinetwegen, aber warum so unverhältnismäßig? Und woher seine Wut, da er seine Freundin doch wenig zu schätzen schien? Sowie Thirza erobert war, hatte er sie entwertet, wo er konnte, ihre Figur kritisiert, das Studium, die Familie und Freunde. Seine Macht über sie gab ihm Selbstbewusstsein, nicht ihre Liebe. Diese Macht war ihm wichtiger als ihr Vertrauen, und als Thirza sie ihm entzog, war er so rasend, dass er zu allem bereit war, um sie zurückzugewinnen – die Macht, nicht Thirza. (*Ich werde dich vernichten! Ich mache dich in der Kanzlei unmöglich! Du wirst bereuen, dass du mich jemals angeguckt hast!*) Und alle, wenn man sich umsah – wirklich alle, Polizei, Gerichte, Presse, Schreiber wie Leser –, schienen für solche Affekte Verständnis zu haben, warum eigentlich? Als hätte eine Frau das Recht auf Unversehrtheit verwirkt, sowie sie sich »hingab«. Thirza, die unfähig gewesen war, den Verfolger zu bändigen, hatte noch Glück gehabt: Sie bekam Mitleid von den Tanten und, neben der fälligen Verachtung, den Schutz des Großvaters. Ja, ein achtzigjähriger Mann hatte mehr Autorität gehabt als sie, die juristische Streberin. Hier gab es eine Lücke im Gesetzwerk. Sie wäre zu schließen. Also zurück zu den Noten.

Halt, nicht ganz zurück zu den Noten. Stufe drei: Sollte das wirklich alles gewesen sein: fünf Zeilen Sex, fünf Seiten Reue? Eine Zukunft ohne Liebe als Bedingung für den erfüllten Beruf (*Zu Hause möcht man's einfacher*)? Warum bekamen andere das besser hin?

Bekamen sie es besser hin? Wer – die Männer? Die Frauen?

Eine Sache ist hier nachzutragen. Zu einer Silvesterfeier lud Charlie, mittlerweile Kaufhaus-Schwiegersohn, die alten Gefährten ins Ferienhaus der Kaufhaus-Schwiegereltern nach Sylt ein. Da ein scharfer Wind blies, verbrachten sie viel Zeit im Haus, genossen Kamin und Fußbodenheizung, tranken Glühwein und pflegten Erinnerungen. Am Nachmittag setzten sich die Frauen, während die Männer schafkopften, mit ihrem Strickzeug vor den Fernseher und sahen das Silvesterprogramm, Karajans Bolero, Karajans Neunte. Sie saßen strickend direkt vor dem gewaltigen

Bildschirm und mokierten sich über Musikerinnen, die in den Fokus der Kamera gerieten. Manchmal ließ eine Zuschauerin die Stricknadel los, um mit dem Finger auf eine schiefe Nase zu zeigen, einen im Singen verzerrten Mund, hey, sieht die doof aus, einen Schweißtropfen auf der Oberlippe, igitt, mit so 'nem Gebiss würd ich mich schämen, und hast du die Frisur gesehn, bäh!

Vielleicht war dies das weibliche Äquivalent der von den Männern im Biergarten vorsätzlich gepflegten Verblödung? Thirza, die gelegentlich am Referendars-Stammtisch über Oberstaatsanwälte lästerte, wusste: Lästern ist Laster, aber entlastend. Man nahm sich dafür eine Art Auszeit, und hinterher war man wieder normal. Vielleicht schämte man sich ein bisschen, auch im Bewusstsein, dass man das Recht, über Lästerer zu lästern, verwirkt hatte. Aber die Sylter Variante war schlimmer, eigentlich sogar schockierend: Begabte, privilegierte, gut ausgebildete junge Frauen verhöhnten in vulgärem Ton begabte, privilegierte, erstklassige Künstlerinnen, indem sie über deren körperliche oder modische Mängel herzogen, das Nichtigste, was es gibt. Es war mies und dumm, zumal sie nicht mal merkten, dass sie eigentlich sich selbst erniedrigten. Ein Sündenfall, dachte Thirza, während sie möglicherweise ungerecht, doch ohne zu zögern, der prahlerischen Männerverblödung den Vorzug vor dem gehässigen Stumpfsinn der Frauen gab.

Bis zum zweiten Staatsexamen hatte Thirza also weder die Freundschaftsfrage noch die Männer-Frauen-Frage gelöst. Dafür gern studiert. Eine Ahnung bekommen von Vertracktheit und Gefahren der juristischen wie der menschlichen Praxis. Und jetzt haben wir Thirza mit Staatsnote, erleichtert und stolz. Sie umarmt den inzwischen klapprigen Opa und küsst die gerührten Tanten. Dank Doppelprädikat bekommt sie direkt eine Stelle in München und muss nicht in die Provinz. Sie fühlt sich grenzenlos einsatzbereit, auch wenn sie viele Gründe kennt, an sich zu zweifeln. Schließlich steht sie noch am Anfang. Und endlich erlaubt sie sich, wieder an die Liebe zu denken. Wunden lecken, dann zurück ins erotische Getümmel, hatte Conny geraten. Thirza hatte sich über den forschen Spruch amüsiert, war aber enthaltsam geblieben, weil ihr der Schreck in den Gliedern saß. Geläutert, gereift, trotz oder wegen allem inzwischen ja irgendwie auch eine erfahrene Frau, fand sie eine andere Devise: Keine zu hohen Erwartungen. Hauptsache solide. Und etwas Sympathie wird ja wohl ausreichen für das bisschen Balgerei.

Aber auch das blieb Theorie.

ERSTE SCHRITTE

Wie alle bayerischen Richteraspiranten musste auch Thirza nach dem Examen ein paar Jahre als Staatsanwältin dienen. Doch vorher wurde sie überraschend für acht Monate als Amtsrichterin eingesetzt, um erst einen, dann noch einen erkrankten Kollegen zu vertreten. Zwei verschiedene Referate, kaum Anleitung, keine Einarbeitungszeit. Thirza hatte nicht mal Zeit, sich zu fürchten. Sie wurde ins kalte Wasser geworfen und schwamm.

Da das Münchner Amtsgericht in der Pacellistraße lag, mietete sie ein kleines Appartement in einem Hinterhof der Augustenstraße unweit des Gerichts und fuhr fast jedes Wochenende nach Pasing hinaus. Nach wie vor schlief sie dann im ehemaligen Schuppen, der ein komfortables Schreberhaus geworden war. Neuerdings besuchte sie am Freitagabend, sowie sie mit den Tanten gegessen hatte, den Großvater im Pasinger Krankenhaus.

Dr. Kargus interessierte sich sehr für Thirzas Arbeit. Er wollte alles berichtet haben, und obwohl er sich kühl gab und alles besser wusste, sehnte er diese Gespräche herbei, zumindest behauptete das Tante Schossi. »Der Willi fragt dauernd nach dir.« Tante Berti imitierte vergnügt diese Dialoge: »Steckt Tizzi in ihrem Refugium? – Nee, Willi, se is am Jericht. – Ah, im Gericht. Wann kommt sie denn wieder?«

Thirza freute sich ebenfalls auf ihn, schon weil sie mit niemandem sonst über die Arbeit reden konnte. An Sitzungstagen hatte sie bis zu sechs Verhandlungen, jeden Tag neue Akten auf dem Tisch, ständig 150 offene Fälle, die man vielleicht menschlich in der Geschäftsstelle ansprach, doch kaum juristisch mit den Kollegen, die mit ihren eigenen Stapeln rangen. Thirza freute sich also auf Kargus' Kommentare: die Sicht des ehemaligen Strafrichters auf das moderne zivile Gewusel, die allgemeine Problematik des Fachs (»Ja, der kaiserliche § 242 BGB, eigentlich ein Verstoß gegen die Rechtssystematik – allein der reichte aus, mir das Zivilrecht zu verleiden!«), und so weiter. Außerdem war sie stolz, sich gewissermaßen als Erfolg präsentieren zu können. Ein Problem war nur, dass sie neuerdings als Vormundschaftsrichterin eingesetzt war, mit irgendwie unpassenden Fällen. Nein, es gab noch ein größeres Problem: Er würde sterben.

Mit der Pasinger Klinik, nur zwanzig Fußminuten von Klein-Ostpreußen entfernt, war Thirza inzwischen vertraut. Auch Berti und Schossi hatte es in den letzten Jahren erwischt: Stürze, Brüche, Schwächeanfälle, Operationen. Die Frauen lagen in Sälen mit sechs Betten. Dort tauschte man sich über Schicksale aus, nahm Anteil und hatte ein Auge aufeinander. Dr. Wilhelm Kargus belegte als Privatpatient ein Einzelzimmer. Es war klein und, da es nach Osten lag, schon nachmittags dämmerig. Jetzt am Novemberabend sogar düster, schwache Nachttischlampe, hinter dem großen Fenster schwarze Nacht.

»Tizzi, sei gegrüßt! Wie läuft's am Gericht?«

Tja, Vormundschaftsreferat, harter Stoff, nicht das Richtige für einen kranken alten Mann. Wie bringt man einen Alkoholiker in die Entziehungskur? Soll man den geretteten Suizidalen nach vier Wochen aus der geschlossenen Abteilung entlassen? Gerade hatte Thirza eine schizophrene jüdische Frau in die Psychiatrie einweisen lassen, das war grauenhaft gewesen, weil sie in Todesangst schrie: »Ich werde vergast!« Schon der Anblick war kaum zu ertragen, von den grässlichen Assoziationen zu schweigen. Solche Themen enthielt man Kargus besser vor; er würde am Ende noch über die allgemeine jüdische Paranoia zu räsonieren beginnen und damit jedenfalls der Patientin unrecht tun, die von seiner Justiz verfolgt worden war. Aber wer sollte ihn belehren? Thirza?

Und wollte man von der reichen dementen alten Dame erzählen, die im eigenen Haus von drei Pflegern betreut wurde? Die

Pfleger aßen, tranken und scherzten im Esszimmer. Die Betreute selbst lag in der Mitte ihres Dreißig-Quadratmeter-Salons zwischen kahlen Wänden. Am Kopfende des vergitterten Bettes hing ein handgeschriebenes Schild: »Vorsicht! Kratzt und beißt!« Zeugen zufolge war sie früher eine geizige Giftnudel gewesen, die ihre Dienstboten schikanierte. Ein Schlaganfall hatte ihr die Sprache geraubt. Doch sie schien Menschen zu erkennen und starrte tückisch durch die Gitterstäbe.

Ach, und dann gab es den Alkoholiker, der in seiner vollgemüllten Wohnung lallend auf der verkoteten Matratze lag. Seine Beine waren von Würmern zerfressen, er wollte aber nicht zum Arzt aus Furcht, amputiert zu werden. Thirza konnte ihn, während sie mit dem Brechreiz rang, überreden, sich zur Klinik bringen zu lassen; sonst hätte sie es gegen seinen Willen angeordnet. Die Sache endete damit, dass die Ärzte ihn nicht einließen, sondern draußen auf der Straße behandelten. Thirza würgte bei der Erinnerung.

»Man kann sich nicht vorstellen, in welchem Dreck manche Leute leben«, sagte sie nach einigem Überlegen vage.

»Ich kann es mir vorstellen.«

»Ja, von früher. Aber wir haben doch einen Wohlfahrtsstaat.«

»Pah, Wohlfahrtsstaat. Letztlich ist es eine Frage der Moral, wie einer lebt.«

Kargus war noch dünner geworden, eingefallenes gelbes Gesicht, spitze Knie unter der Bettdecke, aber seine Moral, in dieser Spielart aus schmeichelhaften, seinem Stand und Geschlecht angepassten Regeln plus einem Drittel individueller Selbstidealisierung, war intakt. Sie machte ihn leidensfähig. Er klagte kaum je.

»Erzähl vom Gericht!«, bat er.

»Was soll ich sagen? Viel Elend ... eigentlich mehr Sozialarbeit als Justiz«, antwortete Thirza, unversehens in die Erwachsenenrolle geraten. »Halt, eine Geschichte ist in juristischer Hinsicht doch interessant. Nicht direkt aufbauend, aber von einer gewissen Komik.«

Eine ältere Frau war entmündigt worden und hatte sich in der Geschäftsstelle des Amtsgerichts beschwert. Ein ergebnisloses Abhilfeverfahren hatte es bereits gegeben. Die Frau schrieb einen weiteren Beschwerdebrief. Die Geschäftsstelle leitete diesen Brief samt Akten zum Beschwerdegericht weiter und legte ein Retent an: einen Aktendeckel mit einem Aktenkontrollblatt. Als einen Monat später die nächste Beschwerde kam, ging auch diese zusammen mit dem Retent zur nächsten Instanz, und man legte ein Retent vom Retent an. Inzwischen kam die Beschwerdeführerin alle paar Tage. Man hatte ihr einen Tisch mit Schreibmaschine und Papier bereitgestellt, und sie hämmerte drauflos. Als Thirza mit der Sache zu tun bekam, hielt sie das hundertste Retent vom Retent vom Retent in der Hand und wusste nicht mal, aus welchem Grund die Frau entmündigt worden war.

»Um Gottes willen!«

»Allerdings! Keine Ahnung, was ihr fehlte. Nach Trunksucht oder Verschwendungssucht sieht es nicht aus, sie ist halt eigenwillig. Niemand kann mir sagen, was los war.«

Die Augen des Großvaters zeigten einen Schimmer von Schmerz.

»Genau, und dann dachte ich, vielleicht kann ich was für sie tun. Ich bat sie also in mein Zimmer und versuchte zu erklären, dass der Entmündigungsbeschluss nicht aufgehoben werden kann. Sie solle einen Antrag auf Wiederbemündigung stellen, ich bot sogar an, den Schriftsatz zu formulieren, sie hätte bloß unterschreiben müssen. Da stand sie auf, tippte mir mit der Spitze ihres Regenschirms auf die Schulter und kicherte: Mein Kind, Sie haben es ja auch nicht begriffen! – Ihrer Meinung nach muss der Entmündigungsbeschluss aufgehoben werden, weil er von vornherein falsch war. Sie versteht halt das System nicht, und kann man's ihr verdenken? Was mach ich jetzt mit ihr – hast du einen Rat?«, schloss Thirza hastig, da sie sah, wie Kargus' Züge verfielen.

»Ich habe etwas mit dir zu besprechen«, sagte er. »Man reduziert meine Medizin. Ich habe immer mehr Schmerzen.«

»Wie?«, fragte Thirza verwirrt. Er beugte sich vor, öffnete mit Mühe die Schublade seines Nachttisches und zog einen Karton mit einer selbst gezeichneten Tabelle hervor, die er mit zittrigen Zahlen gefüllt hatte. »Hier. Ich notiere mir die Spritzen und die Zeit bis zum Wiedereinsetzen des Schmerzes. Sie wird immer kürzer. Sieh her.«

»Hast du dich beschwert?«

»Ja. Die Schwestern behaupten, sie dosieren nach Anweisung des Arztes. Aber das kann nicht sein.«

»Vermutlich kriegst du ein Opiat und hast eine Toleranz entwickelt.«

»Unsinn.«

Ein echter Kargus. Thirza ging zu den Schwestern und sagte: »Können Sie meinem Großvater nicht eine höhere Dosis geben?«

»Dann wird er süchtig.«

»Ja, warum denn nicht? Er ist einundachtzig und hat Metastasen, was schadet es, wenn er süchtig wird?«

»Wir müssen über die Betäubungsmittel Buch führen. Außerdem, an den Giftschrank darf nur der Arzt. Und der hat Feierabend.«

»Es gibt doch sicher einen Diensthabenden!«

»Wegen so was dürfen wir den nicht anpiepsen. Wir sind in der Onkologie, Schmerzen haben hier alle!« Thirza geriet in solche Aufregung, dass eine Hilfsschwester sich erbarmte und ihr zuflüsterte, sie möge es in der 12 A versuchen.

Thirza trabte durch lange, stille Gänge, überall schon Nachtruhe, draußen Dunkel, drinnen Linoleum und Leuchtstoffröhren – ein Sterbehaus, fiel ihr ein, eine sterile Ordnung versorgte dreihundert versehrte, vergehende Körper, in denen sich dreihundert erstaunte, erschrockene Seelen gegen ihr Verschwinden wehrten.

Nach längerer Suche fand Thirza den Diensthabenden, um mit ihm zu ringen. Eine Schwester kam mit der Ampulle. Thirza trat zurück, um nicht sehen zu müssen, wie die Nadel in die dünne, pergamentene Haut fuhr, blickte auf das markante Globusmuster auf dem kahlen Schädel und wankte vor hilfloser Zärtlichkeit. Wie sahen seine Nächte aus, allein in dieser Gruft?

»Komm zu mir, Tizzi.« Seine Stimme klang jetzt verwaschen, wie aus weiter Ferne. »Setz dich zu mir ... näher.«

Er lächelte mit tauben Lippen. Große, hervortretende Kinderaugen, der Blick verschwommen, besänftigt. Als Thirza sich auf den Bettrand setzte, nahm er ihre Hand, vermutlich zum allerersten Mal. »So ist es gut ... ja ... das hast du gut gemacht. Endlich wieder eine anständige Dosis«, murmelte er im Rausch. »Aber ... bist du erkältet?«

Es war ihm nicht gegeben wahrzunehmen, dass Thirza weinte, und sie hätte es auch nicht erklären mögen. Er war verloren, das konnte man ja wohl so nicht sagen. Außerdem weinte sie um sich, und das konnte man erst recht nicht sagen. Er hatte sie immer beschützt, nicht herzlich, nicht einfühlsam, doch unerschütterlich. Wo wäre sie ohne ihn? Was würde aus ihr? Nebenbei: Ich werde niemanden haben, der an meinem Bett sitzt und mir einen Extraschuss Morphium erkämpft. Und diese eisige kleine Erkenntnis konnte man ihm erst recht nicht zumuten, denn seine Fürsorge hatte immer auch der Vorstellung gegolten, dass er in Thirza und ihren Kindern weiterlebt.

»Ich bin froh, dass die Spritze hilft«, schluchzte Thirza. »Hoffentlich kannst du gut schlafen.«

Er schloss die Augen. »Ja ... hoffentlich ...«

»Und träum süß!«

»Ich träume nicht süß«, sagte er matt.

»Na, dann träum gar nicht« – Thirza, verlegen.

»Ja, das wäre ... schön. Heute Nacht habe ich von meiner Hinrichtung geträumt.«

II

VORBILDER

Thirza hatte zwei Richter-Vorbilder, die sich denkbar unterschieden. Der erste war Vinzenz Thenner. Der zweite Heinrich Blank.

Thenner prägte ihre Staatsanwaltszeit. Er war Vorsitzender der Schwurgerichtskammer im Strafjustizzentrum, zuständig für schwere Fälle: Mord, Totschlag, erpresserischen Menschenraub mit Todesfolge, alles, wo Blut floss. Thirza arbeitete als Staatsanwältin in der Abteilung, die Anklagen zum Schwurgericht erhob.

Sie verehrte Thenner vom ersten Tag an. Vermutlich verehrten ihn alle jungen Staatsanwältinnen, denn er sah gut aus: regelmäßiges, asketisches Gesicht, dichtes graues Haar mit Resten von Blond darin, leuchtend blaue Augen. Im Umgang war er höflich, und zwar mit allen gleichermaßen, Angeklagten wie Kollegen. Er verlor nie die Geduld. Er schnitt niemandem das Wort ab. Er wurde nie laut. In der Hauptverhandlung betonte er explizit die rechtsstaatlichen Erfordernisse. Er belehrte etwa den Angeklagten nicht nur einmal, sondern im Laufe der Verhandlung fünf Mal, dass der nichts zu sagen brauche und sich nicht selbst belasten müsse. Den Verurteilten erläuterte er so eindringlich ihre Möglichkeiten, Urteile anzufechten, dass manche mit allen Anzeichen des Erstaunens Urteile anfochten, die sie im Grunde angemessen fanden.

Natürlich umgaben ihn Fantasien. Ein Gerücht lautete, dass Thenners Vater Nazirichter gewesen sei, weshalb der Sohn versuche, das notorische gesetzliche Unrecht gewissermaßen nachträglich zu heilen, und zwar so exakt, dass man aus Thenners Stil, indem man sein Gegenteil annahm, alle Sünden der Nazijustiz hätte ermitteln können: deren rechtswidrige und exzessive Urteile, die Selbstherrlichkeit und Brutalität.

War eine solche Korrektheit nicht übermenschlich? Was war ihr Preis? Um diese Frage kreisten weitere Fantasien. Anhaltspunkte gab es nicht. Über fast jeden Richter wusste man irgendwas, Laster, Schrullen, Talente, einer war jähzornig, einer hatte eine Affäre, einen Fernseher im Büro, eine elektrische Spielzeugeisenbahn im Keller, einer trank oder spielte Saxophon, einer schwärmte für Düsenjäger, ein weiterer verließ das Gericht jeden Nachmittag um halb drei, um Golf zu spielen. Über Thenner wusste man nur zwei Dinge, und beide nicht aus seinem Mund. Erstens, er war verheiratet; das erkannte man am Ring. Zweitens, er hatte einen Sohn, der Jura studierte; das wusste man von einem Kollegen, dessen Sohn ebenfalls Jura studierte. Sonst nichts.

Thenner nahm an keiner Geselligkeit teil, keinem Fest, keinem der bekannten Richterkreise und -klüngel. Thirza besuchte damals regelmäßig einen Staatsanwaltsstammtisch im *Augustiner*. Sie konnte dort über Fälle reden, die ihr auf der Seele lagen, und lieh den Problemen der Kollegen ihr Ohr. So teilte man erleichtert Geschichten aus Blut und Tränen, diskutierte aktuelle Urteile und kommentierte Änderungen der Rechtsprechung. Und natürlich politisierte man und erregte sich über besonders blöde Anklagen aus der Politischen Abteilung. Zufällig tagte mittwochabends in einer anderen Ecke ein kritischer Pressestammtisch, das ergab bei heißen Themen regen Verkehr. Damals wurden Staatsanwälte für Wackersdorf gesucht, es hieß, wer befördert werden will, möge sich dorthin melden, und wer sich meldete, wurde beim nächsten Stammtisch in der Luft zerrissen. Diese Dispute hätten auch Thenner bewegen müssen, doch er nahm nicht teil. Er blieb außerhalb des Systems.

Er verhandelte ohne Stimmungsschwankungen, um fünf Uhr nachmittags so präzise wie um neun in der Früh; klare Aussprache, druckreife Rede. Seine Sitzungen dauerten ewig, weil er so viele Hinweise und Belehrungen gab und so sehr auf alle einging, auf den unsichersten Zeugen ebenso wie auf den stursten Angeklagten und den unfähigsten Anwalt. Wenn Thirzas Konzentration nachließ, wiederholte Thenner ruhig und bei Bedarf mehrmals seine Frage. »Frau Staatsanwältin, hatten Sie zu diesem Punkt nicht eine Anmerkung?« – »Ja, hat sich aber in der Erörterung erledigt.« – »Warum?«

Thirzas Staatsanwaltskollegen ärgerten sich darüber, dass Thenner kein Hauptverfahren eröffnete, bevor er nicht jede Anklage in allen Einzelheiten geprüft hatte. Anklagen zum Schwurgericht bestanden manchmal aus hunderten Seiten mit Listen aus tausend Vermerken, Vernehmungen, Protokollen, Berichten, Hinweisen auf Asservate, Fotos, die auf vielen hundert, manchmal tausend Blättern vielbändiger Fallakten Schränke füllten. Unvermeidlich schlichen sich in die Anklagen Fehler ein. Die meisten Strafrichter nahmen das hin, sie meinten, im Verfahren rüttle sich alles schon zurecht, und um der Wahrheit näher zu kommen, müsse man die Leute halt sehen und mit ihnen reden. Thenner aber war formal unerbittlich. Ihn überfielen beim Aktenstudium regelrechte Schübe von Ermittlungsdrang, worauf er die Anklage an die Staatsanwaltschaft zurückreichte, mit einem kurzen Hinweis: technisch unsauber, hier ein fehlendes Glaubwürdigkeitsgutachten, dort fünf unklare Posten in einem Sicherstellungsverzeichnis; Nachermittlung erforderlich. Damit war in der Regel Thirza befasst.

Thirza studierte also die Nachermittlungsaufträge und las betreten seine Einwände, wenn er ein Hauptverfahren nicht eröffnete: akkurate Handschrift, die Kommentare niemals in Stichworten, sondern ausformuliert. Da Thirza längst neue Fälle auf dem Tisch hatte, verbrachte sie verzweifelte Wochenenden über diesen Anmerkungen. Bei großen Hauptverhandlungen bereitete sie sich bis spätnachts vor.

Kollege Rudi bemerkte: »Du schenkst dem Mann zwanzig zusätzliche Wochenstunden. Fehlen die dir nicht irgendwo?«

»Was soll ich tun?«

»Schimpfen, das wäre das Mindeste! Aber du scheinst ihm gern zu dienen.«

»Ja, nein ... mir imponiert die Perfektion.«

»Sie ist krankhaft. So perfekt kann keiner sein. Was meinst du, warum er sich so komplett verbirgt? Der zahlt einen hohen menschlichen Preis.«

Thirza lauschte mit klopfendem Herzen und fand eine seelische Krankheit, die zu so gewissenhaften Urteilen führte, bewundernswert, ja, durch den dafür möglicherweise entrichteten menschlichen Preis sogar irgendwie pathetisch geheiligt.

»Ich schlage vor, du machst 'ne Pause und gehst mit mir Kaffee trinken.«

»Ich muss noch diesen Fernseher begründen.«

»Den Fernseher? Wenn's kein Raubgut war, kriegt der Täter ihn halt zurück. In der U-Haft hat er eh keinen Zugriff.«

»Versteh doch, Thenner ist so ... korrekt. Ich will ihn nicht enttäuschen.« Thirza errötete, denn das war nicht die ganze Wahrheit. Sie fand Thenner auch als Mann anziehend, ohne ihn ernsthaft in Erwägung zu ziehen, denn er war ja verheiratet und zudem schon in den Fünfzigern, ein Methusalem. Dennoch war sie platonisch so erfüllt, dass sie zwei Bewerber ihres Alters, auch jenen Rudi, zu deren Ungunsten mit Thenner verglich und verwarf.

Übrigens sprach Thenner zu ihr kein persönliches Wort und nannte sie nicht beim Namen. Er blieb durchweg formell und höflich, was den Vorteil hatte, dass er nie mit ihr die Geduld verlor. Thirza war damals langsam, fragte schüchtern, brauchte Zeit, um Gedankengänge zu entwickeln. Das regte manche Richter auf. Thenner nicht.

Ein einziges Mal in diesen drei Jahren ergab sich eine kurze persönliche Unterhaltung. Thirza hatte am Eingang zum Brunnenhof der Residenz ein Konzertplakat gelesen, auf dem der Name Thenner stand. »Ich habe ein Plakat gesehen, in der Dienerstraße ... Dominik Thenner, Hornist. Ich wusste nicht ... Ihr Sohn spielt auch Horn?«

Thenners Gesicht versteinerte. »Nein.«

»Aber ... er heißt Dominik, nicht wahr?«

»Nein, er hieß Benedikt.« Es folgte eine kurze, bestürzende Stille, dann sagte Thenner heiser: »Unser Sohn hat uns verlassen ... weil ... er Sozialismus und Christentum nicht in Übereinstimmung bringen konnte. Hier Ihre Anklage im Fall Jentsch, zur Überarbeitung. Sie haben ein Beweisverwertungsverbot übersehen.«

Thenners Sohn hatte sich drei Tage zuvor betrunken vom Dach eines Hochhauses gestürzt. Die Nachricht kam von jenem Kommilitonen, dessen Vater in der 4. Kammer arbeitete, und verbreitete sich im Strafjustizzentrum wie ein Lauffeuer. Jetzt wusste man was über Thenner, doch keiner sprach ihn darauf an. Eine Todesanzeige erschien nicht. Der Vater verbarg die Katastrophe, und jene seltsame Auskunft an Thirza hatte sich nur deshalb ergeben, weil der überkorrekte Thenner den Namen des Sohnes im Präteritum richtigstellen musste.

Zwei Monate später hatte Thirza ihre letzte Verhandlung als Staatsanwältin. Sie wechselte mit einer guten Beurteilung als Richterin ans Amtsgericht München. Oberstaatsanwalt Epha hatte ihr außerhalb des Protokolls verraten, dass Thenner mit ihr »zufrieden« gewesen sei, was intern als eine Art Ritterschlag galt. Nicht nur deswegen war Thirza an jenem letzten Tag aufgewühlt.

Der Fall, versuchter Mord, war ein Stück aus der von Rudi so bezeichneten Serie Tragikomisches Unterschichtsdrama. Ein Rentner hatte im Ehestreit seine Frau angebrüllt: »Schleich di! I wui di nimmer sehng!« Als sie im Schlafzimmer den Koffer packte, näherte er sich von hinten, umschlang sie und stach ihr ein Fleischermesser in den Bauch. Sie flüchtete und brach blutend auf der Straße zusammen. Weil es heller Tag war, wurde sie gerettet. Der in der Wohnung zurückgebliebene Mann rammte sich dasselbe Messer in den Bauch und wurde ebenfalls gerettet. Im Prozess bedauerte er sich heftig wegen verschiedener Krankheiten – Diabetes, Bandscheibe, Depressionen, Krebs – und bezeichnete die Tat als Gipfel seines Unglücks. Die Komik bestand darin, dass die Verletzte, die eigentlich als Nebenklägerin auftrat, während der Verhandlung plötzlich begann, ihn zu verteidigen: Ja, er sei jähzornig, eifersüchtig und grob gewesen. Aber schließlich auch krank, deshalb habe er jeden Tag drei Flaschen Wein trinken müssen, und sie habe mittrinken müssen, um das zu verkraften.

Thenner fragte mit wie immer undurchdringlicher Miene: »Können Sie sich eine gemeinsame Zukunft vorstellen?«

»Net so boid«, sagte sie zögernd. »Ko sei spaader.«

Thirza forderte als Staatsanwältin acht Jahre Haft. Thenners Kammer entschied auf sechs.

Am Abend verabschiedete sich Thirza von Thenner nervös und gerührt: Sie habe ihm zu danken, er sei ihr ein Vorbild gewesen, sie werde versuchen, ihm zu folgen. Seine rechte Braue hob sich um einen Millimeter, was Thirza als dramatische Äußerung von Freude nahm. Dann geleitete er sie zur Tür und wünschte ihr für ihre weitere Laufbahn gutes Gelingen und einen hohen Wirkungsgrad.

*

Heinrich Blank, Thirzas zweites Vorbild, war Zivilrichter im Justizpalast und tauchte erst fünf Jahre später in Thirzas Leben auf. In diesen fünf Jahren hatte Thirza eine weitere Strecke als Amtsrichterin sowie zwei Jahre im Ministerium hinter sich gebracht.

Blank war ganz anders als Thenner: spontan, leidenschaftlich, unkonventionell. Keine imponierende Erscheinung. Etwas mehr als mittelgroß, doch schmächtig wirkend, wenig Haar, ausdrucksvolle braune Augen. Hemd und Krawatte nur an Sitzungstagen.

Im Umgang verblüffend direkt. Als Thirza zur Richterin am Landgericht ernannt wurde, war er ihr Kammerkollege. Bei ihrem Amtsantritt fehlte er krankheitsbedingt. Er litt unter chronischem Asthma und fehlte oft, deswegen war er, obwohl über fünfzig, noch immer Beisitzer. Thirza wusste, dass er sich vergeblich um den Vorsitz der Kammer beworben hatte.

Vorsitzender war der ehemalige Oberstaatsanwalt Kaspar Epha geworden, Thirzas Chef im Strafjustizzentrum. Auch Epha war abwesend, als Thirza ihre Arbeit aufnahm – nicht krank, sondern im Sommerurlaub. So kam es, dass Thirza ihre ersten drei Wochen als Richterin am Landgericht gleichsam allein verbrachte. Aus diesen eigenartigen, bedrückenden Wochen wurde sie erst von Blank erlöst.

*

Der erste Arbeitstag war am 1. September, einem staubigen, heißen Tag. Thirza, die frisch ernannte Richterin am Landgericht, begab sich in die Geschäftsstelle der Kammer, begrüßte die Justizsekretärinnen und nahm von ihnen den Schlüssel in Empfang. Sie öffnete mit Herzklopfen die Tür: mein eigenes Richterbüro im Justizpalast! Ein schlauchartiges Zimmer, acht Meter lang, drei Meter breit, mit einer fünf Meter hohen Decke; auf halber Höhe hingen Leuchtstoffröhren. Der Tisch stand quer zum Fenster, das zur Elisenstraße zeigte. An den Wänden Regale und Schränke; hinter Thirzas Bürostuhl ein Ölgemälde mit wuchtigem Rahmen: *Totes Gebirge* von Wolf Stock, 1938. Das Mobiliar alt und abgestoßen. Die Luft stickig. Der Palast ein monumentaler Quader im Herzen der Stadt, auf drei Seiten umtost von Verkehr.

Die sechs Meter zwischen Tür und Tisch aber waren gefüllt mit Akten. Akten über Akten, auf dem Boden zu Mäuerchen gestapelt. Frau Meindl, die Registerführerin, sagte verlegen, sie habe Anweisung erhalten, die Akten aus den Schränken zu ziehen, wo Thirzas Vorgänger sie vergessen hatte. Thirza stand sprachlos vor diesen Massen, und Frau Meindl wartete still einige Minuten, bevor sie auf eine Vase mit Blümchen deutete, das Willkommensgeschenk der Geschäftsstelle für die neue Richterin. Die Geste rührte Thirza. So ähnlich mochte sich Wilhelm Kargus gefühlt haben, wenn er bei den Tanten etwas Menschlichkeit fand. Thirza dankte Frau Meindl, die sich mit einem geflüsterten Gruß zurückzog.

Was jetzt? Gleich loslegen? Oder eine Vorstellungsrunde?

Thirza ließ sich in der Präsidialgeschäftsstelle eine Liste geben, auf der alle Richternamen mit Zimmernummer standen. 168 Kollegen arbeiteten hier. In Worten hundertachtundsechzig. Fange ich mal mit meinen Nachbarn an. Thirza klopfte sich von Tür zu Tür. Die Richter kamen hinter ihren Schreibtischen am Ende ebenso langer Zimmer hervor und wechselten zerstreut mit ihr ein paar Worte. Guten Tag, freut mich, welche Kammer, so, Berufungen Beschwerden Betreuungsfälle, beim Kollegen Epha, ah, genau, und oh, Blank, darf ich nach Ihrem Werdegang, so, Ministerium, nun, alles Gute, wir sehen uns ja bald wieder. Viele Türen blieben geschlossen, wegen Verhandlungen oder Ferienzeit. Nachdem Thirza ihren Flügel abgearbeitet hatte, schlich sie ins Büro zurück und setzte sich an die Arbeit.

Ein Schock: zweihundertsechzig Zivilsachen, darunter neunundvierzig sogenannte Altverfahren, über zwei Jahre alt, vertrackt, vermurkst. Das Dezernat abgesoffen. Das hatte ihr keiner gesagt. Kein Rat von niemandem. Keine Einarbeitungszeit.

Also erst mal alle Stapel durchsehen. Fünf Fälle schienen sich von selbst erledigt zu haben, weil die Rechtsanwälte das Interesse verloren hatten oder die Mandanten nicht mehr zahlten. Wenn ein Verfahren sechs Monate nicht mehr aufgerufen wird, gilt es statistisch als erledigt. Thirza vermerkte: *Verfahren wird seit mehr als sechs Monaten nicht mehr betrieben; Abtragen!*, gab die Akte der Geschäftsstelle zurück und stellte sich erleichtert vor, wie sie in den Keller wanderte.

Jetzt an die vierundvierzig weiteren Altakten. Entwürfe schreiben für Rechtsmittelzurückweisungen bei Berufungsfällen, so weit möglich. Fünf Voten für die Kammer. Inzwischen waren sechs zusätzliche Fälle hereingekommen. Das ist also unsere Gerechtigkeitsfabrik: Am Ende hoher, höhlenartiger Zimmer sitzen Richter wie Grottenolme auf Papierbergen, jeder für sich. Nach drei Wochen Aktenwühlerei fragte Thirza Frau Meindl nach den offenen Verfahren der beiden Kollegen und erhielt die Antwort: hundertdreißig und hundertfünfundvierzig.

Dann kehrte der Vorsitzende Epha aus dem Urlaub zurück, wie Thirza ihn in Erinnerung hatte: edel, verklemmt und so unpersönlich wie je. Ob sie sich gut eingearbeitet habe. Geht so, sagte Thirza, hohe Rückstände, ob er ihr was raten könne.

Achselzucken: Tja, mehrere Richterwechsel in diesem Dezernat, da sei einiges liegen geblieben. Umso mehr freue er sich, dass es jetzt solide besetzt sei. Er habe Thirzas Bewerbung ja ausdrücklich befürwortet, weil er ihren Fleiß und ihre Systematik in bester Erinnerung habe.

Thirza kehrte zu ihren Aktentürmen zurück.

Drei Tage später erschien Heinrich Blank. Es war ihre erste Begegnung.

Blank ließ sich nicht vom Vorsitzenden bei Thirza einführen, sondern suchte sie direkt in ihrem Büro auf. »Unsere neue Kollegin, willkommen. So ein junges Gesicht, freut mich!« Thirza war dreiunddreißig. »Obwohl ich zugeben muss, dass Ihr Werdegang einiges Misstrauen bei mir ausgelöst hat. Frau Oberregierungsrätin, richtig? Aus dem Ministerium direkt zu uns?«

Thirza lachte perplex. Sie sah Blank an, der lebhaft und aufmerksam vor ihr stand, und mochte ihn; auf einmal war Leben in der Kammer. »Ihr Lachen gefällt mir«, bemerkte er. »Aber ich muss das Folgende loswerden, damit es nicht unausgesprochen zwischen uns steht: Ich begreife nicht, wie sich jemand freiwillig der hierarchischen Struktur eines Ministeriums unterwerfen und der politischen Ausrichtung eines Ministers folgen kann. Aus meiner Sicht ist das Verrat an den richterlichen Prinzipien. Sie lachen schon wieder. Warum?«

»Aus Verlegenheit. Es hat mir die Sprache verschlagen.«

»Eine brauchbare Antwort.« Er betrachtete sie prüfend. Thirza atmete auf. Schön, wenn einen jemand zur Kenntnis nimmt.

Das Telefon klingelte. Epha fragte nach einer Akte. »In fünf Minuten, Kaspar. Herr Blank ist gerade bei mir, wir haben uns bekannt gemacht.«

Epha sagte: »So. Nett, dass er wieder mal gesund ist. Er möge mitkommen!«

Thirza richtete es aus.

»Hat er wirklich gesagt, ich möge mitkommen?« Blank schüttelte ungläubig den Kopf. »Nun gut, ich folge; um Sie zu würdigen, liebe Frau Zorniger. Nachdem ich meinen Vorbehalt artikuliert habe, kann ich Ihnen auch meine Sympathie gestehen. Bitte lassen Sie mich wissen, wenn ich Ihnen helfen kann. Aber darf ich fragen, seit wann Sie mit ihm per Kaspar sind?«

»Von früher her. Aus meiner Amtsgerichtszeit.«

Bis zu Ephas Büro waren es achtunddreißig Schritte. Blank ging neben Thirza her durch den hohen, halligen Gang und murmelte: »Soso, von früher her. Kaspar ... war mal am Amtsgericht, wirklich? Das hatte ich nicht gewusst.«

*

Thirza sah die beiden Kollegen nur zwei- bis dreimal pro Woche: Jeweils dienstags, das war der Sitzungstag. Montags bei Epha zur Vorberatung, mittwochs zur Nachberatung und Entscheidungsdiskussion. Einen Teil der Fälle verhandelten sie nicht als Kammer, sondern einzeln; an Einzelrichtertagen traf man sich nicht.

Thirza freute sich auf die Treffen. Sie opferte Wochenenden, um am Montag ihre Fälle möglichst schlüssig präsentieren zu können, und freute sich über Rat und Bestätigung. Sie bestaunte die scharfsinnigen Konzepte von Epha und die lebensklugen, nachdenklichen von Blank. Sie erholte sich bei den Kammersitzungen, wenn Epha das Wort führte. Sie genoss am nächsten Tag die juristischen Dispute. Epha hatte einen schönen theoretischen Gerechtigkeitssinn; auf dem Podium aber agierte er ungeschickt und autoritär. Blank machte ihn gelegentlich auf Wendungen im Gerichtssaal aufmerksam, die der Aktenlage widersprachen. Epha reagierte je nach Tagesform großzügig oder empfindlich. An großzügigen Tagen blickte er zu Thirza hinüber, die Blanks Beobachtungen meist bestätigte. An empfindlichen Tagen hielt sich Thirza zurück. Dann spürte sie Blanks forschenden Blick.

Über die Einzelrichterverhandlungen sprach man nur kurz. Epha skizzierte seine eleganten Begründungen, Blank stolz seine Vergleiche. Es schien nichts zu geben, was Epha nicht elegant begründen, und nichts, was Blank nicht vergleichen konnte.

Epha über Blank, damals noch im Scherzton, zwischen Tür und Angel: »Er will alles vergleichen, damit er keine Urteile schreiben muss.«

Blank über Epha: »Er verhandelt immer auf seine schicken Urteile hin.«

Der Rest der Woche bestand in Aktenkauerei.

※

Dass die leuchtende juristische Logik nicht mit der gebotenen Akkuratesse auf das chaotische Leben anwendbar ist, wusste Thirza seit ihrer Amtsgerichtszeit. Amtsrichten war Fließbandarbeit gewesen. Falls die Gesetze nicht genau passten, behalf man sich mit dem sogenannten Sauhundprinzip, welches lautet: Wo sitzen die Guten, wo die Bösen? Verurteile die Bösen und begründe das irgendwie. Bei komplexen Sachverhalten lautete die Frage: Wo sitzt der größere Gauner? Natürlich gab es Fälle, die sich solcher Intuition entzogen, oder andere, bei denen die intuitive Bewertung einfach, die juristische Begründung aber heikel war. Im Amtsgericht hatte Thirza einige Kopfzerbrecher gelöst und damit Respekt erworben. Sie traute sich anspruchsvolle Aufgaben also zu.

In der 42. Kammer aber wurde sie von der schieren Masse der Fälle erschlagen. Das erste Altverfahren war noch irgendwie befriedigend, da schicksalhaft. Ein Taxifahrer war bei der Arbeit tödlich verunglückt und hinterließ Frau und Kleinkind. Die Versicherung des Unfallverursachers berechnete nach komplizierten Formeln den Unterhaltsschaden für 1. die Frau und 2. das Kind, wobei sie den Barunterhalt der verwaisten Familie nach der letzten Steuererklärung des Taxlers schätzte und der Witwe einen ihr unverständlich niedrigen Ersatz wegen Fortfalls der Haushaltsführung durch den verstorbenen Mann anbot. Die Witwe stand Kopf, zumal die Steuererklärung ein sehr geringes Einkommen ergab. Sie rief: Trinkgeld! Sonderfahrten! Die Versicherung antwortete: Welches Trinkgeld? Taucht in Steuererklärung nicht auf!

Jetzt der normale juristische Wahnsinn: Witwe nimmt Anwalt, welcher Gutachten der Taxi-Innung über Trinkgeldhöhe anfordert und nebenbei feststellt, dass dem Taxler, der nach dem Unfall noch fünf Tage lebte, für diese fünf Tage Schmerzensgeld zustand, ein Anspruch, den die Witwe erbt. Wie berechnet man den Schmerz eines Sterbenden? Anwalt fordert anhand der Krankenakte 8.000 Mark. OP-Bericht ergibt allerdings schweren unentdeckten Herzfehler des Taxlers. Auf hier nicht weiter verfolgbaren Zufallswegen gelangt OP-Bericht zu Versicherung. Versicherungsgutachter ermittelt, dass Taxler bei unbehandeltem Herzfehler nach fünf Jahren sowieso gestorben wäre und deshalb der Unterhaltsschaden nur fünf Jahre betrage. Richter zögert. Richter wechselt. Anwalt: Moment mal! Herzfehler wäre doch aufgrund von Symptomen sicherlich entdeckt und behandelt worden! Dann hätte Taxler, falls nicht mehr taxitauglich, Familie eben mit anderer Tätigkeit ernährt. Neue Diskussion: Hätte er dann mehr/gleich viel/weniger verdient? Als was? Wie lange? Richter will nicht entscheiden, da Fall aufwendig und tückisch; Richter löst daher lieber zwanzig leichte Fälle für seine Statistik und vertagt Verhandlung, als hyperventilierende Witwe Vergleich ablehnt. Witwe erleidet Hörsturz plus Tinnitus. Anwalt erinnert sich, dass Schmerzensgeld geltend gemacht werden kann, wenn Trauer der Hinterbliebenen über das übliche Maß hinausgeht. Anwalt weist nebenbei der Versicherung bei deren neuem Vergleichsangebot Fehler beim Abzinsen nach.

Das war die Grobfassung. Verfahren jetzt bei Thirza. Thirza erarbeitet in ungezählten Überstunden mit juristischer Akrobatik ein Urteil, das alle Möglichkeiten für Witwe ausschöpft – sehr, sehr schwer zu begründen. Witwe enttäuscht; hatte sich mehr erhofft. Thirza Migräne.

So ging es immer weiter, Schlag auf Schlag. Havarie oder Missverständnis, verweigerter Schadensersatz, abgestrittene Verantwortung. Streitlust oder Bluff, Einschaltung von Anwälten, die ungünstigenfalls die Sache verschleppen oder aufbauschen. In der Folge Erweiterung der Anträge, eventuell Änderung der Rechtsprechung, unlustige Entscheider, Stillstand; während des Stillstandes laufen weitere Ansprüche auf, Schadensersatzforderungen oft spekulativ und kaum zu prüfen, vielleicht hat sich außerdem das Bild verändert, Abteilungen oder ganze Firmen wurden geschlossen, keine eindeutige Zuständigkeit mehr, Dokumente wurden nicht geliefert oder kamen abhanden, und so fort. Jetzt aus einem Wust von Klagen, Widerklagen, relevanten und irrelevanten Zeugenaussagen, anwaltlichen Manövern, Täuschung, Irrtum, Versäumnis, Unfähigkeit und Verbohrtheit die entscheidenden Informationen herausfinden, die eine juristische Handhabe ermöglichen. Und wenn du was verpasst? Hilft nichts, weiterarbeiten, du kannst dir die Verästelungen jetzt schon kaum merken. Inzwischen schaufelt die Mühle des Geschäftsverteilungsplans weitere Fälle auf die drei Tische deiner Kammer. Du musst nicht nur deine eigenen Eingänge bearbeiten und als Berichterstatter verantworten, sondern teilweise auch bei den Kollegen mitlesen, denn in einer Kammer gilt das Mehraugenprinzip. Also Tagesgeschäft plus Altverfahren. Peinlich, wenn die nächste Instanz dir Fehler nachweist. Also schlägst du deinem Vorsitzenden ein paar besonders vertrackte Cluster für Kammersitzungen vor, um die Verantwortung auf sechs Schultern zu verteilen. Fehlanzeige: Epha erklärt dir mit der Suggestivität eines Oberstaatsanwalts, dass er volles Vertrauen in dich habe. Du beißt die Zähne zusammen und baust Zusatzschichten ein. So. Jetzt hast du aus einem Klumpen Missgeschick, Rücksichtslosigkeit, Selbstgerechtigkeit und Versagen ein Verhandlungskonzept entwickelt. Also Termin setzen und Parteien laden, gegebenenfalls dazu Zeugen und Sachverständige. Du musst keine »Wahrheit« herausfinden wie am Strafgericht, sondern dich ausschließlich an den Vortrag der Parteien halten (Beibringungsgrundsatz). Aber du musst in der Vorbereitung alle geltend gemachten Ansprüche geprüft und die Kluft zwischen Gesetzgebung und Lebenswirklichkeit mit juristischen Arbeitsthesen gefüllt haben. Nebenbei: Von Lebenswirklichkeit weißt du fast nichts, woher auch?

Dann verhandeln. Du musst die Leute auf den Kern der Sache zuführen, sie korrigieren, wenn sie leerlaufen, und bremsen, wenn sie sich wiederholen oder manipulativ und substanzlos argumentieren. Die Hälfte der Altverfahren ist nur durch Vergleich zu lösen, weil durch immer neu hinzugekommene streitige Tatsachen und Fehler auf verschiedenen Seiten die Sache eigentlich unentscheidbar geworden ist. Du redest also den Leuten zu. Manchmal ermüden sie, nachdem sie genug gepoltert haben. Manchmal aber sind die Fronten so verhärtet, dass sinnvolle Vorschläge die Parteien noch wütender machen.

Kann man sich wirklich drei Jahre lang darüber streiten, wie Bäume gekürzt werden? Ohne weiteres. Zwei Nachbarn attackierten einander erbittert. Streitwert 10.000 Mark. Allein das Gutachten zu Gartenplan und Bestandsschutz hatte 6.000 gekostet; wozu jetzt, für noch mal 6.000, ein weiteres Gutachten zu Wuchs und Verschattung? Oder: Warum prozessiert eine Witwe, die neun Millionen besitzt, vier Jahre lang um 28.000 Mark, auf umstrittener Anspruchsgrundlage? Diese Klage war schon abgewiesen, doch vom Oberlandesgericht wieder herabgereicht worden. Zuletzt hing alles an der Zeugenaussage eines griechischen Hausmeisters, der den Vorladungen nicht Folge leistete. Weil dieser Zeuge fehlte, gelang es Thirza nicht, die Akte zu schließen.

Manche Probleme ergaben sich durch Anwälte. Auf viele Streiter wirkte die junge Thirza beruhigend, manche ältere Anwälte aber verweigerten ihr die Anerkennung und wiesen ihre Vorschläge höhnisch zurück. Ein Anwalt stellte einen Befangenheitsantrag nach dem anderen, weil er nicht verlieren wollte. Und einmal löste Thirza nach drei vergeblichen Sitzungen einen Fall binnen Minuten, weil der hartmäulige Beklagtenvertreter erkrankt und durch einen ruhigen Kollegen ersetzt worden war.

Es gab aber auch heikle Situationen wie diese: auf jeder Seite fünf Anwälte und Thirza allein vor einer Riesen-Akte ohne irgendeine Ahnung vom streitgegenständlichen Geschäftsmodell. Die Anwälte stritten drei Stunden. Thirza, die für ihre Einzelrichterverhandlungen keine Protokollführerin bekam, hätte die minutenlangen Vorträge in wenigen Sätzen zusammenfassen und auf Band sprechen müssen, verstand aber zu wenig, um etwas zusammenfassen zu können. Sie diktierte also nicht, sondern schrieb nur mit, während einer der Anwälte immer wieder ironisch fragte: »Können Sie uns folgen, Frau Vorsitzende?« Thirza stellte Rückfragen, um von sich abzulenken, und ließ die Leute toben in der Hoffnung, dass sie sich verausgabten. Doch sie verausgabten sich nicht. Jetzt half nur noch Bluff. Ein Tipp von Blank:

»Meine Herren, jetzt habe ich drei Stunden Ihre Argumente

angehört. Bereits der zeitliche Umfang Ihres Vorbringens erweist, dass noch eine Fülle von Fragen aufzuarbeiten sein wird, die bei einer streitigen Fortsetzung der Sache erheblichen Zeitbedarf erfordert. Allerdings bin ich nach Abwägung Ihrer Argumente zu der Auffassung gelangt, dass mein zu Beginn der Verhandlung unterbreiteter Vergleichsvorschlag voraussichtlich sehr nahe am Ergebnis eines späteren Urteils liegen wird. Bitte denken Sie noch mal darüber nach. Wir machen eine Pause von dreißig Minuten.«

Mit fester Stimme gesprochen! Die Anwälte eilten zu den Telefonzellen im Erdgeschoss neben der Pforte, um mit ihren Mandanten zu telefonieren. Thirza spürte sich unter der Robe zittern. Sie öffnete das Fenster, blickte in die herbstgelben Wipfel des Alten Botanischen Gartens und dachte: bloß kein Urteil, bloß kein Urteil. Sie schloss das Fenster, drehte sich um und hatte immerhin eine Eingebung, wie das Urteil vielleicht zu schreiben wäre. Hoffentlich bleibt mir die Prüfung erspart, Stoßgebet: bloßkeinurteil. Da kehrten die Parteien zurück, vergleichsbereit.

Es ist also nichts für schwache Nerven, auch wenn sich allmählich Routine einstellt. Einige Altfälle kannst du durchschlagen. Du gewöhnst dich an die Macht: daran, dass alle aufstehen, wenn du den Saal betrittst, und die Parteien den Atem anhalten, wenn du das Urteil verkündest. Bei frischen Fällen hast du ein klares Bild, und falls die Beweiserhebung nichts Neues ergibt, schickst du die Parteien nach Hause und urteilst nach Aktenlage. Das entspricht zwar nicht deinem ursprünglichen Ideal: Eigentlich wolltest du beiden Seiten Gehör schenken und eine einleuchtende, gerechte Lösung finden, bei der sich beide Seiten in ihren Verletzungen und Ansprüchen gewürdigt fühlen. Hast du's geschafft? Wenn nicht, lag's an ihnen oder an dir? Du fühlst dich, trotz gelegentlichen Lampenfiebers vor schweren Fällen, beim Verhandeln wohl. Zu Recht? Du weißt es einfach nicht. Kein Kollege schaut dir im Gerichtssaal zu, keiner korrigiert dich. Immerzu urteilst du über alle, doch keiner urteilt über dich. Kannst du da normal bleiben?

Und außerdem: Wo bleibt das große, bunte Leben, das dir doch auch irgendwie versprochen gewesen war? Oder war es gar nicht versprochen? Vielleicht musst du es dir selber holen? Aber wo? Und vor allem wann?

*

Versuch also in Normalität: Thirza traf einen Mann. Kennengelernt per Annonce, na und? Er hatte als Hobbys Lesen, Schachspielen und Wandern angegeben, das gefiel ihr. Lesen, weil sie selbst eine geheime Sehnsucht nach Literatur spürte, in der sie einen Schlüssel zur eigentlichen Bedeutung des Lebens sah, was immer das sei. Freilich musste Thirza die richtigen Bücher noch finden; ihr war bewusst, dass die von ihr bevorzugten Liebesromane Rauschmittel ohne Nährwert waren. Also unter der Anleitung eines liebenden (warum nicht?) Mannes das Mysterium erkunden? Überhaupt: Lesender Mann, wo gibt es das noch? Das Hobby Schach wiederum deutete auf Verstand und Introversion. Wandern auf Besinnlichkeit. Alles vielversprechend.

Café am Odeonsplatz also, ein breitschultriger Mann von sechsunddreißig, dichtes senffarbenes Haar, hellbraune Augen, jungenhafte Ausstrahlung. Hugo.

Beginn der Anhörung. »Was lesen Sie denn so?«

Er las am liebsten Justizthriller, die fand er super. Mit dem neusten – *Investigation* von Tim Courtyard – war er allerdings unzufrieden, da redete man zu viel.

Ja, in der Justiz wird viel geredet. Justiz besteht aus Sprache, genau gesagt.

Aber hier wurde einfach nur geredet! Ihm war lieber, wenn's mal ein bisschen zur Sache ging.

»Was heißt ein bisschen?«

»Na, eigentlich nicht ein bisschen, sondern richtig.«
»Zu welcher Sache?«
»Action halt.«
»Sache ist Action?«

Interessanterweise blieb er am Ball. Sie schien ihm zu gefallen. Wirklich, ich? Er stellte sogar Fragen. Ein fragender Mann, das ist noch seltener als ein lesender.

»Richterin, im Justizpalast? Wahnsinn! Dann sind Sie Beamtin?«
»Gewissermaßen. Ein Richter unterscheidet sich aber vom Beamten durch drei Dinge: Er ist nicht weisungsgebunden, er ist nicht versetzbar, und er bestimmt selbst seine Arbeitszeit.«
»Das heißt, Sie können nach Hause, wann Sie wollen?«

Thirza lächelte. Ja, wenn ich so kräftig wäre wie du, könnte ich meine Aktenberge nach Pasing schleppen und im Garten lesen.

Zur Beamtenfrage stellte sich heraus, dass Hugos Freundin, weil sie endlich solide Verhältnisse wollte, zu einem Beamten der Unteren Wasserbehörde übergelaufen war. Mit Kind! Der Kandidat selbst war zu seinem Vater ins Souterrain gezogen. Die Freundin habe nicht mal Unterhaltsansprüche gestellt, berichtete er staunend.

Nun, vermutlich, weil sie versorgt ist und weiß, dass bei dir Kindskopf nichts zu holen ist.

Seitengedanke: Was, wenn der seinerseits bei einer Beamtin unterschlüpfen will?

Seitengedanke II: Warum nicht? Er zöge ins Gartenhaus, um Schachaufgaben zu lösen (Schachspieler gelten als genügsam), und ich würde ihn ab und zu besuchen. Vielleicht sogar öfters; fehlt nicht viel, und ich wäre so weit.

Von Beruf war er Ingenieur; kleines Büro mit Kumpel zusammen, prekäre berufliche Situation. Am meisten, ehrlich gesagt, interessierte ihn das Turnierschach. Er hatte gerade die Bayerische Meisterschaft gewonnen; Elo-Zahl 2200.

»Und Sie?«, fragte er. »Lesen den ganzen Tag Akten?«

»Manchmal formuliere ich Beschlüsse oder schreibe Urteile.«

»Was machen Sie am Wochenende?«

Ich lese Akten. Soll ich das wirklich sagen?

»Was halten Sie von einer Wanderung am nächsten Samstag?«, fragte er.

JA! Genau das hatte ich erhofft! Allerdings – nächsten Samstag geht es nicht.

»Nächsten Samstag bin ich bei unserem Vorsitzenden zum Essen eingeladen. Vielleicht möchten Sie mit?« Hm, ob das eine gute Idee war? Er wird nicht mit Eloquenz punkten, das steht fest. Aber vielleicht durch Exotik? 2200 Elo-Punkte, das klingt doch auch irgendwie nach Prädikat. Und die herrlichen Schultern. Und ich trete mal nicht als Junggesellin auf.

Das bevorstehende Essen war eine Pflichtübung. Epha meinte, es einmal im Jahr seiner Kammer schuldig zu sein. Thirza kannte das Ritual aus seiner Oberstaatsanwaltszeit: Villa in Nymphenburg, Parkett aus sirupfarbenem Tropenholz. Perserteppiche, hüfthohe Porzellanfiguren, cremefarbene Tischdecke, auf Silbertellern Häppchen, je nach Status der Gäste vielleicht sogar von Dallmayr. Das Geld stammte von Ephas gestiefelter Gattin mit der lauten Stimme. Zu dieser Kammereinladung hatte Epha sichtlich keine Lust gehabt, aber sie war schon letztes Jahr ausgefallen. Vielleicht hoffte er, Blank zu besänftigen, der seinerseits wenig Lust zeigte. Thirza hatte aus Loyalität zugesagt, und weil sie auf Blanks Frau neugierig war.

»Ihr Vorgesetzter lädt Sie ein? Ein Empfang?«, fragte der Schachspieler.

»Nein, ganz kleiner Kreis. Höchstens sechs Personen.«

Falls du mitkommst. Und eins muss noch gesagt werden: »Er ist nicht mein Vorgesetzter, sondern Vorsitzender.«

»Was ist der Unterschied?«

Thirza holte Luft. »Also am Amtsgericht, bei Fällen mit geringem Streitwert, entscheidet jeder Richter alleine. In den oberen Instanzen entscheiden Spruchkörper aus meistens drei Richtern, weil sich bei schwierigen Fällen das Mehraugenprinzip empfiehlt. Am Landgericht heißen sie Kammern, am Oberlandesgericht Senate. Wir sind ein ganz normales Landgericht. Justizpalast heißt nur das Gebäude, weil in den oberen beiden Stockwerken das Justizministerium hockt. Bei Kammerverhandlungen sitzen also drei Richter auf dem Podium, und damit sie nicht durcheinanderreden, hat einer den Vorsitz.« Obwohl das volksnah gesprochen war, trübt sich sein Blick. Vielleicht war ich zu ausführlich. Andererseits: Was gesagt werden muss, wird gesagt: »Die Urteile fällen wir zu dritt, bei gleichem Stimmgewicht. Die beiden Beisitzer können also den Vorsitzenden überstimmen.«

»Und den Vorsitz machen Sie unter sich aus?«

»Nein, es ist schon ein gehobener Posten.« Achtung, jetzt kein Referat über richterliche Unabhängigkeit, obwohl mir das Thema auf der Seele brennt. »Vorsitz erlangt man durch Erfahrung … Werdegang … Qualifikation …«, von Beziehungen jetzt mal zu schweigen. »Unser Vorsitzender zum Beispiel war vorher Oberstaatsanwalt.«

»Oberstaatsanwalt, wow! Hab ich da was zu befürchten?«

»Höchstens Langeweile.«

»Muss ich eine Krawatte tragen?«

»Können Sie denn eine binden?« Jetzt mussten beide lachen.

»Ähem … also unabhängig von der Krawatte, ich weiß nicht so recht … da werde ich bestimmt im falschen Moment Scheiße sagen.«

»Für diesen Ausdruck dürfte in der Runde jeder Moment der falsche sein.«

*

So wird das nichts.

Thirza im Urlaub, erschöpft, rastlos, fuhr in den Justizpalast, um Blank im Gerichtssaal zu erleben – wie eine Täterin an den Tatort, oder wie ein Junkie in den Kiez. Sie sah Blank verhandeln: kraftvoll, freundlich, persönlich. Sie sah die Parteien nachdenklich werden und am Ende erleichtert mit Handschlag auseinandergehen, als sei ihnen auf einmal unbegreiflich, wie sie je hatten in Streit geraten können: eine Paradeveranstaltung verwirklichten Rechtsfriedens. Thirza dachte an eine Verhandlung des ungeduldigen, giftigen Epha kürzlich, nach der sogar der Sieger gedemütigt davonschlich. Sie begab sich direkt zu Hugendubel, um zwei Liebesromane zu kaufen. Sie kehrte in den Justizpalast zurück und klopfte an Blanks Tür. Blank saß zurückgelehnt mit hängenden Armen auf seinem Bürostuhl, als sei er zu müde, die Robe auszuziehen. Dann hellte sich sein Gesicht auf. »Frau Zorniger! Kommen Sie herein!« Er ging ihr entgegen, jetzt lebhaft, befreite sich von der Robe, zog sich die Krawatte vom Hals wie einen Strick. »Als ich Sie im Zuschauerraum sah, hoffte ich, Sie kämen vorbei, aber dann waren Sie verschwunden. Bitte nehmen Sie Platz, ich freue mich ausdrücklich!«

Thirza hielt sich nicht mit Komplimenten auf, sondern sprudelte los: zermürbt, überlastet, überfordert. »Und ich fürchte, in meiner letzten Verhandlung am Dienstag habe ich dem Kläger die Existenz geraubt ... Ja, Emmer gegen Felenda, wir hatten zusammen noch draufgeschaut, Anscheinsvollmacht – Fahrnisverbindung. Beim Verhandeln hatte ich ein gutes Gefühl, aber schon auf dem Heimweg wusste ich nicht mehr, was gesagt worden war. Und beim Einschlafen sah ich plötzlich die entsetzten Augen des Klägers vor mir, als ich sagte: Die Klage wird abgewiesen. Ja, wir waren uns einig, sie war nicht substantiiert. Es gab aber ein Schlupfloch zu einem Vergleich – war mir entfallen, der Kläger redete vor Aufregung wirr, es war die fünfte Verhandlung an dem Tag, mein Hirn war verstopft. Ich hab noch überlegt: Verkündung verschieben? Aber dann dachte ich: Bloß weg damit, ich kriege Zustände!« Aufgewühlt: »Das darf nicht passieren!«

»Frau Zorniger, Sie machen sich das Leben schwer. Denken Sie an Kaspar: Der würde jetzt zufrieden sein Häkchen setzen, mit dem weiteren Unterschied, dass er für die Prozedur nur eine Dreiviertelstunde gebraucht hätte.«

»*Ich* mache es mir schwer? Sie meinen, es sei ein subjektives Problem? Falsch, es ist ein objektives. Ich alpträume von Rückständen! Ich habe jetzt schon mehr Fälle weggeschafft als mein Vorgänger in drei Jahren, aber um welchen Preis?«

Das versäumte Leben. Das Leben. »Ja, ich weiß, Sie nehmen meinen Einsatz respektvoll zur Kenntnis. Sie sehen respektvoll zu, wie ich absaufe. Dass die Rechtsuchenden meines Dezernats doppelt so lang auf ihre Termine warten wie Ihre, war Ihnen egal, ganz abgesehen von der ... von der ... Fehlerhaftigkeit, die bei dieser Belastung unvermeidlich ist!«

Blank lächelte. »Liebe Frau Zorniger, jetzt lerne ich mal Ihre temperamentvolle Seite kennen, Donnerwetter. Freut mich, freut mich.«

Freut sich? Werfe ich jetzt eine Akte nach ihm? Ach, nein: seine Ruhe. Das große braune Auge voller Wärme und Sympathie. So unwiderstehlich schaut er seine Parteien an, wenn er ihnen einen Vergleichsentwurf ohne Widerrufsvorbehalt anträgt. Vorsicht vor Blank.

»Ich habe Ihnen am ersten Tag meine Hilfe angeboten, erinnern Sie sich? Sie kamen nicht darauf zurück«, sagte er.

Grimmig: »Jetzt komme ich darauf zurück! Ich schlage vor: Wir beantragen beim Geschäftsverteilungsplan eine neue Aufteilung der Fälle!« Wütend: »Und wenn Kaspar dagegen ist, überstimmen wir ihn!«

Blank sprach bedächtig: »Diesen Vorschlag hatte ich vor Jahren Ihrem Vorgänger gemacht. Er wollte ihn dem Kaspar gegenüber nicht einmal erwähnen; wie das so ist, wenn man eine gute Beurteilung erhofft.« Lächelte müde. »Im Augenblick aber ... fühle ich mich zu einem solchen Angebot kaum in der Lage, sosehr ich die Berechtigung Ihres Wunsches anerkenne. Weniger wegen meiner Krankheit, von der Sie wissen; auch meine Frau ist nicht gesund.«

Ach ja, Frau Blank, stimmt. Bei jenem verkrampften Epha-

Abendessen hatte sie verzagt und hinfällig ausgesehen, fast greisenhaft.

»Was halten Sie aber von folgendem Antrag: Eingangsstop für Sie in den nächsten drei Monaten. Der Kaspar und ich teilen die Eingänge unter uns auf.«

»Ich brauche ein halbes Jahr.«

»Gesetzt den Fall, wir bekämen es hin: Beachten Sie das zusätzliche Pensum Ihrer Kammerkollegen. Nicht nur den materiellen Aufwand, auch die sonstige ... Zumutung.« Ironisch: »Das Gegenlesen von Kaspars selbstgefälligen Urteilen. Das Lesen seiner Korrekturen auf meinen Urteilen. Also vier Monate?«

»Warum beantragt Kaspar nicht einen vierten Richter? Er musste doch sehen, dass seine Kammer volllief!«

»Jetzt wirken Sie allzu unschuldig. Für weitere Klagen gegen den Kaspar bin ich nicht zuständig. Er ist Ihr Freund, nicht meiner.«

*

Kaspar Epha, acht Jahre jünger als Blank, war dem Älteren vor die Nase gesetzt worden. Als Begründung nannte man Blanks asthmatische Fehlzeiten, doch Blank fühlte sich politisch verdächtigt und bezeichnete Epha als *Prädikatszuchtprodukt*: alte Juristenfamilie, reich verheiratet, Nymphenburg, CSU. Blank wollte sich von Epha nichts sagen lassen.

Epha hatte sich daran gewöhnt. Zu seinem Amtsantritt, bevor Thirza in die Kammer kam, hatte er noch möglichst viele Entscheidungen als Kammer treffen wollen, um die Einheitlichkeit der Kammerrechtsprechung zu gewährleisten. Blank sah das nur für zweitinstanzliche Entscheidungen ein; er bevorzugte Einzelrichterentscheidungen, auch bei großen Fällen mit hohem Streitwert. Epha hatte eingelenkt, weil Blank im Alleingang viele Fälle vom Tisch bekam.

Blank war ein begnadeter Verhandler. Manche Verfahren erledigte er am Telefon. Kläger zogen ihre Klagen zurück, Beklagte lenkten ein. Nicht selten einigten sie sich außergerichtlich nach seinen Vorschlägen. Wie machte er das?

»Die Leute spüren, wenn man's gut mit ihnen meint«, sagte er. »Sie stehen unter Spannung und machen sich Sorgen, sie sind in etwas hineingeraten, das sie nicht überschauen. Wenn ich ihnen den Aufwand und die Unwägbarkeiten erkläre, sind sie sehr erleichtert und sagen: Wissen Sie, wir haben ein ganz ähnliches Gefühl! Was sollen wir tun? – In anderen Fällen spürt man schon in den Akten die psychischen Dramen. Während die Parteien auf die Verhandlung warten, steigern sie sich in pompöse Genugtuungsfantasien hinein. Im glücklichen Fall kann der Richter durch seinen Anruf den Aufbau dieser Fantasien unterbrechen, bevor sie einen schädlichen Grad erreicht haben.«

Übrigens hatte der schmale Blank eine jugendliche, kräftige Telefonstimme. Wenn er erfolgreich vermittelt hatte, sagte er vergnügt: »Richten kommt von Reparieren!«

Blanks Schriftsprache aber war umständlich und verdrechselt. Keine Fachzeitschrift druckte ein Urteil von Blank.

Bei Epha war es umgekehrt. Seine Urteile erregten Aufsehen, doch auf dem Podium trat er launisch und ungnädig auf. Er fand keinen Kontakt zu den Streitenden, unterbrach ihre Rede und wies sie zurecht, wenn sie ihn nicht verstanden. Vergleiche erzielte er mit Ungeduld und Drohung. Er erschien als kryptische Justizmaschine, schredderte die Parteien und spuckte sie aus. Seine Erledigungszahlen waren gut. Die Urteilsbegründungen richteten sich deutlich an Fachzeitschriften und die nächste Instanz.

Blank und Epha hätten sich gut ergänzen können. Warum taten sie es nicht? Sie bearbeiteten ja verschiedene Felder. Blank würde kein Vorsitzender mehr werden, fühlte sich aber im Gerichtssaal wohl. Epha seinerseits konzentrierte sich auf seine kunstvollen Urteile und richtete den Blick nach oben: Oberlandesgericht, Ministerium, Bundesgerichtshof.

»Auf dem Parkett verkauft er sich gut«, bemerkte Blank. »Da gibt er den bedeutenden Juristen – pompös-formalistisch, konservativ. Aber vor dem Leben fürchtet er sich. Er benutzt die Justiz, um sich darüber zu erheben.«

Ab dem dritten Jahr weigerte sich Epha, Blanks Beobachtungen zur Kenntnis zu nehmen. Blank hörte in den Kammersitzungen auf zu streiten. Wenn Epha nach besonders unangenehmen Verhandlungen die Formel *Im Namen des Volkes* verlas, wandte Blank sich ab.

»Unser Beisitzer ist der klassische Beischläfer geworden«, spottete Epha.

»Was für ein selbstherrlicher Dogmatiker«, bemerkte Blank. »Nach zwanzig Minuten war eine würdige Lösung greifbar nah. Er hätte den Beklagten halt ausreden lassen müssen. Das war die Schlüsselstelle.«

Beide redeten so nur zu Thirza, in Abwesenheit des jeweils andern. Thirza wanderte wie in ihrer Kindheit hin und her und vermittelte. Wieder war sie Profiteurin der Situation, sie lernte von beiden, auch in den Kammersitzungen. War sie selbst Berichterstatterin, gab es kaum Probleme: Thirza wurde ruhig angehört, belehrt, beraten oder bestätigt. Manchmal fast zu viel bestätigt. War sie so gut geworden? Oder erholten sich die Männer bei ihr, um einander in den übrigen Fällen umso härter zusetzen zu können? Falls ja: War's ihnen bewusst?

Heikel wurde es, wenn sie gegensätzlich urteilen wollten. Dann gab Thirzas Votum den Ausschlag, und Thirza musste besonders exakt begründen, warum sie den einen oder den anderen stützte – eine einfache Zustimmung reichte nicht. War die Konfrontation absehbar, behielt Thirza ihre Argumente bis kurz vor Schluss für sich, damit der Unterliegende seine Meinung vor der Abstimmung anpassen konnte, was Epha manchmal tat; Blank nie. Das Taktieren war anstrengend und ging am Kern der Sache vorbei. Thirza war nicht stolz darauf.

»Ich verstehe Ihr Dilemma«, sagte Blank, der zunehmend düster wirkte. »Schließlich beeinflusst der Vorsitzende Ihre Regelbeurteilung.«

»Sie werfen mir Opportunismus vor.«

»Beachten Sie meinen Wortlaut, liebe Kollegin. Ich habe nicht das gesagt, was Sie meinen.«

»Nein, aber ich habe gesagt, was Sie meinen!«

»Respekt, Sie haben schnell gelernt. Manchmal bin ich versucht, Ihnen das Du anzubieten. Aber solange ich nicht weiß, warum Sie den Kaspar duzen, kann ich's nicht.«

Nur in Ephas Abwesenheit gebrauchte Blank dessen Vornamen, meist in der bayerischen Form mit Artikel: der Kaschper. Bei den Kammerbesprechungen kreuzten sie ihre Klingen per Sie.

»Befreundet wirken Sie nicht«, bohrte Blank nach. »Vermutlich kann man mit ihm gar nicht befreundet sein. Und er duzt niemanden außer Ihnen. Was ist passiert?«

»Jeder hat mal eine schwache Stunde.«

»Schwache Stunde – Sie hatten eine Affäre!«

»Nein!«

»Warum dann die Geheimnistuerei? Geheimnisse sind Lügen!«

»Vielleicht sollten Sie mal lockerlassen«, sagte Thirza gereizt. »Sie haben doch auch ein Geheimnis. Wie wäre es sonst möglich, dass Sie bei Ihrem Verhandlungsgeschick es nicht schaffen, sich mit einem Epha zu vertragen?«

»Das ist kein Geheimnis. Sein Stil stößt mich ab.«

»Er ist unbeholfen. Aber Ihre Provokationen sind auch nicht geeignet, ihm Sicherheit zu geben.«

»Sicherheit? Das ist ein ausgewachsener Karrierejurist. Wie kommen Sie auf die Idee, dass er der Schonung bedürfte? Wen schont er?«

∗

Blank wurde immer nervöser und ungnädiger. Eines Tages las Thirza im Justizministerialblatt einen Nachruf auf Vinzenz Thenner, der vier Wochen nach seiner Pensionierung gestorben war. »Heute will ich nicht streiten«, sagte Thirza zu Blank, der inzwischen, wann immer er im Haus war, auf einen Sprung vorbeikam. »Kannten Sie Vinzenz Thenner, den Vorsitzenden der Schwurgerichtskammer?«

»Thenner, den Mann ohne Eigenschaften? Ja, kannte ich. Seelisch verarmt, ein Psychopath.«

»Wie bitte? Ich habe ihn« – Thirza schwächte vorsichtshalber ab: »geschätzt. Ich habe ihn drei Jahre lang als Staatsanwältin beliefert.«

»Da hat er Sie sicher mit tausend Nachermittlungen in Atem gehalten.«

»Es diente der Sache.«

»Das bezweifle ich. Ich hatte nämlich einige Jahre vor Ihnen als Staatsanwalt ebenfalls das Vergnügen, Gott sei Dank nur einmal. Thenner war damals Vorsitzender einer großen Strafkammer, noch nicht Schwurgericht. Der Täter war geständig – ein Einbrecher, zweihundertfünfzig Einbruchdiebstähle in Villenvororten. Mir war von vornherein klar, der Mann wird pauschal verurteilt und kriegt zirka vier Jahre, Geständnis zu seinen Gunsten. Aber Thenner wollte jede einzelne Tat exakt belegt haben, wann, wo, Methode, was erbeutet, wer war der Geschädigte. Ich habe eine Tabelle angefertigt. In einem einzigen Fall konnte ich die Tatzeit nicht ermitteln. Ich schrieb: zwischen Herbst 1964 und Januar 1965. Als ich im Prozess die Anklage verlas, geriet Thenner völlig aus der Fassung: Ungeheuerlich, da könnte man ja gleich 20. Jahrhundert schreiben! Und dann entschuldigte er sich beim Angeklagten und bat ihn, uns das Datum zu sagen. Der Angeklagte hatte längst gestanden, aber ans Datum erinnerte er sich nun mal beim besten Willen nicht. Und Thenner drang eine halbe Stunde lang in ihn, er barmte und flehte. Für ihn stand die Ehre der Justiz auf dem Spiel. Danach schrieb er für jeden einzelnen Einbruch ein Urteil. Und was kam raus? Vier Jahre. Geständnis strafmildernd. Das ist krank.«

»Es diente seiner Idee von Perfektion.«

»Bei Nietzsche gibt es einen Spruch über diese übergewissenhaften Menschen. Sinngemäß: Das sind die, welche sich vieler erbärmlicher Empfindungen bewusst sind, ängstlich von sich und an sich denken und Angst vor anderen haben.«

»Auch ich bin mir vieler erbärmlicher Empfindungen bewusst«, widersprach Thirza tapfer. »Perfektionistin bin ich deswegen nicht geworden. Und falls Thenner ängstlich von sich dachte und Angst vor anderen hatte, spricht das aus meiner Sicht nicht gegen ihn. Entscheidend ist, was man draus macht. Ich halte ... ich hielt ihn für integer.«

»Da sind Sie auf seine Fassade hereingefallen. Sie idealisieren ihn so sehr, dass Sie keinen Begriff von ihm haben.«

»Was haben denn Sie für einen Begriff?«

Blank überlegte, legte die Stirn in Falten, lächelte kurz. »Korrekt, scharfsinnig, diffus kühl, nicht überheblich, gut mit Männern. Nicht gut mit Frauen. Dem Vernehmen nach verkehrte er im Leierkasten.«

»Im *Leierkasten*?«

»Erschreckt Sie das?«

Allerdings. Stadtbekannter Puff. Schon der Name klingt nach der denkbar zynischsten, freudlosesten, selbstverachtendsten Form käuflicher Liebe.

»Ich kann das nicht glauben! Der Leierkasten war unter ständiger Beobachtung der Polizei. Dass der Vorsitzende der Schwurgerichtskammer ausgerechnet dort ...«

»Wenn nicht dort, dann woanders.«

»Niemand wusste was über ihn, und ausgerechnet Sie wollen ... Warum ... oder haben Sie ... etwa ... auch ...?«

»Meine liebe unschuldige junge Kollegin, das geht Sie nun

wirklich nicht das Geringste an. Aber aus Sympathie, und um Ihnen einen zweiten Schock für heute zu ersparen, antworte ich freiwillig: Nein, absolut nicht.«

»Noch was gegen Thenner?«, fragte Thirza mit dünner Stimme.

»Sein Sohn hat sich aus dem Fenster gestürzt, sechster Stock, glaube ich.«

Gefasst: »Ich weiß. Das war während meiner Zeit.«

»Mit zwei Komma drei Promille. Brutaler und spektakulärer kann man sich kaum suizidieren. Vermutlich wollte er endlich mal eine Reaktion vom Alten. Bekam er sie?«

»Nein ... armer Bub. Thenner war wohl ein strenger Vater.«

»Er war mit Sicherheit ein extrem ungesunder Vater, wenn der Bub schon mit einundzwanzig Alkoholiker war. Und wussten Sie, dass bald darauf Thenners Frau starb? Haben Sie ihm was angemerkt?«

»Nein«, sagte Thirza betroffen.

»Er tut Ihnen leid!«

»Ich ... ja. Ich hielt ... ihn für einen sehr guten Richter. Offenbar hat er dafür einen hohen Preis ...«

»Nicht er, seine Familie hat den Preis bezahlt! Entschuldigen Sie bitte, ich kann das nicht so romantisch sehen. Ich hatte selbst einen schlechten Vater. Haben Sie einen schönen Tag.«

*

Am Abend kam Blank noch mal vorbei. »Vielleicht darf ich Ihnen was erzählen?«

Blanks Vater war Nazi gewesen, mittlere Charge. Vermutlich Handlanger, ein vernachlässigter Bürokrat aus der Verwaltung, dem das Regime Aufstiegsmöglichkeiten bot. Genaues weiß man nicht, denn in der Familie wurde nicht gesprochen. Keine Einberufung zum Militär, doch Dienstreisen nach Osten. Die Mutter in München allein mit drei kleinen Buben. Sie war liebevoll, starb aber an Tuberkulose, als Heinrich zehn war. Seit seinem sechsten Jahr, ziemlich genau Kriegsende, kannte er sie nur leidend.

Heinrich, der älteste der drei Buben, trieb sich auf der Straße herum und schnorrte bei amerikanischen Soldaten Zigaretten, die er auf dem Schwarzmarkt verkaufte. Das war seine erste Schulung in Menschenkenntnis: Gesichter wahrnehmen und Züge der Güte oder Bosheit erkennen. Manche Soldaten warfen angerauchte Kippen zu Boden, die er aufhob. Manche zertraten sie mit dem Stiefel und beobachteten seine Reaktion. Einige gaben ihm ganze Zigaretten. Einmal schenkte ihm einer eine Schachtel.

Der Vater ging Mutters Leid aus dem Weg. Nach ihrem Tod holte er fast sofort eine Freundin ins Haus, die wenig einfühlsam war. Als Heinrich beim Weihnachtsfest weinte, fragte sie: »Was weinst, Heinrich?« – »Weil die Mama fort ist.« – »Aber dann wär ich ja nicht da.« – »Eben!«

Wenige Tage nach Weihnachten nahm der Vater die Kinder auf einen Ausflug mit; er besaß schon damals ein Auto. Sie hielten vor einem großen, düsteren Bau. Eine graue Ordensschwester trat ihnen entgegen und sagte: »So, das sind also unsere Neuen.«

Heinrich begriff: Man brachte sie ins Kinderheim! »Ihr bleibt's bei mir!«, flüsterte er den Brüdern zu. Etwa zehn Minuten später wurden sie ihm entrissen. Sie kamen zusammen in den Kinderblock, er zu den Älteren. Von da an Angst und Einsamkeit, jahrelang. Nur während der Ferien schickte man die Kinder zur Familie, wo Heinrich in der Rolle eines kleinen Ersatzvaters Stiefmutter und Brüder dominierte.

»Wo haben Sie diese Redegabe her, bei der stummen Familie?«, fragte Thirza, um ihre Rührung zu verbergen.

»Keine Ahnung. Glück gehabt«, sagte er gequält.

Auch lernte er leicht. Ein Pater förderte ihn. Gute Noten. Stipendium. Heiratete mit vierundzwanzig eine Kindergärtnerin, die sechs Jahre älter war. Zwei Kinder, inzwischen beide aus dem Haus, studierend. Die Frau war nicht in den Beruf zurückgekehrt, als es mit seinem Asthma losging. Er vertrug die Sprays schlecht. Wenn er vor Atemnot nicht schlafen konnte, wachte sie mit ihm, und die beiden spielten im Halbschlaf Karten. Jetzt hatte sie Leukämie, Chemotherapie erfolglos, ganz schlimm.

DIE MÜHLE

Und weiter richterlicher Alltag, Fälle über Fälle; drei Beispiele aus Hunderten.

Büroarbeit: Eine Betreuungsache. Ein schwer kranker Herr in den hohen Siebzigern, hirnorganisches Psychosyndrom, halbseitig gelähmt, Sprachstörung, Schluckbeschwerden, lebte im Pflegeheim. Als Betreuer war ein Anwalt eingesetzt. Die Ehefrau legte dagegen Beschwerde ein: Sie wollte selbst Betreuerin sein. Sie sei seit dreißig Jahren mit ihm verheiratet und besuche ihn täglich im Heim, warum dürfe sie ihn da nicht auch rechtlich betreuen? Das Heim hielt dagegen, sie sei zur Betreuung ungeeignet, denn sie habe dem Patienten, obwohl der laut ärztlicher Anweisung wegen Schluckbeschwerden keine feste Nahrung zu sich nehmen dürfe, mehrfach Wiener Schnitzel gebracht.

Der Fall berührte Thirza, doch verfahrensrechtlich war er einfach. Als Ehefrau war die Klägerin befugt, sich gegen den Betreuungsbeschluss zu beschweren, aber nicht mit dem Ziel, selbst die Betreuung zu übernehmen: Da hatte sie keine Beschwerdebefugnis, weil sie nicht in einem eigenen Recht betroffen war. Es geht im Betreuungsrecht um den Betreuten, nicht um dessen Angehörige (§ 59 FamFG). Ein kurzer Beschluss.

Zweiter Fall, ebenfalls Büroarbeit: Eine Beschwerde mutmaßlich aus dem Querulantensegment, schon die Ausgangsakte zweihundert Seiten dick. Beginn des Konflikts: Der Kläger wollte zwangsvollstrecken gegen die Beklagte, weil er die Heizkostenabrechnungen für die Jahre 1990 bis 1992 immer noch nicht gekriegt hatte. Sie wurde verurteilt, die Abrechnungen zu erstellen, lieferte aber nicht. Daraufhin beantragte er, Zwangsgeld, ersatzweise Zwangshaft, gegen die Beklagte zu verhängen. Sein nächster Schriftsatz lautete, dass die Beklagte ihm alles geschickt habe, er aber trotzdem noch Zwangsmittel wollte. Die Anwältin der Beklagten rief Thirza an, ob sie dazu wirklich noch einmal eine Stellungnahme abgeben müsse. »Der beschwert sich gegen alles, der Mann macht mich wahnsinnig, wir haben ihm doch die Abrechnungen ewig lange geschickt!« Ja, er beschwerte sich gegen alles. Er quetschte jeden Paragrafen aus. Normale Menschen verzichten um des lieben Friedens willen auch mal auf ihr gutes Recht, und wenn das nicht so wäre, bräche übrigens der Rechtsstaat zusammen. Aber mit friedfertigen Menschen haben gerade wir selten zu tun. Rechtsgefühl und Gewissen stehen in einem Gegensatz, schrieb Gustav Radbruch: *Das Gewissen bindet, das Rechtsgefühl entfesselt den Eigennutz.* Leute mit einem übersteigerten Rechtsgefühl gehören zu unserer Kernklientel. Nun ja, wir können sie nicht verschwinden lassen.

Dann eine Kammerverhandlung. Zwei Eltern hatten ihr Kind in einem Kindergarten angemeldet, in dem die Kinder bereits Englisch lernten. Dann gefiel ihnen die Einrichtung doch nicht so, der Sandkasten war nass, eine vielbefahrene Straße führte vorbei, und so nahmen sie das Kind wieder mit und zahlten nur für einen Monat die Gebühr. Der Kindergarten aber wollte für sechs Monate kassieren, da es nur drei Kündigungstermine im Jahr gab. Der Amtsrichter hatte, den Vertrag ergänzend, eine Probezeit angenommen, innerhalb derer man auch kurzfristig kündigen könne. Allerdings stand diese Probezeit nicht im Vertrag, und ergänzend auslegen durfte man nur im Fall einer Vertragslücke. Andererseits galt die Tendenz, den Amtsrichter zu halten. Idee: den § 9 AGBG geltend machen, Inhaltskontrolle. Wer einen Kindergarten auf Anhieb sechs Monate buchen müsse, sei unangemessen benachteiligt. Jetzt den sehr engagierten Anwalt des Kindergartens niederringen, der immer dasselbe sagt, nämlich, die Eltern hätten das Kind noch drei Tage länger einzugewöhnen versuchen müssen. Achtung: Auf die drei Tage kommt es nicht an, wenn die vorliegende Kündigungsregelung wegen unangemessener Benachteiligung für unwirksam erklärt wird. Anwalt nach dritter Wiederholung zum Schweigen bringen. Schriftsatzfrist und Verkündungstermin.

*

Routine im Justizpalast! Und dann unerwartet eine komplett missglückte Kammerverhandlung, diesmal unter Vorsitz von Blank, weil Epha auf dem Deutschen Richtertag war.

Zu Thirzas Entlastung sei gesagt, dass dies die zweite nach einer sehr schwierigen Verhandlung an jenem Tag war. Die erste, schwierige war reibungslos über die Bühne gegangen. Die zweite aber war von Thirza, der Berichterstatterin, unterschätzt worden.

Es ging, wirtschaftlich gesehen, nur noch um die Kosten eines Rechtsstreits. In der ersten Instanz war die Hauptsache vom Kläger für erledigt erklärt worden. Dem Beklagten waren die Kosten des Verfahrens auferlegt worden. Dagegen hatte der Beklagte Berufung eingelegt.

Vorgeschichte: Kläger und Beklagter waren einmal Freunde gewesen. Der Beklagte hatte Schulden beim Finanzamt und ein Insolvenzverfahren am Hals. Der Kläger hatte ihm 140.000 Mark geliehen und sich eine Grundschuld geben lassen auf zwei Wohnungen, die der Beklagte in der Zentnerstraße besaß. Außerdem hatte er sich ein Vorkaufsrecht für die Wohnungen einräumen lassen. Vorkaufsrecht hieß: Falls der Beklagte die Wohnung an einen Dritten verkaufen wollte, konnte der Kläger die Wohnung zu den mit dem Dritten ausgehandelten Bedingungen selbst kaufen. Dieses Recht wurde im Grundbuch eingetragen, womit es dingliche Wirkung erhielt. Als der Beklagte eine der beiden Wohnungen für 400.000 verkaufte, übte der Kläger sein Vorkaufsrecht tatsächlich aus. Nach Aufrechnung mit der Darlehensforderung von 140.000 Mark blieben 260.000 zu zahlen, von denen er 250 auftrieb, 10 aber schuldig blieb.

Inzwischen hatte sich der geschäftlich glücklose Beklagte entschlossen, nach Indien auszuwandern. Und nun packte ihn, den Auswanderer, die Sorge: Wie treibt man 10.000 Mark von Indien aus ein? Wegen dieser 10.000 verlor er die Nerven und trat von dem Vertrag zurück. Folge: Der Wohnungskauf wurde rückabgewickelt, und der Beklagte musste 390.000 Mark an den Kläger zurückzahlen.

Diese Vorgeschichte war nicht Gegenstand unseres Verfahrens. Sie erklärt aber die Figuren.

Denn jetzt packte den Kläger die Sorge: Immerhin drohte dem Beklagten Insolvenz. Was, wenn Beklagter Wohnung an Dritten verkauft und mit Erlös nach Indien abdüst? Der Kläger stellte Antrag auf dinglichen Arrest, was bedeutet: Statt der Person wird dessen bewegliches und unbewegliches Vermögen sozusagen verhaftet. Der dingliche Arrest wurde angeordnet, mit einer Ziffer Zwei: In Vollziehung dieses Arrests wird eine Zwangssicherungshypothek in Höhe von 390.000 Mark auf die fragliche Wohnung beschlossen.

Gegen diesen Beschluss legte der Beklagte Widerspruch ein. Der Widerspruch wurde verhandelt; das war in der ersten Instanz gewesen.

Während jener erstinstanzlichen Verhandlung kam zur Sprache, dass der Beklagte im gleichen Haus ja noch jene zweite Wohnung besaß, auf die der Kläger ebenfalls ein Vorkaufsrecht hatte. Diese zweite Wohnung hatte der Kläger in seinem Arrestantrag nicht erwähnt. Im Ergebnis erklärte der Kläger seinen Antrag für erledigt. Der Beklagte hielt das für eine verkappte Klagerücknahme und wollte deswegen die Prozesskosten nicht tragen. Da auch sein Anwalt im Vorfeld dargelegt hatte, dass es ausschließlich um diese Prozesskosten gehe, hatte Thirza die übrige Vorgeschichte nicht studiert.

Dann lief die Sache aus dem Ruder. Der Beklagte hatte schon in der ersten Instanz nicht für erledigt erklärt, er hätte es aber sinnvollerweise heute tun sollen, damit man sich auf die Kostenentscheidung konzentrieren konnte. Irgendwie versäumte Blank, das klarzustellen, und die Parteien begannen wieder über die Hauptsache zu streiten. Thirza aber, die Berichterstatterin, verpasste diese Wendung, da sie gestern Abend im Fernsehen *Ein Engel an meiner Tafel* gesehen und so viel geweint hatte, dass sie erschöpft war und sich in der Verhandlung auf den normalerweise souveränen Blank verließ. Als sie begriff, dass mit Blank etwas nicht stimmte, war es zu spät. Der Streit wieder offen mit allen Schuld- und Umschuldungs-, Kauf- und Rückabwicklungsvorgängen, wieder flogen die Vorwürfe hin und her. Thirza nicht vorbereitet. Sie blätterte eilig in der Akte. Worum war es noch mal gegangen? Dinglicher Arrest. Beklagter macht geltend: Erstens, wieso gleich Arrest ohne vorherige Zahlungsaufforderung? Zweitens: Kläger hat doch eingetragene Grundschuld! Drittens: Kläger hat außerdem Vorkaufsrecht auf die Wohnung, was kann ihm denn passieren?

Wie war das überhaupt noch mal mit dem dinglichen Arrest? Im Gedächtnis gekramt: Der dingliche Arrest hatte zwei Voraussetzungen, nämlich einen Arrestanspruch, also die Forderung, und einen Arrestgrund, nämlich die Gefahr, dass der Schuldner sein Vermögen beiseiteschafft und der Gläubiger deshalb nicht vollstrecken kann.

Jetzt – in der Verhandlung – Griff zum Gesetzbuch, da man sich erstens nicht jeden Gesetzeswortlaut merkt, zweitens nicht sicher sein kann, dass er sich nicht geändert hat. § 917, 1 ZPO: *Der dingliche Arrest findet statt, wenn zu besorgen ist, dass ohne dessen Verhängen die Vollstreckung des Urteils vereitelt oder wesentlich erschwert werden wird.* § 917,2 ZPO: *Als ein zureichender Arrestgrund ist es anzusehen, wenn das Urteil im Ausland vollstreckt werden müsste und die Gegenseitigkeit nicht verbürgt ist.* Gegenseitigkeit bedeutet in diesem Fall ein interstaatliches Abkommen, dass man im jeweils anderen Land vollstrecken kann. Ein solches Abkommen gab es mit Indien nicht. Also grundsätzlich Arrestantrag berechtigt.

Andererseits war eben wie gesagt diese zweite Wohnung wieder im Spiel, ebenfalls mit Grundschuld und Vorkaufsrecht. Also nicht nur eine Wohnung, wie vom Kläger vorgetragen. Der Kläger hatte das Instrument des Eilverfahrens möglicherweise missbraucht. Im einstweiligen Rechtschutzverfahren ist wegen des Zeitdrucks der Strengbeweis nicht vorgesehen, vielleicht hatte der Kläger darauf spekuliert. Mit jener zweiten Wohnung samt Grundschuld, die laut Aussage des Insolvenzverwalters auf dem freien Markt 370.000 wert war, hätte der Kläger aber eine ausreichende Sicherheit gehabt.

Endlich, nachdem sie die Hauptsache ein zweites Mal verarbeitet hatten, waren sie wieder dort, wo die erstinstanzliche Verhandlung geendet hatte: Arrestantrag vom Kläger für erledigt erklärt. Urteil, dass die Hauptsache erledigt sei und der Beklagte die Kosten zu tragen habe. Berufung des Beklagten hiergegen. Die Prozesskosten betrugen 11.000 Mark. Die Beteiligten stritten insbesondere um die Berechnung der Terminsgebühr für den Rechtsanwalt.

Ein vernünftiger Beklagter hätte verdammt noch mal zumindest jetzt die Hauptsache für erledigt erklärt. Er weigerte sich aber, für erledigt zu erklären. Im Hintergrund alte Kränkungen, ein vieljähriges Freundschaftsdrama, das über immer neue finanzielle Ansprüche ausgetragen wurde, eine lange, lange Geschichte. Blank war grau im Gesicht. Thirza selbst fühlte sich grau. Unaufhörlich drückt man sich mit Gewalt so ein Zeug ins Hirn, um es am nächsten Tag zu vergessen. Inzwischen ging es um Benzingeld, im Vergleich zu den 390.000 doch ein Klacks. Aber sie diskutierten erbittert. Blank schlug ihnen vor, sich die Prozesskosten hälftig zu teilen. Sie rechneten und schimpften schon eine Dreiviertelstunde. Blank hätte ehrlich gesagt die Parteien mal ein bisschen kneten können. Nun, er knetete nicht.

Was für eine Seuchenverhandlung! Alle waren verwirrt, die Parteien von vornherein, und dann auch die Richter. Die junge

Kollegin, die den abwesenden Epha vertrat, kannte den Fall nicht. Thirza war nicht geistesgegenwärtig. Blank neben der Spur. Die Parteien: keiner der größere Gauner, das Sauhund-Prinzip fiel aus. Zwei große Buben in den Fünfzigern, die mit viel Geld spielten; keine Ahnung, wie sie dazu gekommen waren. Aber nun haben sie Übersicht und Nerven verloren, und wir baden es aus. So ein Mist.

Endlich schlug der Beklagte vor, den Vergleich, den er ja wollte, als Vorschlag zu Protokoll zu nehmen. Der Kläger empörte sich noch ein bisschen, worüber sich wiederum der Beklagte empörte, dann wurde der Vorschlag tatsächlich zu Protokoll genommen, eine Annahmefrist wurde gegeben von zwei Wochen, der andere bekam noch eine Schriftsatzfrist für den Fall der Nichtannahme des Vergleichs. Und die arme Berichterstatterin hatte die Wahl, entweder das alles in drei oder fünf Wochen noch mal durchzuarbeiten oder aber jetzt gleich ein Urteil zu schreiben, das dann vielleicht nicht gebraucht würde.

Thirza beschloss im Büro, dann doch lieber gleich die entscheidenden Punkte auf Band zu sprechen. Notiz: Wie wirkt sich rechtlich die im Arrestantrag verschwiegene zweite Wohnung auf die Kostenverteilung aus? Wie hoch ist der Streitwert anzusetzen?

Aber was wohl mit Blank los war? Das Durcheinander hatte ja schon damit begonnen, dass der Beklagte erklärte, schlecht zu hören. Thirza hätte gesagt: Dann nehmen S' halt an Stuhl und rücken S' näher. Blank sagte es nicht; er vertraute auf seine kompakte Stimme, die allerdings nur mit halber Kraft erklang – merkte er es nicht? Als Thirza ihm ein Zeichen gab, lauter zu reden, sah er sie unruhig und unwillig an. Thirza fragte also den Beklagten: »Können Sie uns folgen?«, worauf der ernsthaft antwortete: »Ja also inhaltlich nicht so ganz«, worauf Thirza vom Podium hinabstieg und ihm noch mal alles laut ins Ohr sprach, worauf Blank korrekterweise den Klägeranwalt fragen musste, ob es ihm recht sei, dass die Berichterstatterin mit der anderen Partei ein Sondergespräch führe, worauf der Klägeranwalt grinsend antwortete: »Ja, wir hören ja alles mit!« Ungeheuer zeitraubend das Ganze, der ewige Konflikt zwischen Sorgfaltspflicht und Überlastung, und plötzlich erinnerte sich Thirza an Blanks fahles Gesicht. Sie sprang auf, lief durch den langen Gang zu Blanks Büro, klopfte an seine Tür und drückte, als die Antwort ausblieb, gegen ihre Gewohnheit die Klinke herunter. Sie sah Blank keuchend über den Tisch gebeugt, die Tischkante umklammernd. Thirza rannte zu ihm, umschlang seine magere, zuckende Brust, damit er nicht vom Stuhl fiel, und griff mit der freien Hand nach dem Telefon, um Hilfe zu rufen. Er schlug ihr den Hörer aus der Hand. »Hab ... was ... genommen«, stieß er hervor. Sein Atem ging krampfhaft, pfeifend.

»Hoffentlich habe ich Ihnen nicht ... wehgetan«, flüsterte Blank schließlich, immer noch in Thirzas Armen. »Ich wollte nicht auf einer Bahre ... Trage ... aus dem Haus ...« Er befreite sich, versuchte aufzustehen und sank wieder auf den Stuhl zurück. »Bitte entschuldigen Sie, ich habe Sie erschreckt.«

»Allerdings! Soll ich wirklich keinen Arzt rufen? Oder darf ich Sie nach Hause bringen?«

»Geht ... geht schon, passt schon. Vielleicht rufen Sie ein Taxi.«

Am nächsten Tag kam das ärztliche Attest, Abmeldung für zwei Wochen. In der zweiten Woche erhielt Thirza Post von ihm – die Todesanzeige seiner Frau. *Unsere liebe Gattin, Mutter, Schwägerin, Tante Magda Blank ist am ... von ihrer schweren Krankheit erlöst worden. In treuem Gedenken: Heinrich Blank* und eine ziemlich lange Liste Verwandter. Die Krankschreibung wurde auf sechs Wochen verlängert.

*

Für jede Kammer sieht der Geschäftsverteilungsplan eine Vertretungskammer vor. Wenn ein Richter ausfällt, springt einer ein, damit die Kammer beschlussfähig bleibt. Meist ist es das dienstjüngste Mitglied der Vertretungskammer. Für Blank kam eine junge Frau, Dr. Ruth Wegener. Drei Jahre älter als Thirza, klein und drahtig, spitze Nase, große runde Brillengläser, schnelle Auffassungsgabe, sehr gescheit. Unter der Robe trug sie ein Knabenhemd mit Stehkragen, in dem sie aussah wie ein Konfirmand. Da Kaspar Epha regelmäßig ätzende Bemerkungen in Richtung des abwesenden Heinrich Blank anbrachte, erfasste sie die Verhältnisse rasch. »Der Herr Blank kann einem direkt leidtun«, sagte sie zu Thirza.

»Der Herr Blank, wenn er gesund ist, bleibt dem Herrn Epha nichts schuldig.«

»Oh«, amüsierte sich die Maus, »ein Kammerdrama? Oder handelt es sich um etwas genetisch Steinzeitliches?«

Ruth führte ein emsiges gesellschaftliches Leben: saß in Arbeitsgruppen, korrigierte Staatsexamensarbeiten, nahm Kurse in Mediation. Blank nannte sie *die kleine Überfliegerin*. Es war klar: Ruth saß in der Rakete. Und übrigens schwärmte sie von ihrer Kammer, die insbesondere für gewerblichen Rechtsschutz zuständig war: Markenrecht, Urheberrecht, Kartellrecht. Komplizierte Materie, hoch befriedigend! Hohe Streitwerte, spezialisierte Kanzleien, anspruchsvolle Fragestellungen, höheres Argumentationsniveau; schöne prinzipielle Bedeutung, da hier die innergesellschaftliche Balance verteidigt wird; mal was anderes als die privaten Ansprüche wütend ineinander verhakter Einzelbürger.

Ebenso schwärmte sie von der Atmosphäre. Die Kammer hatte damals nicht nur drei, sondern vier Richter, ein sogenannter überbesetzter Spruchkörper. Und alle vier vertrugen sich! Es gab zwei Beisitzerinnen mit Dreiviertelstellen, eine davon Ruth. Der weise Vorsitzende würde in sieben Jahren pensioniert und, wie alle hofften, vom souveränen Vollzeitbeisitzer Karl Eppinger beerbt werden.

Mit Karl Eppinger machte Ruth Thirza bekannt. Er war vierzig Jahre alt, ein stämmiger Bayer, rundes Gesicht, Schnurrbart, Grübchen, und lebte mit Frau und Kindern auf einem geerbten Bauernhof am Ammersee. »Drei Kinder!«, wisperte Ruth Thirza zu. Er grinste: »Dreieinhalb.« »Oh«, sagte Thirza, »so stolz, wie Sie das sagen, denken Sie bereits an das Fünfte«, und er rief kokett: »An mir soll's nicht liegen!« Vor Thirzas geistigem Auge öffnete sich wie eine Wundertüte das Bild eines bürgerlichen Idylls: Zukunftsfroher, zufriedener Mann setzt sich abends an den gedeckten Tisch, legt sich nachts zur liebevollen Gattin, schlüpft morgens ins gebügelte Hemd, löst nach üppigem Frühstück anspruchsvolle Aufgaben im Justizpalast. Die Hausfrau kocht inzwischen Marmelade vom eigenen Kirschbaum, kümmert sich um die lieben Kleinen, beklagt sich zwar gelegentlich über die Eintönigkeit des Hausfrauenlebens zwischen Kinderbetreuung Einkaufen Wäschewaschen, bekommt aber kulturellen Auslauf als Chorsängerin, etwa vorgestern die Johannespassion mit dem Kantor von St. Michael, alle waren begeistert. Was für ein Unterschied zum Balanceakt von Ruth, die neben ihrer Dreiviertelstelle noch ihre kranken Eltern pflegte, und zum mühseligen Einzelkampf von Thirza. Ja, Karl hatte es leichter: Er musste nicht kochen spülen putzen. Aber war's ihm vorzuwerfen? Er leistete ja sehr gute Arbeit, auch kollegial. Karl Eppinger als Vorsitzender, ausgeglichen, hilfsbereit, von keiner Rivalität gehetzt, das wäre eine Wohltat. Sogar mit einer Dreiviertelstelle! Freilich war die Kammer begehrt. Wie empfehle ich mich? Wird man Konkurrenten niederwalzen müssen? Werde mich mal ein bisschen in *Wirtschaft und Wettbewerb* einlesen.

*

Blank kehrte blass und gedankenverloren aus dem Krankenstand zurück. Während der nächsten Monate arbeitete er viel im Büro, vielleicht weil er die Einsamkeit seines Hauses fürchtete. Dennoch suchte er keinen Kontakt; er bewegte sich still unter ihnen, als gehöre er nicht dazu. In Urteilsdiskussionen widersprach er so selten, dass Epha erleichtert zu Thirza sagte: »Unser Beischläfer ist weise geworden.«

»Abwarten«, sagte Thirza, ohne es zu begründen, »Weisheit ist etwas anderes.« Sie vermisste Blanks Geistesgegenwart. Es war, als könne er nicht kraftvoll denken.

An einem Sonntag lud sie ihn zum Abendessen ein. Es war das erste Mal, dass sie sich privat trafen, und Thirza hatte es auch nur gewagt, weil Epha in Urlaub war. Blank sagte ohne Begeisterung zu, kam mit einem Rosenstrauß, in dessen Umschlagpapier noch das Preisschild klebte, aß ohne Appetit und antwortete zögernd. Nur einmal wurde er ausführlicher: als Thirza nach seinem Weg in die Justiz fragte. Auch da sprach er langsam, als müsse er die Worte vom Grund eines Brunnens heraufholen.

»Drei Lehren ... vermutlich. Schuld ... und eine Rettung ... und Hilfe. Vermutlich.«

Die Schuld, falls das Wort zutrifft, lud er auf sich, als er vielleicht zwölf war. In den Ferien zur Familie entlassen, streunte er. In einer Kriegsruine traf er sich mit anderen Buben, von denen einer für zehn Pfennig lebendige Regenwürmer aß. Einmal mussten alle so lachen, dass dem Hansi der Regenwurm zum rechten Nasenloch wieder herauskam.

Bald darauf erhängte sich Hansi auf dem Dachboden. Ein Zusammenhang zwischen Wurm und Strick war nicht nachzuweisen, trotzdem grübelte Heinrich. Dass das Schlucken von Regenwürmern selbstverachtend war, ahnten sie, denn freiwillig wär's nur ohne Bezahlung gewesen. Heinrich selbst hätte es nicht für zehn Mark getan. Und stiftete dennoch gelegentlich einen Groschen. *Vermutlich* hieß einerseits: Der Hansi war vorgeschädigt, er hätte sich wohl auch ohne Regenwurm erhängt. Andererseits: Sie hätten – Heinrich selbst hätte es nicht zulassen dürfen. Er war aber ein ganz normaler kleiner Gauner, der tat, was alle taten, sich misshandeln ließ oder selbst misshandelte je nachdem, vielleicht (hoffentlich), weil er andere Umgangsweisen nicht gelernt hatte.

Zweite Lehre, die Rettung: Sie bestand aus einem einzigen Satz. Der fiel etwas später, ebenfalls in den Ferien. Heinrich streunte diesmal mit nur einem Spezi, der noch schmächtiger war. Am Stadtrand vor einer Wurstbude wurden sie von aggressiven Burschen bedrängt, es war schon Dämmerung, eine bedrohliche Situation. Da stellte sich ein Älterer vor die beiden und sagte biblisch: »Was ihr ihnen antut, tut ihr mir an.« Sie ließen ab. Der Retter schickte die Kinder nach Hause. Sie suchten ihn aber am nächsten Tag an derselben Stelle auf, um zu danken. *Vermutlich* – realistisch gesehen – hatten wohl weniger die biblischen Worte als die schwarze Zimmermannskluft auf die Angreifer Eindruck gemacht, doch für Heinrich war es weit mehr als eine Wurstbudenrettung: Es war der erlösende wegweisende Satz. Blank war heute noch in Kontakt mit dem Zimmermann, der inzwischen sechsundsiebzig war, und hatte ihm sogar zweimal juristisch aus der Klemme geholfen, denn der konnte nicht gut rechnen.

Drittens, Hilfe: Blank, inzwischen Student der Rechte, bewohnte in Untermiete ein kaum zu beheizendes Zimmer über einer Torduchfahrt und verbrachte bei kaltem Wetter die Abende in Lokalen, um im Warmen zu lernen. Manchmal kam er mit älteren Männern ins Gespräch. Vermutlich suchte er einen Vater. Er fand keinen, hörte aber viele Geschichten. Einmal kutschierte er einen betrunkenen Regierungsdirektor nach Hause. Der war von seiner Frau verlassen worden und zog im Auto ein Nacktfoto ebendieser Frau aus der Brieftasche.

»Warum denn das?«

»Vermutlich, um sie zu erniedrigen«, sagte Blank nüchtern. »Er brauchte jemanden, der sie für ihn verachtete.«

»Und, konnten Sie behilflich sein?«

»Wissen Sie, ich war zweiundzwanzig, ich wunderte mich nur über die Aufregung wegen einer aus meiner Sicht, entschuldigen Sie bitte, uralten Frau. Meine Hauptsorge war sowieso, wie komme ich nach Hause. Ich ging dann zu Fuß zweieinhalb Stunden durch die frostige Vollmondnacht. Aber jetzt kommt die Sensation: Der Mann schenkte mir seine juristische Bibliothek. Alles, was gut und teuer war! Ich erinnere mich an seinen Gestus – ebenfalls Verachtung. Aber ich jubilierte. Ich glaube nicht, dass ich das Studium ohne diese Bücher in der Zeit geschafft hätte. Und mit der Note.«

»Ich erinnere mich an meine erste Hauptvorlesung«, bestätigte Thirza. »Sowie der Professor die ersten Literaturhinweise gegeben hatte, stürzten Kommilitonen aus dem Hörsaal, um sich in den Bibliotheken die Bücher zu sichern. Aus den Präsenzexemplaren rissen sie die entscheidenden Seiten heraus. Am Nachmittag waren alle Bestände gefleddert, von Leuten, die immerhin Profis der Gerechtigkeit werden wollten. Mein erster Justiz-Kulturschock.«

»Hm«, sagte Blank.

»Mir hat dann mein Großvater den ersten Handapparat gestiftet. Er war Strafrichter gewesen. Habe ich Ihnen erzählt, dass ich bei meinem Großvater aufgewachsen bin?«

»Hm.«

Ob sie es erzählt hatte oder nicht: Er wollte es nicht wissen. Keine Chance, bei Blank autobiographisch zu werden. Er bedankte sich für das Essen und stand auf. Als Thirza ihn zur Tür brachte, sagte sie: »Wissen Sie, dass Sie eigentlich eine Romanfigur sind?«

Zum ersten Mal lächelte er. »Abwarten.«

*

Nach einem Jahr als Witwer hatte Blank seinen Kampfgeist wiedergefunden, und alles war wie zuvor. Epha, in einer schlechten Phase, zeigte Nerven und Launen. Thirza vermittelte.

Mitte September fuhr sie für vier Wochen in Urlaub. Als sie zurückkehrte, herrschte zwischen den Männern offene Feindschaft. Sie stritten laut, verweigerten Unterschriften, knallten einander die Akten auf den Tisch. Epha als Kammervorsitzender versuchte die Verhandlungen zu leiten, Blank, der es besser konnte, korrigierte ihn, und manchmal beschimpften sie einander auf dem Podium. Abwechselnd liefen sie in Thirzas Zimmer, um sich zu beschweren. Blank verkündete: »Morgen bring ich ihn um!«

Thirza, entgeistert: »Wie bitte?«

»Na gut, dann übermorgen.«

Epha erzählte erregt, Blank habe ihn mit dem Messer bedroht.

»Wie bitte?«

»Im Traum!«

Wirklich: Der große schöne Epha alpträumte vom mickrigen, keuchenden Blank. Thirza begriff sofort die Symbolik: Blank bedrohte Ephas Karriere. *Hatte seine Kammer nicht im Griff* – so was konnte einen die Beförderung kosten, auch wenn kein Präsident es so in die Beurteilung schreiben würde. Man arbeitete mit Andeutungen: *Herrn Ephas Tätigkeit als Vorsitzender wurde beeinträchtigt durch ...* Thirza dachte sich schadenfroh ein paar einschlägige Formeln aus; als Revanche, denn auch bei ihr ging nichts voran.

Kurz darauf auf dem Landgerichts-Sommerfest beobachtete Thirza Epha, der elegant und bedeutend neben dem Präsidenten stand, und staunte ein weiteres Mal über seine Wirkung. Er erinnerte an den Scheinriesen aus Jim Knopf: Je näher man ihm kam, desto kleiner wurde er. Aus zehn Meter Entfernung ein wohlgestalteter, charismatischer Mann. Aus drei Metern ein großer alter Jüngling mit hellen Augen und einer edlen schmalen, leicht gebogenen Nase. Wenn er, wie jetzt, besonders entzückt von sich war, warf er unwillkürlich den Kopf zur Seite und zeigte sein Profil. Und ganz im Inneren versteckte sich ein hochbegabter, unreifer Bub, der alles richtig machen wollte und auf hohem Niveau tat, was die Autoritäten erwarteten. Da ihm vieles leichtfiel, übersah er, wie exakt seine Talente den Anforderungen entsprachen. Er wusste nicht, dass er begünstigt war. Er, der viel leistete, verstand nicht, warum andere nicht wenigstens halb so viel leisteten.

Er urteilte oft gerecht und sowieso juristisch sauber, doch die Begriffsstutzigkeit und Irrationalität seiner Kundschaft reizten ihn, und je gerechter er urteilte, desto deutlicher glaubte er, das zeigen zu dürfen.

Bin ich jetzt fair?, fragte sich Thirza. Epha war, abgesehen davon, dass er sie ausbeutete, immer ritterlich zu ihr gewesen, auch nach ihrer Revolte. Auf seine unverbindliche Art schätzte und respektierte er sie. Er hatte nie von ihr einen Schulterschluss gegen Blank gefordert und sie nie als Blanks Verbündete behandelt, obwohl sie Blank meistens verteidigte. Er schien wirklich frei von Paranoia.

Ob er überhaupt weiß, wer er ist?, überlegte Thirza. Er hatte es zu leicht, um das lernen zu müssen. Andererseits: Was kann ihm passieren? Das Schicksal hat ihm Blank auf den Hals gehetzt, aber das ist insgesamt eine weiche Vergeltung. Ich hatte es schwerer und weiß vielleicht etwas mehr, aber was habe ich davon?

Thirza hatte sich in den letzten beiden Jahren vergeblich um drei andere Kammern bemüht: Patentstreitsachen, Äußerungssachen, Kartellsachen. Zweimal abgelehnt. Bei Kartell nicht mal eine persönliche Antwort. Später erfuhr Thirza zufällig, dass zwei Dreiviertelstellen des Spruchkörpers zu einer Vollstelle zusammengelegt worden waren, die jetzt Ruth innehatte. Aber hätte man ihr das nicht wenigstens mitteilen können?

Überall Karrieregerede, und ich bin draußen. Während Thirza in dieser Art philosophierend durch den Palast wanderte, trat wie zufällig Richter Engel an ihre Seite und fragte mit gedämpfter Stimme, was in der 42. Kammer eigentlich los sei.

*

Wobei er so direkt nun wieder nicht fragte. Holen wir etwas weiter aus.

Das Sommerfest fand jährlich an einem Nachmittag im Juli statt. Es gab an dem Tag keine Sitzungen, jeder Richter zahlte einen Obolus, von dem das Büfett finanziert wurde. Gefeiert wurde in der Zentralhalle. Keine Kleiderordnung, keine Rituale. Übrigens waren Angehörige nicht eingeladen. Man war unter sich und redete drauflos.

Über die schlechte Ausstattung der Büros etwa. Wie können wir die Würde des Gerichts überzeugend vertreten, wenn uns die Verwaltung so würdelos behandelt? Bei uns gehen die Regalhalter kaputt, und die Regale stürzen ab. Es braucht ein halbes Jahr, bis ein Handwerker kommt. Man darf nicht einfach den Hausmeister rufen (wozu hat man eigentlich einen?), sondern stellt einen Antrag an den Geschäftsleiter. Schließlich kommt ein Schreiner und befestigt ein Brett. Warum nur eins? »Sie meinen wohl, ich hätte sonst nichts zu tun?« Oder im Linoleumboden fehlt eine Fliese, da stolpert man. Nach Monaten fügt ein Arbeiter eine Ersatzfliese ein; sieht grausam aus. Wir verhandeln Streitwerte in Millionenhöhe und hausen geschmackloser als seinerzeit in der Studenten-WG. Die Verwaltung aber redet stereotyp von Sparmaßnahmen.

Organischer Übergang zum Thema Überlastung. Seit dem Aufkommen der Rechtsschutzversicherungen wird immer mehr prozessiert, inzwischen geht man auch bei geringen Streitwerten immer unbedenklicher in die nächste Instanz, inadäquate Prozesskosten schrecken nicht mehr. Allgemeine Diskussion. Manche Kollegen verteidigen Rechtsschutzversicherungen: Sie verhülfen auch Minderbetuchten zu ihrem Recht, analog der Krankenversicherung: Seit es die gibt, gehen Arme eher zum Arzt. Andere Kollegen problematisieren: Das Recht wird zur Wirtschaftsware. Pro: Das Recht hat immer schon die Reicheren begünstigt, jetzt haben auch andere eine Chance. Contra: Jedenfalls führen diese Versicherungen zu einem Exzess des hierzulande ohnehin überbewerteten subjektiven Rechts. Wir werden überrollt von einer Armada enthemmter kleinlicher, prozesssüchtiger Bundesbürger. Pro und Contra im Chor: Was aber tun? Wir können die Entwicklung nicht aufhalten, wir müssen auf sie reagieren. Zusammenfassung: Wir brauchen mehr Planstellen.

Stattdessen wird gespart und gespart, nicht nur am Mobiliar, sondern auch am Personal.

Blank zu Thirza: »Wissen Sie, dass unser verstorbener Ministerpräsident sich dreistellige Millionen in die eigene Tasche geschaufelt haben soll, indem er unseren Wirtschaftsmagnaten dabei half, Milliarden nicht zu versteuern? Und dass diese Praxis bis heute nicht infrage gestellt, sondern unbekümmert fortgesetzt wird?«

»Ich kenne die Gerüchte. Für mich klingen sie übertrieben.«

Blank: »Ich hab's aus erster Hand, von einem Finanzbeamten, der es zu verhindern versuchte. Gegen ihn läuft ein Disziplinarverfahren.«

Thirza, beunruhigt: »Aha?«

Blank: »Und kein Kollege verteidigt ihn, obwohl er als Einziger im Sinne der Gesetze handelt. Alles hochkarätige Juristen, nebenbei.«

Thirza, abschließend: »Aha.«

Blank, fortfahrend: »Nicht irgendwer, sondern ein angesehener Referatsleiter, ein Spitzenbeamter. Der Ministerpräsident verhinderte seine Regelbeförderung und wollte ihn nach unten strafversetzen. Man verweigerte ihm das rechtliche Gehör. Die Kollegen machten einen Bogen um ihn, einer beschimpfte ihn als Null.«

Thirza, belästigt: »Aha.«

Blank, streng: »Wir sprechen von Staatskriminalität. Es gibt eine direkte Verbindung von dieser Kriminalität zu unseren Sparmaßnahmen.«

Die Kollegin Gutmeier, die im Vorübergehen das letzte Wort aufgeschnappt hatte, trat hinzu. »Genau! Und wir sollen immer mehr und immer schneller entscheiden!«

Kollegin Gutmeier begann ein Lamento. Immer kompliziertere Gesellschaft, immer differenziertere Rechtsprechung, aufgeblasene Richter der Verwaltung, die als Funktionäre jedes Richterbewusstsein eingebüßt hätten. Natürlich befahl niemand irgendwas, Richter sind nur dem Gesetz verpflichtet. Aber was sollten sie tun als das wegzuarbeiten, was auf ihren Tischen landete, unter Hintanstellung der juristischen Sorgfalt und oft genug ihrer Gesundheit?

Ja, was sollten sie tun? Blank, der mit Kollegin Gutmeier offenbar nicht über den verstorbenen Ministerpräsidenten sprechen wollte, vollzog den Übergang zu Richterwitzen.

Schon gehört? Richter, der sich langweilt, kritzelt während der Verhandlung mit seinem Bleistift Strichmännchen an den Rand seiner Akte.

Verhandlung wird vertagt. Staatsanwalt lässt sich die Akte vorlegen, sieht Strichmännchen. Schreibt darunter: »Wo kommen die Mannschgerl her?«

Akte zurück beim Richter. Richter radiert Zeichnungen aus und schreibt: »Welche Mannschgerl?«

Akte noch mal beim Staatsanwalt. Staatsanwalt schreibt in Großbuchstaben: »WO SIND DIE MANNSCHGERL?«

Richter zeichnet neue Mannschgerl und schreibt: »Da hast du deine Mannschgerl, du Arschloch.«

Alles klar? 1. Stiller Widerstand gegen die Ödnis der prozessualen Routine. 2. Spott über die dominante staatsanwaltliche Gebärde. 3. Durch das Kraftwort jähe Entlastung von der erbarmungslosen Pflicht zur Förmlichkeit. 4. Subversiv-anarchische Wiederherstellung der Hierarchie.

Wir kommen zur Statusfrage. Richter können auf Staatsanwälte herabsehen. Zivilrichter sehen ein bisschen auf Strafrichter herab, etwa so, wie Ärzte der komplexen Inneren Medizin ihre Chirurgie-Kollegen gelegentlich als Metzger bezeichnen. Die juristische Formulierung lautet: Ein Strafrichter arbeitet mit dem Hintern, ein Zivilrichter mit dem Hirn. Denn der Strafrichter sitzt Tage und Wochen für einen Fall im Gerichtssaal, während der Zivilrichter seine Fälle per Intelligenz löst und im Saal binnen einer Stunde nach Abgleich durch Anhörung und Augenschein entscheidet. Hier sei ein Aperçu aus der sich noch vornehmer einschätzenden Verwaltungsgerichtsbarkeit nicht verschwiegen: *Zivilrecht macht ja jeder.* Die Statusfrage entspricht der Urfrage: Wer gilt wie viel? Wo stehe ich? Wer bin ich? Und, in Anlehnung an die Hauptformel des Zivilrechts *Wer will was von wem woraus* die Frage: *Wer wird wann wo was?* Flankierend, dabei mit stärkerem Unterhaltungsaspekt, die Variante: Wer wurde was warum? Oder wurde es nicht? Thirza hatte sich immer herzhaft an diesem Spiel beteiligt, das ganze Laufbahnen auf drei Sätze verkürzte.

Über den Kollegen Barall: »Mit fünfundfünfzig immer noch Beisitzer – muss 'ne Schlaftablette sein.«

Über Czasch: »Vizepräsident? Hab ich selbst vor vier Jahren abgelehnt. Wahrscheinlich Sekundärmotivation. Für hundertfünfzig im Monat, unbegreiflich.«

Über Eidenmiller: »Typischer Richtersohn. Das Juristische hat er drauf, aber von der Lebenswirklichkeit weiß er nichts. Wer das checkt, manipuliert ihn ohne Ende.«

Über Dr. Graßl: »Systemfanatiker; lässt einen stehen, wenn man den Paragraf 242 BGB erwähnt. So einen darf man nicht auf Menschen loslassen, der gehört in den Grundbuchsenat.«

Über Schäfer (weibliche Vorsitzende, bisher eine Ausnahme!): »Anscheinend 'ne Teufelin. Die Damen der Geschäftsstelle kriegen reihenweise Nervenzusammenbrüche.«

Über Stuhlmiller: »Meinungsfreiheit besteht für ihn darin, die zulässige oder zugelassene Meinung jederzeit äußern zu dürfen.«

Über Teichert: »Den Gordischen Knoten würde er sieben Jahre lang analysieren, bis er genau erklären kann, warum der unlösbar ist. Auf seinem Grabstein wird stehen: Er lebte für die juristische Dogmatik.«

Über Veit: »Ein Windmacher. Wenn du den auf der Straße triffst, kommst du nicht weg, bevor er dir alle seine Heldentaten geschildert hat. Dabei ist seine juristische Substanz porös. Er hat in seiner Kammer eine graue Maus mit fünf Kindern, die ihm seine Urteile schreibt, deshalb merkt's keiner.«

Berni zu Thirza über ihren scheidenden Vorsitzenden Wiosga: »Begnadeter Richterdarsteller. Kümmert sich nur um effektvolle Sachen und lässt die anderen liegen.« Berni hatte als Arbeitsbiene neben ihren eigenen Eingängen noch Wiosgas Halde bearbeitet und dafür nicht mal eine dankbare Beurteilung erhalten. Nach dieser Kärrnerei plus Fortbildungen plus Mediationen einen einzigen Zusatzpunkt! Sie hatte sich monatelang grün und blau geärgert. »Übrigens bin ich überzeugt, der richtet auch seine neue Kammer binnen zwei Jahren zugrunde.« Achtung, Doppelsinn! Über den amüsierten sie sich, und Thirza vermerkte im Stillen bittersüß, dass hier zwei Frauen sich ausbeuten ließen, ohne etwas davon zu haben. Bitter, weil Thirza selbst nicht weiterkam. Süß, weil die Beispiele nahelegten, dass sie auch duldend nicht weitergekommen wäre. Sie löste sich von Berni und stieg langsam die breite Seitentreppe zum ersten Stock empor. Als sie von der marmornen Balustrade auf die hundertsechzig Kollegen in der Zentralhalle hinabblickte, fühlte sie sich auf einmal fremd wie vor einem Ameisenhaufen. Wobei gerechterweise der Ausdruck Haufen zurückzunehmen war. So eine Richterschaft ist ja eine Sinfonie von Skrupeln, Solidität und Selbstüberforderung.

Eigentlich durfte Thirza stolz sein: Nur die Hälfte der Jurastudenten schloss das Studium ab, nur die besten zehn Prozent der überlebenden Hälfte schafften es ins Richteramt, und von diesen nur ein kleiner Teil in den Justizpalast. Eine Spitzenauslese.

Worin bestand sie? Man lernte: Tausende Gesetze, von denen ein Nichtjurist die meisten auch bei mehrfachem Lesen nicht begreift, auf hunderttausend alltägliche Verstrickungen anzuwenden. Man bewertete zivile Ausgangspositionen nach gesetzten Prinzipien. Man entwarf, indem man Millionen Bürgerstreitereien entschied, ein Gesamtbild der Rechtssicherheit, das unsere Zivilgesellschaft stabilisiert und zu einer der angesehensten der ganzen Welt macht.

Dabei wussten sie nicht mal genau, was Recht eigentlich war. Das Wesen des Rechts gehört in die Philosophie, da hatte Thirza ein paar Theorien gelernt und wieder vergessen. Schnelltest: *Ius est ars boni et aequi* (Das Recht ist die Kunst des Guten und Gleichen; Celsus, Rom, 2. Jahrhundert). *Recht ist der Inbegriff der Bedingungen, unter denen die Willkür des einen mit der Willkür des anderen nach einem allgemeinen Gesetz der Freiheit ... vereinigt werden kann* (Kant, so ungefähr). *Recht ist der Wille zur Gerechtigkeit* (Radbruch). Zumindest ein paar Bonmots sind hängengeblieben. Aber woher stammt dieses: *Recht ist nicht das, was ist, sondern das, was sein soll*? Bemerkenswert, nebenbei: Der Mensch ist das einzige Tier, das gern anders wäre, als es ist. Mit gutem Grund.

Und was ist Gerechtigkeit? Natürlich fühlte jeder sie irgendwie. Der Begriff hat dieselbe elementare Kraft wie Seele, Gewissen, Liebe, die ebenfalls keiner erklären kann. Weil die Gerechtigkeit aber von besonderer gesellschaftlicher Bedeutung ist, muss man sie rationalisieren und organisieren. Der Bauch findet, der Geist begründet; die ganze Wissenschaft ist so entstanden. Und jetzt haben wir: DIE JUSTIZ, ein ehrfurchtgebietendes, schwindelerregendes Konstrukt aus Anspruch und Verblendung, Abstraktion und Herrschaftssicherung, Moral und Missbrauch, Redlichkeit und Routine, Zwanghaftigkeit und Zynismus. Nicht zu durchdringen. Man konnte eine Zeit lang an ihr teilhaben als Gast, mehr war nicht zu holen. Die Eintrittsbedingungen: Bereitschaft zu erheblicher intellektueller Anstrengung, Veranlagung zur Eigenbrötelei, Verleugnung des eigenen Temperaments und idealerweise die Kraft zur Infragestellung seiner selbst. (*Denn ein guter Jurist kann nur werden, der mit einem schlechten Gewissen Jurist ist.* Gustav Radbruch) Immerhin: Prädikat führt zu Privileg. Thirza durfte das Recht mitverwalten, praktisch durch seine Handhabung, physisch als Bedienstete des Landgerichts mit Robe und Schlüssel.

Und dann auch noch im Justizpalast! Ein Monument von Hybris, Macht und Würde, das beschämte und erhob. Ein bröckeliges Monument, wie wir eben gehört haben: protzige Fassade, heruntergekommene Büros. Und gemäß Blank auch im übertragenen Sinn bröckelnd, weil wir auf dieser Bühne den Bürgern Rechtssicherheit vorgaukeln, damit eine korrupte Elite sie leichter ausbeuten kann. Thirza begann sich über Blank zu ärgern, den sie in diesem Augenblick gar nicht vor sich hatte. Was heißt *wir*, was heißt *damit*? Eine unsaubere Formulierung, die uns eine Absicht unterstellt, die schlechterdings keiner von uns haben kann! Thirza trug Blank als Instanz in sich, so wie sie früher Thenner in sich getragen hatte. Und er antwortete sogar! Einverstanden, liebe Kollegin. Ersetzen wir (wir!) also die Konjunktion *damit* durch *während*. Wir schaffen unten ein Klima der Rechtssicherheit, während oben Politik und Kapital einander illegal und ungestraft die Millionen zuschieben.

Ach, Blank. Er hat so seine Themen.

Wir schaffen mit Mühe unser Tagespensum, wann wäre da eine Kontrolle nach oben möglich? Andererseits: Ist das eine Antwort? Blank: Wir hätten die Pflicht, diese Kontrolle zu begehren, schon im Gedenken an den deutschen Sündenfall des Dritten Reichs, der nicht zuletzt ein Versagen der Richterschaft war. Stattdessen verlegen wir uns darauf, wie Tiere um unseren Platz im Rudel zu kämpfen.

Blank war eben wieder zwei Wochen in Kur gewesen. Welche Kontrolle übte er aus? Hatte nicht auch er selbst um seinen Platz im Rudel gekämpft und war erst kritisch geworden, als man ihm den Kammervorsitz verweigerte? Oder tue ich jetzt Blank unrecht?

Thirza lächelte philosophisch an ihrer Balustrade. Sie stellte sich den Wettkampf bildlich vor: Hundert Prädikatsabsolventen stürzen aus den Universitäten herbei, legen ihre Karriereleitern an die neobarocke Fassade und beginnen zu krabbeln: Wer kommt wie schnell wie weit? Wer wird wo sein, wenn am 65. Stichtag der Hammer fällt? Thirza war aus Leibeskräften mitgekrabbelt, erstens zur Selbstbestätigung, zweitens zur Abwechslung, drittens mangels Alternative. Schließlich hatte sie revoltiert, aber nicht aus Einsicht, sondern aus Überforderung. Sie bereute nichts, denn das Ergebnis entlastete sie, sie machte sogar eine Zusatzausbildung als Mediatorin, und seit sie nicht mehr dauernd müde war, hatte sie wieder Kraft zum Nachdenken. Dies war als positiv zu werten. Freilich war Thirza auch manchmal ratlos, zum Beispiel jetzt. Sie blickte mit gemischten Gefühlen hinunter auf das Kollegengewimmel, als sie auf einmal neben sich das leise, gepflegte Bayerisch von Richter Engel hörte.

Mit Richter Engel hatte sie letztes Jahr nach einer Richterversammlung Bekanntschaft geschlossen, im *Augustiner* an einem Katzentisch. Auch seine Frau war dazugekommen. Richter Engel war ein stiller, sanfter Mensch mit einem hängenden grauen Schnurrbart. Die Frau war halbblind: Ihr rechter, entstellter Augapfel klebte im inneren Augenwinkel. Engel hatte sie schon im Kindergarten kennengelernt und mit siebzehn in der Tanzstunde um ihre Hand gebeten. Mit einundzwanzig hatte er sie geheiratet, im Jahr darauf bekamen sie ihr erstes und einziges Kind, eine hochbegabte Tochter, die ebenfalls Juristin wurde mit sensationellen zwölf Punkten. Doch letztes Jahr war sie achtundzwanzigjährig an Krebs gestorben. »Sie war unser Augapfel«, sagte damals am Katzentisch die sehbehinderte Frau ohne Ironie, und Thirza, die, wie wir inzwischen wissen, nah am Wasser gebaut war, musste weinen, worauf die Engel-Gatten sie fast leidenschaftlich zu trösten begannen: Aber so schlimm sei's nicht gewesen: die Tochter so abgeklärt und optimistisch ... wirklich nicht so schlimm! Eine Woche vor ihrem Tod habe sie nach Hause gedurft; mit Atemgerät, da sie wegen der Lungenmetastasen keine Luft bekam ... sie hatte fröhlich die Eltern umarmt und gesagt: »Wie schön, wieder daheim zu sein!« Sie war sogar spätabends noch mal aus dem

Schlafzimmer gekommen, um zu sagen: »Wenn ihr wüsstet, wie lieb ich euch hab!« Und das so überzeugend, dass beide Engel sicher waren, sie würde bald das Gerät zurückgeben und ein normales Leben führen können.

Richter Engel, durch die Krankheit der Frau, den Tod der Tochter und die eigene Treue dreifach vom Schicksal geprüft, war danach ein gebrochener Mann. Weil er außerdem bescheiden und gütig war und das Vertrauen vieler genoss, wurde er weiterhin ins Präsidium gewählt, das sich mit Geschäftsverteilung und Zuständigkeiten der einzelnen Kammern befasst – ein ziemlich hart umkämpfter Bereich. Eigentlich mochte Richter Engel das nicht, man flehte ihn aber an zu bleiben: ein wohlmeinender Gerechter unter Netzwerkern und Manipulatoren. Nebenbei war bekannt, dass er mit Dr. Kannegießer, dem Chef der Personalabteilung im Ministerium, seit Studientagen befreundet war.

Und jetzt redete also Richter Engel zu Thirza gewissermaßen händeringend, sicher nicht aus eigenem Antrieb, sondern aus Pflichtgefühl: Nein, er wollte natürlich nicht direkt wissen, was in der 42. Kammer los war. Er kam nach sieben zehngliedrigen Perioden auf die Frage, ob Thirza sich dort wohlfühle. Richter Engel, Mitglied des Präsidiums, heikel, die verkörperte Verlegenheit, von stiller, bodenloser Traurigkeit, nun auch um die 42. Kammer besorgt.

»Die Kollegen harmonieren nicht«, antwortete Thirza wachsam. »Ich würde keinem die Schuld geben. Ich schätze beide sehr.«

Ja, man habe gehört ... übrigens werde die Rechtsprechung der Kammer nicht beanstandet, man wisse zwar ... nein, nicht von Rechtsuchenden, jedenfalls nicht direkt ... Freilich müsse man sich Gedanken über die Außendarstellung machen, da unser Wirkungsauftrag sich bekanntlich auch auf einen Auftritt erstrecke, der geeignet sei, das Vertrauen der Bürger in die Organe der Justiz zu stärken, was er andererseits Thirza nicht sagen zu müssen glaube.

Da Thirza nichts weiter gefragt wurde, sagte sie nichts, sondern hörte zu. Hängen blieb vom Folgenden nur ein einziger Satz: *Übrigens, was den Umgang mit Ihnen betrifft, sind beide Kollegen des Lobes voll ...* und damit verschwand Richter Engel so lautlos, wie er gekommen war.

Des Lobes voll! Waren sie das wirklich? Hatte Engel das wirklich so gesagt? Falls wirklich nur *Umgang*, beinhaltete das weniger Lob in anderer Hinsicht? Oder wertete der *Umgang* die andere Hinsicht auf? Also: wie viele Pluspunkte unter der Rubrik Kooperation? Und auf einmal leuchtend die Frage: Vielleicht geht es ihm gar nicht um die 42. Kammer, sondern um *mich*? Er entscheidet natürlich nichts, aber sein Wort gilt ... hoffen wir zumindest ...

Elektrisiert eilte Thirza die lange Treppe hinab und stieß, auch das noch, auf Dr. Ruth Wegener, die Parademaus, und Karl Eppinger. Ruth flüsterte ihr fröhlich ins Ohr, dass sie von oben einen Hinweis auf eine demnächst freiwerdende Stelle im Vergabesenat des OLG bekommen habe. Da gebe es einen kränkelnden Kollegen, von dem man hoffte, er werde den vorzeitigen Ruhestand beantragen. Sie wartete nur noch auf die Ausschreibung im Ministerialamtsblatt. Die Floskel lautete: »Es wäre der richtige Zeitpunkt, sich zu bewerben. Zusagen tun wir natürlich nichts.« Die magische Schwelle von R1 zu R2 unmittelbar vor ihren Füßen! Ruth hüpfte beinah vor Freude. Nebenbei: Sollte es klappen, würde ihre Planstelle in der Kartellkammer frei. »Ich kann dir Tipps geben!«

Karl Eppinger sah weniger wonnig aus, denn er erwartete inzwischen das fünfte Kind und war von seiner Frau verpflichtet worden, sich in die Betreuung der vorigen stärker einzubringen. Er sei aber immer noch bei Kräften, erklärte er lächelnd, mit Grübchen. Kürzlich habe er sich mit der Frankfurter Anwaltskanzlei Burnside, inoffizieller Justizname Burnout-Kanzlei, herumgeschlagen. Die hatten den Ruf, mit Verzögerungen und Beweisanträgen die

Richter kaputtzuspielen. Er habe aber die Statur, das auszuhalten: Er habe einfach alle Burnside-Fälle hintereinandergelegt, und als der Tag zu Ende war, sei der Anwalt kaputtgespielt gewesen, nicht der Richter.

Der Vorsitzende trat dazu und wurde mit Thirza bekanntgemacht, ein weißhaariger Mann, auf eindrucksvolle Weise ruhig und voller Spannung. Thirza sprach ihn auf ein Urteil seiner Kammer an, das kürzlich vom Bundesgerichtshof aufgehoben worden war, nachdem das Oberlandesgericht es noch gehalten hatte. Er sagte mit unbeweglichem Gesicht und doppelbödig diplomatischer Intonation, man habe die Gerechtigkeit nicht gepachtet und müsse selbstkritisch sein. Thirza aber hatte vor anderthalb Jahren jenes Urteil studiert und sich einige Details gemerkt, weil es sie wirklich begeistert hatte. »So, Sie haben sich ... befasst?«, fragte er prüfend. Dann wurde er unversehens lebhaft. Umringt von Karrieregeschnatter gerieten sie in ein beinahe unschuldiges Rechtsgespräch, und als Thirza, bestätigt und ermutigt, sich wie in einer Eingebung umsah, blickte sie direkt in die traurigen Augen von Richter Engel.

RÜCKBLICKE

Bald darauf explodierte die 42. Kammer.

Blank: »Jetzt! Jetzt hat er's geliefert!«

Epha: »Heinrich muss aus meiner Kammer verschwinden!«

Epha wandte sich ans Präsidium, man möge ihn von Blank befreien. Das Präsidium beschloss weise, beide zu versetzen, natürlich in verschiedene Kammern, damit Epha nicht der Sieger war. Blank erlitt eine Asthmaattacke.

Aus dem Krankenstand ersuchte Blank um seine Versetzung ans Amtsgericht. Das war nicht direkt ein Rückschritt, Amtsrichter sind Beisitzern am Landgericht gleichgestellt. Es war aber eine Laufbahnentscheidung. Epha schwankte zwischen Hohn und Zorn. Zorn: »Da hätte er ja gleich verschwinden können, ohne unsere [sic!] Kammer zu sprengen!« Hohn: »Das passt zu diesem verdammten Autisten. Jetzt darf er sich bis an sein Lebensende um Mietnebenkosten und Klodeckelreparaturen kümmern.«

Fünf Jahre nach Thirzas Antritt in der 42. Kammer zog Blank aus. Er verabschiedete sich zerstreut und hastig, als habe er wenig Zeit. Eigentlich hatte er sich außerhalb der Gerichtsverhandlungen immer so benommen. Krankheitshalber? Thirza hatte seine Intensität und Direktheit genossen, ohne darüber nachzudenken. Fünf Jahre in der Galeere, und so wenig Kontakt zum Nachbarsklaven. Der Abschied war enttäuschend gewesen.

Thirza blieb lang im Büro. Wieder ein sommerlicher Tag, wieder die Fenster offen, Mai diesmal, ein heller Abend; durch das abnehmende Rauschen des Verkehrs hörte man vom Alten Botanischen Garten her die Amseln flöten. Und Thirza las wie so oft Akten, die einen am Menschen verzweifeln lassen. Beschimpfungen, Klagen, Widerklagen, inzwischen zweite Instanz, Streitwert 6.000, hervorgegangen aus einem Zank um 300 Mark.

– Ihre Willkür ist mehr als anmaßend. Fakt ist, dass die Wohnung in einem einwandfreien Zustand übergeben wurde.
– Es wäre freundlich, wenn Sie Ihre persönlichen Beleidigungen und Drohungen sein ließen. Vielleicht sollten Sie sich eine professionelle Hilfe holen, die Ihnen die Rechtslage erklärt.
– Nun machen Sie sich mehr als lächerlich! Lassen Sie sich bitte ausführlich beraten, was Sie mit diesen doch an den Haaren herbeigezogenen Mängeln und Ihrem Schreiben angerichtet haben. Sollte bis Mittwoch die Kaution nicht auf dem Ihnen angegebenen Konto eingehen, werden wir rechtlich inkl. strafrechtlich gegen Sie vorgehen.

Im Zimmer Dämmerung, draußen immer noch ein Abglanz des leuchtenden Himmels. Die warme Luft spülte Vogelgesang herein. Keine Lust, die Lampe anzuknipsen. Man sollte einen solchen Abend anders begehen.

Da klopfte es, und Heinrich Blank stand in der Tür. »Ich hatte im Büro was vergessen und dachte, ich versuch's mal bei Ihnen. Es gibt doch noch einiges zu sagen.«

Es war, als brächte er Licht herein.

»Herr Blank, wie schön, Sie zu sehen! Bitte, kommen Sie!«

Er setzte sich ihr gegenüber an die andere Seite des Schreibtisches.

»Sie wollten mir noch was sagen?«

»Ja, ich habe was erfahren. Wissen Sie, wie Vinzenz Thenner starb?«

»Nein.«

»Suizid.«

»Was!«, rief Thirza betroffen.

»Er hat sich erschossen.«
»Woher wissen Sie das?«
»Ich traf zufällig einen Kollegen von der Staatsanwaltschaft.«
Thirza holte tief Luft. »Sie klingen ein bisschen ... zufrieden.«
»Nun ... bestätigt. Ich wusste immer, dass mit ihm was nicht stimmt.«
»Ja, erinnere mich. Während ich auf seine Fassade hereingefallen bin.«
»Gibt Ihnen das zu denken?«
»Ja.«
»Bereuen Sie's?«
»Nein.«
»Richtig! Denn Sie wurden gut beurteilt, vermutlich nach Rücksprache mit ihm, und mussten nicht nach Weiden in der Oberpfalz. Während das Ministerium bereits ein Auge auf Sie geworfen hatte. So fügt sich eins zum anderen.«
»Ich habe hart gearbeitet.«
»Dem Ruf des Ministeriums sind Sie gefolgt, weil Sie angeblich das Familienrecht nicht aushielten. Wissen Sie, ich halte das für ein Märchen.«

*

Rückblick in Thirzas zweite Amtsgerichtsperiode: Das war direkt nach der Staatsanwaltszeit gewesen.

Thirza hatte das Familiendezernat ohne Bedenken übernommen. Ein guter Jurist kann sich in alles einarbeiten, heißt es. Wenn er noch über persönliche Erfahrungen im Rechtsgebiet verfügt, umso besser.

Familienrecht bedeutet im Wesentlichen Scheidungen, Trennungen, Unterhalt. Dass Trennungen explosiv verlaufen können, zeigte die Leonard-Geschichte. Immerhin hatte Thirza sie nach einigen Schrecken gut überstanden. Außerdem war sie selbst ein Scheidungskind und sprach sich eine gewisse Robustheit zu. Sie sah sich auch gegen den Fehler gefeit, etwas heilen oder flicken zu wollen. Für Thirza waren alle Trennungen rettend gewesen, und sie hatte das schon als Kind gewusst.

Während der Sommerferien frischte sie ihre Kenntnisse auf. Es gab die einfachen, gewissermaßen bürokratischen Scheidungen, bei denen sich die Parteien im Vorfeld geeinigt hatten. Die erledigte man dem Vernehmen nach am Fließband. Streitige Scheidungen machten mehr Arbeit. Und dann gab es die sogenannten hochstreitigen Trennungen, in denen Ehegattenunterhalt, Kindesunterhalt, Sorgerecht, Umgangsrecht, Hausrat, Versorgungs- und Zugewinnausgleich im sogenannten Scheidungsverbundverfahren zu regeln waren, bevor die Scheidung ausgesprochen werden konnte. Das klang kompliziert, doch eher mühsam als belastend, da grundsätzlich galt: Die Schuldfrage hatte der Richter nicht mehr zu klären, da seit 1977 das Zerrüttungsprinzip galt. Maxime: Je schneller die zerrütteten Verhältnisse aufgehoben wurden, desto besser. In Familien ging es nicht um Schuld und Sühne, sondern darum, eine Lösung zu finden, entweder in Form eines Urteils oder in Form eines Vergleichs. Vergleich war besser, da die Beteiligten ihn mitgestalten konnten.

Einigten sich Streitende um keinen Preis, musste es eine Instanz geben, die sagte: So geht es weiter. Das ist verbindlich. Diese Instanz war die gesetzliche Richterin. Sie konnte bei Hausratsaufteilungen jede Tasse, jedes Spielzeug, jeden Schuh einem der Partner zuordnen, konkret und vollstreckbar, was bedeutet, dass der Gerichtsvollzieher verweigerte Gegenstände eintreiben konnte. Weiter gab es die Möglichkeit, nach Zumutbarkeit zu entscheiden: Dem stärkeren, etwa gesünderen oder finanziell besser gestellten Partner war eine nachteilige Entscheidung eher zuzumuten. Es gab ein differenziertes Gesetzwerk, das nach schönen Prinzipien anzuwenden war: Gerechtigkeit, Zweckmäßigkeit, Rechtssicherheit (Gustav Radbruch). Ein starkes ziviles System stellte den Richtern Helfer zur Seite: Jugendamt. Psychologen. Verfahrenspfleger. Pflegefamilien. Eine juristische Hochkultur ordnete die havarierte Alltagskultur.

Nach den Sommerferien ging es los. Einlesen in noch ungelöste laufende Verfahren – hm, starker Tobak; die recht ungerührte Vorgängerin hatte dazu bemerkt: »Hardcore halt.« Dazu im Monat dreißig bis vierzig neue Fälle. Ebenso viele waren zu erledigen, damit das Dezernat nicht anschwoll. Gott sei Dank verlief ein Großteil der Scheidungen einvernehmlich. Die sogenannte unstreitige Scheidung, die in fünfzehn Minuten über die Bühne ging, machte fast drei Viertel der Fälle aus. Das streitige Viertel war mühsam. Die Hochstreitfälle aber waren grausam.

Man wurde sie nicht los. Wenn du tausend Tage in einem Zimmer arbeitest, in dem gelegentlich Blut verspritzt wird, wirst du in diesem Zimmer immer an die zwanzig blutigen Tage denken und nicht an die unauffälligen neunhundertachtzig. Thirza hatte keine Ahnung gehabt. Ihre Eltern hatten sich rasch und entschlossen getrennt. Keiner hatte geklammert, getobt, gedroht oder sich erniedrigt. Gudrun war bis in den Tod fast unmenschlich beherrscht geblieben. Und Thirza hatte hochwillkommen in Pasing Asyl gefunden.

Der erste streitige Fall begann kurz nach Thirzas Eintritt ins Familienreferat und dauerte fast zwei Jahre. Krause ./. Krause.

Erster Akt: Dieter Krause, ein schmuddeliger fünfzigjähriger Opernsänger, lebte in einer abgekühlten Ehe, die ihm aber als solche etwas bedeutete. Wenig Sex; nach dem letzten Mal vor sechs Jahren war der jüngste Sohn zur Welt gekommen. Ein älterer Bub von dreizehn lebte ebenfalls bei den Eltern. Zwei volljährige Töchter waren ausgezogen. Eines Tages lernte Frau Krause, als sie ihre Mutter in Bottrop besuchte, einen anderen Mann kennen. Der, ein fleißiger Friseur mit eigenem Laden, lebte geschieden im Nachbarhaus bei seiner Schwiegermutter (!) und wusste, wie man mit Frauen umgeht. Er hofierte Frau Krause, führte sie aus, lud sie zum Essen ein und so weiter. Sie kam erhoben zurück. Der Gatte hatte gleich ein schlechtes Gefühl. »Da ist doch wer? Sag's gleich, du hast dich verliebt!« Sie wiegelte ab. Er wollte ihr was bieten, überredete sie zum Sommerurlaub in Italien und gab sich dort mehr Mühe als sonst, und sie vertrugen sich auch. Am Morgen nach der Heimkehr klingelte das Telefon, und er hörte unfreiwillig – er musste Brötchen holen und ging unter dem Küchenfenster vorbei –, wie sie sagte: »Es war schön und gut, bis auf das Eine – das geht nur mit dir!«

Eigentlich hatte er dulden wollen, aber jetzt explodierte er: Seit dem ersten Kind konnte sie nicht mehr so recht, wollte nicht, war immer abgelenkt, Kinder einfach immer da, und er verzichtete. Und nachdem er zurückgestanden hatte, soll auf einmal der Friseur abfeiern? Krause tobte vor Wut und Bitterkeit, und nachdem sie einander einen Monat lang zerfleischt hatten, floh sie mit dem jüngsten Kind nach Bottrop.

Die ersten Scharmützel bei Krauses hatten noch komische Züge. Er sagte zu ihr: »Dein Liebhaber wartet auf deinen Anruf. Aber ich will das nicht hören!« Sie ging hinaus, vierhundert Meter weiter zur Telefonzelle. Inzwischen rief der Gatte selbst den Liebhaber an und quasselte auf ihn ein und freute sich an dem Gedanken, dass sie im Frost steht und ständig wählt und sich fragt, mit wem telefoniert denn der dauernd?, und womöglich eifersüchtig wird. Und übrigens mit kalten Fingern wählt, denn schließlich gibt es bei Telefonzellen keine Wahlwiederholung.

So. Aber dann war sie weg. Mit Kind.

Zweiter Akt. Er rannte zum Gericht, wollte eine einstweilige Anordnung, um wenigstens das Kind zurückzuholen, und forderte in der Rechtsantragsstelle eine »Scheidung nach dem Schuldprinzip«. Thirza, die zufällig vorbeikam, sah hier eine willkommene Gelegenheit, sich einzuarbeiten; es war ihr siebter Tag im Amt.

Sie bat ihn in ihr Büro und erklärte, dass die Gesetzgebung vor einigen Jahren vom Schuldprinzip abgerückt sei; man müsse aus der entstandenen Situation heraus eine Lösung finden. Eine Sorgerechtsverletzung seitens der Mutter liege tatsächlich vor. Es gäbe auch Maßnahmen. Er möge jedoch überlegen: Könne er sich um das Kind kümmern, Frühstück, Einkleiden, es zum Kindergarten bringen, es abholen und außerhalb des Kindergartens betreuen? Er war bestürzt: Daran hatte er nicht gedacht. Er hatte vor allem die Frau unter Druck setzen wollen.

Thirza erklärte ihm, dass er einen Rechtsanwalt nehmen müsse. Es gebe jetzt viele Baustellen: Ehegattenunterhalt – Er rief: »Ich zahle nichts!« –, Kindsunterhalt, nicht abbezahltes Reihenhaus, Zugewinnausgleich und … Er wischte sich mit dem Ärmel den Schweiß von der Stirn. Das Ehegebrüll hatte seine Stimmbänder geschädigt, zu allem musste er auch noch um seinen Job fürchten. Allmählich begriff er, dass ihm die Sache über den Kopf wuchs.

»Was raten Sie mir?«, fragte er erschüttert.

Ob er eine Versöhnung erwägen möchte?

Das Wort bewegte ihn, und er fragte beinahe erleichtert, ob Thirza das in die Wege leiten könne. Nein, sagte Thirza, sie empfehle eine Eheberatung oder Paartherapie. Er sagte, seine Frau lehne Psychos ab, aber vor Richtern habe sie Respekt, vielleicht könne man die Möglichkeit hier einfach mal zur Sprache bringen. Thirza ahnte, dass nicht die Frau, sondern er selber Psychos ablehnte; vielleicht hoffte er, die Richterin würde die Versöhnung dekretieren. Allerdings war Thirza keine Psychologin und wusste außerdem nichts von Ehen. Sie dachte nur, dass der Mann eigentlich gutmütig sei; letztlich hatte sogar seine Telefonzellen-Rache etwas Kindliches gehabt. Eine Versöhnung schien wirklich das Beste zu sein, im Sinne des Kindeswohls ebenso wie für Thirza, die damit von dem Fall befreit würde.

Aber wie stellt man Versöhnung her? Vielleicht indem man, natürlich ohne die Zerrüttung bloßzulegen, ein paar Basis-Streitpunkte klärt? Tja, Irrtum. Kaum hatte Thirza – behutsam, in einem Konjunktivsatz – das Wort *Versöhnung* ausgesprochen, flog ihr die Sache um die Ohren. Beide Gatten sprühten Geysire aus Galle, vom vorletzten missglückten Geschlechtsverkehr Silvester 1979 bis zu seinen und ihren schlechten Angewohnheiten seit Ewigkeiten. Warum habt ihr das nicht vor zwanzig Jahren ... Halt, frag nichts, du willst das nicht wissen. Bitte beruhigen Sie sich, wir kommen so nicht weiter, lassen Sie uns wieder über die Scheidung sprechen.

Dritter Akt. Nachdem die Frau immer noch bei ihrer Mutter wohnte und der Zukünftige bei seiner Schwiegermutter, war ein neuer Hausstand zu gründen, der alte also aufzuteilen. Beginn des Scheidungsverbundverfahrens. Jeder Schrank wurde umkämpft. Wer hat die Waschmaschine bezahlt? Meine Mutter – weil du gerade wieder arbeitslos warst! Belege gab es nicht. Was tun? Beide Gatten legten Tabellen vor, Gegenstände, Herkunft, Anspruch, Wiederbeschaffungswert; Angaben und Zuschreibungen differierten.

Gott sei Dank war dieses Paar nicht wohlhabend. In einem anderen Verfahren ging es um die Aufteilung von Vermögen – Wertanlagen, Autos, Kunstgegenstände, Designerteppiche. Woher sollte Thirza wissen, was das alles zum Zeitpunkt der Trennung wert gewesen war? Gutachten und Beweisaufnahmen wurden nötig, der Antragsgegner hatte angeblich gesagt, er würde lieber hunderttausend Mark für Anwälte ausgeben als für seine Ex auch nur tausend. Das allerdings wusste Thirza nur von dieser Ex, der sie nicht traute – der persönliche Eindruck gerade bei Scheidungsverfahren widerspricht oft der Aktenlage. Wie auch immer: Thirza wurde von beiden Seiten mit so vielen Schriftsätzen eingedeckt, dass sie den Fall bis zu ihrem Ausscheiden nicht erledigte. Bei Krause ./. Krause hingegen waren einige Beträge so gering, dass die Richterin manchmal versucht war, ihr eigenes Portemonnaie zu zücken.

Nun zum Reihenhaus. Was war abbezahlt, von wem, welche Schenkung welcher Schwiegereltern gegeneinander aufzuwiegen, wie hoch die Hypothek, konnte der Mann die Kredite bedienen? Falls man die Immobilie verkaufte, was war sie wert, welche Vorfälligkeitszinsen wären zu zahlen, wer bekäme welchen Anteil? Keine Ahnung! Thirza war keine Immobilienkauffrau, sondern Richterin. Während sie versuchte, sich einen Überblick zu verschaffen, verhandelte sie das Umgangsrecht. Das Sorgerecht schien geklärt – der Fünfjährige sollte bei der Mutter bleiben, der Dreizehnjährige, der sich für Musik und Theater interessierte, beim Vater. Man stritt um Besuchszeit und -frequenz. Wie sollte der Vater alle zwei Wochen nach Bottrop fahren? Allein die Bahnpreise! Das Kind andererseits zu jung für unbegleitete München-Ausflüge. Und wer bezahlte die Tickets des älteren Buben nach Bottrop? Während man noch rang, sagte der ältere Bub plötzlich, er wolle sowieso nicht beim Vater bleiben, weil er sich ekle.

Alarm! Was steckt dahinter? Es steckte dann etwas vergleichsweise Harmloses dahinter: Er hatte in der Garage hinter dem Gartenschlauch die Pornosammlung des Vaters entdeckt. Dieser sensible, im Vergleich zum bulligen Vater beinahe zarte Knabe erinnerte Thirza in seiner malträtierten Unschuld irgendwie an ihren Jugendfreund Beni, den sie im Stich gelassen hatte. Thirza hatte nicht die geringste Lust, mit ihm über die Pornosammlung zu reden. Sie fand keinen Kontakt zu ihm, sondern führte ein Scheingespräch und reihte sich damit unter seine Verräter. Sie spürte seine Enttäuschung. Es ging ja letztlich nicht um die Sammlung, sondern darum, dass er in eine unverständliche Erwachsenenwelt geraten war, in der alle Schönheit, von der man ihn träumen gelehrt hatte, sich in Vulgarität und Zynismus verwandelte.

Vierter Akt. Der Vater verlor seine Arbeit, saß arbeitslos im Reihenhaus auf seinen ungetilgten Hypotheken und wurde vom älteren Sohn, der immerhin bei ihm geblieben war, doppelt verachtet. Seit der Trennung waren anderthalb Jahre vergangen. Thirza rollte die Bilanz neu auf, die Belastungen, den Umgang, die Immobilie. Inzwischen war der in Bottrop lebende Sohn mit sechs Jahren wieder zum Bettnässer geworden. Weil er außerdem nachts Angstanfälle bekam, schlüpfte er wie früher in Mutters Ehebett und nässte auch in dieses zum Verdruss des Friseurs, der sich das Ganze anders vorgestellt hatte. Sollte also der Kleine vielleicht doch besser zum Vater? Im Scheidungsverbundverfahren, in dem zuletzt mangels Masse immerhin der Zugewinn-Teil entfallen war, wurde eine neue Runde Umgangsrecht eröffnet. Wir kürzen ab: Fünfter Akt. Das Haus kam unter den Hammer. Der Mann übersiedelte zu Thirzas grenzenloser Erleichterung nach Bottrop, um seiner Frau das Leben zur Hölle zu machen.

Dieser Hochstreitfall, keineswegs der schlimmste, soll hier genügen. Thirza war längst bereit, jedes Paar, das gefasst sein Scheidungsurteil entgegennahm, der Ehre der Menschheit gutzuschreiben. Einzelne Paare, das sei nicht unterschlagen, wirkten sogar erleichtert und gingen hinterher miteinander Kaffee trinken. Solche wurden von Thirza herzlich wie Hochzeiter verabschiedet.

Auch ältere Paare ohne Kinder können sich streitig scheiden. Da hatte ein frisch verheirateter Siebzigjähriger seiner Angetrauten schon auf der Hochzeitsreise beim Streit um einen Schlüssel den Daumen gebrochen. Später brach er ihr zwei Rippen und verbrühte sie mit Kaffee. Die Frau nahm es hin, angeblich, weil sie »das Lebensruder herumreißen« wollte – eine Frau von sechzig, Thirza konnte es nicht glauben. Als aber der Mann – nicht sie! – die Scheidung einreichte, begann sie sehr einfallsreich zu kämpfen. Für manche Leute war das Verfahren ein Mittel, die Trennung hinauszuzögern. Sie drehten sich um ihr Unglück und beschwerten sich schreiend, aber eigentlich schienen sie sich eingerichtet zu haben. Ihr letztes Mittel war die Rachsucht: Sie verfolgten denjenigen, der zu entkommen versuchte, und rächten sich an sich selbst, indem sie sich verschlingen ließen. Aber lassen wir das. Am schlimmsten blieb das Leid der Kinder.

Manche Eltern richteten es als Waffe gegeneinander. Im glücklichen Fall brachten ihre Anwälte sie zur Vernunft. Im unglücklichen Fall verschärften sie den Konflikt.

– Wieder versuchte der Antragsteller alle Beteiligten zu täuschen, indem er eine falsche Begründung für seine Verspätung konstruierte.
– Das wahre Gesicht des Antragsgegners zeigte sich, als er die Antragstellervertreterin anbrüllte …
– Das Familiengericht möge sich an die wütenden Ausfälle der Antragstellerin gegen Antragsgegner und Kinder in der Verhandlung vom … erinnern, als die Antragstellerin ablehnte, ihre Fahrten zum Kinderbesuch anders als im Taxi zurückzulegen. Sie sind nach hiesiger Rechtsauffassung nicht anders zu bewerten denn als besonders schwerwiegendes unterhaltsverwirkendes Verhalten.

Das Kind sei unglücklich gewesen beim fernsehenden Vater, schrieb eine Kanzlei. Nein, es habe viel Spaß gehabt, da es zu Hause nie fernsehen dürfe!, schrieb die andere. Oder: Der Vater rufe das Kind nie an! – Nun, die Mutter verlange ganz bestimmte Anrufzeiten, die er nicht einhalten könne! – Oder: Das Kind weine, wenn die Mutter es hole! – Ja, es weine, weil der Vater ihm Angst vor ihr einjage! – Nein, es weine, weil es schon wisse, dass der Vater es nach seiner Rückkehr einem scharfen Verhör unterziehen werde! – Scharfes Verhör? Daran erkenne man wieder den manipulativen Charakter der Antragstellerin, und so weiter.

Thirza versuchte unterdessen, mit den Kindern zu reden, ohne sie zu Entscheidungen zu zwingen. Bei wem wollten sie lieber wohnen? Mit wem in Urlaub fahren? Man musste es herausbekommen, ohne direkt zu fragen. Die Kinder wanden sich, sie wollten weder Papa noch Mama verletzen, und schließlich seufzten sie: Am liebsten wäre ihnen, alles würde wieder wie früher, und die Eltern würden nicht streiten.

Manche Kinder regredierten. Ein Elfjähriger, der seit Jahren mit Beruhigungspillen gefüttert wurde, schmiegte sich an die Mutter und fragte werbend: »Mamiii? Gibt du mir meine Pille?« Eine Vierzehnjährige schnitt sich mit Rasierklingen Streifen in den Unterarm. Ein Dreizehnjähriger biss sich die Fingernägel bis aufs Fleisch zurück. Es gab vier Höllengeschwister aus einer eigentlich wohlhabenden Familie, die nur in Beleidigungen kommunizierten: *Du blöde Sau, du stinkst und bist zu fett, selber Arschloch, fick dich ins Knie!* Wo hatten sie das gelernt? War das Subkultur oder kultureller Totalverlust? Oder hatte Thirza die Entwicklung des Jugendjargons verpasst, während sie über ihren Akten versauerte?

Andere Kinder regredierten nicht, sondern versuchten die Eltern zu retten; natürlich chancenlos, diese Sache ist ja für das Kind zehn Nummern zu groß. Ein leukämiekranker Bub, der glaubte, seine Krankheit habe die Krise ausgelöst, erklärte unaufhörlich, es gehe ihm gut. Ein anderer holte sein Sparschwein, als die Eltern um Geld stritten, und rief: »Hört auf! Ich zahle!« Ein besonders begabtes Kind versuchte mit den Eltern »vernünftig« zu reden, jedenfalls berichtete davon durchaus süffisant dieses eiskalte Intellektuellenpaar. Als aber Thirza das Kind allein anhörte, klapperte es vor Angst buchstäblich mit den Zähnen. Ein Zwölfjähriger arbeitete selbständig Besuchspläne aus, weil die Eltern nicht dazu in der Lage waren. Beide waren Sozialhilfeempfänger, der Vater ein Tüftler, die Mutter verkommen. Mama lebte mit dreißig Ratten in einer Einzimmerwohnung, Papa baute mit dem Kind zusammen Modell-KZs, komplett mit kleinen Gaskammern, Krematorien und Galgen.

Eine Geschichte ging Thirza besonders nahe, weil der Kindsvater sie an Carlos Zorniger erinnerte: ein Schürzenjäger, von Beruf Versicherungsvertreter, mit mehreren Kindern von verschiedenen Frauen. In diesem Fall ging es um den Unterhalt eines inzwischen zehnjährigen Mädchens. Er hatte die Vaterschaft abgestritten und dem Gericht als mögliche Väter andere Liebhaber der Mutter, sogenannte Mehrverkehrszeugen, präsentiert. Nach dem Vaterschaftstest machte er der Mutter in Gegenwart des Kindes regelmäßig Vorwürfe, dass sie es nicht abgetrieben habe. Inzwischen stritt man um Alimente, die er in dieser Höhe nicht zahlen wollte, und Umgangsvereinbarungen, die er brach. Während der Verhandlungen flirtete er unverhohlen mit der Richterin, und Thirza, obwohl oder weil sie dafür empfänglich war, hätte ihn am liebsten zu zwanzig Jahren Kerker verurteilt. Dieser Mann hatte die Eigenschaft, bei seinen Besuchen der verschiedenen Kinder sich auf die verlassenen Mütter zu werfen, bis sie ihn nicht mehr einließen. Eines Tages strandete er bei der Oma des Kindes und schlief erschöpft auf dem Sofa ein, nachdem er in seinem BMW acht Stunden vergeblich von Ex zu Ex gefahren war. Und ausgerechnet dieses hundert Mal von ihm verratene Kind hatte Mitleid, breitete zärtlich eine Decke über ihn, streichelte seine fettigen Locken und flüsterte: »Er hat ja sonst keinen.«

Thirza hätte rufen mögen: Idioten! Trocknet die Tränen, räumt die Waffen weg, geht mit Anstand auseinander und schont eure Kinder! Aber stand ihr das zu? Sie hatte nicht mal eine Ehe zustande gebracht. Seit dem Leonard-Desaster nichts riskiert. Ohne Risiko keine Gefahr einer Blamage, aber auch keine Möglichkeit der Erfüllung. Ist ein ungelebtes Leben ohne Fehler besser als ein fehlerhaft gelebtes? Diese Fragen erwog Thirza nebenbei, während das tägliche Schauspiel von Abkehr und Verzweiflung an ihr vorüberzog. Gab es Erfüllung überhaupt? Vielleicht war sie eine Illusion, ein Trick der Biologie, damit das Leben weiterging? Wozu ging es aber weiter? Konnte man wirklich als Ziel das Rechtsgut eines würdigen individuellen Lebens mit einem Kernbereich privaten Glücks annehmen, nachdem die Menschen dieses Rechtsgut täglich besinnungslos mit Füßen traten? Mein Gott. Der höchste Traum von Glück verbunden mit so tiefer Verletzbarkeit. Der Traum, vielleicht hervorgegangen aus der absoluten Schwäche in Geburt und Kindheit, ruft im Scheitern die absolute

Hilflosigkeit wieder auf. Und die bodenlose Angst und Wut der Taumelnden lag nun in den Händen ausgerechnet von Thirza, der havarierten Helferin.

Kurz: Thirza, die für Gerechtigkeit hatte sorgen wollen, brauchte immer mehr Kraft, um auch nur als Verwalterin privaten Scheiterns zu funktionieren. Als der Anruf aus dem Ministerium kam, fühlte sie sich sofort zu allem bereit.

Conny rief: »Thirza! Wie kannst du!« Was hätte Thirza sagen sollen – Leute, das Familienrecht ist unerträglich? Es war nicht objektiv unerträglich: Andere Kollegen machten es gern, manche wollten davon gar nicht mehr weg. Also: Ich selbst halte es nicht aus? Dann wäre die Antwort gewesen: Wechsle das Referat. – Aber nach so kurzer Zeit? Der Präsident hatte wörtlich seine »Enttäuschung« bekundet, als sie das Jugendrecht ausgeschlagen hatte. Das Familienreferat aber war hochbegehrt, und Thirza hatte sogar darum gekämpft, denn erstens war der Streitwert nicht wie sonst am Amtsgericht begrenzt, und zweitens gingen die Familien-Berufungen direkt ans Oberlandesgericht, so dass die hohe Instanz auf einen aufmerksam wurde. Insofern galt das Dezernat sogar als Beförderungsstelle. Was würde der Präsident in Thirzas Beurteilung schreiben? *Ist nach zwei Jahren auf eigenen Wunsch –* am Ende noch unter der Rubrik *Belastbarkeit*? Ausgeschlossen, denn es würde als Versagen interpretiert werden können. Therapie? Fehlte noch. Ja, in Thirza gab es anscheinend eine nicht verheilte Wunde. Aber wer hatte keine? Wozu an ihr reißen? Da machen wir doch lieber Karriere.

Drei Dinge konnte sich Thirza am Ende dennoch zugutehalten. Das waren erstens einige gut verlaufene Scheidungen. Etwa die des Klärgrubenreinigers. Er war ein vierschrötiger, derber Typ, seine Frau eine etwas feinere, die einen feineren Mann gefunden hatte. Wie so oft brachte die verlassene Partei die Kinder gegen die Verlassende in Stellung. Die vierzehnjährige Tochter spuckte im Gerichtssaal vor der Mutter aus. Der Vater sah die Richterin nie an, er drehte sich zur Seite und zeigte ihr buchstäblich die Schulter. Bei diesem Drama aber konnte Thirza eine Einigung erzielen. Die Tochter zog nach einem Jahr wieder zur Mutter. Der finstere Klärgrubenreiniger aber drückte Thirza zum Abschied die Hand und sagte: »Guat host dös g'macht, Richterin!«

Die zweite Leistung war durchgehaltene Objektivität. Thirza hat nie nach Sympathie geurteilt, da Ehestreit mit einem liebenswerten oder weniger liebenswerten Charakter nicht unbedingt zu tun hat und auch sympathische, vernünftige Leute sich in Trennungssituationen fern ihrer Standards verhalten können.

Die dritte Leistung war, dass Thirza auch in Fällen wie diesen letzten beiden nicht die Fassung verlor, falls man hier von einer Leistung sprechen darf.

Ein wohlhabendes kinderloses Paar adoptierte ein rumänisches Waisenmädchen, um seine Ehe zu retten. Das war durchaus moralisch gedacht gewesen: Man wollte neben der Ehe auch das Kind retten. Als bekannt galt, dass an dem Tag, an dem eine Waisenklasse volljährig in die Welt entlassen wird, bereits die Zuhälter in Mercedes-Limousinen vor dem Tor stehen. Das Kind also, das noch vor wenigen Jahren auf dem Betonboden sitzend Suppe aus Blechschüsseln gelöffelt hatte, erlernte in der Grünwalder Villa die Tischmanieren der oberen Stände und besuchte, von seiner Tuberkulose geheilt, den Montessori-Kindergarten. Leider hing der Haussegen weiterhin schief, und die Eheleute würgten einander in Gegenwart des Kindes. Das Kind, dieses Schauspiel vor Augen, meinte zu wissen, was ihm in Rumänien blühte. Als Thirza es im Gericht zu sehen bekam, war es dreizehn: ein ernstes Mädchen mit zart olivfarbenem Teint, großen schwarzen Augen und erschütternd harten Zügen. Nachdem es von den Adoptiveltern als untauglicher Klebstoff für eine untaugliche Ehe verbraucht worden war, fürchtete es, überflüssig geworden zu sein. »Ich will, dass Papi und Mami zusammenbleiben«, presste es zwischen den Zähnen hervor. Es nannte die beiden allen Ernstes Papi und Mami, übrigens in akzentfreiem Deutsch und mit einem erpresserischen Unterton. Als aber Thirza ihre Sure sprach – *Manchmal können sich Papi und Mami einfach nicht vertragen, und dann muss man schauen, dass man eine bessere Lösung findet* –, zerfiel die Maske der Härte und Berechnung und offenbarte unendliche Verlorenheit. »Aber ... wo soll ich denn dann ... hin?«

Letzter Fall: Einem Paar sollten die Kinder entzogen werden, weil die Mutter trank, der Vater aber hilflos war. Er führte als Kfz-Mechaniker eine Grattler-Werkstatt in seiner Garage, ein arbeitsamer, schweigsamer Mann. Die Frau torkelte abends durch den Garten, es gab Handgreiflichkeiten, und regelmäßig wurde die Polizei gerufen, meist von ihm. Da im Haushalt Kinder lebten, stand die Familie unter Beobachtung des Jugendamtes. Und eines Tages holte der melancholische Jugendamtsleiter mit einer Mitarbeiterin zusammen die fünfjährigen Zwillinge aus dem Kindergarten und brachte sie in Thirzas Dienstzimmer, um offiziell einen Antrag auf Entziehung des Sorgerechts zu stellen: Die häuslichen Exzesse hätten unerträgliche Maße angenommen, die Kinder gingen vor die Hunde. Während Thirza versuchte, die verschreckten Kinder anzuhören, stürzte der Vater herein, der vom Kindergarten informiert worden war.

Sie setzten sich, Vater, Jugendamtler und Thirza, um den niedrigen Gesprächstisch. Der Mann war aufgewühlt, ihm brach die Stimme. Der kleine Bub klebte an des Vaters Schulter. Das erschöpfte und verweinte Mädchen aber krabbelte auf seinen Schoß, kuschelte sich an seine Brust und schlief in seinen Armen ein. Die überforderte Thirza erklärte dem überforderten Vater, dass die Entziehung nur eine vorläufige Maßnahme sei. So wie er an das Kind, klammerte sie sich an das sterile Juristendeutsch: In der staatlichen Einrichtung, in die die Kinder in Obhut des Jugendamtes verbracht würden, würden weitere Gutachter und ein Familienpsychologe hinzugezogen, um alle Beteiligten einschließlich der Mutter, insbesondere aber die Kinder nochmals anzuhören und die Verfügung gegebenenfalls aufzuheben. Uff. Tief durchatmen. Er nickt. Seine Lippen zittern. Unterschreibe jetzt den Beschluss, damit die Jugendamtler die entsetzten Zwillinge davontragen können. Grauenhaft. Grauenhaft. Der Umgang mit der bedenkenlosen, alltäglichen Geldgier im allgemeinen Zivilrecht ist dagegen ein Kinderspiel.

*

»Ich hätte nie Familienrecht machen dürfen. Ich war komplett ungeeignet«, sagte Thirza jetzt im Justizpalast zu Heinrich Blank in dieser Dämmerstunde der Dreiviertelwahrheit. »Ich wollte es nicht zugeben, weil ich dachte, wer Streit nicht aushält, hat in der Justiz nichts zu suchen. Aber das Wort Streit reicht ja für Familiendramen nicht aus.«

»Sie haben kein Problem damit, Irrtümer einzugestehen. Das wirkt entwaffnend«, bemerkte Blank.

»Sie verzeihen keine Fehler, wie?«

»Ich verzeihe so leicht, wie Sie gestehen. Doch fällt mir auf, dass alle von Ihnen als Fehler geltend gemachten Manöver jeweils Ihre Karriere befördert haben. Könnte es sein, dass die Geständnisse auch den Sinn haben, eine gewisse Laschheit der Gesinnung zu exkulpieren?«

»Es waren keine Manöver«, sagte Thirza enttäuscht. Was für ein Esel. Hunderte Stunden hatte sie ihn angehört, bestätigt, besänftigt, sie hatte ihn im Arm gehalten, als er um Luft rang, und ehrlich gesagt sogar ein paar Tränen um ihn vergossen. Er aber meinte, sich moralisch über sie erheben zu müssen. Nebenbei: was für ein Egoist. Er hätte ja auch ihr mal ein paar Minuten zuhören können. Fünf Minuten, etwa halb so aufmerksam, wie er im Gerichtssaal die Parteien anhörte, dachte Thirza sarkastisch. Aber er interessierte sich einfach nicht für sie. Er hatte ebenso wenig wie der andere je eine persönliche Frage gestellt. Halt, doch, einmal eine:

Ob sie mit Epha eine Affäre gehabt habe. Doch diese Frage hatte dem Rivalen gegolten, nicht ihr.

Und da wir nun beim Bilanzieren sind, sei auch das Du mit Epha aufgeklärt, aber nur unter uns; Blank muss es nicht wissen. Warum, wird leicht ersichtlich sein.

*

Epha war im Strafjustizzentrum Thirzas Vorgesetzter gewesen. Er stand schon damals auf allen Beförderungslisten, denn er machte Eindruck: schön, förmlich, fleißig, im offiziellen Umgang präzise und beredt. Im persönlichen Umgang etwas verschroben und linkisch, obwohl er schon Ende dreißig war. Das rührte die Frauen, auch Thirza, die zwar aufmerksam von ihm lernte, doch ebenso früh erfasste, wie er zu ehren und zu stabilisieren sei; sie profitierte hier von der verachteten ostpreußischen Tantenschule. Epha dankte es ihr. Und da sie nach unsicherem Beginn rasche Fortschritte erzielte, sorgte er für eine gute Beurteilung. Private Begegnungen gab es nicht.

Damals lebte Thirza in Pasing, weil Tante Berti hinfällig wurde; Schossi und Großvater Kargus waren schon begraben. Als Berti zum zweiten Mal die Treppe hinunterfiel, die sie längst nicht mehr hätte hinaufgehen dürfen, suchte Thirza einen guten Platz für sie im Altersheim: Zimmer im Erdgeschoss, Glastür direkt in den Garten. Das Pasinger Anwesen hatte Kargus noch zu Lebzeiten auf Thirza übertragen. Und Thirza, die unter der Last der Pasinger Verpflichtungen bereits davon geträumt hatte, das Ganze möglichst rasch loszuwerden, konnte sich plötzlich nicht mehr trennen. Sie ließ das Häuschen von einem Architekten entrümpeln, isolieren, renovieren, modernisieren, Ölheizung und neue Küche einbauen, als gälte es, einen Anker fürs Leben zu setzen. Während dieser Arbeiten wohnte sie im Gartenhaus. Und als sie nach Monaten in ihr nun helles, frisch möbliertes Heim einzog, ließ sie auch noch das Gartenhaus renovieren. Es bekam ein großes Fenster und ein kleines Schlafzimmer mit moderner Dusche und Toilette für Gäste, falls mal welche kämen. Alle Wände waren weiß, alle Möbel von Ikea. Als die Handwerker abzogen, war Frühling, ein kühler Maitag. Im zerfurchten Garten tobten die Vögel. Die Apfelbäume blühten. Thirza lief einsam zwischen Haupt- und Nebenhaus hin und her.

Am folgenden Abend im *Augustiner* kam gegen halb zehn vom Pressestammtisch Thirzas Studienfreundin Conny herüber. Die Staatsanwälte redeten gerade über einen Fall von organisierter Kriminalität. Thirza hatte eine wichtige Belastungszeugin verloren. Die, eine Tschechin mit sehr langem Namen, hatte bei der ersten Anhörung ausgesehen, als wäre sie von einem Lkw überfahren worden; der Mann musste sie an die Wand geknallt haben. Sie schien zunächst erleichtert, auspacken zu können, kam aber nach drei ergiebigen Treffen zum vierten nicht mehr, und als ein Polizist hinfuhr, war sie verschwunden. Peinlich für die Staatsanwältin! Um das Thema zu wechseln, erzählte Thirza Conny vom Umbau ihres Pasinger Heims. Und Conny rief in die bereits stark verkleinerte Runde: »Hey Leute, wusstet ihr, dass Thirza frischgebackene Schlossherrin ist?«

Conny also schlug spontan eine Hauseinweihung vor, und weil es ein irgendwie verheißungsvoller Frühlingsabend war, wurden alle von Feierstimmung ergriffen, beendeten den OK-Disput, quetschten sich in zwei Autos und fuhren zu Thirza, nachdem sie an einer Tankstelle Sekt und Salzstangen besorgt hatten. In Pasing aber erwartete sie eine Überraschung: Connys Freundin, die aus einer kinderreichen Familie stammte und wusste, wie man einander mit geringen Mitteln feiert, war mit Lampions gekommen und schmückte die blühenden Bäume. Thirza betrat als unverhoffte Gastgeberin einen Zaubergarten. Sie hatte noch nie ein Fest gegeben; vermutlich wäre auch keiner gekommen. Jetzt führte sie zwischen Blüten und Lichtern vier Staatsanwälte, die sie in diesem

Augenblick ohne weiteres als Freunde empfand, und drei Journalisten durch Haus und Gelände und erzählte beseelt von ihrer Jugend in Klein-Ostpreußen, von Tanten und Opa und den seltsamen Eltern, und obwohl es kühl wurde und die Gäste in der blauen Nacht zwischen den schimmernden Lampions fröstelten, blieben alle bei ihr und hörten zu. Aus irgendeinem Grund war auch Epha dabei, der an Stammtischen selten teilnahm. Epha sagte: »Vielen Dank für Ihre lebendige Darstellung. Man merkt, dass Ihr Vater Schauspieler war. War Ihr Vater wirklich Schauspieler?« Später riskierte er sogar ein Kompliment: »Ein so zorniger Nachname passt eigentlich nicht zu einer so ernsthaften Person. Darf ich Fräulein Thirza zu Ihnen sagen?« Thirza bemerkte noch im Erröten seinen Stolz auf den eigenen Esprit. Die Bemerkung feierte ihn, nicht sie, und wurde übrigens sogleich neutralisiert: »Fräulein Thirza, Sie sind ein guter Kamerad.« Einverstanden. Thirza machte sich sowieso keine Hoffnungen auf Epha. Außerdem schien er, seinem Humor nach, in mancher Hinsicht unterentwickelt zu sein.

Zuletzt tranken sie im geheizten Wohnzimmer Sekt bei Kerzenschein, knabberten Salzstangen und redeten über Wackersdorf. Und da ergab sich eine weitere Überraschung: Epha blieb. Die Runde sympathisierte mit den Demonstranten, während die Staatsanwaltschaft sie anklagen musste. Epha, der das Justizministerium immer reflexhaft verteidigte, hätte also entweder gehen oder gegen die Runde argumentieren müssen; er tat aber keines von beidem, sondern lächelte vor sich hin. Ein Amtsrichter hatte eine ganze Serie Demonstranten freigesprochen, obwohl sein früherer Freispruch einer entsprechenden Gruppe in letzter Instanz vom Bundesgerichtshof aufgehoben worden war. Und diesmal ließ sich der BGH Zeit. Hinweis auf eine Änderung der herrschenden Rechtsmeinung? Thirzas Gäste feierten den unbeirrbaren Amtsrichter, und auch Epha lobte ihn sichtlich mühelos und pries die richterliche Unabhängigkeit. Thirza beobachtete ihn staunend, und ihr schien, dass er ihr Staunen bemerkte und genoss.

Nicht lange darauf wurde Epha Zivilrichter im Justizpalast und kam auch dort rasch zu Ehren. Thirza wechselte zum Amtsgericht. Die Staatsanwaltszeit versank. Nur selten tauchte sie noch in Thirzas Erinnerung auf als erstaunlich lebhaftes, seltsam unschuldiges Abenteuer.

Eines Tages – Thirza war am Amtsgericht damals für Allgemeines Zivilrecht zuständig, es war vor der Familienlawine – ging während der Verhandlung die Tür und Richter Epha trat ein, setzte sich still, ohne Aplomb, in den Zuschauerbereich und hörte zu. Er, der eindrucksvolle Mann, Vorsitzender im Justizpalast, kam zu ihr, der kleinen Amtsrichterin, in den schlichten Amtsgerichtssaal, um eine Routine-Verhandlung über eine Zivilklage wegen Blechschadens anzuhören. Was interessierte ihn daran?

Bei der Klage ging es um einen Rolls-Royce, der bei *Feinkost Graf* zerkratzt worden war. Der Eigentümer, ein in Grünwald wohnhafter Industrieller, forderte Reparaturkosten in Höhe von 7.000 Mark.

Seine Kinder hatten mit dem Fahrzeug einen Ausritt zu *Feinkost Graf* unternommen, zu Häppchen und Sekt. Bei *Graf* parkte man nicht selbst ein, sondern übergab die Schlüssel einem Diener, der den Wagen gleich noch durch die Waschanlage fuhr. Zu Hause bemerkte der Vater einen Kratzer und klagte auf Schadensersatz. Frage für Thirza: Kam der Kratzer vom unachtsamen Einparken, von der Waschanlage oder von den Kindern? Ein Sachverständiger wurde gehört, der auf dem Richtertisch Fotos des beschädigten Rolls ausbreitete sowie Modellskizzen der Waschanlage, die zu den modernsten überhaupt gehörte und ihn sichtlich begeisterte.

Von den Parteien anwesend waren nur die Anwältinnen. Galt Ephas Interesse ihnen? Die Anwältin der beklagten Waschanlage war hell und hübsch, schulterlang blond mit strengen blauen Augen und einer beeindruckend harten Stimme. Die des klagenden Rolls ein schwarzer Krauskopf mit schmalen Lippen und Perlenkette über der Robe. Sie stritten heftig. Thirza wies die Klage ab, und die beiden keiften noch beim Hinausgehen. Epha folgte ihnen nicht.

Bevor sie die nächsten Parteien aufrief, fragte Thirza in den Zuschauerbereich hinüber: »Herr Epha, möchten Sie mir etwas sagen, kann ich was für Sie tun?«

Epha verneinte würdevoll.

Danach ging es im Viertelstundentakt weiter: Räumungsklage gegen einen dreißigjährigen Sozialhilfeempfänger, der die Miete nicht zahlte. Erschienen waren die Frau vom Wohnungsamt und deren Anwältin, der Beklagte nicht. Solche Beklagte erscheinen nie. Was interessierte Epha daran?

Nächster Fall: Eine Frau mit Phantomschmerzen nach einer Beinamputation hatte einen Rechtsanwalt beauftragt, Schmerzensgeld zu erklagen, bezahlte ihn aber nicht. Jetzt klagte der Rechtsanwalt gegen die Mandantin. Die Beklagte erschien nicht.

Eine Rechnung um 2.500 Mark für einen Werbekalender war nicht bezahlt worden. Der Anwalt der Druckerei erschien, der Beklagte nicht.

Mittagspause. Epha saß immer noch. Da er nicht nach vorne kam, ging Thirza zu ihm. Er wirkte mit Anfang vierzig so jugendlich wie je, in seinem Maßanzug fast wie ein Eliteschüler, blinkte mit dem Siegelring, rückte die goldene Brille zurecht, fuhr sich durchs pomadisierte Haar. Er stand jetzt, neigte sich zu Thirza herab und sprach in werbendem Ton: »Können wir miteinander sprechen?«

»Natürlich, worum geht's?«

»Nicht hier!« Epha sah sich hastig um. Auch in die Kantine wollte er nicht, und ins Augustiner schon gar nicht. Er führte Thirza zum Osman-Kebab hinterm Bahnhof, sank langbeinig ungeschickt in die tiefen Kissen und flüsterte, nachdem er sich mehrmals umgesehen hatte: »Ich muss Ihnen was erzählen ... also ... bitte lachen Sie nicht über mich, ich bin ... ich bin ganz toll verliebt! In eine ... äh, Protokollführerin!«

Epha, der verklemmte Unnahbare, war verheiratet, kinderlos. Die Gattin eine Millionärin mit Haus in Davos, elegant, weltläufiger als er, willensstark. Die Protokollführerin war fünfzehn Jahre jünger, frisch, gutgelaunt, warmherzig; sie hieß Emmy. »Es ist schon passiert!«, flüsterte Epha.

»Warum erzählen Sie mir das?«

»Ich hab sonst niemanden, mit dem ich reden kann! Thirza, mein ... guter Kamerad! Möchten Sie ein Glas Wein? ... Ich bin wie ausgewechselt, hören Sie, ich kenne mich nicht wieder! Glücksgefühle als Paar, die ich nie für möglich gehalten ... Aber um Himmels willen, sag mir bitte – wir sind doch per Du? –, Was soll ich tun?«

Thirza rekapitulierte eilig alles, was ihr zum Thema einfiel, das wilde, gefährliche Jahr, die Liebesromane, Friseurzeitschriften, sehnsüchtigen Sommernächte und heftigen Träume, und antwortete verlegen, mit bedrücktem Pathos: »Wenn das für dich die Liebe deines Lebens ist, so lebe sie.«

»Wirklich?«, jubilierte Epha. »Echt? Wahnsinn! Das ist ja unglaublich! Sag mal ... für kurz: Würdest du mir ... also könnte ich ... nur für heut Abend ... dieses ... Gartenhaus zur Verfügung stellen?«

Thirza nickte verblüfft.

Epha mietete bald eine Zweitwohnung und unterhielt mit Emmy für vier Jahre ein Verhältnis, bekannte sich aber nicht zu ihr. Als seine Frau dahinterkam, ließ er die Geliebte fallen. Inzwischen war er auf den Geschmack gekommen und traf in der Wohnung andere Frauen.

Die Protokollführerin, nicht mehr frisch und gutgelaunt, sondern gerupft und gedemütigt, verfiel einem sadistischen Staatsanwalt. Diese Geschichte enthält mehrere harte Pointen. Der Staatsanwalt hielt Emmy ebenfalls im Wartestand, nicht, weil er verheiratet gewesen wäre, sondern damit er tauschen konnte, falls er was Besseres fand. Da er die Vorstellung genoss, wie sie zu

Hause angstvoll schmachtete, fuhr er auch nicht mit ihr in Urlaub, bis auf ein einziges Mal: Jemand hatte ihm für zwei Wochen ein Ferienhaus an der Côte d'Azur zur Verfügung gestellt, und er brauchte Emmy, damit man sich beim Fahren abwechseln könne. Sie fühlte sich geehrt, ihn chauffieren zu dürfen, wurde dann aber nicht ans Steuer gelassen. An einer Serpentine bei Antibes verursachte er übermüdet einen Unfall, bei dem er eine Hirnblutung erlitt und ein Bein und ein Auge verlor. Emmy blieb unverletzt.

Sie selbst hätte nun etwas Besseres gefunden, heiratete aber mit ihrem Rest von Herzenswärme und einem vielleicht noch größeren Rest von gesellschaftlichem Ehrgeiz den Frührentner, der zudem geistig behindert war. Als Idiot wurde er übrigens ganz nett, kindlich zutraulich, sogar zärtlich. Sie kündigte ihre Stelle im Strafjustizzentrum, pflegte ihn und vereinsamte. Einmal sah Thirza sie zufällig am Pasinger Zaun stehen: verblüht, verwirrt. Thirza ging zu ihr, lud sie ins Haus und kochte ihr einen Tee, und nachdem Emmy alles erzählt hatte, fragte sie durch einen Tränenstrom, ob sie sich mal im Gartenhaus mit einem Mann treffen dürfe. Sie kam dann aber nicht.

Das nebenbei. Zurück zu Thirza, die nach der Schlüssel-Rückgabe zunächst nichts mehr mit Epha zu tun hatte. Sie folgte dem Ruf ins Ministerium, wo sie als Oberregierungsrätin Entwürfe für Gnadenbescheide formulierte und versuchte, sich durch scharfsinnige Schriftsätze für ein Richteramt im Justizpalast zu empfehlen. Nach einem Jahr und neun Monaten empfahl man ihr, sich auf eine freiwerdende Planstelle in der 42. Kammer zu bewerben. Das war ausgerechnet die Kammer von Epha.

Epha war ein höflicher und kompetenter Vorgesetzter gewesen, ein bisschen launisch, aber zu seinen Leuten korrekt. Thirza wusste, dass er ihre Arbeitskraft schätzte. Fraglich war, ob das Emmy-Abenteuer ihn nachträglich für oder gegen sie einnahm. Übrigens traute Thirza ihm sogar zu, dass er das Gartenhaus vergessen hatte.

Zu ihrer Verblüffung aber rief er bald darauf an, sogar per Du: Er freue sich auf die Zusammenarbeit, Thirza sei schließlich immer so pragmatisch und vernünftig gewesen und könne in seiner Kammer möglicherweise einen etwas heftigen Kollegen beruhigen. Außerdem kenne er ihren Fleiß, und der Kollege sei oft krankgeschrieben.

Vielleicht verdankte Thirza ihre Planstelle sogar Blank?

Immer noch saßen Thirza und Blank einander gegenüber. In der Dunkelheit war seine Mimik nicht mehr zu erkennen, doch Thirza spürte ihn: in seiner Anspannung, seiner Bedürftigkeit und Angriffslust, seinem wachen Gewissen und seiner uneingestandenen Trauer. »Manöver« war das letzte Stichwort gewesen. Natürlich würde Thirza nichts vom Gartenhaus erzählen, denn seinen Kommentar sah sie voraus: Oha! Sie hatten sich Epha verpflichtet ... durch ein Ehebruchsnest! Wirklich originell!

»Herr Blank«, sagte Thirza, »ich werde Sie vermissen. Ich vermisse Sie jetzt schon. Aber eines muss ich doch mal aussprechen. Was sind Sie für ein sturer, borniert, selbstgerechter Esel.«

»Danke. Der letzte Satz verlangt eine Beweisführung.«

Thirza schwieg. Sie hatte den Satz zu sehr genossen, um ihn zu bedauern, doch eigentlich wollte sie in Frieden von Blank scheiden. Immerhin hatten sie jahrelang lebhaft und effektiv zusammengearbeitet. Thirza hatte viel von ihm gelernt und bewunderte ihn immer noch. War er Thenner nicht ähnlicher, als er meinte? Thenners Pathos der absoluten Korrektheit entsprach Blanks Pathos der absoluten Moral. Dass beides nicht gesund war, schien auf der Hand zu liegen; Thenner hatte es schon bezeugt. Blank – steht der Zusammenbruch noch bevor, dachte Thirza plötzlich. Nein, ihm folge ich nicht. Da weiß ich doch lieber, wie fehlbar ich bin.

»Ein Beispiel!«, forderte er.

»Waren Sie, zum Beispiel, ein guter Vater?«

Er lachte sein schönes, gequältes Blank-Lachen. »Touché.«

DIE ZEIT

Blank verschwand zum Amtsgericht V. im schönen Münchner Umland. Für ihn kam, zufällig von genau dort, Gabriele Darchinger, eine ernste, etwas angestrengte junge Frau mit üblicher Zwei-Kind-Justizehe.

Epha blieb der Kammer ein Vierteljahr länger erhalten, und als Blank eines Abends Thirza im Büro anrief, dachte sie zuerst, es sei deswegen. Sein Ton war sarkastisch. »So, zum Ministerium. Da hat man sich für ihn ja was einfallen lassen. Und Sie, höre ich, haben sich um den Vorsitz der 42. Kammer beworben? Eine nette Pointe: Frau Zorniger als lachende Dritte.«

»Zum Lachen war das nicht«, widersprach Thirza, »und ich kann weiß Gott nichts dafür, dass Sie einander in die Luft gejagt haben. Vermutlich wäre es ohne mich noch schneller gegangen. Außerdem wissen Sie, dass meine Bewerbung chancenlos war. Ich bin achtunddreißig, und vor mir in der Beförderungsschlange warten mindestens zehn verdiente Männer um die fünfzig...« Oh, das war jetzt keine passende Bemerkung.

»Sprechen Sie weiter«, sagte Blank.

»Es war eine taktische Bewerbung. Ich dachte, wenn man mir die abschlägt, hab ich was gut. Ich hatte Ihnen doch erzählt, dass ich gern in die Kartellkammer...«

»So, Frau Zorniger bewirbt sich taktisch. Ich habe Sie unterschätzt. Oder soll ich sagen überschätzt?«

Thirza versuchte zu scherzen: »Ach Herr Blank, wenn Sie doch mit Ihren Freunden nur halb so nachsichtig wären wie mit Ihrer Kundschaft...«

»Was wissen Sie von meinen... Freunden«, brummte er. »Nun, ich wünsche Ihnen Erfolg.« Nach einer Pause: »Entschuldigen Sie bitte. Vermutlich bin ich es, der von Ihnen Nachsicht braucht.« Ende des Gesprächs.

Epha verabschiedete sich formvollendet mit einem kleinen Umtrunk freitagabends in der Geschäftsstelle. In einer kurzen Rede dankte er allen »Damen und Kolleginnen« für die gute Zusammenarbeit, bedauerte, dass er sie an seine neue Wirkungsstätte nicht mitnehmen könne, und wünschte ihnen eine gedeihliche Zusammenarbeit mit seinem Nachfolger.

»Ich danke dir, Kaspar«, sagte Thirza. »Für mich warst du ein fairer Vorsitzender.« Sozusagen eine verbindende Halbwahrheit oder eine einvernehmliche Lüge, denn Kaspar bezog die Fairness auf seine Richtertätigkeit, während Thirza sie durch das unauffällige *Für mich* auf ihren persönlichen Umgang beschränkte. Und es funktionierte sogar, er freute sich sichtlich.

»Ach ja?« Er beugte sich herab, um sie auf die Wange zu küssen. »Lass uns in Verbindung bleiben!«

Nun, wer weiß.

Für Epha kam der erwartete verdiente ältere Mann, zweiundfünfzig Jahre alt, dünn, pedantisch, empfindlich.

*

Einmal saß Thirza im Pasinger Garten über ihren Akten, da brachte Tante Berti auf einem Tablett eine Karaffe Zitronenwasser und ein Glas, goss ein, strich Thirza übers Haar und fragte: »Bist du nicht einsam, Kind?«

Es war ein warmer Septembertag. »Ach, bin ja gut beschäftigt«, antwortete Thirza zerstreut.

»Das meine ich nicht.«

An warmen Sonntagnachmittagen holte Thirza Tante Berti aus dem Altersheim. Berti betreute die wenigen Blumen und Kräuter, die bei Thirza überlebt hatten. Danach ging sie von Baum zu Baum und von Halm zu Halm. Thirza studierte währenddessen auf der

Terrasse Wiedemanns *Handbuch des Kartellrechts*. 2700 Seiten. Thirza hatte Ruths Stelle bekommen. Die 44. Kammer war für Streitigkeiten in den Bereichen Muster und Modelle, Verlagsrecht, Urheberrecht, Kartellsachen und nebenbei allgemeines Bürgerliches Recht zuständig, doch Thirza nannte sie die Kartellkammer, weil das Wort auf Berti Eindruck machte. Im Januar würde es so weit sein! Grundlagen erarbeiten: Kartellgesetz, Gemeinschaftsmarkenverordnung, Markengesetz, Recht des unlauteren Wettbewerbs. Wenn Berti sich näherte, erklärte Thirza so entschuldigend wie streng: »Kartellkammer!« Dann wich Berti zurück, und Thirza hatte noch etwas Ruhe. Denn die Kaffeepausen waren mühsam genug.

Bertis Wahrnehmung war lückenhaft geworden. In die Vergangenheit führten verschiedene imaginäre Fenster, die sich nach unerkennbaren Gesetzen öffneten und schlossen. Die Gegenwart verschwamm.

»Wirste den Mörder verurteilen?«

»Mit Mördern habe ich nichts zu tun.«

»Aber du hast doch jesacht ...«

»Nein, Tante Berti. Das mit den Mördern war der Willi.«

»Wie, der Willi is der Mörder?«

Manchmal öffneten sich die Fenster weit und zeigten die Vergangenheit in neuem Licht, vielleicht klarer denn je. So wie heute. Der Tag hatte kalt und trübe begonnen und wurde mittags golden und blau. Berti mit ihrem Zitronenwasser stieg wie aus dem Nebel herauf.

»Das meine ich nicht.« Die Füße immer noch im Grau, die Hand auf Thirzas Haar. Pause. »Du hattest doch ... so 'ne traurije Kindheit.«

»Ach nein, ich hatte euch. Eure Kindheit war viel schwerer.«

»Das stimmt!«, sagte Berti überrascht. Das Fenster schwang auf.

Berti war das jüngste von zehn Kindern gewesen. Sieben

Geschwister starben vor Ende des Zweiten Krieges, Thirza hatte als Kind die Todesarten gelernt wie eine Litanei. Die Familie bewohnte in ihrem ostpreußischen Kaff eine Zweizimmerwohnung *hinter der Mauer*. Der Vater war ein Wüstling gewesen: begabter Bauernsohn, Sekretär auf einem Gut, dort wegen Unregelmäßigkeiten gefeuert, zuletzt kleiner Amtsschreiber. Die Mutter war deutlich jünger als er, gefühlvoll, hilflos, schlampig.

Das älteste Kind von diesen zehn war Auguste gewesen, Thirzas Großmutter. Als Sekretärin bei Gericht traf sie auf Dr. Wilhelm Kargus. Sie war begabt und schön, ach was, die Begabteste und Schönste nicht nur dieser Familie, sondern weit und breit. Dr. Wilhelm Kargus war eine großartige Partie. »Eijentlich«, sagte Berti, »hat er se jekauft.«

Nie in all den Jahren hatten die Tanten grundsätzliche Kritik an Willi geübt, und nun das.

»Von wem gekauft?«

Die Frage arbeitete in Berti, die von ihrer eigenen Bemerkung überrascht schien. Sie setzte mehrmals zum Sprechen an, schürzte die Lippen, schnickte mit dem zarten alten Kopf, wie um einen Gedanken zu verscheuchen, und sagte schließlich entschlossen: »Na wohl von ihr selber. Aber was konnte se tun.«

Die Tanten lebten in einer Welt aus Legenden. Natürlich war auch Willi längst eine Legende. »Du hast 'n ja in seinen besten Jahren nich jekannt«, hieß es ehrfürchtig. Schon die kleine Thirza hatte sich ihren eigenen Reim gemacht. Demnach war Dr. Wilhelm Kargus früher von schneidender Kälte gewesen. Er hatte mit dieser Kälte seine junge Frau, die ihm an Reife, Ausbildung, Herkunft und Charakter unterlegen war, einfach zerschnitten.

Da das Richterhaus der unsoliden Verwandtschaft verschlossen blieb, bekamen die jüngeren Schwestern Gustis frühe Ehejahre nicht mit. Sie rangen daheim mit ihrer eigenen Misere. Dem jähzornigen Vater. Der überforderten Mutter. Die Mutter war eigentlich liebevoll. Nur einmal warf sie in einem Wutanfall einen

Kartoffelstampfer nach Berti und traf sie am Ellbogen. Der wurde dick. Lappalien.

Wirklich schlimm hatte es Schossi, weil sie so freundlich und hübsch war mit ihren weichen Locken und den sanften Augen. Hinter ihr waren alle Männer her.

Das hatte Berti so noch nie erzählt. Manche Details sind nicht legendentauglich und müssen trotzdem eines Tages raus; warum eigentlich?

Hinter Schossi waren also alle Männer her. Der erste war ihr eigener Vater. Schossi schlief, weil die Wohnung so eng war, im Bett der Eltern. Wenn die Mutter nachts rausmusste oder in der Frühe den Herd anzündete, begann der Vater zu fingern, und Schossi rutschte an den äußersten Bettrand. Ab ihrem vierzehnten Jahr war sie eigentlich dauernd auf der Flucht. Einmal führte der Vater sie an einem Sonntagnachmittag in eine dunkle Waldwirtschaft, wo ein anderer Mann Geld für sie bot. Schossi bekam mit, wie die Männer verhandelten, und verging vor Angst, konnte aber nicht fliehen, weil sie nicht wusste, wo sie war. Gerettet wurde sie vom Wirt, der sagte, sie sollten sofort verschwinden, sonst hole er die Polizei.

Bald darauf wurde Schossi abends in einer schmalen Gasse von einem Mann überfallen. Sie wehrte sich so heftig, dass sie mit dem Kopf gegen einen schmiedeeisernen Zaun stieß und sich das Gesicht aufriss, worauf der Mann von ihr abließ, denn sie war blutüberströmt.

»Um Gottes willen«, sagte Thirza. »Und da machst du dir Sorgen um mich?«

Einige Jahre später traf Berti im legendären Richterhaus die bedrückte, todtraurige Auguste. Kargus hatte das Familien-Verbot gelockert, als seine Frau nicht mehr imstande war, den Haushalt zu führen. Er war sogar ein bisschen bestürzt über ihren Verfall, den er sich nicht erklären konnte, denn an sich selbst bemerkte er nur, was für ihn vorteilhaft war. Berti durfte also den Richterhaushalt unterstützen. Schossi war jung verheiratet mit dem Polizeihauptmann Fritz, der so eifersüchtig war, dass er sie in der Wohnung einsperrte. Willi zersäbelte rasch noch den Polizisten, damit waren die Schwestern vereint. Sie kümmerten sich um Willis Kinder, ließen sich von Willi züchtigen und schworen auf ihn. Sie heilten irgendwie einander, nur mit Willis Kindern lief es nicht so gut.

Was war mit Willis Kindern?

Berti wurde unruhig. Es kam ja die Zeit, wo wir angeblich alles falsch gemacht haben. Gudrun durfte plötzlich eine Freundin nicht mehr sehen, die Dora. Mit Dora war sie ganz eng gewesen. Und auch mit Doras Familie, so eng, dass der Willi ... Nun, der Willi ... und das ist wirklich alles. Das Fenster fiel leise zu. Thirza warf sich nicht dazwischen. Hier war ja nichts als Unmündigkeit zu finden. Hingenommen, nicht mal selbstgewählt, schon gar nicht verschuldet: Was konnten wir tun. Wir hatten ja nichts und waren nichts. Quälend. Und übrigens, vergiss nicht: Unsere Duldsamkeit war dein Glück.

Ein anderes Fenster öffnete sich und widerlegte eine andere Legende: die von Bertis Verlobung. Auf einmal also – warum jetzt? warum überhaupt? – die Wahrheit über Egon.

Egon war Volksschullehrer gewesen, bevor er zur Wehrmacht eingezogen wurde, ein ältlicher Junggeselle von siebenunddreißig. Die zwanzigjährige Berti traf ihn bei einem Abschiedsfest für Soldaten, als sie Suppe ausschenkte. Er umwarb sie über den Schanktisch hinweg. Nein, er suchte keineswegs ein schnelles Abenteuer, sondern bat artig um ihre Adresse: Er hätte gern zu Hause jemanden gehabt, mit dem er Briefe wechseln konnte. Darauf ließ Berti sich ein. Er schrieb so emsig, dass Berti zu träumen begann. Einmal, im Schützengraben *unter Beschuss*, machte er ihr einen Antrag. Drei Wochen später schickte seine Mutter die Todesnachricht. Der Meldung lag ein Bündel Berti-Briefe bei, das in Egons Tornister gefunden worden war, alle Rechtschreibfehler mit Rotstift korrigiert.

Der Ärger half Berti damals über den Verlust hinweg. Später

nahm die Fabel vom gefallenen Beinahe-Mann ihr die Scham der Altjungfernschaft. Warum auch nicht? Thirza dachte auf einmal mit Rührung an Bertis Liebeswunsch und Liebesbereitschaft und an ihre ebenfalls legendäre Versessenheit auf die kleine Thirza: Als Tizzi ein Säugling war, hatte Berti sie gern zu sich nach oben getragen, während unten Eltern und Großeltern angespannt Konversation machten. Berti legte sich aufs Sofa, das Kind auf dem Bauch, und rief: »Ist das schön! Ist das schön!«

Und jetzt an diesem sonnigen Septembernachmittag, nach Jahrzehnten des Verzichts, sagte Berti zu Thirza, die sie allmählich gern losgeworden wäre: »Ist das schön heute! Aber bist du nicht einsam, Kind?«

Berti hatte nicht mehr die Kraft, Gedanken zu verfolgen, aber manche Impulse kehrten zurück, und auf einmal lief die Nadel wieder in der Rille, wie bei einem alten Plattenspieler. »Dieser Herbert, der ist doch keine Stütze für dich.«

Das nun war ausgesprochen hellsichtig.

»Ich brauche keine Stütze.« Das war nicht so hellsichtig, aber respektabel. »Bin ja Gott sei Dank unabhängig. Ihr hattet es viel schwerer.«

»Ach, nee. Schossi hatte das Fritzchen, ich hatte beinah den Egon, und dann kam der Willi und hat uns alle jerettet.« Sämtliche Einsichten gelöscht, es blieben die Legenden. Das Licht schwand, die Luft wurde kühl und schwer. Berti schwieg eine Weile unruhig und fragte dann mit zitternder Stimme: »Kann ich nich bei dir bleiben, Tizzi?«

Bis vor einem Jahr hatte sie gelegentlich von Samstag auf Sonntag im Gartenhaus übernachtet. Inzwischen war das Thirza nicht mehr so recht. Inkontinenz.

»Das geht nicht, Tante Berti. Überhaupt wird es Zeit. Ich bringe dich nach Hause.«

Berti fing an zu weinen. »Ich will da nicht hin!«

»Warum denn nicht?«

»Es ist zu früh! Ich will noch nicht zu denen!«

»Zu wem?«

»Dem Willi, und Schossi, und Gusti …«

»Aber die sind dort nicht. Versprochen. Die sind im Himmel.«

Am Ende, ebenso wie zu Beginn, ist das Leben nur als Märchen verkraftbar. Berti hatte Thirza mit Märchen geschützt, und schon die kleine Thirza hatte es irgendwie durchschaut, aber genossen: die unmittelbar entlastende Magie des Satzes *Und wenn sie nicht gestorben sind, dann leben sie noch heute.* Er stimmte ja sogar. Er war nicht mal eine Lüge. Auch der Himmel war keine Lüge, wenn man den Satz richtig deutete.

In Bertis geschwächtem Herzen rangen die Gefühle. Vorübergehend siegte der Wunsch zu vertrauen. Bertis altes Gesicht nahm sogar einen verschmitzten Ausdruck an wie immer, wenn sie zeigen wollte, dass sie einen Witz verstanden hatte, den sie eigentlich nicht verstand.

»Im Himmel? Was machen die denn da?«

»Sie freuen sich auf dich. Und ich stoße später zu euch.«

Thirza wollte Berti umarmen, so wie sie früher von Berti umarmt worden war. Aber Tizzi war niedlich, froh und geschmeidig gewesen. Berti war alt, starr und panisch. Sie stieß Thirza von sich und weinte laut und haltlos wie ein Kind: »Ach du, du lügst, du kommst ja nie! Du lernst ja immer nur für dein Kartenhaus!«

*

Was den von Berti erwähnten Herbert anbetraf: Diese Sache lief gerade aus. Gedauert hatte sie vier Jahre.

Herbert war Verwaltungsjurist im Innenministerium. Das Innenministerium liegt zehn Fußminuten vom Justizpalast entfernt, und man hatte sich in einer Mittagspause im Café Luitpold an der Brienner Straße kennengelernt. Herbert, damals achtundvierzig Jahre alt, randlose Brille, schlank, graumeliert, akkurat, intelligent, geschieden, besuchte jedes zweite Wochenende seine Mutter in Bonn. Seine Frau hatte ihn verlassen, weil er keine Kinder zeugen konnte. Er trauerte ihr nicht nach.

Die Mutter hielt ihn in Atem; er stöhnte ein bisschen, akzeptierte es aber. Die Vorteile überwogen: Er bewohnte allein die elterliche Villa am Englischen Garten, denkmalgeschützt, von 1905. Zwei Stockwerke à hundertsechzig Quadratmeter. Zweiflügelige Türen, fünf Meter hohe Decken mit Kronleuchtern und Stuckrosetten, Spitzengardinen bis zum Boden. Verglaste Geschirrschränke und Bücherregale, in die Wände eingelassen.

Die Mutter war von Beruf Gesellschaftsdame, mit einer Neigung zum Klavierspiel. Auf dem Flügel lagen Noten: Fauré, *Cantique de Jean Racine*; eine zerfledderte Ausgabe Chopin, *Nocturne No 2*, *Valse No 7*. Seit sie vor fünfzehn Jahren nach Bonn gezogen war, hatte keiner auf dem Instrument gespielt. Vom verstorbenen Vater, einem Biologen, war übriggeblieben: ein großformatiges Medizinbuch von 1507 auf Latein mit Holz- und Ledereinband, hunderte Seiten, zehn Kilo schwer, Inhaltsverzeichnis handgeschrieben. Ein Babyschädel. Huhn-Embryos in kleinen Glaszylindern, mit Korken verschlossen. In dieser seltsamen Pracht bewegte sich Herbert behutsam wie in einem Museum.

Herbert hatte nicht stürmisch, aber ausdauernd um Thirza geworben, wobei er ausdrücklich ihre Fähigkeit pries, Distanz zu wahren. Er wollte eine Teilzeitgefährtin: gemeinsame Reisen, Opernbesuche, gepflegte Abendessen im häuslichen Museum. Keine Verantwortung, schon gar nicht finanziell. Thirza passte das alles. Sie wunderte sich ein bisschen, dass dieser äußerlich so vorteilhafte Mann nicht von ihr abließ, und war geschmeichelt. Hatte er nicht bessere Möglichkeiten? Andererseits war er ein bisschen langweilig. Thirza ihrerseits wollte nach dem Drama mit Leonard nichts mehr riskieren. Es begann ein leises Spiel aus Anziehung und Furcht, Überhöflichkeit und Signalen der Sehnsucht. Thirza begann zu fantasieren.

Es heißt ja, Überstrukturiertheit sei eine Maßnahme, inneres Chaos zu bändigen, woraus zu folgern wäre, dass in dem gehemmten Mann irgendeine Wildheit verborgen sei. In der Theorie klingt das prickelnd: Frau bekommt allgemein die Zuverlässigkeit, nach der sie sich sehnt, und exklusiv in gebändigter Form die Wildheit, nach der sie sich ebenso sehnt; sie muss den Mann nur erlösen. Als Lohn für die Erlösung bekommt sie seine Abhängigkeit und Treue.

In der Praxis jedoch läuft es meist darauf hinaus, dass frau sich vergeblich müht, einen Tropfen Leben aus ihrem Zwängler zu pressen, während er längst gelernt hat, das Leben in seiner Verneinung zu genießen. Er gewinnt Macht über die Partnerin, indem er ihr Gefühle vorenthält, bis die bedürftige Frau in ihrer Verzweiflung beginnt, Vampirromane zu lesen. Das begriff Thirza eines Tages beim Friseur, als sie die Psychologie-Kolumne einer Frauenzeitschrift überflog: Sie war in einen weiteren Klassiker geraten. Vielleicht besteht unser Schicksal darin, mit zermürbendem Aufwand Klassiker abzuarbeiten? Nichts zu holen bei Herbert, keine Begeisterung, keine Herzlichkeit, keine Wärme, er liebte, nach leidlich schwungvollem Beginn, höflich, ohne Intimität. Sie besuchten einander am Wochenende und gelegentlich, immer gelegentlicher, abends. Körperliches: selten, und angesichts der Freudlosigkeit schon wieder zu oft. Das Gute an Herbert: die zivilisierte Gesellschaft. Man konnte auf dem gewohnten Niveau über Justiz reden, und es war schön, nicht allein durch die Stadt zu laufen. Es war auch schön, nebeneinander in der Oper zu sitzen (er bekam sehr gute Steuerkarten) und sich in Orchesterstärke von den Leidenschaften anblasen zu lassen, die man daheim entbehrte. Noch ein Vorteil: Niemand hielt Thirza von der Arbeit ab. Der unselige Leonard damals war eifersüchtig gewesen auf jedes Buch, das Thirza in die Hand nahm, auf jede Minute, die sie nicht ausschließlich mit ihm befasst war. Puh, war das anstrengend gewesen! Mit Herbert gab es kein Problem. Thirza hatte nicht nur jedes zweite Wochenende frei, sondern stieß auch auf Verständnis, wenn sie kurzfristig absagte. So lief die Sache fast unmerklich aus. Irgendwelche Ferien nahten, was sollen wir tun, Studienreise, Bayreuther Festspiele? Weißt du, meine Mutter will ja schon lange mit mir eine Kreuzfahrt nach Grönland – ah Mutter, Grönland, find ich gut. Und vielleicht wäre es an der Zeit, unsere Beziehung zu überdenken? Wann, wenn nicht jetzt, du hast völlig recht, weg war er, Gott sei Dank.

Aber dann Ferien allein. Bayreuther Festspiele, allein.

Auf der Rückfahrt im Zug nach München saß Thirza zusammen mit zwei Frauen und zwei Mädchen im Abteil. Eine Mutter mit Töchtern und eine bedrückte junge Frau. Die kleinen Mädchen strickten, und wann immer eines eine Masche fallen ließ, rief es: »Oje!« Die großen Frauen redeten über Männer. Die junge Frau hatte Stress mit ihrem Freund: Und dann hab ich gesagt, und dann hat er gesagt, und dann hab ich gesagt, mir doch egal! Sie war zu einer einwöchigen Fortbildung aufgebrochen, seitdem Funkstille. »Weiß er denn, dass Sie heute wiederkommen?«, fragte die Ältere. – »Ja.« – »Vielleicht erwartet er Sie am Bahnhof?« – »Nein«, antwortete die Junge, in deren Gesicht sich Entsetzen malte; man sah, dass sie erst jetzt die Tragweite der Trennung begriff, und auch Thirza war betroffen. Nur selten hatte jemand auf sie gewartet, seit sie erwachsen war. Eigentlich nur Herbert, der Zuverlässige, immerhin zwei- oder dreimal mit einem Tulpenstrauß; Rituale, die hatte er drauf. Was wäre das jetzt schön, Herbert am Bahnhof, mit Tulpen. Auf einmal sah Thirza die ganze Ödnis ihres künftigen Lebens als einsame Palastrichterin vor sich: Arbeit bis zum Scheitel, Pflichterfüllung inmitten eines Meers von Rücksichtslosigkeit, Empörung, Unglück und Gier, zähe Vergleiche, Urteile, die nichts heilen, nach jeder mühseligen Befriedigung eine Woge neuer Fälle, alles, was ich entscheide, wird nach dreißig Jahren eingestampft, von mir bleibt nichts.

An ihrem letzten Ferientag, nach einem Sommer allein in der

Stadt, suchte Thirza im Lesesaal der Staatsbibliothek ein Buch, das ihr vor fünfzehn Jahren dort zufällig in die Hände geraten war. Titel vergessen, eine herzzerreißende russische Erzählung, neunzehntes Jahrhundert, Leibeigenschaft, Zerstörung einer Liebe durch Brutalität und Willkür. Es war ja sinnvoll, den eigenen kleinen Kummer erstens im Respekt vor fremdem, großem Leid zu vergessen, zweitens, ihn im Betrauern des berechtigten großen fremden Schmerzes trotzdem heimlich mit zu verarbeiten. Thirza, die stolz auf ihr fotografisches Gedächtnis war, hoffte noch, Abteilung und Regal dieses Buches finden zu können, auf der Rückseite des Lesesaals nach Süden hin. Sie fand nichts. Zuletzt saß sie an einem der Tische vor der großen Fensterfront nach Süden und durchkämmte ihr Gedächtnis. Der Autor: ein russischer Name, den man sich nicht merken kann. Im Titel irgendwas mit Frisur.

Ein Gewitter kam auf. Die Sonne verschwand. Gegen vier Uhr hoben sich mit leisem Rauschen die meterlangen Jalousien, und man sah einen dunkelgrauen Himmel. Zwischen Wolken und Dächern blieb ein weißer Streifen.

Wetterleuchten erhellte den Horizont. Donner polterte in der Ferne. Baumwipfel bogen sich, die Jalousie-Drähte zitterten im Wind, dann öffneten sich die Wolken, Böen schleuderten Regensalven gegen das Fenster. Um siebzehn Uhr war alles, auch der Horizont, schiefergrau, man hörte durch die dicken Scheiben erste Feuerwehrsirenen, dann Donnern ohne Unterlass, rumpelnd, krachend, in ohrenbetäubenden Schlägen; sekundenlange Blitze flammten kreuz und quer über den Himmel. Der Regen flog waagerecht, an den Dachfirsten standen Leefahnen aus sprühendem Wasser. Am Südfenster, weil der Strom seitwärts vorbeifegte, hörte man nur noch leises Knistern. Thirza hätte sich jetzt unter einer Decke an Herbert kuscheln können. Er war zwar unkuschelig, gewährte aber befristete Ausnahmen.

Lebe ich überhaupt das richtige Leben? Habe ich mir vielleicht nur eingebildet, eigene Entscheidungen zu treffen? Den ersten Keim hatte Gudrun gesetzt, als die kleine Thirza noch nicht mal wusste, was Justiz war, und das Gerede hatte es bis in Thirzas Träume geschafft: *Braves Kind! Keine Laster, lernst wie eine Maschine, du wirst in der Justiz Karriere machen.* Dann bestimmte Großvater Kargus die Maßstäbe. Die heranwachsende Thirza wollte seinen Respekt erlangen, und erlangte ihn, aber um welchen Preis? Kargus ... ein tapferer Mann. In gewisser Weise hatten alle seine Frauen sich ihm verweigert, die Gattin, die Schwägerinnen, die Tochter schon gar; nur Thirza nicht, und darauf folgt ein gruseliger Gedanke. Man hört ja manchmal, dass Mädchen ihre Partner nach dem Bild des Vaters wählen, was für Thirza, die ohne Vater aufwuchs, bedeutete: nach dem Vorbild von Kargus. Sie wählte erst in Opposition, das war der Fall Leonard, dann nach Ebenbild, das war Herbert.

Tja, jetzt heißt es tapfer sein, Thirza: Der Mann deines Lebens war Dr. Wilhelm Kargus. Kargus mit seiner Fürsorge und seiner stillen Grausamkeit und seiner Einsamkeit, mit seiner Selbstgerechtigkeit und seinem Sündenfall (dies mit Demut gesagt, denn kann ich beweisen, dass ich's besser gemacht hätte?): Kargus also, der Mann meines Lebens, irgendwie unschlagbar. Und Herbert, der unbewusst gewählte Abklatsch: Konnte man so einen aussuchen und sich dann beschweren, dass er war, wie er war? Vielleicht habe ich ihm Unrecht getan? Schade, dass es zu spät ist. Herzklopfen. Zu spät: Es gibt Wörter, die man tausendmal gedankenlos sagt, bis das Leben einen für ihre volle Bedeutung reif gemacht hat, und dann hauen sie einen um. Zu spät.

Als Thirza die Bibliothek verließ, lagen auf dem breiten Trottoir zerstreut Fahrräder wie verwundete Tiere. Sirenen-Autos flogen die Ludwigstraße entlang. Es waren die Nachwehen des Sturms, der Abend hellte auf, leichter Sprühregen in der Luft, kaum noch Wind. Thirza machte auf der Sohle kehrt, lief noch mal hinein zum Münzfernsprecher bei der Pförtnerloge, kramte Zehnpfennig-Münzen aus dem Portemonnaie und wählte aufgewühlt

Herberts Nummer. Es war nachmittags halb sechs, vielleicht traf sie ihn im Ministerium gerade noch an.

Er meldete sich mit unerwartet lebhafter Stimme.

»Herbert, könnte ich dich bitte kurz sprechen?«

Pause.

»Worum geht es?«

»Nur kurz, fünf Minuten. Aber nicht per Telefon.«

»Wo bist du?«

Er schlug als Treffpunkt den Hofgarten vor: ein Block von seiner Dienststelle entfernt, neutrales Terrain. Auch von der Staatsbibliothek waren es nur sieben Minuten zu gehen.

Der feuchte Garten glänzte, nur im Pavillon in der Mitte saß man trocken. Die Luft war jetzt frisch, niemand sonst unterwegs, über uns ein kalt leuchtender Himmel. Und hier kommt Herbert, der straff und froh aussieht – freut er sich am Ende über mich? Nein. Er erklärte hochkonzentriert, man habe ja einvernehmlich und begründet entschieden, dass die Sache nicht vollumfänglich den wechselseitigen Erwartungen entsprochen habe und man die Entscheidung daher am besten zur späteren Wiedervorlage ruhen lasse auf eine gern einvernehmlich festzulegende Frist. Thirza freute sich so sehr über die skrupulöse Rede im vertrauten Nominalstil, dass sie plötzlich heftig verliebt war. Sie wusste, dass in diesen Dingen fast alle Männer lügen, und die Frauen auch. Auf Herbert aber war Verlass, eine schmerzhafte Wahrheit besser als keine, und es gibt ja immer noch den Hoffnungsschimmer hinter der nun zu vereinbarenden Frist, auch wenn man's kaum aushält. Nein, man hält es nicht aus, und Thirza, Richterin am Landgericht München I, neununddreißig Jahre alt, fragt mit zitternder Stimme: »Können wir es nicht einfach noch mal versuchen?«, während ihr die Tränen aus den Augen laufen.

»Gib mir Zeit«, sagte er zögernd.

Sie verließen den Garten in verschiedenen Richtungen. Als Thirza sich umdrehte, sah sie, wie er am Tor zum Odeonsplatz einen kleinen Hüpfer machte. Er!, Ministerial-Herbert, hüpfte!, und sie begriff, dass er anderswo sein Glück gefunden hatte.

*

Zurückweisung ist immer hart, Zurückweisung durch eigenes Versagen aber unerträglich. Das Versagen bestand in diesem Fall aus Selbsttäuschung und Verstellung, grübelte Thirza. Thirza wollte nicht allein in die Oper gehen, deswegen hatte sie Herbert eine Art Neigung vorgespielt, damit er ihr eine Art Neigung vorspielte. Halt, nein, so auch wieder nicht. Sie hatte mit quälender Anstrengung eine Beziehung fantasiert, die es so nie gab. Aus Schwäche, aus Angst. Tja, aufgeflogen. Die Szene im Hofgarten eine unerhörte Peinlichkeit, nicht wegen der Tränen im Pavillon (geschenkt!), sondern wegen der minutenlangen panischen Einbildung, verliebt zu sein.

Wir überspringen jetzt die Phasen von Selbsthass und Jammer, der übrigens kaum mit Herbert zu tun hatte, und kommen zur Arbeit. Das ist nicht das Schlechteste: Wohl dem, der sich im Beruf verwirklichen kann! Ein Anspruch auf Liebe gehört nicht in den Grundrechtekatalog.

Thirza fühlte sich in der 44. Kammer wohl. Ihr neues Büro war genauso lang und hoch wie das alte, aber einen Meter breiter, vier statt drei Meter, und stiller, weil es in einen der beiden Innenhöfe ging. Auch hier hing von der Decke die Leuchtstoffröhre und an der Wand der Ölschinken (diesmal *Waldlichtung im Chiemgau* von Baldur Hochstetter, 1942, nachgedunkelt), auch hier war der Boden aus Linoleum. Das Zimmer wirkte aber freundlicher durch ein Erbe der Vorbewohnerin Ruth: zwei farbige Poster an der Wand, moderne Malerei. Beide Bilder bewegten Thirza schon durch ihre Namen: *Ein Engel geht durch den Garten* und *Ein Königreich*, beide von Matthias Körner. Realistisch waren sie nicht. Man ahnte Gegenstände: Umrisse von

Figuren, Palmwedel, beim ersten Bild einen Halbmond, beim zweiten Kegel, die die Hüte tanzender Gaukler sein konnten. Vor allem wirkten sie durch Farbe und Bewegung. Gedeckt rötlich grau und lila wie im Zwielicht der *Engel*. Festlich gelb in verschiedenen Tönungen, auf seltsame Weise voller Humor und Leichtigkeit das zweite. Thirza, die sich nie mit Kunst beschäftigt hatte, war ergriffen, ohne zu wissen, warum. Als Ruth fragte, ob sie die Plakate dalassen solle, wäre Thirza ihr gern um den Hals gefallen. Und die Wirkung hielt an. Der Ölschinken hing in Thirzas Rücken, die Poster vor ihr. Abends kam es vor, dass Thirza müde von ihren Akten aufsah und ins Königreich sank. Manchmal dachte sie mit einem Gefühl der Erlösung: Ein Engel geht durch den Garten.

Die Kammer war gut in Schuss. Nach der dramatischen letzten Epha-Zeit und der kalten, misstrauischen Atmosphäre um Ephas Nachfolger fühlte sich Thirza wie in Kur. Karl Eppinger und der Vorsitzende arbeiteten seit fünfzehn Jahren zusammen. Eppinger war ein juristischer Ziehsohn des Älteren, der mit Vornamen ebenfalls Karl hieß, mit Nachnamen aber Römer. Übrigens siezte Karl Römer seinen Ziehsohn. Als Thirza ihn nach dem Grund fragte, sagte er trocken: »Damit wir einander nicht verwechseln.« Die Förmlichkeit hatte den Vorteil, dass Thirza sich von Anfang an gleichberechtigt fühlte.

Da Karl Römer darauf drang, alle Urheber-, Marken- und Kartellentscheidungen als Kammer zu fällen, wurde Thirza schonend in das neue Gebiet eingeführt. Kein Vergleich mit der einsamen Aktenwühlerei damals bei Epha. Römer ermunterte Thirza, ihre Voten – sofern die Sache auf ein Urteil zulief – vor den Kammerbesprechungen auszuformulieren, und korrigierte mit spitzem Bleistift. Thirza fand es ermutigend, sich mit neununddreißig Jahren juristisch noch mal zu entwickeln. Die Fälle waren menschlich simpel, von unpersönlichem Gewinnstreben geprägt. Doch wegen der hohen Streitwerte hatte man mit hochbezahlten, spezialisierten Anwälten zu tun und musste entsprechend präzise urteilen. Es war, nach den Kalamitäten des Familiendezernats und dem Wirrwarr der Berufungskammer, eine hohe intellektuelle Schule.

Geklagt hatte etwa die Wettbewerbszentrale, ein eingetragener Verein zur Förderung gewerblicher Interessen, insbesondere zur Bekämpfung unlauteren Wettbewerbs. Beklagte war eine vor wenigen Jahren gegründete Firma namens *Gold7*, die mit Edelmetallen handelte und dabei das unter Markenschutz stehende Zeichen »Thaler« nutzte, Type Barock-Antiqua, dazu ein Taler-Logo mit Sonnenzeichnung. »Thaler« war eine 1817 gegründete klassische Goldscheideanstalt, die vor zehn Jahren ihre Edelmetallaktivitäten eingestellt und ihr Recht zur Benutzung der Marke an ein Fremdunternehmen abgetreten hatte. Dieses Unternehmen erteilte der Firma *Gold7* eine Lizenz.

Die *Gold7* streute daraufhin in ganz Bayern eine Briefkastenwurfsendung mit dem Text: *Thaler – Gold seit 1817. Große Tradition, klare Philosophie, Wert von morgen. Seit über 170 Jahren gilt der Name Thaler als erste Adresse in Deutschland, wenn es um GOLD geht.* Die Firma *Gold7* bot sich so den Bürgern als Käuferin und Verkäuferin von Gold an.

Die Wettbewerbszentrale mahnte die *Gold7* ab wegen der irreführenden Inanspruchnahme einer Geschäftstradition, über die *Gold7* nicht verfügte. *Gold7* gab eine strafbewehrte Unterlassungserklärung ab, in der sie sich verpflichtete, im Geschäftsverkehr die genannten Aussagen nicht zu wiederholen, ohne ausdrücklich oder sinngemäß darauf hinzuweisen, dass sie ein neugegründetes Unternehmen sei. Die Wettbewerbszentrale nahm diese Erklärung nicht an: »sinngemäße« Aussagen seien ein zu weiches Kriterium, außerdem beseitige die Erklärung die Wiederholungsgefahr nicht. Die angegriffenen Formulierungen liefen den anständigen Gepflogenheiten in Gewerbe und Handel zuwider und seien deshalb zu unterlassen.

Die Beklagte trat dem entgegen.

Nach der mündlichen Verhandlung wurde die Beklagte verurteilt. Begründung, von Thirza geschrieben:

Die angegriffenen Werbeaussagen seien irreführend und zu unterlassen, da sie zur Täuschung geeignete Angaben über Eigenschaften des Unternehmens enthielten. Sie suggerierten bei den angesprochenen Verkehrskreisen eine Solidität und langjährige Wertschätzung innerhalb des Kundenkreises, die es nicht durch eigene Geschäftstätigkeit erworben habe. Alterswerbung enthalte versteckte Qualitätssignale. Wer sein Unternehmen in der Werbung älter mache, als es in Wirklichkeit sei, verstoße grundsätzlich gegen § 5 UWG.

Für die Beurteilung, ob eine Werbung irreführend sei, komme es auf den Gesamteindruck an, den sie bei ihren Adressaten erziele. Da die Beklagte sich in ihrer Briefkastenwurfsendung an den allgemeinen Verkehr wende, dürfe sie sich nicht mit Erfolg darauf berufen, dass ihre vermögenden und in Goldgeschäften erfahrenen Kunden die Hintergründe richtig einschätzten. Die Mitglieder der Kammer könnten diesen Punkt, indem sie zu den angesprochenen Verkehrskreisen gehörten, aufgrund eigener Sachkenntnis beurteilen.

Die irreführende Alters- und Traditionswerbung sei wettbewerblich relevant, da sie geeignet sei, die Marktentscheidung der angesprochenen Verkehrskreise zu beeinflussen. Dass sie kein alleinentscheidendes Merkmal sei, ändere daran nichts. Stelle ein Unternehmen mit seiner Werbung ein Merkmal heraus, deute die von ihm selbst diesem Merkmal eingeräumte Bedeutung darauf hin, dass dem auch ein korrespondierendes Verbraucherinteresse entspreche.

Das Verbot der angesprochenen Aussagen sei auch nicht unverhältnismäßig, da im Streitfall keine schutzwürdigen Interessen der Beklagten einem Verbot der irreführenden Angaben entgegenstehen könnten.

Die Wiederholungsgefahr sei durch die von der Beklagten angebotene Unterlassungserklärung nicht ausgeräumt worden, da sie den bestehenden Unterlassungsanspruch nach Inhalt und Umfang nicht voll abdecke. Der Klägerin könne nicht zugemutet werden, mit der Beklagten darüber zu streiten, ob die Irreführung aus anderen, in der Unterlassungserklärung nicht erwähnten Angaben ausgeräumt worden sei und deshalb keine kerngleiche Handlung vorliege oder ob mangels solcher Angaben eine kerngleiche, doch von der Unterlassungserklärung nicht erfasste Verletzungshandlung gegeben sei.

Schön, nicht?

*

Was war das Neue? Bei den meisten Streitigkeiten ging es um Marktkonkurrenz, Machtakkumulation und Verteilungskämpfe. Die Parteien täuschten und trickten, betrogen und verleumdeten gelegentlich auch, versuchten einander das Wasser abzugraben oder schwächere Konkurrenten plattzumachen. Sie taten also das Gleiche wie die zerstrittenen Bürger, mit dem Unterschied, dass sie nicht aus individuellem Antrieb handelten, sondern meinten, als Teilnehmer am Geschäftsleben gar nicht anders handeln zu können. Der Vorteil aus Thirzas Sicht: Die Firmen waren nicht so verquer, verbohrt und selbstzerstörerisch wie private Streiter, sondern berechenbar auf ihren Vorteil bedacht. Der Nachteil: Es gab kaum Chancen auf Einsicht oder Besinnung. Die Parteien würden weiter versuchen, einander zu schädigen, sie konnten gar nicht anders. Kaum hatte das Gericht ihnen Grenzen aufgezeigt, begannen sie darüber nachzudenken, wie sie die Schranken unterlaufen könnten. Sie beauftragten teure Anwälte, um Gesetzeslücken aufzuspüren. Und die wirtschaftlich Starken legten fast immer Rechtsmittel ein, da Prozesskosten sie nicht schreckten. Letztlich war es, bei aller Behauptung von Sachlichkeit und Fairness, eine bedenkenlos aggressive Kultur.

Da nun aber der aus seiner Nichtigkeit heraus machtsüchtige Mensch nach unendlich viel schlechter Erfahrung allmählich begriff, dass unbegrenzte Macht das Gemeinwesen schädigt, suchte er mechanische Lösungen. Die politische Lösung zur Machtkontrolle ist, nun ja, die Demokratie. Die wirtschaftliche Lösung ist, nun ja, die Justiz. In den fünfziger Jahren erkannte die herrschende Meinung, dass schrankenlose Vertragsfreiheit den Wettbewerb ruiniert: *Unsere Freiheit ist die Freiheit eines freien Fuchses in einem freien Hühnerstall* – Roger Garaudy, 1955. So wurden neue Gesetze verabschiedet: das Gesetz gegen den unlauteren Wettbewerb (UWG) und das Gesetz gegen Wettbewerbsbeschränkungen (GWB). Also weiter, Schlag auf Schlag.

Durfte der Großhersteller von Tiefkühlprodukten *Glücksfrost* die Eissorte *Koselglück* anbieten, auf deren Deckel ein volles Weinglas und der bekannte Koselwein-Schriftzug abgebildet waren? Die Organisation der Koselweinwirtschaft klagte wegen Rufausnutzung: Sie beantragte vor Gericht,

> *die Beklagte zu verurteilen, es bei Meidung eines Ordnungsgeldes bis zu 100.000 Mark, ersatzweise Ordnungshaft, zu vollziehen an einem der jeweiligen Geschäftsführer ihrer Komplementär-GmbH, zu unterlassen, im geschäftlichen Verkehr mit Tiefkühlkost die Bezeichnung »Koselglück« zu verwenden.*

Die Beklagte beantragte, die Klage abzuweisen.

Oder: Durfte die Kaufhauskette *Paradies* in ihrer Kofferabteilung die Nobelkoffer der Firma *Primary* verkaufen? *Primary* legte Wert darauf, dass ihre von ausländischen Touristen sehr begehrten unverwechselbaren Koffer – alle schwarz in Alu-Optik mit abgerundeten Hochglanz-Schutzecken – nur in noblem Ambiente angeboten wurden und dass insbesondere ihre im oberen Bereich des Angemessenen liegenden Preisempfehlungen eingehalten wurden. *Paradies*, in der Eigendarstellung weniger nobel, neigte dazu, die Preisempfehlungen der Hersteller zu unterbieten. *Primary* weigerte sich, *Paradies* zu beliefern, um einen Imageschaden zu verhindern. *Paradies* klagte auf Belieferung. Streitwert: eine Million Mark.

Oder: Durfte ein Autor sein Ratgeber-Sachbuch *Dreistreich zum großen Geld* in Anlehnung an den Klassiker der populären Wirtschaftsliteratur *Dreist wird Reich. Ein Leitfaden zum schnellen Geld* nennen? Der Verlag des älteren Buches, das seit sieben Jahren auf den Bestsellerlisten stand, klagte auf Unterlassung wegen Verwechslungsgefahr. Streitwert: 50.000 Mark.

Es gab auch komische Fälle wie den Erbstreit um die Rechte am bayerischen Volkslied-Klassiker *Bayernland hat Oberhand*, der im Jahr 200.000 Mark Tantiemen abwarf, weil er bei sämtlichen ländlichen Feiern, auch in allen Bierzelten auf dem Oktoberfest, mindestens dreimal pro Abend gespielt wurde. Komponist und Texter waren verstorben, nun stritten die jeweiligen Erben, die außerdem Verwandte dritten Grades waren, um die Aufteilung. Die Erben des Texters bestanden auf hälftiger Teilung. Die Erben des Komponisten forderten zwei Drittel, da die Hälfte des Liedes aus einem Jodler bestand, dem sie die Qualität einer eigenschöpferischen Wortleistung absprachen. Man stritt um volksmusikalische Wurzeln und Erfindungshöhe (Jodler: *Holleraa – hudiliöö – dolioo*), und da sich die Parteien in vier Verhandlungen nicht vergleichen wollten, konnte der berichterstattende Eppinger das Lied schließlich auswendig und jodelte es zur Feier des Vorsitzenden, als Römer in Pension ging.

Private Kontakte innerhalb der Kammer gab es kaum. Die Besprechungen waren anspruchsvoll, von lustvoller Ironie, doch unpersönlich. Römers Temperament beschränkte sich auf das Juristische. Eppinger wurde nach dem Dienst von seiner inzwischen siebenköpfigen Familie verschluckt. Thirza suchte weiterhin ihre Befriedigung in der Arbeit.

Nur vermisste sie ab dem zweiten Jahr das Verhandeln. In der 42. Kammer hatte sie von Anfang an selbständig gearbeitet und hunderte Verfahren als Einzelrichterin entschieden. In der 44. durfte sie nicht mal in den Sach- und Streitstand einführen. Nur allgemeine privatrechtliche Streitigkeiten überließ ihr Karl Römer, dem Karl Eppinger nie widersprach. Um ihre Selbständigkeit nicht zu verlieren, übte sich Thirza in Mediationen. In Mediationen ist der Richter nicht Entscheider, sondern Vermittler, kann aber die Auseinandersetzung steuern.

Römer beobachtete diese Aktivität mit Skepsis. »Unsere Kollegin scheint bei uns nicht ausgelastet zu sein«, bemerkte er zu Karl Eppinger.

»Haben Sie Grund zu Beanstandungen?«, fragte Thirza.

»Tatsächlich nicht. Doch halte ich dieses neue Mediationswesen für den Untergang der Rechtskultur. Ich meine, dass alle Vorteile der gerichtlichen Mediation sich praktisch ausnahmslos auch im gerichtlichen Verfahren erzielen lassen, ohne dass man dessen kostbare prozessuale Errungenschaften über Bord werfen müsste.«

Er redete wirklich immer in diesem Ton, genüsslich ironisch, wobei er Thirza prüfend von der Seite ansah, mit Sphinxlächeln. Und er diskutierte so hartnäckig und gewandt, dass es Thirza nie gelang, sich gegen ihn durchzusetzen. Deswegen stritt sie nicht über Mediation, sondern lenkte ab. »Als Mediatorin habe ich zumindest eine gewisse Selbständigkeit. Ich will ja an Ihrer starken Seite nicht rosten.«

Erhobene weiße Augenbraue: »So entschlossen auf dem Cursus Honorum? Sehnen Sie sich wirklich nach meiner Danaidenarbeit?« Ein schwerer prüfender, undurchdringlicher Blick.

»Was ist Danaidenarbeit?«, fragte Thirza später Karl Eppinger.

»Danaiden sind Gestalten aus der griechischen Mythologie: die fünfzig Töchter des Danaos. Sie haben in der Hochzeitsnacht ihre Männer ermordet und müssen zur Strafe immerzu Wasser in ein Fass ohne Boden schöpfen.«

»So empfindet er seine Arbeit? Das ist wohl Koketterie?«
»Er hat Probleme mit den Augen.«

Der Vorsitzende musste alle Akten kennen, also neben den seinen auch die Fälle der beiden Berichterstatter, und Römer kannte sie wirklich, während seinerzeit Epha die Akten der Beisitzer nur überflogen hatte. Dass das Lesen Römer Mühe bereitete, bewegte Thirza. Zum ersten Mal wurde ihr bewusst, dass er verwundbar war.

»Strebst du wirklich nach seiner Danaidenarbeit?«, fragte Karl Eppinger.

Mit Karl war Thirza rasch per Du gewesen. Er behandelte sie seinem Vorbild Römer folgend etwas ironisch, doch immer großzügig und hilfsbereit. Sie empfand ihn wie einen älteren Bruder. Übrigens wie einen immer weniger älteren. Sie holte rasch auf. Und sie schrieb klarere Urteile. Sie formulierte von Haus aus besser und nahm sich außerdem mehr Zeit, weil sie welche hatte. Ohne es direkt geplant zu haben, befand sie sich inzwischen im Wettbewerb mit Karl. Und seine Danaiden-Nachfrage bedeutete, dass er es gemerkt hatte.

*

Einmal wurde Römer von einer Wespe in die Nasenwurzel gestochen, während er im Garten seines Reihenhauses den Rasen mähte. Seine Stirn schwoll an. Da er auf der linken Seite schlief, sackte die Schwellung im Laufe der Nacht in die linke Augenhöhle und füllte sie vollständig aus, so dass er das Auge nicht mehr öffnen konnte. Er berichtete davon mit Humor, während er Thirza aus dem rechten Auge prüfte. In der nächsten Nacht schlief er auf der rechten Seite, worauf er mit links prüfen musste. Dann ging die Schwellung zurück, und die betroffenen Hautflächen verfärbten sich lila, grün und gelb. In dieser Verfassung gab er Thirzas Einzelrichterbegehren bei einem Kartellfall erstmals nach, »damit Sie sich austoben können«. Er sah Thirza von der Seite an unter seinem violetten Lid. Thirza blickte in die müden hellgrünen Augen und fand ihn plötzlich um fünf Jahre gealtert. Sie hatte kürzlich gelesen, dass Menschen nicht linear, sondern in Schüben altern. Abends im Toilettenspiegel erforschte sie ihr eigenes Gesicht, die silbernen Fäden im kräftigen Haar, die Lachfältchen, die etwas fleckige Haut, die Poren auf der Nase, und erschrak.

*

Thirza freundete sich mit einem Richter aus dem Nachbarbüro an, einfach weil sie den gleichen Rhythmus hatten. Sie sahen einander donnerstag- und freitagmorgens zur gleichen Zeit die Bürotür aufschließen, bekamen zur gleichen Zeit Hunger und aßen die gleichen fünfundzwanzig Minuten in der Kantine, trotzdem schien er keinen Wert auf näheren Umgang zu legen. »Angenehm. Dr. Luszczewski«, das war alles. Thirza suchte sich also einen anderen Tisch. Übrigens hielt sie Dr. Luszczewski für schwul. Ein Mann von Ende dreißig, auf den ersten Blick flott mit einem weichen runden, solariumbraunen Gesicht und perlweißen Zähnen, auf den zweiten Blick aber steif und bedrückt. Sie sah ihn noch bedrückter werden und dann verschwinden; er wirkte einfach immer durchsichtiger und schien, als er fort war, noch eine Weile auf dem Kantinenweg als Eiswolke neben ihr zu schweben.

Nach einigen Wochen war er wieder da, schloss morgens zur üblichen Zeit das Büro auf und grüßte deprimiert, ging mittags aber nicht zum Essen, sondern aus dem Haus, und hielt das drei Monate so. Eines Tages näherte er sich und gab eine Erklärung ab: Er habe einen Burnout erlitten und sei vom Arzt verurteilt worden, jeden Mittag einmal um den Justizpalast zu laufen. Nach so vielen einsamen Runden sei ihm langweilig geworden; ob Thirza zur Probe mitgehen wolle? Er fragte dies mit einer Miene, als beiße er in einen sauren Apfel.

Die Gespräche wurden interessanter als erwartet. Als Beisitzer einer Bankenkammer habe er im Wesentlichen mit Geldgier zu tun, sagte Dr. Luszczewski. Er halte den Großteil seiner Klientel für nicht rechtsschutzwürdig. Ja, er wisse, dass man das nicht mal denken dürfe, und handle auch nicht danach, doch genau das sei sein Problem: mit enormem Einsatz die verdorbenen Verhältnisse verdorbener Rechtssubjekte zu ordnen.

So schäumte er still vor sich hin. Bis vor drei Jahren war er Staatsanwalt in der Stadt N. gewesen, zuständig für Drogenkriminalität. Er fasste zusammen: »Eine ungeheure Augenwischerei, die sich nach der politisch erwünschten Statistik richtet.« Je mehr Kontrollen, desto mehr Delikte. Wenn die Statistik nicht passte, wurden zusätzliche Kontrollen durchgeführt, die immer zum gewünschten Ergebnis führten; allein was in der Post gefunden wurde, wenn man sie einen einzigen Tag durchleuchtete. Dann sollte die Behörde wieder Geld sparen, und man fuhr die Einsätze zurück. Personell waren sie ohnehin unterbesetzt gewesen, in einer Abteilung für sechs Staatsanwälte nur zu zweit. Wenn sie reklamierten, sie bräuchten mehr Leute, hieß es, die Zahlen gäben es nicht her. Luszczewski hatte zehn bis zwölf Stunden gearbeitet, oft auch an Wochenenden. Viele Leute in Haft: hohe Strafen, kein fester Wohnsitz, also enormer Druck, ständig Eilverfügungen, Telefon, Verantwortung, niemand, mit dem man die Last teilen konnte, denn wenn der andere im Gericht war, hielt Luszczewski allein das Büro, und umgekehrt. Als die beiden um eine halbe zusätzliche Stelle für die Abteilung flehten, wurden sie abgefertigt wie faule Stümper. Auf dem Heimweg abends im Auto öffnete Luszczewski auch im Winter beide Fenster, um nicht einzuschlafen. Daheim aber fand er keine Ruhe, hoher Blutdruck, Kopfschmerzen. Immerhin kam am Ende ein neuer Behördenleiter, der sagte: »Was man mit Ihnen gemacht hat, grenzt an Körperverletzung.« Sehr tröstlich.

Luszczewski war danach zur Wirtschaftskriminalität gewechselt. Dort war es weniger dramatisch, aber vertrackter. Und übrigens, die großen Gauner hätten sie nie geschnappt. Es folgten Beispiele auf Beispiele. Luszczewski referierte so obsessiv wie angewidert: Ein hartnäckiger Geschäftsmann wehrte sich so lange und trickreich mit so unverschämten Anwälten gegen sein Steuerverfahren, bis Dr. Luszczewski es einstellen musste. Zum höhnischen Dank schickte der Entkommene dem Staatsanwalt eine Kiste Champagner aus Liechtenstein. Sehr witzig, und nebenbei eine Belästigung: Luszczewski musste die Sendung anzeigen und dem Kaufmann schreiben, dass die eigenmächtig gesendete Kiste binnen 14 Tagen abzuholen sei, andernfalls sie von der Poststelle vernichtet würde.

Luszczewski hegte übrigens den Verdacht, dass das Ministerium diesen Prozess behindert hatte. Ihm sei kein Verfahren bekannt, in dem ein bayerischer Großunternehmer verurteilt worden wäre. Ein krimineller Anwalt entwischte mehrmals, weil die Behörde ihn anscheinend warnte. Danach wurden zwei Ermittlungen gegen Großkopferte plötzlich zur Berichtssache erklärt, was bedeutete, dass Luszczewski den Generalstaatsanwalt regelmäßig über Verfahrensstand und beabsichtigte Maßnahmen in Kenntnis zu setzen hatte. Und der Generalstaatsanwalt hatte so oft telefonisch interveniert und eine Anklage verhindert, bis Luszczewski die Sinnlosigkeit seines Vorhabens begriff und die Ermittlungen einstellte.

Als Thirza in ihrer Kammer davon erzählte, wobei sie instinktiv vorgab, die Gerüchte seien ihr aus dem Äther zugeflogen, wirkte keiner überrascht. Römer bemerkte statuarisch: »Iliacos intra muros peccatur et extra.«

»Wie bitte?«

»Innerhalb der Mauern Trojas sowie außerhalb wird gesündigt. Horaz.« Eppinger, der gute Ziehsohn, kannte Römers Repertoire.

Römer, gedankenvoll: »Dat veniam corvis, vexat censura columbas.«

Eppinger: »Den Raben verzeiht, die Tauben plagt die Kritik. Juvenal.«

Römer in der Pose eines Prüfers: »Sed quis custodiet ipsos custodes?«

Thirza: »An das erinnere ich mich! Wer bewacht die Wächter? Juvenal!«

Eppinger zu Thirza, gemütlich: »Du hast den Kopf noch mal aus der Schlinge gezogen.«

Die beiden Karls lächelten, denn durch die lateinische Benennung hatten sie die Hoheit über das Geschehen zurückgewonnen.

*

Auf der nächsten Zwangsrunde um den Palast reichte Thirza die klassischen Sentenzen an Dr. Luszczewski weiter. »Das genau ist das Problem«, seufzte er. »So wenig wie unsere Kunden rechtsschutzwürdig sind, so wenig sind wir rechtswürdig.«

Thirza fand ihn immer netter. Sie schätzte seine beseelte, durch keinerlei Ironie geschützte Moral, seine Skrupel, das uneitle Wesen, die ehrliche Trauer. Doch sehnte sie sich manchmal nach dem Feuer von Blank.

Inzwischen war Herbst. Vom Eingang des Justizpalasts in der Prielmayerstraße aus waren es 190 Schritte an der hellen, neobarocken Front des Justizpalasts und der dunklen Backsteinfassade des Oberlandesgerichts entlang. Die kurze Seite des OLG-Blocks entsprach 112 Schritten. Auf der Rückseite der beiden Gerichtsgebäude ging man im Verkehrsgeheul der Elisenstraße 320 Schritte bis zur Sonnenstraße, um diese noch lautere kurze Seite mit ebenfalls 112 Schritten zu passieren. Die geringere Gebäudetiefe des Justizpalasts im Vergleich zum Oberlandesgericht wurde durch eine Grasfläche ausgeglichen. 130 weitere Schritte führten zum Eingang zurück. Dr. Luszczewski legte die Strecke immer im Uhrzeigersinn zurück und beklagte jeden Meter. Bisweilen schaffte es Thirza, ihn zur Gegenrichtung zu überreden und an der Ecke zum Stachus, weil es dort eine Fußgängerampel gab, über die Elisenstraße hinüber in den Alten Botanischen Garten zu drücken, obwohl Luszczewski über die langen Rotphasen nörgelte. Man konnte so die Runde durch die verschiedenen Wege des Gartens erweitern und variieren, außerdem war es zwischen den Bäumen weniger laut.

Garten und ehemalige Schauseite des Justizpalasts waren optisch aufeinander bezogen, doch durch die dröhnende Elisenstraße voneinander getrennt. Deswegen betrat man den Palast inzwischen von Süden her durch seine ehemalige Rückseite an der Prielmayerstraße. Das seinerzeitige Nordvestibül war ein kahler, halliger Aufenthaltsraum mit zwölf Meter hoher Decke, ein paar harten Stühlen und einem Kaffeeautomaten geworden. Luszczewski schimpfte auf Straßen, Vestibül und Kaffee. Er schimpfte auf den Neptunbrunnen von 1937, der dem alten Haupteingang direkt gegenüberlag, und warf einen traurigen Blick auf das Gemächt Neptuns, der eine plumpe Kopie des David von Michelangelo war. »Vom plumpen Dreizack ganz zu schweigen. Eine ästhetische Urheberrechtsverletzung von ungeheuerlicher Brutalität.«

»Es gibt keine ästhetische Urheberrechtsverletzung«, bemerkte Thirza sanft.

»Ich korrigiere mich wie folgt: eine Urheberverletzung.« Zum ersten Mal lächelte er.

Obwohl es ein makellos klarer, sonniger Tag war, ging straffer Wind, und das goldene Laub rieselte dicht und stetig wie Schnee. Thirza drehte sich um ihre Achse und freute sich an diesem leuchtenden Tanz der Natur, den sie immerhin ohne Luszczewski verpasst hätte.

»In N. hatten wir einen Richter, der einfach alles unterschrieb«, erzählte Luszczewski. »Und zwar nicht wie wir alle ab und zu aus Bequemlichkeit, nachdem wir immerhin gelesen haben. Dieser unterzeichnete mechanisch. Einmal überführte ihn ein Kollege, indem er dem Mann sein Todesurteil vorlegte. Mit dessen vollem Namen: *Der Angeklagte Josef Gönner wird wegen Amtsanma-*

ßung zum Tod durch den Strang verurteilt. Das Urteil ist sofort vollstreckbar. Eine Revision wird nicht zugelassen. Angewandte Vorschrift Paragraf 132 StGB. Gönner unterschrieb, ohne mit der Wimper zu zucken. Als er begriff, dass er reingelegt worden war, tobte er vor Wut. Keiner hätte ihm einen solchen Ausbruch zugetraut. Er wollte den Kollegen sogar verklagen. Und was ergrimmte ihn am meisten? Der Paragraf 132«, schloss Luszczewski deprimiert.

Thirza lachte. »Und, kam der Kollege davon?«
»Der Unterschreibende?«
»Der Überführende.«
»Der wurde im Jahr darauf vorzeitig pensioniert. Ob es einen Zusammenhang gab, wissen wir nicht. Er galt, wie man so schön sagt, als umstrittene Persönlichkeit.«

Die Nummer wäre eines Blank würdig, dachte Thirza. Blank ... was wohl aus dem geworden war?

Und in diesem Moment tauchte wie vom Wind hergeweht Blank tatsächlich auf. Vom Karlsplatz her kommend schob er fast übermütig einen Kinderwagen durch das Laub.

»Herr Blank!«, schrie Thirza.

Er kam nach einer schwungvollen Kurve bei ihnen zum Stehen: kräftiger als früher, mit roten Wangen. »Frau Zorniger! Nicht am Schreibtisch! Steht im Freien! Unergründlich sind die Wege des Herrn! Ist das Ihr Gatte?«

»Nein, mein Kollege Dr. Luszczewski. Herr Luszczewski, das ist ...«

»Hab's mitgekriegt. Der berühmte Herr Blank.«

Die Männer quetschten einander desinteressiert die Hände.

»Und, wie läuft's am Amtsgericht?«, fragte Thirza.

»Na, das übliche Chaos. Ich übernahm das Referat eines Kollegen, der mit dreiundfünfzig einem Herzinfarkt erlegen war. Die anderen hatten seine einfachen Sachen nebenbei erledigt, aber dreihundert Hämmer liegen gelassen. Gleich der erste ein Bauprozess mit zwanzig eingeklagten Positionen, zu jeder Position zehn Schriftsätze«, kicherte Blank. »Ich habe binnen zwei Jahren die dreihundert auf sechzig heruntergefahren. Immerhin, am Amtsgericht kann man Brücken bauen ...« Kicherte wieder. Sprudelte wie um zehn Jahre verjüngt. »Und jetzt soll ich wieder Strafrecht machen auf meine alten Tage. Ich habe versprochen, nach dem Urlaub meine Entscheidung bekannt zu geben. Was raten Sie mir, liebe Kollegin?«

»Ich rate Ihnen, Ihren Urlaub zu genießen. Freuen Sie sich an Ihrem Enkel.«

»Das ist mein Sohn.«

*

Karl Römers Auftritt im Gerichtssaal war überlegen, straff, von selbstverständlicher Autorität. Römer war niemals hochfahrend höhnisch wie Epha und niemals kameradschaftlich wie Blank. Sein dumpfer Bass füllte mühelos den Saal. Die Verhandlungen waren zielstrebig und kurz. In der Kammer aber wirkte er zunehmend zerstreut, murmelte lateinische Sentenzen vor sich hin, verlor sich in Gedanken.

»Si inlabatur ... si inlabatur orbis ...«

»Wie bitte?«

Er riss sich zusammen. »Si fractus inlabatur orbis, impavidum ferient ruinae.« Er fügte hinzu: »Horaz.« Er lieferte nach einem prüfenden Seitenblick die Übersetzung: »Wenn zerbrochen der Erdkreis einstürzt, werden die Trümmer den Furchtlosen treffen.«

Thirza überlegte. »Sind Sie der Furchtlose?«

»Nein.«

»Worüber denken Sie nach?«

»Über Unfälle und wie man sie vermeiden kann, wenn man sie vielleicht voraussieht.«

Bei Thirzas Einzelrichterverhandlung saß er im Zuschauerraum und machte Notizen. »Haben Sie Anmerkungen für mich?«, fragte Thirza am nächsten Tag.

»Nein.«

»Was haben Sie denn immerzu notiert?«

»Mein Testament«, sagte er ironisch. »Erkennbar ist, dass assistierende Anschauung die eigene Praxis nicht vollumfänglich ersetzt.« Thirza deutete den Satz nach einigem Zögern als Anerkennung. Schließlich hatte sie viel mehr Verhandlungserfahrung als Karl Eppinger, der nach so vielen Zöglingsjahren bequem geworden war.

Fürchtete sich Römer vor der Pension? Von seinem Privatleben war wenig bekannt. Er hatte, wie sich das gehört, zwei Kinder großgezogen und war ihnen ein gerechter, liebloser Vater gewesen. Beide waren schlecht auf ihn zu sprechen. Der Sohn arbeitete irgendwo am fränkischsten Ende des Freistaats als Gymnasiallehrer für Latein und Griechisch, die Tochter aber war kürzlich aus einer missglückten Ehe zu den Eltern getürmt, denen sie gleichzeitig an ihrer Misere die Schuld gab. Römer fürchtete, sie würde bleiben, denn sie hatte keinen Beruf, der sie auf eigene Füße gestellt hätte – sie war seinerzeit aus Schule und Elternhaus in die Arme eines viel älteren Mannes geflohen, vor dem sie jetzt ins Elternhaus zurückfloh. Außerdem hatte sie zwei Kinder mitgebracht, Römers Enkel.

Römer mochte, wie Karl Eppinger wusste, keine Kinder. Säuglinge waren für ihn plärrende, nässende Fleischklumpen, Kinder brabbelnde, rotzende, hirnlose kleine Barbaren. Von solchen wollte er sich den Ruhestand nicht verderben lassen. In dieser turbulenten Lage hätte Römer beinah die jährliche Einladung seiner Kammer abgesagt.

Römer lud wie seinerzeit Epha Richter und Geschäftsstelle getrennt ein, an verschiedenen Samstagen in dasselbe ziemlich edle griechische Restaurant. Epha hatte die Damen in einen billigeren Laden geführt und die Kammerkollegen zu Hause bewirtet, insofern leuchtete die Termintrennung ein. Bei Römer mutmaßte man einen anderen Grund: Die Damen schwärmten für den Vorsitzenden, und er wollte die Beschwärmtheit nicht mit Eppinger teilen. Nun stand wieder ein solches Essen an, das letzte in Römers Amtszeit, und Römer änderte im letzten Augenblick den Treffpunkt. Das sah ihm nicht ähnlich. Und er lud sie, auch das noch, zu sich nach Hause ein, wo sie noch nie gewesen waren. Seinem Ziehsohn Eppinger offenbarte er in größter Verlegenheit den Grund: Frau und Tochter waren, um etwas mit dem Schwiegersohn zu klären, genau an jenem Samstag kurzfristig nach Neu-Ulm gereist und würden dort auch übernachten. Römer hatte für die Enkel zu sorgen, konnte also nicht aus dem Haus. Natürlich hätte er die Einladung verschieben können, doch Terminverschiebungen waren ihm ein Gräuel. Außerdem – das mutmaßte Eppinger – fürchtete er sich, mit den Kindern allein zu sein.

Und so besuchten Karl und Thirza am geplanten Samstag um zwanzig Uhr Römer in dessen Heim. Die Gattin hatte Suppe zum Aufwärmen und Antipasti bereitgestellt. Die Kinder seien schon abgespeist, antwortete Römer auf Karls Nachfrage. Der präpubertäre Enkel sehe im Souterrain fern. Die kleine Enkelin im Vorschulalter habe er zu Bett gebracht, doch möge man nicht erschrecken, wenn man über sie stolpere: Sie tappe unkontrollierbar durchs Haus, um sich von allem ein Bild zu machen.

Inmitten dieser Anarchie trat Römer würdig auf wie immer im Dreiteiler mit Fliege, imposant durch Haltung und Fassung, ein müder Fürst an der zeitlichen Grenze seines Imperiums. Er dekantierte sorgfältig einen italienischen Rotwein, holte dann eine weitere Flasche aus dem Keller – sie hörten ihn auf der metallenen Wendeltreppe unterdrückt rufen: »Susi, was suchst du hier! Mach, dass du ins Bett kommst!« – und schenkte nach.

Da die drei Richter unter sich waren, denn Karls Frau musste sich um die Eppinger-Großfamilie kümmern, konnten sie unbefangen über Justiz reden, was der Unterhaltung eine routinierte Leichtigkeit verlieh. Urheberrechtsnovelle. Revisionen. Klatsch über Kollegen. Gerüchte aus dem Bundesgerichtshof. Als die Antipasti verzehrt waren, wechselte die Kammer vom Esszimmer zur braunen Altledergarnitur, ohne dass die Unterhaltung ins Stocken geraten wäre. Römer, der sich allmählich entspannte, problematisierte ein Urteil des Bundesverfassungsgerichts, Eppinger sekundierte gutgelaunt; und während sie so redeten, schlich die kleine Enkelin herein und setzte sich neben Römer auf die Couch. Er wurde überrumpelt. Sein Mienenspiel zeigte, dass er ein Machtwort erwog und verwarf, da er nicht als Tyrann erscheinen wollte. Also versuchte er, das Balg zu ignorieren. Es blickte aufmerksam zu ihm hoch: Offenbar hatte es eine Gelegenheit erkannt, sich dem Hausherrn zu nähern, ohne verscheucht zu werden. Nach einer Weile hob es vorsichtig ein Händchen, betastete seine faltige Wange und fragte: »Opa, warum hast du so viele Knicke im Gesicht?«

Römer war, unerwartet und unfassbar, sprachlos. Er zog den Kopf zwischen die Schultern, und seine Haltung drückte hilfloses Missbehagen aus. Schließlich entfernte er das Händchen mit spitzen Fingern.

Karl Eppinger sprang ein. »Die Knicke kommen davon, dass der Opa schon so lange auf der Welt ist. Ungefähr jedes Jahr gibt's einen neuen Knick. Er ist ja der Papa von deiner Mama, und deine Mama war mal genauso klein wie du jetzt.«

»Echt?«

Susi wiegte das rotbehaarte Köpfchen und dachte nach. Sie hatte kleine hellgrüne Augen, wie der Opa. Nach einer Weile sagte sie: »Krass.«

»Und du wirst auch mal so groß wie deine Mama und wirst selber Kinder haben, die so klein sind wie du jetzt«, fuhr Eppinger fort. »Und eines Tages wirst du so alt sein wie der Opa, und dann hast du selber Knicke im Gesicht.«

»Grusel!«

*

»Susi ist ein kluges Kind. Und sie hat Ihre Augen«, bemerkte Thirza drei Tage später vor der nächsten Kammerbesprechung zu Römer, während er seine Unterlagen vom Schreibtisch holte. Karl Eppinger war noch nicht da.

»Sind Sie gekommen, um mit mir über meine Enkelin zu sprechen«, erwiderte Römer spröde.

»Nein, es ergab sich nur gerade. Darf ich noch eine persönliche Frage stellen?«

»Eine.«

»Was hatten Sie früher für eine Haarfarbe?«

»Rot. Warum?«

»Wie Susi«, sagte Thirza. »In ihr leben Sie weiter.« Römer, leicht vorgebeugt an seinem Schreibtisch, die Unterlagen in den Händen, hielt kurz in der Bewegung inne und wandte Thirza direkt sein Gesicht zu, zum ersten Mal.

Drei Monate später bestand die prekäre Römer'sche Hausgemeinschaft immer noch.

»Es gibt Verpflichtungen«, erklärte Römer. »Meine Enkelin redet Comicsprache. Einem Fortschreiten dieser Entwicklung gilt es Einhalt zu gebieten.«

Weitere Wochen vergingen.

»Und, redet sie immer noch Comicsprache?«

Er grinste verlegen: »Sie redet Latein!«

*

Römer würde zum 30. April des neuen Jahres in Pension gehen.

Karl Eppinger teilte Thirza mit, dass er seine Bewerbung um den Kammervorsitz zurückgezogen habe. Er sei schon mit seinem eigenen Pensum ausgelastet, scheue die Verwaltungsarbeit und wolle seine Kinder aufwachsen sehen; wofür habe er sie schließlich gezeugt.

Römer, zwischen Tür und Angel: »Der Kollege Eppinger

scheint in seinem Fortpflanzungsrausch eine komplette Nachwuchsbesetzung für den Justizpalast schaffen zu wollen; gewiss ein ehrenvolles Unterfangen. Doch über dieser Anstrengung sind seine juristischen Ambitionen erlahmt.«

»Hätte ich eine Chance, was meinen Sie?«, fragte Thirza.

»Sie wissen, dass die Entscheidungen über solche Ernennungen in anderen Etagen getroffen werden. Doch warum sollten Sie sich der Möglichkeit einer Beachtung auf jener Ebene entschlagen?«

*

Der Winter ging zu Ende. Die Zeit war schon umgestellt, es war heller geworden, doch immer noch kalt. Und immer noch wanderte Thirza zweimal wöchentlich mittags mit Dr. Luszczewski um den Justizpalast. Inzwischen waren sie per Du. Er hieß Daniel, ein schöner, zärtlicher Name für einen betrübten Mann, der aus so vielen Konsonanten bestand. Seine Klagen galten immer noch der Justiz, doch seit dem Du war auch von Alex die Rede, der Frau, die ihn vor zehn Jahren verlassen hatte.

»Vor zehn Jahren?«

»Du siehst ja, dass mir die ... Leichtigkeit fehlt«, sagte er gepresst. »Ich kann nicht auf Partys gehen und jemanden abschleppen. Ich kann überhaupt nicht auf Partys gehen. Und schnelle Kontakte sind mir nicht möglich. Ich glaube, ich fürchte ... Nähe. Nur Alex hat diese Isolation durchbrochen. Das war wie eine ... Kernschmelze. Ich war ... Ich war ... Lassen wir das.«

Alex hatte jene Bücher und diese Filme gemocht, war gern gereist ... zärtlich ... Aber eigentlich waren es nicht ihre besonderen Qualitäten, die ihn einnahmen, sondern ihr Wesen: ihre Bewegungen, ihre Art sich zu geben, den Tisch zu decken, ihn zu begrüßen, nachzudenken, zu lachen ... Sie war ihm sofort nahe gewesen ... eigentlich hatte sie zu ihm gehört, sowie er sie zum ersten Mal sah. Wenn nicht schon vorher. Er erblickte sie und verstand plötzlich das Gerede von Amors Pfeil, den er bis dahin als sehr simples Symbol, du weißt schon, genommen hatte. Jetzt wusste er, der Pfeil bedeutet: Treffsicherheit. Alex war für ihn gemacht, eine aus Millionen. Sie vervollständigte ihn. Er war nur ein halber Mensch gewesen, und auf einmal entdeckte er, ohne das noch für möglich gehalten zu haben, wie es ist, ein ganzer Mensch zu sein. Verschmelzung. Seligkeit. Und eines Tages erklärte sie ihm: Sorry, das war's, sie ziehe zu einem anderen Mann.

»Wie lange wart ihr zusammen?«
»Drei Wochen.«
»Drei Wochen?«

Thirza und Daniel saßen in Mänteln auf einer Bank hinter dem Neptunbrunnen im Alten Botanischen Garten. Auf den Sträuchern und Beeten lag nasser Schnee, gelber Dunst hing in der Luft. Während sie sprachen, öffnete sich die Wolkendecke, und ein Sonnenstrahl fing sich in der Glaskuppel des Justizpalasts.

»Nein, eigentlich acht Jahre. Das heißt: Drei Wochen verbrachten wir zusammen. Und dann habe ich acht Jahre lang von ihr geträumt ...«, sagte Daniel fahrig. »Jeden Morgen bin ich sozusagen mit ihr im Arm erwacht. Ich habe sozusagen mit ihr den Tisch gedeckt, und dann haben wir zusammen gefrühstückt. Ich wollte einen Hut bei Lodenfrey kaufen, und sie beriet mich. Du wirst es nicht glauben: Ich war erfüllt. Ich dachte: Auch wenn ich sie nicht haben kann, es gibt einen Menschen für mich. Dieses Bewusstsein hat mich ... gestützt.«

Daniel überlegte immer noch, ob dieser ins Gold getroffene Pfeil Hohn oder Gnade gewesen sei. Vielleicht beides: Hohn als Ursache chronischer Entbehrung. Gnade als Offenbarung der Lebendigkeit. Während aller acht verlassenen Jahre war er immer wieder an Alex' Wohnung in der Clemensstraße 42 vorbeigeschlichen, um an seinem bitterem Herzschlag zu spüren, dass er noch lebte.

Dann starb sie. Seltsam: Von einem Tag auf den anderen konnte er nicht mehr mit ihr erwachen, obwohl sie ja schon vorher nicht da gewesen war.

»Das tut mir leid ... Woran ist sie gestorben?«

»An Aids.«

»Oh! Insofern war's vielleicht gut, dass ihr nicht ...«

Er warf ihr einen wilden Blick zu.

Thirza plapperte dann noch Aufmunterndes: Es sei nie zu spät, ihr Kollege Karl Eppinger habe erst mit siebenunddreißig geheiratet und mit achtunddreißig das erste Kind bekommen und könne nun gar nicht mehr aufhören mit dem Kinderzeugen, er sei inzwischen bei sechs oder sieben. Sie erzählte vom Kinderfeind Karl Römer, der demnächst als glühender Opa in Pension gehen würde. Und dann war es Zeit zu gehen, der Nachmittag verschwand über einem Fall von herabsetzender vergleichender Werbung, und als Thirza nach Hause kam, war es dunkel. Als sie die Vorhänge zuzog, wurde sie von einer würgenden Einsamkeit befallen. Sie hätte sich in diesem Augenblick beim geringsten Anzeichen einer Gegenneigung sogar mit Daniel Luszczewski verbunden, nur um nicht allein zu sein. Sie beneidete Luszczewski verzweifelt um die acht Jahre mit dem Phantom im Arm. Sie hatte nicht mal ein Phantom, sie hatte nichts, nichts. Thirza sah vor sich den Abgrund und spürte fast physisch den Druck der Zeit, der sie weich, aber unaufhaltsam über die Kante schob. Keine Erkenntnis. Nur eine dumpfe Klammer ums Gehirn und ein salziger Kloß in der Kehle wie Blut.

※

Anfang März erfuhr Thirza, dass sie zur Vorsitzenden der 44. Kammer ernannt wurde. Sie hatte nicht mehr damit gerechnet. Die Personalstelle hatte zunächst einen Ministerialen vorgesehen, der dann zum Oberlandesgericht ging. Danach tauchte ein weiterer Favorit auf. Dessen Name gelangte inoffiziell bereits zu ihnen, so dass Karl und Thirza sich auf ihn einstellten. Doch auch dieser Name verschwand, und plötzlich war der Weg frei.

Es gab eine unerwartet emotionale Abschiedsfeier für Römer. Der Präsident hielt eine ehrende Rede. Die Damen der Geschäftsstelle sahen feierlich und traurig aus. Römer sprach ein paar unpathetische Worte zuerst auf Latein, dann auf Bayerisch. Karl Eppinger jodelte *Bayernland hat Oberhand*.

Karl Römer übergab Thirza sein Büro mit der Bemerkung, dass der erfahrene Kollege Eppinger sie gewiss kompetent unterstützen würde, dass sie aber in Zweifelsfällen sich auch an ihn wenden dürfe. Übrigens gehe er gern, falls sie etwa etwas anderes gedacht habe.

Sie hatte nichts anderes gedacht. »Was macht Susi?«

»Sie ist altersgemäß töricht. Haben Sie eine andere Antwort erwartet?«

»Ja. Denn sie ist es gewiss auf Latein.«

»In der Tat. Sie sagte gestern: Sum stulta, tandem parvula sum.«

Thirza kramte in den Resten ihres Schullateins. *Ich bin dumm,* ... aber was hieß noch mal *tandem*? Und was *parvula*?

»Ich bin töricht, aber ich bin ja noch klein!«, übersetzte Römer errötend.

Als er fort war, fand Thirza im Schrank seine Robe. Hatte er sie vergessen oder zurückgelassen?

»Wie können Sie wissen, dass es die meine ist?«, fragte er am Telefon. »Es sind ja schon genügend Kollegen durch dieses Büro hindurchgegangen.«

III

BEGEGNUNGEN

Das Vorsitzendenbüro war noch zwei Meter breiter als das vorige und genauso lang, es hatte endlich ein organisches Format. Die beiden Fenster, auf der kurzen Seite der Tür gegenüber, gingen nach Süden, so dass mittags die Sonne hereinschien. Thirza hätte guten Gewissens eine Topfpalme hereinstellen können und erwog das einige Monate lang. Die bunten Poster des Malers Körner hatte sie mitgenommen. Der unvermeidliche Ölschinken hieß diesmal *Nebel im Dachauer Moos*, Künstlersignatur unleserlich, Jahreszahl 1944. Schon Römer hatte ihn sich in den Rücken gehängt.

Zwischen Schreibtisch und Tür stand der runde Tisch, an dem die Kammer beriet. Jetzt hatte Thirza dort den Vorsitz. Bei der ersten Begrüßung im neuen Amt musterte sie verstohlen Karl Eppinger, der aber gleichmütig wirkte. Weniger gleichmütig schien die neue zweite Beisitzerin, eine junge Frau mit lackroten Lippen, Bleistiftrock und hohen Absätzen. Daphne von Brangel. Aus einer Berufungskammer zu ihnen gestoßen.

*

Da die 44. Kammer in gutem Zustand übergeben worden war, lief alles ruhig weiter. Es gab nur mehr Arbeit. Anleitung für Daphne, die sich ins neue Fach einarbeiten musste. Für die Vorsitzende ein Drittel mehr Akten zu lesen. Verantwortung für die Geschäftsstelle.

In der Geschäftsstelle arbeiteten drei Frauen: die Justizhauptsekretärin Frau Wachter und die Justizsekretärinnen Frau Blumoser und Frau Pelkofer. Außerdem gehörte noch die Kostenbeamtin Frau Bibl irgendwie dazu. Sie war zwar auch für drei weitere Geschäftsstellen zuständig, fühlte sich aber bei der 44. Kammer heimisch und verbrachte hier ihre Mittagspausen. Alle vier hatten Karl Römer angebetet und schwärmten für Karl Eppinger. Als aber Thirza Römers Nachfolge antrat, erklärten sie, sie freuten sich, endlich mal für eine weibliche Vorsitzende zu arbeiten. Thirza staunte über diese Diplomatie, hatte aber keine Zeit, darüber nachzudenken, denn schon drei Tage später verkündete Frau Pelkofer, dass sie den Palast verlassen würde: Eine Münchener Anwaltskanzlei hatte sie abgeworben.

Thirza verzichtete ungern auf Frau Pelkofer, die die jüngste und schnellste der drei gewesen war. Frau Pelkofer erklärte glaubhaft, es täte ihr leid, aber ihre Miete war nach einer Renovierung um dreihundert Mark angehoben worden, sie kam mit dem Verdienst nicht mehr aus, und die Kanzlei zahlte im Monat 1.000 Mark mehr.

Wegen allgemeinen Sparzwangs ließ die Verwaltung die Vakanz monatelang offen. Inzwischen übernahm Frau Blumoser alle Schreibarbeiten. Frau Blumoser war schüchtern allzweckbedienstet, gründlich, langsam. Natürlich schaffte sie mit ihrer Dreiviertelstelle das, was man vorher zu zweit getippt hatte, nicht. Sie arbeitete deshalb bis in den Abend hinein, ohne Überstunden geltend zu machen. Thirza reklamierte bei der Verwaltung erfolglos gegen die Unterbesetzung und tat, was sie konnte, um den Frauen ein gutes Arbeitsklima zu schaffen.

Die Frauen bildeten eine häusliche Wabe im Bienenstock des Justizpalasts. Auf der Fensterbank zogen sie Blumen. Da ihnen das Essen und vor allem die Getränke in der Kantine zu teuer waren, hatten sie in einer Ecke eine kleine Kaffeeküche mit einem Minikühlschrank eingerichtet. Thirza stiftete das Kaffeepulver und kam jeden Tag auf eine Tasse Kaffee vorbei. Sie genoss die Atmosphäre von Sachlichkeit, Warmherzigkeit und Bescheidenheit.

Keine der Frauen hatte ein leichtes Leben. Frau Wachter, burschikos, sportlich, war mal ein Tennistalent gewesen und durch einen Unfall fast invalide geworden. Sie hatte als Jugendkader »Flausen« im Kopf gehabt, sagte sie, und sogar ein Jurastudium erwogen. Aber ihr Herkunftsmilieu war unakademisch, ein Studium hätte großen Mut erfordert, und nach dem Unfall traute sich Frau Wachter auf einmal nichts mehr zu. Sie machte eine Ausbildung für den mittleren Justizdienst, und als sie sich unterfordert zu fühlen begann, kamen die ganz normalen Beschwernisse des Lebens: schwierige Kinder, der Vater wurde pflegebedürftig, der Mann arbeitslos, eine alleinstehende Schwester erkrankte schließlich an Schizophrenie.

In der 44. Kammer war Frau Wachter organisatorische Schaltstelle. Sie tat alles mit vorwurfslosem Staunen: Akten einsortieren mit laufender Nummer, Fristen für die Wiedervorlage der Akten notieren, Akten zur Wiedervorlage bereitstellen, Akten an Richter, Rechtspfleger, Kostenbeamte und Schreibbüro verteilen, Statistiken erstellen und so weiter. Probleme benannte sie mit einem ruhigen Humor, dem man bereits anhörte, dass Frau Wachter mit keiner Lösung rechnete.

Was waren die Probleme? Die Arbeit wuchs einem über den Kopf, die Sorgfalt litt darunter. Die vierte Stelle wurde nicht mehr besetzt. Bald würden sich, was die drei noch nicht wussten, auch die Tarifverträge ändern: Die Arbeitszeit der Beamten würde auf 43 Stunden pro Woche erhöht, das Urlaubsgeld gestrichen. Auch der halbjährliche Tag für Behördengänge würde gestrichen.

Man bekam nur mit Mühe etwas repariert. Vor drei Jahren hatten sie ein drittes Fach im Drucker für die Etiketten beantragt. Bekommen hatten sie es immer noch nicht. Die Kopierer waren veraltet, wurden aber nicht erneuert, solange der Leasingvertrag lief. Frau Wachter musste jedes Mal, wenn sie die Kassette mit den Etiketten einlegen wollte, um fünf Tische herumgehen. Einmal kam eine mongolische Delegation aus Ulan-Bator, die Männer sahen aus, als hätten sie draußen ihre Kamele vor der Jurte angebunden, und einer tippte auf den Computer und ließ übersetzen: »Techniiik allt?«

Frau Bibl, mütterlich walzenförmig mit Spirallockenmähne, hatte vor achtundzwanzig Jahren als Protokollführerin im Strafjustizzentrum begonnen. Das war interessant und abwechslungsreich gewesen, aber sehr anstrengend, körperlich wie seelisch. Stundenlange Verhandlungen. Man war sehr abhängig vom Richter, und die Richter wollten hofiert werden. Manchmal hörte man furchtbar traurige Geschichten. Es war vorgekommen, dass die Protokollführerin beim Schreiben weinte, weil der Angeklagte ihr so leidtat. Im Justizpalast war die Arbeit weniger belastend, doch Frau Bibl hatte gestaunt, wie heruntergekommen und unbequem hier alles war. Große, schwere Telefone. Alte Möbel, an denen man sich Splinte einzog. Frau Bibl hatte dann geheiratet und eine Kinder-Auszeit von neun Jahren genommen. In der Zwischenzeit wurden die Büros erneuert. Jetzt war die Arbeit leichter, dafür hatte sie sich verdoppelt.

Frau Bibls Mann war Lagerleiter in der Großmarkthalle. Er stand um drei Uhr morgens auf, sie erst um halb sechs. Da sie Gleitzeit hatte, kam sie oft schon um sechs Uhr dreißig zum Dienst. Als Kostenbeamtin arbeitete sie selbständig. Sie rechnete Gebühren aus, überprüfte Kostenrechnungen von Anwälten und Sachverständigen und verteilte Kostenfestsetzungsbeschlüsse.

Frau Blumoser schließlich hatte sich von der Schule weg bei der Justiz beworben und war nach zwei Jahren Ausbildung in der 44. Kammer gelandet, für immer. Keine Kinder. Kein Mann. Sie fand, über sie gebe es nichts zu sagen.

Frau Blumoser telefonierte ungern. Frau Wachter telefonierte gern. Manchmal unterhielten sie sich über die Anrufer. Am meisten ärgerte sie der Satz: »Endlich geht mal eine ans Telefon!« Aber manchmal freuten sie sich auch. Zum Beispiel, wenn man den Leuten eine Fristverlängerung mitteilte und sie riefen: »Wirklich? Wie schön!«

Frau Bibl litt unter Hitzewallungen. Die Kolleginnen hatten ihr einen kleinen Handpropeller geschenkt, und manchmal sprang sie auf, lief durchs Zimmer und pustete sich ins Gesicht. Die Wirkung trat schnell ein. Dann lächelte Frau Bibl dankbar.

»Und, alles in Ordnung? Wie geht es Ihnen?«, fragte Thirza, wenn sie zu den Frauen in die Geschäftsstelle kam.

»Lächeln beim Hecheln«, kommentierte Frau Wachter.

»Mei, der ewige Kreislauf, ma wird net fertig«, flüsterte Frau Blumoser.

»Resi, wos hot dei Schwester g'sogt?«, fragte Frau Bibl. Frau Wachters schizophrene Schwester lieferte aus der Psychiatrie immer wieder erstaunliche Bonmots.

»Man kann die Zeit länger machen, wenn man sich einen Meterstab vorstellt. Wenn sie zu kurz scheint, stellt man sich einfach einen Zoll mehr vor. Und wenn sie zu lang ist, hackt man in Gedanken einen Zoll ab. Das ist wie bei 'ner Operation, das ist ja auch ganz sinnlose Zeit, und man weiß nichts. Außerdem kann man sich von Licht ernähren.«

*

Alles ging seinen Gang. Die Damen schufteten im Maschinenraum, die Richter an Deck. Karl Eppinger hatte am Ammersee im Dachstuhl seines Gehöfts ein Studio ausgebaut, zu dem Kinder keinen Zutritt hatten, und erledigte einen Großteil seiner Arbeit dort. Daphne, die einen schnellen, scharfen Wirtschaftsverstand besaß, erwies sich als Gewinn. Es wurden nur immer mehr Fälle. Römers Tradition, alle Kartellsachen als Kammer zu entscheiden, wurde aufgegeben. Ein Kammerauftritt war zwar wirkungsvoller, aber auch aufwendiger und bedeutete insbesondere für den zweiten Beisitzer leere Zeit. Also beschlossen die drei, Streitwerte unter 100.000 Mark als Einzelrichter zu verhandeln.

Am Steuer dieses kleinen Dampfers, der ohne eine Spur zu hinterlassen durch ein unendliches Meer von Streit pflügte, überkam Thirza eine Art seelischer Betäubung. Sie prüfte die Anzeigen, hielt Kurs, umschiffte Untiefen, traf Entscheidungen; sie schlief nicht. Doch das andere ... das andere? Der Präsident hatte bei ihrer Ernennung gesagt, er freue sich über die schöne Kontinuität dieser Personalentscheidung und wisse die 44. Kammer für die nächsten dreiundzwanzig Jahre in guten Händen. Er zwinkerte dabei, um die Ironie seiner Aussage kenntlich zu machen, denn natürlich wollte er der neuen Vorsitzenden weitere Entwicklungsmöglichkeiten nicht absprechen. Thirza zwinkerte zurück, um zu zeigen, dass sie die Ironie entschlüsselt habe, und dachte: Warum nicht hierbleiben? Ihr Ehrgeiz war gestillt. Sie schätzte Aufgaben wie Mitarbeiter, und für weitere Schritte fehlte die Kraft. Kein Grund zur Klage. Thirza fühlte sich auf ihrem Weg zu dem uns allen bevorstehenden mehr oder weniger unangenehmen Ende in eine doch ungewöhnlich interessante Watte gepackt. Auf der Brücke des kleinen Dampfers keine Kälte, kein Schmerz, nur ab und zu in der Magengrube eine Flauheit, ein diffuses Wahrnehmen von Schwund, während die Augen auf den ewigen, scheinbar unveränderlichen Horizont gerichtet sind.

*

Dann drehte alles ein einziger verrückter Tag.

Er begann um acht Uhr fünfzehn beim Durchsehen der neu eingetroffenen Akten. Eine kam Thirza gleich bekannt vor: zwei aufeinandergestapelte Türme aus jeweils vier Leitzordnern plus Mappen, beide von weißen Leinenbändern zusammengehalten, Gesamtgewicht zehn Kilo. Sie las das schreckliche Kürzel z. e. A.: *zur erneuten Anwendung*. Es bedeutete, wie befürchtet, einen Rückverweis. Saturia e.V. ./. Weill-Harnisch GmbH wurde vom Oberlandesgericht zur 44. Zivilkammer herabgereicht.

Saturia e.V. ./. Weill-Harnisch GmbH war ein zwölf Jahre alter gänzlich verdorbener Uralt-Fall, ein justizintern so genanntes U-Boot. Nach zig Vergleichsvorschlägen und Beweisaufnahmen war der Fall bei Thirza gelandet, die ihn für nicht mehr verhandelbar hielt. Dann schien sich eine Lösung zu ergeben: Die Beklagte machte Verjährung geltend. Die 44. Kammer gab ihr recht. Die Klägerin ging in Berufung und hatte dort Erfolg, wobei die nächste Instanz den Fall nicht entschied, sondern an die 44. Kammer zurückverwies mit der Begründung, er sei ungenügend behandelt worden. Damit hatte Thirza das Ding wieder am Hals. So weit so ärgerlich. Das Besondere aber war ein Name im Rubrum des Urteils: Holzapfel, Richter am Oberlandesgericht. Fliegender Griff zum Richterverzeichnis: Tatsächlich, Vorname Alfred. Alfred! Thirzas ehemaliger Kommilitone, in den Thirza mal verliebt gewesen war. Sie hatte ihn am LG München II vermutet, das für oberbayerische Landkreise im Münchner Umfeld zuständig war. Jetzt arbeitete er nebenan im Oberlandesgericht, eine Instanz höher. Er machte Karriere.

Thirza war beim Lesen des Namens sofort aufgewühlt, obwohl die Tatsache ohne Bedeutung war, denn das Urteil stand fest und war durch keinerlei Beziehung rückgängig zu machen. Es gab keinen Anlass, mit dem Senat in Kontakt zu treten. Thirza hatte auch nicht wirklich das Bedürfnis nach einem Alfred-Kontakt. Trotzdem brachte der Name etwas zum Schwingen, etwas wie eine halb verkümmerte Membran. Es war ein Klang von Schmerz und Kostbarkeit. Irgendwie schien plötzlich alles in ein wichtiges, doch irgendwie abhandengekommenes Bild zu passen. Was für ein Bild? Wo war es gewesen? Wo kam es her? Ein Zufall: die Zuständigkeit jenes Senats mit Alfreds Namen für die Saturia-Berufung. Alfreds eigene Geschichte, die Thirza aus der Ferne verfolgt hatte. Thirzas Geschichte mit Alfred. Alfreds Geschichte ohne Thirza, aber mit U-Booten.

Zunächst zum eigenen U-Boot. Die 44. Kammer hatte diesen Fall vor fünf Jahren – noch vor Thirzas Zeit – zusammen mit siebenunddreißig anderen Altverfahren, darunter acht U-Booten, vom Geschäftsverteilungsplan sozusagen als Konkursmasse einer abgesoffenen Kammer aufgebürdet bekommen. Man hatte nach und nach das ganze Paket weggeschafft bis auf diesen einen Fall. Er bestand aus zwei Aktenbündeln, jeweils vierzig Zentimeter hoch, Verfahrensakte und Anlagen, damals insgesamt erst neun und noch nicht zehn Kilo schwer.

Dieses U-Boot war kein Kartellfall, sondern eine allgemeine Zivilsache aus dem gewerblichen Mietrecht. Eine traditionelle Immobilienfirma namens *Weill-Harnisch GmbH* hatte von der *Saturia e.V.* Altenheime angemietet und nach etlichen Jahren das Mietverhältnis wieder gelöst. Da die Heime abgewohnt waren, erwartete *Saturia* eine Renovierung: Bei der offiziellen Übergabe waren unendliche Mängel festgestellt worden, festgehalten auf hunderten Seiten. Die *Saturia* forderte 1,3 Millionen Mark. *Weill-Harnisch* wies die Forderung zurück. Es begann ein Rechtsstreit über die Klauseln des Mietvertrags. Nachdem man drei Jahre nur über diese Klauseln gestritten hatte, kam eine weitere Serie Saturia-Weill-Verträge aus der Stadt G. dazu, so dass schließlich alle süddeutschen Heime von *Weill-Harnisch* in einem Verfahren zusammengefasst waren. Der Streitwert hatte sich damit verdoppelt. Nach fünf Jahren bestand endlich Einigkeit darüber, welche Klauseln Bestand hatten und welche nicht. Inzwischen waren die Immobilien geräumt und von einem neuen Investor umgebaut worden.

Die Renovierung hatte also längst stattgefunden, so dass man jetzt darüber stritt, welche Summe sie *Weill-Harnisch* vor fünf Jahren gekostet *hätte*, wenn sie denn durchgeführt worden *wäre*. *Saturia* forderte inzwischen mit Zinsen und Anwaltsgebühren 3 Millionen Mark. *Weill-Harnisch* bot 400.000 mit der Begründung, dass der Umbau sowieso 30 Millionen gekostet hätte, auch nach erfolgter Renovierung, und dass sie nicht verpflichtet werden könnten, eine nutzlose Renovierungsleistung zu erbringen. Daraufhin stritt man weitere fünf Jahre über den von *Weill-Harnisch* zu leistenden Abschlag, verglich Gutachten, verwarf Vergleiche. *Saturia* bot hundert Zeugen auf, die sich erinnern sollten, wie diese auf Südbayern verteilten Heime vor zehn Jahren ausgesehen hatten, als sie von *Weill-Harnisch* verlassen worden waren.

In diesem Stadium übernahm Thirza den Fall. Sie schrieb Vorladungen an die ersten zehn Zeugen und stellte fest: Drei waren inzwischen verstorben, drei dement, vier erinnerten sich an ganz verschiedene Dinge. Die hundert Zeugen waren ein Verzweiflungsaufgebot. Die klagende *Saturia e. V.* wusste einfach nicht, wie sie an ihr Geld kommen sollte.

Die Gegenpartei *Weill-Harnisch* gehörte einem Multimillionär, der prinzipiell nur unter Druck zahlte, vermutlich aus der Erfahrung heraus, dass kaum einer sich die Konfrontation mit ihm zutraute. Thirza bekam ihn nie zu Gesicht, doch der Typus war nicht schwer zu enträtseln: ein Kaufmann ohne Rechtsempfinden, erfolgreich durch Rücksichtslosigkeit und Aggressivität. Die Manager arbeiteten nach seinen Wünschen. Ein einziges Mal telefonierte Thirza, nachdem sie einen seinerzeit noch von Ruth erarbeiteten und von der Beklagten verworfenen Vergleichsvorschlag angepasst hatte, mit einem vernünftigen, nachdenklichen älteren Manager, der den Vergleich plausibel nannte und seinem Chef vorlegen wollte. Einen Monat später erreichte sie diesen Mann nicht mehr; es war, als hätte es ihn nie gegeben.

Also alles von vorn: Lösung über eine rechtliche Würdigung, Neubewertung der geschuldeten Renovierungsleistung, neues Sachverständigen-Gutachten. Auf einmal erhöhte die Klagepartei die Forderung. Das hatte bereits Züge von Wahnsinn. Die Klagepartei gehörte, anders als *Weill-Harnisch*, einer gemeinnützigen Gesellschaft. Hier gab es keinen unternehmerisch denkenden Chef, sondern sieben Sparten mit sieben Vorgesetzten, zwanzig Verwaltungsräten, Ehrenvorsitzenden und so weiter. Der Impulsgeber des Streits war verstorben, von den Nachfolgern überblickte den Fall keiner, niemand wollte Verantwortung übernehmen, und die Controller blockierten alle Lösungen, da sie die rechnerische Differenz zwischen Anspruch und Vergleichssumme nicht auf ihre Kappe nehmen wollten. Den Rechtsstreit hatte zunächst eine Anwaltskanzlei *Rich & Groos* geführt, die sich wiederum vom Rechtsschutz des Versicherungskonzerns *Obdach Assekuranz* ernährte. *Obdach* hatte allerdings wegen der Forderungserhöhung die Deckung zurückgezogen, was wiederum *Saturia e.V.* nicht akzeptierte; dort zeichnete sich ein weiterer Rechtsstreit ab.

Auch in der Kammer, von der die 44. das U-Boot geerbt hatte, war einiges schiefgelaufen. Ruth hatte nachgeforscht: Der dortige Kollege, über eine Nicht-Beförderung erbost, hatte den Fall verschleppt. Er hatte mal eine Anfrage gestartet, mal einen Beweisbeschluss mit einem Zeugen erlassen, hier einen rechtlichen Hinweis gegeben, dort eine Verhandlung angesetzt und einen Zeugen vernommen, die nächsten Zeugen aber nach Hause geschickt mit der Begründung, man käme heute sowieso nicht zu Ende, und so weiter. Übrigens ließ er sich nichts sagen. Er tue seine Arbeit, es sei nicht seine Schuld, dass die Verwaltung nicht mehr Richter zur Verfügung stelle. Er halte sich an Gesetz und Recht und an die Vorschriften, und im Übrigen werde er auch weiterhin jeden Tag um vier Uhr nach Hause gehen.

Also: zu viele Sünden auf allen Seiten, um ein Urteil zu fällen. Thirza meinte Großvater Kargus aus dem Grab hohnlachen zu hören: Die ganze Ohnmacht des Zivilrechts rührt aus dem § 242 BGB. *Der Schuldner ist verpflichtet, die Leistung so zu bewirken, wie Treu und Glauben mit Rücksicht auf die Verkehrssitte es erfordern.* Ein gravitätisches Konstrukt aus maximal dehnbaren Begriffen: Was ist die Verkehrssitte? Was bedeuten Treu und Glauben bei Parteien, für die Selbstherrlichkeit und Verantwortungslosigkeit zur Geschäftskultur gehören? Wie verpflichtet man einen Schuldner, der die Ernsthaftigkeit der Justiz gegen die Justiz selbst ausspielt? Ein solcher Knoten aus Kampfeslust, Tricks, Finten und hundert Fehlern aller Beteiligten war nur zu lösen, wenn man die 230 anderen offenen Verfahren liegen ließ.

Eines Tages machte der Anwalt der Beklagten darauf aufmerksam, dass das Verfahren schon über ein halbes Jahr ruhte, ohne dass die Klägerin es wieder aufgerufen hätte. Wenn aber über ein halbes Jahr lang nichts geschieht, ist die Verjährung nicht weiter gehemmt, das heißt, die Verjährungszeit tickt.

Lichtschimmer am Horizont! Die Verjährung lief von der Übergabe des Objekts an. Thirza und Karl begannen zu rechnen. Wie ist Übergabe rechtlich definiert – Schlüsselübergabe an den Hausmeister oder gemeinsame Begehung? In der Regel geschieht beides am selben Termin, doch bei so vielen Häusern und so vielen Hausmeistern und verschiedenen Beauftragten beider Parteien differierten die Termine. Jedenfalls ermittelten sie einen Termin, an dem der letzte Schlüssel übergeben worden war. Den legte Thirzas Kammer zugrunde. Und der würde in einem Monat verjährt sein! Also wartete die Kammer einen Monat und wies dann die Klage wegen Verjährung ab – wenn gar nichts mehr geht, darf man zu robusten Mitteln greifen.

Das war vor acht Monaten gewesen. Seitdem hatte keiner in der 44. Kammer mehr an Saturia e.V. ./.Weill-Harnisch gedacht. Und jetzt hatte das Oberlandesgericht das Urteil aufgehoben. Begründung: Nicht die letzte Schlüsselübergabe, sondern die letzte gemeinsame Begehung wäre entscheidend gewesen. Diese gemeinsame Begehung war dreizehn Tage nach der Schlüsselübergabe erfolgt und deswegen um genau einen Tag nicht verjährt.

Der Senat verneinte also die Verjährung und entschied, er sei »dem Grunde nach« zu dem Ergebnis gekommen, dass der *Saturia* noch etwas zu bezahlen sei und die 44. Kammer festzustellen habe, wie viel. Alle Fragen wieder offen: die Höhe der Schäden vor damals, die Art der seinerzeit notwendigen Reparaturen und ihre vermutlichen Kosten, die Zinsen seit Rechtshängigkeit und so weiter. Zufällig kam Karl Eppinger ins Büro, während Thirza knirschend die Begründung las. Er sah ihr über die Schulter und las mit. Sie wiesen einander auf besonders clevere Formulierungen hin, lachten sarkastisch und schüttelten die Köpfe. Dann verabschiedete sich Karl, und Thirza diktierte reflexhaft einen Hinweis an die Parteien auf Band: *Die Akten liegen nunmehr wieder dem Landgericht München I vor. Nachdem das Oberlandesgericht in der Verjährungsfrage eine andere Auffassung vertreten hat, wird eine umfassende Sachprüfung notwendig werden. Hiermit besteht Gelegenheit zu einer Stellungnahme und etwaigem ergänzenden Vorbringen binnen sechs Wochen.*

Eine sogenannte Schiebeverfügung: simulierte Aktion, etwas peinlich. Bitte um Verständnis: Von dem Schlag muss ich mich erst erholen. Und nun an den nächsten Aktenstapel. Noch drei Briefe diktiert. Neun Uhr fünfundzwanzig. Um halb zehn noch mal die Akte zur heutigen Zehn-Uhr-Verhandlung überfliegen. Dazwischen fünf Minuten zum Nachdenken.

Fünf Minuten Nachdenken über Alfred, den ausgerechnet ein U-Boot wieder in Thirzas Bewusstsein gerückt hatte. Kurios, denn Alfred hatte ein eigenes U-Boot-Schicksal.

Mit Alfred war es so gewesen: Er hatte als einer der besten Absolventen seines Jahrgangs sofort ein Angebot vom Ministerium bekommen und abgelehnt, obwohl er ahnte, dass eine solche Ablehnung juristische Karrieren eher verzögert. Doch er stand politisch links und wollte in die praktische Gerechtigkeit einsteigen. Er absolvierte im Eilgang die Staatsanwaltsstation am Landgericht München II und bekam schon nach zwei Jahren eine Proberichterstelle im Justizpalast.

Allerdings steckte man ihn in eine Problemkammer, deren Vorsitzender psychisch auffällig war und nur nachts arbeitete. Eine Intrige sah darin niemand: Es ist üblich, dass die jüngsten und unerfahrensten Richter den unbeliebtesten Kammern zugeteilt werden; sie kennen sich ja nicht aus und können sich noch nicht wehren. Alfred – wer, wenn nicht er – hätte zwar bessere Möglichkeiten gehabt, doch er entzog sich nicht. Vielleicht wollte er einfach zeigen, was er draufhatte. Conny seufzte: »Armer Fredi! Die Jungen, die müssen immer ins Gras beißen.« Er fragte: »Gras? Wieso?«

Im alten Freundeskreis munkelte man, dass seine Ehe schlecht laufe und er sich vielleicht in die Arbeit flüchte. Jedenfalls kämpfte Alfred alsbald mit zwölf U-Booten, die zwischen zehn und vier Jahre alt waren. Man stelle sich vor: zwölfmal Saturia e.V. ./. Weill-Harnisch GmbH. Alfred verschwand zwischen Aktentürmen. Er versuchte, mit seinem jungen Edelverstand Verfahren zu entwirren, die in der Summe Ausdruck von Realitätsverlust, Inkompetenz, Wahnsinn und Gaunerei waren, und rang mit Parteien, die in einer Sphäre von Bluff und Drohung lebten und Klarheit nicht nur nicht anstrebten, sondern mit geradezu animalischer Energie vermieden. Schließlich erfuhr Thirza, Alfred habe einen Zusammenbruch erlitten.

Ein ziemlich schadenfroher Kollege, der den einst bewunderten Gerechten kichernd *U-Boot-Fredi* nannte, behauptete, Näheres zu wissen: U-Boot-Fredi habe nachts im Büro das Bewusstsein verloren und sei in den Morgenstunden von einer Putzfrau gefunden worden, auf dem Boden zwischen seinen Akten liegend. Er sei für drei Monate krankgeschrieben worden, und man habe großmütig seine Probezeit auf fünf Jahre verlängert.

Wieso großmütig? Der Staat habe seine Fürsorgepflicht vernachlässigt, schimpfte Thirza. Wie könne man einen so leistungsbereiten Proberichter auch noch dafür bestrafen, dass man ihn überbürdet hatte?

Die nächste Nachricht war, dass Alfred von seiner Frau verlassen worden sei. Das Kind habe sie mitgenommen. Thirza bedauerte Alfred heftig, ohne allerdings Einzelheiten zu kennen. Vielleicht war er ja froh? Vielleicht war die Frau kalt und illoyal gewesen? Oder er selbst ein unleidlicher Gatte? Thirza beschloss, ihn in allen drei Fällen als vom Schicksal Geschlagenen anzunehmen, und schrieb nach längerer Überlegung einen Solidaritätsbrief. Sie gab sich bei der Formulierung viel Mühe, denn sie wusste ja wie gesagt nichts Genaues, wollte nicht aufdringlich sein und nicht durch Mitleid herablassend wirken. Also erwähnte sie weder den angeblichen Zusammenbruch noch das Ehegerücht. Sie erging sich einfach in Bekundungen von Respekt und Sympathie und deutete allgemeine Hilfsbereitschaft an. *Ich habe Dir viel zu verdanken. Radbruch zum Beispiel, Deine Anregung! Der leitet mich immer noch. Überhaupt würde ich mich freuen, mal von Deinen Erfahrungen im Justizpalast zu hören – ich selbst bin immer noch bei der Staatsanwaltschaft (Kapitalverbrechen) tätig, strebe aber die Richterlaufbahn an.*

Alfred antwortete nach zehn Tagen mit einem handgeschriebenen Brief: Er bedanke sich für das Lebenszeichen, sehe aber derzeit keine Möglichkeit zu einem Treffen, da er sich am Tegernsee in gesundheitlicher Behandlung befinde, als Folge eines leider aufgrund zu hoher Arbeitsbelastung zu lange untherapiert gebliebenen Ulcus ventriculi. Winzige, gestochene Schrift. *Indessen freue ich mich Dir mitteilen zu können, dass meine Gesundheit sich im Stadium weitgehender Restitutio ad integrum befindet, so dass ich auf Deine angedeutete Bereitschaft, mir eine wie auch immer geartete Unterstützung zukommen zu lassen, nicht zurückgreifen muss. In kameradschaftlichem Gedenken gemeinsamer Studientage verbleibe ich herzlichst Dein Alfred.*

Eine Abfuhr. Dennoch war Thirza mehr erschüttert als gekränkt, da sie hinter der bürokratischen Fassade eine tiefe Versehrtheit zu spüren meinte. Thirza ärgerte sich im Nachhinein vor allem über ihren eigenen Brief: *bin immer noch bei der Staatsanwaltschaft (Kapitalverbrechen) tätig, strebe aber die Richterlaufbahn an* – wozu um Himmels willen diese Wichtigtuerei – um auf Alfred Eindruck zu machen? Thirza, auf Alfred? Hatte man nicht vor wenigen Jahren noch menschlich geredet? Ihr fiel ein, wie der dreiundzwanzigjährige Alfred, als sie ihn einmal um Unterstützung bei einer Hausarbeit bat, fröhlich durchs Telefon rief: »Klar doch, ich schmettere gleich los, in 'ner halben Stunde steh ich bei dir so was von auf der Matte!« Nur zwei Staatsexamina und wenige Berufsjahre später korrespondierten sie gravitätisch wie zwei kleine Justizautomaten. Wer sind wir? Was macht unsere Rolle aus uns?

Jetzt, zwölf oder dreizehn Jahre später, war alles wieder da, die Verwirrung und die Scham von damals; alle Fragen offen, unvermindert die Ratlosigkeit, vermindert nur die Zeit, um nach Lösungen zu suchen. Thirza spürte ihr Herz laut klopfen. War mir überhaupt je bewusst, was ich war, bevor ich etwas Neues wurde, das ich ebenso wenig kenne, sofern es nicht mein Amt betrifft? Was werde ich gewesen sein, wenn es zu spät ist? Eine Robe? Eine mit ehrlicher und höchst ehrenwerter Anstrengung erworbene und verteidigte, aber eben doch wirklich nur eine Robe?

Sie saß am Schreibtisch und lauschte dem Klopfen. Es war neun Uhr dreißig.

*

Bei der Verhandlung um zehn Uhr ging es um einen Hauskauf. Ein Anlageberater hatte für sieben Millionen Mark eine Designervilla in Pullach gekauft und machte Mängel im Gegenwert von 200.000 Mark geltend.

Thirza diktierte fürs Protokoll: »Die Sach- und Rechtslage wird erörtert mit den anwesenden Parteien und Parteivertretern im Rahmen der mündlichen Verhandlung. Der Kläger Siegfried Höhne wird informatorisch angehört.«

Der Kläger wetterte los. Er fühle sich arglistig getäuscht. Er habe die Villa als renoviert gekauft, jedoch seien Wasserleitungen und Kanalisation nicht ausgetauscht gewesen, es gebe dreiundfünfzig dokumentierte Mängel. Die Substanz von 1971 sei belassen und nur äußerlich aufgemöbelt worden. Er sehe sich deshalb genötigt, die Villa zu verkaufen, und wolle nicht eine Million als Verlust abschreiben für eine Villa, die ihm als renoviert angedreht worden sei. Er habe sie im Sommer gekauft, als das Mauerwerk aufgeheizt war, im Winter sei es kalt! Er wolle sich weder ein falsches Temperaturempfinden einreden lassen noch die Empfehlung, neue Heizkörper aufzustellen. Er habe eine Fußbodenheizung gewollt und bezahlt, sie sei auch im Plan ausgewiesen, reiche aber nicht aus. Das sei Betrug. Die Fußbodenheizung sei für ihn kaufentscheidend gewesen. Das Bad sei mit dieser Fußbodenheizung zu kalt. Er wolle nicht zwei Stockwerke hinuntergehen, wenn er auf die Toilette müsse.

Der Beklagte lachte spöttisch.

Man dürfe so etwas doch nicht als *Neubausanierung 1997* verkaufen!, rief der Kläger. Er wolle die Immobilie loswerden, aber mit diesen Mängeln sei sie unverkäuflich. Er sei nicht mehr gutgläubig. Er bestehe auf seinem Recht. Und er scheue nicht den Instanzenweg.

Der Beklagte lachte wieder. Sein Anwalt blickte ernst.

Der Kläger war achtundvierzig Jahre alt, ein vierschrötiger Mann mit Hammerzähnen. Der Beklagte ein jungenhafter, lockiger Enddreißiger mit Ringen unter den Augen.

Der Beklagte gab zu Protokoll: Alles sei transparent gewesen. Der Kläger habe einen Ordner bekommen mit allen Reparaturen der letzten Jahre. Man habe ihm sogar einen Preisnachlass von einer halben Million gewährt. Er selbst, der Verkäufer, habe mit seiner Familie drei Jahre lang in der Villa gewohnt. Alles sei in Ordnung gewesen. Nachdem sie den Heizkessel ausgetauscht hatten, sei das Haus so warm geworden, dass sie im Winter nur die Hälfte der Heizkörper hochdrehten. Und die Fußbodenheizung sei, wie dem Kläger aus dem Gutachten bekannt, ein Komfortelement gewesen, nicht die Hauptheizung.

Der Kläger schwenkte Gutachten, die dem Datum nach unmittelbar nach Hauskauf angefertigt worden waren: Temperaturtabellen, Baustoffexpertisen, Mängellisten. Allein mit den Gutachtergebühren hätte er einen Großteil der monierten Schäden beseitigen können. Es ging um Kleinigkeiten wie ein Fenster im oberen Stock unter der Dachschräge, das man nicht kippen könne wegen einer Jalousie – der Beklagte rief: »Natürlich kann man es kippen!« –, und um ein Kellerappartement, das im Winter nur 14 Grad warm sei. Der Beklagte legte die Hand aufs Herz: In diesem Appartement habe ihr indonesisches Dienstmädchen gelebt und sich nicht beklagt. Was immer das heißen mag, dachte Thirza.

Dann ging es um Gewährleistungsfrist und Haftungsausschluss.

»Wir haben allein für die Lampen dreißigtausend ausgegeben«, sagte der Beklagte, »und zweiundvierzigtausend für die Armaturen.«

Sein Anwalt fügte hinzu: »Die Beschaffenheitsgarantie steht im Vertrag.«

Der Kläger schrie: »Ich bin nicht zufrieden mit fünftausend für einen Elektrokasten, der schon 1971 nicht den Vorschriften entsprach!«

Der Anwalt des Beklagten war ein philosophischer Herr um die siebzig mit feinen grauweißen Operettenlocken und randloser Brille. Thirza kannte ihn seit Jahren und schätzte ihn sehr. Er nahm nie Mandate an, von denen er nicht überzeugt war, und erschloss sie knapp und kompetent. Wenn er einen Kläger vertrat, stellte Thirza die Schriftsätze einfach durch und wartete auf die Klageerwiderung. Dieses Verfahren aber war untypisch. Der alte Herr schien zu wissen, dass es weniger durch Logik als durch Leidenschaft entschieden würde, und stieg mit melancholischer Grandezza in den Ring.

Der Anwalt des Klägers war halb so alt, ein intelligentes Kindergesicht mit Geheimratsecken bis über die Ohren. Er wirkte weich und willfährig, dabei dienstleisterisch geübt, und er konnte sogar schreien, mit einer hellen, kompakten Stimme. Einmal schrien die Anwälte einander an. Sie wirkten dabei wie erfahrene Gladiatoren, die sich in der Arena balgen, um hinterher miteinander einen Cappuccino zu trinken. Nachdem sie ihre Pflicht getan hatten, ließen sie sich mühelos zum Schweigen bringen. Schwieriger zu bremsen war der Kläger. »Ich bin ein Gerechtigkeitsfanatiker! Wenn ich weiß, dass ich recht habe, weiche ich um keinen Millimeter! Ich gehe bis zum Bundesgerichtshof! Und wenn es sein muss, zum Bundesverfassungsgericht!«

Thirza empfahl einen Vergleich, was halten Sie von 30.000 Mark, und schickte die Parteien auf den Gang, um sich zu beraten. Sie blickte vom Richtertisch aus in den Regen und fühlte den melancholischen Überdruss des adretten alten Anwalts fast körperlich.

Ihr fiel eine Episode aus der Staatsanwaltszeit ein. Ein verlassener Mann hatte seine Ex-Freundin mit zweihundert Briefen und ungezählten Anrufen verfolgt und schließlich mit einem Küchenmesser niedergestochen. Die Verletzte traute sich nur mit Freundin in den Zeugenstand. Die Freundin, eine vierschrötige Frau mit Holzfällerhemd, Cowboystiefeln und einer ovalen Koppelschnalle aus Messing, saß finster neben der eingeschüchterten Zeugin und hielt die ganze Zeit deren Hand. Bahnte sich hier das nächste Beziehungsdrama an? Alle waren körperlich klein, und alle wirkten überfordert und ungeheuer verletzlich. Der Täter, ein kümmerlicher alter Mann, der zudem von Insolvenz bedroht war, redete fiebrig nur davon, dass er die Sache mit der Frau unbedingt habe austragen müssen.

»Was gab es auszutragen, da Frau Meier eindeutig von Ihnen nichts mehr wissen wollte?«, fragte Thenner geduldig. »Sie hat hundert Briefe nicht beantwortet. Warum dann noch hundert schreiben?«

»Wenn es um Ihre Existenz ginge, würden Sie auch zweihundert Briefe schreiben!«, rief der Angeklagte.

Der Satz prägte sich ein. Für den Angeklagten ging es um die Existenz. Terror war das letzte Mittel, um sein Selbstgefühl zu retten.

Auch der Kläger von heute nährte sein Ego von der Überwältigung anderer. Thirza ahnte, worauf sie sich einzustellen hatte. Erstens: unbezähmbarer Selbstdarstellungstrieb. Zweitens: zäher Kampf um jede einzelne Position, denn, drittens: je unrechtmäßiger die durchgesetzten Ansprüche, desto größer die Befriedigung. Viertens: Empörung als autosuggestive Droge, um sich im Recht zu fühlen. Zusammenfassung: klarer Missbrauch des Gerichts, um ein psychisches Elend abzuwehren, für das Thirza schlechterdings nicht zuständig war. Schade, dass man die Klage nicht pauschal abweisen konnte.

Thirza ging auf die Toilette. Im Gang redete der Kläger wie besessen auf seinen Anwalt ein. Der Beklagte saß auf einer der in die Wand eingelassenen Holzbänke und studierte *Capital*.

Hinter der Ecke traf Thirza den alten Beklagtenanwalt. Er blieb kurz stehen und fragte ernst: »Wissen Sie, dass dies die siebte Villa ist, die der Kläger auf diese Weise kauft und abstößt? Es ist sein Geschäftsmodell.«

Auf dem Rückweg um dieselbe Ecke traf sie den Klägeranwalt. »Sie haben Ihren Mandanten nicht im Griff«, stellte Thirza fest.

Achselzucken: »Was soll ich tun? Er ist wie ein Hund von der Leine!«

Na, der hat sich halt einen Anwalt ausgesucht, den er an die Wand quasseln kann. Andererseits ist ein klagefroher Mandant eine verlässliche Einnahmequelle.

Pause zu Ende. Der Beklagte fand Thirzas Vergleichsvorschlag viel zu hoch. Sein Anwalt nannte skrupulös zögernd 15.000 und ergänzte nach einigen fragenden Seitenblicken auf seinen Mandanten: »als Verhandlungsbasis. Aber höher als zwanzigtausend würden wir nicht gehen.«

Der Kläger brach in Hohngelächter aus. Da könne man ja gleich nach Hause gehen, und so weiter. Thirza unterbrach: »Welchen Betrag wollen Sie?«

»Sechzigtausend! Ich will sechzigtausend! Keinen Pfennig weniger!«

»Und dann wahrscheinlich noch mit Widerrufsvorbehalt«, spottete der Beklagtenanwalt.

»Widerruf brauche ich nicht, mein Wort gilt. Aber es ist das letzte! Von Ihnen lasse ich mich doch nicht über den Tisch ziehen!«

Unversehens schlug die beklagte Partei ein. Diesen Coup hatte der kluge Anwalt vorbereitet. Es war ein juristisch nicht notwendiges, sehr großzügiges Entgegenkommen, doch angesichts der Lage vernünftig, zumal es keinen Armen traf. Thirza sah den alten Anwalt verliebt an. Er lächelte weise zurück.

*

Auch die zweite Verhandlung des Vormittags dauerte länger als geplant. Dafür fiel die dritte aus. Eine halbe Stunde gewonnen fürs Büro. Dort Aktenlektüre. Dann Mittagszeit. Und auf dem Weg zur Kantine erblickte Thirza Alfred Holzapfel. Sie wäre fast gestolpert.

Er kam ihr also aus der Kantine entgegen, während sie auf dem Weg dorthin war. Jahrelang hatte sie ihn nicht gesehen und erkannte ihn doch sofort. Er war mit den Jahren etwas schwerer geworden, aber so eigenartig unkörperlich wie je. Alfred, grauer Cord-Anzug, weißes Hemd, anthrazitfarbene Krawatte, wandelte mit seinem weichen Schritt über das Linoleum des Kantinengangs wie eine Erscheinung, eingesponnen in einen Kokon aus Intelligenz und Würde. Herzklopfen! Alfred, der einst beschwärmte Gerechte: allein, ohne die Begleitung eines Senatskollegen oder Ministerialen, die ihn vielleicht zu offizieller Distanz verpflichtet hätte – das war die Gelegenheit!

»Alfred!«

»Bitte?« Er blieb stehen, ließ Thirza auf sich zukommen und wappnete sich. Das Gesicht nicht mehr so schmal wie früher und übrigens gebräunt von irgendeinem Urlaub. Aus der Nähe weiße

Strähnen im braunen Kinderhaar. Der feine kurze Wollbart verschwunden, die glatten Wangen unbeweglich wie Bronze, ernste dunkelblaue Augen. Der Ausdruck wachsame Autorität. Alfred, das sanfte Genie! Thirza fühlte die alte Zärtlichkeit und verfiel in den alten Scherzton.

»Da hast du uns ja ein schönes Ei gelegt!«
»Ich lege keine Eier. Wer sind Sie?«
»Thirza Zorniger von der 44. Kammer. Fred, ich bin Tizzi Zorniger, wir haben zusammen studiert!«
»Ja, und? Was kann ich für Sie tun?«
»Ihr habt uns unser U-Boot zurückgeschickt ...«
»Ich weiß von keinem U-Boot.«
»Saturia gegen Weill-Harnisch ...« Thirza, ernüchtert.
»Bedaure. Aber wenn man's beim ersten Versuch richtig macht, braucht man keinen zweiten Versuch.«
»Ich bin nicht der Auffassung, dass wir's falsch gemacht haben.«
»Der 23. Senat hat im Fall Saturia gegen Weill-Harnisch entschieden, dass zur Entscheidung des Falles eine weitere Tatsachenerhebung notwendig ist. Soweit ich richtig erinnere, wurde im fraglichen Urteil Ihrer Kammer keine ausreichende Feststellung dazu getroffen, ob mit der Schlüsselübergabe eine Inbesitznahme der Mietobjekte vollzogen worden sei.«
»Ja, aber ist das nicht praxisfern? Wozu übergibt man Schlüssel, wenn nicht zur Ermöglichung einer neuen Nutzung?«

Alfred stand da als Fremder, der dunkelblaue Blick hart wie Eiswasser. »Ich muss die Entscheidung des 23. Senats nicht kommentieren, doch was die Praxis betrifft, so weise ich darauf hin, dass Ihr Urteil das Landgericht keineswegs entlastet hätte. Denn für die Verjährung wäre der Kläger-Anwalt haftbar gemacht worden, so dass auf dem Wege der Anwaltshaftung die ganze Akte mit allen Leitz-Ordnern nur auf dem Tisch einer anderen Kammer gelandet wäre.«

Das stimmte natürlich. Thirza ärgerte sich und war gleichzeitig beeindruckt. Alfred, der einstige Idealist, der Versponnene, jetzt so einschüchternd wehrhaft. Er wurde unkenntlich vor ihren Augen. Nicht mal seine Stimme glich der von früher. Thirza hatte sie in Bestform gespeichert: *Klar doch, ich schmettere gleich los, in 'ner halben Stunde steh ich bei dir so was von auf der Matte!* – beseelt wie ein junges Lebewesen, großzügig und voller Neugier. Jetzt klang sie fahl und lauernd. »Haben Sie noch weitere Urteilsschelte auf Lager?«

Thirza lachte verkrampft. »Schon gut. Ich dachte nur, gerade du müsstest es besser wissen. Der Fall ist nicht mehr verhandelbar, ein U-Boot!« Idiotin!, dachte sie sofort. Jähe Postpubertät, wie konnte das passieren? Hoffentlich werde ich nicht rot.

»Belehren Sie mich nicht über U-Boote. Des Weiteren möchte ich von Ihnen nicht geduzt werden.«

Beide schwiegen. Offenbar erwartete er, dass Thirza zur Seite träte. Als sie es nicht tat, ging er um sie herum und an ihr vorbei.

*

Thirza lief noch einige Schritte Richtung Kantine und kehrte dann ins Büro zurück. Nein, jetzt nicht dorthin, woher Alfred gekommen war. Lieber ein Minigyros beim Stehgriechen in der Bayerstraße. Blick aus dem Fenster. Regen, dampfender Asphalt. Schirm.

Als sie den Palast verlassen wollte, schwoll der Regen zu einem tropischen Guss. Thirza, unter dem steinernen Baldachin vor dem Eingang, blickte in eine silbrig sprühende Wand. Hier jetzt kein Durchkommen, auch andere Leute warteten; kurzer Rundblick: kein Bekannter dabei. Ein Anwalt, kenntlich durch seinen Aktenrollkoffer, erklärte munter ein paar Mausgrauen, warum der Richter ein Idiot sei. Thirza entfernte sich von der Gruppe so weit wie möglich. Es wurde eng, auch Passanten flüchteten unter das steinerne Dach. Thirza, allein im Volk, suchte im Rauschen des Regens nach dem Klang von Schmerz und Kostbarkeit, den sie vernommen hatte, als sie um acht Uhr zwanzig auf jenem Urteil Alfreds Namen las. Das verlorene Bild ... es zeigte ihn. Auf einmal schien ihr, dass sie ihn über all die Jahre irgendwie als Freund empfunden hatte, genauer: als Helden einer Freundschaft, die sich schon in ihrer Einbildung erfüllte. Nein, keine Liebe wie Daniels Phantom, aber doch Freundschaft. Sogar diese weiche, ungedeckte Münze zu verlieren tat weh.

»Entschuldigen Sie bitte, Sie sind doch Frau Thirza Zorniger?«

Jemand hatte sich von der Seite genähert. Thirza wandte sich ihm zu. Ein unbekannter Mann.

»Darf ich Sie ansprechen?«, fragte er.

»Sie tun es ja bereits.«

»Also, mein Name ist Max Girstl, Anwalt.« Er reichte ihr eine Visitenkarte: *Max Girstl, Obdach Assekuranz*. »Haben Sie ein paar Minuten für mich?«

Thirza wies achselzuckend in den Regen. »Worum geht es?«

»Ich war letzte Woche in einer Verhandlung von Ihnen im Fall Hypo LaBa ...«

Stimmt. Eine große Verhandlung, Streitwert insgesamt 800.000, nach gutem Rechtsgespräch unerwartete Kompromissbereitschaft auf beiden Seiten, sofortige Lösung greifbar, sofortige Lösung realisiert mit großer Konzentration: Thirza musste alle fünf Vergleichsvarianten notieren und diktieren und anschließend den Parteien vorspielen, Korrekturen besprechen, neu diktieren, wieder vorspielen, sehr anstrengend, man sieht nur noch Ziffern und Roben, keine Gesichter mehr, und Anwälte kann man sich sowieso nicht merken. Wehe, der will den Vergleich widerrufen.

»Und übrigens hatten wir vor zehn Jahren eine Begegnung am Amtsgericht.«

»So.«

»Sie haben mich geschieden!«

Jetzt zuckte Thirza, denn vor zwei Wochen hatte im Amtsgericht T. ein verlassener Mann nach seiner Scheidung die Amtsrichterin erstochen. Andererseits: Zehn Jahre, so lang hielt kein Affekt. Oder doch? Thirza trat zwei Schritte zurück. »Ja, und? Was kann ich für Sie tun?«

Dieses Holzapfel-Echo beschämte nun doch. Thirza gab dem Anwalt die Hand, mit gestrecktem Arm. Der Mann sah unauffällig aus, nicht groß, wenig Mimik, unbedeutender Händedruck. Er suchte lebhaft ihren Blick.

»Geht es um den Hypo LaBa-Vergleich?«, fragte Thirza nervös.

»Nein, ich kam heute wegen einer anderen Sache ... vorbei. Und plötzlich sehe ich Sie hier warten! Da dachte ich: Das ist die Gelegenheit!«

Gelegenheit, Gelegenheit ... Film noir. »Also?« Hoffentlich hat er mich nicht mit Alfred gesehen.

»Darf ich fragen, warum Sie Thirza heißen.«

Mann, hast du ein Glück, dass ich gerade verholzapfelt wurde und es besser machen will. Ich gebe dir drei Minuten.

»Mein Vater war Schauspieler. Der gab seinen Kindern solche Namen.«

»Lassen Sie mich raten. Schiller? Wallenstein?«

»Keine Ahnung.«

»Die Menschen, in der Regel ... hören Sie zu?«

»Ich höre, aber nur kurz.«

»Die Menschen, in der Regel, verstehen sich aufs Stückeln und aufs Flicken und fügen sich in ein verhasstes Müssen weit besser als in eine bittere Wahl.«

»War mir in der Sache bekannt!«, fauchte Thirza. »Und das ist es, was Sie mir sagen wollten?«

»Originaltext Schiller. Aus Wallenstein. Dürfte ich Ihnen mal was vorlesen?«

»Wie? Nein! Sagen Sie, was Sie wünschen!«

»Darf ich Sie zu einem Kaffee einladen?«

»Nein, ich habe keine Zeit.«

»Frau Zorniger, ich würde gern mit Ihnen reden, außerhalb des Gerichts. Darf ich Sie anrufen?«

Der Satz ging im zunehmenden Prasseln unter. Girstl beugte sich vor, ohne näher zu treten, und wiederholte ihn lauter. Thirza starrte ins Wasser und schwieg. »Ein Wasserschwall – fantastisch!«, brüllte Girstl durch das Dröhnen. »Gleich springen Fische raus!«

Thirza sah Girstl in die Augen. Sie antwortete nicht. Er trat zurück und verschwand im Regen. Warum habe ich nicht geantwortet? Hellblaue Augen, voller Leben und Tumult. Was jetzt, was jetzt?

Jetzt doch in die Kantine. Schwach vor Hunger. Dort wurde schon aufgeräumt, außer einem halbvertrockneten Stück Leberkäse mit Senf nichts mehr auf der Theke. Thirza aß mechanisch. Vierzehn Uhr. Zurück ins Büro. Der Tag noch nicht zu Ende.

Im Büro wieder Aktenstudium.

Telefon.

Eine bekannte, leidend-hektische Stimme: »Guten Tag, hier ist Babette Zorniger. Spreche ich mit dem Staatssekretär von Schwarzenberg? Ja, es geht um den Termin beim Kaiser!«

Thirza war sofort im Bilde. Babette war eine ihrer Stiefmütter, genauer: die fünfte Frau ihres Vaters. Sie rief in seinem Auftrag an, und er, ganz klar, hörte mit.

Carlos Zorniger hatte als achtzigjähriger Wüstling eine vierzig Jahre jüngere Krankengymnastin geheiratet, weil er in der beginnenden Demenz begriff, dass kostenlose Pflege für ihn bald wichtiger sein würde als hysterischer Geschlechtsverkehr. Seit über zehn Jahren hielt er nun diese Babette in Atem. Da er sich in der Ahnung des Niedergangs auch seiner Justiz-Tochter besann, war Thirza auf dem Laufenden. Er hatte schon in Panik angerufen, Thirza solle ihm sofort drei teure Anwälte verschaffen, eine junge Frau habe sich an ihn rangemacht und fordere Alimente. Regelmäßig drohte er Babette, sie um einer Jüngeren willen zu verlassen, sie werde ja sehen. Und diese trotz ihres Namens grundsolide Babette spielte jetzt für ihn Komödie, was eigentlich außerhalb ihrer Möglichkeiten lag; so weit hatte er sie gebracht.

»Der Termin beim Kaiser – selbstverständlich, wenn es Ihnen recht ist, Mittwoch um elf Uhr.« Thirza biss in den Hörer, um nicht laut zu lachen.

»Vielen Dank«, flüsterte Babette. Sie klang erschöpft.

Minuten später brachte der Bote mit dem Aktenwagen sieben neue Akten.

Thirza rief Berni an. »Liebe Berni, hier ist Thirza, ich muss dringend mit dir sprechen, kann ich kurz vorbeikommen?«

»Nein, passt grad überhaupt nicht.«

»Bitte, nur eine Minute, ich werde wahnsinnig!«

»Tizzi, das werden wir hier alle.«

»Aber es gibt Höhepunkte! Heute tauchte ein versenkt geglaubtes U-Boot wieder auf, einer vom OLG hat mich zur Schnecke gemacht, und dann stand ein aufdringlicher Anwalt da und wollte mir Schiller vorlesen. Ah, zuletzt rief noch mein debiler Vater an, das heißt, nicht er selbst, sondern ...«

»Klingt toll, geht aber wirklich nicht. Zwei Anwälte sind von der Pforte auf dem Weg zu mir. 'ne OLG-Schnurre hätte ich übrigens auch. Gerade haben die mir was zurückgereicht, weil wir angeblich über das Wesen einer Inhaberschuldverschreibung ungenügend aufgeklärt hätten. Ich meine, Inhaberschuldverschreibung versteht sich doch von selbst! Warum soll ich irgendwas hinurteilen, was nicht in den Verträgen steht? Okay, sie klopfen, also bis dann!«

*

»Du hast keine Zeit?«
 »Ein Termin.«
 »Termin, um die Zeit?«

»Außerhalb des Hauses.«

»Außerhalb? Du?«

Berni, Gastgeberin bei der heutigen informellen Richterinnenrunde, war Teil eines erschlagend gelungenen Paars. Überall, bei ihr zu Hause wie im Büro, hingen Schnappschüsse, die fröhliche Kinder und lachende Eltern zeigten, aus zwei Jahrzehnten. Eine kleine Serie war dem Ehepaar selbst vorbehalten. Auf allen strahlten beide Gatten – sie gelöst, er stolz. Thirza war einerseits froh zu sehen, dass so etwas möglich war, andererseits bedrückt, dass es ihr nicht möglich war.

»Ein Anwalt? Etwa der, der dir Schiller vorlesen wollte?«, fragte Berni.

»*Sachbearbeiter* bei einer *Versicherung*?« Barbara, standesbewusst.

»Außerhalb des Hauses deswegen, weil uns dort vielleicht jemand von der Gegenpartei sieht, der mich dann wegen Befangenheit ablehnen kann. Oder ich erkläre mich selbst für befangen.« Hoffentlich klang das jetzt scherzhaft genug.

*

Girstl hatte am nächsten Tag angerufen und ein gemeinsames Abendessen am nächsten Mittwoch vorgeschlagen, mit einem überraschend gefühlvollen Ton, jugendlich nervös. Eine seltsame Aufregung hatte Thirza erfasst, obwohl sie nicht mal mehr wusste, wie der Mann aussah. Er klang enttäuscht, als sie ablehnte, fast betroffen. Übertrieben betroffen, dachte sie, während seine Betroffenheit sich auf sie übertrug, und sie spürte: Er nimmt die Absage sehr ernst. Er wird nicht mehr anrufen. Für sich selbst überraschend schlug Thirza einen Kompromiss vor: Kaffee um siebzehn Uhr; gewissermaßen nebenan, im Foyer des Hotels *Königshof*. Seitdem dachte sie an Girstl. So wenig braucht ein einsamer Mensch.

Die Stimme ist anziehend. Mit irgendwas muss er ja punkten. Aber was will der? Vielleicht hat er sich auf unerlöste Richterinnen spezialisiert? Oder er ist selber unerlöst?, dachte Thirza unruhig.

Im Justizpalast war ein solcher Fall Gesprächsthema. Eine Kollegin hatte in der Kantine aus Versehen einen ihr unbekannten Mann angelächelt und wurde ihn nicht mehr los. Man nannte das neuerdings Stalking, und die Kollegin erregte sich, dass es keine gesetzliche Handhabe gab. Übrigens war's mit Leonard ja seinerzeit ähnlich gewesen. Andererseits: Leonard war ein Verlierer und jener Stalker Sozialhilfeempfänger. Ein normaler Anwalt hat das doch nicht nötig. Kann es wirklich sein, dass er sich an die Richterin erinnert, die ihn vor zehn Jahren geschieden hat? Wobei: So oft lässt der Mensch sich ja nicht scheiden. Ich habe hunderte Ehen geschieden, aber der vielleicht nur eine. Oder zwei?

*

Mittwoch: Hauptsache, der Spuk geht vorbei. Ich treffe ihn, wir trinken einen Kaffee, stellen fest, dass alles Einbildung war, und gehen befreit auseinander. Und sonst: War doch mal nett zu spüren ... in meinem Alter ... dass die Wüste lebt!

In der Früh rasch zum Friseur. Ein übertriebener Aufwand ausgerechnet am Sitzungstag, aber der Schnitt war überfällig.

Beim Friseur, in einer bunten Zeitschrift, las Thirza die Fortsetzung einer Geschichte, die sie vor Jahren beeindruckt hatte, beim selben Friseur im vermutlich gleichen Blatt. Der Beitrag damals war *Aus unserer Serie: glückliche Paare* gewesen. Paar jener Woche: der ehemalige Rockstar Sylvester Burg und seine Nicole (ohne Nachnamen). Sylvester Burg war auf dem Höhepunkt seiner Karriere an Parkinson erkrankt und hatte den Beruf aufgeben müssen; seine damalige Frau war davon, und sein Vermögen hatte er für Wunderheiler ausgegeben. Im Krankenhaus lernte er die Physiotherapeutin Nicole kennen. »Ich habe sie heimgeführt!«, berichtete er stolz dem Journalisten. Seitdem lebte Nicole mit ihm in seiner heruntergekommenen Villa, half ihm aus dem Swimmingpool, bereitete seine Mahlzeiten und wusch seine Wäsche. Ein seitengroßes Foto zeigte die beiden: Sie, um die dreißig, kupferrotes Haar, nussbraune Augen, umschlang von hinten seinen mächtigen Hals und schmiegte die Wange an sein schütteres graublondes Haar. Er, sechzig Jahre alt, etwas gedunsen, saß in der Morgensonne vor einem Glas Orangensaft und einem Frühstücksei und grinste starr. Freilich, Parkinson wünscht man keinem.

Frage des Interviewers an Nicole: »Nicole, was mögen Sie an Sylvester am meisten?«

Nicole: »Seine Tapferkeit. Seine Geduld. Seinen Humor.«

Frage des Interviewers an Sylvester: »Sylvester, was mögen Sie an Nicole am liebsten?«

Sylvester: »Dass sie mich liebt.«

Da bleibt einem die Spucke weg. Er liebte Nicole nicht etwa für ihre Güte oder Hilfsbereitschaft, sondern dafür, dass sie ihn liebte; er liebte, kurz, auf dem Umweg über sie sich selbst. Zwar neigte Thirza seit den zwei Jahren Familienrichterei nicht mehr ohne weiteres der Frauenseite zu. Sie glaubte nicht, dass eine hübsche, sportliche Frau aus reiner Liebe ihre Jugend einem dreißig Jahre älteren invaliden Egoisten zum Opfer bringt. Selbst wenn hier kein Geld zu holen war: Ein Spezialgewinn musste im Spiel sein. Hatte Nicole die Kunst des Mannes geliebt? Oder suchte sie bei dem abgestürzten Altstar Reste von Glanz, eine Trittbrettfahrerin wenn schon nicht des Ruhms, so doch der Hybris? Die Motive der Menschen sind komplex, man muss sie nicht bewerten, es reicht, wenn man es weiß. Hängen blieb von der Geschichte die entlarvend schlichte Selbstauskunft des Sängers. Thirza war überzeugt, den Fall unparteiisch zu betrachten, doch wann immer sie sich daran erinnerte, grinste sie steif und etwas unsauber wie der Begünstigte auf dem Foto. Und ausgerechnet heute, fünf Jahre später, las sie, dass Nicole ihren Sylvester verlassen habe.

Es war nur eine kleine Notiz auf der letzten Seite, beim Weglegen der Gazette aus dem Augenwinkel erfasst, während die Friseuse Thirza den Kittel abnahm. Thirza setzte die Brille auf, sah sich im Spiegel aggressiv lächeln und gab ein hohes Trinkgeld.

An diesem Vormittag waren drei Einzelrichterverhandlungen angesetzt, nachmittags eine Beweisaufnahme. Dichtes Programm ist gut, man kommt nicht zum Nachdenken.

Fall eins: Schadensersatz. Ein junger Deutschtürke hatte vor sechs Monaten vom Vater zum achtzehnten Geburtstag einen BMW geschenkt bekommen, der zwei Jahre in der Fahrschule eines Cousins des Vaters eingesetzt gewesen war. Nach drei Wochen riss die Motorkette und zerstörte die Ventile. Der junge Mann wollte von der BMW AG einen neuen Motor. Er habe erfahren, dass diese Motorserie für genau diesen Schaden anfällig, und dass BMW hier kulant sei. Der Anwalt von BMW erklärte grinsend, dass Kulanz eine freiwillige Leistung und daher nicht einzuklagen sei. Die Garantie war vier Wochen vor dem Schaden ausgelaufen, das Fahrzeug habe 149.000 Kilometer auf dem Buckel, und Fahrschuleinsatz sei das Schlimmste, was man einem Auto antun könne. Der Beklagtenanwalt bot – nun wirklich aus Kulanz und ohne die Anerkenntnis einer Schuld – 3.000 Mark. Dies lehnte der Kläger ab. Er wollte jetzt keinen neuen Motor mehr, sondern nur noch einen »Austauschmotor«, und als »Gegenleistung« selbst die Werkstattkosten übernehmen. Der BMW-Anwalt bemerkte, ein Austauschmotor sei nichts anderes als ein neuer Motor. Also abgelehnt.

Recht ist die Kunst des Schönen und Gleichen, allerdings eine Kunst mit vielen Unbekannten. Thirza verstand nichts von Autos. Was kostete ein neuer Motor, was kostete die Reparatur, welche Rolle spielte ein von der Beklagten bemerkter verspäteter Ölwechsel?

Thirza riet dem Kläger zu dem Vergleich. Eine Gewährleistungspflicht des Herstellers sei hier nicht zu erkennen. Ein Sachverständigengutachten könne ein paar tausend Mark kosten und zum Ergebnis führen, dass der Motorschaden nichts mit der gerissenen Kette zu tun habe. Schlimmstenfalls bekäme der Kläger gar nichts und müsse zusätzlich das Gutachten bezahlen. Der junge Kläger rief erschüttert: »Aber woher soll ich dann die anderen dreitausend nehmen, die hab ich doch nicht!« Verwechslung von Innenwelt mit Außenwelt. Warum hat der Anwalt ihn nicht zur Vernunft gebracht?

Thirza schloss aus dem Entgegenkommen der Beklagten, dass BMW ein Bauserienproblem anerkannte, und wollte deshalb die Klage nicht glatt zurückweisen. Andererseits hatte der Bub Flausen im Kopf. Er reiste für diesen Prozess zum Gerichtsstand der Beklagten: von Hannover nach München mit Vater und Anwalt, was teuer war, und würde nochmals anreisen und hier vermutlich auch übernachten. Das Auto stand seit sechs Monaten betriebsunfähig in der Garage und würde dort weitere fünf Wochen stehen. Mehr als ein Vergleich war nicht drin, und dem unwahrscheinlichen besseren Vergleich beim nächsten Termin standen sichere neue Ausgaben entgegen: Anwaltshonorar, Prozess- und Reisekosten, alles in keinem Verhältnis zur Motorreparatur. Ein Fall aus dem emotionalen Rechtskapitel *Autokäufe und Männer*, hier in der irrationalen Zuspitzung als *Junge Männer und BMWs*. Man könnte eine Doktorarbeit darüber schreiben.

Kaum war die Verhandlung beendet, kamen die nächsten Parteien herein, *wg. Forderung*. Ein Kläger mit Anwalt auf der einen Seite, auf der anderen nur ein Anwalt. Streitwert 10.000 Mark wegen einer intransparenten Vertragsgestaltung. Der Kläger ein mopsiger Pharmazie-Professor mit Kinnbart. Sein Anwalt eine asketisch intellektuelle Erscheinung in den Sechzigern, übrigens in Richterrobe mit Samtbesatz, woraus Thirza auf einen pensionierten Richter schloss, der noch mal zeigen wollte, was er rechtsdogmatisch draufhatte. Dieser Fachmann kombinierte ein halbes Dutzend Mindermeinungen aus der BGH-Rechtsprechung mit einer Paragrafenkette zu einer beeindruckenden rechtlichen Spirale. Der Beklagtenvertreter hielt mit schnarrender Stimme respektabel dagegen. Thirza hatte gestern bis acht Uhr abends vergeblich nach Parallelverfahren gesucht; offenbar war die Kläger-Argumentation ein Spezialkonstrukt. Willst du dich da wirklich reindrehen und eine Grundsatzentscheidung fällen, die möglicherweise umgehend vom OLG zurückgereicht wird? Wegen 10.000 Mark? Bei 250 offenen Fällen? Nein, willst du nicht. Keine Waffengleichheit zwischen einer überlasteten Richterin und einem ausgeruhten juristischen Tüftler, der seinen saturierten Mandanten unterhalten will. Thirza empfahl also einen Vergleich in Höhe von 3.000 Mark und schickte die Parteien nach Hause. Fortsetzungstermin in vier Wochen. Lieber drei weitere Vergleiche anbieten, als diesen Fall entscheiden.

Fliegender Wechsel zur nächsten Verhandlung. Keine Zeit für gerichtliche Aufsteh-Rituale, Thirza blieb einfach sitzen, während die alten Parteien hinausströmten und die neuen herein. Anwälte stopften ihre Roben weg oder zogen sie aus den Taschen und legten sie an, nachdem sie, weil es heiß war, ihre Jacken über die Lehne des leeren Nebenstuhls geworfen hatten.

*

Und jetzt das Rendezvous. Ach, das Rendezvous.

Während Thirza automatenhaft, gewissermaßen in einer unsichtbaren Robe, hinüber zum *Königshof* lief, hatte sie plötzlich eine Empfindung von Schlingern. Sie lehnte sich an eine Fußgängerampel, um nicht zu taumeln, und dachte: Was für ein Aufruhr, für nichts! Am besten umkehren, zu schwach … Solche Leute haben ja ein Gespür. Ich muss … Ich muss … Ich war zu rücksichtslos gegen mich, jetzt bin ich in Gefahr.

Sie betrat den *Königshof* um zehn Minuten vor fünf, durchschritt das etwas unübersichtliche Foyer, eine beige Landschaft aus Teppichen, Sitzgruppen und dicken quadratischen Säulen, sank in einen tiefen Sessel, von dem aus sie einen leidlichen Überblick hatte, und beruhigte sich. Alles halb so wild. Sachbearbeiter bei der Assekuranz, Examensnote vermutlich ausreichend. Großvater Kargus: Wer mit vier Punkten besteht, ist entweder dumm oder faul. Mit so einem werde ich immer noch fertig.

Und da kam er zur Tür herein, in einer munteren Gruppe, zu der er nicht gehörte, allein, grau im Gesicht. Er erblickte sie und begann zu leuchten. Ist der am Ende verliebt? In mich? Aber um Himmels willen, warum?

Er saß ihr gegenüber, leuchtete verlegen vor sich hin, suchte ihren Blick immer nur kurz und ließ seinen Tee kalt werden.

Er habe damals, vor zehn Jahren, die Scheidungsrichterin gesehen und gedacht: Die hättest du eigentlich heiraten sollen. Er habe aber, da er situationsbedingt durcheinander war, erwogen, dass dies vielleicht nur ein Fluchtgedanke sei oder ein Rachegedanke gegenüber der Gattin, die ihn verließ.

»Ich dachte: So eine reizvolle Frau, und sie weiß es nicht.«

»Wie kamen Sie darauf?«, fragte Thirza zu schnell.

»Sie wirkten so – melancholisch.«

Aha, du stehst auf Melancholie?

»Wahr ist«, sagte sie, »dass ich mich im Familienrecht nicht wohl gefühlt habe. Dass man es mir vielleicht ansieht, war mir nicht bewusst.«

Außerdem: Was ist schon wahr.

»Übrigens haben Sie uns ganz besonders nett und persönlich verabschiedet.«

»Dann haben Sie sich wohl unstreitig getrennt.«

»Na, was man so nennt. Nicht als Feinde.«

Das war alles. Ihren Namen habe er sich leicht merken können. Und zuletzt dieses Verfahren ... Als er in der Terminsbestimmung den Namen las, habe er das für einen Wink des Schicksals gehalten.

Unglaublich. Im Ameisenhaufen des Justizpalasts lesen Ameisen Namen auf Schriftstücken und geraten in Wallung, weil jede Ameise insgeheim eine Spiegelameise sucht. Und dann erweist sich die Wallung als Irrtum, und wenn die Ameisenherzen zerbrechen, liegen winzige Scherben herum.

»Also heute sind Sie in der Sache Hypo LaBa hier?«, fragte Thirza im Bestreben um Sachlichkeit. Lass dir das auf der Zunge zergehen. Bestreben um Sachlichkeit.

»Nein.«

»Aber als was dann?«

»Als Ihr Verehrer.«

Donnerwetter. Woher weiß der, dass ich zu haben bin? Oder will er mich gar nicht haben, sondern nur ein Abenteuer? Das wird es sein. Warum nicht, übrigens. Anscheinend liest man in mir wie in einem offenen Buch.

»Erzählen Sie was über sich!« Und was hast du zu bieten?, hätte ich fast gefragt.

Er stammte aus Augsburg und war im väterlichen Tante-Emma-Laden aufgewachsen. Eigentlich war es eine Art Großhandel für noch kleinere Emma-Läden. Ein einziger Raum in einem Haus aus dem sechzehnten Jahrhundert. Eine L-förmige Theke. »Wollen Sie das wirklich wissen?«

»Ja, sofern darin kein Rechtsstreit vorkommt.«

Es gab eine Milchpumpe. Die Kunden brachten Kannen mit, die man durch mechanisches Pumpen füllte, pro Zug ein Liter. Buttermilch kam einmal die Woche vom Land in Metallbehältern, die man unter die Theke stellte. Man entnahm sie mit dem Handschöpfer.

Girstl half schon als Schüler jeden Abend von sechs bis acht Uhr im Geschäft, manchmal auch nachmittags, an sechs Tagen die Woche. Buchführung. Lagerarbeiten. Er musste zum Beispiel eine Tonne Kondensmilch und Zucker entladen, rammte sich fast das Bein in die Hüfte beim Abspringen vom Lkw, schob die Paletten mit der Sackkarre in den Hinterhof und trug die Kisten über eine unregelmäßige Steintreppe in den Gewölbekeller. Oder er packte Lieferungen für Privatkunden. Und er putzte die großen Milch- und Sahnekessel, zehn bis vierzig Liter, bevor sie an die Molkerei zurückgingen. Sie stanken. Man erhitzte Wasser darin auf einem großen Herd und putzte sie aus.

Als er achtzehn war, konnte er den Vater vertreten. Einmal vertrat er ihn für fünfzehn Tage und bekam deshalb sogar Sonderurlaub vom Bund. Die Arbeit begann um halb sechs in der Früh. Er hatte vor Anstrengung den ganzen Tag Nasenbluten; sowie er sich vorbeugte, lief ihm die Soße aus der Nase. Jeden Tag elf Stunden, am letzten Tag sechzehn. »Da wusste ich, was meine Eltern ihr Leben lang geleistet hatten.«

Die Geschäfte liefen jedes Jahr schlechter, und 1972 mussten sie schließen. »Die alten Kunden waren in Tränen aufgelöst, als ob sie jetzt verhungern müssten. Nach allem, was sie hinter sich hatten, und nach allem, was sie mitverschuldet hatten. Eigentlich wundere ich mich immer noch.«

Thirza freute sich über diesen Ausdruck.

Girstls Vater, bei der Geschäftsaufgabe neunundfünfzig, wurde Versandleiter in einem Lieferservice. Versandleiter nannte man ihn ehrenhalber; es war Lagerarbeit. Er verrichtete sie, von Chef und Mitarbeitern hochgeschätzt, bis in seine Siebziger hinein.

Und Girstl, dies vor Augen, wusste: Wenn er schon studieren durfte, musste es etwas Solides sein. Lehrer? Auf keinen Fall. Germanistik traute er sich nicht zu, er fürchtete außerdem, dadurch die Lust am Lesen zu verlieren. Jura galt als Fach für Unentschlossene. Er versuchte es und tat sich schwer.

»Wie kamen Sie aufs Lesen, bei diesem … Milieu?«

»Oh, mein Vater war kunstbesessen. Keiner weiß, woher er das hatte. Das einzige sogenannte Kunstwerk im Haus der Großeltern war ein offenes Herz Jesu. Im Büro meines Vaters aber hingen Giorgiones *Drei Philosophen*, Giottos *Tod des heiligen Franzis-*

kus und ein Selbstbildnis vom uralten Tizian. Reproduktionen, auf Sperrholz geklebt. Am Sonntag saß mein Vater im Garten mit einem selbstgezimmerten Büchergestell, die schweren Kunstbände lesend. Abends hörten wir vom Plattenspieler Klavierkonzerte. Einmal reisten wir nach Florenz, da wurde kein Steinhaufen ausgelassen. Mutter weinte ab und zu, dann gab's 'nen Kaffee, und dann liefen wir weiter.«

»Und bei Ihnen wurden es die Bücher.«

»Ja, wir hatten schon welche im elterlichen Regal. Die Klassiker standen da ungelesen in Volksausgaben, aus Kunstsehnsucht. In der Schule lasen wir Böll und Camus und eines Tages Büchner. Büchner hat gezündet. Danach traute ich mich zuzugreifen.«

»Und Ihre Arbeit lässt Ihnen genug Zeit.«

»Es wird schwieriger. Als ich bei der *Obdach* anfing, hatte ich ein Referat mit dreihundert Fällen pro Jahr. Inzwischen sind es vierhundertfünfzig, und wenn von vier Leuten einer fehlt, macht man sechs- bis siebenhundert. Früher haben wir die Schadensfälle zelebriert und jedes Haar dreimal gespalten, das war sicher übertrieben. Aber nur noch Durchfluss gewährleisten, ist unbefriedigend.«

»Gibt es Entwicklungsmöglichkeiten?«

»Gruppenleiter, Abteilungsleiter. Verleiht meinem Leben keinen größeren Sinn. Einmal wollten sie mich für die Notargruppe werben. Das ist eine hochkarätige Gruppe, Volumina bis zu hundert Millionen. Solche Fälle durchschaut nur ein Spitzenjurist. Wenn ich das wäre, säße ich nicht bei der *Obdach Assekuranz*. Aber es gibt noch einen Grund. Ich habe Ihnen von meinem Vater erzählt, der sonntags im Garten auf einem Holzgestell Kunstbände las. Wir Kinder durften nicht stören, aber als ich mich für Kunst zu interessieren begann, pirschte ich mich manchmal an, um ihm über die Schulter zu sehen – solange ich schwieg, war das in Ordnung. Eines Nachmittags fand ich ihn schlafend. Und drei Wochen später wieder. Er warf mir immer verlegenere Blicke zu, wenn er seinen Leseplatz aufbaute. Dabei hatte ich doch größtes Verständnis. Aber ich möchte neben meinen Büchern nicht schlafen. Ich will sie lesen. Sagen Sie, es ist halb sieben, wollen wir etwas essen gehen?«

»Nein, vielen Dank, ich muss noch diktieren. Heute war Sitzungstag.«

Auf dem Weg zum Ausgang sah Thirza Max im wandgroßen Spiegel. Er war kaum größer als sie und wirkte nicht kräftig. Kann es wirklich sein, dass der eine Tonne Zucker und Kondensmilch entladen konnte? Andererseits: Warum sollte er es erfinden? Werbewirksam ist es ja in klassischem Sinne nicht. Was ist daraus zu schließen, dass einer, der so wenig von sich hermacht, sich so unverdruckst als Verehrer anbietet? Deutet wohl auf ein gewisses Selbstbewusstsein hin. Ähem. Eigentlich ist er reizend. Ein bücherverschlingender Ladenschwengel, dachte Thirza und sah sich im Spiegel erröten.

Wenn diese Männer-Frauen-Sache nur nicht so gefährlich wäre! Du müsstest ihn jetzt als respektable Frau drei Wochen hinhalten, um zu testen, ob er's ernst meint. Aber was heißt ernst? Außerdem: Vielleicht hat man sich nach ein paar Tagen nichts mehr zu sagen, wozu dann der Aufwand? Erinnere dich an Herbert: so viel Kummer wegen einer Sache, die besser nicht gewesen wäre. Uff, was mache ich nur? Wie viel einfacher wäre jetzt ein wuchtiger Kartellfall mit einem Streitwert von fünf Millionen und drei Anwälten pro Partei!

»Sie seufzen.«

»Ja, ich … Ich dachte daran, dass Sie mir Schiller vorlesen wollten.«

Tja, Schiller. Anscheinend muss es sein. Andererseits: Was hast du zu verlieren?

»Jetzt?«

»Nein, irgendwann.«

»Das heißt, wir sehen uns wieder? Zum Beispiel morgen?«

»Nein, in ... drei Wochen ...«

»Warum in drei Wochen?«, fragte er unruhig. »Sagen Sie mir: Gibt es irgendeine Gegenseitigkeit? Oder sollte ich Sie in Ruhe lassen?«

»Nein, ich meine ... ja, also bezüglich des ersten Teils Ihrer Frage ... Das heißt bezüglich der zweiten Frage ... ja, also ... nein.«

*

Offenbar möchtest du dich von diesem Mann überwältigen lassen, analysierte Thirza. Einem *Anwalt*! Beachte, erstens: Wie steht die bayerische Zivilgerichtsbarkeit denn jetzt da? Und zweitens: Du weißt, dass das nicht gut gehen kann.

Andererseits: Was geht schon gut?

Sie erwachte im Morgengrauen in seinen Armen. Er schlief hinter ihr, die Nase hinter ihrem Ohr, den Mund an ihrem Hals. Sie blieb wach, um es zu genießen, und spürte nach einiger Zeit am Druck seiner Lippen, dass auch er zu sich kam. Sie fühlte sich leicht. Ihr fiel ein, wie sie als Kind in einem Bildband von Chagall die fliegenden Paare entdeckt hatte; das war noch in der Schwabinger Zeit gewesen. Großeltern zu Gast. Tizzi blättert und fragt: »Wieso fliegen die denn alle?«

Gudrun, ironisch: »Keine Ahnung.«

Opa Kargus, streng: »Das ist keine Kunst!«

Jetzt, fast vierzig Jahre später, flog Thirza selber. Sie schwebte, schwerelos vor Dankbarkeit und Zärtlichkeit, in Max' Armen, in seinen festen Armen, an der im zunehmenden Licht sich hebenden Decke und dachte: Wo ist der Haken?

MAX

Sie feierten einander, und dazu gehörte die glückhafte Erforschung der Wege, die sie zusammengeführt hatten. Zum Beispiel Max' Scheidung: Dieser Zufall wurde erst als Teil der Legende von Max und Thirza wunderbar. Thirza war inzwischen eingefallen, dass sie bei jener Verhandlung einen erkrankten Kollegen vertreten hatte, denn für den Buchstaben G war sie in jenem Dezernat nicht zuständig gewesen; sie hatte eigentlich nur das Urteil verkündet. Es ließ sich natürlich nicht ermitteln, wie viel Thirza von Max im anderen Fall noch gewusst hätte, zumal sie auch ihre eigenen Klienten bald vergaß. Doch Max traf auf Thirza. Zuallererst feierten sie also nachträglich die Erkrankung des Kollegen.

Aber warum überhaupt Scheidung?

Max hatte mit achtundzwanzig geheiratet, weil seine Freundin schwanger war. Die lange Geschichte dieser Kürze wird hier übersprungen, sie hat mit Traditionen und Schüchternheit zu tun. Die Frau gab wegen der Schwangerschaft ihr Studium auf. Das warf sie ihm später vor. Außerdem warf sie ihm vor, dass sie nicht glücklich war. Er seinerseits wunderte sich, dass sie so sehr auf Ehe und Familie gedrängt hatte und ihm die Schuld gab, als Ehe und Familie sie nicht erfüllten. Er habe von ihr nicht verlangt, das Studium aufzugeben. Er hielt sich nicht mal für die Schwangerschaft verantwortlich. Sie war ein Pillenunfall. Manchmal fragte er sich, ob es überhaupt ein Unfall gewesen war. Danach fühlte er sich in der Falle. Er leistete zwar, was man von ihm verlangte, aber es war sozusagen Dienst nach Vorschrift. Er war heilfroh, als sie sich einem anderen Mann zuwandte, mit dem sie zwei weitere Kinder bekam.

Dann gab es eine Junggesellenstrecke, eingeschränkt durch Unterhaltszahlungen und regelmäßige Betreuung des Kindes. Als geschiedener Versicherungsjurist fand Max die Beachtung junger Sekretärinnen und Kolleginnen, fürchtete aber die weibliche Bindungswut. Schließlich kriegte ihn eine rum (hartes Männerlächeln), die von heftigem Wesen und ziemlich unberechenbar war. Zwölf Jahre jünger als er. Sie sagte: »Kinder will ich nicht, außerdem bist du zu alt.« Er sagte (noch härteres Männerlächeln): »Es war mir nicht gegeben, dieses Angebot auszuschlagen.« Die Sache dauerte immerhin neun Jahre; sehr anstrengend. Seltsamerweise war die wilde Geliebte eifersüchtig und veranstaltete Szenen, wenn seine Tochter zu Besuch kam. Einmal zu Weihnachten sagte sie: Tochter oder ich. Sie meinte das ernst und ging wirklich. Als er sie zurückholen wollte, sagte sie: »Ich kann mir vorstellen zu heiraten, aber nicht dich, und ich will Kinder, aber nicht von dir.« Es hatte geschmerzt.

»Was hat mehr geschmerzt – die verlorene Frau oder das Verlassenwerden?«

Er antwortete: »Die verlorene Zeit. Die Frau war immer die Falsche gewesen. Aber ich war kein Draufgänger und hatte nichts Besonderes zu bieten. Ich dachte: Die Richtige gibt es nicht für mich, dann behalte ich eben diese. Vermutlich war das Betrug an uns beiden. Wegen ihrer Eifersucht fühlte ich mich sicher. Ich habe auch ... Lassen wir das. Ich bin nicht stolz darauf.«

»Betrug an beiden – nicht stolz – das kenne ich!«, rief Thirza aufgeregt. »Bei mir war's ähnlich. Ich hatte einen Herbert ...«

Die ganz banalen Frauen-Männer-Geschichten mit ihren fehlbaren, verwirrten Figuren als Vorspiel zur Max-Thirza-Legende: was für ein Knüller!

*

Sie genossen es, am Wochenende lang zu schlafen. Sie erwachten umschlungen, freuten sich und schliefen wieder ein. Weil sie so viel schliefen, träumten sie viel und erzählten einander noch im Liegen ihre Träume. Einmal wurde Thirza an Max' Brust wachgerüttelt von seinem Lachen.

»Ich habe im Traum mit einem Hund gesprochen. Er sagte, er fürchte sich entsetzlich vor Erdbeben. Ich versuchte ihn zu beruhigen: Ich sei schon fünfundvierzig Jahre alt und hätte noch nie ein Erdbeben erlebt. Er sagte: Aber ich.«

Inniges Gelächter beider ... Zärtlichkeit ... Und Thirza träumte, sie stehe im Zwielicht bei Ebbe am Strand. Der Strand war keineswegs glatt, sondern ruppig und hügelig. Überall lagen verendende Tiere: Fische steckten aufgebäumt mit offenen Mäulern im Sand, Krebse vertrockneten, zwischen Riedgras sah man zertretene Hasen. Thirza wusste im Traum, dass das kein Katastrophenbild war, sondern die Alltagskosten jeder einzelnen Flut: Wer's nicht schafft, ist raus. Sie wunderte sich über die ungeheure Verschwendung und Grausamkeit der Natur. Später ging sie durch frisches Gras und setzte sich erschüttert nieder. Sie hielt einen Grashalm in ihrer Hand. Während sie ihn betrachtete, formte sich an der Halmspitze ein Gesichtchen, das sogar lachte mit milchfarbenem Mund, und der Halm wickelte sich entzückt um Thirzas Finger: ein winziges, unscheinbares Stück Natur, für den Verzehr von Schafen und Ziegen bestimmt, voll reinster Neugier und Lebensfreude. Thirza erwachte erleuchtet in Max' Umarmung.

Max träumte: In Pasing an einem Rondell, das es in Wirklichkeit nicht gab, ragte ein Stöckchen aus der Erde, das beseitigt werden sollte. Ein Bagger zog mit aller Kraft daran und bekam es nicht heraus; er musste sogar rundherum in die Tiefe graben. Max fand den Aufwand übertrieben, er fragte sich, wen wohl das Stöckchen stört. Aber dann hob der Bagger eine ganze Giraffe aus der Grube; das Stöckchen war ihr Geweih gewesen. Die Umstehenden erinnerten sich, dass diese Giraffe vor vierzig Jahren dort begraben worden war. Sie war etwas gedunsen und ausgebleicht, monochrom in Grünabstufungen, doch nicht verwest und nicht eklig. Das Köpfchen lag jetzt wie bei einem Schwan auf dem Rücken, die Beine hingen lang herunter. Der Bagger hatte das Tier am Widerrist gepackt. Es öffnete langsam die großen, bewimperten Augen.

Max und Thirza standen am Straßenrand und schrien wie Kinder vor Verblüffung und Begeisterung.

*

Max las Thirza aus *Wallenstein* vor. Nicht die ganze Trilogie, denn Thirza trat fast sofort in Streik.

> ILLO: *Von dreißig Regimentern haben sich*
> *Die Obersten zusammen schon gefunden,*
> *Den Terzky trefft ihr hier, den Tiefenbach,*
> *Colalto, Götz, Maradas, Hinnersam,*
> *Auch Sohn und Vater Piccolomini –*
> *Ihr werdet manchen alten Freund begrüßen.*

Thirza, sich ausschüttend vor Lachen, an diesen ganzen gemeinsamen Wochenenden erfüllt von seliger Albernheit: »Das ist ja wie am Gericht! Und die soll ich mir jetzt alle merken? Der Antrag wird zurückgewiesen!«

Also las Max nur die Teile, die sich auf Thirza bezogen. Carlos Zorniger hatte allen seinen Kindern theatralische Namen gegeben, und vielleicht konnte Thirza hier etwas über sich herausfinden; das heißt, nicht direkt über sich, und auch nicht über Carlos, der ihr nie als Rätsel erschienen war, doch immerhin über seinen Plan mit ihr, falls es einen gab. Es ging also um Aufklärung. Aufklärung nicht als Problemlösung, sondern als Luxus: Thirza war, zumindest in Max' Gegenwart, ununterbrochen im Reinen mit sich, und jeder zusätzliche Aspekt konnte diese Geschichte nur köstlicher machen.

Sie begann aber mit einem Irrtum. Max bekannte verlegen: Die *Wallenstein*-Heldin hieß nicht Thirza, sondern Thekla.

Kein Problem. Was immer herauskam, war sozusagen Kür. Carlos hatte also nicht an *Wallenstein* gedacht. Aber Max hatte daran gedacht. Warum?

»Eine Erinnerungstäuschung«, lächelte er. »Vielleicht eine Wunschtäuschung? Denn ihr Liebhaber heißt Max.«

Das war schon mal herrlich.

Wallenstein, Herzog zu Friedland, Generalissimus im Dreißigjährigen Krieg, erhebt sich aus Ehrgeiz gegen seinen Dienstherrn, den Kaiser, und kommt zu Tode. Das ist die Handlung des Stücks. Thekla – *Prinzessin Thekla* – ist Wallensteins Tochter. Zu Beginn kehrt sie aus dem Kloster, wo sie erzogen wurde, nach Hause zurück. Ihre Mutter macht sich Sorgen, sie würde vielleicht den Vater nicht mehr kennen.

> THEKLA: *Doch, Mutter, auf den ersten Blick – Mein Vater*
> *Hat nicht gealtert – Wie sein Bild in mir gelebt,*
> *So steht er blühend jetzt vor meinen Augen.*

Thirza, auf der Couch an Max gekuschelt, brach schon wieder in Gelächter aus: »Das hätte immerhin zu Carlos gepasst: sich durch mich blühend zu erleben!«

»Thekla hat danach kaum mehr mit ihrem Vater zu tun. Sie liebt nur Max.«

»Verstehe ich.« Kuss, Übermut im rauschhaften Vertrauen.

»Max ist Wallensteins Verehrer und Protegé, dabei Sohn von Wallensteins Generalleutnant Piccolomini, der Wallenstein verraten wird, während Wallenstein den Kaiser verraten wird. Max weiß bisher weder vom einen noch vom anderen Verrat, sondern liebt Thekla. Gräfin Terzky – das ist Wallensteins intrigante Schwester – klärt Wallenstein über Max' Träume auf.

> GRÄFIN TERZKY: *Er hofft sie zu besitzen.*
> WALLENSTEIN: *Hofft*
> *Sie zu besitzen – Ist der Junge toll?*
> *Nein, sie ist mir ein langgespartes Kleinod*
> *Die höchste, letzte Münze meines Schatzes,*

Nicht niedriger fürwahr gedenk ich sie
Als um ein Königszepter loszuschlagen –

Du verstehst: Max ist nicht standesgemäß«, erläuterte Max.

»Verstehe. Thekla ist für Wallenstein eine Karte im Spiel um die Macht. Im Kloster aufgezogen, sagst du? Das heißt, persönlicher Umgang war dem Vater nicht wichtig. Sie war für ihn nur eine – Münze, wie er selbst sagt. Wie sich die Bilder gleichen«, bemerkte Thirza mit plötzlicher Bitterkeit.

»Nun ja.«

»Und Thekla, die doofe Nuss, nimmt vermutlich alles hin.«

»O nein, sie ist eine große Kämpferin. Sie verteidigt ihre Liebe wie eine Löwin. Hier. Die Tante, die so ehrgeizig ist wie Wallenstein selbst, will ihr Max ausreden:

GRÄFIN TERZKY:
Lass jetzt des Mädchens kindische Gefühle,
Die kleinen Wünsche hinter dir! Beweise,
dass du des Außerordentlichen Tochter bist!
Das Weib soll nicht sich selber angehören,
An fremdes Schicksal ist sie fest gebunden.

Aber Thekla ist nicht auf den Mund gefallen.

THEKLA:
Der Zug des Herzens ist des Schicksals Stimme.
Ich bin die Seine. Sein Geschenk allein
Ist dieses neue Leben, das ich lebe.
Ich will auch von mir selbst nicht kleiner denken
Als der Geliebte. Der kann nicht gering sein,
Der das Unschätzbare besitzt.
Dass ich mir selbst gehöre, weiß ich nun.

GRÄFIN TERZKY:
Du wolltest dich dem Vater widersetzen?
Wisse, Kind! Sein Nam ist Friedland.
THEKLA: *Auch der meinige.*
Er soll in mir die echte Tochter finden.«

Das ist ja wie in meinen Liebesromanen, nur edler formuliert!, dachte Thirza. Ah, ah, sehr viel edler formuliert. »Noch mal zum Mitschreiben: Wie war das mit dem Geschenk?«

»*Sein Geschenk allein*
Ist dieses neue Leben, das ich lebe.«

»Und weiter?«

»*Ich will auch von mir selbst nicht kleiner denken*
Als der Geliebte.«

»Dein Geschenk allein ist dieses neue Leben, das ich lebe.« Thirza konnte nicht genug davon kriegen. *Der Zug des Herzens ist des Schicksals Stimme.* »Wie geht es aus?«
»Beide sterben. Sie sind in dieser Staatsaffäre die einzigen lauteren Figuren und müssen deshalb zugrunde gehen: *Doch wie gerieten wir, die nichts verschuldet / In diesen Kreis des Unglücks und Verbrechens?* Nun, genau das ist ihre Funktion. Max stürzt sich selbstzerstörerisch in die Schlacht. Thekla brennt durch, um sich auf seinem Grabstein zu entleiben.«
»Wie stirbt er?«
»Er kommt unter die Räder, das heißt unter die Hufe. Entschuldige, das ist jetzt sicher unpassend, aber die Silbe *leib* erregt mich in dieser Lage … Also, Max wird von der Kavallerie totgetrampelt.«

»Das müssen wir nicht lesen.«
»Nein.«

*

Und natürlich immer weiter Justizpalast, Geschäftsverteilungsplan, Akten, Kammerbesprechung, Verhandlung, Nachbesprechung, Urteil, neue Akten. Auch wieder die Richterinnenrunde, diesmal in der Designerwohnung von Barbara.

»Thirza, wie war's denn eigentlich mit dem Anwalt?«

Thirza, routiniert neutral: »In Ordnung.«

»Wirst du ihn wiedersehen?«

»Ja ...« Verschämt: »Der ist total nett!«

Thirza, für sich selbst unerwartet in den Teenagerton gerissen, hätte am liebsten frohlockt: *Er ist ja so liebevoll. Er ist so süß. Er passt so genau!*, verstummte aber, als sie alle Blicke auf sich gerichtet sah. Vorsicht, du hast einen Ruf zu verlieren.

»Wie heißt er denn?«

Errötend: »Max!«

Barbara: »Ein *Anwalt*? Ein *Anwalt* namens *Max*?«

»Warum nicht?«

»Du weißt aber, dass Versicherungen keine fest angestellten Anwälte haben?«

*

Der Haken! Den hatten wir ganz vergessen! Erinnere dich: Die Welt ist schlecht und die Liebe das Gefährlichste überhaupt. Thirza las im Protokoll jener großen Hypo LaBa-Verhandlung die Namen der fünf Anwälte nach: Girstl war nicht dabei. Ein Lügner? Ein Heiratsschwindler? Was mache ich jetzt?

Erst mal über die Woche kommen. Zwar ist noch nichts passiert, und es kann ja auch nichts passieren, solange man wachsam ist. Aber wie geht ein Höhenflug ohne Vertrauen? Gar nicht. Alles im Trudeln. Eine Woche gleichsam im Absturz.

»Was bedrückt dich?«, fragte Max am Freitagabend.

»Warst du nicht einer von fünf Klägeranwälten gegen die Hypo LaBa?«

»Nein. Ich begleitete einen Anwalt, der von der *Obdach Assekuranz* geschickt wurde. Ich saß im Publikum.«

»Ah ...« Thirza prüfte verwirrt ihr Gedächtnis.

»Für die *Obdach* bin ich nicht als Anwalt tätig. Dort bin ich Sachbearbeiter.«

»Warum hast du dich mir als Anwalt vorgestellt?«

»Damit du mich ernst nimmst.« Max jetzt gedämpft und wachsam: »Bereust du's?«

»Bist du denn Anwalt?«

Thirza bereute sogleich etwas anderes, nämlich den fokussierten Richterton. Thirza zögernd zwischen Sehnsucht und Angst. Nein, nicht zögernd zwischen Bedürfnissen, sondern taumelnd zwischen Notwendigkeiten: Hingabe und Selbstbehauptung. Thirza regungslos zerrissen. Was willst du? Ein lesender, fragender und sogar zärtlicher Mann, dem du nahe sein könntest, und du setzt ihm mit Richtermisstrauen und Richterdünkel zu, nur weil Barbara, deren Maßstäbe dir wirklich nichts bedeuten müssten, spottete: »Ein *Anwalt* namens *Max*?« Wir erinnern uns an einen breitschultrigen Schachspieler, der bereits die Segel strich, als du sagtest: *Für diesen Ausdruck dürfte in der Runde jeder Moment der falsche sein.* Max war zumindest durch Sprache nicht zu erschrecken. Aber doch empfindlich.

»Ich habe eine Anwaltszulassung, weil ich als Anwalt begonnen habe.« Er klang stolz.

Jetzt geh schon und nimm ihn in die Arme.

»Und an dem Tag, als du mich ansprachst ... im Regen ... weshalb warst du im Justizpalast?«

»Ich kam zufällig vorbei. Das heißt, nicht ganz zufällig.«

*

Krise überwunden. Dabei stand diese Geschichte für einen Augenblick Spitz auf Knopf. Zwei Schicksale liefen aufeinander zu, auf Thirzas Seite gefühlt ewige Entbehrung, auf Max' Seite weiß man's nicht so genau, dann traf man zufällig aufeinander – eigentlich nur, weil Thirza am Tag, an dem sie den Rückverweis von Saturia e.V. ./. Weill-Harnisch GmbH erhielt, vom verantwortlichen Alfred Holzapfel, den sie seit fünfzehn Jahren nicht gesehen hatte, auf dem Gang zur Kantine abgebürstet wurde, worauf sie beschloss, nicht in der Kantine, sondern in der Bayerstraße beim Stehgriechen zu essen, was aber von dem tropischen Regenguss so lange verhindert wurde, bis Max des Weges kam.

Dieser Zufall führte über ein schmerzhaftes Intermezzo der Ungewissheit zur machtvoll glückenden Vereinigung, nach deren weidlicher Bestätigung beide Helden ihn als vorbestimmt erkannten. Jener Zufall also, eigentlich das Ergebnis einer kleinen Kette von Zufällen, krönte zwei lange Ketten von Zufällen, die ihre Biographien geformt hatten. Kurz: Ihre Leben hatten sich aufeinander zubewegt!

Alle Schikanen waren zielführend gewesen, so unglaublich es klingt, und das Bewusstsein dieser Unglaublichkeit machte sie noch glücklicher. Nun waren weitere Schrunden, Brüche und Katastrophen in die Bilanz hineinzunehmen. Doch sogar für diese war Thirza jetzt dankbar. Das gibt es wirklich, dachte Thirza. Es war sogar besser als in den Liebesromanen, die ihre Helden bloß idealisieren. Es bedeutete, den Geliebten auch in seiner Unvollkommenheit mit Freude zu sehen, einer ganz unvorsätzlichen, vielleicht irrationalen Freude, die das ganze Leben mit einschließt.

Auf einmal erscheinen die Wege weniger steil, die Wiesen bunter, die Menschen netter, und jeder Meter zum Abgrund offenbart dir die Pracht des Lebens.

»Woran denkst du?«, fragte Max.

»Ich ... äähm ... Ich ... Was lachst du?«

»Du siehst aus, als würdest du gerade ein Votum fürs Bundesverfassungsgericht entwerfen!«

*

Die tiefere Geschichte von Max begann damit, dass er zwar ein guter, aber kein zufriedener Sohn gewesen war, weil er die Loyalität zu den Eltern über seine eigene Bestimmung stellte. Ohnehin – oder deswegen – war er sich über seine Bestimmung ungewiss. Das Ergebnis war ein höchst widerwilliges Studium in Augsburg, Max' Heimatstadt. Dort gab es nämlich eine spezielle einstufige Juristenausbildung, die ein Jahr kürzer, aber sehr verschult war. Max wählte diesen Weg, weil er sich keine Studentenbude leisten konnte, und blieb bei den Eltern wohnen. Er gestand sich keine Studentenfreiheit zu. Die Prüfungen bestand er nur knapp. Es war ihm ja alles fremd. Keiner aus seiner Familie hatte je studiert. Ihm fehlte jede akademische Geläufigkeit, und als er mit seiner ersten Anwaltszulassung nach München zog, zeigte sich, dass ihm auch die soziale Geläufigkeit fehlte. Der intellektuelle Hochmut des Lesers nützte ihm im Advokatenmilieu nichts. Max heuerte nacheinander bei zwei Kanzleien an und wurde ausgebeutet. Nach einem Jahr gründete er seine eigene Küchentisch-Kanzlei, was ihn zwar befriedigte, aber kaum ernährte. Am Sonntag trank er am Chinesischen Turm im Englischen Garten Dosenbier von Aldi, weil er sich das Bier vom Fass nicht leisten konnte. Im Biergarten lernte er jene Studentin kennen, die ihr Studium aufgab, als sie von ihm schwanger wurde. Diesen Teil der Geschichte kennen wir bereits. Da er als Familienvater ein festes Einkommen brauchte, suchte und fand Max eine Anstellung bei der *Obdach Assekuranz*.

Er begann als Großschadenssachbearbeiter in der Hauptverwaltung, das heißt, er berechnete, wie viel Geld die Versicherung bei Personenschäden zu zahlen hatte. Dann wurde er von der Hauptverwaltung an die Basis geschickt, um eine siebenköpfige Gruppe zu leiten. Leute aus der Hauptverwaltung galten bei der Basis als Theoretiker und Wichtigtuer, nicht anders als Ministeriale, die Richter werden wollen. Doch Max konnte die Leute gewinnen, indem er ihren Humor stimulierte. Die bunten Fälle insbesondere aus der Tierhalterhaftpflicht ergaben unter Max' Federführung jeweils ein volles Betriebsweihnachtsprogramm, und schließlich bildete sich daraus ein betriebseigenes Kabarettensemble, das sich *Die Haustiergruppe* nannte, obwohl man auch mit anderen Fällen befasst war. Max konnte immer noch aus dem Stand einige Nummern zum Besten geben, wobei er Wert auf die Feststellung legte, dass jeder Fall der Realität entstammte.

Da gab es zum Beispiel den Anwalt, der hundert Mark Schmerzensgeld forderte, weil seine beiden Pudel nach dem Angriff eines benachbarten Labradors ein posttraumatisches Belastungssyndrom entwickelt hätten. Der Mann legte nicht mal ein tierärztliches Zeugnis vor; er wusste, dass Versicherungen diese Schadenssumme ohne Überprüfung zahlten, weil eine Korrespondenz teurer gewesen wäre. Max rief immerhin die Versicherungsnehmerin an, um herauszufinden, ob der Angriff überhaupt stattgefunden habe, und sie sagte über ihren Labrador: »Nein! Mein Luxifuchs ist die sanfteste aller Schlafmützen, die Friedfertigkeit in Person! Er hat nur erschrocken gebellt, als die hysterischen Pudel auf ihn losgingen. Zugegeben, er hat eine laute Stimme.«

Dann gab es eine überdrehte Seniorin, die lange Briefe schrieb, nachdem ihr Hund wieder mal jemanden gebissen hatte:

Erleichtert soll ich gerufen haben: »Das ist ja gar nichts!« Trotzdem fand ich in Anbetracht der gar nicht so frischen Hose, dass ein Pflaster auf das Wehweh sollte. Wurde abgelehnt. Wäre die Verletzung ein tiefer Biss gewesen, hätte Herr Saric sich verbinden m ü s s e n, denn wer lässt sich Blut in die Socken laufen? Und warum die Krankschrei-

bung? Er ist doch am Sonntag – im gleichen Arbeitsdress mit dem Möbelanhänger gekommen – auf hartem Hofpflaster und über den buckelig aus Feuerwehrfahrgitter gewachsenen Rasen marschiert, offenbar schmerzfrei!

Man könnte auch über die Versicherungsbranche einen Roman schreiben, doch wir müssen uns auf Max beschränken, der jener wortgewandten Versicherungsnehmerin nach dem dritten Beißvorfall kündigen musste und wieder einmal bedauerte, dass die Vorfälle des Lebens von der Assekuranz so ausschließlich nach kommerziellen Gesichtspunkten behandelt wurden. Max diente einem Geschäftsmodell, das ihn abstieß. Zu Hause wartete eine diffus vorwurfsvolle Frau. Er trank zu viel, ohne die Gründe dafür gelten zu lassen, denn sie waren allgemeiner Art: Langeweile, Fremdbestimmung, Selbstentfremdung.

Im Betrieb gab es Intrigen. Eine neue giftige Abteilungsleiterin machte der eingeschworenen Haustiergruppe das Leben schwer und piesackte alle Mitarbeiterinnen, die sich nicht wehren konnten. Man nannte sie *die schwarze Mamba*; sie hypnotisierte die Frauen mit wasserhellen Augen unter einer pechschwarzen Helmfrisur mit diabolisch zugespitztem Pony. Bald trauten sich die Opfer nicht mehr in ihr Büro. Wenn aber Max eintrat, strahlte sie: »Mein Sonnenschein!« Max sagte: »Wissen Sie, dass manche Kolleginnen Sie fürchten?« – »Aber Herr Girstl«, erwiderte die schwarze Mamba schmelzend, »sehe ich aus, als würde ich beißen?«

Man kam ihr nicht bei. Einmal fuhren mehrere Gruppen mit ihr nach Köln zu einer Fortbildung. In Köln gibt's Aquavit. Abends beim geselligen Beisammensein rief die schwarze Mamba, nachdem sie die Getränkekarte studiert hatte: »Zehn Sorten Aquavit! Die testen wir jetzt durch, wer macht mit?« Nur Max machte mit – eine Trotzreaktion und Riesenesel, nur dadurch zu erklären, dass er zu dem Zeitpunkt schon nicht mehr nüchtern war. Die schwarze Mamba trank ihn unter den Tisch. Er war, im Gegensatz zu ihr, am nächsten Tag so krank, dass er nicht zur Fortbildung antreten konnte. Das war das Ende seiner Karriere.

Er wurde zur Kraftfahrt versetzt. Kleinschäden. Auch dieser scheinbar nüchterne Bereich bot eine Fülle von kabarettistischen Anregungen. Denn auch hier hat man mit Leidenschaften zu tun, die meist der Abwehr von Schuld gelten. Versicherungsleute scheren sich nur sekundär um Unfallursachen, sie befassen sich mit der Zahlungspflicht. Ob Pech dahintersteht, ein Windstoß, ein Versehen, die berühmte unachtsame Sekunde oder allgemeiner Lebensleichtsinn, ist egal, sie leben davon, dass Schäden passieren. Für den Verursacher aber kann ein Unfall krisenhaft sein, sofern als Versagen empfunden. Ein Professor beschrieb seitenlang, warum er einen bestimmten Blechschaden beim Einparken auf keinen Fall verursacht haben könne: Der gerammte Lieferwagen sei einfach plötzlich an seiner Seite gewesen. Max begab sich in eine kunstvolle Korrespondenz über Fahrbewegungen um Parklücken und Schadensfreiheitsrabatte, bis der Professor ihm Unehrenhaftigkeit vorwarf: Sein (des Professors) Glaube an das Wahre im Menschen sei erschüttert, er werde fortan genauso lügen wie der Unfallgegner, seine Verträge bei der *Obdach* kündigen und einen Beschwerdebrief an den Vorstand schreiben.

Max wurde daraufhin zu einem Korrespondenzseminar geschickt, immerhin in einem eleganten Hotel im Bäderdreieck mit vorzüglichem Essen und gutem Wein. Dort saß der Kabarettkünstler unter lauter Anfängern, um den sogenannten Bürostil zu lernen: *Bezugnehmend auf Ihr Schreiben vom soundsovielten, in dem Sie uns mitteilen, dass ...* Max lobte gegenüber seinem Abteilungsleiter ausdrücklich die schöne Landschaft und Unterbringung, stellte aber den Sinn der Maßnahme infrage. Der Abteilungsleiter antwortete: »Wir wollen nicht, dass Sie Prosa schreiben! Unsere Versicherungsnehmer reagieren gereizt, wenn sie zwei Seiten Prosa lesen müssen, nur um zu erfahren, dass sie keine Kohle kriegen!« Bei einer Betriebsfeier wurde Max sogar vom Bereichsleiter angesprochen: »Herr Girstl, Sie sind ein komischer Vogel!« Max hätte nie für möglich gehalten, dass ihn einer, der für hundert Leute zuständig war, mit Namen ansprach. Und nicht nur das: Der Mann merkte sich Max sogar, nur mit einem falschen Namen, dessen Ableitung leicht zu erraten war: »Guten Tag, Herr Vogel!«

Und so weiter. Es kamen Krisen: Scheidung, Junggesellenbude, problematische Liebschaft, Trennung, schließlich der *Weckruf*: Krebs.

Thirza, erschrocken: »Wie?«

»Ein Melanom. Beruhige dich.« Lächeln. »Das war kurz nach der zweiten Trennung. Ich wurde operiert und bekam einen Lymphknoten entfernt. Es gab eine scheußliche Chemotherapie, die aber gut anschlug, und jetzt gehe ich alle drei Monate zur Vorsorge. Bisher immer günstige Befunde.«

Die Sache kam zum richtigen Zeitpunkt, fand Max. Er hatte ziellos gelebt. Er wollte sein Leben wieder in die Hand nehmen, das heißt in den Kopf. Wer etwas Besseres finden will, muss etwas Besseres suchen. Und vielleicht sollte er nicht so viel trinken.

Max beschloss, sich vom Alkohol zu entwöhnen. Zu diesem Zweck verbrachte er zwei Winterwochen allein in einer Ferienwohnung in einem Kaff im Bayerischen Wald – Bodering, kennt kein Mensch. Die Wohnung lag drei Kilometer über dem Ort in einem abgelegenen Haus am Waldrand, an einem Hang mit Blick auf einen anderen Hang. Das Exil war Absicht: Max wollte die Lokale meiden. Er bewohnte eine Maisonette über zwei unvermieteten Wohnungen und begegnete tagelang keinem Menschen. Durchs Fenster sah er dunkle Nadelbäume im Nebel oder Regen. Die ersten kurzen, düsteren Tage verbrachte er unruhig und gepeinigt, ihm fehlte sogar die Konzentration zum Lesen. Dann setzte dichter Schneefall ein. Zwei Tage und Nächte lang verließ Max das Haus nicht. Am Morgen des dritten Tages erwachte er von wildem Krächzen an seinem Schlafzimmerfenster.

Das Fenster war klein und lag direkt unterm First des weit

überstehenden steilen Dachs. Das ohnehin trübe Licht wurde zuckend verdunkelt vom Schatten eines großen Vogels. Max erkannte schlaftrunken eine Rabenkrähe, die wütende Angriffe gegen das Fenster flog und sogar gegen das Glas pickte. Es wirkte so bedrohlich, dass er nicht wagte, die Krähe zu vertreiben, indem er etwa das Fenster öffnete und mit dem Besen nach ihr schlug. Er zog sich in die einen Stock tiefer liegende Wohnstube zurück und würgte mit Herzklopfen sein Frühstück herunter. Endlich ließ das Geschrei nach, dann war Ruhe. Einige Stunden später ging es wieder los. Und so weiter, jeden Tag.

Max drehte das Radio auf, in dem eine Aufzeichnung von Schillers *Wallenstein* lief. Das heißt, Max hörte, ohne gleich zu wissen, dass es sich um Wallenstein handelte, den Satz: *Die Menschen, in der Regel, verstehen sich aufs Stückeln und aufs Flicken und fügen sich in ein verhasstes Müssen weit besser als in eine bittre Wahl.* Er konnte nicht anders, als das auf sich zu beziehen, und war in dieser deprimierenden Lage unerwartet stolz auf seine bittere Wahl. Max hörte draußen die Krähe toben und drinnen die stolzen Worte, die schließlich die Oberhand gewannen. Er meinte zu verstehen: Es ging in dem Stück genau darum, wie Schicksal entsteht.

Wohin denn seh ich plötzlich mich geführt?
… und eine Mauer aus eignen Werken baut sich auf, die mir die Umkehr türmend hemmt!

Der Wallenstein gesprochen von einem sehr, sehr guten Schauspieler, elektrisierend suggestiv, wie Wallenstein selbst, der gleichzeitig für Max Girstl sprach, während der Piccolomini-Max des Stückes in diesem Zusammenschnitt nicht vorkam.

Ernst ist der Anblick der Notwendigkeit. Nicht ohne Schauder greift des Menschen Hand in des Geschicks geheimnisvolle Urne.

»Schiller«, bemerkte Max jetzt zu Thirza, »war eine Anagrammschleuder.«

In der Rolle des Wallenstein hörten Sie Carlos Zorniger.

»Da fiel mir die Richterin ein, die mich geschieden hatte. Ich hatte mir den Namen gemerkt, weil ich ehrlich entzückt von ihr war. Natürlich musste ich damals meinem Entzücken misstrauen, in der Situation, und vergaß es. Plötzlich war es wieder da. Ich versuchte mich zu erinnern, wie du aussahst.«

»Und die Krähe?«

»Ja, pass auf. Es war ein solcher Terror, dass ich mich ins Auto setzte und ins Dorf fuhr. Sonntagmorgen. Was sollte ich tun, ich ging in die Kirche. Als ich zurückkehrte, hörte ich schon beim Aussteigen den Rachevogel schreien. Ich fand jetzt, ich hätte ihn verdient; er half mir sozusagen büßen. Es ging mir allmählich besser, ich konnte wieder lesen.«

»Und der Vogel blieb?«

»Nein. Nach einer Woche taute es heftig, und am Tag meines Aufbruchs, als ich das Auto belud, sah ich unterm Fenster eine freigetaute tote Krähe. Kleiner als meine Rachekrähe und schon etwas ramponiert. Da reimte ich mir zusammen: Die Krähe war gegen mein Fenster geprallt und im Schnee versunken, und der Partner meinte, ich sei schuld. Dieses Aufbegehren hat mich gerührt, und diese Treue. Offenbar haben auch Vögel eine Seele, dachte ich – und was für eine! Und ich Mensch, bei allem menschenhaften Gewese um diese Begriffe, lebte bindungslos dahin. Mir fiel ein, meine Amtsrichterin hatte rabenschwarzes Haar.«

»Klingt wie ein magisches Puzzle«, sagte Thirza, um ihre Rührung zu verbergen.

»Das Puzzle habe ich selbst erzeugt und auch die Magie. Das fühlte sich an wie Heilung, auch wenn vorläufig nichts gewonnen war. Ich wollte einfach einen Neuanfang. Kurz darauf, als ich wieder im Dienst war, verabredete ich mich mit einem Kollegen, der inzwischen in der Großschadensabteilung war, zum Mittagessen. Als ich ihn abholte, sah ich auf seinem Schreibtisch eine Terminsbestimmung zu dieser Hypo LaBa-Sache im Justizpalast, unterschrieben von dir. Das kam mir dann wirklich magisch vor. Ich wollte dich einfach sehen, ohne mir etwas auszurechnen, also merkte ich mir den Termin und nahm für den Tag frei. Ich habe unseren Anwalt nicht wirklich begleitet, da ich nicht zuständig war, sondern ging selbständig hin, in den Zuschauerbereich. Ich war wieder entzückt. Dabei sah ich, dass es eine schwere Verhandlung war, lang, kompliziert. Du warst konzentriert, aber immer freundlich und geduldig. Dann sah ich dich zum Büro gehen, auf einmal sehr müde. Und so, als würde am Abend keiner auf dich warten. Ich habe mich gefreut, dass keiner wartet, obwohl ich mir wenig Hoffnung machte. Aber manchmal sind Wunder unvermeidlich. Es kam der Tag mit dem Regen, und ich sah dich unter dem Vordach stehen.«

Eine wirre Geschichte mit Abgründen, überlegte Thirza. Keine eindrucksvolle Biographie. Wobei die fehlende Zielstrebigkeit, anders als im ersten Plädoyer, nicht auf philosophischer Bescheidung beruht, sondern auf einer seltsamen Passivität.

»Eines versteh ich nicht«, sagte Thirza zögernd. »Was hattest du von deiner guten Literatur? Offenbar hat sie wenig geholfen und dich nicht glücklich gemacht.«

»Über das Lesen reden wir ein andermal. Aber was die Kunst anbetrifft, da kommen wir der Sache näher: Ich wäre gern Schriftsteller geworden. Einmal lernte ich einen richtigen Autor kennen. Der sagte: Die Kunst macht alle fertig, lass die Finger davon. Und ich ließ die Finger davon; ich hatte ja schon geahnt, dass es bei mir nicht reicht. Bei Schiller heißt es angeblich irgendwo: Wen Gott verderben will, dem gibt er ein halbes Talent.«

Immerhin, dachte Thirza weiter: keine Ausflüchte; eine kraftvolle Ehrlichkeit, nicht der geringste Ansatz zu Angeberei. Ein Mann, der nichts von sich hermacht, ein Mann außerhalb jedes

Wettbewerbs. Thirza, als Vorsitzende inzwischen selbst zum Verfassen von Zeugnissen und Beurteilungsbeiträgen verpflichtet, hatte gewohnheitsmäßig innerlich Notizen gemacht, die sich jetzt unversehens zu einer dienstlichen Beurteilung fügten. Fachkenntnisse: ausreichend. Auffassung, Denk- und Ausdrucksvermögen: sehr gut. Urteilsvermögen: anscheinend gut, aber wenig Entschlusskraft. Arbeitsplanung, Kooperation, Verhandlungsgeschick, Behauptungsvermögen: ungewiss. Belastbarkeit: Hier ist ein latentes Alkoholproblem zu vermerken, das immerhin mit einiger Konsequenz behoben wurde. Wobei bekanntlich eine Behebung von Alkoholproblemen immer als vorläufig zu gelten hat. Aber das verdrängen wir jetzt. Zusammenfassung: In der Justiz könnte der nichts werden. Talent, aber wenig Plan. Viel Fantasie. Und viel Empfindungskraft. Bildung! Ein, wenn man's recht überlegt, sehr besonderer Mann: für einen Juristen unerhört unkonventionell und lebendig. Und gefühlvoll. Eigentlich ist er entzückend.

»Und?«, fragte er. »Endnote?«

Du bist mein süßer Schatz, und ich liebe dich.

*

Eine Mediation verläuft weniger förmlich als eine Gerichtsverhandlung. Sie findet auch nicht im Gerichtssaal statt, sondern in einem Gesprächszimmer. Parteien und Anwälte sitzen gemeinsam um einen großen Tisch bei Mineralwasser, Kaffee und Keksen. Die Mediatorin lenkt das Gespräch, notiert mit dickem Filzstift die Stichworte der Auseinandersetzung auf ein Flipchart und heftet die vollgeschriebenen Blätter neben dem Chart an die Wand, so dass alle Beteiligten die Notizen jederzeit vor Augen haben. Zur Mediation eingeladen werden Parteien, die so tief in ihren Konflikt verstrickt sind, dass ein Urteil nichts bereinigen, sondern schlimmstenfalls einen neuen Rechtsstreit hervorrufen würde. Thirza erzielte mit dem Verfahren gute Erfolge. Aber nicht immer.

Auftritt Familie Kamilla: Vater Fritz (Beklagter), Tochter Else und Schwiegersohn Josef Preller (Kläger), zwei Anwälte.

Thirza begrüßte alle per Handschlag und erklärte das Verfahren: Sie werde als Güterichterin nicht entscheiden, sondern versuchen zu vermitteln. Die Parteien seien aufgerufen, selbst eine Lösung zu finden, und könnten offen über ihre Motive, Ängste und Wünsche reden. Falls sie aber ohne Einigung in den Gerichtssaal zurückkehrten, dürfe keines dieser offenen Worte und Eingeständnisse verwendet werden, die Mediatorin stünde dann auch nicht als Zeugin zur Verfügung. Der Fall ginge an den gesetzlichen Richter zurück.

Herr Kamilla, der beklagte Familienvater, stand auf, verbeugte sich leicht, dankte der Frau Vorsitzenden förmlich für ihre Vermittlungsbereitschaft und wünschte ihr Geduld.

Zwischenruf Schwiegersohn: »Ja, die wird sie brauchen!«

»Möchten Sie als Erstes sprechen?«, fragte Thirza den Vater.

»Gerne.« Er war mager und hatte kleine, stark abgeschliffene Zähne. Mit dem hellgrau karierten abgewetzten Zweireiher sah er aus wie aus der Zeit gefallen. Sein Haar war schütter, die Stimme brüchig, die Haut fleckig, doch sein Auftreten immer noch gewandt und energisch. »Ich bin sechsundachtzig Jahre alt und habe siebenundsechzig Arbeitsjahre hinter mir. Das soll nicht alles umsonst gewesen sein. Ich habe 1919 die Ausbildung bei einem königlichen Kaufmann gemacht ...«

»Was?« Der Schwiegersohn warf sich kichernd auf seinem Stuhl hin und her.

»Ich habe einen Anspruch auf Ruhe und Frieden. Es gibt so böse Briefe. Ich kann Ihnen einen davon überreichen, Frau Vorsitzende. Warum soll ich nach allem, was ich geleistet habe, mich als Sündenbock in die Wüste jagen lassen?«

Zwischenruf Schwiegersohn: »Geleistet? Bankrotteur!«

Zwischenruf ältere Tochter: »Warum Sündenbock?«

Thirza hob die Hand: »Lassen Sie mich noch mal unsere Regeln erklären. Wir versuchen gemeinsam, einen Rechtsstreit beizulegen. Jeder von Ihnen wird zu Wort kommen, doch nacheinander, nicht gleichzeitig. Unterbrechungen und Zwischenrufe sind nicht zielführend.« Sie teilte den Flipchart-Bogen durch einen senkrechten Strich und schrieb über die eine Hälfte: Kamilla, über die andere: Preller. Es hatte sich als sinnvoll erwiesen, die Wünsche der Parteien nebeneinanderzusetzen, damit alle sahen, was alle wünschten: Ruhe und Friéden, Anerkennung, gegebenenfalls Gemeinsamkeit. Wenn alle sahen, dass alle das Gleiche wünschten, konnte man bisweilen den Strich dazwischen wegverhandeln. Nicht selten waren sie ja des Streitens müde, von den Kosten überfordert, des Risikos gewahr. Thirza, verträumt nach einer langen Liebesnacht, sah den Fall immer noch als Routine und fragte Herrn Kamilla, was sie auf seiner Seite der Tabelle als Verhandlungsziel notieren solle. »Anerkennung Ihres Lebenswerks?«

»Ach wissen Sie, ich war Soldat in zwei Kriegen und habe für drei Jahre Kriegsgefangenschaft 350 Reichsmark Entschädigung bekommen. Anerkennung brauche ich nicht mehr. Ich will nur Frieden. Klare Verhältnisse und Frieden.«

»Worin bestehen für Sie die klaren Verhältnisse?«

»Ich will in dem von mir selbst ausgebauten Haus meinen Lebensabend verbringen und meiner jüngeren Tochter und der Enkelin eine Unterkunft sichern nach meinem Tod.«

»Ihre jüngere Tochter ...«, Thirza blätterte, »Sie meinen Valerie, verheiratete Kunder ... hat sich für heute entschuldigt.«

Herr Kamilla, würdevoll: »Sie fürchtete, es nicht auszuhalten.« Die Vorgeschichte: Fritz Kamilla war zwischen den Kriegen Versicherungsvertreter gewesen, danach Vertreter für Immobilienanzeigen. 1973 ging er in Konkurs. Danach habe er immer weitergearbeitet und sämtliche Schulden abbezahlt.

Warum Konkurs, in dieser florierenden Branche?

Er hatte zwei große Häuser gekauft. Uralter Traum von ihm. In einem hatte er mit seiner Familie gewohnt, das andere an drei

Parteien vermietet. Leider waren beide Häuser baufällig und verschlangen Unsummen. Frau Kamilla, die überraschend eine große Summe Geld erbte, bürgte mit ihrem Vermögen.

Nun gab es zwei Töchter. Die Ältere wurde Buchhalterin, die jüngere Ballerina. Er war vernarrt in die Ballerina, die er im Mercedes zur Ballettschule fuhr. Sie war reizend, voller Anmut und Grazie, und schaffte es ins Corps de Ballet des Gärtnerplatztheaters, freilich nur für wenige Jahre, wie das beim Ballett so ist. Die Ältere, weniger reizend, aber tüchtig, verwaltete das baufällige und überschuldete Mietshaus. Dafür sollte es eines Tages ihr gehören. Ein schriftlicher Vertrag wurde nicht geschlossen. Alle wüteten vor sich hin, bis ihnen auffiel, dass sie übervorteilt worden waren, jeder von jedem. Ein Klassiker vor Gericht: Die Erben übersetzen uralte Kränkungen in finanzielle Forderungen. Da man ein Haus nicht in Stücke schneiden kann, führt der Streit nicht selten in die Zwangsversteigerung. Erbstreit ist eines der wirksamsten Mittel zur Kapitalvernichtung.

Das Besondere am Kamilla-Fall war, dass der Vater noch lebte. Die Ballerina wohnte nach Fersenbruch und Meniskusriss depressiv unter seinem Dach. Sie hatte ihrerseits eine Tochter, die bereits mit elf im Wohnzimmer Ballett tanzte und ebenfalls Tänzerin werden wollte, doch von keiner Schule angenommen wurde, weil ihr Spann zu kurz war.

Else, die Buchhalterin, war eine stämmige Frau um die fünfzig, aschblond, ungeschminkt. Sie gab sich reizlos, hatte aber ein regelmäßiges, gescheites Gesicht mit zarter, weich beflaumter Haut. Sie war unversehens in die Rolle der Magd geraten und hatte viel zu spät begonnen, sich zu wehren. Große, trotzige graue Augen. Angespannte Züge. Tiefe, kehlige Stimme.

Auch sie träume vom Frieden, sagte sie. Sie sei immer das Arbeitstier gewesen, ohne Gehalt, ohne Dank, ohne Anerkennung. Das Haus sei ein Machtmittel des Alten gewesen, um die Familie in Atem zu halten. Es habe sich nie getragen, die Mieten hätten Zinsbelastung und Instandhaltungskosten nie abgedeckt. Das Geld der Mutter sei dabei draufgegangen, Elses Arbeitskraft, ihr Leben ...

Herr Kamilla stand auf; er stand bei jeder Wortmeldung auf, wohl in der Annahme, das gehöre sich so in einem Gericht. Er sprach mit bebender Stimme: »In meiner Generation haben die Kinder ihren Eltern geholfen. Wir haben unsere Eltern unterstützt. Ihr wisst gar nicht, wie gut ihr es hattet.«

»Wir hatten es nicht gut. Jedes Wochenende gab es Geschrei um Geld. Als ich acht war, ist meine Mutter mit dem Messer auf Herrn Kamilla losgegangen.« Else sah ihren Vater nicht an.

»Das ist eine Lüge! Valerie wird bezeugen, dass es einen solchen Zwischenfall nie gegeben hat!«

»Meine Schwester war damals noch nicht geboren.«

Und so weiter. Thirza dachte an Max und unterdrückte ein Lächeln. Wie einfach alles sein könnte. Man braucht nur einen erfüllenden Beruf, ein ererbtes schuldenfreies Häuschen in Pasing und ein bisschen Liebe. Freilich, den Beruf gab's nicht umsonst, und auf die Liebe musste ich lange warten. Trotzdem, was habe ich für ein Glück.

»Das stimmt nicht! Das ist eine dreiste Lüge!«

Sie stritten jetzt über das Testament der verstorbenen Frau Wilhelmine Kamilla. Diese hatte vor ihrem Tod angeblich zu Else gesagt: »Jede von euch kriegt fünfzig Prozent. Räumt alle Konten ab, damit der Vater nichts bekommt!«

Herr Kamilla schrie: »Das kann nicht sein! Zu mir hat sie gesagt: Die Töchter kommen nur zu mir, wenn sie Geld brauchen. Wer mich nur kennt, wenn er was von mir will, mit dem paktiere ich nicht!«

Paktiere?

»Entschuldigen Sie«, er sank auf seinen Stuhl zurück und griff sich ans Herz, »das ist alles sehr bitter. Ich will in ein Grab mit meiner Frau. Da sagt mir die Friedhofsverwalterin: Sie müssen

Ihre Tochter fragen. Unverschämt, nach 49 Jahren Ehe in Gütergemeinschaft!«

Else: »Ich habe das Grabrecht, aber nur, weil ich das Begräbnis organisiert habe, weil nämlich Herr Kamilla das nicht getan hat. Er hat sich nicht darum bemüht. Ich habe nie gesagt, dass er nicht in das Grab kann.«

»Was stand im Testament?«, fragte Thirza.

Jetzt erhob sich der Schwiegersohn, schmallippig, kauend, höhnisch. »Nach dem Tod meiner Schwiegermutter, sie war noch nicht kalt, stellte Herr Kamilla die Wohnung auf den Kopf. Wir sahen drei große blaue Müllsäcke vor dem Haus stehen, gefüllt vermutlich mit Akten und Papieren. Ich sagte zu Else: Nimm die mit! Aber sie wollte nicht, aus Pietät. Das Testament ist nicht mehr aufgetaucht.«

Der Schwiegersohn war gelernter Buchhalter. »Herrn Kamillas Firma war mit eins Komma zwei Millionen überschuldet, da bürgte meine Schwiegermutter mit ihrem Eigenkapital. Die Lebensversicherung aller Familienmitglieder wurde eingesetzt. Er arbeitete mit Antragsverschiebungen und schob die Schulden hin und her. Letztlich wurden alle Beträge von meiner Schwiegermutter aufgebracht. Er ist ein Pfuscher vor dem Herrn. Natürlich gab es eine Notariatserklärung«, er schwenkte ein Papier, »da können Sie lesen, wozu er sich verpflichtet hat: Eigentümerversammlung, Mitspracherecht, Trennung von Mieteinkünften und Privatvermögen und und und. Das alles hat er nie eingehalten.«

Herr Kamilla, aufspringend: »Das ist eine ungeheuerliche Unterstellung! Der kennt die Familie seit gerade sieben Jahren. Aber die Familie ist DAS!« Er hielt einen Prospekt hoch.

Tochter, kalt: »Unsere Familie hätte DAS nie sein dürfen. Herr Kamilla verwechselt die Familie mit seinen Bedürfnissen. Ihm ging das Haus über alles. Ein Haus, das wir nie wollten, das ein reines Joch für uns war.«

Schwiegersohn, mit mahlenden Kiefern und zuckenden Wangen: »Herr Kamilla wollte meine Frau, seine Tochter, dazu bewegen, einen OFFENBARUNGSEID zu leisten. Dann hätte er auf der Matte gestanden und ihr alle Schulden zugeschoben, und zwar um« – brüllend – »STEUERN ZU SPAREN!«

Thirza: »Vorwürfe bringen uns nicht weiter.«

Schwiegersohn, weiterbrüllend: »DAS SIND KEINE VORWÜRFE, DAS SIND TATSACHEN!«

Herr Kamilla, zurückbrüllend: »ICH WERDE HIER ALS BETRÜGER HINGESTELLT, DAS KANN ICH MIR NICHT BIETEN LASSEN!«

*

»Eine reine Brüllfamilie«, murmelte Thirza nachts im Einschlafen, ermattet, umarmt, umbeint, nieste in Max' Brusthaar, das an ihrer Nase kitzelte, kämmte es mit der rechten Hand beiseite, reckte sich, um seinen Mundwinkel zu küssen, genoss seine warme, seidige Haut. »Es ist natürlich ein Verhängnis ... Alle sind irgendwie nett ...«

»Ach so?«

»Ein Alter mit kauziger Würde, die ihm sehr bewusst ist ... eine tüchtige Tochter mit seltsamem Charme, der ihr leider nicht bewusst ist ... hat sich immer ausbeuten lassen und schlägt jetzt zurück. Ein wut- und hasserfüllter Schwiegersohn – immerhin loyal zu ihr ... kennt sich aus ... aber ...«

»Nicht einschlafen! Wie ging es aus?«

»Gar nicht ... neuer Termin ... Vorschläge gesammelt ...«

»Ja?«

»Das Mietshaus, das die tüchtige Tochter bekommen sollte, wird zwangsversteigert. Jetzt geht es um die Verteilung des anderen Hauses. Die jüngere Tochter wohnt unterm Dach. Der Alte wohnt im Erdgeschoss. Würde ins Souterrain ziehen, damit Else in seine Wohnung kann ... Umbau, damit Parteien nicht aufeinandertreffen ... Die Klägerin will aber ... nicht ... zurück in dieses Haus. Sie will eine Auft... sie will ...«

»Was will sie?«

»Aufteilung ... schlafe ein ... Fortsetzung folgt.«

»Nur ein Satz!«

»Ah, 26,5 ... 26,5 ... Prozent ... 53 ... 47 ... zzz...«

*

Morgens erwachend in seinen Armen, lachend: »Der Knaller! Ich hab geträumt, Saturia und Weill-Harnisch hätten sich verglichen.«

*

Urlaubsreif! Bevor sie Max traf, war Thirza von Jahr zu Jahr weniger unternehmungslustig gewesen, und die letzten Jahre einfach nur müde. Sie war nach Bad Hofgastein im Salzburger Land gefahren, abwechselnd im Hotel *Bismarck* (klassisch luxuriös) und im Hotel *Palace* (großformatig, üppig; günstiger) logierend, und hatte in der ersten Woche neun bis zehn Stunden pro Nacht geschlafen. Tagsüber gab es Massagen und Anwendungen, dreimal die Woche fuhr man in den Heilstollen. Der Heilstollen war Teil eines ehemaligen Bergwerks, in dem man seit dem Mittelalter Erze abgebaut hatte, die man Jahrhunderte später als radioaktiv erkannte, weshalb dem Stollen inzwischen eine heilende Wirkung zugesprochen wurde. Thirza lief morgens durch den kleinen Kurpark zum Bus, der sie einige hundert Höhenmeter hinauf zum ehemaligen Bergwerk brachte, zog Badeanzug und Bademantel an, stieg mit hundert Kurgästen in eine knirschende stählerne Grubenbahn und ließ sich drei Kilometer tief in den Stollen fahren. Dort lag sie im Halbdunkel eine halbe Stunde lang bei 33 Grad Celsius, aus allen Poren schwitzend, wie betäubt. Nach dieser Prozedur regenerierte man im Vorbau der Grube in einem Ruheraum auf einer hölzernen Liege unter kühlem Leinen hinter einer Wand aus Glas. Der Eingang zum Stollen lag am steilen Hang einer tiefen Schlucht, deren Gegenseite man durch das Glas sah: ein bildfüllendes Steinrelief mit rieselnden Wasserläufen und schmalen weißen Wasserkaskaden. Strenger Fels aus vielfarbig getöntem Grau, schrundig, gebändert, mit dem pathetischen Bewuchs der Gebirge, Latschen, Moos – im Meditieren über diese Landschaft schlief Thirza regelmäßig ein. Erster Gedanke beim Erwachen: Du musst nichts tun. Keine Verhandlung. Keine Akten. Kein Streit. Du bleibst jetzt liegen. Sie verlor sich wieder im Anblick der markanten unerschütterlichen Natur, der steigenden und sinkenden Nebelschwaden, des dichten Regens, der in Windböen tanzenden Graupel, der Sonnenstrahlen, die plötzlich die Schlucht mit Licht füllten. Thirza nahm ihren Jahresurlaub im Herbst und überließ die Sommerferien den Kollegen, die Kinder hatten. Sie empfand es nicht als Opfer: Herbst in den Bergen ist wunderbar. Stabileres Wetter als im Sommer, klarere Sicht, die karge, kostbare Vegetation in seltsam feierlichen Farben. Man muss nur den kürzeren Tagen Rechnung tragen und den kühlen Abenden. Einmal stieg Thirza weit jenseits des Stollens eine Alm hinan auf einem Pfad, der als frühere Römerstraße galt. Sie spürte plötzlich den legendären Sog der Höhe, rammte die Stiefelspitzen in steile Altschneefelder, griff in Latschengestrüpp, stieg erregt weiter, keuchte froh. Als sie aber stehen blieb, um sich umzusehen, sah sie sich an einem furchterregend steilen, steinigen Hang stehen, über den, weil er nach Norden lag, schon der Schatten kroch. Einen Pass zu erklimmen hat etwas Berauschendes, zumindest als Idee. Was aber, wenn man oben steht, allein? Wie komme ich heil hinunter, wenn der sulzige Schnee gefriert?

Sie kehrte um. Als sie auf weichen Knien die Alm erreichte, dämmerte es bereits. Immerhin gab es ab hier einen befestigten Forstweg. Den Bergort Böckstein erreichte Thirza bei Dunkelheit, verpasste den Bus, ging eine Viertelstunde die Straße entlang und trampte dann wie zu Studentenzeiten die letzten sieben Kilometer, in einem warmen Auto, mit einem galanten Österreicher aus der Steiermark, dessen Dialekt sie kaum verstand. Lufttemperatur unten am Hotel nur zwei Grad. Ins überheizte Zimmer, mit zitternden Muskeln ins heiße Bad, dann zum üppigen Büfett. Nach diesem Abenteuer fühlte Thirza sich stolz, als hätte sie Amerika entdeckt, doch es blieb das einzige. Sie kehrte zu ihren Kuren zurück, ließ sich kneten, in Heu und Schlamm packen, schwitzte im Heilstollen und badete im warmen Pool, von dem ein kleiner Kanal ins Freie führte, wo man kleine Kreise im beleuchteten dampfenden Wasser unter funkelndem Sternenhimmel schwamm. In ihrer freien Zeit las sie Romane. So verging ein Tag wie der andere.

Bei den Mahlzeiten kam man mit anderen Gästen ins Gespräch. Meist Nichtigkeiten. Wenige Ausnahmen. Einmal lernte sie fünf gepflegte alte Damen kennen, die am Nachbartisch speisten. Sie hatten sich 1985 in diesem Hotel kennengelernt und kamen seitdem jedes Jahr hier zusammen, um Bridge zu spielen, und zwar aus verschiedenen Ländern: Portugal, Frankreich, Israel, Argentinien ... Sie redeten in verschiedenen Sprachen, dabei jede auch ein gutes Deutsch. Die Lebhafteste von ihnen erzählte Thirza anschaulich von ihrem unzufriedenen Leben in den USA.

»Warum sind Sie dann hingezogen?«

Stentorstimme: »Das lag an Hitler, mein Kind!«

*

Kurz vor dem ersten Urlaub mit Max verglichen sich Saturia und Weill-Harnisch. Wie im Traum! Anscheinend war die eine Partei nach dem Urteil, die andere nach dessen Aufhebung so erschrocken, dass nun beide einen Kompromiss suchten. Es gab einiges nachzuverhandeln, dann eine Widerrufsfrist abzuwarten, dann wanderte die Akte in den Keller. Eine Erlösung. Endlich dürfen wir planen.

»Wellness? Heilstollen?«, fragte Max. »Wollen wir verblöden?«
»Ich muss mich erholen«, antwortete Thirza matt. »Ich will nichts organisieren. Ich bin nicht mehr aufnahmefähig.«

Max langweilte sich in seiner Arbeit. Umso mehr unternahm er im Urlaub: spontan, per Auto, Rad, zu Fuß.

»Das schaffe ich nicht. Ankommen und nicht wissen, wo ich abends schlafen soll, Zimmer suchen, verhandeln …«

»Ich kümmere mich. Fahr einfach mit mir los.«

»Na gut. Einzige Bedingung: kein Rechtsstreit, nirgendwo.«

Das war natürlich eine humoristische Bemerkung.

*

Sie fuhren zum Bodensee, der im Nebel lag. Das Übliche für diese Jahreszeit, in der das Wasser morgens so viel wärmer sei als die Luft, erklärte Max.

»Was tun wir dann hier?«

»Wenn die Sonne ein paar Stunden auf den Nebel scheint, verflüchtigt er sich.«

»Aber dann wird es gleich wieder dunkel!«

»Na und?«

Sie besuchten Museen: Heimat-Museen, Zeppelin-Museum, Pfahlbauten-Museum, alles im Grau. Nur oben auf den Albhöhen um Schloss Salem leuchtete die Sonne. Danach steuerte Max den Wagen über kurvige Straßen hinab in den Nebel, der als kalte steingraue Suppe die Niederung füllte. Thirza fand alles bewegend und erstaunlich. Was für eine unglaubliche Vielfalt an Leben, Epochen und Leidenschaften. Und was für ein Luxus, das alles nur nebenbei als Anmutung genießen zu dürfen, ohne etwas begreifen oder entscheiden zu müssen.

Abends in gute Lokale. Tatar vom Milchkalb, Atlantik-Hummer mit Estragon-Mayonnaise, gratinierter Ziegenfrischkäse, Bodenseefelchen mit Zitronenbutter und Spinat, Kaninchencrepinette mit Kohlrabi und Kräuterseitling, belgischer Weichkäse mit Zwiebelmarmelade, fruchtiges Dessert aus Avocado Mango Minze. Petits Fours.

Breite Betten. Zu Hause schliefen beide zusammen im jeweiligen Junggesellenbett. Hier hatten sie doppelt so viel Platz und klebten trotzdem aneinander. Manchmal las Max, und Thirza hörte an ihn geschmiegt zu, oder was man so nennt. Eigene Bücher hatte sie nicht mit. Die Liebesromane hatte sie unauffällig in den Pasinger Keller geschafft, für Notzeiten.

Gerade las Max ein Buch über Demosthenes, den athenischen Rhetor des vierten vorchristlichen Jahrhunderts. Thirza hatte bald abgewunken, denn es ging immer um Streit: Erbschaft, Politik, uralte Affären, die man nur mit Hilfe hunderter Fußnoten verstand.

Max überredete sie geduldig, einzelne Passagen anzuhören. Wenn er sagte: »Besondere Empfehlung«, bemühte sie sich.

Zitat aus Xenophon:
Mit dem Abschluss der Kämpfe war das Gegenteil von dem erfolgt, was alle Welt erwartet hatte. Denn da fast ganz Griechenland zusammengekommen und gegeneinander angetreten war, gab es keinen, der nicht geglaubt hätte, wenn eine Schlacht stattfinde, würden hernach die Sieger zur Herrschaft gelangen und die Besiegten ihnen untertan sein. Aber der Gott ließ es geschehen, dass beide Parteien wie Sieger ein Siegeszeichen errichteten und keine von beiden die andere am Aufrichten desselben hinderte, beide Parteien gaben wie Sieger die Toten unter dem Schutze eines Vertrages heraus und beide nahmen die Ihrigen wie Besiegte unter dem Schutze des Vertrages in Empfang; und indem jede von beiden behauptete, gesiegt zu haben, besaß doch offenkundig keine von beiden weder an Land noch an Städten noch an Macht auch nur das Geringste mehr als vor der

Schlacht; aber Unordnung und Verwirrung wurden nach der Schlacht in Hellas noch größer, als sie vorher waren.

»Wie lange ist das her?«

»Zweitausendfünfhundert Jahre.«

»Immer das gleiche Elend«, seufzte Thirza. »Von solchen Sachen wollten wir doch im Urlaub nichts hören.«

»Wir?«

Sie schlief ein und erwachte eine Stunde später. Er las, Lesebrille auf der Nase, Kissen im Rücken, im kleinen Kegel der schwachen Nachttischlampe.

»Hast du laut gelesen? Ich habe einen Satz gehört im Traum«, murmelte Thirza.

»Nein. Was für ein Satz?«

»Nicht mal ein ganzer. Aber wie komme ich darauf, und was bedeutet er?« Vor allem, wie lautete er? Nebel im Hirn, Traumfetzen-Salat. »Für dich die Welt, für alle die Sonne. Ergibt das einen Sinn?«

*

Alles war jetzt einfach. Frohe Begegnungen, zärtlicher Schlaf, verträumte Tage, was braucht man mehr? Nichts konnte ihnen passieren. An einem ausnahmsweise freundlichen Nachmittag aßen sie am Yachthafen der Insel Reichenau vor einem Kiosk im Freien Schupfnudeln von einem Pappteller und tranken Apfelschorle aus der Plastikflasche – auch das ein Fest, alles ein Fest. Während sie aßen, nahm der Wind zu, die weißen Wolken schoben sich zusammen, wuchsen in die Höhe und wurden dunkel. Dann entleerten sie sich über der Mettnauer Seite, es sah aus, als würden sie mit dem Land verschmelzen. Ein dunkelgrauer Wolkenturm näherte sich mit einer dicken Schleppe aus Regen. Thirza wurde unruhig, doch Max machte sie auf das Rauschen der Trauerweiden aufmerksam und auf das meterhohe Röhricht, das sich unter den Böen wand.

»Und wenn wir nass werden?«

»Wir werden nicht nass.«

Der Schleier wanderte als majestätisches graues Gespenst von links nach rechts an ihnen vorbei, über den aufgewühlten See wie über eine Bühne.

Die Insel Reichenau bestand aus Gewächshäusern, Gemüsefeldern und Weinbergen, die meisten davon spätherbstlich kahl. Weiterhin gab es drei dunkle kompakte karolingische Kirchen, die Thirza nichts sagten, doch immerhin jeweils ein windgeschütztes Museum in der Nähe hatten, in dem alles erklärt wurde, damit man es wieder vergessen konnte. Das Hauptmuseum in der Mitte der Insel bewegte Thirza sogar, besonders eine opulente Ausstellung über die uralte Mönchskultur auf dieser Insel. Jahrhundertelang hatten Klosterbrüder hier Heilige Schriften kopiert, mit Federkiel bei schlechtem Licht, auf harten Schemeln, in ungeheizten Zellen. Himmel, welche Mühsal. Und niemals Urlaub. An der Wand las Thirza in großen Buchstaben die tausend Jahre alte Randbemerkung eines unbekannten Schreibers: *O glücklichster Leser, wasche deine Hände und fasse so das Buch an, drehe die Blätter sanft, halte die Finger weit ab von den Buchstaben. Der, der nicht weiß zu schreiben, glaubt nicht, dass dies eine Arbeit sei. O wie schwer ist das Schreiben: Es trübt die Augen, quetscht die Nieren und bringt zugleich allen Gliedern Qual. Drei Finger schreiben, der ganze Körper leidet.*

Auch eine hohe Schule der Buchillustration war in diesen Klöstern gepflegt worden und wurde jetzt feierlich in beleuchteten Vitrinen präsentiert. Thirza staunte über die leuchtenden Farben, die aus Naturstoffen hergestellt waren – aus Ocker, Kreiden, pulverisiertem buntem Gestein, Blättern und Blüten, sowie aus tierischen Stoffen: Galle von Ochsen Kälbern Schildkröten, zerquetschten Schildläusen. Das Ganze gebunden mit Eiklar, Eigelb, Pflaumengummi und Fischleim. Thirza machte sich kurz Gedanken über die Tierquetscherei, dann nahm eine tausend Jahre alte Bildserie sie gefangen.

Die Serie ging so: Ein Mönch übergibt ein Sakramentar an den Abt, der es dem Bischof bringt, der es dem Apostel Petrus bringt, der es Jesus Christus überreicht. Das vorletzte Bild zeigte diese Übergabe so beseelt und berührend, dass Thirza die Tränen kamen. Der Bischof, mit einer erschöpften dankbaren Demut, die vermutlich den armen Maler selbst zeigt, verbeugt sich bis zur Hüfte vor Petrus, der eben das Buch genommen hat, und legt seine Wange auf dessen Handrücken. Sein Gesicht weist zum Bildbetrachter, der Blick aber ist nach innen gewandt, voll scheuer Hingabe und Bezauberung.

Nach solcher Belohnung muss man nichts mehr sehen.

Doch, Max musste noch mehr sehen; er war unersättlich. Thirza las noch etwas über die Geschichte der Karolinger. Nicht lange, denn zusammengefasste Historie wirkte auf sie wie eine endlose Serie von Dummheit, Anmaßung, Ranküne, Gewalt, Ausbeutung, Krieg und Vernichtung. Thirza verabschiedete sich also nach wenigen Seiten, um nebenan im Museumscafé einen Tee zu trinken.

Max kam später dazu. »Hier«, sagte er, »diese Sätze habe ich abgeschrieben. Von Salomon III. aus Konstanz, schon mal gehört?«

»Natürlich nicht. Warum für mich?«

»Lies! Er war Bischof. Brief an einen Kollegen. Zehntes Jahrhundert.«

Wenige sind unter den Unsrigen einträchtigen Sinnes, alle hadern, der Bischof, der Graf und die Dienstmannen; unter einander kämpfen Mitbürger und Stammgenossen, das Stadtvolk murrt, auch in den Städten tobt der Aufruhr. Warum sollten nicht auch Verwandte die Zwietracht stacheln: Der Bruder fordert den Bruder zum Kampf mit den Waffen heraus. Die niedere Menge knirscht und wütet, alle Welt streitet, indem das Gesetz mit Füßen getreten wird. Die Höheren tun nichts Besseres als alle anderen …

»Liebster«, sagte Thirza, »von Streitereien will ich nichts mehr hören. Keine Kultur mehr. Ich bitte dich, fahren wir in die Berge.«

*

Im Wallis entsprach alles Thirzas Vorstellungen aus den Tourismusprospekten: schäumende Rhone, blaue Gletscher, weiße Gipfel, düstere Häuser aus fast schwarzem Holz mit Steinen auf dem Dach. Die kalte, saubere Luft. Das viele Licht. Auch die Berge hielten, was sie versprachen. Man musste nicht hinauf, schon sie anzusehen war herrlich, und je höher sie waren, desto herrlicher, warum nur? »Willst du zum Col du Bastillon?« – »Sagt mir nichts.« – »Von dort sieht man den Montblanc!« – »Oh, unbedingt!« Max stopfte Regenjacken, Pullover, Mützen und Handschuhe, Brot und Wasser in seinen Rucksack. Thirza trug kein Gepäck. Sie war ganz ungeübt, doch voller Vertrauen. Meine erste Bergwanderung seit wie viel Jahren? Die letzte war der Römerweg im Gasteiner Tal gewesen. Abgebrochen damals. Von heute aus gesehen traurige Vernunft.

Also los. Bourg Saint-Pierre, ein stilles, einsames Bergnest, geduckte Häuser mit steinernen Dächern, ein tausend Jahre alter Kirchturm. Hier entlang führt der Weg zum Großen Sankt Bernhard, wusste Max, schon der Begriff erregte sie, und für beide trat der erreichbare Pass für eine Minute in Konkurrenz zum Anblick des Montblanc. Wie viele Meter bergauf? Achthundert, hm, das ist zu viel. Oder? Er lächelte. Wir müssen ja nicht ganz rauf. Wir gehen einfach so lange, wie's uns Spaß macht.

Sie starteten von einem kleinen Wanderparkplatz aus. Max ging langsam voran und nahm ab und zu Thirzas Hand. Mit ihm war jeder Weg schön, kein Talblick erregte Schwindel. Das Wetter trübte sich ein, na und? Sie kamen an eine Weggabelung und erblickten gleichzeitig den Wegweiser nach links: *Col du Grand St. Bernard*, rot-weiße Markierung. Der alte Passweg. Sie blickten sich in die

Augen, Thirza nickte, sie traute sich in diesem Augenblick alles zu. Also die alten Pfade hinauf über in den Fels geschlagene Stufen. Ein scharfer Wind kam von vorn, vielleicht ein Fallwind vom Pass? Zum Verschnaufen stellte Thirza sich in Max' Windschatten, und er schloss sie in seine Arme. »Du musst gleichmäßig atmen«, sagte er. »Zwei Schritte einatmen, zwei Schritte aus.« Thirza versuchte es. Trotz der Anstrengung zitterte sie vor Kälte. Er gab ihr seinen Pullover, so dass sie unter der Jacke zwei Pullover trug, er keinen. »Frierst du nicht?« – »Wer, ich? In deiner Nähe?« Ein richtiger Intellektueller kann solche Sätze nur ironisch aussprechen, und wir nehmen sie ironisch entgegen: als Kitschsignal, das wir hiermit belächeln, während unser Herz hüpft. Thirza jetzt höchst bereit zu einer Liebeserklärung, für die aber keine Zeit ist, denn Sprühregen setzt ein, sie gehen schneller. Im engen Gesichtsfeld der Kapuze nur Nebelgrau. Thirza läuft mit gesenktem Kopf, um zwischen Kuhfladen, Pfützen und Steinen nicht zu stolpern. Irgendwo flammend rotes Moos. Die Regentropfen, vom Wind über den Pass gefegt, stechen im Gesicht. Das ist schon Schnee! Weiße Körner fliegen durch die Luft, erst einzelne zwischen den Tropfen, dann weißer waagerechter Regen. Voraus eine steile Rampe, Schutt und Geröll, Atemnot, zwei Schritte ein-, zwei ausatmen reicht nicht mehr, ein Schritt ein, ein Schritt aus, und Thirza ist trotz brennender Lungen immer noch romantisiert: von der monumentalen Ödnis, der schneidenden Kälte, dem sprühenden Wirbel des Schnees, dieser ekstatischen Verausgabung, vor allem aber von der Idee des Aufsteigens zu einem Pass, als offenbarte sich hier ein Erlebnis, das in dir angelegt ist seit Urzeiten: das quälerische Erobern einer natürlichen Grenze, die den Übergang in eine neue Welt verspricht. Am Ziel diese neue Welt dir zu Füßen. Und du stehst dort diesmal nicht verloren allein, sondern mit dem dir bestimmten Gefährten und blickst erwartungsvoll auf den leichten Weg bergab, der dich in die Wärme führt, zu Aprikosenbäumen und blühenden Wiesen.

Aber so weit sind wir noch nicht. Einatmen, ausatmen. Schritt für Schritt. Ein, aus, ein, aus. Das Mantra verwandelt sich in ein anderes, das etwa so geht: kommzumir kommzumir kommzumir. Stufe für Stufe, ein Moorfleck mit Wollgras, und plötzlich ist man oben. Im Schneegestöber die Umrisse dunkler mehrstöckiger Gebäude, die die Höhe besetzen wie stoisch schlafende Tiere.

Hinein in ein windstilles Vestibül, Lachen über die sofort beschlagenden Brillengläser, Schnee abklopfen, Hospiz, Wärme! Bauernsuppe, Brot, Käse, heißer Tee. Da es Spätnachmittag war, nahmen sie ein Zimmer, duschten, erst Thirza, die sich danach gleich hinlegte, dann Max. Er kam aus dem Bad, als sie gerade aufgestanden war, um etwas zu holen. Sie standen sich nackt in der Mitte des Zimmers gegenüber und glitten stehend ineinander.

*

Am nächsten Tag konnte Thirza vor Muskelkater kaum laufen. Sie genoss das Ziehen und Reißen, weil es die glückliche Überwindung einer bis dahin unbekannten Strapaze bezeugte, und ging mit kurzen steifen Schritten an Max' Hand durch den niedrigen Schnee ums Hospiz, wohlig betäubt von Umarmungen und erfülltem Begehren. Ein diesiger, heller Tag, immer noch einzelne Flocken in der Luft. Die paar Schritte zum kleinen See auf der Piemonteser Seite des Passes schon eine feierliche Anstrengung. Gute Sicht auf die strengen, dunklen Bauten des Hospizes zwischen den weißen Gipfeltürmen. Das alles so erhaben, prickelnd und märchenhaft, dass einem der Justizpalast, irgendwo in der Ebene hinter den Bergen, fast unwirklich erscheint. Weißt du was, lass uns noch eine Nacht oben bleiben! Bin eigentlich zu zerschlagen für den Abstieg. – Zerschlagen? – Wonnig zerschlagen, beruhigte sie ihn. Na klar, bleiben wir! Es ist ja auch so schön. Sie stapften langsam zu einer braungrauen Natursteinkapelle, die etwas oberhalb des Klosters abseits stand mit blinden Fenstern wie Schießscharten. Die Tür war vermauert. Also wieder zur Passstraße hinab. Dort öffnete eben das Museum.

Was für eine Lust, etwas zu lernen, das man sich nicht merken muss! Einfach staunen und in jedem Detail den Reichtum des Lebens spüren! Auch dieser karge Pass, so viel spannende Geschichte: Keltenheiligtum, Römerstraße, Tempel und Mansio, Schmuggler und Wegelagerer, Bernhard von Menthon gründet im zehnten Jahrhundert das Hospiz, übt sich in Rettung und Wohltätigkeit, ein Nimbus entsteht, mächtige, löwenhafte Hunde spüren mit legendären Nasen Verirrte auf und buddeln sie mit dicken Pfoten aus dem Schnee …

»Zu diesen Hunden fällt mir eine Geschichte ein«, flüsterte Max in Thirzas Ohr. »Aus meiner Zeit in der Haustierhaftpflicht. Ein Bernhardiner hatte eine alte Dame angesprungen. Sie fiel auf den Rücken und erschrak sehr, verletzte sich aber nicht, weil Schnee lag. Ich bot ihr dreihundert Mark Schmerzensgeld, worauf der Anwalt, der zweitausend wollte, mit mir am Telefon schimpfte: Möchten Sie etwa für dreihundert Mark von einem Bernhardiner umgeworfen werden? Ich antwortete: Mehrmals am Tag! Der ließ sich sofort mit meinem Chef verbinden …«

Zurück zum Nimbus: Hunde werden hier gezüchtet, die, bevor sie in der Ebene alte Damen umwerfen werden, in Sturm und Eis Menschen retten. Der Nimbus wächst, das Kloster erhält Stiftungen und legt sich Schätze zu – tatsächlich, es gibt einen Klosterschatz aus Silber und Gold! Napoleon überschreitet den Pass mit einer Armee und vier zerlegten Kanonen, investiert aus Dankbarkeit und Berechnung in den Straßenbau, der Nimbus wächst weiter, wunderbar, jetzt wissen wir genug, was hältst du von 'ner warmen Suppe und 'nem Mittagsschlaf?

Nach der Suppe aber, während die Glieder schwer werden, setzen sich die Gedanken wieder in Bewegung. Eine Erfolgsgeschichte aus verwirklichter Humanität und Heiligkeit ist ja ganz nett, aber wenn die Welt so wäre, gäbe es mich nicht.

Wie bitte?

Dann bräuchte man keine Richter.

Sie schäkerten ein bisschen, dann ging Thirza aufs Zimmer zu einem Mittagsschlaf. Max, der den Museumsbesuch ihr zuliebe abgebrochen hatte, vollendete noch seinen Rundgang und legte sich später zu Thirza. Er hatte etwas erbeutet, eine Broschüre aus dem Jahr 1950, die irgendwer hier verloren hatte. DER GROSSE ST. BERNHARD. Reihe Schweizer Heimatbücher.

Thirza erwachte mit der Wange an seinem Leib, den Arm über seine Brust gelegt. Er las, Lesebrille auf der Nase, im funzligen gelben Licht der Nachttischlampe diese Broschüre und sagte: »Laut Fontane sieht man nur, was man weiß. Ich wage die These: Man fühlt auch nur, was man weiß.«

Thirza, benommen: »Wie?«

»Hier«, er hob das Heft, »in dieser Broschüre habe ich gefunden, was du suchst: Jede Menge Streit. Bist du aufnahmefähig?«

Die Justiz verfolgt einen überallhin. Thirza überlegte. »Zwei Minuten. Keine Sekunde länger.«

»Also: Mit dem Mythos kam die Korruption. Das Hospiz war schon im 13. Jahrhundert so reich, dass die Pröpste an den Genfer See zogen, um die vielen Schenkungen, Stiftungen und Pfründen zu genießen. Man nahm nur noch Geistliche auf, die über ein reiches Erbe verfügten und den Pröpsten einen Teil davon vermachten. Im 14. Jahrhundert stellte einer, mit Namen Jean d'Acres, einen Reformplan auf: Die Mönche sollten nicht mehr jagen, spielen, tanzen, keine Weinstuben aufsuchen, keine Kleider in grellen Farben tragen und so weiter. Jean d'Acres stieß jedoch auf heftigen Widerstand, gab auf und ließ sich versetzen; der Plan landete im Keller. Zweihundert Jahre später grub ein neuer Reformer ihn wieder aus. Inzwischen gehörte das Hospiz den Savoyern, einem Adelsgeschlecht, das weltliche Kommendatoren bestimmte. Die Kommendatoren spezialisierten sich auf Ausbeutung und Verschwendung. Der neue Reformer, ebenfalls ein Geistlicher, wollte endlich jene alte Satzung von Jean d'Acres in Kraft setzen, rang zwanzig Jahre vergeblich mit den Kommendatoren und starb unverrichteter Dinge. Er fand aber Nachfolger. Wir sind jetzt im 17. Jahrhundert. Savoyer und Reformer schrieben Briefe an den Vatikan mit der Bitte um eine Entscheidung, und was, Preisfrage an die Frau Vorsitzende, entschied der Vatikan?«

Vorsitzende: »Lass mich raten. Da er einerseits die Zuwendungen der Savoyer nicht verlieren und andererseits den Nimbus erhalten wollte, entschied er erst mal gar nichts. Für ... sagen wir ... fünfzig Jahre.«

»Hundertfünfzig Jahre.«

»Uff, ein anderthalb Jahrhunderte altes U-Boot. Gott sei Dank hatte ich das nicht auf dem Tisch.«

»Tja. Ein paar Mönche und Hunde riskierten im Schneesturm ihre Haut, ein paar Adelige und klerikale Funktionäre verwalteten den Nimbus und schöpften die Gewinne ab.«

Thirza, seufzend: »Und am Ende?«

»Es gibt kein Ende. Die Geistlichen waren auch untereinander gespalten, und als Papst Benedikt XIV. das Hospiz den Reformanhängern zusprach, wanderten drei Viertel ab. Also, es ging einfach weiter, irgendwie. Aber hier habe ich noch was für dich.«

Die Broschüre enthielt Fotos. Thirza griff jetzt ebenfalls nach ihrer Brille und richtete sich auf. Fotos ansehen Schulter an Schulter, wie gemütlich. Die Bilder waren unambitioniert und nüchtern, auf stumpfem Papier schwarz-weiß. Eines aber stach heraus. Es zeigte das Innere der abseits stehenden Natursteinkapelle mit den Schießschartenfenstern. Sie war ein Totenhaus. Errichtet 1476 zu genau diesem Zweck.

Die Mönche auf dem Pass hatten nicht nur frierende Verirrte gerettet, sondern auch die Erfrorenen herbeigeschleppt und in jenem Haus abgeladen, weil es keine Erde gab, sie zu begraben. Die Toten, im kalten, trockenen Luftzug bald mumifiziert, boten jahrhundertelang Anlass zu touristischem Schauder, bis man vor wenigen Jahrzehnten die Grotte aus Pietät vermauerte. Thirza und Max hießen das ohne weiteres gut und waren trotzdem dankbar, dass vorher noch ein Fotograf den Auslöser gedrückt hatte.

Denn dieses Foto war eindrucksvoll. Die Leichen lagen nicht aufgebahrt, sondern lehnten oder kauerten in der Haltung, in der man sie abgeladen hatte. Vier standen an der Rückwand wie tiefgefroren, einer mit weit offenem Mund und nur einem einzigen Schneidezahn, der in die Luft ragte. Einer mit seitwärts auf die Schulter gekipptem Kopf. Einer schien kläglich zu grinsen unter seiner schwarzen Pilzfrisur. Und ein weiterer starrte sitzend, den Umhang um die Schulter gezogen, vor sich hin – mit wehem Blick –, woran denkt er? Schaut er bestürzt auf seine erfrorenen Füße? Denkt er an seine Leute, die vergeblich auf ihn warten? Was schmerzt ihn am meisten in dieser Sekunde, in der er begreift, dass es aus mit ihm ist? Im Vordergrund kauert ein anderer zusammengeklappt wie ein Taschenmesser, die Arme an die Brust gepresst, das Gesicht verzerrt mit offenem Mund, als schreie er vor Schmerz. Die ganze Gruppe ein atemberaubend lebendiges Denkmal des Erfrierens.

Wir sind ehrlich erschüttert und gruseln uns wohlig Haut an Haut unterm Federbett. Wir sind dankbar, dass wir es so gut haben, und weil wir wissen, wie gut wir es haben, sind wir noch glücklicher. Max' These.

Aber wenn alles gut wäre, das Foto keine Verlorenen, sondern Gerettete zeigte, die dankbar weinend am Ofen heißen Tee schlürfen, wären wir noch glücklicher. Thirzas These.

Aber wie will man das messen? Nein, wir sind glücklich, weil wir glücklich sein können und dürfen, trotz allem.

Wir sind einfach glücklich vor Glück, Hurra Umarmung Verwirklichung, im Einschlafen noch etwas philosophisches Geschnatter. Thirza und Max abgehoben in ihrer wuchtigen steinernen Kanzel zweitausend Höhenmeter über allen Justizpalästen der umliegenden Republiken, selbstgenügsam umschlungen, geschützt vor dem kalten Wind der Höhe und dem Streitgetümmel der Ebene.

Max: Tue das, was dich würdig macht, glücklich zu sein.

Thirza: Wie kommst du denn darauf?

Max: Immanuel Kant.

Thirza, müde und bang: Wodurch wären wir würdig, nach welchem Maßstab? Das sind eigennützige Kategorien. Ich fürchte, unser Glück ist unverdient.

Max: Wir sind ein perplexes Gewächs ... ein genialischer Grind auf der Haut eines Zufallsplaneten ...

Thirza, entschlummernd: Oje.

DAS GLÜCK

Unten in der Stadt warteten die Urlaubsstapel. Noch im Vorjahr waren sie Thirza wie schwere graue Wogen erschienen, die sich den Oktober über aufbauten, um die Richterin zu überrollen, sowie sie nach den Ferien das Büro aufschloss. Jetzt war es einfach Papier, das weggeschafft werden musste. Lesen, besprechen, beurteilen, verwalten, verhandeln, man kennt ja schon fast alles. Wenn man ausgeruht ist, geht es einem leichter von der Hand.

Und wenn man im Urlaub mehr erlebt, ist auch der Geist erfrischt. Max fuhr kaum je zweimal an denselben Ort. Auf die Schweiz folgten Sizilien, Apulien, die Provence. Grenzen öffneten sich, die Mark wurde zum Euro. Noch leichteres Reisen: Tschechien, Polen, Baltikum, vitale Länder mit beeindruckenden Kulturen, von denen man keine Ahnung gehabt hatte. Die jungen Demokratien kämpften um Anschluss, man sah den Preis – die Vietnamesenmärkte, die Prostituierten an den Grenzstraßen –, aber auch die zunehmend großzügig renovierten Stadtzentren, die originellen Läden und Lokale, Ausweis von Initiative und Kreativität. Natürlich, Wunden mussten geheilt werden. In Kroatien sah man zerschossene Häuser und Ruinen, Massaker-Gedenkstätten, empörte Museen. Aber: Europa im Frieden. Europa erblühend. Nach jeder Heimkehr ein neuer Blick aufs eigene Land.

Dieser Blick, in zwei für Thirza wesentlichen Ausschnitten, setzte sich zusammen aus Autobahn und Arbeit. Zuerst auf der Heimreise vom Urlaub der rasende Verkehr: mehr Autos als überall sonst, keine Geschwindigkeitsbegrenzung, im Rückspiegel heranschießende schwarze Limousinen, man fühlt sich in einem Land von Wahnsinnigen. Zweitens, von der Straße weg, wieder eingerichtet im normalen Leben zwischen Pasing, S-Bahn und Justizpalast: die Ordnung. Das privilegierte Leben. Was für ein sauberes, begünstigtes, wohlhabendes Land! Seltsam nur: Seine Bürger stritten und stritten. Wer Eigentum hat, möchte noch mehr Eigentum, wer es gut hat, will es besser haben. Damit das Geld kursiert, muss man es einander aus der Tasche locken, über Angebot, Suggestion, Manipulation, wobei die Grenzen zu Betrug und Selbstbetrug fließend sind wie in allen menschlichen Dingen. Kurz: Der große Kreislauf des Geldes wird von menschlichen Unwuchten bewegt. Aus Gerichtsperspektive scheint jeder mit jedem zu streiten, das ganze reiche Land eine Horde von hereingelegten und hereinlegenden, erschrockenen und erbosten, beleidigten und wütenden Bürgern. Sie hatten mehr Rechte denn je in ihrer Geschichte und mehr Rechte als fast alle Bürger sonst auf der Welt, und was taten sie? Sie litten und tobten. Sie prozessierten sich um Kopf und Kragen.

Die demokratische Vernunft sagt: Gut, dass sie Rechte haben und streiten; viel schlimmer wäre der andere Fall, nicht nur für sie, sondern für das ganze Gemeinwesen. *Staaten ohne Gerechtigkeit sinken zu großen Räuberbanden herab* (Augustinus).

Die moralische Vernunft sagt: Klar, aber könnten sie nicht mal um was Wesentlicheres streiten als um den eigenen Vorteil? Wie wäre es mit Demokratie, Transparenz, Gerechtigkeit?

Die historische Erfahrung sagt: Beides hängt zusammen. Immer streiten die meisten um das Falsche und wenige um das Richtige. Aber für diese wenigen brauchen wir die richtigen Gesetze. Die zivilisatorische Entwicklung verläuft indirekt, kaum je linear. Die wichtigsten Errungenschaften wurden durch Verluste erreicht, und wir verdanken sie Verlierern. Wer will das sein? Er melde sich!

Thirza: Alles klar, sollen sie streiten. Aber warum so viel?

Inmitten dieses Gewoges also Thirza, unbotmäßig zufrieden in ihrem behaglichen Pasinger Glück. Am Wochenende kam Max. Gemütliches Abendessen, gemeinsam schlafen, frühstücken mit Max. Am Samstag Theater oder Kino. Sonntag ein Ausflug. Abends las Max gern vor – er las einfach das, was er ohnehin las, laut.

Und natürlich erzählten sie einander von ihrer Arbeit. Alles, der Arbeitsdruck im Palast, die Getriebenheit in der Wirtschaft, die Dramen bei den Mediationen, verwandelte sich am Abendbrottisch in Unterhaltung. Max' Arbeitgeberin, die *Obdach Assekuranz*, war im Begriff, von der *Turm* Versicherung (Slogan: *Ihr Leuchtturm in der Brandung*) gefressen zu werden. Die *Obdach* hatte 2.000 Mitarbeiter, die *Turm* allein in Deutschland 25.000 und international über 100.000. Max wickelte sich selbst ab. Sogar das war unterhaltsam. Es vollzog sich gewissermaßen in Zeitlupe, denn Fusionen gehen über Jahre, man bildet Arbeitsgruppen und betreibt Systeme parallel. Entlassungen waren offiziell nicht vorgesehen, doch natürlich würde *Turm* versuchen, einen Teil der geschluckten *Obdachler* später auszuspucken. »Schade, dass niemand Kartellklage erhoben hat«, scherzte Max. »Dann hättest du's verhindern können.« Thirza, noch im Kuscheln korrekt: »Ich hätte mich für befangen erklären müssen. Aber der Fall wäre sowieso ans OLG gegangen. Leute wie ich verhindern so was nicht.«

Man konnte wenig verhindern. Man betrieb einen enormen Aufwand, um dann doch nichts verhindern zu können. Preisabsprachen der Münchner Tankstellen zum Beispiel. Plötzlich kostete der Liter für eine halbe Stunde überall sechs Cent mehr. Schon die Tatsache war schwer festzustellen – *alle* Tankstellen, auf die Minute gleich? Noch schwerer, eine Absprache nachzuweisen. Natürlich wusste kein Tankstellenbesitzer von irgendeiner Absprache, er hatte lediglich die Preisvorstellung der Mineralölfirma umgesetzt. Hatten sich also vielleicht die Mineralölfirmen abgesprochen? Wer kennt sich im Strategiegeflecht einer Mineralölfirma aus? Verantwortung wird in Großfirmen nach Erfordernis verschoben, da greifst du niemanden. Als Zivilrichterin durfte Thirza ohnehin nicht ermitteln, aber auch der Kläger hatte keine sicheren Zeugen. Er war ein Speditionsunternehmer mit großer Fahrzeugflotte, der sich beim Betanken seiner Fahrzeuge durch die überhöhten Preise benachteiligt sah. Seine privaten Ermittlungen – Beweisfotos mit Datums- und Minutenangabe, Statistiken über Tankfüllungen – reichten nicht aus, es war unmöglich, die Sache aufzuklären. Die Klage war nach aller menschlichen Erfahrung berechtigt, doch nach aller juristischen Erfahrung aussichtslos.

Menschliche Erfahrung bedeutet: Natürlich muss man davon ausgehen, dass alle Mineralölfirmen alles tun, um aus dem Öl möglichst viel Profit zu schlagen. Sie beuten die Erde ja nicht aus, um die Menschheit zu beschenken, sondern um Geld zu generieren, so schnell und so viel wie irgend möglich.

Juristische Erfahrung: Konzerne sind kaum mehr zu regulieren, schon gar nicht durch eine Münchner Landrichterin mit dreihundert offenen Fällen auf dem Tisch (die Fallzahlen stiegen weiter). Andererseits reagiert die Justiz auf wirtschaftliche Entwicklungen und empfiehlt neue Gesetze gegen den jeweils neuen Missbrauch. Die Umsetzung dauert zwar, denn jedes Gesetz wird von tausend Spezialisten und Lobbyisten umkämpft, so dass die Justiz immer zwei bis drei Schritte zurückliegt. Aber nur weil sie um Anschluss ringt, funktioniert der Laden noch irgendwie.

Und es gibt Teilerfolge. Da die nach außen aggressiven Unternehmen auch nach innen aggressiv sind (manche sind nur nach innen aggressiv), gibt es Intrigen und Opfer, Leidenschaft und Rachsucht. Wieder ein Fall aus dem leidigen Segment der Preisabsprachen: Ein Reiseveranstalter, Oberbayernspezialist, klagte auf Schadensersatz, weil alle Münchner Hotels einschließlich des Umlandes von Freising bis Garmisch-Partenkirchen gleichzeitig am Mittwoch vor dem Starkbieranstich beim traditionellen Münchner Starkbierfest die Zimmerpreise um 50 % erhöhten. Wie erwartet fielen die befragten Hoteliers aus allen Wolken, als ihnen die Klageschrift zugestellt wurde: Sie hatten von Preisabsprachen nie gehört, kannten kaum das Wort. Doch diesmal meldete sich ein Kronzeuge, der in der Zeitung von den »Münchner

Vollmondpreisen« gelesen hatte: Er war Hoteliersohn, wusste von der Praxis seit Jugendtagen und hatte sie auch selbst betrieben, bis er bei einem Erbstreit vom Bruder ausgebootet wurde. Das Verfahren kam also zustande. Man verhandelte hart über die Schadensersatzhöhe: Was war angemessen zwischen Normalpreis und Konjunkturspitze, für welchen Zeitraum (rückwirkend?) und so weiter. Aber die Gesetze waren da, sie griffen, und man konnte sicher sein, dass künftige Absprachen nicht mehr per Fax getroffen werden würden.

*

Drei Jahre nach der Jahrtausendwende starb Carlos Zorniger mit siebenundneunzig. Max und Thirza fuhren nach Berlin zu seinem Begräbnis, ohne dort lang zu verweilen. Es war ein frostiger Novembertag. Viel Publikum: neben drei Zorniger-Ex-Gattinnen und Geliebten sowie etlichen von Zorniger im Laufe von Jahrzehnten geschwängerten oder versehentlich nicht geschwängerten Frauen zehn bis zwanzig eheliche und uneheliche Zorniger-Kinder samt Nachwuchs. Thirza stand zwischen ihren Stiefmüttern, unbekannten Halbgeschwistern, Halbnichten, -neffen, Großneffen und Urgroßnichten und bedauerte zum ersten Mal, dass sie niemanden kannte. Sie hatte die Bande gemieden, weil sie Zorniger mied. Die Bande konnte natürlich nichts für Zorniger, aber sie war nach seiner Art, während Thirza immer das Gegenteil sein wollte. Einige traten glänzend und weltläufig auf, andere blickten finster und gequält, doch alle machten was her. Von ihrer letzten Stiefmutter Babette wusste Thirza, dass die Hälfte von ihnen dem Theatermilieu angehörte und so unberechenbar wie verschuldet war, dass aber die andere Hälfte, die nicht dem Theatermilieu angehörte, ebenfalls verschuldet war. Babette betrachtete Carlos und seine Sippe längst mit eisiger Distanz; das war es, was sie mit Thirza verband. Doch als Thirza einmal fragte, warum sie sich von

Carlos das alles bieten lasse, antwortete sie: »Ach, mein Vater hat mich genauso behandelt.«

Was sollte man mit dieser Sippe anfangen? Thirza und Max gaben in Lodenmantel und Trachtenjanker die Spießer aus der Provinz. Zwei Fotografen knipsten an ihnen vorbei. Thirza, von schmerzhaften Erinnerungen an das Begräbnis ihrer Mutter geschüttelt, hätte sich gern in Carlos' Grab übergeben; ein unerwarteter dramatischer Reflex und der letzte, der sie mit dem Toten verband.

Wie stirbt ein Gaukler? In seinen letzten Jahren hatte Zorniger sich gern splitternackt ausgezogen, und Babette musste rund um die Uhr aufpassen, dass er nicht auf die Straße lief. In seiner Todesnacht rief er selbst die Ambulanz an, seine Frau liege tot neben ihm im Bett. Der Notarzt schloss von der Greisenstimme auf eine verstorbene Greisengattin und fuhr hin. Auf langes Klingeln öffnete Babette, die von nichts wusste: Sie hatte den ganzen Tag mit Carlos gerungen, weil der vom Balkon aus zum Volk sprechen wollte, und am Abend Rohypnol geschluckt, das sie nicht vertrug. Sie folgte dem Arzt benommen ins Schlafzimmer und seufzte, als sie den Toten sah: »Gott sei Dank.«

Thirza und Max strebten davon, sowie sie ihr Schäufelchen Erde auf den Sarg geworfen hatten. Am Friedhofsausgang gab es zwei überraschende Begegnungen. Ein dicker junger Mann im sandfarbenen Kaschmirmantel holte sie ein, stellte sich als Thirzas Neffe Germain vor und fragte, ob er sie in München besuchen dürfe. Er sei nämlich auch Jurist. Die Rückfrage ergab, er studierte im achten Semester und hatte noch nicht das erste Staatsexamen. Er sah Thirza treuherzig an und sagte, er würde sich wahnsinnig gern mal mit einer vernünftigen Juristin über die Praxis unterhalten, die Professoren seien alle zu theoretisch.

Und draußen auf der Straße stand eine dürre ältere Frau mit markanten Wangenknochen hochaufgerichtet neben dem Tor, als überlege sie immer noch, ob sie hindurchgehen solle. »Tante

Isolde!«, rief der junge Mann. Im gleichen Augenblick hatte auch Thirza sie erkannt: Halbschwester Isolde, die bronzene Schönheit, die Thirza vor siebenundzwanzig Jahren in den Hofgarten bestellt hatte. Isolde war wirklich Schauspielerin geworden. Thirza hatte sie seit jener Begegnung nur noch auf Fotos in Friseurzeitschriften gesehen, eine rassige Künstlerin, die eine durch Hochmut mühsam geschützte, verletzliche Wildheit ausstrahlte.

»Isolde!«, rief Thirza, »erinnerst du dich an mich? Ich bin Thirza!«

»Thirza ...«

»Du hast mich zu Zorniger gebracht in die *Vier Jahreszeiten*, weißt du noch? Du hast erzählt, dass du nur auf dem Rücken schläfst, um keine Falten zu kriegen ... und von deinem Plan, Schauspielerin zu werden. Du hast damals schon mit Carlos wie ein Profi geredet, von gleich zu gleich ...«

»Keine Ahnung«, sagte Isolde. »Das ist fast alles verschwunden. Wie ein D-Zug, der durch einen hindurchrast.«

*

Richtig: Die Zeit rennt. Carlos hatte gewissermaßen den letzten Rest von Thirzas ungeklärter Jugend mit ins Grab genommen, und Thirza fühlte sich reif zu Entschlüssen, die den späten Jahren angemessen sind.

Auch Max war zu solchen Entschlüssen bereit. Die *Obdach Assekuranz* war inzwischen ganz von der *Turm* Versicherung geschluckt worden, und er hatte bei *Turm* ein Büro bezogen. Hm, eigentlich nur einen Tisch im Großraumbüro: Man wusste nicht, wohin mit ihm. Zuerst war er unterbeschäftigt, erledigte sein Tagespensum in einer Stunde und begann, nebenbei kleine Mandate von Freunden als Rechtsanwalt zu betreuen. Dann wurde er bei einem Sparprojekt von McKinley eingeteilt und sollte abgeschlossene Akten auf Effizienz überprüfen. Er hatte festzustellen:

Hätte die Versicherung weniger zahlen können, und wenn ja, wie viel? Was wären die Folgen gewesen? Wie viele Kunden hätte man verloren? Hatte man zu viel oder zu wenig prozessiert? Wenn der Schadenaufwand zu groß war, woran lag's? Intern nannte man das Strohhalmverordnung: Wenn die *Obdach* nach jedem Strohhalm gegriffen und nur das gezahlt hätte, was von den Kunden erkämpft wurde, hätte sie dann überlebt? Wirtschaftsunternehmen müssen so arbeiten, das leuchtete Max ein. Er sah aber auch die Folgen: weniger Kulanz, weniger Ermessensspielraum, weniger Selbständigkeit der Mitarbeiter, die zunehmend unter Druck gesetzt wurden, während die Vorstände ihre Gehälter verdoppelten. Auch hier war nichts aufzuhalten. Und Max schied aus der Versicherungsbranche aus.

Er besprach das alles mit Thirza. Er wollte eine Kleinkanzlei, um endlich selbständig zu sein. Als Thirza im Scherz ihre Laube als Büro anbot, schlug er enthusiastisch ein. So gab eine Idee die andere, und alles wurde realisiert: das Haus weiter ausgebaut, neue Küche, Kamin, Wintergarten, ein Internetanschluss zur Laube gelegt. Max zog bei Thirza ein. Und sie heirateten. Zwanzig Jahre nach jenem unerwarteten Lampionabend mit Conny und Staatsanwalt Epha gab Thirza ihr zweites Pasinger Fest.

*

Conny wurde natürlich eingeladen. Sie hatte immer noch dieselbe Gefährtin, die wieder – nun auf Bitten Thirzas – Lampions mitbrachte. Epha sagte ab, nachdem er erfahren hatte, dass Blank kommen würde. Außer ihm und dem pensionierten Karl Römer, der kurzfristig wegen Krankheit absagte, erschienen alle Weg- und Teilstreckengefährten: die Kammerkollegen Karl und Daphne und die Frauen der Geschäftsstelle sowieso, aber auch Daniel Luszczewski, Ruth Wegener, Berni und Barbara, weitere drei Frauen der Richterinnenrunde und sogar der ebenfalls pensionierte Simon Zellpfleger, mit dem sich Thirza während ihrer Ministeriumszeit angefreundet hatte; von ihm wird noch die Rede sein. Halbschwester Isolde lieferte einen ebenso scheuen wie spektakulären Auftritt. Von Max' Seite kamen einige Versicherungskollegen und eine verbitterte Schwester.

Max' Tochter Iris hatte sich geweigert, die Hochzeit ihres Vaters zu besuchen. Sie war eine gescheite, gehetzte junge Frau, die vor Ehrgeiz brannte und ihren Vater für einen Versager hielt. Iris hatte erfolgreich Betriebswirtschaft studiert und war Nachwuchskader bei *McKinley*, wo Leute wie sie beauftragt wurden, Leute wie Max wegzurationalisieren. »Ich bin ein *High Potential*!«, sagte sie mit besonderer Betonung. »Ich hab keinen *Nine-to-five-Job*! Ich muss flexibel sein!«

Max wandte ein: »Flexibilität hat auch Nachteile.«

»Heutzutage doch nicht mehr!«, und so weiter. Alle Möglichkeiten schienen Iris offenzustehen, der freie Markt war die Spielwiese der Begabten, auf den Staat sah man herab. *High Potential* war die moderne Elite-Formel, mit der *McKinley* junge Absolventen lockte, um sie effektiver ausbeuten zu können – die Menschheit schien weder besser noch klüger zu werden, und Thirza richtete auch hier nichts aus. Sie fand keinen Kontakt zu Iris und wurde von Iris verachtet: »Was willst denn du, eine *Vorsitzende Richterin*, mit einem *Kleinschadensachbearbeiter*?« Thirza fühlte sich kurz und schmerzhaft in ihr Familiendezernat zurückversetzt. Sie sah das vom Vater verlassene, in der neuen Familie vom Stiefvater ungenügend angenommene, talentierte Kind, das verbissen um Selbstachtung kämpfte und in dieser Bedürftigkeit den High-Potential-Köder gierig geschluckt hatte. Ach Iris, hätte Thirza gern gesagt, in der Liebe geht es nicht um Erfolg. Sie formulierte dann aber vorsichtiger, um Iris nicht zu kränken: »Iris, Erfolg ist nicht alles. Dein Vater ist ein guter, lieber Mann.«

»So? Davon habe ich nichts gemerkt.«

Iris war ein trauriges Thema in Max' und Thirzas junger Familiengeschichte, doch sonst war dieses Fest ein Abend der frohesten und dankbarsten Bilanz. Wieder war Mai, wieder blühten die Apfelbäume; doch diesmal war es nicht kühl, sondern duftig mild mit weicher Luft und Vollmond am hellen Frühlingshimmel, und Thirza war nicht einsam, sondern empfing glücklich neben Max eine feine Schar interessanter Leute, von denen sie sich geschätzt und respektiert fühlte.

Es war kein rauschendes, sondern ein richterhaft gesittetes Fest, ohne Musik und Show, abgesehen davon, dass Max' ehemalige Haustiergruppe drei Sketche zum Besten gab und Eppinger zu fortgeschrittener Stunde *Bayernland hat Oberhand* jodelte. Im Garten war ein edles türkisches Büfett aufgebaut. Zwischen Lampions und Biergarnituren führte man ruhige Gespräche. Nur das Jubelpaar strengte sich etwas an. Max war ein freundlicher, witziger, aber wenig eindrucksvoller Gastgeber, da er, ebenso wie Thirza, im Grunde schüchtern war. Thirza wanderte von Grüppchen zu Grüppchen und vermisste die substantiellen Gespräche. Wie ging es zum Beispiel Blank? Er stand inzwischen kurz vor der Pensionierung und wirkte auf den ersten Blick alt, sprühte aber auf den zweiten wie immer. Als Thirza zu ihm trat, unterhielt er gerade Berni und Barbara mit einem Strafrechtsskandal. Das heißt, Berni und Barbara unterhielten sich von selbst über diesen Skandal, über den gerade alle redeten, wie das bei Skandalen eben ist. Aber Blank hatte durch seine Verbindungen ins Strafjustizzentrum etwas mehr Einblick. Es ging um einen rabiaten Strafrichter, der mit seinen hohen Urteilen die Drogenszene in Angst und Schrecken versetzte, wobei sich gerade herausgestellt hatte, dass er für sexuelle Dienste Milderungen gewährte. Er war einer der ersten Richter gewesen, die sich eines dieser modernen Handys zulegten, mit denen man Textnachrichten tippen kann, und er *tippte* also seit Jahren diese Angebote, wo doch jeder Jurist weiß: Schrift ist Gift! Eine Art Persönlichkeitsspaltung vielleicht? Blank wusste, dass jener Strafrichter gern in seiner Freizeit auf dem

Rennrad durch die Gegend fuhr, und wenn er zufällig sah, wie jemand ohne zu zahlen sich aus einem stummen Zeitungsverkäufer bediente, hielt er ihn fest und rief mit demselben Handy, von dem er seine rechtswidrigen SMS verschickte, die Polizei.

Thirza hätte lieber erfahren, wie Blank sich am Amtsgericht fühlte, wie es ihm mit seiner jungen Familie ging und was aus seinem Asthma geworden war. Thirza bat ihn also, bevor sie zum nächsten Grüppchen weiterging, um einen individuellen Besuch, und er antwortete: »Gern, liebe Frau Zorniger, sofern Sie mich nicht fürchten. Denn gegen mich läuft ein Disziplinarverfahren, und der Generalstaatsanwalt will mich beim Amtsarzt auf meine geistige Gesundheit überprüfen lassen.« Während Blank das sagte, wich Barbara tatsächlich drei Schritte zurück und verschwand im Gewühl.

Ein etwas ausführlicheres Gespräch gab es mit Ruth Wegener, der inzwischen grau werdenden Maus, die Thirza seinerzeit zur Kartellkammer gelockt hatte. Ruth wirkte nervös, lachte sportlich mit großen Schneidezähnen und erzählte, dass sie es am Oberlandesgericht nicht leicht habe: alles sehr förmlich dort, und sehr einsam, man schlich durch leere Gänge, kein Vergleich mit dem Gewimmel im Justizpalast. Ihr Senatsvorsitzender war ein beschränkter, dominanter Typ, der nicht wollte, dass sie auf dem Podium den Mund aufmachte, und ihr im Lehrerton vorschrieb, mit welchem Ergebnis sie ihre Voten zu schreiben habe. Der zweite Beisitzer aber wollte sich niemals festlegen und immer alles noch mal durchprüfen. Ruth sagte, sie könne inzwischen nach zehn Schriftsätzen eine Akte einschätzen; nur bei fünf Prozent der Fälle ergebe die weitere Lektüre ein anderes Bild. Dennoch werde sie regelmäßig von den anderen beiden überstimmt. Kürzlich bekam der Senat eine ganze Kette, die er vor drei Jahren gegen Ruths Votum durchentschieden hatte, vom BGH zur weiteren Veranlassung zurück. Die einzige Reaktion des Vorsitzenden war, Ruth noch erbitterter zu bekämpfen. Er hatte, als sie sich um einen Senatsvorsitz bewarb, einen so miserablen Beurteilungbeitrag geschrieben, dass Ruth sogar erwog, beim Verwaltungsgericht zu klagen, falls der übernommen würde. Idiot! Es wäre doch aus seiner Sicht die Gelegenheit gewesen, Ruth loszuwerden! Aber er wollte eben immer recht haben, auch in seiner Rachsucht, und Ruth schwärmte dann noch ein bisschen im Duett mit Thirza von den guten alten Zeiten bei Karl Römer.

Thirza dachte: Hab ich ein Glück.

Daniel Luszczewski stand abseits mit einem Begleiter an der Hecke. Der Begleiter stellte sich Thirza mit den Worten »Dr. Birke, Bayerische Schlösser- und Seenverwaltung« vor und blieb ansonsten stumm.

Seit Thirza ihr Vorsitzendenbüro bezogen hatte, sah sie Daniel kaum noch und hatte für keine Palastrunde mehr Zeit gefunden. Wenn sie sich trafen, riefen beide, wir müssen mal wieder, aber es wurde nichts daraus. In Gesellschaft jenes Menschen verhielt sich Daniel übrigens karg und unnahbar, obwohl sie zu zweit gekommen waren. Es schien unglaublich, dass seine romantischen Geständnisse jemals stattgefunden hatten. Was war passiert? Thirza nahm ihn beiseite, fand aber nichts heraus.

Habe ich ein Glück.

Ein rührender Augenblick des Abends gehörte Frau Blumoser. Frau Blumoser war die aufopferungsvollste Mitarbeiterin der Geschäftsstelle, eine stille, kleine Person von knapp sechzig, nicht dünn, aber so weich und zart und mit einer so dünnen Haut, dass man meinte, ihre Augäpfel durch die Lider schimmern zu sehen.

Frau Blumoser tippte die Protokolle der 44. Kammer. Früher hatten sie zu zweit getippt, das heißt, zwei Frauen auf einer und einer Dreiviertelstelle. Dann wurde eine Stelle gestrichen, und seitdem tippte Frau Blumoser mit einer Dreiviertelstelle alles, was früher zwei Leute getippt hatten, allein. Natürlich hatte es zunächst geheißen, die Stelle bleibe nur vorübergehend unbesetzt, doch nach zwei bis drei Jahren erinnerte sich in der Verwaltung keiner mehr, dass man sie je hatte neu besetzen wollen, ja, man erinnerte sich kaum, dass es sie überhaupt gegeben hatte. Frau Blumoser tippte also unermüdlich und, da sie zwar gründlich, aber langsam war, oft bis in die Abendstunden hinein; sie hatte keine Familie. Einmal fragte Thirza, ob sie manchmal vom Tippen träume. Frau Blumoser lächelte verlegen: »Naa. I geh hoam und denk: Heit hob i wos g'schafft, und heit hob i no mehr g'schafft, und heit hätt i mehr schaffa soin.« Sie war so sanft und gewissenhaft, dass Thirza sie gern beschützt hätte, doch dazu fehlte die Zeit, und am Ende lief es darauf hinaus, dass Frau Blumoser Thirza beschützte, denn Frau Blumoser dachte mit, machte Thirza gelegentlich flüsternd auf Fehler aufmerksam und hatte, wie sich heute herausstellte, sich sogar um Thirzas Seele Sorgen gemacht. Jetzt, auf dem Fest, begann sie sofort zu helfen, obwohl sie eigentlich Gast war.

Am späteren Abend stürzte Frau Blumoser, als sie mit dem Rad nach Hause fahren wollte, und ritzte sich am Pedal die Wade auf. Das geschah direkt vor dem Gartenzaun, keiner bekam es mit. Frau Blumoser schlüpfte unauffällig wieder ins Haus und versuchte auf der Toilette die Blutung zu stillen, was unbemerkt blieb, bis Frau Blumoser hinausguckte und Thirza rufen ließ. Durch den Türspalt bat sie Thirza um Verbandszeug. Thirza holte es. Die Wunde war nicht tief, doch ein fünf Zentimeter großer Triangel blasser, zigarettenpapierdünner Haut hing von der Wade, und Frau Blumoser hatte den Fuß auf die Klobrille gestellt, damit der feine Blutstrom in die Schüssel rieselte. Unter fürsorglichen Rufen verband Thirza die Wunde, beugte sich dabei über das Bein und verwendete reichlich Material. Als sie sich aufrichtete, sah sie Frau Blumoser still weinen.

»Haben Sie Schmerzen? Soll ich Sie ins Krankenhaus bringen?«

Frau Blumoser schüttelte den Kopf und flüsterte: »Naa … i frei mi ja so!«

*

Habe ich ein Glück.

Wobei das Glück ausdrücklich nicht im Unglück anderer bestand. Thirza hatte, soweit sie sich erinnerte, selten geklagt und lange, zermürbende Strecken stoisch ertragen. Sie genoss ihr Glück mit Max auch ohne Vergleich jeden Tag. Die Mühsal anderer Menschen erinnerte sie aber daran, dass dieses Glück nicht selbstverständlich war. Nebenbei: In dieser allgemeinen Dankbarkeit ließ sich zwar alles leichter ertragen, doch gleichzeitig wurde es (alles) immer schwerer.

Es wurden weiterhin mehr Fälle. Die Erledigungszahlen blieben gleich, trotzdem bauten sich Rückstände auf. Alle drei Richter der 44. Kammer gaben immer öfter dem Zwang nach, schneller und oberflächlicher zu urteilen, mit schlechtem Gewissen. Zur D-Mark-Zeit hatten sie über Streitwerte bis 100.000 Mark als Einzelrichter entschieden. Bei der Euro-Umstellung hätten sie die Ziffer korrekterweise halbieren müssen, ließen aber die Hunderttausend stehen. Inzwischen waren sie bei 150.000 Euro. Mehr Fälle also, höhere Streitwerte, zunehmend europäische Implikationen, der Internethandel als neues Rechtsgebiet: und der allmählich im Geschirr ermüdenden Thirza schien es, als rauften auch immer mehr Anwälte und immer verbissenere Parteien mit immer größerer Energie um die Anteile am zunehmend gesättigten Markt. Da es zu viele freie Füchse im nicht mehr ganz freien Hühnerstall gab, rauften die freien Füchse inzwischen um zukünftige riesige unüberwachbare Hühnerfarmen, die in der Raubfantasie der Füchse inzwischen die gleiche Realität angenommen hatten wie die realen Ställe, und da diese Fantasie allen gemeinsam war, spielten sie darum an realen Börsen und rauften an realen Gerichten.

»Haben Sie nicht manchmal Lust, vom Podium zu steigen und Ihre Klientel zu ohrfeigen?«

Dies fragte ein sagenhaft unverschämter Referendar, der nur kurz in der 44. Kammer auftauchte und nach wenigen Wochen abschiedslos verschwand. Doch dieser Satz blieb hängen. Und noch zwei weitere.

Referendare sind Halbjuristen, die zur Ausbildung nach unbekannten Kriterien auf die Kammern verteilt werden. Thirza, die alle Fälle ihrer Kammer kennen musste und zusätzlich mit den Mediationen beschäftigt war, befasste sich nicht mit ihnen. Karl und Daphne teilten sich die Betreuung, und Thirza nahm die jungen Leute nur am Rande wahr. Immer öfter kamen Frauen, ernsthafte, schüchterne Frauen, wie Thirza eine gewesen war, die mehr oder weniger eifrig versuchten, sich nützlich zu machen. Und es kamen weiterhin junge Männer, die das ebenfalls versuchten und dabei etwas deutlicher auf sich selber achteten. Bei beiden Geschlechtern gab es Blindgänger. Einer schlich so demütig herein, dass Daphne ihn im Vorweihnachtsstress glatt vergaß und ein halbes Jahr später, als die Referendargeschäftsstelle ein Zeugnis anforderte, schwor, sie habe den Herrn noch nie gesehen.

Die andere Seite des Spektrums verkörperte der Referendar Pfeiffer. Er war ein hübscher kleiner Kerl mit Locken und strahlenden Augen, der trotz seiner schlechten Prüfungsnoten viel lachte, was einerseits verdächtig war, andererseits erfrischend. Nach der ersten Kammerverhandlung berichtete Daphne allerdings, Pfeiffer habe regelmäßig neben ihr gebrummt und grimassiert. Thirza hatte es nicht bemerkt, weil sie mit dem Verhandeln beschäftigt war.

Als Pfeiffer am nächsten Tag zur Urteilsberatung erschien, schickte sie ihn weg.

»Warum?«

Nebenbei war er zu spät gekommen. Die Kammer saß bereits am Tisch. Pfeiffer stand in der Tür. Thirza sagte, über die Schulter blickend: »Beratungsgeheimnis.«

»Laut Paragraf 193 Absatz 1 GVG darf ich dabei sein.«

»Wenn die Vorsitzende es gestattet. Das tut sie nicht.«

»Warum nicht?«, fragte er.

»Und übrigens: Gestisches Kommentieren am Richtertisch verbietet sich.«

»Was? Ich soll kommentiert haben? Das streite ich ab!«, rief er elektrisiert.

»Sie haben den Anschein erweckt. Das reicht.«

»Anschein!«, amüsierte er sich, »wenn Sie wüssten, wie ich mich beherrscht habe! Der Vortrag des Klägers war doch bodenlos ... Hatte der Mann Brei im Kopf?«

»Sie legen anscheinend Wert darauf, sich negativ zu qualifizieren.«

»Hey!«, rief er, »ich geh ja schon. Aber eines würd ich doch gern wissen. Haben Sie nicht manchmal Lust, vom Podium zu steigen und Ihre Klientel zu ohrfeigen?«

Die Kammer blickte förmlich befremdet. Eine Zivilkammer hat so was drauf.

»Mal ehrlich!«, beharrte Pfeiffer. »Haben Sie bei solchen Figuren noch nie gedacht: Verpiss dich! Warum fickst du dich nicht selber?«

»Mal ehrlich«, gab Thirza zurück, »haben Sie sich schon mal Gedanken über die Rolle des Richters im Zivilprozess gemacht? Das war eine rhetorische Frage«, unterbrach sie, als er zu einer Erklärung ansetzte. »Verlassen Sie uns jetzt. Wir haben zu tun.«

Als er entwichen war, breitete sich in der Kammer eine verschämte Heiterkeit aus. Der Referendar Pfeiffer – Daphne argwöhnte, er habe ein Drogenproblem – verschwand. Jene Sätze aber tauchten, verschlüsselt als »Pfeiffer-Formel«, von da an gelegentlich als Seitenbemerkung in Fallbesprechungen auf.

*

»Pfeiffer-Formel – was für ein Luxus!«, seufzte Max. »Könnt ich mir nie leisten. Ich trage meine Kundschaft auf Händen.«

Er hatte kaum welche. Max rang in der Pasinger Laube um seine neue Anwaltsexistenz. Es fiel ihm schwer, Mandanten zu gewinnen, denn er hatte nie gelernt, sich dienstleisterisch anzubieten. Seine Stimmung schwankte. In den letzten Versicherungsjahren hatte er viel geschimpft, doch ordentlich seinen Lebensunterhalt verdient. Jetzt war er einerseits unternehmerisch erregt, andererseits unterbeschäftigt. Die Kanzlei trug sich nicht; er finanzierte sie mit seiner Abfindung.

Die erste Mandantin war eine Nachbarin gewesen, die beim Rückwärtseinparken angeblich einen VW gestreift hatte und davongefahren war. Sie erhielt eine Anzeige wegen Verkehrsunfallflucht und war außer sich: »Herr Girstl, i schwör Eahna, i hob nix g'merkt!«

Der VW gehörte einem Überwachungsdienst, der sämtliche Blechschäden an diesem sehr viel bewegten Wagen der Verkehrsteilnehmerin aufbürden wollte. Max setzte ein Schreiben an die Staatsanwaltschaft auf, dass seine Mandantin weder taktil noch akustisch noch visuell eine Beschädigung wahrgenommen habe, und bestritt das Schadensgutachten des berührten VW. Er konnte sogar Schnappschüsse von einer Familienfeier seiner Mandantin aus dem letzten Jahr vorlegen, die zeigten, dass der als Indiz am Verursacherfahrzeug festgestellte Streifschaden (Wischer) schon damals existiert hatte. Das Verfahren wurde eingestellt.

Max und Thirza köpften eine Flasche Sekt.

Nach einer längeren Pause tröpfelten weitere Mandanten herein. Laufkundschaft vor allem aus der direkten Umgebung: Verkehrssünder, die Rechtsfolgen abwehren wollten, Führerscheinentzug, Strafbefehl, Haftpflicht, Depperltest. Eine zweite Serie ging um Mietminderungen wegen Baulärm, Wasserschaden, Heizungsdefekt. Eine dritte Serie betraf die Übernahme von Reparaturkosten, Schadensersatzansprüche gegen Handwerker und so weiter. Alles das wurde per Schriftverkehr erledigt, und Max fragte sich ironisch, ob er es wohl schaffen würde, in seinem sechsten Lebensjahrzehnt noch mal eine Terminsgebühr zu liquidieren. Er grimassierte dabei, was komisch und ein bisschen unheimlich aussah. Es hatte auch etwas Selbsterniedrigendes, das Thirza schmerzte. Max hatte dichtes kastanienbraunes Haar ohne einen einzigen weißen Faden darin, aber sein Gesicht wirkte alt und ledrig, bis auf die hellen, liebevollen Augen. Thirza fuhr ihm durch dieses kräftige weiche Haar, und er neigte ihr sein Gesicht entgegen, damit sie ihn auf jedes Lid küssen konnte, erst links, dann rechts. Sie freute sich jeden Abend, ihn zu Hause anzutreffen.

Beim Abendessen, das im Wesentlichen aus Brot, Aufschnitt und Wein bestand, teilten sie ihre Erfahrungen. Um Max nicht zu kränken, erzählte Thirza eher von Malheurs und Missgeschicken als von Erfolgen. Einmal aber konnte sie ihre Genugtuung nicht verbergen.

»Erzähl!«, forderte Max.

Vor zwei Jahren hatte die 44. Kammer einen ziemlich vertrackten Kartellfall auf acht Seiten totgemacht. Der Kläger war erfolglos in Berufung gegangen, und soeben hatte Thirza erfahren, dass auch der Bundesgerichtshof das Urteil gehalten hatte.

»Meine tüchtige Thirza«, sagte Max betreten.

»Ach nein, Glück gehabt«, wiegelte sie ab. »Du weißt ja, vor Gericht und auf hoher See …«

Darüber konnte er immerhin lachen. Nachdem er gelacht hatte, sagte er ernst: »Ich habe wirklich überhaupt nichts zustande gebracht.«

»Schatz!«, rief Thirza. »Du hast deine Eltern unterstützt und ein Kind aufgezogen, du hast ein pralles Leben geführt mit Liebschaften, Kabarettgruppe, Abenteuerreisen und Weltliteratur! Ich habe nichts getan als zu arbeiten und auf dich zu warten.«

So vergingen zwei Jahre.

Allmählich bekam er mehr zu tun, wobei Umsatz und Einkommen in keinem gesunden Verhältnis standen. Er beschwerte sich über die Bürokratie, sogar bei diesem Kleinkram, und die Mühsal beim Eintreiben der Rechnungen. Aber seine Fälle wurden interessanter.

»Wusstest du, dass sieben Häuser weiter jahrzehntelang ein mutmaßlicher DDR-Spion lebte?«, fragte er eines Abends.

Auch dieser Mandant, ein siebenundachtzigjähriger Dr. Leithold, war aus der Nachbarschaft hereingeschneit. Er hatte zwischen 1971 und 1988 als angestellter Ingenieur einer Forschungsfirma regelmäßig Unterlagen für die DDR kopiert und dafür fünfhundert Mark im Monat bekommen. Jetzt war er angeklagt worden. Er sagte erschüttert zu Max: »Aber das waren doch die Franzosen!«

»Wenn es die Franzosen waren, wozu dann die Geheimhaltung?«, fragte Max.

»Das ist bei Forschungen so!«

»Warum haben sich die Franzosen nicht direkt an Ihre Chefs gewandt? Und warum durften die Chefs von diesem Kontakt nichts wissen?«

Zwei Stunden lang hatte Max in seiner Laube Dr. Leithold zu explorieren versucht, denn wenn er nicht wusste, woran er war, konnte er ihn nicht verteidigen. Leider war Dr. Leithold auskunftsunfähig. »Gott!«, rief er, »ist mein Zeuge!, dass ich nie! auf großem Fuße gelebt habe! Ich brauchte das Haus nur! für meine Frau!, aber es war zu! teuer! Da kamen die Franzosen!«

Außerdem war er körperlich ein Wrack. Die Anklageschrift hatte er nicht mitgebracht, dafür mehrere ärztliche Atteste: Magengeschwür, Schlafstörungen, Gedächtnisstörungen. Max schlug vor, Verhandlungsunfähigkeit geltend zu machen. Dr. Leithold entband seinen Hausarzt von der Schweigepflicht und saß dabei, während Max mit dem Arzt telefonierte. Arzt und Anwalt führten ein seltsames Gespräch, bei dem Max, dessen Repliken der Mandant ja mithörte, sich sozusagen auf Zehenspitzen äußern musste.

Der Arzt sagte, es bestehe Verdacht auf Magenkrebs.

»Aus meiner Sicht wäre das günstig«, meinte Max.

»Aus ärztlicher Sicht nicht«, sagte der Arzt.

Das Problem: Man konnte das Karzinom verifizieren, doch das wären unangenehme, unwürdige, zeit- und kraftraubende Untersuchungen, und operieren könne man bei dem Allgemeinzustand des Patienten ohnehin nicht mehr. Wozu also die Prozedur? Sollte sich der Verdacht bestätigen, wäre zwar einerseits die Verhandlungsunfähigkeit gesichert und der Prozess abgewehrt, andererseits aber das Todesurteil gesprochen. Erweise sich umgekehrt der Patient als krebsfrei, dürfe er zwar länger leben (was heißt das), müsse aber vor Gericht.

Dr. Leithold saß unterdessen Max gegenüber und blätterte sinnlos und entsetzt im Strafgesetzbuch. Als das Gespräch beendet war, sah er Max mit aufgerissenen Augen an.

»Hm«, sagte Max, »also zunächst mal müsste ich die Anklageschrift studieren …«

»Die Schande!«, unterbrach Dr. Leithold, »bitte! ersparen Sie mir die Schande! Ich hätte doch niemals! für die DDR! spioniert! Man hat mich hintergangen!«

»Sie meinen, die DDR-Leute haben sich als Franzosen ausgegeben?«

»Ja! So muss es sein! Wie konnte! das passieren?«, rief er. »Mein Leben ist eine Farce!« Er vergrub das Gesicht in den Händen. Er starrte auf seine Handflächen und schrie: »Woher kommt das Wasser in meinem Gesicht?«

*

Bei aller Belastung mochte Thirza nicht auf Mediationen verzichten. Die Zusatzausbildung hatte sie noch zur Römer-Zeit gemacht, weil Mediationen Gelegenheit zu selbständigem Verhandeln boten, was Römer sonst nicht zuließ. Aber auch als Vorsitzende schätzte Thirza dieses Verfahren, weil es dort weniger um wirtschaftsmechanische als um individuelle Konflikte ging und immer wieder schöne, einfache Lösungen möglich waren.

Doch auch hier wurden immer höhere Summen umkämpft oder genannt.

Einmal hatte Thirza mit einem Investmentbanker zu tun, der einen Luxusautokauf rückgängig machen wollte. Dieser Kläger, ein langer, straffer Mann von fünfzig Jahren, zeigte alle Züge des Alphawahns mit Imponiergehabe, Redeschwall, Zynismus zuzüglich der durch Geld und Macht bedingten psychischen Regression. Er hatte ein Gespinst von Finten über seinen Kontrahenten geworfen, der einfältig wirkte, sich aber einen sehr teuren, cleveren Anwalt leistete, der ein ebenbürtiges Fintengespinst zurückwarf. So war ein Patt entstanden, aus dem sich die Parteien per Mediation zu befreien hofften.

Der Banker nutzte die Mediation zu erregter Selbstdarstellung; der übliche Schnee. Thirza war entschlossen, diesmal kein langes Ringen zuzulassen, und unterbrach bereits bei der ersten Wiederholung mit der Feststellung, dass die Argumente nun ausgetauscht seien und man beginnen möge, über eine Lösung nachzudenken. Thirza entließ also die Parteien auf den Gang, damit sie sich mit ihren Anwälten beraten konnten.

Der Kläger folgte der Aufforderung nicht, sondern blieb im Gesprächszimmer, um die Richterin zu bearbeiten. Er stand gegen die Fensterbank gelehnt, stemmte die langen Arme links und rechts gegen den Rahmen und redete wie ein Maschinengewehr mit einer lauten, von manischen Redeschwällen hörbar angegriffenen Ochsenstimme, während er Thirza mit fiebrigem Blick direkt in die Augen sah. Thirza ließ ihn reden und machte sich Gedanken, denn ein Mediator soll ruhig und geduldig sein, um die Gemüter zu besänftigen. Thirza simulierte also eine Ruhe und Geduld, die nichts nützten, da dieser Mann nicht zu besänftigen war: Er kämpfte um die hier zuletzt infrage stehenden 90.000 Euro, als ginge es um seine arme Seele, obwohl er nach eigener Auskunft täglich mit Millionen jonglierte. Daraus folgt: Es ging wirklich um seine arme Seele. Ein lärmendes Kind, das nach Aufmerksamkeit lechzt? Oder ein besessener Jäger ohne Wildnis?, überlegte Thirza, die zwischen Überdruss, Mitgefühl und philosophischer Überforderung auch noch die Statistik im Auge behalten musste und gern am Ende dieser Verhandlung ihr Häkchen gesetzt hätte. Immerhin schien eine Lösung greifbar, die jeweiligen Vorstellungen hatten zu Beginn um 70.000 Euro auseinandergelegen und sich während dieser Sitzung auf 25.000 angenähert. Die Lösung war so vernünftig, dass man sie mit höchster Delikatesse behandeln musste, denn wenn man den Kläger auf die Vernünftigkeit hinwies, konnte er sich blamiert fühlen und alles zunichtemachen. Er wollte ja keine Vernunft, sondern Triumph. Eigentlich musste er mit dem Gefühl hinausgehen, jemanden reingelegt zu haben, und da er dieses Bedürfnis auf dem normalen Prozessweg nicht stillen konnte, hatte er in die Mediation eingewilligt, wo man zumindest mit ihm spielte. Spielen musste, dachte Thirza mit inzwischen unzulässiger Parteilichkeit. Puh. Was für ein kompliziertes und überflüssiges Gesellschaftsspiel, wie peinlich für unser Volk und die Menschheit. »Wer mich reinzulegen versucht, der muss dafür bezahlen! Da bin ich eisenhart«, schwadronierte der. »Wer sein Recht nicht verteidigt, ist es nicht wert ...« usw., und Thirza dachte: Ich muss nicht um jeden Preis mein Häkchen setzen, und hob die Hand. Er war tatsächlich für einen Moment still.

»Ihre Vorstellungen sind es wert, überdacht zu werden; vielleicht darf ich Sie dazu anregen? Ich gehe inzwischen auf die Toilette«, sagte Thirza und beraubte ihn damit seines Publikums.

Als sie zurückkehrte, war er verschwunden.

Da die Pausenzeit um war, hatten sich die übrigen Beteiligten wieder eingefunden. Alle warteten eine Viertelstunde, dann schwärmten die beiden Anwälte aus, den Kläger zu suchen, und kehrten ratlos zurück. Man konnte ohne ihn auch keinen Nachfolgetermin vereinbaren. Thirza beendete den Vorgang also unverrichteter Dinge, verabschiedete die Parteien und ging ins Büro, um die fälligen Verwaltungssätze zu diktieren. Dann griff sie nach der nächsten Akte.

Trotzdem konnte man die Sache nicht einfach abschütteln, das Ende war zu verblüffend gewesen. Habe ich einen Fehler gemacht? Kann es wirklich sein, dass der eisenharte Kampfmann gekränkt war, weil ich ihm nahelegte, seine Vorstellungen zu überdenken? Nein, es kann nicht sein. Vielleicht ist ihm schlecht geworden, er ist auf die Straße gerannt und hat sich, leider zu spät, in ein Krankenhaus einliefern lassen?

Ruth pflegte zu sagen: Arme Kampfmänner. Sie waren schon zur Steinzeit so, wie sollen sie sich so schnell ändern? Kampf als Selbstzweck, na klar: Warum sollte sich ein kleiner nackter Mann mit einem Holzspeer in der Hand einem riesigen behaarten Mammut entgegenwerfen, das doppelt so groß und zwanzigmal so schwer ist wie er selbst? Er begibt sich ja in höchste Gefahr! Dächte er nüchtern darüber nach, müsste er sich sofort in die Büsche schlagen und anfangen, Beeren zu sammeln. Aber wer weiß, ob die Menschheit dann überlebt hätte. Also brauchte der Mann ein Hochrisikogen, das ihm ermöglichte, sich auf das Mammut zu stürzen, um wenig mehr zu gewinnen als ein Stück Mammutfleisch und den emphatisch überbewerteten Respekt seiner Kumpels. Später verselbständigte sich das. Heute sind freilich die Risiken gänzlich andere, und da die ursprüngliche elementare Selektion nicht mehr stattfindet, reicht die überlebende Minderheit dieser Deppen inzwischen aus, um ganze Volkswirtschaften zum Einsturz zu bringen.

Als Thirza ihre nächste Akte öffnete, klopfte es, und der Verschwundene stand in der Tür: derangiert, blass, ungläubig-verstört, doch immer noch raumgreifend unterm Türsturz und immer noch zum Befehlston in der Lage. »Wenn Sie mir oben aufschließen würden. Meine Aktentasche steht noch dort.«

»Gehen Sie zum Pförtner, der schließt Ihnen auf.« Thirza griff zum Telefon und rief bei der Pforte an, um Bescheid zu sagen.

Währenddessen kam der Verwundete unaufgefordert herein und sank auf einen der Stühle am Besprechungstisch. Thirza, indem sie sich auf dem Bürostuhl zu ihm drehte, dachte: Er kann seine Vorstellungen nicht überdenken, weil ihn die Einsicht lähmen würde. Er wird Schaden anrichten, solange man ihn lässt. Probehalber dachte sie die fast unverschlüsselte Pfeiffer-Formel: V******* d***! W***** f****** d* d*** n***** s******?

Der Banker stöhnte, sank vornüber und wischte sich mit einem gebügelten Taschentuch die nasse Stirn.

»Geht es Ihnen nicht gut? Kann ich etwas für Sie tun?«

»Ich hatte eine Magenattacke ...«

Warum keine Herzattacke?

Er blickte gequält auf, immer noch gekrümmt, die Unterarme auf den Bauch gepresst.

»Wir haben eine Sanitätsstation. Ich kann einen Arzt rufen.«

»Nein!«

»Hat unsere Mediation Ihre Beschwerden verursacht?«

»Nein«, sagte er fiebrig. »Es ist etwas ganz anderes ... Ich bekam einen Anruf ... also eine Geschäftssache. Ein Arbitrage-Geschäft ... nicht ganz einfach, aber ich kann Ihnen erklären ...«

»Bitte nicht. Sagen Sie, was ich für Sie tun kann.«

»Also, es geht um eine Börsensache mit Großkunden. Es war so ...«

»Ich will es nicht wissen«, sagte Thirza nicht ganz wahrheitsgemäß. Sie sah, er litt wirklich, und wollte doch wissen, warum so einer leidet.

»Ganz kurz: eine Spekulation mit Großkundengeldern in meiner vorigen Bank, bevor ich dort ausgeschieden bin. Ein Kollege wollte mich damals anstiften, aber ich lehnte ab, weil's illegal war. Er hat die Sache dann mit anderen durchgezogen, mit Erfolg – sie brachte am angepeilten Stichtag in einer halben Stunde 240 Millionen. Der Kollege selbst bekam als Prämie 60 davon, aber auch ich und meine Abteilung erhielten ein paar Millionen. Gerade hab ich erfahren, die

Staatsanwaltschaft ist hinter mir her ... Die anderen haben mich als Sündenbock hingestellt, weil ich nicht mehr da bin. Eigentlich kann mir nichts passieren, weil ich in diesem Fall wirklich nicht schuld war, aber Sie ahnen, was auf mich zukommt: zehn bis fünfzehn Jahre unter der Drohung leben ... allein die Anwaltskosten ...«
»Tut mir leid.«
»Schon gut, schon gut.« Er sah sie fast kindlich schmerzerfüllt an, als wisse er nicht, wen er vor sich habe. »Aber stellen Sie sich das vor«, flüsterte er beschwörend, »240 Millionen in einer halben Stunde!«

*

Zu Hause kochte Thirza Tee, hüllte sich im Wintergarten in ihr Alpakaplaid und wartete amüsiert auf Max. Stell dir vor, heute musste ich einen Banker trösten, der versäumt hat, 240 Millionen in einer halben Stunde zu verdienen!

Das war zwar nicht die ganze Wahrheit, doch die Ergänzung, die man natürlich nachliefern würde, konnte den exotischen Einstieg nur noch interessanter machen.

Es war winterlich kalt, dabei im März um diese Zeit immerhin wieder halbwegs hell. Während Thirza ihren Tee trank, sah sie am anderen Ende des verschneiten Gartens aus Max' Laube Rauch aufsteigen. Er heizte mit Holz. Die Fenster leuchteten orangefarben in der bläulichen Dämmerung, und Thirza wurde warm ums Herz. Ihr wurde immer warm, wenn sie an ihn dachte oder die Laube sah, wobei sie vermied, ihn bei der Arbeit zu stören. Vielleicht würde er von selbst auf eine Tasse Tee rüberkommen, wenn er im Wintergarten Licht sah.

Er kam! Ohne Jacke durch die Kälte, das kräftige Haar zerzaust; schob die Glastür auf, die sofort beschlug, schloss sie, holte eine Tasse und setzte sich. »Stell dir vor ...«, sagte er und schüttelte ungläubig den Kopf.

Er hatte eine neue Mandantin.

Max hatte neuerdings einige extreme Fälle. Er nannte sie *die Frauenserie*. Diese Serie war belastend, da sie am unteren Ende der sozialen Skala spielte und von Hilflosigkeit und Ausbeutung handelte. Solche Geschichten hatten deshalb im Wintergarten Vorrang vor den vergleichsweise abstrakten Firmenschlächtereien; sofern Thirza sie aushielt.

»Die Mandantin ist Thailänderin«, erzählte Max. »Sie wollte unbedingt Thailand entkommen, weil sie schon als Kind von ihren Brüdern geschlagen worden war. Dann hat ein deutscher Weinhändler sie als Pflegerin für seine hinfällige Mutter importiert. Sie verstand sich so gut mit der alten Dame, dass der Importeur sie schwängerte, als nach drei Monaten die Aufenthaltsgenehmigung auslief. Der Mann, nennen wir ihn Waller, ist siebzehn Jahre älter als sie, massig, reich, faul, ein Rassist.«

»Eine einseitige Darstellung, vermutlich«, bemerkte Thirza, um von der vorhersehbaren Misere abzulenken.

»Eine zutreffende und begründete Darstellung; es gibt eine Zeugin.«

»Die vermutlich auf der Seite der Geschädigten steht.«

»Ich weiß, dir tun alle irgendwie leid, weil du über sie richtest.«

Das stimmte. Thirza dachte an ihren Banker. Na, zumindest fast alle. Die meisten. Einige. Hm.

»Die Zeugin, die in dem Haushalt mehrmals zu Gast war, erzählt: Waller pflegte, nachdem er sich eine Zigarette angezündet hatte, das Streichholz hinter sich zu werfen, damit die Frau es aufheben musste. Sie heißt Adung, und er nennt sie bezeichnenderweise Dung. Er aschte auf den Boden, und sie kehrte es auf. Er ließ sich von ihr die Schuhe zubinden.«

»Und die Freundin sah zu und sagte nichts? Ist sie auch Thailänderin?«

»Sie ist Deutsche und nimmt an, das sei für ihn der Kick. Während Adung an seinen Schnürsenkeln kauerte unter dem Überhang seines Bauches, sah er die Freundin triumphierend an. Sie protestierte nicht, weil sie sicher war, dass Adung es würde büßen müssen. Erst nach vielen Gesprächen konnte sie Adung zur Flucht überreden. Aber so weit sind wir noch nicht.

Adung lebte hier in einer Art Sklaverei. Ihren Pass hatte der Mann im Tresor verschlossen. Da sie gescheit war und schnell Deutsch lernte, wurde sie auch im Büro eingesetzt, als Putzfrau und Schreibkraft. Sie pflegte also die Mutter, zog das Kind auf, bediente den Mann, band seine Schuhe und tippte seine Rechnungen. Waller lag im Büro auf der Couch und sah Videos, während sie seine Arbeit tat, und abends war er munter und wollte Betreuung und Sex. Wenn er Besuch von einem Kumpel hatte, musste Adung den beiden aufwarten bis spät in die Nacht. Sie war ständig erschöpft.«

»Tut mir leid«, seufzte Thirza, »aber diese Geschichte ist heute zu viel für mich. Hast du nichts mit gutem Ende?«

»Ja, hab ich. Wobei etwas natürlich schlimm gewesen sein muss, damit es vorläufig gut ausgehen kann.«

»Vorläufig?«, fragte Thirza misstrauisch.

»Alles ist vorläufig. Willst du's hören?«

»Also gut.«

»Diese Heldin ist keine Mandantin, sondern eine ehemalige Klassenkameradin von mir. Vermurkstes Bürgerkind, getaufte Felicitas, genannt Zita. Sie gab mir Nachhilfe in Mathe. Darin war sie gut, sonst aber eine Unglücksfigur, neurotisch und verbohrt. Nach dem Abitur zog sie nach München in eine sektiererisch-kommunistische WG. Als ich in München eine Wohnung suchte, war das meine erste Anlaufstation. Zita war damals klapperdürr und nervös, behauptete aber, in der Bekämpfung des Systems ihr Glück gefunden zu haben. Sie hatte fettige Haare, trug einen ausgedienten Militärparka und deklarierte das als Widerstand gegen die bürgerliche Dekadenz. In dieser WG galt kommunaler Besitz, auch der Frauen. Die Miete musste bezahlt werden, Hasch musste sein, aber Lebensmittel wurden grundsätzlich geklaut, und die Einkaufsbummel plante man wie terroristische Einsätze. Zita fand das alles in Ordnung. Sie brach sogar aus ideologischen Gründen den Kontakt mit einer Schulfreundin ab, als die einen Finanzbeamten heiratete. Nur in einem Punkt sträubte sie sich: als der WG-Rat forderte, sie solle mit ihrem Bruder schlafen, der noch linkischer, hässlicher und verrückter war als Zita selbst. Der Beischlaf wurde als Beweis gefordert, dass die Geschwister ihre bürgerliche Herkunft wirklich hinter sich gelassen hätten. Dazu konnten sich aber beide nicht entschließen.«

»Und das soll das gute Ende sein?«

»Nein, aber der Anfang davon. Zita fand heraus, dass dieses Konzept zu Lasten der Frauen ging, verließ die Kommune und suchte ihr Heil im Feminismus. Sie ist jetzt Sekretärin im Krankenhaus Rechts der Isar und kümmert sich dort unter anderem um misshandelte Frauen. Adung landete nach einem Zusammenbruch in der Klinik und vertraute sich ihr an.«

»Und jetzt?«, fragte Thirza.

Tja, schwierig. Adungs Aufenthaltsstatus war dank dem gemeinsamen Kind immerhin gesichert, alles weitere nicht. Ein Unterhaltsanspruch wegen Betreuung dieses Kindes war kaum begründbar, da das Kind inzwischen vierzehn Jahre alt und gesund war. Kurz hatte Max erwogen, eine Schadensersatzforderung durch Freiheitsberaubung zu begründen (§ 823 Abs. 2 BGB in Verbindung mit § 239 Abs. 1 StGB), und verwarf es wieder. Denn Adung lebte zwar in einer Art Sklaverei, war aber nicht eingesperrt. Sie hätte das Haus verlassen und den Mann auf Herausgabe ihres Reisepasses in Anspruch nehmen können.

Thirza befiel regelmäßig nach solchen Geschichten ein Schwindel, als öffne sich der Boden unter ihr. Wenn man davon ausgeht (und man muss davon ausgehen), dass überall auf der Welt die Mächtigen das Recht missachten, soweit die jeweilige Kultur es erlaubt; dass sie es also fast überall beugen in solchem Maße, dass die Untertanen sich als vollkommen rechtlos empfinden müssen – wenn man sich das vergegenwärtigt, versteht man, dass ein halbwegs intaktes Rechtssystem wie das unsere jenen Entrechteten als eine Art Paradies erscheinen muss und dass sie alles riskieren, um in dieses Paradies zu gelangen. Freilich irren sie sich. Erstens ist unser System schon mit der eigenen Klientel ausgelastet, zweitens erfasst es gerade die Hilflosesten nicht. Zweifelhafte Bewohner unseres luxuriösen Rechtsraumes, solche wie jener Waller, nutzen das aus und missbrauchen ihre weltweit beneideten Privilegien, um an den Ungeschützten lustvoll Verbrechen gegen die Menschlichkeit (§7 Völkerstrafgesetzbuch: *Erniedrigung, Unterdrückung usw.*) zu begehen. Man muss leider für möglich halten, dass solche Leute die hier im Kleinen genossene Herrschaftslust jederzeit auch gern im Großen ausüben würden. Sind wir zu retten?

Dass Max immer irgendwas zu retten versuchte, machte Thirza noch verliebter. Er selbst winkte ab; er helfe eher aus Verlegenheit. Da ihm die Mandanten nicht die Bude einrannten, könne er niemanden abweisen; er sei einfach ein unfähiger Akquisitor und schlechter Wirtschafter. Dass er keinen Eifer zeigte, offene Rechnungen zu vollstrecken, sprach sich natürlich herum. Schließlich kamen so hoffnungslose und verrückte Mandanten, dass er selbst es mit der Angst bekam.

Eine verzweifelte junge Frau, der man den Strom abgestellt hatte, weil sie die Rechnung nicht bezahlte, wollte die Stadtwerke verklagen. Max redete ihr das aus, telefonierte aber in ihrer Gegenwart mit den Stadtwerken und erreichte eine Kulanzregelung: Seine Mandantin würde die Schulden mit zehn Euro im Monat abstottern, dafür würde der Strom nicht abgestellt. Die Sachbearbeiterin der Stadtwerke freute sich helfen zu können, und auch Max freute sich. Als er aber der Mandantin das gute Ergebnis verkündete, rannte sie plötzlich unter Wutschreien mit dem Kopf gegen die Wand. Er erschrak sehr. Während er noch mit sich rang, ob er sie körperlich aufhalten sollte, stürmte sie hinaus.

Drei Tage später kreuzte sie zerknirscht wieder auf und entschuldigte sich: Sie habe plötzlich gemerkt, dass sie zum Abstottern unfähig sein würde. Wenn sie nämlich Geld habe, müsse sie Porno-DVDs kaufen, um ihre innere Leere zu betäuben. Seit Wochen giere sie nach einer besonders verwegenen DVD, auf der eine Frau es mit einem Eber treibt. Die kostete aber sieben Euro, und nicht mal das konnte sie sich leisten.

Übrigens bat sie Max nicht um die sieben Euro. Sie wollte sich wirklich erklären und bezichtigte sich und wirkte so verzweifelt, dass Max ihr behutsam zu einer Psychotherapie riet. Sie ging dankbar und scheinbar nachdenklich fort. Doch ein paar weitere Tage später beschimpfte sie Max – nachts, auf seinem Anrufbeantworter – unflätig und drohte, sie werde ihn wegen sexueller Nötigung anzeigen. Max war ehrlich erschüttert. Er wollte Thirza die Nachricht vorspielen, damit Thirza den Ton des Wahnsinns erkenne, doch Thirza wehrte ab. Sie wollte sich den Ton des Wahnsinns ersparen und vertraute Max, der seinerseits beschloss, nicht mehr alle Mandate anzunehmen.

Thirza bewunderte Max' Geduld mit Frauen. Thirzas Hauptklientel waren Männer, von denen strukturgemäß immer ein Teil die Prozesse gewann. Max' Klientel dieser Serie aber waren Frauen, die fast immer schon verloren hatten, bevor sie kamen. Dass er zum Haushalt wenig beitrug, störte Thirza nicht: Sie entbehrte nichts und konnte sich seinen Einsatz für die Mühseligen und Beladenen auch selber gutschreiben. Und gelegentlich stieß sie bei seinen Mandanten auf eine Ausgeglichenheit und unerwartete Größe, die man im Justizpalast eher nicht traf.

Eine Mandantin war von ihrem Vater wegen linker Gesinnung »enterbt« worden – in den neunziger Jahren, man möchte es nicht glauben. So schilderte diese Mandantin den Vorgang Max. Max fand heraus: Es handelte sich nicht nur um eine Enterbung, sondern sogar um eine Entziehung des Pflichtteils (§ 2333 BGB Nr. 5).

Der Vater war Großbürger, reicher Erbe, aber auch selbst erfolgreich: Chirurgie-Professor, Klavier, Bibliothek. Vier Ehen zeigten seinen Aufstieg und Niedergang. Die erste Frau war eine gleichaltrige Kollegin gewesen. Die zweite die Tochter seines Chefarztes, zehn Jahre jünger. Die dritte eine polnische Krankenschwester, zwanzig Jahre jünger. Die vierte eine Patientin, ehemaliges Model mit vielen plastischen Operationen, dreißig Jahre jünger. Max' Mandantin stammte aus der dritten Ehe mit der Krankenschwester. Sie hatte sogar einen polnischen Namen, Jolanta, konnte aber auf Polnisch nur fluchen. Ihre Mutter war anfangs nett gewesen, wurde dann böse und starb erbittert an Alkoholismus, als Jolanta einundzwanzig war; die letzten zwei Jahre hatte Jolanta sie noch gepflegt.

Als Jolanta sechsundzwanzig war, legte ihr die Model-Stiefmutter den siebenundsiebzigjährigen sterbenden Vater vor die Tür. Jolanta pflegte auch ihn noch anderthalb Jahre. Er hob die Entziehung dennoch nicht auf, aus Freude darüber, dass jemand sich um ihn kümmerte, ohne es auf sein Geld abgesehen zu haben.

Jolanta focht mit Hilfe von Max die Pflichtteilsentziehung an und bekam Recht: Der § 2333 BGB Nr. 5, Pflichtteilsentziehung wegen *ehrlosen oder unsittlichen Lebenswandels wider den Willen des Erblassers*, hatte zwar bis 2001 noch gegolten, doch eine linke Gesinnung wurde seit den Neunzigerjahren vor Gericht nicht mehr als ehrlos oder unsittlich bewertet. Als »normal« Enterbter stand Jolanta grundsätzlich die Hälfte des gesetzlichen Erbteils (§ 2303 I BGB) zu, der sogenannte Pflichtteil.

Die Model-Witwe, die über die hinterlassenen Konten verfügte, zahlte aber nichts. Nachdem Jolanta mit Max' Hilfe eine Auskunft über deren Vermögensverhältnisse erklagt hatte, stellte sich heraus: Das Geld war weg. Zum Todeszeitpunkt des Erblassers war nichts mehr da gewesen außer einer Zwei-Zimmer-Ferienwohnung im Chiemgau, die der Erblasser angeblich seiner Hausärztin geschenkt hatte. Den Schenkungsakt hatte die Witwe vollzogen.

Eine schriftliche Veranlassung aus seiner Hand lag nicht vor und war angeblich verloren gegangen. Frage: Warum soll eine Witwe, die angeblich selbst nichts mehr hat, ohne ein zwingendes Dokument des Erblassers eine Wohnung, die sie ansonsten geerbt hätte, weggeben? Konnte man Ansprüche gegen die Beschenkte geltend machen (§ 2329 BGB)?

Jolanta atmete tief durch und sagte zu Max: »Schluss damit. Ich bin mit mir im Reinen. Was schulde ich Ihnen?« Ja, was schuldete sie ihm?

»Ja, was schuldet sie dir?«, neckte ihn Thirza.

Einmal hatte er dazu einen alten Witz erzählt: Marktfrau kauft Eier für 15 Pfennig und verkauft sie für 13. Jemand gibt zu bedenken: Gute Frau, so machen Sie doch kein Geschäft! Sie antwortet: Die Masse macht's!

Inzwischen betrieb Max seine Kanzlei seit fünf Jahren. Die Abfindung war längst aufgebraucht. Zum ersten Mal wirkte er verschnupft. »Tja ...«, sagte er gedehnt. »Ich bin mit mir im Reinen. Was schulde ich dir?«

Aber Schatz, du schuldest mir nichts. Du machst mich doch glücklich.

*

Eines Tages kam Heinrich Blank zu Besuch. Thirza hatte ihn mit jeder Weihnachtspost eingeladen, freundlich, nicht dringlich, und schließlich rief er an, es sei doch mal an der Zeit, dieser Einladung, die ihn übrigens immer gefreut habe, Folge zu leisten.

Er war pensioniert worden, nicht vorzeitig, sondern regelrecht. Blank trat also ein, vertauschte seine sulzigen Stiefel gegen Max' Pantoffeln, sah sich staunend um, rieb vor dem Kaminfeuer die mageren Hände, blickte durch die Glasfront in den laubbedeckten Garten und sagte verlegen: »Schön haben Sie sich eingerichtet! Und so still, mitten in Pasing. Kommen manchmal Rehe vorbei?«

Blank, kahl und schmal, taute nur langsam auf. Ja, das Asthma habe er dank moderner Medikation seit Jahren im Griff. Es gebe Sprays, die er vertrage, sagte er und klopfte sich auf die Brusttasche seines Hemdes. Vielleicht habe auch das neue Leben an der Seite einer jungen Frau ihn gestärkt. Hier schwieg er kurz, und Thirza dachte an die alte Frau Blank, die nachts stundenlang mit ihm Karten gespielt hatte, um ihn von seiner Atemnot abzulenken, bevor sie selbst abberufen wurde und von der Erdoberfläche verschwand. Auch Blank schien an sie zu denken.

»Was macht Ihre junge Frau?«

»Sie betreibt Selbstverwirklichung«, sagte er unfroh.

»In welcher Form?«, fragte Thirza, und, in einer Eingebung: »Besteht die Ehe noch?«

»Ja, formal besteht sie. Sprechen wir von was anderem.«

Also Justiz.

Blank war auch am Amtsgericht mit seinen Oberen aneinandergeraten. Oh, das ist eine lange Geschichte. Bekanntlich haben Richter keine Chefs, aber das vergessen die Oberen gern, deshalb hatte er mit ihnen bis zum BGH hinauf prozessiert und Recht bekommen. Der Streit ging – für Blank – um nichts Geringeres als den Artikel 97 Absatz 1 Grundgesetz: *Die Richter sind unabhängig und nur dem Gesetze unterworfen.*

Wie hatte es begonnen? Dumme Erledigungsvorgaben, die er ignorierte. Es wurden immer mehr Fälle, und die Richter waren gehalten, schneller zu urteilen. »Sie kennen mich«, sagte Blank zu Thirza, »ich habe immer viel und schnell gearbeitet. Aber immer gründlich. Ich weigerte mich als Strafrichter einfach, ohne weitere Prüfung zu verurteilen, wenn ich von einer Schuld nicht überzeugt war, oder freizusprechen, wenn ich von einer Unschuld nicht überzeugt war. Natürlich liefen Rückstände auf. Die Amtsgerichte sind eklatant unterbesetzt, zudem werden die Servicebereiche ausgedünnt. Sollen die Bürger dafür büßen? An höheren Gerichten spuren die Kollegen, weil sie Karriere machen wollen,

Sie, liebe Frau Zorniger, wissen, wovon ich rede, nicht wahr? Am Amtsgericht aber ist man nicht erpressbar, solange man nicht nach Höherem strebt.«

Hatte er gedacht.

Eines Tages teilte ihm der Landgerichtspräsident mit, dass man wegen der Bildung von Rückständen und zu wenig Sitzungsdienst dienstaufsichtliche Maßnahmen erwäge. Blank möge gefälligst einen zweiten Sitzungstag die Woche abhalten. Blank wies das zurück. Sie prozessierten zweieinhalb Jahre lang bis hinauf zum Bundesgerichtshof, der Blank Recht gab: Kein Dienstherr dürfe einen Richter zwingen, zwei Sitzungstage die Woche abzuhalten.

Unmittelbar nach dem BGH-Urteil wurde gegen Blank ein förmliches Disziplinarverfahren eröffnet. Immer wieder wurde er einbestellt, und da er sich im Recht fühlte, ging er auch jedes Mal hin und äußerte sich immer wieder mündlich wie schriftlich, obwohl er als Beschuldigter hätte schweigen können. Er dachte, wenn er Thema und Informationen nur gut genug aufbereite, müsse die Justizverwaltung das eigentliche Problem erkennen, das zuallerletzt im Ungehorsam des Richters Blank bestand.

Er redete mit Engelszungen: Eine permanente und konsequente Missachtung der Dritten Gewalt beschädige den Rechtsstaat. Qualität habe Vorrang vor Finanzkennzahlen. Es gebe einen Verfassungsauftrag, Begehrlichkeiten der Exekutive vorzubeugen. Richterliche Unabhängigkeit verlange Selbstbewusstsein und Selbstkontrolle, denn nur selbstbewusste und unabhängige Richter wären im kritischen Fall imstande, Unrechtsregimes abzuwehren. Blank zitierte Feuerbach: Gerichte sollten *Diener der Gerechtigkeit sein, das dem Schutz der Gerichte anvertraute Heiligtum des Rechts zu bewahren.* Er zitierte Horst Häuser: *Richter sind keine Diener der Macht, sondern Diener des Rechts.*

Er stieß auf taube Ohren.

Er hatte es besser machen wollen als in seiner ohnmächtigen Internatsjugend. Er war so erfüllt von seinem Auftrag, dass er morgens um vier aufstand, um seine Verteidigungsschriften zu verbessern, und sich nachts auf Toilettenpapier Notizen machte. Das alles neben seiner Arbeit, die er übrigens nie vernachlässigt habe. Dafür vernachlässigte er die Familie. Seine Kollegen begannen ihn zu meiden. Er bekam Herzbeschwerden und Tinnitus. Für ihn ging es um Ideal und Prinzipien. Der anderen Seite ging es um Macht.

Die Macht landet immer in den Händen der Machtliebenden, denn vernünftige Menschen lieben die Macht nicht. Sie bedeutet ja zunächst mal Anstrengung und Verantwortung. Anstrengung und Verantwortung kann man um einer Sache willen auf sich nehmen, aber nicht lieben. An der Macht liebt man die Herrschaft über andere.

»Müssen wir über Macht reden?«, fragte Thirza.

»Ja! Wer über Justiz redet, muss irgendwann über Macht reden. Machtliebe entspringt der Angst«, redete Blank weiter. »Deswegen drehen Machtleute durch, wenn man ihnen den Gehorsam verweigert – sogar wenn man ihnen gar keinen schuldet. Es ist eine Art Wahn. Als hätte man in den Teppichetagen nichts Besseres zu tun, als Untergebene zu drangsalieren, notfalls mit kriminellen Mitteln.«

»Sie übertreiben.«

»Disziplinarverfahren gegen einen Unschuldigen sind strafbar nach Paragraf 344 Absatz 2 StGB, Verfolgung Unschuldiger: Freiheitsstrafe von drei Monaten bis zu fünf Jahren. Da haben Sie die Kriminalität. Lassen Sie sich das auf der Zunge zergehen: Die Justiz, die steuerhinterziehende Großgauner schont, terrorisiert einen kleinen Amtsrichter, der das Grundgesetz verteidigen will.«

Thirza seufzte. Max goss sich Rotwein nach und trank aufmerksam in kleinen Schlucken.

»Der Höhepunkt war, dass der Generalstaatsanwalt mich vom Amtsarzt auf meine geistige Gesundheit untersuchen lassen wollte. Können Sie sich vorstellen, wie es sich anfühlt, Ziel einer solchen Maßnahme zu sein? Genau die Justiz, deren Geist und

Gesetze du bis zur Erschöpfung verteidigt hast, will dich pathologisieren. Und keiner steht dir bei. Kollegen, die dir bisher Verständnis und Hochachtung bezeugt haben, weichen dir aus oder wechseln die Pausenzeit, um nicht mit dir am Tisch sitzen zu müssen. Einige werden wütend und werfen dir Wichtigtuerei vor. Du hast Glück, wenn man dich nur bedauernd fragt, warum du es so weit kommen lassen musstest, womit gemeint ist: Wer es so weit kommen lässt, ist wirklich verrückt. Du fühlst dich, als würdest du geköpft. Damit war eine Grenze überschritten. Ich schrieb ans Ministerium: Wenn das Verfahren nicht binnen vier Wochen eingestellt wird, gehe ich an die Öffentlichkeit. Daraufhin wurde ich von einem öligen Personaler einbestellt, der sagte: Unterzeichnen Sie dieses Papier, dann stellen wir ein. Und er legte mir eine Erklärung vor mit dem Text: *Ich werde mich bemühen, den Aufgaben meines Referats gerecht zu werden.* Erpressung auf Volksschulniveau, oder? Aber ich war schon so zermürbt, dass mich nichts mehr wunderte. Ich sagte: Na gut, ich unterschreibe, wenn Sie ein Wörtchen einfügen. – Ja, äh, darüber können wir reden, worum handelt es sich? – Um das Wörtchen *weiterhin*. Der Text muss lauten: *Ich werde mich weiterhin bemühen, den Aufgaben meines Referats gerecht zu werden.* Und wenn es etwas ausführlicher sein soll: *weiterhin nach Maßgabe meines Richtereids.*« Blank lachte beißend. »Darauf ließ er sich ein, mit Schweiß auf der Stirn – ein Cum-laude-Jurist. Das Disziplinarverfahren wurde dann auf Kosten der Staatskasse eingestellt.«

»Also haben Sie gewonnen.«

»Nein. Ich bin mir treu geblieben, habe aber den Kampf verloren. Letztlich habe ich Freundschaften, Ehe und Gesundheit geopfert, um ein Berufsethos zu verteidigen, das anscheinend niemandem außer mir etwas bedeutet.«

Blank, alt, mager, verlassen, saß hoch aufgerichtet auf dem Ikea-Ohrensessel vor seinen Gastgebern, die sich wie immer auf der Couch aneinanderdrückten, und füllte das behagliche kleine

Kaminzimmer mit staatsbürgerlichem Pathos. Max hatte damals nach dem Hochzeitsfest, auf dem er ziemlich viel mit Blank redete, gesagt: »Er hat ja so Recht! Aber er ist ja so was von penetrant!« Thirza hatte Blank wie immer verteidigt, und Thirza war auch jetzt für Blank, fühlte sich aber als Thirza hilflos.

»Immerhin ist es bei uns besser als fast überall sonst auf der Welt«, sagte sie lahm.

»Heißt das, Sie würden Ihre Frauenrechte nicht verteidigen, weil fast überall sonst auf der Welt Frauen unterdrückt werden?«

Thirza lachte verblüfft. »So hatte ich das bisher nicht gesehen.«

»Tja, dabei ist es so einfach. Der Rechtsstaat ist kein selbsterhaltendes System, das man nach Anforderung regulieren könnte. Er braucht absoluten Anspruch, Anpassung löst ihn auf. Wenn Sie aus Feigheit oder Bequemlichkeit Ihre Frauenrechte hergeben, nützen Sie den unterdrückten Frauen in Afrika oder Arabien überhaupt nichts; im Gegenteil, Sie verraten alle, die um Freiheit kämpfen. Demokratie ist künstliche, hochdifferenzierte, nur mit andauernder Mühsal und Kritik zu verteidigende Kultur. Grundrechte sind kein Selbstläufer. Wer die Chance hat, sie zu verteidigen, hat die Pflicht, sie zu verteidigen, und wer sie nicht verteidigt, hat sie nicht verdient.«

»Nun«, erwiderte Thirza, »meine Frauenrechte werden Gott sei Dank nicht angegriffen. Auch meine richterliche Unabhängigkeit wird nicht direkt angegriffen. Die Überlastung ist zwar ein Problem, aber ich habe offiziell beim Präsidium protestiert. Wir haben eine neue Planstelle beantragt.«

»Und die Antwort lautet, lassen Sie mich raten: allgemeiner Sparzwang. Warum fehlt Geld in der Staatskasse? Weil Steuerbetrug auf Anweisung von oben nur selektiv verfolgt wird.«

Thirza seufzte. »Was empfehlen Sie?«

»Eine geschickte Frage«, antwortete Blank sarkastisch. »Ich empfehle tatsächlich nichts. Am Amtsgericht haben sich zwei junge Richter an mich gewandt, einzeln natürlich und nur, als keiner mithörte. Sie sagten: Wir geben Ihnen Recht, Herr Blank, das läuft hier schief, doch was können wir tun? Begabte, ernsthafte junge Leute mit jungen Familien – konnte ich denen guten Gewissens zu Widersetzlichkeit raten? Nein. Ich antwortete: Ich freue mich über Ihre moralischen Reflexe. Aber ich muss Sie warnen. Kritik gegen Mächtige wird niemals sachlich aufgenommen, von den Kollegen nicht und von den Mächtigen schon gar nicht. Vorrangig geht es den Menschen um die Hierarchie und um ihre Position darin. Man wird also Ihre Kritik als Angriff auf die Struktur verstehen und mit aller Kraft zurückschlagen. Dann verlieren Sie die Initiative und werden zum Angegriffenen in einem Spiel, dessen Regeln andere bestimmen. Solidarität werden Sie nicht finden. Sie stehen allein gegen einen Apparat, der stärker ist als Sie, und vor allem skrupellos. Falls irgendein Beamter insgeheim mit Ihnen sympathisieren sollte, wird er es nicht zeigen. Nachdem Sie das alles begriffen haben, stehen Sie unter Schock. Und Sie können dann nicht mehr sagen: Moment, ich hab's mir anders überlegt, ab jetzt mach ich mit. Sie sind draußen. Sie werden Disziplinar- und Strafverfahren an den Hals bekommen, die gesetzwidrig jahrelang offengehalten werden. Es wird Ihre Karriere ruinieren, Ihre Freundschaften, Ihre Gesundheit und, wenn Sie Pech haben, Ihre Ehe. Das steht keiner durch. Man ist mutterseelenallein. Die Apparate sind stärker. Und man ändert die Menschen nicht.«

»Nur Sie, Sie mussten Rosinante satteln und gegen die Windmühlen ...«

»Es sind keine Windmühlen«, sagte er scharf.

»Nein. Entschuldigung. Bei Ihnen habe ich immer Pech mit meinen Scherzen. Aber es war ein bewundernder Scherz.«

»Ich verdiene keine Bewunderung. Ich habe oft genug versagt.«

Thirza dachte an Blanks schwierige Kindheit und suchte nach Worten, wie hier am geschmackvollsten zu widersprechen wäre. Da redete er weiter, als hätte er ihre Gedanken erraten: »Ich bin ja im Kinderheim aufgewachsen und kam von dort ins Benediktinerinternat. Ans Internat habe ich manche gute Erinnerung. Ich suchte als Verstoßener Anschluss und bekam ihn, es gab Patres meines Vertrauens, ich wurde gefördert. Doch dann kam ein Präfekt, der gern zuschlug: Präfekt Rott, wir nannten ihn natürlich Rottweiler. Erwischte der uns, wenn wir im Gang miteinander flüsterten, verpasste er uns Ohrfeigen – enorm schnelle, scharfe, zielgenaue Ohrfeigen. Er schlich durch den Speisesaal, während wir aßen. Wir erkannten schon an seinem Gang, wenn ihn die Schlaghand juckte, und beugten uns noch tiefer über unsere Teller. Aber irgendwann muss man wispern, und manchmal wurde man auch attackiert, wenn man dem Nachbarn nur zublinzelte. Einmal traf es Kasi, einen schüchternen Klassenkameraden, so hart, dass der mit dem Gesicht in die Suppe flog. Niemand schritt ein, und offenbar stellte auch niemand Rott zur Rede, denn danach wurde er noch brutaler. Schließlich sprach ich den Vorfall bei Pater Lukas an, meinem Beichtvater. Natürlich nicht in Form eines Vorwurfs, sondern ziemlich clever – ich hatte über die Formulierung drei Wochen nachgedacht – in der Beichte. Verbrämt also: Ich habe gesündigt, weil ich meinem Bruder Kasi nicht beigestanden habe, obwohl ich glaube, dass ihm Unrecht geschah. Lukas zischte durchs Gitter: Und woher weißt du, dass ihm Unrecht geschah? Ich war so schockiert, dass mir die Sprache wegblieb. Ich wusste eigentlich, was zu sagen war: Was ihr dem Geringsten meiner Brüder antut ... Aber während ich das sagen wollte, fürchtete ich plötzlich, vor Angst in die Hose zu machen, und war eigentlich schon dabei. Von da an schämte ich mich so sehr, dass ich Pater Lukas nicht mehr in die Augen sehen konnte. Er war im Grunde verträglich, aber er hatte versagt, und ich weiß nicht mal, ob er es merkte. Ein Pater hat von einem Präfekten nichts zu befürchten, er könnte und müsste ihn zur Ordnung rufen. Er hat Rott aber nicht nur nicht zur Ordnung gerufen, sondern sich sogar mit ihm solidarisiert und damit seinen Erlöser verraten. Mir war klar: Im Zweifelsfall wird Lukas seine Würdelosigkeit mit der Würde der

Institution rechtfertigen. Aber eine Institution kann nicht würdig sein. Wer ihre angebliche Würde über die Menschenwürde stellt, lügt. Im Grunde verbrämte Lukas mit dieser Würde seine geheime Affinität zur Gewalt. Wenn Sie eine weniger deprimierende Erklärung hätten, würde ich mich freuen.«

Thirza schüttelte den Kopf. Blank lächelte bitter.

»Ich überlegte mir alles Mögliche, was ich tun würde, wenn der Rottweiler noch einmal seine Hand gegen mich erheben würde, aber er tat es nicht. Dann gab es wieder einen Zwischenfall mit Kasi. Wieder beim Mittagessen. Ich hab's nicht direkt gesehen, denn Kasi war inzwischen durchgefallen und saß am anderen Ende des Speisesaals, aber er sprang plötzlich auf und schrie: Sie schlagen mich nicht! Sie schlagen mich nicht! – mit überschnappender Stimme. Er war so hysterisch, dass ein Pater ihn hinausführte an uns allen vorbei. Kasi heulte, das Blut strömte ihm aus der Nase, und ich sah, dass der Pater peinlich berührt war und ihn nicht strafen, aber auch nicht trösten würde. Kasis Tischnachbarn erzählten später, dass der Rottweiler ihn noch gar nicht berührt hätte, und der arme Kasi musste jetzt auch noch ihre Verachtung ertragen. In den nächsten Tagen sah ich ihn abseits herumschleichen und dachte, ich sollte ihn eigentlich ansprechen. Aber er ging wie gesagt nicht mehr in meine Klasse, es hätte also einer kleinen Anstrengung bedurft, und während ich zögerte, verschwand er von der Schule.«

»Mir ist mal etwas Ähnliches passiert«, sagte Thirza nach einer Pause betreten. »Ich hatte einen Kinderfreund, Beni ...«

»Meine Geschichte ist noch nicht zu Ende. Der Rottweiler starb zwei Jahre später schnell und elend an einem Hirntumor. Diesmal staunte ich über die Grausamkeit meiner Kameraden. Inzwischen waren wir in der Pubertät, da sind sowieso alle peinlich, sie können nichts dafür. Aber wir waren bereits verdorben. Der heimliche Lektürerenner dort war Eugen Kogons Buch *Der SS-Staat*. Ich hab's nicht gelesen, es ist aber wohl eine unerträglich genaue Beschreibung der KZ-Realität. Für die Buben, die an der Grausamkeit litten, war es eine Wichsvorlage. Das ist vermutlich die allertraurigste Antwort auf Unmenschlichkeit: sich an ihr aufzugeilen und die Gewalt, unter der man leidet, gegen Schwächere abzuleiten, und sei es in der Fantasie. Als Rott starb, gab es ein heimliches sogenanntes Freudenfest von unglaublicher Zerstörungswut ... Ich werde das nicht beschreiben. Nur so viel: Ich sah, dass wir nicht befreit, sondern längst ähnlich beschädigt waren wie unser Beschädiger. Inzwischen meine ich, dass der Einzige, der halbwegs würdig aus der Sache hinausging, der jämmerliche Kasi war. Ich sage: hinausging, nicht herauskam. Ich weiß nicht, was aus ihm wurde. Aber das versuche ich jetzt nachzuholen. So«, sagte Blank erregt, »und jetzt wollen Sie sicher wissen, was diese Geschichte mit Rosinante und der Justiz zu tun hat.«

»Nein ...« Thirza versuchte nachzudenken. »Das heißt, ich meine, also, ich habe verstanden ...«

»Ja, Sie verstehen immer alles und machen einfach weiter.«

»Ich folge Ihnen. Nur die Analogie zur Justiz – ich weiß nicht so recht«, sagte Thirza betäubt.

»Ich weiß, dass Sie nicht so recht wissen. Deshalb sind Sie auch Vorsitzende Richterin am Landgericht geworden. Unbeirrbar und windelweich geht Frau Zorniger ihren Weg. Wissen Sie, der Palast hat Sie zerkaut.«

*

Später, im Bett, fragte Thirza Max: »Warum hast du nichts gesagt?«
»Ich wurde nicht gefragt.«
»Ich auch nicht.«
»Du wurdest immerhin beleidigt.«
Sie lachten, umarmten sich und sanken in Schlaf.

DER PALAST UND DIE GNADE

Eigentlich habe auch ich Blank beleidigt, dachte Thirza am nächsten Tag: indem ich ihn mit Don Quijote verglich. Muss die idealistische Position immer die lächerliche sein? Thirza überlegte hin und her, was sie Blank vielleicht hätte antworten sollen. Vielleicht so: Haben Sie nicht gesagt, eine Institution könne nicht würdig sein, und wer ihre angebliche Würde über die Menschenwürde stelle, verrate sie? Was ist Würde? Sie stellen sie in Gegensatz zu Unmenschlichkeit. Aber Würde haben auch Tiere, während sich Unmenschlichkeit nur bei Menschen findet. Hm. Gut, dass ich nichts gesagt habe.

Hat der Palast mich wirklich zerkaut?

Es war ein stiller, nebliger Sonntag. Der unermüdliche Max brach auf, um die vermutlich sonnigen Höhen des Voralpenlandes zu beradeln, und Thirza erholte sich am Kamin.

An genau so einem nebligen Tag hatte Thirza den Justizpalast zum ersten Mal gesehen, als Kind von sieben oder acht Jahren. Es war ihr erster Ausflug in die Stadt mit dem widerwilligen Opa Kargus gewesen, beide bogen, von der Maxburgstraße kommend, um die Mövenpick-Ecke in die Sonnenstraße ein, da tauchte er aus dem Nebel auf wie ein Gespenst: ein düsterer Koloss, damals rußschwarz und drohend wie eine Festung.

»Was ist das?«, schrie Tizzi.

Kargus antwortete halb stolz, halb gequält: »Der Justizpalast.«

Und Tizzi, die natürlich mit dem Begriff Justiz längst vertraut war, fragte: »Das ist also ein Palast?«

Zum ersten Mal betreten hatte sie den Bau als Studentin. Ein lockerer Kommilitone mit Pferdeschwanz gab eine Führung für Jurastudenten, und alle genossen seine Respektlosigkeit. Natürlich mussten sie, um nicht moralisch erdrückt zu werden, über den pompösen Kasten spotten, dessen Zentralhalle ein Drittel des Gebäudes einnahm, so dass nicht genug Platz für Richterbüros und Gerichtssäle war und man schon wenige Jahre später direkt daneben ein zweites Gericht bauen musste, das heutige Oberlandesgericht. Sie spotteten über alles: die Halle als Ausdruck des Prinzips der Öffentlichkeit; die Kuppel als von Kirchen übernommene Würdeformel, letztlich ein Herrschaftssymbol; und besonders machten sie sich über die Skulpturen lustig, den bronzenen Prinzregenten im Renaissance-Faschingskostüm, der sozusagen vom ersten Stock aus die Zentralhalle beherrscht, und die neobarocken Steinfiguren auf dem Dach, die etwa Unschuld und Laster, Rechtshilfe und Rechtsschutz bedeuten sollten, im Grunde aber theatralisch verdrehte Nackedeis waren. Charlie: »Und habt's euch die Justitia ang'schaut? Barbusig, ohohujujui!«

Sechs Jahre später fand im Palast das zweite mündliche Staatsexamen statt. Thirza war besten Gewissens hergekommen und fühlte sich, als sie die Zentralhalle betrat, trotzdem unversehens niedergeschmettert von der Wucht dieser Architektur: dem viergeschossigen Lichthof mit seinen gewaltigen Treppenanlagen und Arkaden, Bögen und Säulen, den marmornen und schmiedeeisernen Geländern, der gläsernen Kuppel, die diese Pracht mit würdevoll diffusem, doch reichlichem Licht übergoss. Den wochenlangen quälenden, nervenzerreißenden Marathon der schriftlichen Klausuren hatte Thirza vergleichsweise gut überstanden, unter großer Anspannung zwar, aber fokussiert, und das Ergebnis versprach die Staatsnote, sofern man das Mündliche nicht vergeigte. Und warum sollte man's vergeigen, wenn man gut vorbereitet war? Thirza schleppte also ihre Umhängetasche mit den kiloschweren Gesetzbüchern und Kommentaren nicht direkt in den Seitengang, sondern in die Zentralhalle, eine forsche symbolische Geste, die sofort zu bereuen war, denn in diesem Augenblick schlug der Palast zurück: Zuversicht zerronnen, Orientierung verloren, du stehst mit deinem Koffer vor den halbkreisförmig in die Halle hineinlaufenden Treppenstufen wie eine Idiotin und weißt nicht mehr, wo der Lift ist.

Thirza hatte hier während ihres Studiums zwei oder drei Gerichtsverhandlungen besucht und jeweils weiterhin über den Bau gelästert, ihn jedoch insgeheim mit Neugier und Wohlwollen aufgenommen, sogar mit verschämter, dabei kaum unterdrückbarer Anmaßung – *dein zukünftiges Reich*. Das alles war plötzlich wie weggeblasen: das Wohlwollen und das Reich, sämtliche im strebsamen Gehirn wohlgeordneten wichtigsten tausend Paragrafen aus Bürgerlichem Gesetzbuch, Strafgesetzbuch, Strafprozessrecht und Zivilprozessordnung, Verwaltungsrecht, Gerichtsverfassungsgesetz, Richtergesetz, Handelsgesetzbuch, Aktiengesetz, Bauordnung usw. sowie alle Artikel des Grundgesetzes einschließlich Artikel eins. Was hast du hier zu suchen, Hochstapler-Thirza aus der Schmiedgasse in Pasing? Thirzas Brust wie zugeschnürt. So viele Jahre studiert, Vorlesungen, Seminare, Arbeitsgruppen, Skripte, Bibliotheken, Referendariat, Klausuren, doch im Hinterkopf immer das Misstrauen von Großvater Kargus und seine Verachtung, die weder persönlich noch böse gemeint war, sondern ganz selbstverständlich ihrem Geschlecht galt, für Thirza ein Alltagsbad der Verachtung, dem sie sich unterwarf wie einer lästigen Prozedur, da auch die beste Note nichts dagegen half. Und hatte er nicht Recht? Es ging ja nicht um Scharfsinn oder Gedächtnis, sondern um Statur und Selbstbewusstsein, quod erat demonstrandum, und du mit deiner fleißigen Mädchenlernerei fällst um, sowie es ernst wird. Das Gesicht kalt und taub wie eine Maske – gleich fällt sie zu Boden, und dahinter ist nichts. Ein Augenblick nicht der Ohnmacht, sondern eigentlich der Vernichtung.

»Hier geht's lang!«

Die Stimme von Alfred! Alfred blieb sogar kurz stehen, freundlich kameradschaftlich, Seitenblick, natürlich fragte er nichts, Alfred bekanntlich kein Einfühlungswunder, doch zuverlässig und pflichtbewusst, er hatte wohl bemerkt, dass hier irgendeine

Ordnung gestört war, und stellte sie wieder her. Selbst angespannt und hochkonzentriert, nicht ansprechbar, lief er Thirza voraus zum Lift und oben im zweiten Stock mit seinem leisen, schnellen Schritt wie von Magneten gezogen dem Prüfzimmer entgegen, das zu Thirzas Überraschung auch das ihre war. Alfred hatte seine viel früher angesetzte Prüfung wegen einer Magenverstimmung verpasst und dann eine Ladung am Ende des Feldes für den Z-Termin erhalten. Als Alphabetvorderster nahm er links in einer Reihe von fünf Kandidaten vor den vier Prüfern Platz und wurde als Erster befragt. Und während er mit zunehmend fester Stimme antwortete, wich die Betäubung von Thirza, die sich in Alfreds Nähe wieder sicher fühlte wie in der Lerngruppe.

Für Alfred war die juristische Methodik nicht ein waghalsiges Denksystem, dem man sich mehr oder weniger gequält unterwarf, sondern seelische Existenzgrundlage; er saugte es sozusagen auf. Kein Gebiet schien ihm zu abseitig, keine Vorschrift zu bizarr, keine Verästelung zu fein, so dass ihn die Justiz bald bis in die Fingerspitzen erfüllte. Da er sein Wissen bereitwillig teilte, schätzte ihn die Gruppe sehr. Allerdings knirschten sie gelegentlich vor Neid und Erniedrigung, wenn er wieder mal versonnen eine Rechtsvorschrift in grammatikalischer, historischer, systematischer und teleologischer Auslegung prüfte. Hinter seinem Rücken mussten sie daher spotten. Clemens nannte ihn einen linken Streber. Charlie, der juristisch wankte und in Alfreds Nähe immer besonders gern über seine erotischen Erfolge redete, erklärte Alfred für frühzeitig fossilisiert. Reinhold malte sich aus, wie der Kandidat in sich zusammensinken würde, wenn man ihm die Paragrafen aus der Blutbahn zöge. Thirza ließ das nicht gelten: Wenn man, um im falschen Bild zu bleiben, einem Musiker die Noten aus der Blutbahn zöge, würde der nicht ebenfalls in sich zusammensinken? Also? Thirza war zu Alfred so unverbrüchlich loyal, dass Johannes bemerkte, sie sei wohl verliebt, was wiederum Thirza heftig bestreiten musste; es stimmte ja auch inzwischen nicht mehr so ganz. Diesem Dialog folgte ein kurzer, verblüffender weiterer. Johannes fragte: »Warum eigentlich nicht?«, und Thirza antwortete spontan mit einer ihr damals eigentlich nicht zu Gebote stehenden Weisheit: »Alfred kann nicht geliebt werden.« Sie atmete erleichtert auf, weil der Satz für sie sofort Gesetzeskraft gewann; er erleichterte also das gemeinsame Lernen, und Thirza ließ sich fortan noch unbefangener von Alfreds Justizbegeisterung anstecken. Sie teilte sie sogar jetzt, im Staatsexamen, mit ihm.

Prüfungsfrage: »Ein Konzertveranstalter vertreibt Tickets. In seinen allgemeinen Geschäftsbedingungen (AGB) steht die Klausel: *Dem Kunden abhandengekommene Tickets werden nicht ersetzt oder zurückerstattet.* Kann diese AGB-Klausel rechtlich Bestand haben?«

Alfred, nach kurzem Nachdenken: »Eine AGB-Klausel könnte nur wegen unangemessener Benachteiligung des Kunden unwirksam sein, also wenn der AGB-Verwender durch eine einseitige Vertragsgestaltung missbräuchlich eigene Interessen auf Kosten seines Vertragspartners durchzusetzen versuchte. Dies ist hier nicht der Fall, denn bei einer Ersatzausstellung des Tickets bestünde das Risiko, dass ein etwaiger Besitzer des abhandengekommenen Tickets ebenso wie der Besitzer des Ersatztickets Einlass begehrt. Die Verhinderung einer Doppelbelegung liegt im berechtigten Interesse des Veranstalters. Eine Rückerstattung ist für den Veranstalter ebenso wenig zumutbar, da er ja dem Besitzer des abhandengekommenen Tickets Einlass zu gewähren hätte.«

Prüfer: »Korrekt. Es wäre aber schön, wenn man diese Bewertung auch noch durch eine rechtsdogmatische Einordnung präzisieren könnte.«

Rechtsdogmatische Einordnung – jetzt erblühte Alfred! Und Thirza blühte nachvollziehend mit.

»Bei Eintrittskarten, auch solchen, die nicht auf eine namentlich bezeichnete Person ausgestellt sind, handelt es sich um Inhaberpapiere im Sinne des Paragraf 807 BGB. Entgegen dem Grundsatz des Paragraf 935 Absatz 1 BGB, der den gutgläubigen Erwerb von abhandengekommenen Sachen ausschließt, ist gemäß Paragraf 935 Absatz 2 BGB bei abhandengekommenen Inhaberpapieren ein gutgläubiger Erwerb möglich. Das wird auch vom Gesetz berücksichtigt ...«

Er blätterte zielsicher in seinem mit Markierungen und Einlegezetteln versehenen BGB-Exemplar. Thirza, die drei Plätze weiter saß, sah entzückt auf seine zarten, im Eifer altrosa leuchtenden Ohrläppchen, während sich auf den Gesichtern der drei weiteren Kandidaten unterdrücktes Entsetzen malte.

»Hier!«, rief er. »Die Fundstelle ist Paragraf 807 BGB, Inhaberkarten und -marken! Dort werden diverse Bestimmungen des Rechts der Schuldverschreibung auf den Inhaber für entsprechend anwendbar erklärt. Nicht zu berücksichtigen ist jedoch Paragraf 798 BGB, welcher die Erstellung einer Ersatzurkunde vorsieht, da der Aussteller des Tickets gemäß Paragraf 797 BGB ja dessen Inhaber gegen Vorlage des Tickets zur Leistung verpflichtet wäre.«

Prüfer: »Sie nicken auffällig beifällig, Fräulein Zorniger. Dann können Sie uns sicher auch sagen, was die Ausführung des Kollegen hinsichtlich der genannten Fragestellung bedeutet?«

Thirza: »Die AGB-Klausel weicht von der Gesetzeslage nicht ab, so dass gegen ihre Wirksamkeit keine Bedenken bestehen.«

Prüfer: »Wenn die Klausel lediglich die Gesetzeslage wiedergibt, könnte der Veranstalter denn dann nicht auf ihre Verwendung verzichten?«

Thirza: »Rein rechtlich gesehen schon. Sie ist aber aus praktischen Gründen sinnvoll, weil sie den Ticketkäufer von einem Ersatzverlangen abhält, das ohnehin abgelehnt würde.«

NA ALSO!!! DU HAST ES DOCH DRAUF!!! Vergiss Opa Kargus! Im hohen Alter von sechsundzwanzig darfst du jetzt endlich erwachsen werden!

*

Während der folgenden Staatsanwalts- und Amtsgerichtsjahre betrat Thirza den Justizpalast kein einziges Mal. Dann wurde sie von der deprimierenden Familienrecht-Episode durch den Ruf ans Ministerium erlöst und bezog hier ihr erstes Dienstzimmer: ein ministeriales, noch nicht das ersehnte Richterbüro.

Ein weiterer Rückblick also: Ende der achtziger Jahre. Thirza wurde im Rang einer Oberregierungsrätin dem Gnadenreferat zugeteilt. Das Gnadenreferat gehörte zum Strafrecht (keine Begnadigung ohne Strafe), untergebracht aber war es nicht im Strafjustizzentrum, sondern im Ministerium, im zweiten Stock des Justizpalasts.

Oberregierungsrätin Zorniger, wer hätte das gedacht! Ein sonniger Tag, ein schmales Büro in der stillen Ministerialetage, ein Aktenregal, ein Telefon, das den ganzen Vormittag stumm blieb. Thirza fühlte sich nach der Hölle der Familienstreitereien wie in Kur: keine einstweiligen Anordnungen, kein ständiges Klingeln, keine erregten Parteien im Büro, keine Tränen und Drohungen, keine verzweifelten Kinder.

Ein Mann im Nadelstreifenanzug mit randloser Brille trat ein, der sich als Ministerialrat Schauba vorstellte, Thirzas Vorgesetzter. Ein schlanker Mittvierziger von blendender ministerialer Geläufigkeit und sichtlicher Eile; als sie sich am Morgen bei ihm hatte vorstellen wollen, war er in einer Besprechung gewesen. »Grüß Gott, Fräulein Zorniger, freut mich sehr!« Thirza vermerkte kritisch die Anrede *Fräulein*. So schnell änderte sich die Kultur: Als die Kandidatinnen vor wenigen Jahren beim Staatsexamen so angesprochen wurden, hatte sich noch keiner was dabei gedacht. Inzwischen galt die Anrede als erniedrigend, da sie nach überkommenem Verständnis einen gesellschaftlichen und geschlechtlichen Makel ausstellte. Im Amtsgericht war sie beinahe ausgestorben, Richterinnen gegenüber schon gar. War im Ministerium die Zeit stehen geblieben? Oder spielte der Ministerialrat mit diesem Relikt, um Thirza zu testen? Schon redete er weiter, gewandt, förmlich-jovial, schien nichts wissen zu wollen und musterte sie doch genau. Ob sie bereits eingeführt worden sei. »Vielleicht kommt es Ihnen nach Ihren Jahren als Richterin ungewohnt vor, dass Sie hier keine Unterschriftsbefugnis haben. Machen Sie sich nichts draus, es ist nur eine Durchgangsstation. Einer Ihrer Vorgänger hat heute das begehrenswerteste Amt inne, das die bayerische Justiz zu vergeben hat: Oberlandesgerichtspräsident in B.« Er schnalzte genießerisch: »Gleiche Besoldung wie unser Münchner Oberlandesgerichtspräsident, ein Fünftel der Arbeit, und Immobilien kosten die Hälfte. Nun wünsche ich Ihnen einen guten Einstand. Und vergessen Sie niemals dieses hier, die nahezu wichtigste schriftliche Unterlage in Ihrem Amt ...« Er zog ein Papier hervor, genoss einige Sekunden lang Thirzas Anspannung und reichte ihr ein Urlaubsantragsformular.

Die Arbeit war eine gemächliche bürokratische Angelegenheit. Auf dem Tisch lagen geschlossene Akten. Rechtskräftig Verurteilte oder deren Angehörige baten um Strafterleichterung. Die meisten Gesuche kamen aus der Landbevölkerung und galten der Aufhebung von Fahrverboten: Der Bauer brauchte den Führerschein für seinen Traktor, der Pharmavertreter musste die Arztpraxen abklappern. Thirza studierte in Ruhe die Straf- und Ermittlungsakten und forderte Stellungnahmen an: von der Staatsanwaltschaft; vom Richter, der das Urteil gefällt hatte; und falls der Verurteilte im Gefängnis saß, von dessen Direktor. Der Staatsanwalt war in der Regel unerbittlich. Der Richter – eher sein Nachfolger – erklärte manchmal, man könne die Angelegenheit inzwischen in einem anderen Licht sehen. Der Gefängnisdirektor teilte nur mit, ob der Häftling auffällig geworden war. Auch den Arbeitgeber konnte man um Stellungnahme bitten. Hatte er wirklich gesagt, er werde von einer Kündigung absehen, wenn der Alkoholsünder in spätestens vier Wochen als Fahrer wieder einsetzbar sei?

Danach diktierte Thirza Vorlagen und Kommentare für Bescheide und übergab die Kassetten einem Wachtmeister für die zentrale Schreibkanzlei. Diese getippte Vorlage wanderte, mit Thirzas Kürzel versehen, zum Ministerialrat, der den Schriftsatz prüfte und zur weiteren Prüfung an den Abteilungsleiter weiterleitete, der sie dem Ministerialdirektor vorlegte. Hatte die Vorlage alle Stufen geschafft, landete sie bei der Justizministerin. Deren Endbescheid lautete formelhaft entweder: *Dem Gesuch kann nicht entsprochen werden.* Oder: *Auf das Gesuch hin wird die Vollstreckung des Urteils im Gnadenwege ausgesetzt.* An einflussreiche Gesuchsteller formulierte Thirza einen ausführlicheren Brief, der erklärte, warum das Vorbringen keinen ausreichenden Grund für einen Gnadenerweis erbracht habe oder warum man dem Gesuch nicht in vollem Umfang habe entsprechen können.

Die meisten Gesuche waren abzulehnen. Das hatte prinzipielle, aber auch ministeriale Gründe. Von der Justizministerin hieß es, sie sei so schwarz, dass sie noch im Kohlenkeller einen Schatten werfe, was bedeutete, dass nur außerordentlich gut begründete Begnadigungsbescheide auf ihren Schreibtisch gelangten: Der Ministerialrat schlug keine Maßnahme vor, bei der die geringste Gefahr der Ablehnung bestand, und erreichte, indem er auf schneidige Weise immer das Opportune tat, den Ruf eines zupackenden Typen, der niemals einknickt. Im Nachhinein entschlüsselte Thirza seine forsche Begrüßung folgenderweise: Erstens – durch Anrede und Augenschein – als reflexhaften Test auf Kadertauglichkeit, zweitens, durch das Winken mit dem Urlaubsformular, als scherzhaftes Angebot der Kumpanei mit einer Prise gemüthaft ironischer Korruption, drittens – im Mittelteil – als Ausdruck eigener Karrierewünsche. Auch Ministeriale reden, wie alle Menschen, über das, was sie beschäftigt, nur äußern sie es gewöhnlich in ironischer Form, um nicht verantwortlich zu sein. Thirza begriff, was sie zu tun hatte: den Stil des Hauses übernehmen, in möglichst überzeugender Weise vertreten und keinen Ranghöheren in Verlegenheit bringen. Man wollte ja weiterkommen. Mit einer weichen Linie, die von oben gedeckelt wurde, empfahl man sich nicht für höhere Aufgaben.

Prinzipiell nun galt: Die Gnade ist als Relikt des Königtums ein der modernen Justiz wesensfremdes Element. Der Monarch wandte sie zu bestimmten Gelegenheiten an, um sich beim Volk beliebt zu machen und gleichzeitig zu demonstrieren, dass er über den Gesetzen stand. Unserer hochentwickelten Justiz ist sie nicht angemessen. Das unabhängige Urteil des gesetzlichen Richters darf nicht durch willkürliche Gnadenbescheide aufgehoben werden. Sollte ein Urteil wirklich fehlerhaft sein, wird es nach strengen Formalien im Instanzenzug geprüft. Die Richter haben tage-, vielleicht wochenlang Tätern wie Zeugen ins Auge gesehen. Sie können sich zwar täuschen, doch wie viel leichter täuscht sich ein Ministerialer, der nur die Aktenlage kennt.

Die »Bevölkerung« kümmerte sich erwartungsgemäß nicht um die juristische Gnadendiskussion, sondern schrieb – je nach Gesichtspunkt unbekümmert oder bekümmert – Eingabe um Eingabe. Kaum jemand schien zu wissen, dass es ein Gnadenreferat gab. Die Leute schrieben auf gut Glück ans Ministerium, den Ministerpräsidenten, den Richter oder sogar den Staatsanwalt, die diese Schreiben ans Gnadenreferat weiterleiteten.

Thirza also verwaltete die Gnadenbürokratie. Publikumsverkehr gab es kaum. Hin und wieder platzte ein Angehöriger ins Büro und forderte einen Termin beim Minister, worauf Thirza erklärte, dass er sein Anliegen schriftlich vorbringen müsse. Wenn einer um ihre persönliche Fürsprache bat, erklärte sie, dass sie keine Endentscheidungsbefugnis habe, aber eine Aktennotiz über die persönliche Vorsprache anfertigen werde. Die Oberregierungsrätin gewann Übung in ministerialer Unnahbarkeit.

Nur einmal wurde sie überrascht. Die Freundin eines einsitzenden jungen Räubers bat um Gnade für ihn, weil er Vater werden würde. Sie, die Mutter seines künftigen Kindes, war sogar berufstätig, eine dreiundzwanzigjährige Schaltermaus aus der Sparkasse, selber von kindlichem Gemüt. Eben habe sie beim Arzt im Ultraschall den drei Monate alten Embryo gesehen! Sie holte ein Foto aus der Handtasche, auf dem man in verwaschenen Graubstufungen eine kleine Wirbelsäule erkannte und ein kirschgroßes Herz. Die werdende Mutter schwor, sie habe in der Praxis auf dem Bildschirm das Herzerl pochen gesehen, sprang auf, zeigte im Profil ihren flachen Bauch und rief: »Siehgt ma's scho?« – atemlos vor Mutterglück, und weinte dann plötzlich, ihrer Lage wieder gewahr, oder was man so nennt. Als sie gegangen war, fragte sich Thirza, ob es ein Auftritt kompletter Unschuld oder virtuoser Abgefeimtheit gewesen war. In beiden Fällen war die Prognose grauenhaft. Thirza betrauerte einige Minuten das zentimetergroße Ultraschallwesen, das seinem Unglück entgegenträumte. Dann zog sie die Akte des werdenden Vaters hervor und studierte die von ihm erlittenen und verursachten Schrecken. Thirza wieder Herrin der Lage in ihrem Gnadenbüro, das sich, nachdem der Hauch des leidenschaftlichen, verworrenen Lebens verflogen war, steril anfühlte wie eine Raumkapsel.

Simon Zellpfleger, Leitender Ministerialrat der Zivilrechts-Abteilung, riet Thirza, sich das Grundsatzurteil des Bundesverfassungsgerichts vom 23.04.1969 zum Gnadeninstitut durchzulesen.

Thirza studierte es in der Bibliothek des Justizpalasts. Ein verurteilter Betrüger hatte seine Begnadigung einklagen wollen. Der Bayerische Generalstaatsanwalt lehnte das Gesuch gemäß § 13 Abs. 2 der Bayerischen Gnadenordnung ab. Das Oberlandesgericht München begründete: Auf einen Gnadenerweis bestehe kein Rechtsanspruch. Der Eingriff der Gnade in das Gefüge der Rechtsordnung sei ein irrationaler, rechtlich nicht greifbarer Vorgang. Die Gnade wisse von keinem Zwang, nicht mal von dem Zwang der Gerechtigkeit (Radbruch).

Gegen diesen Beschluss erhob der Unterlegene Verfassungsbeschwerde. Und das Verfassungsgericht entschied: Der Gnadenakt sei in jedem Fall ein Eingriff der Exekutive in die rechtsprechende Gewalt, wie er sonst dem Grundsatz der Gewaltenteilung fremd sei. Das Gnadeninstitut könne daher nicht den Gewaltenverschränkungen und -balancierungen unterliegen, die gewährleisten sollten, dass Übergriffe der Exekutive durch Anrufung der Gerichte abgewehrt werden können. Mit der fast einhelligen Rechtsprechung und der herrschenden Meinung im Schrifttum sei demgemäß davon auszugehen, dass positive Gnadenakte ebenso wie ablehnende Gnadenentscheidungen einer gerichtlichen Nachprüfung nicht unterlägen.

Vier Richter des Zweiten Senats waren anderer Meinung gewesen. Sie fanden, dass Art. 19 Abs. 4 GG den Rechtsweg gegen willkürliche Gnadenentscheidungen eröffnete. Aber darüber wollte Simon Zellpfleger mit Thirza nicht reden.

Zellpfleger war ein sechzigjähriger Allgäuer von deutlichem Übergewicht und großer Bildung, der bereits in drei Abteilungen gearbeitet hatte und über alle Menschen und Abteilungen alles zu wissen schien. Er war mehrere Jahre Richter gewesen, was ihn langweilte, und dann zum Ministerium gewechselt, wo er kurz das Gnadenreferat betreute, das ihn ebenfalls langweilte. Den Rang eines Ministerialrats erreichte er in der kürzest möglichen Zeit, doch dann kam seine Karriere zum Stillstand, vielleicht, weil sein Ehrgeiz erloschen war. Die Ernennung zum Leitenden Ministerialrat war eine Routineentscheidung zugunsten des dienstältesten Ministerialrats gewesen. Als intern so genannter Leimi genoss Zellpfleger das Vertrauen vieler, denn er konkurrierte nicht mehr und galt als menschlich angenehm.

Thirza lernte Zellpfleger bei *Angelo* kennen, einem Italiener, der in einem Innenhof an der Brienner Straße feine Mittagsmenüs anbot. Bei warmem Wetter aß sie gern dort, weil sie erstens *Angelos* Speisen schätzte, zweitens draußen sitzen, drittens ein paar Schritte laufen, viertens es sich leisten konnte und fünftens die Zeit dazu hatte.

Zellpfleger aß dort, weil er als Feinschmecker das Kantinenessen verschmähte. Eines Tages sprach er Thirza an, als sie, auf den Hauptgang wartend, in einem sonnigen Eck einen Liebesroman las. Er wusste bereits alles über sie.

Er hatte ein großflächiges schönes, regelmäßiges Gesicht mit himmelblauen Augen und wog ungefähr hundertzwanzig Kilo, ein Mensch von buddhahafter Ruhe und schneller, gewandter Rede. Den Weg zu *Angelo*, wenig mehr als einen Kilometer, legte er im Taxi zurück. Dem Vernehmen nach besaß er von Haus aus Geld, das er ganz für sich selbst ausgeben konnte, da er Junggeselle war. Thirza fand heraus: Er förderte gern junge Frauen, ohne von ihnen was zu wollen.

Es gab einen romantischen Punkt in seiner Biographie. Er hatte mal revoltiert, weil seine Sekretärin, mit der er per Du war, versetzt wurde. Damals galt das rangübergreifende Du als schwere Verletzung der informellen Gebote, und die ganze Abteilung fantasierte darüber, warum Zellpfleger, jeder Zoll ein Mann der Hierarchie, hier eine Ausnahme nicht nur zugelassen, sondern sogar wütend verteidigt hatte. Aber er fand sich ab. Er liebte nur noch Opern und gutes Essen, sonst nichts, und protegierte ab und zu Nachwuchsjuristinnen. Thirza empfand ihn als Sondererscheinung in diesem Milieu der geschliffenen Schwarmintelligenz, obwohl er nie einen Widerspruch zur herrschenden Meinung formulierte. Sie vertraute ihm, ohne zu wissen, warum.

Zellpfleger belehrte sie freigiebig. »Wollen Sie wirklich Zivilrichterin werden? Einen eintönigeren Beruf gibt es kaum. Sie dürfen keine Amtsermittlung betreiben, sondern bleiben immer an den Parteivortrag gebunden. Immer kleben Sie an alten verdorbenen Geschichten. Manchmal stimmen beide Seiten überein, von dem streitigen Detail abgesehen. Oft aber sind beide unwahr, dann müssen Sie in Ihrem Urteil diejenige Version zugrunde legen, die die nicht beweisbelastete Partei vorgetragen hat.«

»Sofern nicht die Beweisaufnahme zu dem Ergebnis geführt hat, dass die andere Version zutreffend ist.«

»Ah, Sie sind orientiert. Umso besser, dann brauchen wir uns damit nicht weiter aufzuhalten. Haben Sie in der Staatsoper die *Jenufa* in der Regie von Rennert gesehen?«

Zellpfleger interessierte sich vor allem für Thirzas Leben außerhalb der Justiz, um dann freundlich klarzustellen, dass er alles besser wusste. Er empfahl geglückte Operninszenierungen oder spektakuläre Konzerte, ließ sich von Thirza berichten und erklärte alles, was ihr entgangen war. Er hörte sich ihre Reisepläne an und redete ihr das meiste aus, da er vieles aus einer Zeit kannte, in der er selbst noch als ein *wir* auf Reisen gewesen war. Schon damals schien seine Haltung zu allen Dingen eine kulinarische gewesen zu sein.

»Die Marienburg muss man in den Abendstunden ansehen, kurz vor Sonnenuntergang vom anderen Ufer der Weichsel aus.« Das bedeutete: Billigung und Genussanweisung. So schnell brachte er die Dinge auf den Punkt.

Gelegentlich holte er weiter aus.

»Sizilien? Die Menschen sind mürrisch, dreist und hochmütig, sei es aus Rachsucht, sei's eine Übersprungreaktion nach jahrhundertelangem Vegetieren. Sie sagen einem absichtlich den falschen Weg; alles ist voller Strolche und Bettler, Taschen- und Autodiebe. Wir sahen einen Mann mit eingegipster Hand, die nur dazu diente, Autos die Fensterscheibe einzudrücken.«

»Wie erklären Sie sich das?«

»Es war immer ein karstiges, strenges Land mit einer harten See, die bei jedem Sturm ein paar Fischer verschlang. Außerdem war es wenig fruchtbar, sehr heiß, steinig, mit verbrannter Erde. Wer irgendwas verdiente, wurde von der Mafia geschröpft. Wer konnte, wanderte aus, übrig blieben die Alten, die Krüppel und die Dorftrottel.«

»Und die Zitronenbäume?«

»Hier und da. Die Landschaft ist wenig einladend. Auf einer Lipari-Insel wohnten wir in einem Hotel, das einem koptischen

Ägypter gehörte. Die Brunnen waren nach einem Erdbeben geborsten oder durch Lava verschüttet, die Mafia brachte Trinkwasser auf einem Schiff und verkaufte es an die Inselbewohner mit zweifachem Gewinn. Gegenüber sah man im Dunst über dem Meer den Kegel des Stromboli-Vulkans. Alle paar Stunden machte er: Pffft! Ein Witz! Die Karikatur eines Vulkans! Der Kopte rieb sich die Hände und verkaufte als Bauherr fadenscheinige Villen mit Freitreppen an reiche Florentiner, damit die zu Hause sagen konnten: Wir haben zu Weihnachten auf Panarea Kapern gegessen. Es war Ende September, Anfang Oktober. Zunächst noch recht heiß. Später gab es Regen.«

»Das war überzeugend«, lachte Thirza.

Wenn sie ihn nach der Gnadenarbeit fragte, antwortete er seufzend. Sie interessierte ihn einfach nicht.

»Nun ist dieses Relikt Gnade irgendwie in die Gegenwart hineingeschleppt worden«, erklärte er, »und wir müssen es verwalten. Das Volk hält Begnadigungen für das romantischste Instrument im Orchester der Rechtsprechung, und die Politiker müssen dem Rechnung tragen. Manchmal will die Öffentlichkeit eine arbeitslose Ladendiebin mit sechs Kindern von fünf Männern unbedingt in Freiheit sehen, obwohl die Delinquentin nach sieben fruchtlosen Bewährungen sich im Gefängnis endlich sicher fühlt und gar nicht hinauswill. Manchmal würde die Öffentlichkeit aber auch einen armen Teufel am liebsten hängen, obwohl ihn selbst sein Richter inzwischen für überstraft hält. Wir erhalten Klang und Symbolik der Gnadenidee und tun abseits davon, was wir müssen. Haben Sie in *Norma* diese großartige rumänische Sopranistin gehört, Niculescu?«

Eine Abwechslung waren die Schreiben an wichtige Gesuchsteller. Einmal baten mehrere Prominente um Gnade für einen wegen Großhehlerei einsitzenden Teppichhändler, der in der Haft wegen Diabetes erblindet sei. Thirza las nach: Der Mann hatte seinen Diabetes seit zwanzig Jahren, war schon vor der Verurteilung zu 90 Prozent sehbehindert gewesen und hatte den Erfolg weniger seinem Kunstsinn zu verdanken als seinem gesellschaftlichen Geschick: Charme gegenüber der Oberschicht, Brutalität in der Halbwelt. Thirza empfahl nicht die vollständige Begnadigung, sondern eine geringfügig vorzeitige Entlassung, für deren Termin sie ein öffentlichkeitswirksames religiöses Stichdatum zu Hilfe nahm, nämlich Gründonnerstag, drei Wochen bevor die reguläre Haftzeit ablief. In diesem gesellschaftlichen Sonderfall brauchten die Gesuchsteller einen ausführlichen Brief. Ihre Gedanken dazu besprach Thirza am Mittagstisch mit Simon Zellpfleger, der den Fall natürlich kannte – »Ja, hab ich gehört. Der blinde Teppichhändler.« Ein Gesuchsteller hatte geschrieben, dass der Verurteilte durch die Erblindung seiner Existenz beraubt und somit genug gestraft sei. Thirza zitierte, ausnahmsweise selbst kulinarisch vergnügt, folgende Sätze, die sie geschrieben, dann allerdings wohlweislich aus ihrer Beschlussvorlage getilgt hatte: *Von einer Berufsunfähigkeit ist nicht auszugehen. Die Erfahrung zeigt, dass ab einer bestimmten Stufe der legalen wie illegalen Macht die Sachkunde zweitrangig und die Sache zur Sklavin von Machtinteressen wird. Nebenbei bemerkt: So entsteht eine Kultur der Gemeinheit.*

»Frau Zorniger.« Zellpfleger beträufelte einen gegrillten Oktopus mit Zitronensaft und spießte ihn auf die Gabel. »Muss ich mir Sorgen um Sie machen.«

Einmal prüfte Thirza den Fall eines Mannes, der höchstwahrscheinlich zu Unrecht wegen Vergewaltigung zwei Jahre und zehn Monate bekommen hatte. Angezeigt hatte ihn eine Discobesucherin, die jeden Samstag mit ihrem jeweiligen Tänzer im Bett landete, im Jargon ein H. w. G.-Mädchen. H.w.G. steht für *häufig wechselnde Geschlechtspartner*.

Die ärztliche Untersuchung erbrachte keine eindeutigen Vergewaltigungsspuren: weder Hämatome an den Innenseiten der Schenkel oder Knie noch Merkmale irgendeines Kampfes oder Widerstands. Sie habe, um Blessuren zu vermeiden, es über sich ergehen lassen, gab die Geschädigte zu Protokoll. Der mutmaßliche Täter aber, ein verheirateter Mann, machte sich verdächtig, indem er die Bekanntschaft leugnete. Nachdem ihn ein unerfahrener junger Richter nach Katalog verurteilt hatte, war seine Existenz ruiniert.

An diesem Mittag bei *Angelo* gesellte sich unerwartet der Ministerialrat zu ihnen. »Zentrum des Nichtdienstlichen ist das Mittagessen, und Sie haben hier eine gute Wahl getroffen, Frau Zorniger.«

»Wir reden gerade über den Fall Bäumle«, schnaufte Zellpfleger, während er sein Saltimbocca zerteilte.

»Herr Zellpfleger hat mich darauf angesprochen«, sagte Thirza eilig, um nicht in den Verdacht mangelnder Verschwiegenheit zu geraten.

»Bäumle ist der jüngere Bruder meines Schulfreundes Theo aus Lindau«, bestätigte Zellpfleger.

Der Ministerialrat war für dieses Thema mühelos zu gewinnen. Auch er hatte seine Zweifel, und die Männer memorierten fast bedauernd die Eckdaten dieser Tragödie: solider Schwabe, Kleinunternehmer, redlicher Steuerzahler, nicht mal Verkehrssünder, einmal ohne Aufsicht, weil die Frau ins Krankenhaus musste, und dann in der Disco ausgerechnet an ein H.w.G.-Mädchen geraten. Es hatte für ihn mehrere Umkehrmöglichkeiten gegeben, denn man war nach der Disco noch durch verschiedene Lokale gezogen. Jedes Mal hatte man sich in der Frage *Zu mir oder zu dir?* nicht einigen können, jedes Mal hatte er erwogen, die Sache abzubrechen, und war dann doch weitergezogen, bis zum Fiasko. Danach die ungeschickten Lügen, weil er seine Frau nicht verlieren wollte. Kontrollverlust. Der scharfe junge Richter. Und so weiter. Dennoch, wie gesagt: Ein falsches Urteil ist kein Gnadengrund. Unsere Ausbildung ist streng und anspruchsvoll, aber eine Justiz ohne unerfahrene Richter gibt es nicht. Denn jeder erfahrene Richter war einmal ein unerfahrener Richter.

Es ist, als beobachtetet ihr in starker Zeitlupe, wie ein Mensch von einer Lawine zerdrückt wird. Die Zeitlupe gilt nur für die Lawine, was bedeutet, dass ihr den Mann mit einem beherzten Sprint vielleicht retten könntet. Ihr tut es aber nicht, weil die Piste durch ein rot-weißes Absperrband markiert ist. Natürlich könntet ihr über das Band springen – was gilt ein Plastikband gegen ein Menschenleben? Doch ihr gehört zu den Verwaltern der Bänder. Wo kämen wir hin, wenn die Menschen sie nicht respektierten? Gerade ihr habt sie zu verteidigen, um jeden Preis. Nebenbei, nicht zu vergessen: Was suchte der Unglückselige auf dem Lawinenstrich? Wer sich in Gefahr begibt, kommt darin um.

Eine Minute lang schwiegen sie. Vielleicht wurden sie von einer Ahnung der Verlockung berührt, oder gar einer Vorstellung des Über-die-Stränge-Schlagens, was auch immer sie darunter verstehen mochten: Sauftour, Opiumhöhle, unpersönlicher, von keiner Angst und Rücksicht gehemmter, wüster Sex. Dann erschauerten sie und bestellten jeweils einen Cappuccino.

Die Zeit im Ministerium lief ab. Thirza hatte bereits ihre Ernennung zur Richterin am Landgericht. Nach dem Urlaub würde sie in der 42. Kammer antreten. Letzte Gespräche mit Simon Zellpfleger. »Malta? Versäumen Sie nicht die beiden Caravaggios im Museum der St. Johns Co-Cathedral, *Die Enthauptung Johannes des Täufers* und den *Heiligen Hieronymus*. Exquisites Chiaroscuro! Ansonsten ist Malta kunsthistorisch unbedeutend, ein paar primitive Neolithen, ein mieser Epigonalbarock. Mittelalter? Ach ja, die Johanniter. Der Orden versuchte vergeblich, seine Ritter keusch zu halten, und wann immer die Männer Schiffe bestiegen, um auf dem Mittelmeer die Piraterie auszuüben, waren die Mauern vollbesetzt mit heulenden Weibern und Kindern.«

»Vielen Dank für die Belehrung. Ich werde meine Pläne überprüfen.«

»Und, ist der Schreibtisch schon leer?«

»Nein, aber ich kriege ihn leer. Fast alles Routine. Nur ein Fall ist etwas verzwickt ...«

»Lassen Sie mich raten: das fünfte Gnadengesuch der Konsulin Hagenbucher.«

»Woher wissen Sie das?«

»Aus den Gazetten. Aber seinerzeit war auch ich mit einigen Interna befasst.«

Die Konsulin Hagenbucher saß wegen Mordes an ihrem Gatten seit dreiundzwanzig Jahren in Haft, ebenso wie ihr Hausmeister, der die Pistole abgefeuert hatte. Beide bestritten ihre Schuld, und tatsächlich hatte es zahlreiche Ermittlungspannen gegeben. Verdächtig gewesen war zunächst nur der Hausmeister Friedrich Spree, genannt Fips, der allerdings kein Motiv hatte und dem sogar der Staatsanwalt die Cleverness absprach, Beweismittel verschwinden zu lassen. Dieser Hausmeister kannte die Millionärin seit vierzig Jahren, wurde von ihr protegiert und stammte aus demselben Berliner Hinterhof. Sie selbst hatte sich, wie die Presse es ohne Umschweife nannte, nach oben geschlafen und war bereits verwitwete Millionärin gewesen, bevor sie den Millionär Konsul Hagenbucher heiratete; schon beim ersten Gatten war ihr Altfreund Fips Hausmeister gewesen. Sie trat selbstbewusst auf, eine flotte Frau von mondänem Chic und Berlinerischer Schlagfertigkeit, doch einem gewissen Leichtsinn. Beim Verhör hatte sie gesagt: »Wenn ick Otto umbringen wollte, warum sollt ick ihn erschießen? Denn würd ick ihn doch lieba vajiften!«, worauf der erste Gatte exhumiert und, freilich nach so langer Zeit ohne eindeutiges Ergebnis, auf Vergiftungserscheinungen untersucht wurde.

Es war ein epischer Fall mit vielen prickelnden Details: eingereichte und zurückgenommene Scheidung, vermachte und entzogene Immobilien, geänderte, verschwundene, wiederaufgetauchte Testamente, eine wütende Ex-Gattin, Drohungen und Perversionen. Schuld wie Verurteilung waren umstritten. Dem Ermordeten, der übrigens ein Bekannter des verstorbenen Ministerpräsidenten gewesen war, sagte man Verbindungen zum grauen Waffen- und Rüstungsmarkt nach, einem bekanntermaßen gefährlichen Milieu. Von der Staatsanwaltschaft war diese Spur nicht aufgegriffen worden.

Thirza hatte die Akte ebenso erregt wie eingeschüchtert gelesen. Erregt als Komplizin eines Justizapparats, der Spuren, die in die Politik führten, einfach ignorieren konnte. Eingeschüchtert als Rädchen, das von dieser Maschinerie zermahlen würde, wenn es in Gegenrichtung drehte. Irgendwie hatte man geahnt, dass alles so lief. Als instinktive Theorie war es auf eigenartige Weise sogar selbstverständlich gewesen. Wenn man aber beteiligt war, fühlte es sich mulmig an. Thirza war keineswegs überzeugt, dass die Verurteilte unschuldig war. Doch was bedeuteten die Ermittlungspannen, plötzlich verstorbenen Entlastungszeugen und verschwundenen Asservate?

Thirza kombinierte hin und her. Gnadengegrübel: eine eher theoretische Irritation. Das Gesuch war abzulehnen. Formal übrigens leicht begründbar: Es galt als ehernes Gesetz, dass Begnadigung nur auf ein Schuldeingeständnis erfolgen kann, und die Verurteilten hatten nie gestanden. Außerdem, wir erinnern uns, ist ein falsches Urteil kein Gnadengrund. Die Frage war nur, ob man eine Irritation zum Ausdruck brachte. Eventuell würde Thirza die Profiteure des zweifelhaften Urteils gegen sich aufbringen. Und Profiteure waren alle, die sich vom Ansehen der Justiz nährten. Das »Teufelspaar« würde auf keinen Fall begnadigt. Thirza als Einzige hätte den Schaden.

Thirza schob die Entscheidung noch etwas hinaus, um die moralische Frage in sich arbeiten zu lassen. So etwas ist ja bewusstseinsvertiefend, auch wenn es nichts Schmeichelhaftes ergibt. Wird mir aber später zugutekommen, dachte Thirza fast erleichtert. In zwei Monaten! Wenn ich wieder Richterin bin!

Zellpfleger tendierte dazu, den Hausmeister für den Mörder

und die Konsulin für die Anstifterin zu halten. Aber nicht mit letzter Gewissheit. »Es gibt da so Wünsche ... Also wenn eine Fee käme und mir sagte, du hast drei Wünsche frei, dann würde ich mir ein Video der Tatnacht wünschen. Aber erst als dritten Wunsch. Der erste wäre: ein Parkettplatz für die Uraufführung von *Don Giovanni* in Prag unter der Stabführung von Mozart. Der zweite Wunsch ...«

»Und die verschwundene Waffe? Die fehlende Beute in der Wohnung des Hausmeisters? Das fehlende Motiv?«

»Die Konsulin Hagenbucher verwitwete Höllrigl geborene Patzke war ja eine außerordentlich knackige Dame. Sie hat dem Herrn Spree möglicherweise mittels ihrer Knackigkeit Wohltaten erwiesen, die zu einer Hörigkeit geführt haben könnten. Aber vielleicht ist es gut, nicht alle Wünsche erfüllt zu bekommen. Die Uraufführung wäre sicher eine Enttäuschung gewesen. Der Orchesterklang von 1787 konnte qualitativ unmöglich an den heute üblichen heranreichen, das instrumentale Niveau der Bayerischen Staatsoper ist ja sagenhaft hoch.«

IV

WEITERES GLÜCK

Nach fünfzehn Jahren als Thirzas Beisitzerin übernahm Daphne den Vorsitz einer eigenen Kammer, die für Steuerberater- und Steuerbevollmächtigtensachen zuständig war. Thirza bedauerte das sehr. Sie hatten sich gut ergänzt, und Daphnes flinkes Wirtschaftsgehirn war unbezahlbar.

Thirza war eine schnelle Aktenleserin. Sie las Schriftsätze längst nicht mehr Seite für Seite, sondern überflog sie wie mit einer Art Wärmebildkamera und erkannte sofort kritische Passagen, die ihr tiefrot aufzuleuchten schienen: Dort stimmte etwas nicht! Und hier war mehr zu lesen, als geschrieben stand! Eine entsprechende Fertigkeit im Verständnis von Rechenwerken hatte sich leider nie entwickelt; da las Thirza gewissermaßen zu Fuß. Regelmäßig hatte sich Daphne in Kammerverhandlungen zu ihr gebeugt und souffliert, und Thirza hatte jedes Mal Grund gehabt, dankbar zu sein.

Daphne war möglicherweise nur deswegen nicht früher befördert worden, weil sie soziale Schwächen hatte. Ihre Verhandlungen führte sie hart und scharf. Unterliegende fochten die Urteile oft an, meist ohne Erfolg, denn sie waren sehr gut begründet; offenbar fühlten sich die Rechtsuchenden vom Auftritt der Richterin provoziert. Karls Urteile wurden deutlich seltener angezweifelt, obwohl sie weder gerechter noch richtiger waren. Karl, ehrlich gesagt, holzte in seinen Urteilen bisweilen sogar fürchterlich. Aber auf dem Podium wirkte er so wohlwollend, dass die Parteien sich in guten Händen fühlten.

Vor Jahren hatte Thirza versucht, mäßigend auf Daphne einzuwirken. Daphne hatte sich sehr aufgeregt: Mit Geduld sei dieses Pensum nicht zu schaffen, und sie wolle nicht als Beisitzerin versauern. Thirza hatte ihr mit zugegeben wenig Nachdruck erklärt, dass die vielen Berufungen möglicherweise zu ihrem Nachteil ausgelegt würden. Daraufhin hatte Daphne sich noch mehr aufgeregt, denn sie konnte nicht anders. Und Thirza war insgeheim ganz zufrieden gewesen.

Daphne kam aus einem vornehmen Haus: teils adelig, teils reich, eine beidseitige Ahnenreihe aus Finanz- und Justizministerialen, Steuerberatern, Wirtschaftsprüfern, Notaren, sogar ein Oberfinanzdirektor war dabei gewesen. Von daher leitete Thirza Daphnes phänomenale ökonomisch-juristische Doppelbegabung ab.

Trotz der privilegierten Verhältnisse hatte Daphne einen schweren Start gehabt: Der Familienfrieden war gestört, und während der Wochenenden hatten die Eltern einander stundenlang angebrüllt. Daphne hatte glücklos zu vermitteln versucht, zwischen den Eltern, zwischen Eltern und Geschwistern sowie zwischen den Geschwistern, und war schließlich so verquält gewesen, dass sie sich kein Studium zutraute, sondern nur dringend eine heile Familie wollte. Sie heiratete nach dem Abitur ihren allerersten Verehrer, einen fünfzehn Jahre älteren Geschäftsmann, mit dem sie sofort Zwillinge bekam.

Der Gatte war seinerseits Spross einer Finanzdynastie. Er lebte noch mit fünfunddreißig Jahren bei seinen Eltern, die ebenso viel über Geld redeten wie Daphnes Eltern, aber von freundlicherer Gemütsart waren. Daphne zog zu ihnen. Die junge Familie bewohnte natürlich eine eigene Etage mit eigenem Eingang: Platz gab es also genug, und Daphne war froh über den häuslichen Anschluss. Sie hatte in dieser Phase sogar Glück: Die Schwiegereltern ermunterten sie zum Studium und kümmerten sich um die Zwillinge, so dass Daphne schon nach sieben Jahren ihr zweites Staatsexamen bestand. Als der Mann, ein Vielreisender, bei einem

Flugzeugunfall in Conacry ums Leben kam, blieb Daphne in der Villa bei den Schwiegereltern.

Als junge Staatsanwältin bekam sie nach einem erotischen Unfall ein weiteres Kind, das ebenfalls von den Schwiegereltern erzogen wurde. Über den zweiten Vater redete Daphne mit niemandem. Irgendwie schien man zu wissen, dass er ein verheirateter Strafsenatsvorsitzender war, so, wie eben viele Dinge klar zu sein scheinen, und wenn sie dann doch nicht stimmen, ist es auch egal.

So geriet Daphne in Thirzas Kammer: begabt, geplagt, verspannt, als Richterin konzentriert und präzise, als Frau von starkem, mühsam gebändigtem Temperament. Aus den karminroten Lippen, High Heels und kurzen Röcken schlossen alle, sie suche dringend einen Mann. Zunächst schien sie in Karl Eppinger verliebt zu sein, der sie ritterlich auf Distanz hielt. Dann interessierte sie sich – sehr kurz – für Dr. Daniel Luszczewski. Nach ihm begehrte sie einen frisch geschiedenen Kollegen aus der Patentkammer und so weiter. Schließlich gab sie auf. Die Lippen wurden blasser, die Röcke länger, die Absätze flacher. Ihr Missgeschick trug sie tapfer, ohne darüber zu reden. Und nie vernachlässigte sie ihre Arbeit.

Ihre wirtschaftlich-juristische Begabung schien sich ohne Verluste auf die Kinder übertragen zu haben. Wenn Karl von seinen Kindern erzählte, ging es um Rivalität, Rangelei und kindliche Formen von Rechtsempfinden. »Mamaa, der Toni hat mich gehauen!« – »Dann musst du zurückhauen.« – »Das hab ich schon vorher getan!«

Daphnes Kinder schlägerten nicht, sondern rechneten. Als die Geburt des unehelichen dritten Kindes bevorstand, sagte eines der damals neunjährigen Zwillingsmädchen: »Jetzt krieg ich ja ein Drittel weniger Aufmerksamkeit!« Und das andere: »Mein Erbe verringert sich von fünfzig auf sechzehn Komma sieben Prozent!«

»Wie kommst du denn darauf?«

»Na, weil der neue Vater ja schon fünfzig kriegt. Und wir drei Kinder müssen uns die anderen fünfzig teilen.«

Daphne hatte den Vater des Ungeborenen bisher ihrer Familie nicht vorgestellt. Offenbar waren die Kinder von den besorgten Großeltern schlaugemacht worden. Aber vielleicht waren sie auch von selber schlau.

Daphne, die damals schon ahnte, dass der illegitime Vater sich nicht zu ihr bekennen würde, seufzte: »Da wirst du dich leider wohl täuschen.«

»Was?«, schrie das Kind, »denkst du etwa an ein Berliner Testament?«

Daphne hatte darüber im Kollegenkreis gelacht: blasslippig, gequält. Über ihren hohen Wangenknochen spannte sich die Haut. Dann lockerte sie sich, was Thirza zur Kenntnis nehmen musste, da Daphne es besorgt kommentierte, und nun war dieses dritte Kind bereits in der Pubertät, während die Zwillingsmädchen Betriebswirtschaft und Jura studierten. Daphne fragte sich, ob der lang ersehnte Vorsitz der neuen Kammer ihr noch genügend Zeit für den Sohn lassen würde, denn die Schwiegereltern begannen zu schwächeln. Und ob ihr selber Zeit für die Schwiegereltern bliebe, von denen sie gleichsam adoptiert worden war. Dieses Thema wurde, nach fünfzehn Jahren im Gespann, vielleicht ihr drittes persönliches Gespräch. Daphne war dabei, ihr Zimmer zu räumen, und klagte über Kopfschmerzen, die sehr stark sein mussten, denn Daphne klagte selten. Thirza bot ihre Hilfe an. Daphne erklärte mit bebender Stimme, dass sie es in der 44. Kammer eigentlich sehr gut gehabt habe. Sie griff sich an den Kopf, und ihre Augen glänzten. »Soll ich dir eine Kopfschmerztablette holen?«, fragte Thirza.

»Ach nein«, flüsterte Daphne. »Ich glaube, es hat mit Gefühlen zu tun.«

*

Für Daphne kam Gregor Lenz. Er hatte bisher nur im Strafrecht gearbeitet, zuerst als Strafrichter am Amtsgericht der Kreisstadt E., dann als Staatsanwalt in N., danach wurde er für einige Zeit zum Generalstaatsanwalt in München abgeordnet. Das war ein toller Karriereschritt für ihn gewesen, doch um wirklich durchzustarten, brauchte er ein paar Zivilrichterjahre, und anscheinend hatte er genug Protektion, um für die prestigeträchtige Kartellkammer ausgewählt zu werden.

Hier nun tat er sich schwer; die Materie war komplex, und ihm fehlten Übersicht und Geduld. Er redete viel, hörte schlecht zu, argumentierte gleichermaßen schematisch wie impulsiv und zeigte wenig Rechtsempfinden. Im Grunde hatte er keine Meinung, sondern schloss sich immer dem jeweils Stärkeren an. Sein Lieblingssatz in Urteilsdiskussionen lautete: »Da sind wir auf der sicheren Seite.« Thirza dachte bereits nach kurzer Zeit so schlecht von ihm, dass sie sich selbst der Ungerechtigkeit zieh. Karl setzte auf pädagogische Zuwendung und half Gregor, ein paar knifflige Fälle rechtlich aufzuarbeiten, was darauf hinauslief, dass er Gregors Arbeit tat. Gregor lernte nur wenig.

Als Thirza ihn das erste Mal deutlich kritisierte, widersprach er zuerst aufgebracht und hochfahrend und wurde dann, als sie sich nicht beeindrucken ließ, kleinlaut, sogar kläglich. Er erzählte von seiner unglücklichen Kindheit bei einem alleinerziehenden Vater, der ihn erbarmungslos auf Leistung trimmte. Der kleine Gregor war ein Nachwuchs-Skisprungstar gewesen, der in seiner Gruppe alle Wettbewerbe gewann. Als er aber einmal (ein einziges Mal!) schlecht sprang, wurde er vom Vater so gescholten, dass er davonlief und sich hinter einer Mülltonne versteckte. »Ich bin auf Ihre Unterstützung angewiesen!«, sagte er beschwörend, und Thirza war es nicht gegeben, den derart traumatisierten Gregor hinter seiner Schicksalstonne sitzen zu lassen. Sie verstand jetzt manche Kauzigkeit. Zum Beispiel hatte Gregor eine Grünlilie, sinniges Geschenk der Geschäftsstelle zu seinem Arbeitsantritt, auf der Fensterbank vertrocknen lassen. Zu seinem nächsten Geburtstag schenkten ihm die Frauen eine Plastikorchidee, und Thirza ermahnte ihn ironisch zu pflichtbewusstem Gießen. Bald darauf erzählte die Putzfrau verwundert, dass *dös Plastikkraut vom Richter Lenz* immer in einer Wasserlache stehe. Natürlich, dachte Thirza jetzt: Welcher Leistungsvater lehrt seinen Buben das Blumengießen? Thirza flocht in den folgenden Monaten immer wieder unauffällig allgemeine Lebensbelehrungen für den sozial zurückgebliebenen jungen Mann ein, ohne zu merken, dass der längst begonnen hatte, sehr zielstrebig Verbindung zu einflussreichen Kadern zu knüpfen. Vermutlich war das von Anfang an seine Strategie gewesen.

Je besser er sich oben wahrgenommen fühlte, desto aufsässiger benahm er sich unten in Kammer und Gerichtssaal. Als Einzelrichter trat er selbstherrlich und ungeduldig auf, neigte zu Drohungen und wurde ausfallend. Thirza erfuhr davon durch die empörten Anwälte, die gleich nach der Sitzung bei der Vorsitzenden anriefen: Richter Lenz habe sie angeschrien, weil sie auf ihren Bleistift bissen; solche Sachen. Thirza versuchte Gregor zu korrigieren, indem sie in mildem Scherzton fragte, warum ausgerechnet das jüngste Kammermitglied ein autoritär-antiquiertes Richterbild vertrete. Gregor antwortete beißend, die Vorsitzende wolle ihm sicher nicht vorschreiben, wie er seine richterliche Unabhängigkeit zu interpretieren habe. In der Folge bekam Thirza Hinweise, dass Gregor in Präsidium und Personalabteilung, wohin er sich einen kurzen Weg gebahnt hatte, ungünstig über sie redete, wohl um einem kritischen Beurteilungsbeitrag vorzugreifen. Wann immer sie ihn aber streng ansprach, sah er sie mit großen grauen Augen verliebt an und gab sich von ihrer richterlichen Weisheit entzückt. Ein klassischer Intrigant. Thirza musste manchmal zu Karl Eppinger gehen, um sich Luft zu verschaffen.

Was macht man mit so einem? Als Einzelrichter durfte man ihn eigentlich nicht einsetzen. Als Berichterstatter in der Kammer aber war er eine Belastung. Thirza nahm an, dass Gregor innerhalb direkter Vorgaben tüchtig sein konnte, sich aber ohne diese Vorgaben verlor, da er mit seinen Dämonen rang. Sie beriet sich mit Karl. Der zuckte die Achseln und meinte, Gregor sei inzwischen zu wehrhaft geworden und letztlich untherapierbar. Man müsse ihn leider auf die Rechtsuchenden loslassen und hoffen, dass er zur Besinnung käme, wenn ein paar seiner fadenscheinigen Urteile aufgehoben würden. Je weniger man ihm half, desto öfter würde das geschehen.

So kam es auch. Doch es half nur kurz: Gregor zeigte tiefe Erschütterung, flehte um Rat und Loyalität, gelobte Besserung und arbeitete ein paar Wochen wirklich hart, wofür er sehr gelobt werden wollte. Eines Abends aber brachte er um sechs Uhr einen Eilantrag zu Thirza, »unterschreib das doch bitte«, und fuhr nach Hause. Thirza las den Antrag, sah reine Schlamperei, rief Max an, sie käme später nach Hause, und korrigierte bis zehn Uhr abends. Sie begriff: Gregor war ein Betrüger. Oder, um es juristisch auszudrücken: eine Betrügerpersönlichkeit. Ein Betrüger ist ein Berufskrimineller. Eine Betrügerpersönlichkeit ist bürgerlich nicht auf Kriminalität angewiesen, betrügt aber, um vorwärtszukommen sowie aus psychischer Notwendigkeit. Basiswissen aus der Staatsanwaltszeit: Betrüger leben auf Kosten anderer. Ihre Taktiken sind immer dieselben: 1. Lügen, 2. Drohen, 3. Mitleid erregen. Alles traf auf Gregor zu. Auf der Heimfahrt subsumierte Thirza mit einer gewissen Erkenntnisfreude Norm und Bild.

Aus Sicht des Strafrichters ist das Gute an Betrügern, dass sie sich um Kopf und Kragen reden. Würden sie vor Gericht schweigen, kämen sie in vielen Fällen davon. Doch meist können ihre Anwälte sie nicht zur Aussageverweigerung anhalten – in der Regel haben sie auch diese Anwälte umgarnt. Betrüger müssen reden, weil die Übertölpelung anderer ihr Lebenselixier ist.

Ergänzung von Blank: Ab einer bestimmten sozialen Anbindungshöhe kommen Betrüger in der Regel davon. Deswegen streben sie so rasch nach oben. Ein Politiker etwa, der es ins Kabinett geschafft hat, weiß so viele Interna, dass seine Kumpels ihn nicht mehr fallen lassen können. Einschlägige Untersuchungsausschüsse sind pseudodemokratische Rituale. Jeder Insider weiß von vornherein, dass nichts dabei herauskommt.

Auch Gregor hatte sofort Wege nach oben gesucht und sich in der Personalabteilung bereits als Kronprinz für den Vorsitz der Kartellkammer ins Gespräch gebracht. Thirza hatte ihn nicht ernst genommen. Jetzt war sie im Bilde. Sie fühlte sich nicht gefährdet, aber in ihrer Menschenkenntnis erschüttert. Sie bereute ihr Wohlwollen und fand die Ursache davon: Eitelkeit. Sie hatte Gregor in einer seiner Zerknirschungsphasen sogar das Du angeboten und sich an ihrer eigenen Güte erfreut, obwohl oder weil sie von seinen früheren Versuchen, sie zu diskreditieren, wusste. Schluss damit. Morgen kriegt er eine Abreibung, dachte Thirza.

Doch am nächsten Tag schickte er eine Krankschreibung. An diesem Tag hatte Thirza eine Gerichtsverhandlung mit einem anderen Betrüger.

*

Auch dieser war kein Berufsbetrüger, sondern ein normal missglückter Charakter, der keine geraden Wege gehen konnte. Studierter Betriebswirt. Als er fünfzig Jahre alt war, starb sein Vater, und die Mutter übertrug ihm die Verwaltung ihres Vermögens. Mit dem mütterlichen Geld verfuhr er undurchsichtig, öffnete und schloss Konten, transferierte, legte an und ab. Bei einem Familienfest kam es zum Eklat, weil er sagte, es sei kein Geld mehr da. Die Mutter entzog ihm die Vollmacht und übertrug sie auf die Schwester.

Der Bruder behauptete, er habe das ganze Geld für die Mutter ausgegeben. Die Schwester wollte wissen, womit genau. Er versprach Auskunft, blieb sie dann schuldig, spielte auf Zeit. Als die Mutter sechsundachtzig war, verklagte sie ihn.

Zwei Jahre lang spielte er auf Zeit und verweigerte mit immer neuen Begründungen die Auskunft; vermutlich spekulierte er auf den Tod der Mutter. Sie war körperlich hinfällig, doch geistig klar. Vor Gericht ließ sie sich von ihrer Tochter, seiner Schwester, vertreten.

Die Schwester erhob eine Stufenklage. Das heißt: Sie verklagte ihn auf Auskunftserteilung, dann auf Abgabe einer eidesstattlichen Versicherung über die Richtigkeit seiner Auskünfte. Heute war der dritte Termin, an dem der Bruder zur Zahlung oder Vollstreckung verurteilt werden sollte.

Der Bruder hatte nach Androhung eines Zwangsgeldes zwar Auskunft erteilt, aber unvollständig. Er wollte nur darüber reden, wie viel die Mutter verbraucht habe. Die juristisch entscheidende Frage aber war: Wie viel hatte die Mutter an ihn abgeführt? Thirza hatte außerdem gesehen, dass Geld vom Konto des Bruders aufs Konto der Mutter geflossen war und wieder zurück. Wer Geld hin- und herschiebt, will meist was vertuschen.

Während der Bruder mauerte, hatte die Schwester ihren Vortrag gut aufbereitet. Sie war früher Chefsekretärin gewesen und wusste, wovon sie sprach; legte eine siebenseitige Excel-Tabelle mit Abflüssen von 840.000 Euro vor und hatte daraus einen Anspruch von 400.000 Euro ermittelt, war aber bereit, sich mit 250.000 zu vergleichen.

Beide Geschwister sahen verbittert aus. Der Bruder wirkte älter als seine sechzig Jahre und keineswegs wohlhabend. Die zerschossene dunkelgraue Kleidung konnte Taktik sein, doch auch sonst wirkte er ungepflegt und missmutig: verfilzte graue Haarbüschel auf der Platte, zerfurchtes Gesicht, Mundwinkel nach unten gezogen. Seine junge Anwältin kam nicht zu Wort. Sie blätterte geistesabwesend in den Akten.

Die Schwester, etwas älter, gepflegt, blondiert, wirkte genauso freudlos. Er nannte sie ohne Humor »meine ehemalige Schwester« oder »die Zeugin«. Als sie ihn einmal anfauchte, sagte er zu Thirza: »Ich fordere, die Zeugin in den Zuschauerraum zu verweisen!«

»Sie haben das nicht zu fordern.«

»Zeugen gehören nach ihrer Vernehmung in den Zuschauerraum!«

»Frau Fichtl vertritt hier die Klägerin, nämlich Ihre Mutter.«

Die Anwältin der Schwester sprach klar und klug und war nebenbei schön anzusehen, eine ältere Frau mit blanken, lebhaften Augen. Unter der Robe trug sie eine rosa Bluse mit ausschweifendem Kragen und tiefem Ausschnitt. Sie brachte ein Bild seltsamer Lebensfreude in diesen mürben, traurigen Showdown.

Thirza befragte den Bruder zu einzelnen Posten in seiner Aufstellung. Er verwickelte sich in Widersprüche. Sie hatte gewusst, dass er das tun würde. Es war beinah ein Spiel. Thirza, im augenblicklichen Genuss einer gewissen Grausamkeit gegenüber Betrügern, bemerkte also: »Was Sie gerade sagen, bedeutet, dass Ihre Auskunft aus der ersten Verhandlung eine Luftnummer war. Seien Sie froh, dass ich kein Zwangsgeld verhänge.«

Bruder: »Das liegt doch alles Jahre zurück, und die Konten sind aufgelöst. Man kriegt keine Auskünfte über Konten, die nicht mehr existieren!«

»Wer sagt das?«

»Ich meine, wenn man die Kontonummer nicht mehr weiß.«

»O doch, es geht auch über den Namen. Dann ist zwar eventuell eine Gebühr für erhöhten Verwaltungsaufwand fällig, aber die hätten Sie leisten müssen.«

»Ich konnte doch keine Auskünfte geben, weil ich nicht wusste, welche Kontoauszüge die Klägerin hat!«

»Warum nicht?«

»Ich habe immer die Klägerin gebeten, mir ihre Belege zu geben!«

»Sie hätten Ihre eigenen Belege aufbewahren müssen. Zumal es nicht Ihr Geld war.«

Er schwieg.

Thirza blickte auf ihre Aufzeichnungen. »Am 12.12.1998 haben

Sie 80.000 Mark aufs Konto Ihrer Mutter transferiert. Was hat es damit auf sich?«

»Äh, also, das kann ich jetzt nicht sagen. Ich glaube, es war ... ein Zahlendreher!«

»Sie meinen, Sie wollten das Geld abziehen und haben es stattdessen eingezahlt?«

»Nein, ich wollte das Geld auf ein anderes eigenes Konto übertragen und habe aus Versehen die falsche Kontonummer eingesetzt!«

Thirza sprach die Aussage auf Band und las dann aus den Akten eine anderslautende Auskunft des Beklagten vor. »So haben Sie das in Ihrem schriftlichen Vortrag dargestellt. Und nun sagen Sie, Sie hätten versehentlich bei der Überweisung das falsche Konto getroffen.«

»Ach so, ich dachte, Sie meinen einen anderen Vorgang.«

Betrüger reden sich immer heraus. Sie widersprechen sich ohne Verlegenheit, denn der Vorteil des Augenblicks ist ihr einziger Kompass. Diese Wendigkeit macht sie so schwer fassbar; es gibt kein Rückgrat, kein Gewissen, keinen Kern. Verantwortung übernehmen sie nie. Falls es direkt nützt, gestehen sie schon mal was. Aber das halten sie dann nicht für Wahrheit, sondern für Taktik. Thirza dachte an die kläglichen Selbstbezichtigungen von Gregor. Na, Freundchen, Ende der Schonzeit.

Thirza zu Alois Fichtl: »Es war also eine gezielte Überweisung.«

Fichtl: »Ja ... was ist denn daran unrecht, Geld auf das Konto der Mutter zu überweisen, um sie eventuell bei einem Engpass zu unterstützen? Ich habe einfach eine Baraufstockung zu ihrem Haushalt aus eigenen Mitteln vorgenommen!«

»Warum haben Sie eben etwas anderes gesagt?«

»Ich hatte die Bewegung nicht vorliegen. Wahrscheinlich hatte ich gerade das Konto gewechselt.«

»Ich habe nach Paragraf 286 ZPO auch Ihre Glaubwürdigkeit zu bewerten. Sie müssen nicht belegen, wozu Sie die Überweisungen getätigt haben. Aber dass Sie's nicht zu wissen scheinen, erhöht Ihre Glaubwürdigkeit nicht.«

Ein normal durchlässiger Mensch macht sich gelegentlich Gedanken über seine objektive Lage. Der Betrüger aber lebt in seiner eigenen Welt, die er sich immer zum eigenen Vorteil zurechtbiegt. Das hat Züge von Besessenheit, deswegen sind diese Leute so zäh und wehrhaft: Sie geben niemals auf. Thirza lehnte sich zurück. Die Diagnose ist klar, es fragt sich nur: Brauche ich diesen Kampf? Ich könnte den Typen fertigmachen, was allerdings mit einigem Aufwand verbunden wäre. 320 offene Fälle.

Na gut, Freundchen, jetzt bekommst du eine Chance.

»Wir müssen zum Ende kommen. In der letzten Sitzung war von Seiten der Klägerin ein Vergleichsangebot von 250.000 genannt worden«, sagte Thirza, zu allen gewandt. »Stehen Sie noch dazu?«

Schwester und Anwältin nickten eifrig.

Der Bruder schrie empört: »Das ist außerhalb jeder Diskussion!«

Thirza: »Beachten Sie, dass Sie Ihrer Auskunftspflicht unzureichend nachgekommen sind. Ich habe nicht das finanzielle Lebenswerk Ihrer Mutter zu bewerten, sondern nur Ihren Anteil daran. Was Sie geboten haben, waren maximal Erklärungsbruchstücke.«

»Warum legen Sie das mir zur Last? Ich hatte doch keine Vollmacht!«

»Und was ist das hier? Vielleicht möchten Sie nach vorne kommen?« Thirza öffnete einen Ordner und zog die Vollmacht heraus. Anwältinnen und Bruder kamen an den Richtertisch, die Schwester blieb sitzen. Der Bruder hob theatralisch die Hände wie ein Fußballer, der zeigen will, dass er am Sturz des soeben Gefoulten unschuldig ist, und erklärte, das sei ihm ein komplettes Rätsel.

»Ihnen ist ein Rätsel, dass Sie eine Vollmacht erhalten haben?«
»Da muss ich im Augenblick wirklich passen.«
»Wenn Sie keine hatten, auf welcher Grundlage haben Sie dann in diesen Jahren gewirtschaftet?«

»Ich wollte meine Mutter entlasten! Sie hat mich darum gebeten! Von der eigenen Mutter fordert man doch keine Unterschrift!«

»Nein, aber die Bank brauchte diese Unterschrift, um Ihnen Zugang zu den Konten zu gewähren.«

»Geben Sie mir Zeit! Ich kläre das auf!«

»Sie hatten genug Zeit. Ich rate Ihnen zum Vergleich, bevor sich Ihre Akte rot färbt.«

»Was heißt das?« Der Bruder stand immer noch vor dem Richtertisch, eine Stufe unter Thirza, wachsam, dabei ungläubig grinsend.

»Rot sind die Strafakten.«

Jetzt sah er verwirrt drein, sogar ein bisschen mitleiderregend. »Ich weiß also jetzt nicht, worauf Sie hinauswollen.«

»Das werden Sie erfahren.« Thirza blätterte in ihrem Kalender und nannte einen Verkündungstermin in vier Wochen.

Ein Fall von vielen, trotzdem ging er Thirza nach, während sie mit der S-Bahn nach Hause fuhr. Thirza war nicht zufrieden mit sich. Sie hatte gedroht, also das getan, was sie Gregor vorwarf. Und sie war inkonsequent gewesen.

Gedroht hatte sie mit einem Strafprozess, um den Bruder zum Vergleich zu bringen. Denn anscheinend hatte er nicht nur seine Familie abgezockt, was ein Antragsdelikt wäre, sondern auch Steuern hinterzogen: eigene Gelder auf Konten der Mutter transferiert, um sie mit dem mütterlichen Vermögen zusammen als Block anzulegen und davon zu profitieren, dass die Mutter als Rentnerin steuerlich weniger belastet wurde; und so weiter. Steuerhinterziehung aber war ein Offizialdelikt. Die Richterin konnte den Hinterzieher auch ohne Strafantrag der Angehörigen vors Strafgericht bringen. Sie war gesetzlich sogar dazu verpflichtet.

Inkonsequent war Thirza gewesen, weil sie diese Möglichkeit angedeutet hatte. Hätte sie Fichtl direkt gewarnt, hätte er sich mit einer Selbstanzeige noch in Sicherheit bringen können. Das wollte sie vermeiden, denn wenn sie ihn schon einbetonierte, dann richtig. Andererseits hätte sie, um ihn *ganz* richtig einzubetonieren, die Bemerkung mit der Strafakte eigentlich unterdrücken müssen.

Fazit (innerlich): Thirza hatte nicht gewusst, was sie wollte. Sie hatte gleichzeitig den Betrüger fertigmachen und sich selbst Arbeit ersparen wollen; denn bei einem Vergleich wäre der Rechtsstreit erledigt gewesen, Einigung, Rechtsfrieden, Punkt. Beides gleichzeitig ging nicht.

Fazit (äußerlich): Thirza hatte dem Bruder sein Schicksal in die Hand gegeben in der Gewissheit, dass er sich aus Gier und Betrugslust nicht retten würde.

War das vornehm? Nein. Thirza hatte es einfach genossen, den Betrüger Fichtl in die Enge zu treiben, nachdem sie dem Betrüger Gregor aufgesessen war. Und vermutlich hatte sie auch der Versuchung nachgegeben, Gott zu spielen.

War ich denn immer gerecht?, dachte Thirza rhetorisch, als sie in Pasing aus der S-Bahn stieg. Ach, nein. Ach, nein.

Als sie in die Schmiedgasse einbog, musste sie an Tante Berti denken, die im Altersheim weinend auf einen nassen Teebeutel biss und schluchzte: »Ich will nach Hause!«, während Thirza sich den Mantel anzog.

*

»Suchst du um Recht schon an, erwäge dies ...«, summte Max vor sich hin, während er eine Portion Muffins aus dem Backofen zog. »Suchst du um Recht schon an, erwäge dies ... Suchst du um Recht schon an, erwäge dies ...«

Er hatte seit einiger Zeit die Angewohnheit, halbe Sätze dreimal zu wiederholen, bevor er sie zu Ende brachte. »Was?«, fragte Thirza.

»... dass nach dem Lauf des Rechtes unser keiner zum Heile käm ...«

»Ach so.«

»… dass nach dem Lauf des Rechtes unser keiner zum Heile käm.«

»Ja, und?«

»Wir beten all um Gnade.«

»Literatur«, sagte Thirza misstrauisch.

»Shakespeare. *Der Kaufmann von Venedig.*«

»Wie kommst du darauf?«

»Durch Lesen.«

»Und warum summst du es?«

»Weil es mich bewegt.«

»Wie geht es weiter?«

»Und dies Gebet muss uns der Gnade Taten auch üben lehren. Dies hab ich gesagt, um deine Forderung des Rechts zu mildern.«

»Wann lebte Shakespeare?«

»Vor fünfhundert Jahren.«

»Die Justiz hat sich seitdem entwickelt. Gott sei Dank.«

»Der Mensch nicht.«

»Möchtest du mir was Bestimmtes sagen?«, fragte Thirza gereizt.

Max umarmte sie. »Aber nein, meine gesträubte Liebste, was denn, warum denn?«

Und Thirza, an Max' Brust, beruhigte sich wie immer sofort. »Ich habe heute einem Gauner zugesetzt, der sich … ach, lassen wir das. Er ist ein Gauner. Ein dummer, dreister Gauner; hat seine alte Mutter abgezockt und die Schwester betrogen. Aber was für eine elende Figur.«

»Wie immer«, lachte Max.

»Und was hast du erlebt?«

*

Einmal klagte ein sechzigjähriger Herr auf Rückgabe seiner Firma, die er vor drei Jahren verkauft hatte. Es war eine kleine, aber lukrative Firma gewesen, die eine technische Erfindung des Klägers vermarktete. Die Urheber-Nutzungsrechte waren auf den Käufer übertragen worden. Inzwischen bereute der Erfinder diesen Schritt und wollte ihn mit Hilfe des Gerichts rückgängig machen.

In seiner Klageschrift ließ er vortragen, er sei zum Zeitpunkt des Verkaufs depressiv und nicht geschäftsfähig gewesen. Zum Beweis fügte er ein privatärztliches Attest bei sowie die Bescheinigung einer vierwöchigen Behandlung in einer psychosomatischen Klinik im letzten Jahrhundert.

Die beklagte Partei erwiderte, nichts am Verhalten des Erfinders während der Verhandlungen habe eine Depression vermuten lassen, im Gegenteil: Der Mann habe von seinem Traum erzählt, in der Karibik zu segeln.

Der Kaufvertrag wirkte ausgewogen, es gab keine Hinweise auf einseitige Übervorteilung oder Sittenwidrigkeit. Infrage stand also die Glaubwürdigkeit des Klägers.

Und nun der Prozess.

Der Erfinder war ein großer, schwerer Mann mit asymmetrischer Stirn und einem dysplastischen Gesicht: Die linke Gesichtshälfte wirkte muskellos, wie eingetrocknet. Der Blick aus beiden Augen stumpf, etwas höhnisch. Ein kahler Kopf bis auf zwei Haarbüschel links und rechts des Schädels. Für so wenige Haare ziemlich viele Schuppen auf dem speckigen dunkelblauen Jackett. So stellt man sich ein Genie vor, aber keinen Karibiksegler. In der Karibik segeln leichtfertige, geföhnte Gesellschaftsleute mit Segeltuchschuhen, hatte Thirza gedacht.

Der Beklagtenanwalt argumentierte mit dem Segeloptimismus des Käufers vor drei Jahren.

»Wie war das mit der Karibik?«, fragte Thirza den Kläger.

»Nichtig«, antwortete er dumpf.

Sein Anwalt warf ein, die Karibik sei eine Heilungsidee der

Frau seines Mandanten gewesen. Außerdem habe diese Episode deutlich nach dem Firmenverkauf stattgefunden, und man verhandle hier über die Verfassung des Mandanten zum Zeitpunkt des Verkaufs.

»Haben Sie dem Beklagten während der Verhandlungen von den Segelplänen erzählt?«, fragte Thirza.

Der Kläger schwieg und schob den Unterkiefer vor.

»Wie schätzen Sie Ihren gegenwärtigen Zustand ein?«

Er zuckte die Achseln, auch das sehr wirkungsvoll.

»Sind Sie in Behandlung?«, fragte Thirza besorgt.

»Natürlich bin ich in Behandlung«, stieß er hervor.

»Fühlen Sie sich imstande, in diesem Zustand eine Firma zu leiten?«

»Natürlich wäre ich das«, im selben Ton.

Thirza scheute sich, die Sache in seiner Gegenwart zu entscheiden, und nannte einen Urteilsverkündungstermin. Danach sah sie den Kläger noch zweimal: gleich nach der Verhandlung im Gang (sein Anwalt redete auf ihn ein) und eine Viertelstunde später auf der kurzen Freitreppe, die in die Zentralhalle hinabführt. Der massige Mann zog düster wie eine Regenwolke an ihr vorbei.

Thirza verstand nichts von Depressionen. Der Anwalt des Klägers hatte zwar jenes Privatattest vorgelegt, aber den Beweis durch ein vom Gericht zu erholendes Sachverständigengutachten nicht angeboten. Thirza rief eine Psychologin an, die meinte, die Schilderung höre sich nach einer aktuellen Depression an, doch rückwirkend für die Zeit vor drei Jahren lasse sich das nur schwer feststellen. Nach dieser Auskunft sah Thirza keinen Anlass, dem Anwalt des Klägers weitere Hinweise zur Beweislage zu geben. Die Depressionen hatten den Kläger nicht daran gehindert, Erfindungen zu machen und erfolgreich zu vermarkten, also waren sie wohl erträglich gewesen. Und wenn er sogar in seinem aktuellen Zustand eine Firma verantwortlich führen zu können meinte, konnte er sie auch verantwortlich verkaufen. Das Gericht war für Depressionen nicht zuständig.

Dass ehemalige Unternehmer ihre freiwillige Selbstberentung bereuen, geschieht häufiger, als man meint.

Thirza wies die Klage ab.

Wochen später telefonierte sie mit dem Anwalt des Beklagten in einer anderen Sache. »Haben Sie gehört, dass Dr. Königer tot ist?«, fragte der.

»Nein! Wie?«

»Selbsttötung mit Schusswaffe.« Er schnalzte genießerisch. »Lag zwei Wochen tot in der Wohnung.«

»Woher wissen Sie das?«

Sein Mandant habe es zufällig erfahren. Und noch etwas: Der Erfinder war wirklich in der Karibik gesegelt. Mit Frau. Dann gab es einen Unfall: Das Boot des Ehepaars stieß mit einem Wal zusammen, worauf die Frau ins Wasser fiel und nicht mehr auftauchte. »Dr. Königer hat die Sache geheim gehalten«, sprudelte der Anwalt. »Dabei ist die Erfinderszene klein. Aber autistisch. Wenn Sie mich fragen: Viele von denen haben echt 'nen Knall.«

Wie gut, wenn man zu Hause jemanden hat, mit dem man reden kann! Thirza fand am Abend Max in Seitenlage auf der Couch dösend vor und legte sich in seine Arme, um sich trösten zu lassen. »Ich hätte vielleicht doch für ein gerichtliches Gutachten sorgen müssen. Andererseits kam der Erfinder mir so theatralisch vor«, flüsterte sie.

Max sagte heilsam genau das, was sie selbst sich wirkungslos gesagt hatte: Nicht deine Schuld. Für verheimlichte Unfälle von Karibikseglern ist das Gericht nun wirklich nicht zuständig. Wäre der Unfalltod der Frau bekannt geworden, hätte es diesen Prozess nie gegeben.

Max hatte eine leichte Alkoholfahne. Es war noch vor dem Abendessen. Muss ich mir Sorgen machen?, fragte sich Thirza in letzter Zeit öfters.

*

Max hatte einige Jahre lang viel zu tun gehabt, weil die Mandanten ihn weiterempfahlen. Zwischendurch florierte die Praxis geradezu. Dann nahm der Zulauf wieder ab; die hoffnungslosen Fälle blieben ihm, die gewinnträchtigen nicht.

Warum nicht?

Ein Immobilienbesitzer wäre beinah Max' Hauptmandant geworden. Er besaß in Pasing drei Miethäuser in bester Lage und wohnte in einem davon auch selbst in einer zweihundert Quadratmeter großen Maisonette. Einmal stürzte vor diesem Haus morgens um fünf Uhr eine Fußgängerin, weil sich auf dem Bürgersteig über Nacht Eis gebildet hatte, auf das in den frühen Morgenstunden eine dünne Schicht Neuschnee fiel. Für solche Unfälle haftet der Grundstückseigentümer; der Tatbestand heißt: Verkehrssicherungspflichtverletzung. Die Verletzte forderte wegen Wirbelsäulenprellung 4.500 Euro. Diese Summe schien dem Hauseigentümer überzogen, und Max kam als Anwalt des Eigentümers bei diesem seinem ersten Prozess zu einem Teilerfolg: Die Klägerin erhielt nur 1.500 Euro zugesprochen und musste zwei Drittel der Prozesskosten übernehmen, was durchs Schmerzensgeld nicht abgedeckt wurde. Max' Mandant schnarrte: »Gute Arbeit, Herr Girstl!«

Dieser Mann war vierundsiebzig Jahre alt, klein, untersetzt, mit kantigem Kiefer und breitem Mund. Max nannte ihn den Quadrathai. Die Rechnung für dieses Mandat war noch nicht bezahlt, da kam bereits das nächste: Der Hai hatte auf einer Partnerbörse eine dreißig Jahre jüngere Geliebte gesucht, aber nur Prostituierte angeboten bekommen. Einen Zusammenhang zwischen Wunsch und Ergebnis wollte er nicht sehen; er hielt es für ein Versagen der Partnerbörse und kündigte seinen Vertrag. Die Partnerbörse bestand auf Einhaltung einer Kündigungsfrist.

Max sollte ihn aus dem Vertrag befreien, gab aber zu bedenken, dass seine Kosten höher sein würden als die Vertragserfüllung. Der Quadrathai sagte, das sei egal, er sei ein Mann der Prinzipien.

Irgendwie schloss der Hai Max ins Herz. Es gab Phasen, da rief er ihn fast täglich in seine Maisonette, schnell und silbenschluckend mit einer schrillen Stimme, »HgißlkönnSema rübakom!«

Das hieß: »Herr Girstl, können Sie mal rüberkommen?« Es ging zum Beispiel um Verträge für eine existenzgründende Geliebtentochter, die der Hai treu versorgte, obwohl er nicht der leibliche Vater war. Oder um die Telekomverträge einer Altgeliebten, die den Vertrag auflösen wollte, weil sie das Passwort vergessen hatte. Dann kamen immer mehr Mandate zu Mietangelegenheiten hinzu, weil der gleichaltrige Anwalt des Hais sich allmählich aus den Geschäften zurückzog.

Max staunte nicht schlecht über das Chaos in der Spitze dieses Kleinimperiums, das ansonsten mit eisenharter Hand regiert wurde. »HGißlhab mBrille nda, wischnSema drüber!« Hier ging es um eine Auseinandersetzung mit einem Mieter. Der Hai hatte ein Aktenzeichen mit dem Smartphone fotografiert, aber seine Brille nicht zur Hand, Max sollte auf dem Display die Aufnahme herbeiwischen. Max stieß in der Hai-Galerie aber nur auf Frauen. »HGißlmachnSeschon!«

»Ich sehe hier nur Frauen!«

»WasfFraun?«

»Gerade eine Rothaarige vor dem schiefen Turm von Pisa.«

»Ah!«, schrie der Hai, »die Italienerin! DaswaneTeufelin, dihatmadie Hüfte ausgerenkt!«

Max konnte diesen Mandanten bald so gut imitieren, dass Thirza am Abendbrottisch Tränen lachte. Das Mietregime des im Privaten so fürsorglichen Familienhais war allerdings brachial und lief darauf hinaus, dass jede Anfrage und Beschwerde der Mieter mit Drohbriefen beantwortet wurde. Die Drohbriefe hackte der Quadrathai eigenhändig lustvoll in den PC, Max sollte sie nur orthographisch bereinigen und anwaltlich munitionieren. Max stellte eine weitere Schattenseite des Anwaltsdaseins fest: Er wurde zum Büttel des Quadrathais.

»Schatz«, sagte Thirza, »unsere materiellen Verhältnisse erlauben hier eine unangestrengte Anwendung der Pfeiffer-Formel.«

*

Max wurde immer dünner, während Thirza zunahm. Sie beschloss, mittags in der Kantine nur noch einen Salat oder eine Semmel zu essen und die Hauptmahlzeit auf die Abende mit Max zu verlegen. Sie tat einige Monate ihr Bestes mit wenig Erfolg, dann sprang Max ihr bei, und schließlich übernahm Max die abendliche Küche. Er entdeckte Muffins, und viele Wochen lang ernährte sich das Paar davon: Emmentaler-Muffins, Muffins mit Speck, Muffins mit Spinat, Schafkäse oder Broccoli, Spargel-Muffins; oder auch süße Muffins mit Kinderschokolade, Karamell, Himbeeren, Zimt, mit Sahne, ohne Sahne, mit Ei, ohne Ei. Am Wochenende kochte Thirza aus populären Büchern: *Powerkochbuch für Berufstätige*, *Feines für Eilige*, *Vegan für Faule*. Dieses Kapitel blieb unspektakulär, doch Max war als Esser genügsam, und Thirza war vor allem erleichtert, dass sie nicht kochen musste. Sie genoss Gemeinsamkeit und Gespräche wie am ersten Tag und ließ Max gern erzählen, um sich von der Überprüfung vierzigseitiger Rechenwerke zu erholen. Sie bat nur um Dispens, wenn es zu hoffnungslos wurde.

Zum Beispiel hier: Diese Mandantin war eine ehemalige Lebedame, die mit einem ehemaligen Star-Jockey verheiratet war. Der Jockey soff. Er schlief bis mittags, dann machte seine Frau ihm ein gutes Frühstück, Cappuccino, Müsli, Süppchen, und ließ die Badewanne ein. Er aß, badete, rasierte sich, kleidete sich an, immer akkurat: Anzug, Hemd, Fliege, Taschentuch, saubere Schuhe, die Frau föhnte ihm das Haar. Danach verließ er, klein und so dünn wie je, aber ansehnlich, am frühen Nachmittag das Haus, ging in die Wirtschaft und kehrte nach Mitternacht völlig besoffen zurück, verdreckt, verpisst, verkotzt, lallend, manchmal von Stürzen verletzt. »Dabei fällt er ja nicht tief«, grübelte Max' Mandantin. »Vielleicht hat er sich geschlagen? Er erinnert sich nicht.«

Während er unterwegs war, ging die Frau fremd. Das hatte sie schon immer getan, seit Beginn der Ehe. Er durfte nichts davon wissen. Er hätte sie umgebracht. Das Geld, das er als Star-Jockey verdient hatte, war verschwunden, teils in den Kneipen, teils in der privaten Einrichtung nach Regie der Frau: Mewi-Edelparkettmanufaktur, Möbel von Urbana, Poggenpohl-Küche.

Soeben plante die Frau eine Party zu seinem siebzigsten Geburtstag. Feiern wollten sie bei des Jubilars Lieblingswirt, der als Pferdesportfan zu diesem Anlass die Getränkepreise halbierte. Die Frau würde in der Poggenpohl-Küche das Büfett zubereiten. Der Jubilar selbst hatte nur einen Wunsch: Table Dancer. Er ließ verschiedene Gruppen kommen und vortanzen und entschied sich dann für ein paar Bulgarinnen, weil sie am billigsten waren und trotzdem hübsch. Die würden jetzt halbnackt auf den Tischen tanzen. Er freute sich riesig darauf. Da wurde plötzlich das gemeinsame Konto gepfändet.

Die Pfändung war der Anlass zur Anwaltssuche. Die Frau wollte, dass Max eine einstweilige Verfügung erwirkte, was juristisch gar nicht geht. Vorher hatte sie mit dem Gatten hin und her gerechnet, ob man die Party nicht auch so hinbekäme. Sie erwogen, was man so erwägt: einfachere Speisen, die trotzdem super aussahen. Beim Wirt Zeche prellen. Und natürlich, dieser Entschluss stand bereits fest: »Bulgarien kann warten.« Also: Die Tänzerinnen würden nicht bezahlt. *Der Mensch ist nicht gut* (Gustav Radbruch).

Während die Mandantin den skandalösen Hintergrund ihrer Pfändung erläuterte, erbleichte sie plötzlich und sank vom Stuhl. Max wollte einen Arzt rufen, doch sie lehnte ab: Es sei nur der Blutverlust. Sie blute leider aus dem Darm. Nein, kein Arzt, sie wisse schon, dass es Darmkrebs sei. Ihre Mutter und zwei Schwestern seien trotz Behandlung daran gestorben, deswegen lasse sie sich nicht behandeln. Sie wolle jetzt ihre einstweilige Verfügung. »Ein Begriff«, sagte Max zu Thirza, »der in diesem Zusammenhang einen besonderen Klang gewinnt.«

*

Seltsamerweise war Thirza bei Max' Literatur empfindlicher als bei seinen Fällen. Die ernste Literatur war entweder aufreibend oder belastend, und das Beste an ihr war, dass das Vorlesen auf der Couch stattfand und Thirza an Max gelehnt einschlief. Manchmal lasen sie natürlich auch Unterschiedliches, Thirza meist Zeitschriften, etwa die *NJW* oder *djbZ*, Max seine Bücher. Max las auch stumm sehr ausdrucksvoll, Thirza hörte ihn schnauben und knurren: Aah, rrrr, grmh, oder auch mal kurz und trocken: »Uff!« Und wenn er begann, sich auf Stuhl oder Sofa herumzuwerfen, fragte sie: »Was ist los?«

»Hier«, sagte Max, »Thomas Mann, Aus den *Betrachtungen eines Unpolitischen*: *Persönlichkeit ist Sein, nicht Meinen, und versucht sie sich einmal im Meinen, so wird ihr bemerklich, dass sie aus Gegensätzen besteht und schlecht geeignet ist, das nichts als Neue, das geistig streng Zeitgemäße zu propagieren.*«

»Was ist schlimm daran?«, fragte Thirza, die in der dritten Zeile abgeschaltet hatte.

»Der Stil! Was für ein Krampfknoten! Und zeitgleich schrieb Tucholsky! Die beiden können einander doch kaum als Menschen erkannt haben!«

Auch wenn Max Zeitung las, brummte er immer wieder oder raufte sich das dichte Haar. Und immer lachte er. Die Welt schien für ihn ein riesiges Kabarett zu sein.

»Stell dir vor, was heute der Wissenschaftssprecher der FDP gesagt hat: Der Akkuschrauber sei eine Erfindung der Astronauten, weil's auf dem Mond keinen Strom gibt. Erfindungsgeist aus Not, war das Motto.«

Oder: »Weltbewegende Frage: Warum sind die Sportler aus Jamaika so schnell? Voodoo oder Doping? – Breitenförderung!, sagt der jamaikanische Experte: Beobachtung, Auslese, intensive Betreuung, damit die Jungläufer nicht in die USA abwandern; erste Wettkämpfe bereits für Vierjährige. – Die Soziologin sagt: Weil das Land arm ist und Sport die einzige soziale Aufstiegsmöglichkeit. Alle machen mit, schon die ganz Kleinen. Ob mit oder ohne Schuhe, sie wetzen um ihr Leben.«

Oder: »In Tokio kostet ein Parkplatz 500 Euro im Monat!«

Max hörte außerdem im Büro gern Radio und teilte abends mit Thirza seine Bildungsfrüchte. »Wie es Hunde- und Katzenmenschen gibt, gibt es Schafleute und Ziegenleute. Schafe sind brav und berechenbar. Ziegen sind intelligent, launisch, intrigant, aufdringlich, wehleidig. Ein Schäfer sagte, er hätte es mal mit Ziegen probiert, aber die gingen ihm bald auf die Nerven. Wenn man etwa Ziegen die Marke ins Ohr knipst, gibt's Riesengezeter, Schafe hingegen stehen ordentlich in der Schlange, knips, knips, knips, und dann grasen sie weiter. Und wenn der Schäfer voranschreitet mit seiner Riesenschafherde, die von den Hunden auf Kurs gehalten wird, fühlt er sich wie ein König.«

»Stell dir vor«, sagte Thirza, »was ich heute in der Verhandlung erlebt habe ...«

Aber Max war noch nicht fertig mit seiner Tiergeschichte.

»Ziegen haben noch eine Eigenschaft: Sie brauchen einen Kumpel. Egal wer's ist, muss nichts mit Prägung zu tun haben, sie binden sich genauso mutwillig und eigensinnig, wie sie nun mal sind. Eine Ziege also band sich an ein Kaninchen, wollte nichts ohne das Kaninchen machen und stieß anscheinend auch auf Gegenliebe. Allerdings leben Ziegen länger als Kaninchen, und so war die Ziege plötzlich allein. Da bekam sie eine Depression: wurde apathisch, magerte ab, schleppte sich lustlos über die Weide, nichts zu machen, auch die Zeit heilte den Schmerz nicht, man musste mit einem Trauertod rechnen. Schließlich setzte man ihr ein neues

Kaninchen auf die Weide. Sofort erwachten ihre Lebensgeister, und es ging wieder aufwärts mit der Ziege.«

Max und Thirza lachten viel. Sie hatten sich immer was zu sagen, auch nach sechzehn Jahren. Manchmal redeten sie aneinander vorbei. Macht nichts. Wenn man nur jemanden hat, der einem nahe ist.

Man wurde natürlich älter. Thirza hatte nie besonderen Wert auf ihr Äußeres gelegt, musste aber inzwischen doch schlucken, wenn sie sich nackt im Spiegel sah. Rettungsringe, schlaffer Rücken, schilfernde Schienbeine, Orangenhaut – die Liste wird nicht zu Ende geführt. Thirza behandelte diese Sache so rational, wie es ihr möglich war, also gar nicht. Doch sie fuhr nicht mehr mit Max an den Starnberger See, wo sie früher manchmal gebadet hatten, denn sie genierte sich im Badeanzug. Max versuchte ihr das auszureden: Er werde ja auch nicht schöner. Was stimmte.

»Bei Männern kommt es auf das Äußere nicht so an«, entschied Thirza.

»Meine konventionelle Gattin.«

»Macht nichts!« Thirza leuchtete schüchtern aus allen dreihundert Falten. Außerhalb des Badeanzugs machte es wirklich nichts, denn sie wurde immer noch jeden Morgen wachgeküsst.

*

Wenn für jemanden, wie offenbar für Max, die Welt ein einziges Kabarett zu sein scheint, wozu braucht er dann gute Literatur?

»Sie lehrt, das Leben als Kabarett zu sehen.«

»Und wenn es ernst wird?«

»Dann hat sie mehr Energie, weil sie den Ernst verarbeitet, statt ihn zu verleugnen.«

»Ein Beispiel!«

»Ein Beispiel ... Ein Beispiel ... Es gibt in *Romeo und Julia* diesen Satz, den Romeo sagt, nachdem er erfahren hat, dass Julia tot ist. *Ich biet euch Trotz, ihr Sterne!* Das habe ich in meiner Krise gedacht, und es hat mir geholfen.«

»Den Sternen ist Romeo ganz egal.«

»Das weiß er. Aber durch diesen Satz bietet er ihnen Trotz.«

»Schöner Trotz. Romeo bringt sich doch um!«

»Du begreifst es nicht.«

»Nein«, sagte Thirza gekränkt. »Wechseln wir das Thema.«

»Wir wechseln es. Aber ich muss doch staunen, dass jemand, der familiär direkt aus der Kulturszene kommt, so wenig mit Kultur zu tun haben will.«

Nachdem Thirza über diese Frage nachgedacht hatte, verkündete sie – es war fünf Tage später, ebenfalls Abendessen, Muffins mit Lachs, Crème *fraîche* und Dill: »Zwei Lösungsansätze. Der erste: Ich wurde zu früh mit der schweren Kunst bedrängt. Das ist ja Kost für Fortgeschrittene, man muss stabil sein. Da du von Romeo sprachst: Ich besuchte mal mit meiner Mutter eine Premiere von *Romeo und Julia*, weil mein Vater den Pater Lorenzo spielte. Natürlich war mir bekannt, dass Romeo und Julia sterben, ein Theaterkind weiß so was vom Frühstückstisch. Ich wäre also eigentlich lieber nicht gegangen. Aber meine Mutter war eine harsche Frau, die weder sich noch andere schonte ...«

Erinnerung. Tizzi war damals zehn oder elf und lebte längst in Pasing. Der Theaterbesuch sollte ihr Gelegenheit geben, den Vater zu sehen, zuerst auf der Bühne, danach in der Garderobe, denn auf andere Weise traf man ihn nicht an. Übrigens hatte es bis dahin nur einmal geklappt, vor etwa zwei Jahren. Er hatte den Galileo gespielt, für Tizzi damals komplett unverständlich, und Tizzi erinnerte sich nur an Zornigers Garderobenauftritt: die dicken Schweißperlen auf der grobporigen Stirn, die nassen Haare, die dünnen Beine unter dem wuchtigen Leib, die tobende Selbstbegeisterung. »Dieser Mann ist eine Einbahnstraße«, sagte Gudrun, nachdem sie gegangen waren. Auf das zweite Treffen nach *Romeo und Julia* zeigte sie deshalb so wenig Lust wie Thirza. »Möchtest du denn deinen Papa sehen?«, fragte sie neutral, und Tizzi antwortete unschlüssig: »Ja ...«

»Na schön. Mal gucken, wie alt er inzwischen aussieht.«

»Und Papa spielt den Romeo?«, fragte Tizzi ergeben.

»Nein, den Pater Lorenzo. Du wirst ja sehen. Die Presse hat festgestellt, er verströme in dieser Rolle reine Güte und Weisheit. Vielleicht hält die Stimmung nach der Vorstellung noch ein bisschen an ...«

Es war dann so, dass Tizzi schon geängstigt auf dem großen Sessel in der dritten Reihe Platz nahm. Warum ein Stück ansehen, bei dem von vornherein klar ist, dass es schlecht ausgeht? Der berühmte Text? Von dem verstand sie nahezu nichts, und Pater Lorenzo ging völlig an ihr vorbei. Tizzi spürte aber das wunderbare Ereignis dieser Liebe. In der Pause flüsterte sie: »Es kann doch nicht sein, dass die beide sterben?« Gudrun lächelte undurchdringlich. Schon näherten sich Bekannte, man flanierte in Kulturgesprächen durchs Foyer, und Tizzi schlich wie gelähmt hinterher. Als das Publikum in den Zuschauerraum zurückströmte, jammerte sie vor sich hin: »Warum muss es schlecht ausgehen? Müssen die wirklich sterben? Das darf nicht wahr sein!« und so fort, bis Gudrun sich erbarmte. Das fiel Thirza erst jetzt wieder ein: wie die hochgewachsene schlanke, beherrschte Gudrun, die längst den Tod in sich trug, auf die aufgewühlte kleine Tizzi herabsah und unerwartet mitfühlend sagte: »Na, vielleicht geht's diesmal gut aus!«, was dann natürlich nicht der Fall war. Auf der Bühne vollzog sich unaufhaltsam die Tragödie; aber im Zuschauerraum geschah etwas Unerwartetes: Als Julia sich erdolchte, umarmte Gudrun Tizzi und presste sie an sich, und so blieben sie bis zum Ende der Vorstellung. Für Thirza war's in der Erinnerung wie eine nachträgliche Versöhnung, worüber sie jetzt, fast ein halbes Jahrhundert später, Tränen der Dankbarkeit vergoss. Max sah sie erschrocken an. »Schon gut«, stöhnte Thirza. »Uff! Es sind nur die ... die drei Bänder ... wie im Froschkönig, weißt du: die drei eisernen Bänder, die sich Heinrich um sein Herz hat legen lassen, damit es ihm nicht vor Weh und Traurigkeit zerspränge.«

Max: »*Heinrich, der Wagen bricht!*«

Thirza: »*Nein, Herr, der Wagen nicht, es ist ein Band von meinem Herzen, das da lag in großen Schmerzen …*«

»Schau an, meine süße Banausin, das kannst du auswendig?«

»Ich hatte viele Märchenplatten, legendär eingelesen von, dreimal darfst du raten, Carlos Zorniger. Und hier sind wir bei Lösungsansatz zwei: Ich war ja nicht nur von Kultur umstellt, sondern die Kultur bestand auch noch weitgehend aus der Stimme meines Vaters. Und du wunderst dich, dass ich genug davon habe?«

DER SCHLAG

Thirza kehrte am Freitagabend von einem fünftägigen Richterlehrgang zurück und fand Max bedrückt vor, seltsam starr und zugleich nervös.

»Stimmt etwas nicht?«

»Na ja«, sagte er nach einigem Zögern, »was soll man davon auch halten?«

Angetroffen hatte Thirza ihn am Kamin. Er war dabei gewesen, Schriftstücke zu verbrennen. Warum denn das?

Ach, er habe ein Mandat zurückgegeben. Alles habe seine Grenzen.

Es war ein einträgliches Mandat gewesen: Dr. Schnabel und Dr. von Poblotzki gegen Reiter und Quaas. Vier Eigentümer und Bewohner eines großen Hauses, durch die Immobilie aneinandergekettet, dabei so zerstritten, dass sie jede Woche gegeneinander Beschlüsse am Amtsgericht erwirkten. Eigentümerversammlungen endeten regelmäßig in Pöbelei und Tumult, bis sogar das Restaurant, in dessen Nebenzimmer sie tagten, drohte, ein Lokalverbot auszusprechen. Der Hausverwalter (Neffe von Quaas) war geflohen.

Max hatte vergeblich Regeln zum weiteren Umgang aufgesetzt, solche wie diese:

- Ausschließlich neutrale, leistungsfähige, professionelle Verwaltung, also keine Verwandten, Strohmänner oder persönlichen Angestellten der Eigentümer
- Keine unangemessenen Wirtschaftspläne
- Keine wissentlich fehlerhaften Protokolle der Eigentümerversammlungen
- Keine Falschbehauptungen

- Einhaltung eines minimal zivilisierten Verhaltenskodex: keine körperlichen Attacken, Verletzungen, Bedrohungen, Nötigungen, Schikanen, kein Einsatz von Gaspistole, Handfeuerwaffen, Messern

Am Donnerstag hatte wieder eine Eigentümerversammlung stattgefunden. »Diesmal ohne Geschrei, trotzdem unterirdisch«, sagte Max. Quaas hatte ihn einen Säufer genannt, Dr. Schnabel, seine Mandantin, hatte schrill gelacht. Ein Tollhaus. »Für solche Leute muss ich nicht arbeiten«, sagte Max und übergab das Anstandspapier den Flammen.

Sie aßen schweigend Muffins und gingen zu Bett.

Die Lese-Abende auf der Couch waren selten geworden, da Thirza immer früher schlafen ging. Meist legte Max sich irgendwann nachts dazu. Doch manchmal kam er mit, um im Bett vorzulesen. So wie heute.

Seit etwa vier Monaten lasen sie auf diese Weise mit großen Pausen *Das glückliche Ende* der *Märchen aus Tausendundeiner Nacht*. Thirza hatte es zunächst gemocht wegen der Kürze und Prägnanz der Geschichten. Max, der Kenner, hatte den farbigen, frischen Ton der neuen Übersetzung gelobt. Allmählich war Thirza aber an dieser Lektüre ermüdet. Denn in fast jeder Geschichte ging es um Lüge. Ob Männer, Frauen, Tiere, alle logen, trieksten und betrogen, und oft erschöpfte sich die Geschichte im Einfallsreichtum dieser Lügen. Nährboden solcher Fantasien war vielleicht eine Gesellschaft ohne Gerechtigkeit. Eine Gesellschaft ohne Justiz, fasste Thirza zusammen, nicht ohne Stolz. Die Lüge ist dort anscheinend das einzige Überlebensmittel der Schwachen, und sofern den Schwachen die Sympathie der Erzähler gehört, ist das natürlich okay. Aber nachdem es immer dasselbe ist und wir es nun begriffen haben, brauchen wir ja nicht noch weitere hundertfünfzig Varianten. »Eigentlich will ich nur noch das glückliche Ende hören«, schloss Thirza.

»Achtung: Das glückliche Ende ist ein vorgezogenes Ende«, sagte Max nach einer Pause.

»Her damit!«

»Ich kürze ab: Schahrasad und Schahryiar wurden aneinander satt und gesund und führten das köstlichste und genussvollste Leben, denn Gott hatte ihre Sorge in Freude verwandelt. So lebten sie Tage und Nächte, bis der Zerstörer der Genüsse zu ihnen kam und der Trenner der Vereinten sie mit sich nahm. Lange nach ihnen entdeckte ein anderer König dieses aufregende und vergnügliche Epos und las alle Bände und ließ Abschriften anfertigen und verbreiten. Und so kam es, dass die Reisenden die Geschichten in alle Gegenden trugen ...«

In dieser Nacht war Max sehr zärtlich. Thirza hatte ihre Wechseljahre längst hinter sich mit allen unerfreulichen Folgen, zunächst Wallungen, einige Jahre später auch Trockenheit, Brennen trotz Gel. Sie wollte Max möglichst nicht abweisen, weil sie ihm so zugetan war, war aber froh, dass er, ein ausgesprochen munterer Mann (wobei, wir haben ja wenig Vergleichsmöglichkeiten), sie seltener beanspruchte. In dieser Nacht aber war er gleichzeitig so dringlich und süß und geduldig, dass es wider Erwarten wunderbar wurde und Thirza im Einschlafen seufzte: »Bei mir war er ja schon, der Zerstörer der Genüsse. Gott sei Dank macht er auch mal 'ne Ausnahme ...«

Max murmelte: »Bei mir war der Trenner der Vereinten.«

Thirza schlief glücklich in seinen Armen ein und schrak mitten in der Nacht hoch. »Was hast du gesagt?«

»Nichts, nichts. Schlaf.«

*

Das Melanom. Ein Rezidiv. Beim Frühstück zog Max den linken Ärmel hoch. Letzte Woche, während Thirza auf dem Richterlehrgang weilte, waren sozusagen über Nacht den ganzen Innenarm entlang Knötchen aufgesprungen wie Pilze: glänzend, braun, erhaben. Er hatte es zuerst für einen Alptraum gehalten.

»Max! Um Himmels willen! Warst du beim Arzt?«

»Ja.«

»Was sagt er?«

»Meine Chance, die nächsten zwölf Monate zu überleben, liegt unter fünfundzwanzig Prozent«, sagte er heiser.

»Max! Die nehmen wir wahr!«

»Denkst du«, Max jetzt fast ohne Stimme.

»Was gibt es für eine Therapie?«

»Fast nichts. Chemo, Bestrahlung, immuntherapeutische Verfahren – habe ich schon durch, davon verspreche ich mir nichts.«

»Aber du hast es schon mal überstanden.«

»Den Primärtumor.«

»Versprich mir, dass du eine Therapie machst!«

»Ich kümmere mich.«

Thirza fragte von nun an jeden Abend nach, und er antwortete stereotyp: »Ich kümmere mich.« Seine Zunge war schwer. »Trinkst du?«, fragte sie, und er sagte: »Ja.«

»Max! Wir haben über die Frau des Jockeys gelacht, die mit ihrem Darmkrebs nicht zum Arzt ging, und jetzt machst du den gleichen Fehler!« Hätten wir wenigstens nicht gelacht.

»Es gibt einen Unterschied. Bei mir besteht keine Hoffnung.«

»Aber man kann vielleicht – Zeit gewinnen?«

»Wie viel Zeit? Und wie?«

Ein Kumpel von Max hatte einen schweren Krebs überlebt, war aber seit der Chemotherapie halbblind und dement, ein Pflegefall.

Max ließ sich bestrahlen und nahm angeblich Medikamente. Seine Wangen wurden hohl, die Haut fiel als runzliger Kehlsack vom Kinn. Viecherei, Übelkeit, Elend, Schwäche, keiner will so etwas lesen.

Die Knötchen gingen zurück, dafür wurden Lebermetastasen

festgestellt. Eines Morgens beim Frühstück fiel Max der Löffel aus der Hand. Er sah entsetzt aus. »Du weißt, was das bedeutet«, stieß er hervor.

So gut er konnte, arbeitete er weiter; er wollte seine Mandate vom Tisch bekommen und gab möglichst viele zurück. Da er geschwächt war, arbeitete er langsam. Er zog sich nach dem Abendessen in die Laube zurück und vermied die abendlichen Gespräche. Schließlich sagte er, er wolle sterben. Ob Thirza mit ihm in die Schweiz fahren würde.

»Max! Ich kann nicht mit dir in die Schweiz fahren und mit einem Sarg zurückkehren!«

»Du wirst es müssen, früher oder später.«

»Lieber später!« Thirza brach in Tränen aus. Max nahm sie in die Arme. »Natürlich. Je später, desto besser.«

Dann wurde er düster und sagte, er habe das falsche Leben gelebt. Eigentlich habe er tolle Möglichkeiten gehabt: als Erster seiner Familie studiert! Freiheit! Talent! Vielleicht hätte er wirklich Schriftsteller werden, es zumindest versuchen müssen. Aber ihm fehlten die Unbeirrbarkeit, das Selbstvertrauen, die Konsequenz. Er habe sich treiben lassen. Er habe die unfrohe Ehe und das Kind als Entschuldigung dafür genommen, dass er nichts aus sich machte. Er hatte sich sinnlos von der schwarzen Mamba unter den Tisch trinken lassen. Und so weiter. Kleinschadensachbearbeiter. Laubenanwalt. Büttel eines Quadrathais.

»Du wurdest geliebt. Du wirst es noch. Bedeutet das nichts?«, fragte Thirza gequält.

»Davon kann ich mir nichts kaufen!«, schnauzte er.

Kaufen? Er war auf einmal fremd. Hat er sich verändert? Oder habe ich ihn gar nicht gekannt? Wenn ihm meine Liebe nichts bedeutet: Muss ich mich dann betrogen fühlen? Oder darf ich froh sein, dass er es erst jetzt gemerkt hat?

Dann sah sie seine schweißnasse Stirn. Er knirschte mit den Zähnen. Thirza umarmte ihn. Nie hatte er ihre Zärtlichkeit zurückgewiesen, und er tat es auch jetzt nicht, aber er keuchte: »Du raubst mir den letzten Nerv!«

Und jeden Tag ging Thirza zur Arbeit und schlug sich mit Fällen herum wie diesen:

Ein Journalist verklagte den ansässigen berühmten Fußballverein, weil der ihn nicht mehr ins Stadion ließ. Vortrag des Vereins: Der Journalist habe unbefugt über Interna berichtet. Vortrag des Journalisten: Der Verein sei marktbeherrschend und missbrauche sein Monopol.

Ein Schauspieler forderte einen Honorarnachschlag von 15.000 Euro, weil der französische Film, dessen Hauptdarsteller er synchronisiert hatte, in Deutschland so viel Geld eingespielt hatte. Der Schauspieler erklärte, dass dieser Erfolg hauptsächlich seiner Sprecherleistung zu verdanken sei.

Ein Internetdrogist verklagte eine noble Parfümfirma, die ihre Parfüms nur in noblen Parfümerien verkauft haben wollte. Der Drogist trug vor, das Internet sei ein anerkannter Vertriebsweg, und seine Kunden erwarteten das vollständige Sortiment. Die Firma bestand auf Exklusivität.

Drei Fälle aus Hunderten dieser Art! Thirza dachte: Was geht mich das an? Zu Hause stirbt mein Mann, und ich kann ihm nicht helfen. Das ist ungeheuerlich. Wir wiegen uns in der Sicherheit einer Norm, die es gar nicht gibt. Das Ungeheuerliche ist die Norm.

Zwischendurch rief sie Max an, um seine Stimme zu hören. Aber was sollte sie fragen?

»Wie geht es dir?«

Er sagte: »Normal.«

Was wollte sie hören?

Dann ging er nicht mehr ans Telefon, und sie rief an, um seine Stimme auf dem Anrufbeantworter zu hören.

»Warum hebst du nicht ab?«, fragte sie abends.

»Was soll ich sagen?«

»Irgendwas! Hallo! Die Sonne scheint! Der Kamin brennt! Ich trinke Tee!«

»Du machst es mir nicht leichter.«

Entscheidungen waren zu fällen: Hospiz? Häusliche Pflege? Max verweigerte das Gespräch. Er wurde immer schwächer und knurrte stereotyp: »Überlass das mir.« Er brütete vor sich hin, war im Gespräch abweisend, sogar manchmal zornig, was er zuvor nie gewesen war, und sah sie an wie eine Fremde: feindselig, dachte Thirza, wie eine Begünstigte, die in einem Spiel bleiben darf, das er verlassen muss.

Tagsüber wurde er davongetrieben vor ihren Augen. Nachts aber schliefen sie umschlungen: er hinter ihr. Ihr Kopf auf seinem Arm. Wenn sie die Seite wechselten, kletterte er über sie hinweg. In tausenden Nächten hatten sie eine Routine entwickelt, die ihren Schlaf kaum störte; das kurze Erwachen bedeutete sogar jedes Mal Glück, weil es seine Nähe bewusst machte, und Thirza schlief geborgen wieder ein. Max magerte ab, seine Knochen wurden spitz, trotzdem genoss sie seine Wärme. Manchmal fehlte ihm die Kraft, über sie hinwegzuklettern, dann kletterte Thirza. Der kleine Turnakt machte sie wacher, aber auch das hatte etwas für sich: längere Wahrnehmung der Nähe.

Beim Frühstück – es war Freitagmorgen – grinste er schief; er nahm starke Schmerzmittel, und sein Blick war trüb. »Würdest du heute ausnahmsweise auch zum Gartenhaus Schnee schaufeln?«

Seit Beginn des Winters übernahm Thirza die Schaufelei. Keine schwere Aufgabe, die Winter waren ja seit Jahren mild. Doch diese Nacht hatte es geschneit, und Max wollte in der Praxis ein paar Sachen erledigen. Der Schnee nicht tief, in zehn Minuten war die Spur freigelegt. Herzzerreißend, dass der Mann sich nicht mehr zutraute, da durchzustapfen.

Thirza fuhr aufgewühlt zur Arbeit. Es schneite den ganzen Tag, nicht stark, aber stetig. Als sie abends heimkam, ging sie erst um das Haus herum und sah Max' Fußspur zum Gartenhaus und zurück und liebte die Fußspur und hätte sie am liebsten in Gips gegossen, um immer darauf schauen zu können. Sie betrat das geheizte Haus und sah im Vorraum mit Zärtlichkeit auf seine abgelatschten Schuhe.

Max schlief vor dem Kaminfeuer, eingefallen, faltig, dunkelgrau. Er kam zu sich, als Thirza ihn küsste.

»Wie süß, Max, dass du das Feuer angezündet hast!«

Er hatte es schon lange nicht mehr angezündet, weil es ihn zu sehr anstrengte, das Holz hereinzutragen.

»Hat auch 'ne Stunde gedauert.« Er lächelte schief. »Was weinst du? Ich lebe ja noch!«

*

Nachts erwachte sie in seinen Armen. Sie sah im Licht der Straßenlaterne große Schneeflocken fallen mit einer magischen Ruhe, die auf sie übergriff. Sein Atem ging regelmäßig. Es war wie früher, Thirza segelte in seinen runden, festen Armen, die Schultern an seiner warmen Brust, den Rücken an seinem weichen Bauch, in einen hellen Tag hinaus, an dem ihr nichts passieren konnte. Sie lagen so eng, als wären sie eins, doch mit dieser köstlichen lebendigen Naht der Berührung zwischen sich. Wie gut, dass er wieder so stark und gesund geworden war. Wie schade, jetzt aufstehen zu müssen. Andererseits: Wie schön, zusammen zu frühstücken! Der Wecker klingelte um halb sieben, das hatte Thirza schon vor Max so gehalten, und Max stand gern mit ihr auf, obwohl er, seit er selbständig war, auch hätte ausschlafen können. Nur jetzt sagte er mit ganz klarer Stimme: »Weck mich nicht.« Thirza schrak hoch. Er war nicht da.

Es war sechs Uhr, immer noch Nacht. Unten im Wohnzimmer öffnete Thirza den Vorhang: Im Gartenhaus brannte Licht. Immer noch fiel Schnee, Max hatte nun doch stapfen müssen. Thirza warf sich in Panik den Mantel über und folgte seiner schon halb verschneiten, verwühlten Spur. Einmal war er offenbar gestürzt und dann gekrochen. Ihr Herz schlug bis zum Hals. Die Außentür stand offen, im Windfang lag Schnee. Durch die Glastür zum Büro sah man Licht. An der Tür klebte ein gelber Zettel.

Auf dem Zettel stand: »Vorsicht, ich hänge hier.« Thirza fiel rücklings in den Schnee.

*

Sie wollte ihn nicht sehen. Sie wankte ins Haus zurück und wählte direkt die Nummer der Kriminalpolizei, weil sie das vor Jahrzehnten gelernt hatte. Samstagmorgen, sechs Uhr fünfzehn. In einer dröhnenden Stille hatte sie jetzt die müde Stimme eines Polizisten am Ohr.

»Er hängt? Hom S' nachg'schaut?«
»Nein.«
»War a Doktor do?«
»Nein.«
»Oiso wissen S' as goa net?«
»Bitte«, keuchte Thirza, »ich kann nicht!«

Dann kamen sie zu mehreren, ließen sich von Thirza die Laube zeigen, gingen hin, zwei kamen in die Wohnung, nachdem sie den Staatsanwalt gerufen hatten. Jeder nicht natürliche Tod führt zu Ermittlungen, den sieben W: was, wann, wo, womit, wie, warum, wer. Thirza kannte die Prozedur aus ihrer Staatsanwaltszeit, sie hatte selber sogenannte Leichensachen geführt: Auffindungssituation dokumentieren, Fotos, Spurensicherung, Prüfung auf verdeckte Tötung. Sie erinnerte sich an ihren ersten Toten. Zuerst waren immer andere Kollegen hingegangen, um sie zu schonen, aber irgendwann war sie dran und wollte das auch und ging mit einer Mischung aus Beklommenheit und Sensationslust hin. Auch das war ein Erhängter gewesen. Sie erinnerte sich an den Anblick – nicht daran denken. Und während Thirza mit bebendem Kiefer die Fragen des Beamten beantwortete, kehrte das Schulwissen von damals in stechender Klarheit zurück: Tod durch jähen Durchblutungsstopp im Gehirn, Bewusstlosigkeit nach sieben bis fünfzehn Sekunden, ein objektiv hässlicher, doch subjektiv schonender Tod.

Aber die Zeit davor? Die riesige Verlassenheit und Verzweiflung? Warum, um Himmels willen, hast du nicht mit mir gesprochen? Natürlich wäre ich in die Schweiz gefahren, um dir das zu ersparen. Um es uns zu ersparen. Mir. Warum konnte ich dich nicht davor bewahren?

»Gibt es einen Abschiedsbrief?«

Es gab keinen. Nicht mal einen Gruß. Vor Jahren hatten sie miteinander über die Klage einer Mandantin gelacht, deren Verlobter verschwunden war unter Hinterlassung eines Zettels auf dem Küchentisch: »Servus Schatz, schön war's!« Sie hatten, sei jetzt strafmildernd angemerkt, nicht abfällig gelacht, sondern perplex: Was die Leute sich so leisten. Jetzt hatte Max sich deutlich Ärgeres geleistet. Als hätte er die ganze Ehe widerrufen. Oder war er nicht mehr er selbst gewesen? Metastasen im Hirn? Das würde die Obduktion ergeben.

Thirza war auch über diese Prozedur unterrichtet. Sie hatte sogar einmal zugesehen, damals vor dreißig Jahren. Unvergesslich: Nachdem Gehirn und Organe des Toten entnommen worden waren, wurde sein Bauch mit Resteingeweiden und Zellstoff gefüllt und zugenäht, die Schädelkalotte an ihren Platz gesetzt und die Kopfhaut geschlossen. Während dieser Verrichtungen hatte der Pathologieassistent einen Handschuh wechseln müssen, das ging so schnell, dass Thirza es kaum mitbekam. Sekundenlang sah sie den offenbar beschädigten weißen Latexhandschuh neben dem Kopf der Leiche liegen. Dann warf der Assistent ihn so spontan wie beiläufig in die leere Hirnkapsel, zog die Gesichtshaut darüber und vernähte sie.

Nicht daran denken.

Natürlich denkt man daran.

Weil Samstag war, konnte Thirza zwei Tage im Bett verbringen. Sie lag im selben Zimmer, in dem sie vor über fünfzig Jahren als erschrockenes Kind Zuflucht gefunden hatte. Wie damals schien die Sonne herein. Thirza meinte sogar wie damals den Duft von Kaffee und Orangenschalen wahrzunehmen, das besorgte Gemurmel der Tanten, die knarzende Stiege, den langsamen Schritt von Opa Kargus und seine verlegen strenge Stimme: »Wusstest du nicht, dass man keine fremden Leute einlässt, wenn Mama und Papa nicht da sind?« Dann fingen die Jahre an zu laufen. Beni tauchte auf, der Thirza beschützt hatte und den sie, nachdem er von Opa Kargus gezüchtigt worden war und sie nicht mehr beschützen konnte, einfach vergaß. Sie hatte nicht mal versucht, Kontakt aufzunehmen, und er hatte nicht auf ihrer Freundschaft bestanden – kein Wunder, was war sie auch wert? Er trat einfach vornehm beiseite (dachte Thirza jetzt) und ermöglichte ihr eine atemberaubende Entwicklung vom scheuen Teenager zur Vorsitzenden Richterin im Justizpalast, mit Grundbesitz, Haus und Laube. Schmiedgasse 3, das Gehäuse ihres Lebens: oben 43, unten 60 Quadratmeter einschließlich Flur und Treppenhaus, das hatte für Großeltern, Tanten und Mutter jahrelang gereicht. Oma und Mutter starben. Viel später starb im Pasinger Krankenhaus Opa Kargus, der Thirza ebenfalls auf seine heikle Art beschützt hatte. Thirza zu Max: »Er starb, wie man so sagt: gnädig im Schlaf, nachdem er wochenlang von seiner Hinrichtung geträumt hatte. Also vielleicht doch nicht so gnädig?« Alles, was du sagst, fällt eines Tages auf dich zurück. Tante Schossi starb an einer Embolie auf dem OP-Tisch nach einem Oberschenkelhalsbruch. Tante Berti starb im Pflegeheim, nachdem Thirza sie sozusagen aus dem Haus vertrieben hatte. Alles fällt auf dich zurück. Halt, bist du jetzt nicht zu streng? Du hast sie ja auch betreut. Du warst dankbar, du gabst ihnen Liebe zurück. Oder gilt das nichts? Was gilt es? Nein, du hast ein gutes Leben geführt. Schlossherrin. Laube ausgebaut. Haus ausgebaut. Mit Max Kamin gebaut, Glasfront vors Wohnzimmerfenster, dann noch Wintergarten dazu, plus zwölf Quadratmeter.

Erinnerung: Max und Thirza, die frischen Nestbauer, im Ikea auf Einrichtungstour. Das war kurz nach dem Heiratsbeschluss, und Thirza, der alten Junggesellin, war auf einmal beklommen zumute. Unentrinnbare Zweisamkeit, hm, sollten wir nicht lieber bei den Sensationen der Reisen und dem Überschwang der Wochenenden bleiben? Thirza also widmet sich nur mit halbem Hirn der Möbelausstellung, während ihre Gedanken sich in Kartellverfahren und die bewährten, schützenden Begriffe flüchten: Eigentümlichkeitsgrad – Bereicherungsherausgabe – Glaubhaftmachungsmittel – lauterkeitsrechtlich – kennzeichnungsschwach ... Thirza antwortet also auf Max' Vorschläge nur einsilbig. Die beiden kommen an einem gewaltigen Drahtkorb voller großer Stofftiere vorbei. Max greift in diesen Korb und drückt Thirza einen flauschigen Hund in die Arme: »Schatz, möchtest du einen Kuschel-Husky?« Und Thirza, die in Gedanken soeben das Urteil formulierte, antwortet würdevoll: »Nein, ich möchte keinen Kuschel-Husky.« Dieses Wort aber auf ihrer Zunge hat einen unerwarteten Effekt: als brächte es eine Kapsel zum Platzen, in der ein dichtes Serum häuslicher Zärtlichkeit eingeschlossen war, das jetzt Thirza durchflutete wie Licht.

Max.

*

Schlaflosigkeit, rasendes Hirn, Wälzen, kein Einschlummern, sondern unbemerktes Wegkippen irgendwann, erschöpftes Erwachen.

Kein Abschiedsgruß. Kein Testament. Das Testament egal. Die Arbeit half wie immer. Karl Eppinger, der Gute, übernahm in den nächsten drei Wochen auf Thirzas Bitte den Vorsitz aller

Kammerverhandlungen. Eigentlich hatte er eben seine Krankschreibung nach einem Bandscheibenvorfall verlängern wollen und trat jetzt aus Ritterlichkeit an, stöhnend, mit steifem Rücken. Der Gute! Der Gute! Denn durch Thirzas Bewusstsein schwammen weiterhin Trümmer der Katastrophe. Manchmal als gnädige Erinnerungspartikel getarnt, wie dieses: Thirza und Max beim Urlaub auf Sylt. Max besorgt sich natürlich sofort Nordseeliteratur (*Nordsee-Mordsee*) und liest über die große Sturmflut Weihnachten 1717, und wieder gruselt sich das Paar unter der Bettdecke; diesmal über dem Bericht eines Hallig-Pfarrers, der nachts um drei sah, dass schon in der ersten Flutstunde Land unter war, worauf er sofort seine Familie weckte und mit ihr auf den Dachboden flüchtete, während die Brandung die äußeren und inneren Mauern einschlug, durch alle Räume brauste und das Mobiliar mit sich riss. Was war das Leben damals hart. Wie gut haben wir's! In Archsum (hier! vielleicht sogar genau an dieser Stelle, unter unseren Füßen!) brach die Hütte einer alten Frau zusammen, die auf den Trümmern ihres Hauses davongetragen wurde und ihrem erstaunten Nachbarn noch zurief: »Gute Nacht, Buh Tamen!« Alles fällt auf dich zurück. Jetzt im Gerichtssaal, sozusagen vom Richtertisch aus, sieht Thirza die Alte mit diesem Gruß im tosenden Dunkel verschwinden und denkt natürlich an Max, der sich grußlos verschlingen ließ. Und ich war doch weiß Gott mehr als seine Nachbarin. Warum musste es so enden? Was habe ich versäumt?

*

Zwischen den Erinnerungssplittern der tägliche Strom von Streit und Selbstgerechtigkeit, und du kannst überlegen, was dir mehr aufs Gemüt schlägt: der routiniert kalte oder der irrational verbohrte Egoismus. Der Erstere ist auf Dauer abstoßender, der Letztere belastender, da du bei Entscheidungen immer einer Partei mehr Schmerz zufügst, als du der anderen ersparst. Der Grund:

Die Billigung von Recht hat nicht entfernt dieselbe Intensität wie die Missbilligung von Unrecht. Entscheidest du aus Sicht einer Partei richtig, findet sie das selbstverständlich, entscheidest du falsch, ist es eine Ungeheuerlichkeit. Das ist wie beim Schmerz: Wir fühlen den Schmerz, aber nicht die Schmerzlosigkeit.

Max (vor Jahren): »Alle Kreatur weidet unter dem Peitschenschlag. Heraklit.«

Thirza: »Du wieder mit deiner Literatur! Deine Literatur redet alles schlecht.«

Max: »Nein, denn die Kreatur weidet ja auch. Eigentlich ist es eine Pastorale.«

Was hat ihm seine Literatur genützt?, dachte Thirza jetzt. Er hatte, als er gesund war, Shakespeare zitiert, Romeo: *Ich biet euch Trotz, ihr Sterne!* Als er krank war, bot er den Sternen keinen Trotz, er hängte sich einfach auf. Oder war das der Trotz?

*

Nach zwei Monaten arbeitete Thirza wieder mit voller Kraft. Traurig aber blieben die langen Abende ohne Ansprache und Zärtlichkeit. Thirza blätterte ratlos in Max' Büchern. Die Regale im Wohnzimmer waren fast durchweg mit seiner Literatur bestückt, während Thirzas Romane im Keller lagen.

Max' Bibliothek war nach Systemen geordnet: Sprachen, Zeiten, Autoren. Es gab aber auch ein Handregal, denn Max las immer in mehreren Büchern abwechselnd. War er mit einem durch, sortierte er es ins große Regal, vorher brauchte er es in Griffweite. Aus einigen hatte er Thirza Kostproben zukommen lassen, und wenn er vorlas und kommentierte, kam sie zurecht. Aber jetzt? Thirza setzte sich in seinen gut beleuchteten Lehnstuhl und blätterte mit spitzen Fingern. Ach nein. Die fünfte Alpha-Pubertät des Martin Walser – ohne mich. Goetz: viel zu lange Sätze, davon hab ich schon im Beruf genug! Morsbach – keine Ahnung, was daran komisch sein soll. Thirza stand in einer Eingebung auf, ging in den Keller, griff in eine Trivial-Kiste und kehrte mit einer Handvoll Courths-Mahler zurück.

Sie schlug ein Taschenbuch auf. Die letzten Seiten.

»Werner, wollen Sie sich noch immer hinter Ihrem Stolz verschanzen und mich weiter quälen?«
»Daisy, dass ich dich liebe, wie nur ein Mann eine Frau lieben kann, das weißt du, das musst du wissen! Aber – was habe ich dir zu bieten – nichts – nichts!«
»Nichts als dich selbst, und das ist mir genug, um mit keiner Königin zu tauschen!« ...
»Du! Du geliebtes Leben!« ...
Sie sahen sich immer wieder tief in die glückstrahlenden Augen und flüsterten sich all die Worte zu, die Liebende in ihrem Überschwang zu finden wissen.

*

Es fanden sich dann doch bessere Sätze. Als Thirza Max' Literatur aus dem Handregal räumte, um Platz für Courths-Mahler zu schaffen, fand sie seine Kladde. Ein Heft aus festem Karton, schwarz mit etwas abgegriffenen roten Ecken – Thirza kannte es, er pflegte Eintragungen zu machen, und als Thirza ihn zum ersten Mal dabei sah, fragte sie: »Dichtest du?« – »Ach nein«, lachte er (sein schönes Lachen!), »du kennst doch mein Los. Ich schreibe nicht auf, ich schreibe ab.«

Der erste Eintrag lautete:

Wie jung bin ich damals gewesen, wie sonderbar meine Träume, wie vergeblich mein Bemühn.
Hermlin, Hölderlin 1944

Thirza las diesen Eintrag, geschrieben in Max' kleiner, unruhiger Handschrift, und weinte ein bisschen; es war ja keiner da, vor dem sie sich hätte zusammenreißen müssen. Später, beim Abendessen, erinnerte sie sich an diese Worte und weinte wieder. Vor dem Schlafengehen sprach sie sie laut, und jedes Mal zitterte ihre Stimme. Was war so berührend? Nicht der Inhalt, oder? Nein. Sondern der schwebende Ton, das Staunen, das resignierend Jugend und Träume wieder belebt und sogar der Vergeblichkeit einen Zauber verleiht. Am nächsten Morgen erwachte Thirza mit dem Satz. Sie fand jetzt, er bedeute etwas wie Gnade.

Nicht daran denken, sondern wappnen. Anstrengende Verhandlung steht bevor. Mit der Bahn zum Hauptbahnhof, vom Bahnsteig zehn Fußminuten zum Büro im Justizpalast, Verhandlung vorbereiten, Notizen überfliegen, es klopfte, Kammerkollegen in Robe herein, selber Robe anziehen, zusammen zum Gerichtssaal.

Sachverhalt: Die Klägerin, eine Firma namens *SP21*, machte Schadensersatzansprüche wegen eines nicht erfüllten Vertrages geltend. Streitwert neunzehn Millionen.

Beklagte war *Solar Energy Peak e.V.*, ein gemeinnütziger Verein für Umweltförderung und neue Umwelttechnologie, gegründet von einem Solarmilliardär mit einem Kapital von fünfundsiebzig Millionen. Da gemeinnützige Vereine nicht kommerziell tätig werden durften, hatte ein inzwischen ersetzter Geschäftsführer mit zweien seiner Berater ein Outsourcing-Konzept entwickelt für das Unternehmen *Solar Peak21 GmbH*, kurz *SP21*, eine GmbH für Umwelterneuerung, die Publikationen, Videos und Artikel im Sinne des *Solar Energy Peak e.V.* vertreiben sollte. Dafür wäre eine Lizenzgebühr von 10 Prozent der erzielten Nettoeinnahmen an *Solar Energy Peak e.V.* zu entrichten gewesen. Ein Sponsor mit zehn Millionen wurde aufgetrieben, die Machbarkeit durch Norman Procter Consulting Ltd. geprüft, *SP21* ins Handelsregister eingetragen, eine Presseerklärung über die Zusammenarbeit veröffentlicht.

Ein Jahr später wurde der Leitungsstab des *Solar Energy Peak e.V.* ausgetauscht. Der neue CEO (Chief Executive Officer: neudeutsch für geschäftsführender Vorstand) focht den Vertrag an. Die *SP21*-Geschäftsführer, ihrer Existenzgrundlage beraubt, klagten auf Schadensersatz. Der beklagte Verein berief sich auf mangelnde Aktivlegitimation der beiden Kläger und formale Fehler, die den Vertrag nichtig machten.

Nun das große Ringen. Auf der Klägerseite die ausgebooteten Geschäftsführer, ein Mann und eine Frau mit Anwalt, auf der Beklagtenseite der CEO und ein Rechtsvorstand mit Anwalt.

Die beiden ehemaligen Berater und abgestürzten Unternehmer waren um die fünfzig, jünger wirkend. Die Frau eine elegante blonde Geschäftsschönheit, der Mann kurzhaarig, ein würdevolles Indianergesicht mit schwarzen Augen. Beide trugen randlose Brillen und sahen angenehm, intelligent und vertrauenerweckend aus, wie es in diesem Beruf üblich ist. Im Moment wirkten sie zudem unschuldig und erschüttert. Der Indianer hatte vermutlich seine Familie mitgebracht, jedenfalls saßen in der letzten Reihe des Zuschauerbereichs zwei ihm aus dem Gesicht geschnittene Söhne und ein älteres, düster blickendes Ehepaar.

Der Indianer erklärte in sonorem Bayerisch seine Erschütterung über die Vertragsanfechtung aus heiterem Himmel.

Es antwortete zuerst der Anwalt der Beklagten, Partner von *Collard & Hogg LLP*, einer englischen Magic-Circle-Sozietät, dort im Bereich *Litigation* (Streitführung) tätig. Als Magic Circle bezeichnet man die fünf Londoner Anwaltskanzleien mit den höchsten Umsätzen, jeweils um die zwei Milliarden Dollar im Jahr. Nicht schlecht, oder? Rechtsstreit als Fortsetzung der Wirtschaft mit anderen Mitteln.

Der Streitspezialist von *Collard & Hogg LLP* hatte in einem Alu-Rollkoffer neben den Prozessakten verschiedene Gesetzeskommentare herangekarrt, die er im Halbkreis vor sich auf dem Tisch aufbaute wie eine Ziegelmauer: Palandt, Zöller, dazu zwei

Bände des Münchener Kommentars. Nachdem er sein Laptop mit einem Handy verkabelt hatte, lehnte er sich zurück und präsentierte mit gespreizten Beinen und klaffender Robe auf der weißen Brust die breite Krawatte. Er war eindrucksvoll: ein drahtiger Mann mit einem smarten, asymmetrischen Gesicht und raspelkurzen Haaren. Brille mit dickem schwarzem Rand. Und so, äußerlich träge im Stuhl hängend, mit schleppendem Tonfall, aber gestochener Sprache, feuerte er hinter seiner Mauer hervor aus allen Rohren: Der seinerzeitige Geschäftsführer habe aus persönlichem Ehrgeiz seine Kompetenzen überschritten, weshalb sich *Solar Energy Peak e.V.* von ihm getrennt habe. Der Verwertungs- und Vermarktungsvertrag sei nicht wirksam zustande gekommen. Der von der Klägerin dargelegte Unternehmenswert sei aus der Luft gegriffen, der geltend gemachte entgangene Gewinn nicht mit Wahrscheinlichkeit zu erwarten. Es fehlten Anknüpfungstatsachen im Sinne von Paragraf 287 ZPO, die eine Schadensschätzung der Höhe nach erlaubten, und so weiter. Die Schlusspointe war, dass eigentlich die Beklagte gegen die Klägerin einen Schadensersatzanspruch habe, nicht umgekehrt: Paragraf 311 Abs. 2 BGB beziehungsweise Paragraf 311 a Abs. 2 BGB. Der Anwalt legte den Knöchel seines rechten Fußes aufs linke Knie. Schwarzer Seidenstrumpf. Eleganter, glänzend dunkelbrauner Schuh. Von dem ganzen Mann war während des gesamten Vortrags nur der rechte Fuß in Bewegung und zeigte dem Richtertisch die kreisende Glattledersohle.

Seine Mandanten aus dem *Solar-Peak*-Vorstand hörten entspannt zu. Dann wurden auch sie befragt. Der Rechtsvorstand, ein untersetzter älterer Mann mit robusten Zügen, schilderte jovial schmunzelnd sein Erstaunen beim Lesen jenes Vertrages, den ein dazu gar nicht befugter Geschäftsführer geschlossen habe. Der jugendliche CEO, der die ganze Zeit entrückt vor sich hin gelächelt hatte, erklärte, dass er erst nach den streitgegenständlichen Vorgängen in den *Solar Energy Peak e.V.* eingetreten sei und also aus eigener Wahrnehmung nichts beitragen könne. Anscheinend sei er von der inzwischen ausgeschiedenen ersten hauptamtlichen Ebene unzureichend informiert worden.

Der Auftritt des Trios eine Inszenierung der Unverwundbarkeit: Nichts kann uns passieren. Pures Geld rollt durch unsere Adern.

Thirza gab zu bedenken, dass hier von einer vorvertraglichen Bindung die Rede sei, aus der die Beklagten nicht hinauskämen.

Der CEO-Knabe lächelte. Der *Solar Energy Peak e.V.* habe kein Problem mit ordentlich abgeschlossenen Lizenzverträgen. Dies gelte auch für die beiden Kläger. Warum nicht die Angelegenheit überdenken und einen Modus finden, der den beiden Existenzgründern helfe und gleichzeitig mit den Vereinszielen vereinbar sei? »Wir haben die Aufgabe, der Allgemeinheit zu dienen. Unsere Integrität zu bewahren hat natürlich Vorrang, denn ohne Bewahrung unserer Integrität können wir der Allgemeinheit leider nicht dienen.« Dieser Punkt sei, seiner wie gesagt unvollkommenen Kenntnis des Vorgangs nach, bei der streitgegenständlichen Episode wohl unzureichend beachtet worden. Doch *Solar Energy Peak e.V.* erkläre sich bereit, mit den beiden Klägern in neue Verhandlungen einzutreten unter Beachtung der modifizierten Steuergesetzgebung.

Die Kläger wankten. Die Erklärung nahm ihnen den Wind aus den Segeln, ohne greifbar etwas zu bieten. Der Indianer sagte mit bebender Stimme, es falle ihm schwer, diesen Worten zu vertrauen. Zwei Jahre lang, seit der Streiterklärung, habe man sich geweigert, auch nur mit ihnen zu reden, und jetzt, nach zwei Jahren Existenzvernichtung, tue man auf einmal so, als sei nichts passiert? Warum mit Leuten verhandeln, die plötzlich erklärten, Unterschriften seien ungültig, weil Vorstandsvorsitzende nicht wüssten, was sie unterschrieben?

Lesen milliardenschwere Konzernchefs das Kleingedruckte? Vielleicht wollen sie einfach imponieren, eine übliche Hypertrophie der Natur? Mancher Hirsch hat ein so ausladendes Geweih, dass er sich im Gehölz verheddert, aber er muss zeigen, dass er sich's leisten kann.

Er habe nach Vertragsabschluss alle Beratungsaufträge abgelehnt, um seine ganze Kraft der *SP21* zur Verfügung stellen zu können, fuhr der Indianer bitter fort. Wer aus der Beratungsbranche aussteige, werde sofort durch die Konkurrenz ersetzt. Wieder einzusteigen sei kaum möglich, zumal die von der Beklagten sogenannte »Episode« seinen Ruf als Geschäftsmann und Berater ruiniert habe. Er stehe ohne Einkommen da. Er sei kurz davor gewesen, sich zu ermorden.

Thirza hielt für möglich, dass die Kläger einer Intrige innerhalb der Vereinsspitze zum Opfer gefallen waren, was das Gericht freilich nichts anging. Sie hatten sich für einige Monate als Global Player gefühlt und wurden plötzlich pulverisiert. Die enorme Schadensersatzforderung entsprach der Macht ihrer Träume und dem Maß ihrer empfundenen Not. Wirtschaftlich belegt hatten sie sie nicht. Sie hatten es nicht mal versucht.

Die Verhandlung ging in die dritte Stunde. Der Saal war überheizt, draußen lärmte der abendliche Stoßverkehr, bei geöffnetem Fenster hätte man kein Wort verstanden. Thirza, dampfend von einer Hitzewallung, schlug einen Vergleich vor.

Der Knabe lächelte großzügig. Der Streitspezialist stellte die Bedingung, dass die Kläger ihre Forderung mit reellen Zahlen belegten.

Die blonde Klägerin sagte mit erstaunlich tiefer, klingender Stimme, sie habe keine Angst zu verlieren, sie vertraue in die Rechtsprechung.

Immer noch saß im Zuschauerbereich die Familie des Klägers. Die Mundwinkel des Klägervaters, der aussah, als habe er für diesen Prozess sein Haus verpfändet, zeigten zum Boden. Und immer noch zitterten in der letzten Bank die hübschen kleinen Indianer.

*

Max hatte in seine Kladde auch Termine notiert. Sie mischten sich mit Denksprüchen und Gedichtzeilen.

10:30 Akte Faltermaier. 15:30 H. Eckinger. Reklamation Gazda?

Be not too hard for soon he'll die
Often no wiser than he began
Be not too hard for life is short
And nothing is given to man.
John Logan

*

In der Nacht träumte Thirza, ein Sturm nähere sich. Es war Zwielicht, wie oft in ihren Träumen. Die Landschaft gab auf der rechten Seite nach und hing schief. Unter einer schweren schwarzen Wolkendecke sah man einen hellen Streifen, erfüllt von Sprühregen. Blätter rauschten laut, und jemand sagte: Das ist der kleine graue GAU des Nordens. Thirza antwortete: Jetzt beginnt eine neue Zeitrechnung. Und dachte noch im Traum: Wieso Rechnung? Wofür? Wer zahlt?

*

Weiterarbeiten. Urteile schreiben.

Eine vom Sachzusammenhangsbegriff losgelöste Abschichtung – wie sie die Beklagte vertritt – nach unschlüssigen oder offensichtlich unbegründeten Klagen einerseits und in anderer Weise unbegründeten Klagen andererseits findet in Art. 6 Nr. 1 LugÜ 2007 keine Grundlage.

*

Termin: eine Mediation. Wieder mal Erbstreit, zwei Geschwister. Bruder zynisch, Schwester konfus. Der Bruder hatte die Erbschaftsregelung in die Hand genommen, weil die Schwester organisatorisch unfähig sei. Die Schwester fühlte sich übervorteilt.

Auf die Standardfrage: Was wollen Sie erreichen?, antwortete die Schwester: »Respekt!« Der Bruder: »Ruhe.«

Schwester: »Ja bin i denn a Scheißdreck?« (weint bitterlich)

Die Schwester hatte Fehler gemacht, weil sie nervlich zerrüttet war. Beide Streitenden waren als Kinder zu Halbwaisen geworden. Der Bruder war nach dem Tod der Mutter zu vernünftigen Verwandten gekommen und wurde gerettet, während die kleine Schwester bei Vater und Stiefmutter aufwuchs. Diese beiden waren Egoisten und Spießer, lieblos, übergriffig, brutal. Sie hatten abends immer Pornos geschaut in Anwesenheit des Kindes. Sie hatten dem Kind zwar die Hand vor die Augen gehalten, »aber i hob ois g'hört!«

Thirza erklärte vorsichtig, dass man dieses Unglück in einer Mediation nicht heilen könne, und riet der Frau, zum Psychologen zu gehen.

Beim Psychologen war sie schon! Er hatte gesagt, sie möge das alles ihrem Ficus erzählen! Wilde Tränen.

Dann wilde Vorwürfe gegen die Mutter. Die Stieftochter wollte ihr alle Schande sagen. Die Mutter war achtundachtzig. War das nicht zu spät?

»Wieso, die geht noch kegeln!«

Manche Fälle sind unheilbar.

In einer Pause öffnete Thirza das Fenster und stand erquickt im kühlen Luftstrom. Der Bruder trat zu ihr. »Ich sehe, sie tut Ihnen leid. Sie tut mir auch leid. Aber Vorsicht, ihr Mann hat sich mit einer Plastiktüte erstickt.«

*

Aus Max' Kladde:
Das eilende Schiff, es kommt durch die Wogen
wie Sturmwind geflogen;
voll Jubel ertönt's vom Mast und vom Kiele:
»Wir nahen dem Ziele!«
Der Fährmann am Steuer spricht traurig und leise:
»Wir segeln im Kreise.«
Marie von Ebner-Eschenbach

*

Urteil absetzen.
Zudem ist nicht ersichtlich, aus welchem Grund die Beklagte nach Treu und Glauben darauf vertrauen durfte, dass die Klägerin auch für andere Streitigkeiten das Schiedsgericht anrufen werde, zumal die zugrunde liegende Schiedsvereinbarung durch den Missbrauch der marktbeherrschenden Stellung der Beklagten zustande gekommen ist und dies gegen die Schutzwürdigkeit eines entsprechenden Vertrauens spräche.

*

Diesmal eine gelingende Mediation. Tat gut! Zwei Brüder stritten um ein Erbe. Weshalb? Der Altersunterschied zwischen den Männern betrug siebzehn Jahre, sie hatten kaum miteinander zu tun gehabt. Der Ältere war Polizist, der Jüngere Anwalt. Sie klagten um jede Treppenstufe. Dass Erbstreitereien oft eine starke psychische Implikation haben, wissen wir bereits, und so war es auch diesmal: Der Ältere warf dem Jüngeren vor, dass der nur deshalb habe studieren können, weil er während des Studiums bei den Eltern wohnte. Ein unbezifferbarer immaterieller Vorteil, der sich im weiteren Leben multiplizierte: reichere Heirat, besserer Status, bessere Ausbildung der Kinder. Ein Testament gab es nicht. Der

Vater war zweiundachtzigjährig dement und panisch im Pflegeheim gestorben.

Das Leben zu Hause sei kein Privileg gewesen, widersprach der Jüngere, sondern im Gegenteil reiner Horror.

»Warum hast du's dann gemacht?«

Ja, warum? Der Vater hatte beide Söhne geschlagen, mit Lust. »Jetzt hab ich mir diese Gerte abgeschnitten, die bekommst du zu spüren. Sei froh, dass ich die Dornen abgeschabt habe!« Der ältere Sohn war noch vor dem Abitur zur Bundeswehr geflohen und von dort zur Polizei gegangen, um bloß das elterliche Haus nicht mehr betreten zu müssen. Der Jüngere hatte ausgeharrt und war geschlagen worden, bis er einundzwanzig war. Dann sagte er zum Vater: »Wenn du jetzt deine Hand gegen mich erhebst, war es das letzte Mal.« Heute, zwanzig Jahre später, rief er mit aufgerissenen Augen: »Ich hätte ihn umgebracht!« Der Vater hatte das wohl gespürt; er verließ türknallend das Zimmer.

Frieden herrschte weiterhin nicht. Um studieren zu können, blieb der Jüngere zu Hause wohnen, oder glaubte es zu müssen, und der Alte genoss seine Macht über ihn. Einmal, immerhin vierundzwanzigjährig, lief der Sohn heulend zur Mutter und fragte: »Was soll ich tun, was soll ich tun?« Die Mutter fauchte: »Verschwinde endlich, hau ab von hier, ich kann dich nicht mehr sehen!« Der junge Mann floh bestürzt, fand in der Stadt eine Bude im Keller, unmöbliert, aber mit einer Matratze. Das war der Anfang. Von den Eltern bekam er nicht mal eine Gabel.

Der Ältere, ohne Abitur, nach Unteroffiziersausbildung und dreißig Jahren im mittleren Polizeidienst, war nicht so wortgewandt wie der Jüngere und unstudiert, wozu der Jüngere erklärte, bei der Bundeswehr hätte man durchaus studieren können. Aber der Ältere fühlte sich stärker vorgeschädigt. Er sei vom Alten viel ärger geschlagen worden als der Jüngere, so wüst, dass er sich ein ähnliches Maß bei niemandem vorstellen konnte: erbarmungslos, krankhaft, wahnsinnig. Als Beweis für die gnädigere Jugend des

Jüngeren nahm der Ältere den Fakt, dass dieser das Begräbnis ausgerichtet hatte, während er, der Ältere, den Vater immer noch so sehr hasste, dass er nicht mal das Grab sehen wollte. Der Jüngere sagte: »Was meinst du, was dieses Begräbnis für eine Belastung war!« Und so weiter. Jeder fühlte sich vom anderen nicht gewürdigt, doch es stellte sich heraus, dass sie eigentlich darum rivalisierten, wer es schlechter gehabt habe, und daraus ergab sich unerwartet eine Peripetie: Nachdem sie einander immer wilder die jeweiligen Misshandlungen geschildert hatten, brach erst der eine, dann der andere in Tränen aus, und sie versöhnten sich.

*

Aus Max' Kladde:
»Was ich vereint, das trenn' ich wieder.
Ihr wisst es. Warum liebt ihr euch?«
Wilhelm Hertz

Thirza küsste die Schrift auf den inzwischen gewellten Blättern.

*

Ach, es ist so dunkel in des Todes Kammer,
Tönt so traurig, wenn er sich bewegt
Und nun aufhebt seinen schweren Hammer
Und die Stunde schlägt.
Matthias Claudius

*

Urteil:
Angesichts dessen bedarf der Umstand, dass die vorgenannten Verfügungsmarken – abweichend von den Marken gemäß Anl. K 8 und K 9 – nicht durchgängig Warenidenti-

tät zum angegriffenen Zeichen der Ag. aufweisen, sondern lediglich teilweise im Ähnlichkeitsbereich liegen, keiner vertieften Erörterung mehr.

*

Und wieder eine lange Verhandlung, hoher Streitwert, teure, gestählte Anwälte. Thirza hatte diesen Termin ans Ende des Verhandlungstages gelegt, weil sie sicher war, dass nichts herauskommen würde außer Anhörung, Schlagabtausch und Anschlusstermin. Doch unerwartet zeigten beide Parteien Einigungsbereitschaft, und man verhandelte lange und konstruktiv. Der Vergleich wurde geschlossen, diktiert, den Parteien vorgespielt, genehmigt, alle waren erleichtert. Als die Prozessbeteiligten auseinandergingen, war es fast halb neun.

Licht aus, Saal absperren, zurück ins Büro, Robe aus, Akte zusammen mit dem besprochenen Tonträger in den Auslauf legen, Mantel an. Durch den stillen Gang und die riesige leere, nur noch matt beleuchtete Zentralhalle zur Pforte.

Tönt so traurig, wenn er sich bewegt

Am Fuß der in die Halle hinauslaufenden halbrunden Freitreppe hielt Thirza inne, unerwartet berührt von der Majestät des Raumes, der im Halbdunkel feierlich wirkte wie eine Kathedrale. Hier, an dieser granitenen kleinen Stufenkaskade, hatte Thirza einst vor dem zweiten Staatsexamen mit ihrer schweren Umhängetasche gestanden, weil sie in Panik vergessen hatte, wo der Lift war. Hier war sie seitdem tausende Male hinauf- und hinabgestiegen, den Kopf unablässig voll mit fremden Streitereien, läppischen und tragischen, pathetischen und absurden. Auf einmal schien die Kathedrale zu Füßen des in seinen bronzenen Pumphosen theatralisch schweigenden Prinzregenten erfüllt vom Gemurmel der Rechtsuchenden, die in diesen Jahrzehnten durch Thirzas Hände gegangen waren. Erregte, zynische, unverschämte, verblendete, verrückte, verwirrte oder verzweifelte – tausende Rechtsuchende. Hier, an dieser Stelle, hatte ein freundlicher schildkrötenhafter Alt-Ostpreuße Thirza unerwartet die Hand geküsst, und hier hatte der finstere Karibiksegler sie überholt, um sich in seinen vier Wänden zu erschießen.

Und nun aufhebt seinen schweren Hammer

Durch die Schranke zum Ausgang. Ein Wink zum Pförtner und von ihm zurück, natürlich kannte Thirza alle Pförtner, dieser war ein kahler älterer Mann mit nussbraunen Augen und einem besonders netten, feinfühligen Lächeln, sie freute sich immer, wenn sie ihn sah, und er freute sich, dass sie sich freute. Eine kleine nebensächliche, aber wärmende Geste zum Abschied aus dem Palast an diesem anstrengenden Tag.

Hinaus. Unter diesem steinernen Baldachin vor dem Tor hatte damals unerwartet Max gestanden, als Thirza auf ein Nachlassen des Regens wartete. »Entschuldigen Sie bitte, Sie sind doch Frau Thirza Zorniger?« Max. Tauchte einfach im Geprassel von Regen und Rechtsucherei auf und machte sie glücklich.

Als Thirza den Weg zum Bahnhof einschlug, strömten ihr plötzlich Tränen aus den Augen. Große Peinlichkeit, Gott sei Dank wenig Leute unterwegs und natürlich schützendes Dunkel, aber was jetzt? Zurück ins Haus, am freundlichen Pförtner vorbei? Ausgeschlossen. In die S-Bahn? Ausgeschlossen, man wäre bis dahin nicht versiegt. Thirza lief mit gesenktem Kopf Richtung Stachus, wo es zu hell war, kehrte um und lief nun doch Richtung Bahnhof am Justizpalast vorbei, bog aber nach dem Oberlandesgericht nach rechts ab, ihre Füße erinnerten sich plötzlich der Luszczewski-Runden und führten sie direkt in den Alten Botanischen Garten.

Thirza setzte sich auf eine Bank. Es war April, windig, aber nicht kalt, im Mantel gut auszuhalten. Im Garten keiner unterwegs. Thirza ließ ihren Tränen freien Lauf. Vor ihr verschwamm der von Luszczewski geschmähte Neptun mit seinem plumpen

Dreizack, hinter Neptun verschwamm der unbeleuchtete Palast, ein riesiger düsterer, kolossaler Findling, den ein zufälliger Eisstrom der Geschichte hier abgesetzt hatte. Thirza war bereit, sich ihrerseits einem Strom fataler Gedanken hinzugeben, Stichwort vergebliches Bemühen, schließlich: War sie nicht vom selben Eisstrom hergetragen und an dieser Stelle wenn schon nicht abgesetzt, dann eben verloren worden als leichter grauer, rundgeschliffener Kiesel? Wollust der Trauer, komm, ich habe noch mehr zu bieten: jetzt etwas ganz Furchtbares, das ich noch niemandem erzählt habe, nicht mal Max. Das war noch in der Kinderzeit mit Beni, ich war vielleicht sechs, wir sahen, dass die Katze Mimi im tiefen Gras eine junge Maus in ihren Besitz gebracht hatte. Die Maus kauerte schreckensstarr, die Katze wartete auf eine Bewegung, um zuzuschlagen. Beni erklärte: »Katzen fressen Mäuse!« Thirza trat mit ihrem Kinderfuß dosiert auf die Maus und sagte zu Mimi: »Friss!« Mimi aber, um ihr sportliches Vergnügen gebracht, hatte die Lust verloren. Thirza und Beni wandten sich ebenfalls ab, und alle gingen ihres Wegs. Die kleine Maus rang auf dem Rücken liegend nach Luft. Das war unverzeihlich, ein menschliches Desaster, die ganze Biologie ist ein menschliches Desaster, das vergebliche Bemühen reine Wichtigtuerei. Du betrauerst jetzt angemessen diese von dir sinnlos ermordete Maus, sie allein ist es wert. Und dann reißt du dich zusammen, fährst nach Hause und wirst ab morgen wieder für Gerechtigkeit sorgen.

Thirza fröstelte. Sie sah auf die Uhr: fast elf. Zwei Stunden musste sie hier gesessen haben. Vom Parkhotel her in ihrem Rücken hörte sie das Grölen Betrunkener und sah über die Schulter zurück, ob man sich in Sicherheit bringen müsse. Nein, die Gruppe torkelte Richtung Hauptbahnhof, ohne den Garten zu berühren. Als wäre er heilig, für diese wenigen Stunden der Nacht.

Als Thirza aufstehen wollte, entdeckte sie, dass hier doch Leben war. Ein Kaninchen hoppelte vorbei, ohne Eile. Und dann noch eins. Mehrere. Sie putzten sich, richteten sich auf, schnupperten, lauschten, rannten durcheinander. Kaninchen, mitten in der Stadt! Anscheinend versteckten sie sich tagsüber, Thirza hatte auf keiner ihrer Luszczewski-Runden welche gesehen. Nachts aber kamen sie heraus und führten hinter dem Justizpalast ihr eigenes unbekümmertes, unwiderstehliches Leben.

Max. Man kann schon fast wieder lachen. Was war das für ein süßer Mann gewesen. Und er hatte sie geliebt, trotz all dem, was man jetzt von Herzen und weiß Gott zu Recht bereut.

Thirza! Ich will, dass es dir immer gut geht! Denn dann geht's mir auch gut!
Ich kann gar nicht aufhören, dich zu lieben!
Man stelle sich vor, zur gleichen Zeit lebte Tucholsky! Die können einander doch kaum als Menschen erkannt haben.

Und Thirza, die einmal vor gut siebzehn Jahren an genau dieser Stelle in großer Tapferkeit Daniel Luszczewski erklärt hatte, es sei Unsinn, Erlösung von einem bestimmten Menschen zu erwarten, dachte: Man kann wirklich Erlösung von einem bestimmten Menschen erlangen – von wem, wenn nicht von ihm?

Hatte ich ein Glück.

DANACH

Danach ging alles so weiter, und angesichts der Weltlage hätte Thirza nicht gewagt, das für eine schlechte Nachricht zu halten. An den Rändern Europas Kriege, maßlose Korruption und Tyrannei, zerbombte Städte, Flüchtlingsströme, aber im Land prozessierte man weiter. Die Fälle für die Kartellkammer wurden immer komplexer, Europa-Bezug, internationale Rechtsprechung, Internet-Problematik; immerhin kein Vergleich zu den Problemen in den Banken- und Finanzkammern. Die Menschen wurden sogar in München ärmer – Daniel, der inzwischen ein gemäßigtes Nachtleben führte, berichtete von Bettlern auf den Straßen. Thirza selbst bekam davon nichts mit und kehrte jeden Abend unbehelligt in die Pasinger Enklave zurück.

Der Hausfrieden in der Kammer profitierte davon, dass nach etlichen Querelen Gregor Lenz als Kammervorsitzender ans Landgericht N. versetzt wurde. Gregor hatte bis zuletzt im Wechsel gedroht und gejammert. Je schärfer Thirza ihn behandelte, desto unterwürfiger war er gewesen; Thirza genoss aber Unterwürfigkeit nicht. Als Thirzas Beurteilungsbeitrag fällig war, hatte Gregor noch einmal das ganze Unglück seiner Kindheit vor der Vorsitzenden ausgebreitet, von mutterlos bis Skisprungdrama. Wieder tat er ihr leid, aber nur ein bisschen, denn inzwischen war er erwachsen und terrorisierte seine eigenen Kinder. Einmal hatte sie ihn zufällig mit der Gattin telefonieren gehört und über seine ätzende Kälte gestaunt. Wer lässt sich das bieten? Ein einziger Satz in diesem Ton mir gegenüber würde das sofortige Ende der Zusammenarbeit bedeuten, hatte Thirza gedacht. (Max. Was war das für ein lieber Mann. Hatte ich ein Glück.)

Für Gregor Lenz kam Klara Ley, bis dahin Beisitzerin in

einer Wirtschaftstrafkammer, zweiunddreißig Jahre alt und charismatisch: schlank, schmal, ohne Brille, große verträumte dunkelbraune Augen, kraftvolles langes Haar, das sie regelmäßig, auch während der Kammersitzungen, wie geistesabwesend mit langsamen Bewegungen hochsteckte oder öffnete, worauf es ihr glänzend-dunkelbraun über die schmalen Schultern fiel. Übrigens durfte man sich von der lyrischen Erscheinung nicht täuschen lassen: Klara war streiterfahren, mit der aktuellen Internet-Entwicklung vertraut, von schneller Auffassung und bestimmtem Wesen. In Kammerbesprechungen verteidigte sie bisweilen gegen Karl, der im Alter milder geworden war, und Thirza, die schon immer milder gewesen war als Karl, einen harten Kurs und argumentierte dabei ohne Eifer so scharfsinnig, dass sie gelegentlich einen von beiden umstimmte. Als sie nach einem solchen Fall mit feinem Lächeln Thirzas Büro verließ, um ihr Urteil abzusetzen, seufzte Karl: Er sehe, dass es an der Zeit sei, der Jugend zu weichen. Karl war inzwischen dreiundsechzig. Seine Stirn reichte bis zum Hinterkopf. »Wenn der Verstand kommt, muss das Haar weichen«, scherzte er, und: »Dafür reicht mein Bauch bis zur Tür.« Er ging steif, mit leichter Rückenlage, und warf beim Gehen breitbeinig die Füße voran. »Mei, Tizzerl« – er nannte Thirza nur selten so, in skrupulöser Kombination besonderer gemüthafter Beweggründe, wobei er jeweils ins Bayerische wechselte –, »pack ma's, wos moanst?«

»Wage es!«, rief Thirza.

Er meinte den Vorruhestand. Er wies scherzhaft darauf hin, dass sein ältester Sohn inzwischen Jura studierte und ihn mit nur wenig Verzögerung ersetzen würde, was aber erzieherisch keinesfalls ein Selbstläufer gewesen sei. Dann zählte er im gespenstisch Römer'schen Tonfall die Mühen der prä-universitären Präparation auf, worauf beide lachten, wenn auch etwas unbehaglich, denn um Römer gab es ein Geheimnis.

Römer war gewissermaßen verschwunden. Man sah ihn weder

bei den Weihnachtsvorträgen der Münchner Juristischen Gesellschaft noch zu sonstigen Anlässen geselligen Beisammenseins. Karl Eppinger hielt zwar als Ziehsohn Kontakt, war aber anscheinend zur Diskretion verpflichtet worden. Das letzte Mal hatte Thirza ihn vor Jahren befragt.

»Was macht Susi?«

Er hatte geantwortet: »Schwierigkeiten.«

Susi musste in der Pubertät sein, hatte Thirza nachgerechnet, natürlich machte sie Schwierigkeiten, es war sozusagen ihre Aufgabe. Thirza hatte sich vergnügt vorgestellt, wie Susi ihrem entsetzten Großvater auf Latein alles sagte, was Tizzi seinerzeit gegenüber Opa Kargus nicht mal zu denken wagte: *Jetzt chill mal, du alter Schnarcher, ich geh jetzt in 'n Club, und wenn du noch lange nervst, komm ich tätowiert zurück.* Karl allerdings hatte so ernst, ja betrübt ausgesehen, dass Thirza erschrak: Musste man sich das Ärgste vorstellen – Drogen, Delinquenz? Das hätte Thirza schon nach ihrer kurzen Bekanntschaft mit Susi geschmerzt. Für den verknöcherten spätverliebten Römer aber wäre es eine Tragödie gewesen. Thirza hatte deshalb vorsichtshalber nicht nachgefragt; um Karls willen und um ihrer selbst willen.

*

Es war ein ungewöhnlich strenger Winter gewesen, zwei Wochen durchgängig Frost, morgens, wenn Thirza zur Arbeit aufbrach, minus elf, zwölf Grad. Im Laufe des Tages hob sich der Nebel, und Thirza am Schreibtisch, kurz von den Akten aufblickend, sah durchs Fenster matten Sonnenschein. Wenn sie zu Dienstende den Justizpalast verließ, trat sie in eine wieder trübe, eisige Nacht. An den Straßenrändern lag in schmutzigen Haufen gefrorener Schnee. So stellte sich Thirza Sibirien vor: erstarrte Szenerie, lähmende Kälte, magnetisches Dunkel.

Eines Samstagmorgens aber schien die Sonne ins Schlafzimmer, als wäre es das Selbstverständlichste. Draußen leichte, klare Luft. In einer Eingebung wählte Thirza Heinrich Blanks Nummer. Er hob sofort ab. Und er freute sich sogar, nahm ihre Einladung an und kam am nächsten Tag. Wie angenehm, so ein Kontakt ohne Förmlichkeit, dachte Thirza, während sie zu Blanks Ehren ein altes ostpreußisches Rezept ausgrub, Apfelklöße mit brauner Butter. Er redet nicht von seinen Terminen, sondern kommt einfach. Vermutlich hat er eine Menge Dinge zu erzählen, die keiner hören will. Und bestimmt wird er mich wieder beleidigen.

Als er dann vor der Tür stand, erschrak sie, wie alt er aussah. Natürlich, er war Mitte siebzig. Faltig, fleckig, nur noch ein paar Flinzel am Kopf, leicht gekrümmter Rücken, zarter Fingerschlag. Als Jugendliche kannten wir das Wort Tattergreis; das haben wir wohlweislich vergessen. Zu Recht. Erstens, sieh in den Spiegel. Zweitens, hör zu. Blank redete los, und es war wie früher.

Er habe seit der Pensionierung eine kleine Anwaltskanzlei. Eigentlich nur zum Abtrainieren, sagte er: »Um nicht zu rosten. Alte Anwälte haben wenige Mandate, dachte ich. Dann kam aber eins zum anderen, wobei ich erwähnen darf, dass ich als Anwalt immer noch eine weiße Weste habe.« Das bedeutete: Alle seine Mandanten hatten gewonnen. Er hatte für sie gewonnen. Er lachte. »Dabei ist man ja bekanntlich vor Gericht und auf hoher See in Gottes Hand. Bisher hat Gott es gut mit mir gemeint. Hoffentlich muss ich's nicht büßen.«

Sie saßen im lichtdurchfluteten Wintergarten, tranken Tee und aßen die Apfelklöße, und obwohl Thirza Blank seit vier oder fünf Jahren nicht gesehen hatte, fühlte sie sich ihm nahe, als wäre sie seit ebenso vielen Jahren mit ihm verheiratet. Auch er wirkte für seine Verhältnisse ungehetzt, streckte sich im Sessel, blinzelte in die Sonne. »Natürlich«, sagte er, »haben Sie Schlötterer nicht gelesen.«

»Nein ... aber gehört ... Sie meinen den ehemaligen Ministerialen?«

»Ja. Aus dem Finanzministerium. Vor Jahrzehnten auf unserem LG-Sommerfest habe ich von ihm erzählt, Sie wollten es nicht so genau wissen. Inzwischen hat er zwei Bücher über die bayerische Regierungskriminalität geschrieben.«

»Ach Herr Blank, meinen Sie, ich hätte nicht genug zu lesen?« Stimmt. Gestern Abend etwa Courths-Mahler, *Scheinehe*, zum fünften Mal. Na und? Andere Richterinnen spielen in ihrer Freizeit Bridge, und Richter sehen Fußball. Ich würde sagen, wir haben es verdient. Thirza erwiderte unbefangen Blanks Blick.

»Achtung«, sagte Blank und beugte sich vor wie früher, wenn er beharrlich wurde, »wir reden hier nicht von Romanen. Dr. Wilhelm Schlötterer ist eine historische Figur, ein bayerischer Spitzenbeamter. Er beschreibt die Regierungskorruption unter Franz Josef Strauß und seinen Nachfolgern. Zwei glasklar geschriebene Bücher, und niemand konnte sie verbieten, weil alles stimmte. Wir reden von Schwerkriminalität. Es handelt sich um Diebstahl am Volk. Die gestohlenen Steuermilliarden und die Unterbesetzung der Justiz hängen zusammen. Ist Ihnen das wirklich egal?«

»Ich hab's ehrlich gesagt nicht so genau verfolgt. Es wurde ja auch bald wieder still um Herrn Schlötterer.«

»Die CSU erwähnt öffentlich seinen Namen nicht, um sich mit den Enthüllungen nicht auseinandersetzen zu müssen. Sie machen weiter, als sei nichts gewesen. Die Anklagebehörde ignoriert die von Schlötterer öffentlich aufgezeigten schweren Rechtsverstöße und jagt Ladendiebe. Sie hat sich damit sogar selbst strafbar gemacht. Paragraph 152 Absatz 2 StPO.«

»Sie meinen, die Staatsanwaltschaft müsste gegen sich selbst ermitteln?«, lachte Thirza. Blank blickte streng. Sie seufzte. Natürlich ahnt man, dass es so läuft. Das Volk führt sein eigenes wenig heiliges Leben im Schatten des Justizpalasts, vergleichbar vielleicht den Kaninchen im Alten Botanischen Garten. Die Justiz sorgt für Ordnung, soweit das unter Kaninchen möglich ist, und weit oberhalb kämpfen die politischen Karnickelzüchter mit mörderisch harten Bandagen ihre sprichwörtlichen Querelen aus. Wehe, man stellt sich ihnen in den Weg.

Thirza seufzte nochmals und zitierte Tucholsky: »*Wie sich der kleine Fritz die große Politik vorstellt, so ist sie wirklich.*«

»Das sagte Tucholsky vor dem Krieg; was daraus wurde, wissen wir. Ich schieße mit Shakespeare zurück: *Wer begangenes Unrecht duldet, fordert neues heraus.*«

»Duldet ... Was sollen wir tun? Unsere Staatsanwaltschaft ist weisungsgebunden, also letztlich ein Organ der regierenden Partei. Wie soll sie gegen Regierungsmitglieder vorgehen?«

»Genau das ist der Skandal. Ein Verfassungsfehler. Fast alle anderen europäischen Länder sind da weiter. Aber es gibt ja auch noch eine juristische Kultur, die zu verteidigen wäre, wenn die Justizorgane als Korrektiv versagen. Man verteidigt diese Kultur, indem man die Wahrheit ausspricht. Schlötterer hat das getan. Jetzt wäre die Gesellschaft gefordert.«

»Was erwarten Sie?«

»Diskussion! Protest!«

»Bleibt aus. Warum wohl?«

»Tja, wir kommen der Sache näher. Unsere Presse verschweigt diese Enthüllungen überregional so konsequent, dass außerhalb Bayerns niemand davon je gehört hat. In Diktaturen und Bananenrepubliken riskieren kritische Journalisten Folter und Mord, und unsere ungefährdete süddeutsche Edelpresse stellt sich freiwillig auf die Seite der Macht.«

»Genug«, sagte Thirza. »Wir sind kein Sachbuch. Was hat das alles in einem Roman zu suchen?«

»Liebe Kollegin! Kardinalfrage! Wie geht die Justiz mit Mächtigen um, die das Recht beugen? Justiz hat idealerweise für Gerechtigkeit zu sorgen und die Rechte der Schwachen gegen die Gier der Starken zu verteidigen. Der Urzustand ist Gewalt. Wenn man dabei bleiben will, braucht's keine Justiz.«

»Einverstanden. Das waren zwei Seiten. Ich als Hauptfigur darf jetzt das Thema wechseln. Erzählen Sie noch was von sich, Herr Blank. Wie viele Kinder von wie vielen Frauen haben Sie denn inzwischen?«

»Drei, von zwei Frauen. Und von den älteren Kindern vier Enkel.«

»Und, alle wohlauf?«

»Was meinen Sie damit?«

»Gesund?«

»Nun ja, gesund sind sie.« Blanks Glanz war erloschen. »Aber nicht wohlauf. Sie sind alle zerstritten.«

»Das tut mir leid.« Es tat Thirza wirklich leid. Heinrich Sisyphos Blank, der geniale Prozessvergleicher und Friedensstifter, hilflos im eigenen Haus. Als hätte er ihre Gedanken gelesen, hob er die Hände zu einer Geste der Machtlosigkeit.

»Und Ihre Frau ...«

»Die Ehe wurde geschieden.«

»Erinnere mich ... Sie erzählten damals von den Belastungen, die Ihre ... demokratischen Einsätze für die Ehe bedeuteten.«

»Meine junge Frau erhoffte sich einen gesellschaftlichen Aufstieg und merkte plötzlich, dass sie an einen Ausgestoßenen gebunden war. Das war zu viel für sie. Ich habe sie freigegeben.«

»Wie viel jünger war sie?«

»Dreiundzwanzig Jahre.«

Na, dachte Thirza, vielleicht lag's auch ein bisschen am Altersunterschied. »Und jetzt leben Sie allein?«

»Ich lebe allein, habe aber eine ... Freundin. Übrigens«, er hob den Teller, »habe ich Sie schon für Ihre Preußenknödel gelobt?«

Das war das Signal zum Themenwechsel, und Thirza war's recht. Sie teilten dann noch allerhand Klatsch über Richter-Kauzigkeiten, ein unerschöpfliches Thema.

Da gab es Richter Wjetrek, der Verhandlungen mit Frankfurter Edelkanzleien gern so früh morgens ansetzte, dass die Anwälte den Flieger um fünf Uhr nehmen mussten. Und die

Vorsitzende Gisela Kraus, intern genannt Gina O'Graus, die die schwersten Verhandlungen ihrer Kammer immer in ihren Urlaub terminierte, so dass der Stellvertreter sie am Hals hatte. Bert Schmid, inzwischen Schnecke Schmid genannt, hatte früher alles perfekt machen wollen und schob inzwischen nur noch ein paar Akten hin und her, die dann nach einiger Zeit die anderen für ihn erledigten.

Ein weiteres Klatsch-Kapitel betraf Münchner Juristen, die nach der Wende in die neuen Bundesländer geschickt worden waren, um der dortigen Justiz bundesrepublikanisch aufzuhelfen. Da jene Maßnahme mit einer Beförderungsaussicht verbunden war, wurde sie gern von Juristen wahrgenommen, die hier zu Recht oder Unrecht nicht zum Zuge kamen. »Haben Sie von Pratter gehört?«, fragte Blank. »Der hatte schon hier ein Alkoholproblem, wurde Amtsgerichtsdirektor in einer sächsischen Kleinstadt, schwängerte seine Sekretärin und brachte sich um, ganz unsoldatisch mit Schnaps und Tabletten.«

Sie tauschten Erinnerungen an Pratter aus. Thirza hatte ihn nur auf den LG-Sommerfesten erlebt, wo er charismatisch herausstach: ein ausgesprochen schöner Mann, herrenhaft, arrogant. Blank hatte gelegentlich mit ihm gestritten und nannte ihn Knatter: ein Offizierssohn, auf Disziplin gedrillt und äußerlich lange dem Idealbild entsprechend, während er sich innerlich bereits zersetzte. Jetzt, über zehn Jahre nach seinem Tod, tauchte er als attraktive Spielkarte noch einmal kurz in einer Konversation auf, bevor er vom Tisch fiel.

Das war der Übergang zu Alkoholgeschichten. Thirza hatte einmal im Abfalleimer einer Damentoilette, die nur von Richterinnen benutzt wurde, eine leere Flasche Doppelkorn gefunden, wusste aber nicht, von wem. Und Ruth hatte von einem Senatskollegen erzählt, der erst nach Dienstschluss trank, dann aber harte Sachen, hastig. Je näher der Feierabend rückte, desto ungeduldiger wurde er, und schließlich versteckte er die Wodkaflasche im Schrank hinter der Robe, um schon vor der Heimfahrt den erlösenden ersten Schluck zu ziehen.

Richtet der Richterberuf Menschen zugrunde?, überlegten Thirza und Blank. Ergebnis: Man weiß es nicht. Schließlich richtet auch das Leben Menschen zugrunde, und die meisten saufen, ohne Richter zu sein. Aber es ist ein verdammt schwerer Beruf: riesiger Anspruch an Sachkunde und Disziplin, Verpflichtung zu unerbittlich formalem Denken, vielfältige informelle Benimmregeln, ständige Selbstbeherrschung bis zur Selbstverleugnung. Wenn man diesen Standard ernst nahm – und man sollte ihn natürlich ernst nehmen –, erlebte man tägliches Scheitern. Das auszuhalten und trotzdem seine Arbeit zu tun, war schon wieder heroisch. Thirza und Blank redeten jetzt wie alte Soldaten von der Front: Diesen hat's erwischt, und jenen ... Blank meinte: selber schuld! Thirza nahm die Gefallenen in Schutz und bemerkte, dass neben ihnen hunderte Richter ihre Aufgaben ja mit Anstand erfüllten. Blank: Aber wie? Lauter eingeschüchterte Justizsklaven, die ständig Angst haben, irgendwas falsch zu machen. Thirza: Was würde aus der Justiz, wenn sie keine Angst hätten, etwas falsch zu machen?

Blank: Vergessen wir nicht die bescheidene Besoldung. Unsere Richter sind im europäischen Vergleich absurd unterbezahlt.

Inzwischen schlug die Uhr zehn, sie redeten seit Stunden und hatten noch nicht mal zu Abend gegessen; die Apfelklöße (neben ein bisschen Boskop viel Eier, Butter, Mehl) hielten vor. Blank setzte zu einer epischen Sachsensumpf-Geschichte an, die sich um einen seiner Feinde vom Amtsgericht drehte, doch hier war schon die Vorgeschichte so kompliziert, dass Thirza um Aufschub bat, zumal die Hauptgeschichte noch komplizierter zu werden drohte als die Vorgeschichte. »Bitte um Verständnis, ich kann nicht mehr! Ich sehe aber, dass uns der Gesprächsstoff nicht ausgehen wird.«

»Wir sehen uns also wieder?«, fragte Blank unerwartet dankbar, als Thirza ihn zur Tür geleitete.

»Sehr gerne.«

»Vielleicht bin ich Ihnen ja nur erhalten geblieben, um über Politik zu reden?«

Thirza dachte: Um Gottes willen.

»Hoffentlich«, sagte Blank.

*

An einem der nächsten Wochenenden las Thirza tatsächlich das erste Buch von Wilhelm Schlötterer, *Macht und Missbrauch*: die ersten dreihundert Seiten in einem Zug, nach dem Abendessen angefangen und dann nachts weiter im Bett, am nächsten Tag den Rest. Ungeheuer spannend. Der Autor war ein hoher Finanzbeamter gewesen, der in den siebziger Jahren gegen steuerhinterziehende Magnaten und Prominente ermittelte und sich weigerte, gesetzwidrige Steuererlasse für Großunternehmer zu unterzeichnen. Die korrupten Drahtzieher reagierten mit ungeahnter Verschlagenheit und Brutalität, und die Kader, auch scheinbar kritische und sympathisierende, schlugen sich sofort auf die Seite der Macht. Thirza meinte zu spüren, wie der in seiner Gesetzestreue fast naiv wirkende junge Beamte darüber erschrak. Dann aber setzte er sich zur Wehr, kopierte Dokumente, bevor sie verschwinden konnten, handhabte mit Umsicht und Intelligenz die Steuer- und Beamtengesetze so, wie sie gedacht waren, und überlebte beruflich, weil sich immer wieder in den Tiefen des Apparats diskrete Helfer fanden und in der Öffentlichkeit kritische Journalisten. Der Bericht war gefasst und mit feinem, sprödem Humor vorgetragen. Dieser Teil des Buches wirkte fast wie eine David-gegen-Goliath-Geschichte. Leider ging es dann weniger erfreulich weiter: Der Mann gab zwar nicht nach und erzwang sogar von Franz Josef Strauß die lange verweigerte Beförderung, wurde aber auf einen anderen Posten versetzt. Das gezähmte Finanzministerium verwandelte sich indirekt in eine Geldbeschaffungsmaschine für den habgierigen Ministerpräsidenten.

Am übernächsten Wochenende, nach der erholsamen vierten Lektüre der *Schönen Melusine* von Hedwig Courths-Mahler, las Thirza auch Schlötterers zweites Buch, *Wahn und Willkür*, das Strauß' Charakter und System untersucht und zeigt, dass seine Methode in Bayern bis heute praktiziert wird. Es war, wie Blank sagte: Wir haben Staatsschulden im zweistelligen Milliarderbereich, doch alle Steuerermittlungen gegen mutmaßlich kriminelle Magnaten werden auf Anweisung hoher und höchster Regierungsmitglieder gestoppt. Thirza genoss die elegante, konsequente Beweisführung des Berichterstatters, doch am Ende standen ihr die Haare zu Berge, und diesmal rief sie fast ungeduldig Blank an, um darüber zu reden.

Überraschenderweise reagierte er fahrig und unwirsch. Er verstand nicht, redete zu laut, fiel ihr ins Wort, und Thirza bereute schon, ihn angerufen zu haben, da entschuldigte er sich plötzlich: Eine Entzündung im Ohr hindere ihn, sein Hörgerät zu tragen, er werde sich melden, sowie er wieder ... wie bitte? ... Nein, mit dem anderen Ohr zu telefonieren reiche nicht, er brauche beide Ohren plus Mithörfunktion, am besten, man verabrede sich per E-Mail: heinrichblank-ät ... ja, Vor- und Nachname zusammengeschrieben. Seine Stimme flatterte nervös; oder greisenhaft? Kommt mir jetzt auch noch dieser Gesprächspartner abhanden?

Immerhin zwang einen das Schreiben, die Gedanken zu ordnen.

Thirza, per Mail an Blank: *Ich habe nachgedacht, warum die öffentliche Diskussion ausbleibt. Die Öffentlichkeit will dem Staat vertrauen; diese gemeinsame Einbildung hält ihn zusammen. Im Apparat aber haben so viele Beteiligte die Machenschaften geduldet, dass Regierung und Ministerien leergefegt würden, wenn man sie zur Verantwortung zöge. Sogar die Staatsanwaltschaft müsste sich selbst bestrafen. Folgte man den Gesetzen, würden um der Ordnung willen die Strukturen zerstört.*

Blank antwortete sozusagen postwendend: *Wissen Sie, nach*

diesem Prinzip herrschen alle korrupten Regierungen: Sie nehmen das Volk in Geiselhaft, indem sie mit Chaos drohen. Es ist wie mit gewissen Großbanken während der Finanzkrise – wer einen too big to fail*-Status erreicht hat, muss vom Steuerzahler gerettet werden; weshalb alle Gaunerbanken vor der absehbaren (d. h. von ihnen erzeugten) Krise mit allen Mitteln versuchen, diesen Status zu erreichen. Was wir brauchen, ist eine weisungsunabhängige Staatsanwaltschaft, die von korrupten Kadern gefürchtet wird. Fragen Sie jetzt bitte nicht, wie der Regierung die Weisungsmacht zu entringen wäre. Eine Reise von tausend Meilen beginnt unter deinem Fuß.*

Thirza an Blank: *Genaueres zur Wegplanung?*

Darauf antwortete er nicht sofort, und Thirza spann die Gedanken ohne ihn weiter: Wenn sogar unser vergleichsweise intakter Staat seine besten Gesetze nicht mehr befolgen kann, ohne sich selbst zu köpfen, dann sind Gesetze wenig mehr als ein einträchtiger Wahn. Gibt es also keine Gerechtigkeit? Thirza an Blank: *Richten wir also mit unserer ganzen raffinierten Justiz immer noch nicht mehr aus als der Zimmermann, der sagte: Was du meinem geringsten Bruder antust, hast du mir angetan?*

Blank an Thirza, drei Tage später: *Ach liebe Kollegin, Frau Thirza Zorniger, gute Freundin, verzeihen Sie, ich habe gerade keinen Kopf für diese Dinge. Ich bin in einer unglaublich dummen Lage!*

Thirza an Blank: *Dann möchte ich nicht stören. Aber Sie sagen hoffentlich, wenn ich helfen kann.*

Blank: *Sie können nicht helfen. Es ist eine Trennungsgeschichte. Die Frau, mit der ich sieben Jahre befreundet war, hat einen anderen Mann kennengelernt. Sie eröffnete mir beim Frühstück, es sei noch nichts passiert, doch nähere man sich per E-Mail an, und sie glaube, auf diese Erfahrung mit einem unkomplizierten [!] Mann ihres Alters [!] nicht verzichten zu dürfen. Ich warf sie raus und muss jetzt den Gedanken verarbeiten, dass dies vielleicht ein Fehler war. Werde mich melden, sowie ich in besserer Verfassung bin.*

Donnerwetter, dachte Thirza. Der unbesiegbare Blank in Liebesnöten, in dem Alter. Jeder wird gebeugt. Wer hätte das gedacht.

*

Zurück an den Schreibtisch. Dort gerade ein enorm aufwendiger, riesiger Wirtschaftsfall, da bereust du, je Richterin geworden zu sein.

Gegen eine Konzern-Muttergesellschaft IMPRAFUTUR war wegen kartellrechtswidriger Absprachen von der Europäischen Kommission ein Bußgeld in Höhe von vier Millionen Euro festgesetzt worden. Die Gesellschaft akzeptierte dieses Bußgeld, vermutlich, weil sie durch die Preisabsprachen deutlich mehr verdient hatte. Damit war IMPRAFUTUR aber noch nicht zufrieden. Sie klagte jetzt gegen drei ihrer sechs Konzerntöchter auf Erstattung der vier Millionen: Die Töchter hätten ohne Kenntnis der Muttergesellschaft eigenständig gehandelt und müssten daher konzernintern den Schaden allein tragen.

Die drei Töchter stellten dies mit einer Vielzahl von Argumenten in Abrede. Sie argumentierten teilweise gleichlautend, teilweise gegeneinander, um sich für den Fall einer Verurteilung gegenseitig die Erstattungsanteile aufhalsen zu können. Deshalb hatte jede eine eigene Anwaltskanzlei beauftragt. In diesem Stadium war die Akte fünfhundert Seiten dick: hundert Seiten Bußgeldbescheid, hundert Seiten Klageschrift, drei mal hundert Seiten Klageerwiderungen.

Zu klären war zunächst: Hatte die Konzernmutter in vorwerfbarer Weise versäumt, gegen das festgesetzte Bußgeld beim Europäischen Gerichtshof zu klagen? Wäre das Bußgeld im Falle einer solchen Klage herabgesetzt oder gar aufgehoben worden?

Zwischenfrage: Warum hatte sie nicht geklagt? Das ging das Gericht zwar direkt nichts an, aber indirekt schon: Wenn die IMPRAFUTUR lieber zahlte, als sich vor der Kommission zu verteidigen, bedeutete das, dass sie etwas zu verbergen hatte. Vermutlich hatten Mutter wie Töchter ihre Strukturen bewusst verschachtelt, um Steuersparmodelle undurchschaubar zu machen. Dies als Hinweis auf die Arbeitsbelastung, die die Richterin träfe, wenn sie den Fall aufdröseln wollte. Alle wollten betrügen. Alle würden mauern. Man würde in dieser Verhandlung keine einzige ehrliche Auskunft bekommen.

Weiter: War das Landgericht an die Feststellung einer kartellrechtswidrigen Absprache im Bußgeldbescheid der Europäischen Kommission gebunden, oder musste es den Sachverhalt selbst aufklären? Siehe oben.

Weiter: Traf die Behauptung der IMPRAFUTUR zu, sie habe vom Handeln der drei Töchter nichts mitbekommen? Die Töchter hielten dagegen, dass die Mutter sehr wohl informiert gewesen sei, und boten dafür Zeugen auf. Es gab natürlich nichts Schriftliches (Schrift ist Gift), aber die Zeugen wollten sich an markante mündliche Kommentare von IMPRA-Regenten erinnern: *Na dann macht mal schön*, oder: *Hund' seid's scho*. Thirza lud die Zeugen vor. Falls deren Aussagen den Vortrag der Töchter bestätigten, wäre der Fall gelöst. Falls nein, war die Frage zu prüfen, ob die unwissende Konzernmutter wegen unzureichender Konzernausgestaltung nicht doch überwiegend selbst haften musste. Müsste das Landgericht in diesem Fall die Konzernstruktur untersuchen? Um Himmels willen. Dann würden aus den fünfhundert Seiten Kubikmeter von Akten.

*

IMPRAFUTUR war nur einer von vierhundert Fällen. Also weiter im Takt, Fälle mit Karl besprechen, Fälle mit Klara besprechen, Kammersitzungen, Urteilsdiskussionen, Kammerverhandlungen, Einzelrichterverhandlungen. Kleine Fälle aus dem bürgerlichen Recht sozusagen zur Erholung, aber auch da gab es Kopfzerbrecher, die juristisch scheinbar einfach, dafür menschlich unauflösbar waren. Ein Fall von biblischer Tragik betraf zwei Schwestern, die seit Jahren bitter um das Erbe des verstorbenen Vaters rangen. Unmöglich zu entscheiden, welche Schwester Recht hatte. Zum Vergleich war keine bereit, beide waren erst um die fünfzig und zeigten Kampfgeist für weitere zwanzig Jahre. Eine überforderte jammernde, möglicherweise aber auch intrigante Mutter bestätigte mal die Version der einen, mal die der anderen Schwester. Außerdem gab es ein düsteres Familiengeheimnis, das die Schwestern wechselseitig antippten, um einander zur Weißglut zu bringen, was immer gelang. Die richterliche Erfahrung sagt: Manchmal muss man ein Urteil übers Knie brechen, um wieder Bewegung in festgefahrene Strukturen zu bringen. Das bedeutete in diesem Fall: Klage abweisen oder Beklagte verurteilen, zum unerhörten Entsetzen der einen oder anderen Schwester. Aber welcher?

*

Zwischendurch formulierte Thirza einen Brief an Blank. Es dauerte Wochen. Sie blieb dran, aus Interesse und weil sie glaubte, dass Blank eine Ablenkung willkommen wäre.

Durchschnittsmoral besteht in dem Wunsch, ein guter Mensch zu sein und nicht vorsätzlich Böses zu tun; aber alles Weitere ist undeutlich. Was wir haben, halten wir für selbstverständlich; was wir nicht haben, glauben wir uns geschuldet. Unseren Vorteil nehmen wir gerne wahr, unser Nachteil empört uns. Was wir günstig kriegen, nehmen wir, ohne zu fragen, woher es kommt. Was uns missfällt, verdrängen wir. Verantwortung übernehmen wir lieber dort, wo sie mit Macht, als dort, wo sie mit Pflicht verbunden ist. Fazit: nicht großartig. Man könnte zu dem Schluss kommen, dass schon Bürger vergleichsweise harmloser Demokratien

*aus ethischer Perspektive Verbrecher sind. Müssen wir uns
also hassen? Wer möchte das?*

Muss man sich hassen, wenn man sich nicht idealisiert? Kann man sich andererseits achten, wenn man sich idealisiert?
 Idealisiert man sich also aus Mangel an Selbstachtbarkeit? Ist die Wut gegen Entidealisierer also eine umgelenkte Wut auf sich selbst?
 Was nützt diese Erkenntnis? Was nützt Erkenntnis? Welche Dosis Illusion ist erlaubt?
 Vielleicht kann Erkenntnis helfen, Dämonen zu vertreiben, zum Beispiel, indem sie unsere unrühmliche Veranlagung akzeptiert und möglichst in diesem Bewusstsein handelt.
 Tja.
 Zusammenfassung: Ich bin unbedingt für Erkenntnis, wenn ich ab und zu Courths-Mahler lesen darf! Aber das schreibe ich natürlich nicht.
 Während Thirza noch überlegte, bekam sie eine Mail von Blank: *Diesmal bitte ich um ein Treffen.*

※

Er kam hohlwangig und unrasiert, und sie sah, dass er unter seinem karierten Flanellhemd zitterte. »Ich muss mich entschuldigen«, sagte er beim Eintreten, »vermutlich werden Sie mich belastend finden, ich danke Ihnen, dass Sie bereit sind, mich zu ertragen ...«
 Sein Liebeskummer war nicht vorbei, im Gegenteil. Blank, der Kluge, Tapfere, war bis ins Mark erschüttert.
 Thirza versuchte zu trösten. »Tut mir leid ... Kann jedem passieren ... Passiert vermutlich jedem ... Ich weiß, es schmerzt.«
 »Das ist nicht der Ausdruck! Ich bin ...« Er knirschte mit seinen künstlichen Zähnen. »Ich fürchte, ich werde verrückt. Bitte hören Sie mich an!« Und er begann zu erklären, als suche er eine Erklärung für sich selbst.

Blanks Beziehungsschicksal begann mit einer früh aus Heimatlosigkeit eingegangenen Ehe, die ihn immerhin stabilisierte – mit jener gütigen sechs Jahre älteren Kindergärtnerin. Als Witwer begegnete er seiner zweiten Frau. Sie war Sekretärin im Jugendamt; so lernten sie sich kennen. Sie fühlte sich durch seinen Stand aufgewertet, sehnte sich aber auch nach einem Kind und suchte einen Vater dafür, denn sie war vierunddreißig und hatte Torschlusspanik. Nachdem Blank einige Wochen vergeblich auf sein Alter und Asthma hingewiesen hatte, begann er sie zu lieben. »Ich war, was Sie vielleicht wundert, eher unerfahren ...« Was er übersah: Seine Braut hatte für ihr Alter schon viel durchgemacht und war kompliziert. Nach zwei aus seiner Sicht guten Jahren kippte die Sache. Während Blank seine »Windmühlen – so haben Sie es doch genannt?« bekämpfte, versäumte er, die Heilserwartungen dieser Frau zu erfüllen. Vermutlich waren die Erwartungen ohnehin unerfüllbar, doch er fühlte sich schuldig, rang um Frau und Kind und wurde schließlich traumatisch geschieden. »Sie haben mich einmal einen Esel genannt, Frau Zorniger. Erinnern Sie sich? Sie ahnten nicht, wie Recht Sie hatten.«

Das war die Vorgeschichte zum jüngsten Drama. Blank, der als Bub halb Verwaiste, dann im Stich Gelassene, dann Verwitwete und zuletzt Beziehungsgeschädigte, fand nach einer Trauerphase doch wieder eine Frau. Sie kam als Mandantin zu ihm. Sechsundzwanzig Jahre jünger, korpulent, gemütlich, lieb, willensschwach. Hartz-IV-Empfängerin. Fanny.

Auch sie war komplizierter, als sie aussah. Sie hatte mit sechzehn die Mutter verloren. Der Stiefvater verlangte, dass sie deren Kleider trug, und begann ihr nachzustellen: »Oana macht's eh mit dir!« Flucht, Pflegefamilie, frühe Heirat, zwei Söhne. Hausbau, eine dieser grauenhaften Privatbaugeschichten, in denen Handwerker jede Feierabendstunde in den Bau eines Häuschens draußen auf dem Land stecken, bis sie mit Ende vierzig zusammenbrechen, nachdem sie noch ihre Lebensversicherung verpfändet haben. Fanny hatte als Witwe einfach ohne Plan weitergelebt und die beiden Kinder aufgezogen. Die Sparkasse gewährte ihr bei Bedarf Darlehen, da es ja als Sicherheit dieses Haus gab. Jetzt waren die Söhne erwachsen, und Fanny saß auf einem Berg von Schulden. Ihr Anwalt Blank versuchte, die desolaten Verhältnisse zu ordnen, konnte am Ende aber nur zur Privatinsolvenz raten. Nachdem er bei der Umsetzung geholfen hatte, verzichtete er darauf, eine Rechnung zu stellen, obwohl er weiterhin für seine geschiedene Frau und das jüngste Kind zahlte.

Nun, er war das Alleinsein leid. Fanny stellte keine Ansprüche. Sie lebte in einem Dorf zwischen Augsburg und Ammersee und freute sich, wenn er sie am Wochenende besuchte. Er brachte Lebensmittel gemäß ihrer Bestellung. Manchmal lud er sie zu Reisen ein. Er war zufrieden.

Sie nicht. Das erschütterte ihn: Auf einmal gab es jene E-Mail-Eskapade, und das mit Begründungen, die wie Vorwürfe klangen: Blank sei zu kompliziert, zu ungeduldig, zu gescheit für sie, sie wollte einfach eine heitere Harmonie mit einem netten, unkomplizierten Mann *meines Alters, der mich so nimmt, wie ich bin.* Diesen Mann hätte sie in der S-Bahn getroffen, man hätte Mailadressen getauscht, und er bringe sie zum Träumen. Übrigens ein Engländer, in Rotterdam lebend, international im Autohandel unterwegs.

»Warum nahm sie mich als einschränkend wahr?«, grübelte Blank. »Für mich gesehen, bin ich nicht so aufgetreten. Ich fand ihre Fernseh-Präferenzen geschmacklos, habe aber nur selten etwas gesagt. Nur als einmal eine biedere Kriminalkommissarin der Quote wegen sich einen Callboy aufs Zimmer bestellte, der dann tot aufgefunden wurde, fand ich das eigentlich beleidigend. Fanny sagte, es sei bloß Spaß. Wohin bin ich geraten?«

Thirza: »Diese Mail-Sache geht seit Wochen, und seitdem hat Fanny ihren Galan nicht gesehen? Ich würde sagen, da ist keine Gefahr im Verzug. Ich kannte aus meiner Familienrichterzeit eine solche Geschichte. Ein Mann schrieb mehreren Frauen in einer Kleinstadt romantische Briefe, übrigens per Hand, immer in einem scheinbar einfühlsamen Seelenton. Mit keiner kam es zum Äußersten, aber das Hoffnungsgerede machte die Frauen ganz verrückt, bis ...«

»Es tut mir leid, was reden Sie von Gefahr? Die Katastrophe ist eingetreten! Nicht wegen des Äußersten, sondern wegen der Lösung von mir! Fanny sagt, ich hätte keine Probleme, weil ich mir wichtig sei. Sie aber nehme ihre Bedürfnisse nicht wichtig genug, opfere sich für andere und nehme Schaden dabei, zum Beispiel, indem sie zu viel isst. Sie ist adipös. Aber das war sie schon, als wir uns trafen. Und jetzt soll ich schuld sein?«

Thirza fühlte sich an ihre hilflosesten Stunden im Familiendezernat erinnert, war aber weniger aufgewühlt als damals, da sie inzwischen in einer nicht nur schmerzfreien, sondern sogar lindernden Resignation lebte. Ja, sie hatte es im Leben leichter gehabt als Blank. Und als sie es vorübergehend nicht leicht hatte, zu jener harten ersten Zeit in der 42. Kammer, hatte Blank sie unterstützt und ermuntert. Jetzt konnte Thirza Stütze und Ermunterung zurückgeben. Auf einmal fühlte sie sich reifer als er und schließlich ihm sogar an Jahren überlegen, da er sich vor ihren Augen in einen tobenden Halbwüchsigen zurückentwickelte und am Ende in ein verzweifeltes Kind.

Er redete wie besessen über die Widersinnigkeit von Fannys Handlungen. Wie konnte sie sagen, er mache »Druck«? Was tat der Engländer für sie? Was konnte sie, eine Hartz-IV-Empfängerin, einem Engländer sein, der international mit Autos handelte? Wieso bedeute der Engländer für Fanny weniger Druck als Blank, der ihr nur geholfen hatte? Was sah sie in Blank? Wie konnte sie ihm zumuten, in einem solchen E-Mail-Bund der tolerante Dritte zu sein?

»Für mich klingt der Engländer nach Heiratsschwindler«, sagte Thirza. »Wenn er sieht, dass bei ihr nichts zu holen ist, taucht er ab. Geben Sie ihr Zeit zur Besinnung. Vielleicht wird sie dann selbst merken, was sie an Ihnen hatte.« Der letzte Satz war ohne Überzeugung gesprochen, doch Blank hatte ihn sowieso überhört.

Müsse er Fanny dann nicht vor dem Schwindler beschützen?, fragte er fiebrig. Habe er sie am Ende, indem er sie hinauswarf, verstoßen, während er ihr hätte beistehen müssen? Vielleicht könne er sie retten, und dann käme alles in Ordnung?

»Herr Blank. Soweit ich verstanden habe, ist Fanny das Problem, nicht die Lösung.«

»Wie meinen Sie das?«, fragte er entsetzt.

»Sie hat sich in den Engländer verliebt, weil sie von Ihnen wegwill. Der Engländer ist Symptom, nicht Ursache. Es tut mir leid, dass ich nichts anderes sagen kann.«

Die Unterhaltung drehte sich dann noch etwa fünfmal im Kreis, was immerhin die Wirkung hatte, dass Blank müde wurde. Er sagte es selbst: »Manchmal führt nur Ermüdung zur Vernunft.«

»Ein Wahlspruch aus Ihrer Richterzeit«, lächelte Thirza.

»Sprechen Sie von mir?«, fragte er verwirrt. »Mir scheint, das sei jemand anders gewesen. Gibt es ... eine Brücke ...?«

»Aber ja. Wir suchen sie.«

Beim Abschied sagte er: »Ich fürchte, das war ein beschämender Auftritt. Vielleicht werde ich verrückt? Was soll ich tun?«

»Sie stehen unter Schock. Aber Schocks klingen ab. Vielleicht sollten Sie eine Reise machen?«

»Eine Reise ... wo denken Sie hin ...«, ächzte er. »Gestern war ich beim Arzt – der Weg hat meine Orientierung angestrengt, als wäre ich in einem fremden Land. Ich war zwei Stunden vorher da, aus Furcht vor Unvorhergesehenem. Vom Platz im Parkhaus habe ich mir eine Skizze gemacht, mir ging durch den Kopf, wenn etwas wäre, das ich nicht beherrsche, würde ich da liegen, und niemand wüsste, warum.«

Er wankte davon, aufgewühlt und gebrechlich. Wie konnte das passieren? Thirza hatte Blank, sosehr sie ihn schätzte, als Mann nie in Betracht gezogen, weil sie ihn zu alt fand. Und diese Fanny war zehn Jahre jünger als Thirza und ließ sich mit ihm ein! Ein neurotisches Bedürfnis, das er nicht durchschaute? Und er? Hat er sich vielleicht zu viel zugemutet, indem er alles allein schaffen wollte?, dachte Thirza. Er hat ja auch viel geschafft. Und verliert jetzt alles.

Himmel, ist das Leben grausam! Für Blank, den leidenschaftlichen Moralisten, den verstoßenen Halbwaisen, der einen so anspruchsvollen Weg gesucht und gefunden hatte, diesen so seltenen Menschen mit so seltenen Prinzipien, ausgerechnet für Blank ein Ende in Aufruhr und Auflösung? Nein! Wird nicht akzeptiert! Noch nicht!

Am anderen Morgen fuhr Thirza etwas früher zum Palast, um einmal an Blanks Büro vorbeizugehen, das längst ein anderer bewirtschaftete. Ihr fiel eine frohe Szene ein, knapp ein Vierteljahrhundert her: Thirza, nach dem Urlaub ausgeruht und mit frischem Selbstbewusstsein, trägt Blank in dessen Büro eine unkonventionelle Falllösung vor. Nur Grobgliederung und Argumentationsgang, kein ausformuliertes Skript, weil sie sich ihrer Sache sicher ist. Menschen altern in Schüben, aber sie entwickeln sich auch in Schüben: Thirza fühlt sich endlich nicht mehr als ängstliche Sklavin der Justiz, sondern als inspirierte Mitgestalterin. Wünscht natürlich auch Wirksamkeit und brauchte dazu Blanks Unterstützung, weil Epha im Zweifelsfall immer die herrschende Meinung vertritt. Jetzt also diese Szene: Blank zuhörend, wie nur er (damals) zuhören konnte, die warmen, damals noch kräftig braunen Augen mit Wohlgefallen auf Thirza gerichtet. Greift zweimal zum Palandt und liest Kommentare nach, nickt. Am Ende lächelt er: »Eine unerwartete Rechtsposition.«

Thirza: »Und die Beweisführung?«

Blank: »Plausibel und schlüssig.«

Thirza, aufgeregt: »Werden Sie mich unterstützen?«

»Ja, liebe Kollegin.«

Schon die Anrede! Ruth erzählte: Wenn ihr verschlagener Senatsvorsitzender diese Worte gebrauchte, gefror ihr das Blut in den Adern. Aus dem Mund von Blank aber klang es wie Anerkennung. Und noch etwas: Bei Blank, anders als bei vielen anderen Kollegen, wusste man immer, sein Ja blieb ein Ja. Justiz-untypisch. *Deine Rede sei: Ja ja, nein nein; alles andere ist von Übel.*

Als Thirza, beide Arme um die dicke Akte gelegt, aufbrach, ging Blank voraus und öffnete ihr die Tür, mit funkelnden Augen. »Sei dir gewiss, dass das Geheimnis des Glücks die Freiheit ist und das Geheimnis der Freiheit der Mut«, sagte er, als sie an ihm vorüberging.

Thirza, verblüfft: »Wie?«

Blank, lächelnd: »Perikles.«

*

Thirza mailte Blank: »*Sei dir gewiss, dass das Geheimnis des Glücks die Freiheit ist und das Geheimnis der Freiheit der Mut.*« Perikles.

Blank antwortete: *Reden Sie mir nicht von Freiheit. Bitte, liebe Freundin, was soll man davon halten?*

Fanny hatte ihm eine vertrackte Mail geschrieben, einerseits mit der Aufforderung, sie in Ruhe zu lassen, andererseits mit Gesten von Dankbarkeit und Sympathie: »*Bitte mach dir keine Hoffnungen! Aber verdirb nicht das Schöne der Vergangenheit! Ich kannte doch keinen, der mir angenehmer war von der Unterhaltung her und so.*« – Blank wühlte wie ein Exeget in diesen Formulierungen. *Was bedeutet »angenehmer«, im Komparativ? Und was meint sie mit »und so«?*

Thirza, vor ihren Akten, musste ihre Antwortmail kurz fassen. *Lieber Herr Blank, Fanny denkt hoch von Ihnen und möchte sich mit guten Worten verabschieden. Sie sind in eine quälende, bedrohliche Abhängigkeit geraten, die von tieferer Unordnung genährt wird. Sie müssen diese Unordnung überwinden! Not-*

falls mit professioneller Hilfe, falls Loyalität und Sympathie der Freunde nicht reichen.

Er antwortete sofort *in aller gebotenen Kürze*, das habe er schon versucht, doch der Therapeut habe nur gesagt, es stimme doch, dass er Fanny unter Druck setze, er habe ihr schließlich für die Reparatur ihres dreizehn Jahre alten Toyota zweitausend Euro geschenkt. *Liebe Freundin, sagen Sie mir: Was ist an solcher Hilfe professionell?*

*

IMPRAFUTUR, der Streit zwischen Konzernmutter und -töchtern, ging in die nächste Runde. Die Befragung der Zeugen hatte wenig gebracht. Alles wieder offen: Haftet die Mutter, haftet sie nicht? Falls nein: Kann sie ihre Tochtergesellschaften als Gesamtschuldner auf Zahlung der 4 Millionen Euro in Anspruch nehmen? Müssten nicht vielmehr die individuellen Haftungsbeiträge der drei Töchter aufgeklärt werden? Auch hierfür wären Untersuchungen der Konzernstruktur notwendig.

Nun eine Idee. Die erste Verhandlung hatte Thirzas Annahme bestätigt, dass nicht nur das Firmengeflecht insgesamt, sondern auch die Struktur jeder einzelnen Tochter vollkommen undurchsichtig war. Mit der Drohung, die Konzernstruktur zu untersuchen, konnte man die Parteien vielleicht zu einem Vergleich zwingen. Thirza würde ihnen also einen Beweisbeschluss mit einem Katalog aus zwanzig möglichst unangenehmen Fragen zusenden, mit der Bemerkung: Die Beantwortung des Fragenkatalogs wird bis zur nächsten Verhandlung zurückgestellt.

Der Katalog sollte den Streitern die Instrumente zeigen. Und bei der Verhandlung würde Thirza nichts anderes tun, als die Parteien bearbeiten, damit sie sich verglichen.

Die Parteien werden aufgefordert, zu folgenden Fragen vorzutragen:

– *Gab es Beherrschungs- und Gewinnabführungsverträge?*
– *Gab es Berichtspflichten der Tochtergesellschaften?*
– *Gab es Geschäftsprüfungen der Mutter bei den Töchtern?*
– *Hatten die bei den Töchtern tätigen Wirtschaftsprüfer ihre Erkenntnisse der Mutter mitzuteilen?*

Das Telefon klingelte.

Es war Blank, mit einer hohen, flirrenden Stimme: »Bitte, liebe Freundin, ich weiß, wie hart Sie arbeiten, aber lassen Sie mich nicht fallen!«

»Ich lasse Sie nicht fallen. Aber ich fabriziere gerade einen grässlichen Beweisbeschluss, können wir uns am Sonntag treffen? Dann habe ich den Kopf frei.«

Er bedankte sich. Etwas später kam eine E-Mail. *Es war eine Panikattacke; entschuldigen Sie. Bitte erlauben Sie mir, Sie zwischendurch elektronisch anzusprechen, das hilft mir, Sie brauchen nicht zu antworten. Ich freue mich auf Sonntag.*

Leben ist Chaos.

Als der Fragenkatalog fertig war, antwortete Thirza auf Blanks fünf neue Meldungen, riet, was sie raten konnte, und versuchte, da er stabilisiert schien, zu scherzen: *Ich muss doch sagen, dass Ihre Stetigkeit mich beeindruckt. Abgewiesene Frauen könnten sich das nicht leisten; deutlicher gesagt, sie hätten sich zu trollen. Männer dürfen eine Zeitlang agieren und nachsetzen. Die Frage ist: wie lange?*

Blank an Thirza: *Liebe Frau Zorniger, ich finde diese Bemerkung etwas freihändig. Es ist die 68er-Perspektive, die überall als Erstes das weibliche Opfer sieht und von einer Kampfperspektive in Bezug auf Männer durchtränkt ist. Ich halte das für Emanzipation des einen auf dem Rücken des anderen Geschlechtes.*

Etwas später: *Bitte entschuldigen Sie meine vielleicht etwas unwirsch klingende Mail, aber ich habe einen Entschluss gefasst, der etwas streng ist, und da ist man in dem Ton.*

Drei Tage später: *Ich muss Ihnen wörtlich versichern, dass ich*

Sie ganz außerordentlich schätze. Ich glaube aber, dass wir recht verschiedene Arten haben, an die Dinge heranzugehen. Für mich ist »Verständigung« eine der konstituierenden Eigenschaften des Menschen, über die er zum Menschen geworden ist und Mensch sein wird, alles ringsum ist dieses Treiben – Was rede ich! Mir missfällt Ihr Relativismus! Man kann nicht immer auf beiden Seiten stehen. Ich mache mir Sorgen um Ihre Rechtsprechung.

*

»Immerhin können Sie mich schon wieder beleidigen«, scherzte Thirza am Sonntag, während sie ihm Tee einschenkte. »Machen Sie sich wirklich Sorgen um meine Rechtsprechung, weil ich Ihre Meinung nicht teile?«

»Sie haben mich auch schon beleidigt, liebe Frau Zorniger, indem Sie mich mit Don Quijote verglichen.«

»Wegen der Windmühlen? Die Windmühlen waren eine Metapher für den unbedenklichen Kampf gegen einen absurd überlegenen Gegner. Don Quijote ist für mich ein Held«, widersprach Thirza.

»Erstens: Nein, mein Kampf war nie unbedenklich, sondern Gewissenssache. Zweitens: Ja, ein Held. Ein lächerlicher Held von trauriger Gestalt.«

Dann begann wieder das Rätseln: Wie konnte Fanny ihm das antun, die ruhige, anhängliche Fanny, die ihn zehn Mal täglich anrief, ohne dass er es gefordert hätte: Jetzt hab i gartelt, nachher fahr i zum Markt. Wie konnte sie ... wie konnte sie! Mit solcher Grausamkeit! Wollte sie ihn vernichten?

»Das glaube ich nicht. Sie fühlte sich Ihnen ja unterlegen, zu wenig geschätzt, vielleicht auch zu wenig begehrt.«

Blank fuhr zurück. Beide schwiegen eine Weile. Dann begann er, heftig in seinem Tee zu rühren.

»Nein, das heißt, ja! Das heißt, es gab eine Szene – eine Szene, die ich Ihnen nicht erzähle. Ich war erschüttert, sagte aber nichts. Ich bin so ein Mensch, ich habe dann vierundzwanzig Stunden geschlafen, und danach habe ich sie nicht mehr begehrt. Es ist furchtbar für einen Mann, so was zuzugeben, aber ich habe ihr nie Vorwürfe gemacht, ich sagte immer, es läge an mir.«

Thirza dachte nach. Als Familienrichterin würde ich jetzt sagen: An wem es liegt, ist egal. Es gibt Temperamente, und es gibt einen deutlichen Altersunterschied. Aber das darf ich nicht aussprechen, da geht er in die Luft. Ich versuch's mal anders: »Sie haben auch schon Frauen verlassen, erzählten Sie.«

»Was hat das damit zu tun?«

»Folgendes: Beide Seiten erleben es unterschiedlich.«

»Wissen Sie wirklich, wovon Sie reden?«

»Ja. Ich bin auch zweimal verlassen worden.«

»Aber gewiss in einem anderen Stil.«

Allerdings. Ein Mann hüpfte davon, einer klebte einen gelben Zettel an die Glastür.

»In einem ziemlich harten Stil«, sagte Thirza. Im Gegensatz zu dir, dachte sie. Du wirst ja mit Besänftigungen und Komplimenten überschüttet. Wenn du wüsstest, wie gut du es hast. Formal gesehen.

»Der Stil tut nichts zur Sache! Hat nicht jede Geschichte Anspruch, die eine einzige Geschichte zu sein? Richter sollten den Einzelfall betrachten!«

»Richter sollten subsumieren.«

Man muss einfach mit ihm reden, dachte Thirza, damit er nicht auf dumme Gedanken kommt.

*

Am Mittwochmorgen um zehn ging Thirza zum Gerichtssaal, um ein paar Urteile zu verkünden. Zu Urteilsverkündungen kam selten jemand, und wenn niemand auf der Bank vor der Saaltür wartete, kehrte Thirza direkt in ihr Büro zurück. Diesmal aber saß dort eine der beiden tragischen Schwestern, und zwar ausgerechnet diejenige, die den Prozess verlor. Sie lächelte hoffnungsvoll. Thirza grüßte höflich und schloss auf.

Die Rechtssicherheit verlangt, dass in jedem Rechtsstreit einmal das letzte Wort gesprochen sei, sei dieses Wort auch unzutreffend. (Gustav Radbruch)

Eine beklemmende Atmosphäre. Im großen Saal nur die beiden Frauen, die Richterin in Robe hinter ihrem Tisch auf dem Podest, die Klägerin unten am Klägertisch, beide stehend. Thirza verlas ihr Urteil.

»Im Namen des Volkes. In dem Rechtsstreit Hummel Gisela Maria (Adresse), gegen Kastenbauer Christiane Beate (Adresse), wegen Forderung erlässt das Landgericht München I – 44. Zivilkammer – durch die Vorsitzende Richterin am Landgericht Zorniger als Einzelrichterin am ... auf Grund der mündlichen Verhandlung vom ... folgendes Endurteil: I. Die Klage wird abgewiesen. II. Auf die Widerklage wird die Klägerin verurteilt, an die Beklagte 20.000 Euro nebst Zinsen in Höhe von 5 Prozentpunkten über dem Basiszinssatz seit ... zu bezahlen. III. Die Klägerin hat die Kosten des Rechtsstreits zu tragen. IV. Das Urteil ist gegen Sicherheitsleistung in Höhe von 110 % des jeweils zu vollstreckenden Betrages vorläufig vollstreckbar.«

Thirza setzte sich, um die Begründung vorzulesen. »Sie dürfen auch Platz nehmen«, sagte sie in aufmunterndem Ton zur Klägerin, die erstarrt vor ihr stand.

Die Klägerin stotterte: »Aalso ... hhabe ich ... vvverloren?«

Thirza nickte.

Die Klägerin keuchte: »Aalso ... eentschuldigen Sie ... Aaah! Eees ... es tut so weh ...«

Dann brach sie in Tränen aus und erklärte verzweifelt ihr Unglück und weinte laut vierzig Minuten lang.

*

Am Donnerstag eine Mail, geschrieben um drei Uhr früh mit dem Betreff *ich in* NACHT:

Liebe Freundin, nur kurz wieder, ich habe einige ernste Dinge getan, aus denen mein Kopf nicht nach da- oder dorthin kann. Ich melde mich. Ihnen ganz tief verbunden, Ihr Heinrich Blank

Was war geschehen?

Er war zu Fanny gefahren, um eine Aussprache zu erzwingen. Fanny war über die Beete zum Nachbarhaus geflohen. Fannys Sohn hatte gedroht, Blank als Stalker anzuzeigen. Blank hatte sich bei Fanny per Mail entschuldigt und ein klärendes Gespräch mit dem Sohn angeboten. Der Sohn hatte dankend verzichtet.

Thirza stellte sich vor, wie Blank Fannys Sohn, einem Schreinergesellen, erklärte: *Für mich ist Verständigung eine der konstituierenden Eigenschaften des Menschen, über die er zum Menschen geworden ist und Mensch sein wird.* Es war beinah zum Lachen: wie der normalerweise so anschaulich redende Blank ausgerechnet beim Persönlichsten in diese hochgestochene Sprache verfiel, die eigentlich eine Sprache der Armseligkeit und der Ablenkung war.

»Warum ist Fanny geflohen?«

»Mein Brief hätte sie erschreckt.«

»Sie haben ihr geschrieben?«

»Ja, eine Idiotenmail, als ich nachts in Panik erwachte. *Gehen lasse ich Dich nicht, weil ich nicht aufhören kann, Dich zu lieben.* Wegen diesem Satz will der Sohn zur Polizei! Stalking ist doch etwas anderes als Liebe, was für eine furchtbare Verstörung der Begriffe!«

Etwas später: »Ich sehe wohl aus wie der Mann, der nach dem Strohhalm greift. Aber warum heute anders als gestern und warum dann nicht auch morgen anders als heute?«

Ein verzweifeltes Kind mit der Sophistik eines alten Juristen.

Blank brach erst um Mitternacht auf. Seine Züge verwüstet. »Sie können sich kaum vorstellen, wie dankbar ich bin, liebe Freundin. Ich war mir ein Schrecken, und über unsere Treffen rette ich mich. Darf ich auf nächsten Sonntag hoffen?«

»Da bin ich schon unterwegs zu einem Richterlehrgang. Übernächsten Sonntag gern.«

»Wie kann ich mich erkenntlich zeigen?«

»Indem Sie auch mir ein bisschen zuhören.«

»Ja ... zuhören ... eine große Geschichte«, grübelte er. »Warum töten Partner Partner, da muss doch wohl was sein. Ich muss Fanny verstehen, um mich zu verstehen. Wenn es ein Labyrinth ist, muss ich den Weg aus diesem Labyrinth finden.«

*

Warum töten Partner Partner?, dachte Thirza alarmiert. Als Staatsanwältin hatte sie auch mit *Beziehungstaten* zu tun gehabt. Eine Frau hatte einen Mann getötet, um ihn loszuwerden. Sechs Männer – zwei davon Ausländer – hatten ihre Frauen getötet, um sie zu behalten. Einmal ergab es sich, dass Thirza beim Staatsanwaltsstammtisch im *Augustiner* neben einer Psychiaterin zu sitzen kam. Thirza war, von heute aus gesagt, zwischen ihrem platonischen Dienst an Thenner und ihren Anfällen häuslicher Einsamkeit oft auch ziemlich stolz gewesen: tüchtig, kraftvoll, hoffnungsvoll, intellektuell munter, was man mit halbem Recht als Eigenleistung bezeichnen darf. Dazu kam ein erheblicher Fremdanteil durch die Justiz: Macht. Die unerhörte Überlegenheit der Staatsanwältin über die täglich verwalteten Niederungen. Die wüsten Taten wirkten in der juristischen Zurichtung – analysiert, klassifiziert, subsumiert – fast abstrakt, die Täter – verdächtigt, angeschuldigt, beschuldigt, angeklagt – verwirrt und gebrochen. An jenem aus verschiedenen Gründen besonders lustigen Stammtischabend ging das Gespräch über einen siebzigjährigen

Arzt, der seine jüngere Freundin getötet hatte. Er stand selbst vor einem Rätsel: »Habe ich das wirklich getan?« Er sah sich unfähig zur Gewalt. Seine Freundin habe mehrfach um Fesselungen etc. gebeten – er sagte wörtlich: *Fesselungen e te ce –*, was er natürlich abgelehnt habe. Dann wechselte sie zu einem anderen Mann, und der Verlassene musste sich vorstellen, dass jener das tat, was dieser ihr schuldig geblieben war – kurz, bei der Aussprache geschah *das Unglück*. Die jungen Staatsanwälte vergnügten sich über der Frage, ob so ein alter Dackel überhaupt noch kopulationsfähig sei, und so weiter. Der Dackel, der verfallen und zitternd in die Vernehmungen schlich, war allerdings zur Zeit seiner Prosperität höchst anspruchsvoll gewesen: ein intelligenter Oberschichtsherr, der seine schlichte Freundin in fast jeder Hinsicht verachtete. Die junge Thirza sagte übermütig zu der Psychiaterin: »So wie der Täter mit der Frau umging, muss er sie doch gehasst haben. Warum war er nicht froh, als sie ging?«

Die Psychiaterin antwortete mit leiser, belegter Altstimme: »Jeder Mensch reguliert sein Selbstgefühl durch die Außenwelt; je schwächer er ist, desto mehr. Der alte Herr hat seinen Selbstwert daran gemessen, wie viel die Freundin sich von ihm bieten ließ. Als sie ging, zerfiel seine Persönlichkeit. Die rasende Aggression war sein letztes Mittel, die subjektive Vernichtung abzuwenden.«

Diese Psychiaterin war eine rundliche junge Frau mit zartem Teint. Sie saß in sich gekehrt unter den fröhlich rüpeligen Staatsanwälten, ebenfalls scheinbar überlegen durch ihr Fach, nur eben auf romantische Art. Auch die psychologische Zurichtung entmächtigt die Täter, zielt aber nicht auf Strafe, sondern auf Erkundung und Rettung der Seele. Welches Mittel gibt es, einen Zerfall der Persönlichkeit aufzuhalten? »Reden!«, sagte die junge Frau. »Unbedingt mit ihnen reden! Man kann so die Realitätsbindung, also die erwachsenen Anteile der Persönlichkeit, aktivieren und von der Krise ablenken, bis die Männer sich wieder fangen.« Das sagte sie so zärtlich, dass Thirza fast losgeprustet hätte. Die Rede ging dann noch ein bisschen weiter und wird hier – Thirza musste sich sehr konzentrieren, um sie im zunehmenden Gesprächsgewirr überhaupt zu verstehen – nur sinngemäß wiedergegeben: Die Täter sind einsam. Der hohe Ausländeranteil erklärt sich dadurch, dass Menschen im fremden Land weniger Realitätsbindung haben und schon per Status vereinzelt sind. Einige folgen archaischen Ehrbegriffen, weil ihnen die Gesprächskultur fehlt, aber die meisten haben einfach keinen nahen Menschen außer der Frau und beziehen ihr einziges Selbstbewusstsein aus deren Beherrschung.

Erst da fiel Thirza Leonard wieder ein, mit dem sie Ähnliches erlebt hatte, Gott sei Dank in milderer Ausprägung. Den hatte sie nahezu verdrängt gehabt (ebenso wie ihren Anteil daran). Sie erinnerte sich wieder mit Schrecken der Gewalt seiner Raserei, obwohl es zu keinen körperlichen Übergriffen kam, vielleicht, weil sie sich rechtzeitig in Sicherheit gebracht hatte. Und Thirza erinnerte sich mit noch größerem Schrecken der Phase davor, in der Leonard sich so stürmisch und vollständig auf sie bezog, dass es im Augenblick der Krise gar niemanden mehr gab, mit dem er hätte reden können. Das wurde als Liebe ausgegeben, war aber eigentlich eine Bemächtigung, ein seelischer Kannibalismus. Seine Krise war insofern selbstverschuldet. Hatten solche Typen am Ende wirklich ein Recht auf Psychiaterinnen, die sich von ihnen das Ohr abkauen ließen und dabei vor Mitleid zerschmolzen?, dachte Thirza damals, obwohl von Recht gar nicht die Rede gewesen war.

Was für ein seltsames Gefäß ist unsere Erinnerung, die Fabeln steigen und sinken lässt, trennt und vermengt. Wie jung bin ich damals gewesen, wie sonderbar meine Träume und wie dumm mein Stolz. Jetzt, dreißig Jahre später, spürte Thirza fast körperlich Blanks Bedrohtheit. Reden, um jeden Preis. Thirza, die Beni verraten hatte und Max, den Geliebten, nicht vor einem rohen einsamen Tod bewahren konnte, Thirza, die am anderen Ende des rückwärts überschauten Lebenswegs eine halbzerdrückte junge Maus mit hilflos aufgerissenem Mäulchen auf dem Rücken liegen sah, Thirza musste jetzt zumindest Blank retten. Nein, Blanks Krise führt nicht zu weit, der Einspruch wird zurückgewiesen; denn das Ende von Blanks Geschichte wird auch über das Ende von Thirzas Geschichte entscheiden.

Thirza schickte also während der Woche an Blank kurze Mails, skizzierte Fälle, fragte ihn um Rat. Und er antwortete nervös mit unentrinnbarer richterlicher Zuverlässigkeit, wenn auch unter allen Anzeichen des Überdrusses. Das alles vermengt mit Partikeln der Krise, zerbrochene Grammatik, verflüchtigte Interpunktion.

Natürlich ist Liebe eine freie Entscheidung, doch nicht ohne Maßstäbe, oder wenigstens nicht ohne Nachdenken über die eigenen Entscheidungen, das sehe ich nicht, es ist blöde so in eigener Sache dazustehen

ich gestehe, dass mit F. umzugehen, wie ein Elixier ist. Ich bin sehr einsam und mein Leben kommt mir aufgelöst vor ich werfe keinen Schatten,

Was hab ich bloß vergeblich gedacht und gedacht. Ich bin vergeblich. Ich habe ein Leben devastiert

Das ist, ich kann nicht mehr präzise schreiben, aber der Gedanke wenigstens, ohne Einbußen davonzukommen. Die Vergangenheit existiert ohne alle ihre Anschläge in der Gegenwart weiter.

Natürlich ist Fanny nicht verpflichtet die Gleiche zu bleiben, aber das hebt ja nicht Frage auf, zu was für einer anderen sie wird.

In dieses alles Nebeneinander habe mich verfangen. Welch alberner Ernstfall: Ich einfach draußen, sie war sieben Jahre meine Frau und wir uns Hunderte in den Armen.

Ich binde mich an Wirrnis,

Und es kommt immer ein nächstes Mal. Instetten erschießt den Liebhaber seiner Frau Effi (Briest) sieben Jahre nach dem Bekanntwerden der Affäre. Ach wie wunderbar, mit Ihnen zu sprechen, die herzlichsten Grüße

*

Dazwischen fand der Richterlehrgang statt, und beim nächsten Treffen trat Blank zwar blass als chronisch Seelenkranker auf, schien sich aber der Krise nicht mehr hinzugeben, sondern um Genesung zu ringen. »Wir hatten eine Vereinbarung getroffen: Ich sollte diesmal auch Ihnen zuhören«, sagte er, traurig lächelnd wie über einen absurden Witz.

Wieder war es sonnig, kühl zwar, aber hell, der Rasen leuchtete kräftig grün. Hinter den knospenden Ästen der Bäume sah man die verwaiste Laube.

Um Blank zu ehren, hatte Thirza den Tisch gedeckt wie für einen Bräutigam. Das Essen war simpel wie immer, aber ausnahmsweise effektvoll: Lachs-Pasta in einer Zitronen-Sahnesoße und Cayenne-Pfeffer. Salat. Zum Nachtisch Vanilleeis mit heißen Himbeeren. Strategie: Blank eine anheimelnde Normalität vorgaukeln. Blank aß mechanisch, aber viel, was Thirza als Genesungszeichen wertete.

Thirza erzählte vom Richterlehrgang. Dreißig Richter aus der ganzen Republik schütteten in einem Tagungshaus hinterm Elbdeich ihre verstandesgebändigten Herzen aus. Ein Moderator teilte ein Flipchart-Blatt in drei Spalten: *Ansprüche an die Richter-*

rolle / Wo hakt's? / Ziele und Wünsche. Die genannten Ansprüche der Richterschaft an sich selbst waren sagenhaft: Rechtsfrieden, Menschenkenntnis, Souveränität, Autorität, Unbestechlichkeit, Konfliktlösung, Gerechtigkeit. Die Probleme ebenso: Zeitdruck, Überlastung, schlechte Bezahlung, Behinderung durchs Protokollführen, Voreingenommenheit, Ungeduld mit kleinkarierten Parteien, Urteile für die Katz. Wünsche: Strategien zur Überwindung all dieser Probleme! Erkennen, Hinterfragen, mehr Geduld, mehr Offenheit für den Einzelfall, mehr Geistesgegenwart lernen, Neugier erhalten, den Glauben an das Gute im Menschen nicht verlieren. WEISHEIT.

Da lachte sogar Blank: »Immer dasselbe!«

»Etwas Neues gab's doch: Statusverlust. Ein Senatsvorsitzender sagte, früher sei der juristische Staatsdienst eine Auszeichnung gewesen, heute gingen die besten Absolventen in die Wirtschaft und führten die Justiz an der Nase herum. Was tun? Ist ein stolzer Richter der bessere Richter? Oder der überlastete, zermürbte, unterbezahlte? Die Frage lautet: Status oder Pathos? Status ist Eigenliebe. Pathos passt schöner zum pathetischen Begriff der Gerechtigkeit. Was bringt es aber der Justiz, wenn der Richter daran zuschanden wird?«

»Was haben Sie sonst herausgefunden?«

»Eine Verhaltenstrainerin mit Schauspielausbildung warnte uns davor, immer nur den Verstand anzustrengen. Sie hatte die Richter beim Betreten eines großen Landgerichts – nicht des unseren – beobachtet und spielte uns verschiedene Figuren vor, so überzeugend, dass wir dachten, wir sehen uns im Spiegel: bedrückt, gequält, frustriert, ein Bild des Jammers. Wir haben sehr gelacht, das hat schon mal geholfen. Dann zeigte sie uns Körperübungen: zur Entspannung, zur Lockerung, zur positiven Spannung. Atemübungen ...«

»Habe ich jetzt genug zugehört?«, unterbrach Blank.

Er begann wieder seine Litanei.

»Der Schmerz mag vorbeigehen, aber dieses Bewusstsein des

endgültigen Verlustes – bedenken Sie, ich habe kaum – oder eigentlich gar keine – Zeit, noch mal einem wenig Glück zu begegnen. Dass das Leben vergehen muss, ist es nicht furchtbar, das Kostbarste, was wir haben?«

Auch hier immer dasselbe. Aber wie schön trotzdem, dachte Thirza, und wie kostbar, ja. Also Reden um jeden Preis.

Blank: »Warum ist mir diese Hölle lieber als der Abschied? Ich wollte nicht mit einer Niederlage abtreten und habe mich mit diesem Wunsch sozusagen geköpft.«

Thirza: »Niederlage, was ist denn das für ein Kriterium? Partnerschaft als Kampf?«

»Nein, aber mein ganzes Leben ist Niederlage, ich sehe mich auf der ganzen Linie gescheitert, beruflich, erotisch, sozial, als Vater ...«

»Um Himmels willen, Herr Blank, das ist eine verzerrte Wahrnehmung! Sie waren für tausende Rechtsuchende ein gerechter Richter, ich habe keinen gerechteren getroffen als Sie! Sie haben mich unterstützt und gefördert und gelehrt, Sie sind noch immer mein Vorbild.«

»Ach liebe Kollegin, hier schmeicheln Sie einem pensionierten Amtsrichter allzu sehr.«

»Über Hierarchien waren wir doch erhaben?«

Jetzt lachte er wieder. Wie schön! Ich muss einfach hinter den Trümmern des abgestürzten Liebhabers den feurigen Staatsbürger aufspüren.

Thirza: »Haben Sie gehört, dass die Strauß-Kinder Strafantrag gegen Schlötterer gestellt haben wegen Verunglimpfung des Andenkens Verstorbener?«

Blank: »Allerdings. Ein Witz.«

»Was meinen Sie, wie das ausgeht?«

»Tja. Jahrelang hat ihm keiner widersprochen, was bestätigt, dass seine Beweisführung schlagend war. Man schwieg ihn also tot. Ein Gerichtsverfahren würde den verleugneten Komplex offiziell machen. Einerseits wäre das für Schlötterer gut. Andererseits benimmt sich Bayern in Sachen Strauß und Nachfolger nicht wie ein Rechtsstaat. Die Staatsanwaltschaft müsste angesichts der Fakten eigentlich sofort gegen die Strauß-Kinder wegen des Verdachts auf Steuerhinterziehung in Millionenhöhe ermitteln, stattdessen klagt sie den Überbringer der peinlichen Nachricht an. Die Frage ist: Hat eine Münchner Amtsrichterin, die ja vermutlich noch was werden will, den Nerv, gegen den Wunsch einer Regierung zu urteilen, die hemmungslos Strauß als Vorbild preist?«

Donnerwetter!, dachte Thirza: klare Überlegung, intakte Perioden, perfekte Modulation – die Heilung ist nah!

*

Zwei Wochen später folgende Wendung. Blank, per Mail: *Heute Morgen habe ich zum mir unbekannten Stichwort »Scammer« einige Zeit im Internet verbracht. Besonders interessant fand ich im »Anti-Scam-Forum« unter dem Stichwort »Ernest Roy Blake« den Eintrag einer »Lisa« vom 21. April: »Seine Story: Er ist im März 1960 geboren, seit sechs Jahren Witwer (die Frau bei einem Autounfall umgekommen), sein Sohn Jim zwölf, seine Mutter war Deutsche, der Vater Engländer, hat außer dem Sohn keine lebenden Verwandten mehr. Handelt international mit Autos.« Da haben Sie ihn: Ernest Roy Blake, das ist Fannys Traummann.*

Thirza: *Woher wissen Sie das?*

Blank: *Fanny hat sich bei mir gemeldet. Übrigens: Die Begegnung in der S-Bahn war eine Erfindung, man fand sich im Internet in einer Singlebörse. Eine große Beichte und Tränen, F. weinte an meiner Brust. Sie wissen, wie ich zu ihr gehalten habe.*

Thirza, sehr angespannt (Eilverfahren, Streitwert 600.000 Euro), aber auch erleichtert: *Nanu?*

Blank: *Sie wechselten mehrfach am Tag Nachrichten, sein Bild prangte an der Wand, die Kinder fragten, wann kommt er denn eigentlich?* Vor 14 Tagen begann sie, nichts mehr von ihm zu hören, er sei jetzt geschäftlich in Ghana (dem Hauptsitz der Scammer-Connection, was sie nicht wusste), es versetzte sie von Tag zu Tag in größere Unruhe und Sorge. Am Sonntag begann sie nach ihm zu recherchieren und kam auf das. Was nun wollte er von ihr, die kein Geld hatte? Sie sollte einen Scheck bei ihrer Bank einlösen und ihm das Geld schicken.

Sie hatte einen Glücksstern, sie durfte als Hartz-Empfängerin solche Transaktionen nicht machen. Ich habe ihre Hand gehalten, und sie hat erzählt, und dann hat sie mich umarmt und geküsst und ich sie. Sie kommt sich »beschmutzt« vor, Glück hatte sie, was, wenn der Kerl ihr nahegekommen wäre, ein Mann aus der Kapitale von Aids?

Thirza googelte »Scammer« und kam bei Wikipedia auf »Romance Scam«: *eine Form des Internetbetrugs.* Organisierte Banden in Nigeria und Ghana setzten gefälschte Profile mit falschen Fotos in Singlebörsen. Gaukelten den Opfern Verliebtheit vor, um finanzielle Zuwendungen zu erschleichen. Die Opfer waren zu rund 80 % weiblich und überwiegend über vierzig Jahre alt.

Was für eine grausame Welt. Fanny ein Opfer ihrer Sehnsucht, furchtbar betrogen, fast gegen ihren Willen gerettet. Blank – na gut, ich bin jetzt entlastet. Der Rest des Tages gehörte dem Eilverfahren, sehr komplizierte Fragestellung, Beratung mit Karl und Klara, Paragrafenwühlerei, Beschluss, der Bote brachte die nächsten Akten herein.

*

Erst Monate später, schon im Hochsommer, sah Thirza Blank wieder. Er lud sich selbst ein, brachte eine Flasche Wein mit und einen Blumenstrauß und wirkte bedrückt, aber vernünftig.

Nach jenem Ausbruch habe Fanny sich wieder zurückgezogen.

Er habe es hingenommen. »Ohne mir das anzutun, lebe ich zwar defizitär, aber besser.«

Thirza bekräftigte ihn.

Er nickte bitter. Inzwischen sah er nicht mehr Fanny, sondern sich selbst als Problem, ein Fortschritt, der ihm ebenfalls zu kauen gab. »Ich bin doch eigentlich ein ziemlich kommoder Mensch und ohne Steilheit im Alltag. Warum nur wollte sie fort?«

Tja, warum will einer fort? Du bist schwieriger, als du denkst, aber das muss nicht mal der Grund sein.

»Ich bin wohl ein Mensch mit der Neigung und Praxis, dem Schicksal in die Speichen zu greifen.« Er setzte mehrmals zu einer Rede an, verstummte wieder und sagte dann angestrengt: »Frau Zorniger, entschuldigen Sie bitte, war ich verrückt? Ich muss einen verheerenden Eindruck auf Sie gemacht haben.«

»Sie waren in einem Alptraum.«

»Ich war in einem Alptraum ... ja ... wenn wir es so nennen könnten ...«

»Wie schön, dass Sie erwacht sind! Und um auf die Wirklichkeit zu kommen: Was sagen Sie zum 100. Jubiläum unseres verstorbenen Ministerpräsidenten Franz Josef Strauß? Unsere Leitmedien feiern ihn ja recht unbefangen.«

»Unfassbar.« Blank schüttelte den traurigen Kopf. Wieder rang er mit sich, schnaubte, holte Luft und legte los: »Unfassbar! Ein korrupter Potentat, der angeblich hunderte Millionen in die eigene Tasche schaufelte! Ein cholerischer, saufender, lügender, skrupel- und schamloser Typ, der vollgepisst zu einer Fernsehaufzeichnung erschien und furchtbar gern mit der Atombombe gespielt hätte! Und der wäre fast Bundeskanzler geworden! Ein alarmierender Betriebsunfall der Demokratie, darüber wäre zu reden gewesen! Stattdessen rühmen die CSU-Granden den Mann als Vorbild, womit sie sich faktisch zur Regierungskriminalität bekennen, und unsere Starjournalisten huldigen ihm in postdemokratischer Ekstase!«

»Na, so direkt huldigen sie nicht.«

»Stimmt! Sie huldigen indirekt-ironisch, damit man sie nicht beim Wort nehmen kann. Hinter dieser Ironie vermute ich eine insgeheim wollüstige Freude an der Idee ungenierter Machtausübung. Überall plündern Oligarchen die Völker aus, die Bürger ächzen, die kritischen Journalisten riskieren Kopf und Kragen, aber die freien Meinungsführer unseres freien Rechtsstaats ergötzen sich an einem Soziopathen. Unfassbar: Wir, die eine hochentwickelte Demokratie geschenkt bekommen haben, delirieren in freiwilliger Unterwürfigkeit! Das wird einmal als Schande in unseren Geschichtsbüchern stehen.«

*

Damit Blanks Ausbruch nicht als freie Polemik stehen bleibt, hier ein kurzer Vorgriff in die Zukunft. Im Juni 2016 wurde dem ehemaligen Ministerialrat Dr. Wilhelm Schlötterer von einem bekannten Absender ein interner Prüfbericht der DG Bank Frankfurt aus dem Jahr 1994 zugesandt. Der Prüfbericht betraf ein Konto FIDINAM des bayerischen Ministerpräsidenten Franz Josef Strauß, das bei einer DG-Bank-Tochter in der Schweiz bestand, dabei in Frankfurt geführt wurde und bis 1990 unter dem gleichen Namen weitergelaufen war. Der Prüfbericht führte aus: Vollmacht über das Konto hatte schon zu Strauß' Lebzeiten sein Sohn Max gehabt. Ende März 1990 wurde das Konto aufgelöst und der ganze Betrag in bar abgehoben: 359.498.000,66 Deutsche Mark, in Worten Dreihundertneunundfünfzigmillionenvierhundertachtundneunzigtausend/0,66 DM. Es war nur eines der Konten von Franz Josef Strauß gewesen. Der Prüfbericht erwähnte weitere »in Holland, Panama, Schweiz, Guernsey, Kanada usw.«.

Max Strauß und seine Geschwister Monika und Franz Georg hatten vor dem Landgericht Köln behauptet, von ihrem Vater insgesamt nur 6 (sechs) Millionen Mark geerbt zu haben. Wilhelm

Schlötterer stellte deswegen bei der Staatsanwaltschaft Köln gegen alle drei Strafanzeige wegen Falschaussage und Prozessbetrugs: Die Behauptung der Geschwister, sie hätten nur sechs Millionen Mark geerbt, sei durch den beiliegenden DG-Prüfbericht widerlegt.

Die Staatsanwaltschaft Köln wies im Februar 2017 diese Strafanzeige überraschend zurück mit der Begründung, der Antragsteller habe keinen Beweis vorgelegt. Schlötterers Beweisstück, der beiliegende DG-Prüfbericht, wurde in der Zurückweisung nicht erwähnt, als habe er sich auf dem Tisch des Staatsanwalts in Luft aufgelöst. Stattdessen erging sich der Beamte in allgemeinen Belehrungen. Auch diese Stilprobe rechtsbeugender Sophistik gehört leider in einen Justizroman:

Da es sich bei dem Straftatbestand der »Falschaussage« um ein in besonderem Maße subjektiv gefärbtes Delikt handelt, bei dem die Voraussetzungen der subjektiven Tatbestandsmerkmale regelmäßig schwer nachzuweisen sind, ist ein erhöhter Maßstab bei der Prüfung und damit auch für die Bejahung eines Anfangsverdachts, der Anlass zur Aufnahme von Ermittlungen geben würde, anzulegen.
Staatsanwaltschaft Köln, Aktenzeichen 931 Js 3207/16 (931 AR 289/16)

Max Strauß selbst hatte übrigens den DG-Prüfbericht als »dreiste Fälschung« bezeichnet. Der Kölner Staatsanwalt hätte mit diesem Fälschungsverdacht argumentieren können. Er zog es aber vor, das Beweisstück nicht zu erwähnen. Warum?

Muss man hier nicht von Rechtsbeugung und Strafvereitelung im Amt sprechen?, dachte sogar Thirza, der Blank so oft politische Nachgiebigkeit vorgeworfen hatte. Und: Kein kleiner Staatsanwalt traut sich das, denn Rechtsbeugung hat zwingend den Amtsverlust zur Folge. Der Unterzeichner muss Deckung von oben gehabt haben.

Frage: Warum setzt sich die Staatsanwaltschaft Köln lieber dem Verdacht der Strafbarkeit aus, als einen Beweis über die Vermögensverhältnisse eines längst verstorbenen Ministerpräsidenten zur Kenntnis zu nehmen, zumal das identifizierte Vermögen dem Staat Steuern in Millionenhöhe eingebracht hätte? Welches Kalkül wird hier über die Gesetze gestellt? Wie kann auf die Beschwerden des Verletzten hin dem rechtswidrigen Bescheid abgeholfen werden? Unser altes Thema: Welche Staatsanwaltschaft bestraft sich selbst, und welcher Apparat gibt Verfehlungen zu? Sofern hier überhaupt von Verfehlung und nicht von Vorsatz zu sprechen ist. Quälende Vorstellung, dass gerade die obersten Anwälte des Staates sich an das Recht nicht gebunden fühlen, dachte Thirza. Gut, dass Blank das nicht mehr erleben muss.

DIE ROBE

Vor Jahrzehnten in Thirzas Staatsanwaltsabteilung, wo es viel weniger förmlich zuging als in der Zivilgerichtsbarkeit, hatte eine Art Roben-Kommunismus geherrscht: Mehrere Roben hingen im Schrank, und wer eine brauchte, zog sie heraus und warf sie sich über, bevor er zum Gerichtssaal lief. Das einzige Problem war, dass die kurzgewachsene Thirza, damals eine von wenigen Frauen, meist ihr Exemplar raffen musste, um nicht daraufzutreten. Eines Tages aber griff sie in der Tasche ein nasses Tempotaschentuch, und das war der Augenblick, in dem sie sich zum Kauf einer eigenen Robe entschloss.

Inzwischen wusste sie, worauf sie achten musste: einen möglichst leichten Wollstoff, weich, knitterarm. Mit kaum unterdrücktem Stolz blätterte Thirza in Katalogen. Am besten Merino, in dem man nicht schwitzte. Ja. Feinstes Merino-Kammgarn. Brust- und Ärmelbesätze aus Brillantsamt. Ein goldgesticktes Namensetikett (etwas übertrieben, aber eine andere Farbe gab es nicht) zum Schutz gegen Kollegen. Dreihundert Mark.

Dieselbe Robe trug Thirza nach dreißig Jahren immer noch. Als der rechte Ärmelbesatz abgeschabt war, prüfte sie die in ihrem Büro von Karl Römer oder einem seiner Vorgänger zurückgelassene Robe, schnitt davon ein intaktes Stück Samt ab und brachte Besatz und Robe zum Schneider. Und während sie sich am darauffolgenden Mittwoch für eine Kammerverhandlung berobte, klopfte es an der Tür, und eine pummelige junge Frau trat ein. »Frau Zorniger? Hallo, ich wollte mich für ein Praktikum anmelden.«

»Sie sind mir nicht angekündigt worden. Haben Sie sich beim Präsidenten beworben?«

»Mein Großvater hat gesagt, ich soll direkt zu Ihnen gehen.«
»Haben Sie einen Namen?«
Es handelte sich um Römers Enkelin Susi, die kleine Lateinerin! Thirza suchte nach Ähnlichkeiten. Rotes Haar, viel mehr als seins, im Wildwuchs; grüne Augen, trotzig. »Hat Ihr Großvater Ihnen nicht gesagt, dass Mittwoch für die 44. Kammer Sitzungstag ist?«
»Doch, hat er. Ich soll mich in die Verhandlung setzen und schauen, ob's mir zusagt.«
»Warum hat er mich nicht angerufen?«
»Der ruft keinen an.«
»Wie geht es ihm?«
»Er ist blind.«
»Oh, das tut mir leid«, sagte Thirza betroffen.
»Man wächst an seinen Aufgaben.«
Ein dummer und roher Kommentar, doch Thirza scheute sich, das laut zu sagen; sie war wieder einmal hilflos im Umgang mit der Jugend. Das Mädchen sah weder grob noch leichtfertig aus, sondern einfach gehemmt. Vielleicht versuchte sie wie seinerzeit die junge Thirza, forscher und intelligenter zu erscheinen, als sie war, und wirkte deswegen dümmer, als sie war. Eine Zurechtweisung konnte sie verschrecken, eine Billigung in der falschen Richtung bestärken; was also sagen? Und was überhaupt sagte der Kommentar über ihr Verhältnis zum Großvater, der sie immerhin hierhergeschickt hatte, weil sie offenbar Jura studierte? Wenn ich sie rauswerfe – wäre das im Sinne Römers, dessen Robe ich eben gefleddert habe?

»Sie können sich gern in die Verhandlung setzen; die Verhandlungen sind öffentlich«, sagte Thirza schließlich steif. »Und bitte grüßen Sie Ihren Großvater herzlich von mir. Sagen Sie ihm, ich bedaure, dass ...« In diesem Augenblick klopfte es wieder. Diesmal waren es die Kollegen, ebenfalls in Robe.

*

Es waren vier leichte Fälle. Man verhandelte sie aber als Kammer, weil der junge Berichterstatter, der für den pensionierten Karl Eppinger gekommen war, als Richter wenig Erfahrung hatte.

Der neue Richter, mit vielen inoffiziellen Vorschusslorbeeren aus dem Ministerium gekommen, hieß Severin Duda. Dreiunddreißig Jahre alt, aber jünger wirkend, vermutlich deshalb Vollbart tragend; anderthalb Köpfe größer als Klara und zwei Köpfe größer als Thirza. Ernsthaft, fleißig, ehrgeizig. Klara, mit der er ein Büro teilte, kam gut mit ihm zurecht, und inzwischen traten sie fast wie Geschwister auf. Kürzlich an einem heißen Tag hatten sie sich bei Thirza für eine Stunde abgemeldet, um ins *Venezia* auf der anderen Straßenseite ein Eis essen zu gehen: der schöne junge Mann in Chinos und Polo, Klara in Pluderhosen mit einer Bluse, die einen Streifen Bauch freiließ. Thirza, die sich als junge Richterin immer unauffällig korrekt gekleidet hatte, verbiss sich ein mütterliches Lachen beim Gedanken, dass diese beiden Kinder über sechs- und siebenstellige Streitwerte entscheiden mussten. Tja, warum nicht? Klara hatte ihre Befähigung schon bewiesen.

Jetzt schritten die jungen Richter würdevoll links und rechts neben Thirza: ein kleines schwarzes Geschwader auf dem Flug zum Gerichtssaal. Susi latschte hinterher. Andere Praktikantinnen kamen aufgedonnert wie kleine Damen, manche sogar mit Perlen und Pumps. Dieses linkische Kalb glich eher der jungen Thirza, mit dem Unterschied, dass die junge Thirza sich nie getraut hätte, einfach in den Justizpalast zu marschieren und eine Richterin kurz vor der Verhandlung anzuquatschen. Andererseits war Susis Opa ja auch kein Ausgestoßener. Im Gegensatz zu meinem Opa. Wie jung bin ich damals gewesen, wie sonderbar meine Träume. Und sie haben sich fast alle verwirklicht.

*

Thirza gab zu Protokoll: »Die Sach- und Rechtslage wird erörtert mit den anwesenden Parteien und Parteivertretern im Rahmen der Güteverhandlung. Der Kläger Rupert Greiff wird informatorisch angehört.«

Ein schöner, runder, einfacher Fall für Susi, dachte Thirza. Für Studenten geradezu musterhaft. Gut, dass sie heute gekommen ist.

Der Kläger, Dr. jur. Rupert Greiff, hatte vor anderthalb Jahren ein Unternehmen namens *PharmaCare GmbH* gegründet, das Nahrungsergänzungsmittel herstellte und vertrieb. Es bestand nur aus ihm, der als Geschäftsführer sowie als Prozessbevollmächtigter seiner eigenen Firma auftrat.

Die Beklagte war eine *Versandapotheke Bader*, die unter anderem ein Nahrungsergänzungsmittel mit dem Namen *Health Boost* der Firma *Y-Chromo* vertrieb. Die Werbung suggerierte durch *Health Boost* eine Verbesserung des Testosteronspiegels.

Im Vorfeld des Prozesses hatte die klagende *PharmaCare GmbH* die Apotheke schon einmal abgemahnt: Die auf der Packung von *Health Boost* genannten lebensmittelchemischen Behauptungen verstießen gegen wettbewerbsrechtliche Vorschriften; die Aussage »ohne künstliche Süßstoffe« sei eine Irreführung nach § 5 UWG. Die Klägerin hatte die Beklagte darüber hinaus aufgefordert, auf eine bestimmte Formulierung bei der Bewerbung des Produkts zu verzichten, und dazu eine strafbewehrte Unterlassungserklärung sowie die Erstattung von Abmahnkosten verlangt. Die beklagte Apotheke hatte die Unterlassungserklärung geliefert, die Erstattung der Abmahnkosten aber abgelehnt. Als die Beklagte begann, auf ihrer Website mit einem leicht veränderten Text für das Produkt zu werben, setzte die Klägerin gegenüber der Beklagten die verwirkte Vertragsstrafe in Höhe von 5.500 Euro fest. Die Beklagte lehnte die Zahlung ab. Über diese Forderung war heute zu verhandeln.

Dr. Greiff war ein jugendlich wirkender Enddreißiger mit Pausbäckchen und Schnauzbärtchen, auf den ersten Blick eine harmlose Erscheinung. Sobald er aber das Wort ergriff, wirkte er selbstsicher und wehrhaft. Er redete mit einer hellen, scharfen Stimme manisch auf Thirza ein, der er die ganze Zeit direkt in die Augen sah. Sein Konzept sei juristisch wasserdicht und somit rechtsgültig. Er legte dem Gericht das Original der strafbewehrten Unterlassungserklärung vor: Dieses Dokument sei rechtlich bindend, aus ihm ergebe sich zweifellos der geltend gemachte Anspruch.

Die Anwältin der beklagten Apotheke trug vor: Der Prozessbeauftragte der Klägerin sei ein Abmahnanwalt, der allein in den ersten zwölf Monaten des Bestehens seiner Firma fast 180 Abmahnungen zu produktbezogenen Wettbewerbsverstößen ausgesprochen habe, durchweg gegen Apotheken und Großhändler, die in den meisten Fällen das abgemahnte Produkt erst auf ausdrücklichen Wunsch des Testkäufers der Klägerin besorgt hatten. Die Abmahnung sei rechtsmissbräuchlich im Sinne des § 8 Abs. 4 UWG, weil die Abmahntätigkeit der Klägerin im Wesentlichen dem Gebührenerzielungsinteresse des Prozessbevollmächtigten diente. Die geltend gemachten Kosten für Abmahnungen und Prozessrisiken stünden außer Relation zu Gewinn und Ertragskraft der Klägerin. Die *PharmaCare GmbH* tätige zum großen Teil Scheingeschäfte und mache allein mit Abmahnungen Gewinn.

Dr. jur. Greiff, der in diesem Vortrag als Betrüger hingestellt wurde, konterte ungerührt: Die Beklagte möge ihn, wenn ihr das gelinge, juristisch widerlegen, statt Unterstellungen in die Welt zu setzen. Und was die Geschäftsmoral angehe, mache er nebenbei darauf aufmerksam, dass das Produkt *Health Boost* eigentlich nicht verkehrsfähig sei, sein Konsum insbesondere für Postinfarktpatienten riskant, wovor weder auf der Packung noch im Waschzettel gewarnt werde.

Es ging noch zweimal hin und her, dann zog sich die Kammer zur Beratung zurück. Alle drei Richter waren sich einig, die Klage als rechtsmissbräuchlich abzuweisen, zumal kurz vor diesem Termin drei weitere Klagen der *PharmaCare GmbH* eingegangen waren. Die einzige heikle Frage war: Schlug der Rechtsmissbrauch (§ 242 BGB) gegen die rechtswirksame Unterlassungserklärung durch oder nicht? Sie waren der Meinung: Schlägt durch, auch wenn anzunehmen war, dass die Klägerin Berufung einlegen würde. Severin Duda, das neue Kammermitglied, hatte mit Klaras Hilfe die Begründung vorformuliert.

Die Kammer kehrte in den Saal zurück. Die Parteien standen auf, auch Susi im Zuschauerbereich stand auf. Thirza verlas im Stehen:

»Im Namen des Volkes: In dem Rechtsstreit *PharmaCare GmbH* gegen *Versandapotheke Bader* hat die 44. Zivilkammer des Landgerichts München durch die Vorsitzende Richterin am Landgericht Zorniger sowie die Richter am Landgericht Duda und Ley für Recht erkannt: I. Die Klage wird abgewiesen. II. Die Kosten des Rechtsstreits hat die Klägerin zu tragen. III. Das Urteil ist gegen eine Sicherheitsleistung von 1.400 Euro vorläufig vollstreckbar.

Nehmen Sie bitte Platz.

Das Urteil wird wie folgt begründet: Der Kläger hat keinen Anspruch auf Ersatz der Abmahnkosten, weil die Abmahnung vom ... gemäß Paragraf 8 Absatz 4 UWG rechtsmissbräuchlich war. Der Vertragsstrafenforderung steht Paragraf 242 BGB entgegen, da die Abgabe der strafbewehrten Unterlassungserklärung auf die missbräuchliche Abmahnung zurückzuführen ist«, und so weiter.

Susi blieb bis zum letzten Satz der Urteilsbegründung, und danach sogar während der nächsten drei Verhandlungen. Als die Richter in ihre Büros zurückkehrten, folgte Susi Thirza bis an die Türschwelle. »Vielen Dank, das war echt cool! Also ich würd mich freuen.«

»Sagen Sie mir doch bitte: Warum ruft Ihr Großvater keinen an? Liegt es an der Erblindung?«

Susi schüttelte errötend den Kopf. »Allfällige Unpässlichkeiten.«

Susi immer noch zwischen Comic-Sprache und Römer-Ton! Sogar das Gesichtchen zeigte plötzlich Züge einer weiteren Identität: gescheit, aber auch verwirrt und verlegen.

»Kann man ihn denn anrufen?«

»Ich darf die Nummer nicht rausgeben.«

Jetzt wirkte sie sogar schmerzlich beschämt, wobei unklar war, ob dies dem Großvater oder ihr selbst galt. Susi erspart sich nichts, dachte Thirza. Schämt sich für sich selbst, warum? Neurotische Opa-Beziehung, woher kennen wir das? Das Drama der Selbstfindung beginnt von vorn: Was kann ich wissen, was darf ich hoffen? und so fort.

*

Am anderen Ende des Weges, auf dem Susi soeben die ersten Schritte ging, herrschte weniger Ambivalenz, zumindest vordergründig.

Thirza besuchte inzwischen zwei Richterinnenkreise. Von der früheren Runde waren einige Kolleginnen in Pension gegangen; sie trafen sich weiterhin aus Gewohnheit, wobei private Themen die juristischen allmählich verdrängten. Thirza kam gelegentlich aus Freundschaft dazu, während sie in der klassischen Runde, die sich mit jungen Richterinnen füllte, das Auslaufmodell gab.

An diesem Abend war Barbara die Gastgeberin der Pensionsrunde, und zum ersten Mal war auch ihr Mann, ein Psychiater, dabei. Deshalb war noch weniger als sonst von Justiz die Rede. Was beschäftigt kultivierte Pensionäre? Vera hatte kürzlich mit ihrem Mann das Deutsche Theater besucht, und da sie außerhalb wohnten, hatten sie wie immer ihr Auto in der Tiefgarage des *Hotels am Theater* geparkt. Danach waren sie mit Freunden über die Sonnenstraße zur Vinothek *Cyrano* flaniert und hatten über die vielen Obdachlosen gestaunt. Als sie nun gegen Mitternacht zu ihrem Wagen wollten, fanden sie die Garagenzufahrt von einem

Rollgitter versperrt. Sie mussten um den ganzen Block laufen, um den Hoteleingang zu finden, wo ihnen der Portier erklärte, dass sie das Gitter neuerdings schlössen, damit die Tiefgarage kein Obdachlosenlager würde.

Von hier aus kam man unvermeidlich auf das Thema Flüchtlinge. Rechtskonfusion! Eigentlich dürfte man ohne Pass und Visum niemanden einlassen; diese Rechtslage ist aber bei uns außer Kraft gesetzt. Warum 100.000 Anträge abarbeiten, wenn dann nur dreihundert Leute nach Hause geschickt werden? Unsere Beamten, die Rechtstitel schaffen, sind total frustriert, wenn sie Leute auf der Straße treffen, die sie drei Jahre zuvor nach mühevoller Ermittlung abgeschoben haben.

Andererseits: Humanität. Wie gewissenlos gehen ungebändigte Herrscher mit ihren Untertanen um, und wie schrecklich ist das Leben zu denen, die nichts haben! Von überall her suchen Verzweifelte aus verwahrlosten Anrainerstaaten Zuflucht bei uns, doch wir können nicht alle nehmen. Unser Grundgesetz ist eine Utopie. Gestehen wir's uns ein? Was wäre die Folge?

Kurz, sie waren genauso ratlos wie alle, nur auf höherem Niveau. Emilia zitierte Johann Heinrich Pestalozzi: »Das gesellschaftliche Recht ist daher ganz und gar kein sittliches Recht, sondern eine bloße Modifikation des tierischen.«

Alle seufzten beklommen, da ergriff der Psychiater das Wort, ein alerter Lockenkopf mit Kugelbauch, und hielt folgende Rede: Ein Drittel seiner Patienten seien Ausländer. Die Hauptdiagnose sei Depression. Sie kämen aus Vietnam, Kambodscha, Thailand, Malaysia, Iran, Irak, Afghanistan, Libanon, Tunesien, Ägypten, Somalia, Sudan, Syrien. Sie alle klagten, und übrigens mit Grund: beengte Verhältnisse, zwei Zimmer für sieben Kinder! Aber wie wäre es in Afghanistan? Da klagten sie noch lauter: In Afghanistan ist die kranke Mutter ... Ja dann nichts wie hin!, sagte er. – Aber das geht doch nicht!, schrien sie.

Tja, erklärte er jetzt den Richterinnen: Die Europäer, die im

17. Jahrhundert nach Amerika auswanderten, wurden von Indianern mit Pfeilen beschossen, ein Drittel verhungerte und erfror. Die heutigen Emigranten bekämen Essen satt und Antidepressiva. Natürlich sei es schwer in der Fremde. Schon die Israeliten murrten, als Moses sie von den Fleischtöpfen Ägyptens vertrieb. Die erste Migrantengeneration sei immer die Verschleißschicht.

Barbara, die während dieser Rede in die Küche gegangen war, kehrte zurück und rief zum Imbiss: Ragout fin, Feldsalat mit Speck und Himbeerdressing. Nach dem Essen diskutierten die Frauen pflichtbewusst noch etwas weiter, dann löste sich die Runde auf. Die letzten Gäste waren Thirza und eine ebenfalls noch aktive Arbeitsrichterin namens Valerie. Und nachdem auch der Psychiater sich zurückgezogen hatte, kamen sie auf Frauenthemen. Valerie, seit zwei Jahren geschieden, erzählte von ihrer vergeblichen Partnersuche per Internet. Der letzte Kandidat, ein Architekt und Hobby-Bildhauer, trat ihr im Leucht-T-Shirt bauchfrei entgegen, mit offenem Hosenstall.

War er denn sexy?

»Na, hatte schon was Tierisches, muskulös, viele Haare.«

Ein anderer Mann, fein, eloquent, von Beruf Arzt, telefonierte während des Dates drei Mal mit seiner Ex-Frau.

Thirza lauschte bang. Angeblich rechnete Valerie nicht wirklich mit einem Erfolg und bestaunte nur die Exemplare: »Der Weg ist das Ziel.« Arbeitsrichterinnen hatten anscheinend für so was Zeit.

Andererseits, was mache ich mit meiner Zeit?

Am vorigen Sonntag hatte Thirza den Tierpark Hellabrunn besucht. Ein Bild dort hatte sich eingeprägt: das Elefantenpaar. Es stand abgewandt, die enormen grauen Hintern wie runzlige Türme, dazwischen sah Thirza die schweren Köpfe einander zugeneigt. Die Rüssel pendelten nachlässig suchend über dem Boden, griffen kleinere Büschel Heu und ließen sie wieder fallen, anscheinend waren beide Tiere satt und suchten eher aus Langweile, während sie von der Savanne träumten. Aber einmal tastete eines ein paar verlockendere Kräuter, hob sie auf und schob sie beiläufig dem Partner ins Maul. Thirza war von dieser zarten Geste entzückt gewesen; jetzt, anlässlich der Sportberichte von Valerie, erschien sie ihr sogar romantisch, und Thirza erzählte mit kaum verhohlener Rührung von dem zärtlichen Paar.

»Woher weißt du, dass es alte Elefanten waren«, fragte Barbara streng, »und dass es ein Paar war?«

»Ich weiß es nicht. Es war vielleicht eine Fantasie«, antwortete Thirza. »Na und?«

»Eine sentimentale Fantasie.«

»Ja.«

Beim Abschied bemerkte Barbara: »Das ist vermutlich der Unterschied zwischen uns: Du hast die Liebe kennengelernt. Ich nicht.«

Am nächsten Morgen rief sie Thirza zu Hause an, was sie noch nie getan hatte, und gab kund: »Ich weiß aber nicht, ob ich dich beneide.«

*

Max' Kladde lag inzwischen auf dem Nachtkastl, und Thirza blätterte regelmäßig darin, bevor sie das Licht ausschaltete. War sie durch, begann sie von vorne. Sie freute sich, Max' Handschrift zu sehen, und bemerkte, dass dichterische Sprache ihre Wirkung nicht verliert, wenn man den Inhalt kennt; und dass sie übrigens auch ihre Wirkung dann nicht verliert, wenn man den Inhalt nicht versteht. Auch das eine Lehre von Max. Was hätte ich noch alles mit ihm reden können.

Dank für alles, sagt Hiob.
Wenn Gott nicht menschlich ist, dann ist er auch nicht
göttlich.

Ich verachte die Männer, und die Frauen sind mir gleichgültig. Sympathisch sind mir eigentlich nur die Pandabären.
Olaf Neumann

Kurz darauf träumte Thirza, sie sähe Max in der Ferne im Morgengrauen. Er stand mit nacktem Oberkörper an einem Strand und sah sehr gut aus, kräftig, faltenlos, *gesund*, so anziehend wie je. Sie lief hocherfreut hin, doch er wandte das Gesicht ab und blickte seitlich zu Boden, als wolle er sagen: Noch nicht. Thirza erwachte ruckartig, ebenso erleichtert wie geschmerzt; erleichtert, weil sie noch nicht in jenem Reich war, geschmerzt, weil Max nicht hier war, und dann doch wieder erleichtert, weil das alles irgendwie bedeutete, sie kann ihn wieder sehen, zumindest im Traum.

Sonntagmorgen. Kein Einschlafen mehr möglich. Thirza frühstückte mechanisch, verließ das Haus und ging ohne nachzudenken zum Pasinger Stadtpark. Es war noch nicht mal neun Uhr.

Der Schnee schmolz. Thirza meinte durch das winterlich mattgrüne Gras ein längliches Papier gleiten zu sehen. Ein Papier? Sie sah schärfer hin. Ein Wiesel! Ein Wiesel im Schneekleid verschwand in einem Erdloch. Nur der Schweif hatte einen braunen Ring. Das Tier hatte noch keine Zeit gehabt, sich umzuziehen.

Thirzas Haar war inzwischen eher weiß als grau. Ich hatte viel Zeit zum Farbwechsel. Unglaublich: Hier bin ich früher mit Beni gestreunt. Was für ein weiter, strapaziöser, erfüllender Weg. Und wie viele Fälle habe ich gelöst! Wie viele wohl insgesamt – entschiedene, verglichene und per Beschluss erledigte, ab- und zurückgewiesene? Im Amtsgericht durchschnittlich drei bis fünf Verhandlungen pro Tag bei zwei Verhandlungstagen die Woche, macht drei- bis vierhundert im Jahr, also in drei Jahren – tausendeinhundert. Na, sagen wir tausendfünfzig. Natürlich nur ein Durchschnittswert, aber nicht schlecht, oder? Allein im Amtsgericht, meiner ersten Station. Das Ministerium lasse ich mal weg. Im Landgericht …

Durch die helle, frische Luft schwebte Glockenklang und mischte sich mit dem Murmeln der schnell fließenden Würm. Erst wenige Menschen waren so früh unterwegs. Die drei Männer mit Gips und Krücken dort waren vermutlich aus dem Pasinger Krankenhaus entwichen, das man durch die kahlen Äste auf der anderen Seite des Flüsschens sah. Die Frau mit weißen Binden um Kopf und Hals war eine bekannte Pasinger Unglücksfigur. Max nannte sie die Amateurnonne mit Rollator und hielt sie für geistig gestört, weil sie immer diese Binden trug. Einmal traf er sie im Edeka. Sie stellte sich mit dem Rücken an eine Wand bei der Kasse, beobachtete ihn und sagte: »Noch ein Unschuldiger.«

In der Luft Vogelgezwitscher, jetzt, im Januar! Thirza meinte Max' Stimme zu hören: »Die denken, sie haben's geschafft!«

Noch ein Unschuldiger? Mein lieber, unschuldiger Max! Ist er wirklich ganz und gar fort? Ach, nein. Wenn sie nicht gestorben sind, dann leben sie noch heute. Aber wenn sie sterben, sind sie wieder vereint. Das stimmt ja sogar. Es ist ja nicht mal eine Lüge. Max, bald bin ich da. Vorher bleibe ich noch eine Weile, denn ich muss noch die neue Zeitrechnung bezahlen ... irgendwas mit GAU. Also Bilanz ... ziehen. Hm, etwas wirr im Kopf. Ich war doch jahrzehntelang im Land ... im Land ... wie heißt dieser Klotz, wo Urteile gefällt werden? Thirza sah sich nach einer Bank um: besser setzen, sonst fällst du in den Dreck. Andererseits: besser nicht allein bleiben, wer weiß. Sie sah, dass die drei Gips-Männer über die Fußgängerbrücke zum Krankenhaus zurückstrebten, und beschloss, ihnen zu folgen. Sie fühlte sich, als ginge sie auf Watte. Also wie viele Urteile gefällt in diesem Kasten? Zuerst dreihundert im Jahr plus Altfälle, um Himmels willen, Rückstände, unendliche Rückstände ... drei versehrte Männer. Am Eingang blieben sie stehen und steckten sich Zigaretten an. Thirza sah ein Schild: Notaufnahme. Da gehe ich jetzt hin, aber was soll ich sagen?

Ein für die frühe Stunde erstaunlich volles Wartezimmer. Eine Theke, über der *Anmeldung* steht. Davor eine Schlange. Welche

Zahl lege ich zugrunde für die Beisitz-, welche für die Vorsitzzeit? Also für die Beisitzerzeit nur die Fälle, für die ich Berichterstatterin war. Für die Vorsitzzeit Berichterstattung plus Kammerverhandlungen, die ich ja ver … verantwortet … Antwort …

Thirza wusste plötzlich, dass ihr Fall dringlich war, und ging an der Schlange vorbei. Der Boden schwankte.

»Warten Sie bitte, bis Sie drankommen!«

Aber ich bin ja dran.

»Was reden Sie da? Ich kann Sie nicht verstehen!«

Warum ist es so schwer zu sagen? Ich lege mich jetzt hin, dachte Thirza, ist ja egal wo. Ich bin dran.

Jemand beugte sich über sie. »Hallo, verstehen Sie mich? Wie heißen Sie?«

Seltsames Gefühl, wenn man weiß, was man sagen will, aber die Worte bilden sich nicht. »Z-z-z …«

»Sagen Sie uns Ihren Namen!«

»Z…«

»Ihren Namen!«

»Z… Zee… Zehnt…« Allmählich wird es peinlich.

»Wie bitte? Zentner?«

»Zehntausend!«

Thirza sank rückwärts auf den Grund eines Brunnens. 10.000 Urteile. Und alles, was von mir bleibt, ist eine leere Robe.

*

Sachkundige Gesichter über ihr. Es wurde hantiert, Blutdruckmanschette, Stich in den Handrücken, durch einen Plastikschlauch floss Medizin in die Vene. Thirza wurde hochgehoben und schwebte durch beleuchtete Gänge. Röntgenzimmer. »Bitte nicht bewegen. Atem anhalten. Können Sie mich verstehen?«

Thirza nickte.

Sie wurde in eine klopfende Röhre geschoben und wieder hinaus. Ein Arzt zeigte ihr kunstvolle, in Grautönen scharf gemusterte Ovale, die Querschnitte durch ihr Gehirn darstellten. »Sie haben Glück gehabt.«

Man setzte ihr die Brille wieder auf. Das Bild schärfte sich. Jetzt ein Krankenzimmer. Zwei Frauen in geblümten Morgenmänteln näherten sich und schauten neugierig auf Thirza herab. Zuerst eine zierliche Forsche mit Knopfaugen und weißen Locken, dann eine untersetzte Furchtsame. Die Forsche stellte fest: »Eahna hot's dabröselt.«

Die Furchtsame rief anklagend: »Was ist passiert?«

»Ich bin in einen Brunnen gefallen«, sagte Thirza.

Ich kann wieder reden!

Eine Ärztin fragte nach Namen, Adresse und Geburtsdatum. Alle Daten waren abrufbar, sie brauchten nur bis zu den Lippen längere Zeit als sonst.

Thirza musste mit den Augen dem Finger der Ärztin folgen, die Gliedmaßen nach Kommando heben, anwinkeln und bezeichnen. Sie durfte sich aufsetzen.

»Gut«, sagte die Ärztin.

Sie nannte die Diagnose: TIA. Das heißt Transitorisch ischämische Attacke, eine Vorstufe zum Schlaganfall. »Ischämie bedeutet Durchblutungsstörung. Transitorisch bedeutet, sie ist vorübergegangen, ohne dass Gewebe zerstört wurde«, erklärte die Ärztin geduldig. »Vorübergegangen ist sie, weil wir Sie rechtzeitig behandeln konnten. Sie hatten Glück.«

»Glück ... Woher ... kommt diese Attacke?«

»Das müssen wir abklären, deswegen möchten wir Sie drei bis vier Tage hier behalten. Ursache können krankhafte Ablagerungen an den Wänden der Carotiden, der Kopfschlagadern, sein. Oder der Kleingefäße. Oder Ihr Blutdruck ist zu hoch oder zu tief. Für alles gibt es Maßnahmen. Wenn wir Sie aber unbehandelt weglassen, laufen Sie Gefahr, dass es wieder passiert. Wie fühlen Sie sich?«

»Dank-bar, dankbar ... gut. Aber nicht ganz klar.«

»Ihr Gehirn muss sich vom Sauerstoffmangel erholen. Das kann ein paar Stunden dauern, längstens bis morgen. Danach werden Sie sich fühlen wie zuvor. Trotzdem empfehlen wir eine Kur.«

»Ich bleibe gern.«

»Wen dürfen wir benachrichtigen?«

Also Klara und Blank zunächst mal. Klara würde während dieser Tage den Vorsitz übernehmen und die schweren Termine verschieben müssen. Und Blank war nachmittags zum Kuchen angesagt gewesen. Ausgerechnet. Ein halbes Jahr hatte Thirza ihn nicht gesehen und, da er ungern telefonierte, auch nichts von ihm gehört. Doch gestern hatte er angerufen, er müsse ihr etwas Sensationelles zeigen. War es wirklich erst zwei Uhr? Vier Stunden für den Weg in den Abgrund und wieder hinauf? Dann konnte man Blank noch erreichen, bevor er aufbrach; er war ja empfindlich und würde eine verschlossene Tür als Beleidigung sehen. Nur, was war seine Telefonnummer? Und die von Klara?

»Sind das Ihre Angehörigen?«

Tja, also Angehörige mit Zugang zu meinem Adressbuch gibt es nicht. Wie traurig ist das? Und wie beschämend?

»Sie könnten im Justizpalast anrufen«, fiel Thirza ein.

»Wieso?«

»Das ist mein Arbeitsplatz. Ich bin Richterin.«

»Richterin? Dann sind Sie wohl privatversichert?«

»Ja.«

Thirza hatte auf den Spaziergang weder Papiere noch Geld mitgenommen. Aber ihr wurde geglaubt. Die nüchterne, milde graue Ärztin glaubte der nüchternen, milden grauen Patientin, und alles ging seinen Gang. Die Ärztin war sogar bereit, Thirza ohne weiteren Solvenzbeweis auf die Privatstation zu verlegen.

Thirza dachte an Großvater Kargus, der einsam in seinem kleinen Privatzimmer gestorben war, nachdem er wochenlang von seiner Hinrichtung geträumt hatte, und sagte: »Danke, ich bleibe lieber hier.«

*

Thirza war immer noch benommen, kein Wunder: sozusagen von der Höhe einer Kommandobrücke hinunter aufs Deck geschmettert. In rascher Folge wechselten Erleichterung und Schreck. Wunderbar unversehrt und unmissverständlich gewarnt: Hab ich ein Glück. Wäre es zu Hause passiert, ich läge jetzt noch dort.

Trotzdem: Hier beginnt der Übergang in ein anderes Spiel. Eines mit härteren Regeln, ohne Berufungsmöglichkeit, mildernde Umstände und rechtliches Gehör. Und ohne Gnade.

Gnade, das Thema hatten wir doch schon? Thirza dachte an Gustav Radbruch, den sterblichen Heiligen, der nebenbei sogar noch Essays über Literatur geschrieben hatte, zum Beispiel über Shakespeares Stück *Maß für Maß*. Es ging dort um einen gnadenlosen Juristen, der … egal. Thirza hatte Stück wie Essay längst vergessen, als Jahrzehnte später Max zufällig darauf zu sprechen kam. Max, der liebe Unheilige, hatte gesagt, herausragend in *Maß für Maß* seien vor allem zwei Monologe, in denen es um den Tod gehe. Und hatte ihr beide vorgelesen. Sie waren atemberaubend. Einige Zeilen blieben sogar in Thirzas Gedächtnis.

CLAUDIO: *Ich hoffe Leben, bin gefasst auf Tod.*
HERZOG: *Sei's unbedingt auf Tod! Tod so wie Leben*
Wird dadurch süßer. Sprich zum Leben so:

… Unbedingt nachschlagen! Dritter Aufzug! *Sei gefasst auf Tod. Tod so wie Leben wird dadurch süßer.* Warum *süßer?* Thirza fühlte und schmeckte nach – Ja! Erster Testlauf fürs neue Spiel: vier Tage unter normalen Menschen. Vier Tage im Heer der stillen Rechtsunterworfenen. In einem Dreierzimmer. Das hat doch was. Das ist zu verkraften. Tante Schossi und Tante Berti lagen, als sie so weit waren, noch zu sechst.

Und wenn das überstanden ist, schlüpfe ich wieder in meine Robe und mache weiter wie bisher.

*

Frau Leitl, die forsche Mitpatientin, quasselte ununterbrochen. Sie litt an Zöliakie, einer Erbkrankheit, und vertrug kein Getreideeiweiß. Wenn sie ein Weizenbrot aß, stellte die Bauchspeicheldrüse die Arbeit ein, und Frau Leitl schied reines Fett aus; es rann ihr die Beine entlang. Ihre Eltern hatten von der Krankheit gewusst und das Kind mit Reisschleim großgezogen. Nach der Pubertät gab sich die Sache, alle waren erleichtert, und die Eltern starben, ohne gesagt zu haben, dass es zu einem Rückfall kommen könne. Der Rückfall kam, als Frau Leitl fünfundvierzig war. Sie war schon zur Bauchspeicheldrüsen-OP angemeldet, da sagte bei der Chefvisite ein schüchterner italienischer Assistent: »Könnten wir nicht mal eine Behandlung auf Zöliakie probieren?« Er meinte eine Diät.

»Und der Chefarzt«, erzählte Frau Leitl, »so a großer, oh, a ganz a großer!, der hot g'sogt: ›Versuchen Sie's!‹ Der hot dös Wort goa net kennt, weil, dös is so a Fremdwort, koana kennt dös!« Seitdem aß Frau Leitl kein Brot mehr, sondern Glasnudeln. Sie redete viel übers Essen. Von Beruf war sie Sozialarbeiterin gewesen, unter anderem am Hasenbergl, war aber wegen ihrer Zöliakie frühpensioniert worden, denn in der Behörde konnte man die Diät nicht sicherstellen. Dieser Formulierung entnahm Thirza, dass es wohl einen rechtlichen Schriftwechsel gegeben hatte.

Die andere Patientin, die Vierschrötige, hieß Frau Passek und redete unbeholfen. Eine Asoziale, ließ Frau Leitl Thirza wissen. In der Nacht schnarchte Frau Passek, worauf Frau Leitl den Pfleger rief, der die Schnarchende weckte und bat, sich auf die Seite zu legen. Sie fragte verstört mit einem hohlen, bellenden Ton: »Hab ich geschnarcht? Kann ich da was dafür?«

Am nächsten Tag rief sie mit aufgerissenen Augen: »Ich hab Geschwüre! Im Magen! Im Darm! Eiter! Schmerz! Vielleicht krieg ich Krebs! Angst!« Sie lebte in einer Sozialwohnung mit Mann und drei Kindern. »Ich hab eine Lehre als Haushaltsgehilfin abgeschlossen, mit einer Drei!«

»Was macht der Mann?«

»Der faulenzt!«

Laut Frau Leitl war er unmäßig dick und hatte keine Zeit, seine Frau zu besuchen, weil er immer hungrig war: Er ging von Metzger zu Metzger und kaufte das fette Abfallfleisch.

»Er schlägt mich!«, sagte seine Frau. »Ist das richtig?«

»Nein.«

»Hab niemand was gesagt! Polizei nicht, Sozialamt nicht! Was soll ich tun?«

»Frauenhaus«, schlug Thirza vor.

»Ich war im Frauenhaus! Bin wieder heim! Ich liebe mein Mann! Ich bin treu! Und was wird mit den Kindern?«

Eines war vierzehn, die älteren einundzwanzig und dreiundzwanzig Jahre alt.

»Dann sind doch immerhin zwei aus dem Haus?«

»Nein! Die sind seelisch krank!«

Frau Passek erinnerte sich angeblich daran, wie sie in der Sankt-Martin-Kirche getauft worden war, in einem Strampelanzug. »Ich verehre die Mutter Gottes. Weil, die hält alle Kinder fest und lässt sie nicht fallen! – Nein?«

Sie schenkte Thirza eine Schablonenzeichnung von einem Teddybären, die sie selbst koloriert hatte. Die ganze Zeit kolorierte sie Engel und Teddybären.

Als sie einmal hinausging, sagte Frau Leitl: »Mei, is die bleed.«

»Sie ist arm.«

»Ja!« Frau Leitl tippte sich an die Stirn. »Arm im Geiste! Oiso do hob i überhapt koa Verständnis!«

Am Dienstag wurde Frau Passek entlassen, und es kam eine zierliche Frau von siebzig Jahren, Frau Gahl. Schöner grauer Bubikopf, dunkelblauer Satinpyjama, anthrazitfarbener Morgenmantel. Frau Gahl setzte sich nichtsahnend zu Frau Leitl an den Esstisch und verließ ihn sogleich fluchtartig wieder: Frau Leitl hatte während des Essens ihr Gebiss herausgenommen, abgeschleckt und auf den Tellerrand gelegt.

Frau Gahl trauerte, denn sie hatte in der Vorwoche ihren Mann begraben. Sie erzählte: Der Mann habe vor Jahren Darmkrebs gehabt. Vierzig Zentimeter Darm hatte man rausgenommen, zehn Tage nach der Operation hatte er heimgedurft, und dann war nie mehr die Rede davon. Allerdings jetzt, zehn Jahre später, hatte ihn ein Lkw überfahren.

*

Thirza träumte von einer Gerichtsverhandlung. Jemand sagte: »Die informatorische Anhörung ergab eine Beschimpfung aller Passanten auf seiner Straßenseite.«

Dann träumte sie von einer Züchtigung. Ein weißes Tier ähnlich einem Kaninchen, aber mit langen, dünnen Beinen, hatte alle Leute getriezt und galt als rasend unverschämt. Als aber Thirza über es herfiel, leistete es nicht den geringsten Widerstand, sondern versuchte nur zu entkommen. Es schleppte sich mühsam aus dem Bad in den Flur, die Hinterfüße hinter sich herziehend, als hätte Thirza ihm den Rücken gebrochen. Es war überhaupt nicht gefährlich gewesen! Sie dachte: Wie konntest du so grausam sein? Und erwachte erschrocken.

Sie lag immer noch im Krankenzimmer. Im Nebenbett schnarchte zart Frau Gahl in ihrem dunkelblauen Satinpyjama. Thirza meinte ihr eigenes Herz klopfen zu hören, schnelle, rauschende Schläge. Draußen am Nachthimmel stand ein blasser dünner Mond.

Thirza hatte kürzlich mit Daniel Luszczewski über Traumdeutung gesprochen. Daniel war ihr im ersten Stock des Justizpalasts zufällig so unausweichlich entgegengekommen, dass beide lachten und sich sofort miteinander zum Essen verabredeten und sich dann auch wirklich trafen. Daniel erzählte von seiner Psychoanalyse, an deren Ende die Angst von ihm wich. Er merkte es an einem Traum, in dem es um ein *Angsttier* ging. Das Angsttier wurde ihm angekündigt, und allein das Wort ängstigte ihn (im Traum) bereits. Aber dann erblickte er ein Eichhörnchen, also kein Tier, das Angst macht, sondern eins, das Angst hat. Er hielt ihm eine Nuss hin, und es kam ganz langsam näher.

*

Am vorletzten Tag im Krankenhaus erwachte Thirza eben aus ihrem Nachmittagsschlaf, als Heinrich Blank eintrat.

Das muss ein Irrtum sein. Das kann eigentlich überhaupt nicht sein. Sie sah ihn staunend an, und ihr war zum Lachen zumute. Seit dem Morgen fühlte sie sich seltsam gelöst, bang und feierlich zugleich. Nach dem Mittagessen hatte sie sich hingelegt und war eingeschlafen, ohne müde zu sein. Dann schlug sie die Augen auf und sah Blank.

»Liebe Kollegin, was ist Ihnen denn da eingefallen! Ich habe mir Sorgen gemacht …«

Blank? Macht sich Sorgen? Kommt sogar ins Krankenhaus?

»Zugegeben, ich suche solche Orte ungern auf. Doch liegt auf einer anderen Station dieses Hauses zufällig ein ehemaliger Studienkollege, da dachte ich, ich schlage zwei Fliegen mit einer Klappe.« Er seufzte. »Eine habe ich schon erledigt.«

»Meinen Sie mich?«

»Den Kommilitonen.«

Sie verließen das Krankenzimmer, um ungestört reden zu können. Der Gang mündete in ein breites totes Eck mit einer schlichten Sitzgruppe, dort nahmen sie Platz. Auf dem niedrigen Tisch lagen ein paar Bücher und Broschüren. Thirza hatte sich bereits von dort bedient: Marlitt. Courths-Mahler. Sie blickte unauffällig zwischen den Heften und dem deutlich erholten Blank hin und her.

Blank erzählte von seinem ehemaligen Studienkollegen. »Franz Dreyer, bei seiner Pensionierung Staatssekretär, wir hatten uns zerstritten. Lachen Sie nur. Ich wollte mich versöhnen. Übrigens zu spät, er ist dement. Hat eine Darmkrebsoperation hinter sich, schaut auf die Metallklammern an seinem Bauch und fragt: Hast du eine Ahnung, warum ich hier liege? – Mein Jahrgang! Das gibt einem zu denken.«

Allerdings. Was für Zeiträume! Hier, im Pasinger Krankenhaus, hatte Thirza als Kind einmal gelegen nach einer Mandeloperation. Eine Frau hatte eine kleine Kinderbibliothek auf einem Rollwagen hereingeschoben, und Tizzi hatte fünf Bücher ausgesucht und hintereinander weggelesen. Zwei Tage später erbat sie fünf neue Bücher, zur großen Überraschung der Frau. Wirklich zwei Tage später? Tizzi hatte wenig Zeitgefühl. Ein neuer frischer Mensch, noch ganz unstrukturiert, aber voller Neugier und Zuversicht: Tizzi, die kleine Buchstabensaugerin. Und einmal war Beni zu Besuch gekommen, der kindliche Beschützer. Beni war allerdings ängstlich hereingeschlichen, außerdem durchgefroren, weil er sich lange nicht getraut hatte und draußen im Frost hin und her gelaufen war. Er fragte klagend: »Wann kimmst'n hoam?«

Und so weiter. Durch diese Gänge war Thirza vor dreißig Jahren getrabt, um Morphium für Opa Kargus zu erkämpfen, hier hatte sie die Tanten besucht wie auf dem Mond. Jetzt saß sie selbst auf dem Mond im geblümten Leih-Schlafrock vor dem immer noch hohlwangigen und latent beschämten, aber auch seltsam aufgekratzten Blank, der sie beide wieder in die Welt hineinredete.

»Übrigens traf ich bei Franz einen, der Sie kannte und mich bat, Grüße auszurichten. Ein Richter Holzapfel. Protegé von Franz.«

Alfred Holzapfel? Richtet Grüße aus? Persönlichkeitsspaltung? Amnesie?

»Warum haben Sie mich erwähnt?«

»Wir standen ja am Bett meines dementen Freundes, und was redet man da? Ich verabschiedete mich recht bald: Hier liege eine weitere Kollegin, die ich noch besuchen müsse, und da fragte dieser Holzapfel, der wie ich um Gesprächsstoff verlegen war, nach dem Namen und wirkte auf einmal etwas betreten. Studienfreund von Ihnen, habe ich richtig verstanden? Er interessierte sich für Ihre Verhältnisse. Ich war natürlich verschwiegen, aber dass Sie verwitwet sind, durfte ich wohl sagen. Er bat mich, seine Grüße auszurichten, was ich hiermit tue. Er würde sich über eine Kontaktaufnahme freuen – es gebe etwas zu bereinigen. Moment ... er beschrieb sogar einen Zettel, wo habe ich ihn gleich ... oder bilde ich mir das ein? Bin ich am Ende auch schon verkalkt?« Blank kramte in den Taschen seiner Jacke, seines Mantels. »Hier!« – Tatsächlich, ein Blatt aus einem Notizbuch, beschrieben in Alfreds akkurater winziger, spitziger Schrift. Zwei Telefonnummern, eine Durchwahlnummer des Oberlandesgerichts und eine offenbar private: *Tel. ...., Tel. ...., würde mich freuen. Alfred*

Alfred, aus seinem Standespanzer herausblinzelnd – welche Überraschung! Noch ein Bilderbogen sprang auf: Alfred als jugendlicher Freund, der rief: *Klar doch, ich schmettere gleich los, in 'ner halben Stunde steh ich bei dir so was von auf der Matte!* Alfred beim Staatsexamen, in einer rechtsdogmatischen Erörterung mit altrosa Ohrläppchen leuchtend. Alfred als trauriges U-Boot-Fredi-Gerücht. Zuletzt Alfred als grauer Cord-Ritter mit anthrazitfarbener Krawatte, der aus der Kantine Thirza entgegenkam, sie mit kleinen dunkelblauen Augen taxierend: *Ja, und? Was kann ich für Sie tun?* Welche Läuterung veranlasste diesen in der Norm Auf- und Eingegangenen, etwas zu bereinigen? Bilanzstreben eher nicht, er war ja kein Moralist. Es musste etwas Persönliches sein. Etwas Persönliches, bei Alfred? Thirza lachte vergnügt. Was macht die Justiz aus uns? Und was schafft das Leben über den Kopf der Justiz hinweg doch immer wieder? Welche schicksalhafte Gratwanderung hatte den Extremjuristen Alfred zu dem unerhörten Wagnis dieses Zettels geführt?

»Warum lachen Sie?«, fragte Blank.

Thirza freute sich.

»Frau Zorniger, ich muss Ihnen noch etwas Sensationelles erzählen: Der Strafantrag gegen Schlötterer wurde zurückgewiesen! Zuerst am Amtsgericht, dann, nach einem Eilantrag der Staatsanwaltschaft auf Erlass eines Strafbefehls, auch am Landgericht. Die Begründungen haben es in sich. Amtsgericht und Landgericht werfen der Staatsanwaltschaft faktisch Rechtsbeugung vor, weil sie pflichtwidrig nicht ermittelt haben, ob Schlötterers Angaben zutrafen oder nicht, trotzdem aber eine Bestrafung erwirken wollten, ohne Rechtsgrundlage und ohne Beweise. Ich habe den Beschluss des Amtsgerichts zufällig dabei, das heißt nicht zufällig, ich wollte ihn natürlich meinem alten Franz unter die Nase halten. Darf ich Ihnen ein paar Sätze …«

»Nein! Ich wäre fast gestorben, und Sie wollen mir einen Beschluss vorlesen? Gnade!«

»Nur drei Sätze, weil sie ermutigend sind! Wissen Sie, unser Staat hat doch einige Juristen hervorgebracht, die funktionieren. Das Unrecht geht immer weiter, aber das Bemühen um Gerechtigkeit auch! Darf ich?«, fragte Blank erwartungsvoll.

Auch Blank freute sich.

Beide, die angeschossene Richterin und der ramponierte Schicksalsgefährte, saßen auf der spartanischen Sitzgruppe im toten Ende des Ganges und freuten sich.

»Wunderbar«, sagte Thirza. »Wenn das ein Roman wäre, müsste er hier enden.«

DANK

Etwa fünfzig Jurist*innen, darunter über dreißig Richterinnen und Richter verschiedener Instanzen der Zivil-, Straf- und Verwaltungsgerichtsbarkeit aus fünf Bundesländern, waren bereit, mit mir über ihre Arbeit zu sprechen. Ohne sie hätte ich dieses Buch nicht schreiben können. Manche halfen über Jahre hinweg zudem mit Rat, Kritik und Korrekturen, ohne jemals meine »dichterliche Unabhängigkeit«, wie einer es nannte, anzutasten. Ihnen allen gilt mein tiefer Dank. Der Roman ist ihnen gewidmet.

Petra Morsbach